Des éloges pour
La grâce à tes yeux

«*La grâce à tes yeux* fut une joie à lire! J'ai savouré c[...]
à la fois tendre et transcendante, relatant le pa[...] d'une jeune femme
depuis sa disgrâce jusqu'à *la* grâce. Liz Curtis Higgs est une conteuse merveilleuse dont la plume éloquente est sûrement bénie.»
— Teresa Medeiros, auteure de romans à succès du *New York Times*

«Si vous avez lu la trilogie précédente de Liz Curtis Higgs, vous savez déjà
qu'elle possède un don unique pour construire une histoire magnifique et
élégante, mettant en scène des êtres en crise, dont la foi est soumise à des
épreuves qui nous captivent jusqu'à la dernière page. *La grâce à tes yeux* vibre
du début à la fin au rythme trépidant de l'amour — de l'amour de Dieu pour
son peuple et de notre amour les uns pour les autres. Higgs parvient à fondre
ensemble l'histoire, des images d'une grande beauté et une langue
pittoresque, pour créer une œuvre d'art inoubliable. Un chef-d'œuvre
intemporel.»
— B. J. Hoff, auteure de *A Distant Music*

«*La grâce à tes yeux* est une histoire saisissante qui s'inspire magnifiquement
de son équivalent biblique. Dans un monde où l'amour laisse si souvent place
au désir, Liz Curtis Higgs nous rappelle que ce que le cœur recherche par-
dessus tout, c'est la grâce et le pardon dans l'amour de Dieu, qui est infini.»
— Tracie Peterson, auteure du roman à succès *What She Left for Me*

Des éloges pour *Une épine dans le cœur,*
Belle est la rose et *L'honneur d'un prince*

«Un lumineux sentiment d'espoir brille à travers l'histoire émouvante de
personnages tous plus grands que nature et, en même temps, si humains.
Cette saga inoubliable est aussi complexe, mystérieuse et joyeuse que l'amour
et la foi peuvent l'être.»
— Susan Wiggs, auteure de romans à succès du *New York Times*

«Absolument admirable! Ces personnages sont de vraies personnes. La
trame historique se tisse à travers une intrigue captivante. Intelligent, émou-
vant et finalement triomphant. Je ne pouvais m'en détacher.»
— Francine Rivers, auteure de *Redeeming Love*

Collection
Incontournables

LES LOWLANDS ÉCOSSAIS

La grâce à tes yeux

LIZ CURTIS HIGGS

TRADUIT DE L'ANGLAIS PAR
PATRICE NADEAU

A·D·A
ÉDITIONS

Éditeur : François Doucet
Traduction : Patrice Nadeau
Révision linguistique : Féminin Pluriel
Correction d'épreuves : Nancy Coulombe, Suzanne Turcotte
Conception et montage de la couverture : Matthieu Fortin
Image de la couverture : John Hamilton et Pixel Works / Steve Gardner
Mise en pages : Sébastien Michaud
ISBN papier 978-2-89786-988-5
ISBN PDF numérique 978-2-89786-989-2
ISBN ePub 978-2-89786-990-8
Première impression : 2012
Dépôt légal : 2012
Bibliothèque et Archives nationales du Québec
Bibliothèque Nationale du Canada

Éditions AdA Inc.
1385, boul. Lionel-Boulet
Varennes, Québec, Canada, J3X 1P7
Téléphone : 450-929-0296
Télécopieur : 450-929-0220
www.ada-inc.com
info@ada-inc.com

Diffusion
Canada :   Éditions AdA Inc.
France :   D.G. Diffusion
                Z.I. des Bogues
                31750 Escalquens — France
                Téléphone : 05.61.00.09.99
Suisse :   Transat — 23.42.77.40
Belgique :   D.G. Diffusion — 05.61.00.09.99

Imprimé au Canada

Participation de la SODEC.
Nous reconnaissons l'aide financière du gouvernement du Canada par l'entremise du Fonds du livre du Canada (FLC)
pour nos activités d'édition.
Gouvernement du Québec — Programme de crédit d'impôt pour l'édition de livres — Gestion SODEC.

À Carol Bartley,
éditrice de talent
et amie précieuse.
Ta patience,
tes encouragements,
ta direction inspirée
et ta foi inébranlable
sont des bénédictions inestimables.
Merci, chère sœur,
d'entreprendre ce périple avec moi
encore et encore.

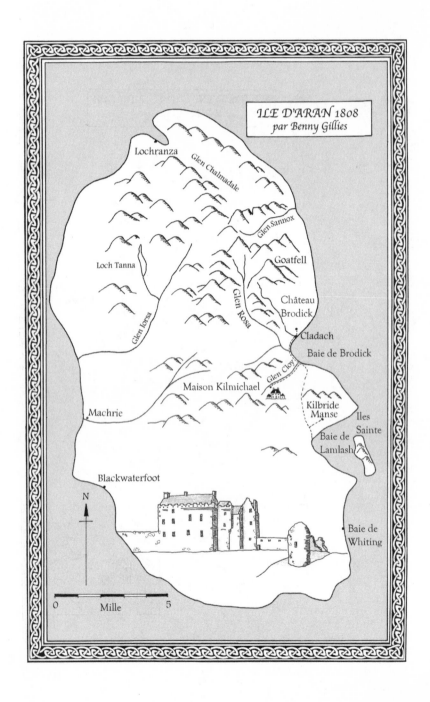

ILE D'ARAN 1808
par Benny Gillies

Lochranza

Glen Chalmadale

Glen Sannox

Goatfell

Loch Tanna

Glen Rosa

Château
Brodick

Glen Iorsa

Cladach

Baie de Brodick

Glen Cloy

Maison Kilmichael

Kilbride
Manse

Iles
Sainte

Machrie

Baie de
Lamlash

Blackwaterfoot

N

Baie de
Whiting

0   Mille   5

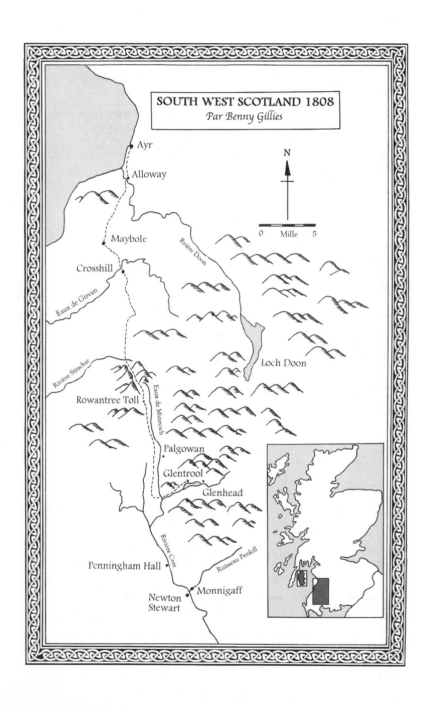

SOUTH WEST SCOTLAND 1808
Par Benny Gillies

N

0   Mille   5

Ayr

Alloway

Maybole

Rivière Doon

Crosshill

Eaux de Girvan

Rivière Stinchar

Loch Doon

Rowantree Toll

Eaux de Minnoch

Palgowan

Glentrool

Glenhead

Rivière Cree

Penningham Hall

Ruisseau Penkill

Newton
Stewart

Monnigaff

Lorsque tu regardes le passé,
et retraces l'objet de son amour,
depuis le tout début, aux printemps
et aux automnes de sa grâce, la question
ne surgira-t-elle pas de nouveau,
«Comment ai-je trouvé grâce
à tes yeux?»

— ROBERT HAWKER

Chapitre 1

Sans doute, ils se seront levés de grand matin
pour célébrer la fête de mai.
— William Shakespeare

Vallée de Loch Trool
Printemps 1808

Davina McKie s'agenouilla sur le monticule herbeux, laissant son châle glisser sur ses épaules en dépit de l'air froid et piquant. La vallée silencieuse se drapait d'une brume gris perle, et les sommets déchiquetés de Mulldonach n'étaient plus que de simples ombres bordées de cuivre, annonçant l'aube prochaine.

Un sourire erra sur ses lèvres. Ses frères n'étaient nulle part en vue.

Davina passa les doigts sur l'herbe fraîche et humide, puis se badigeonna de rosée le visage et le front, se touchant le nez pour faire bonne mesure. Si la rosée de mai pouvait effacer ses taches de rousseur, comme les vieilles femmes l'assuraient, elle s'en laverait volontiers le visage dehors chaque matin du mois. Peu lui importait que les taches de rousseur s'harmonisent parfaitement à sa chevelure luxuriante ; les éphélides convenaient mieux au teint d'une enfant. À dix-sept ans, Davina était plus que prête à leur dire adieu.

Elle s'assit et réarrangea sa lâche couronne de pâquerettes, censée la protéger des lutins de la forêt, des fantômes et autres créatures maléfiques qui hantent le pays vers Beltaine[1]. Elle se leva d'un bond quand une voix familière s'éleva dans la brume.

---

1. N.d.T. : Fête religieuse celtique, célébrée le 1er mai, qui marque la fin de la saison sombre et le début de la saison claire.

— En ce 1er mai, dans un anneau magique!

Son frère Will. Impossible de ne pas reconnaître sa voix de baryton. Son jumeau, Sandy — seule leur mère l'appelait Alexandre — ne devait pas être loin derrière.

Bon. Davina se tourna pour les saluer.

Deux têtes hirsutes, noires comme la nuit, émergèrent du brouillard. Ses cadets d'une année, les jumeaux étaient en tous points identiques, depuis leurs yeux brun foncé jusqu'à leur large poitrine et leur dos musclé. «Comme des cerfs», avait déjà dit leur mère un jour, les taquinant gentiment afin qu'on ne les vît pas dans les landes pendant la saison de la chasse.

En approchant, les garçons achevèrent le poème du 1er mai.

— Nous les avons vus près de la source de saint Antoine.

Davina reconnut l'auteur.

— Robert Ferguson, répondit Will pour elle, comme s'il avait lu le nom dans les yeux de sa sœur.

Il tira sur ses cheveux lâchement répandus dans son dos et dont les boucles rouges lui caressaient la taille.

— Sandy, je t'avais dit que nous verrions une fée sur les collines ce matin, reprit Will. Tu vois ses oreilles pointues?

Les frères McKie ne se lassaient jamais de la comparer à un lutin, puisque le sommet de sa tête ne leur arrivait pas à l'épaule, et que ses pieds et ses mains étaient à peine plus grands que ceux d'une fillette. Elle reprit ses cheveux de l'emprise de Will, seulement pour constater que son jumeau tirait sur ses jupes.

Les yeux de Sandy brillaient d'espièglerie pendant qu'il l'examinait des pieds à la tête.

— Une légère robe verte, le teint clair et une couronne de fleurs. Il ne lui manque que les ailes.

Will lui fit un clin d'œil.

— Tu ne l'as pas regardée d'assez près, frère.

Elle fit battre son châle ajouré derrière elle, les faisant rire tous les deux.

— Je vois par sa joue mouillée que notre fée s'est baignée dans la rosée, dit Sandy en lui pinçant gentiment le nez. Peut-être ne se trouve-t-elle pas assez jolie ?

Davina savait qu'il la taquinait, mais elle tourna néanmoins sur ses talons et dévala la colline en direction de la maison, prenant garde de ne pas perdre pied sur le gazon mouillé, ce qui aurait ruiné sa sortie théâtrale. Quand ses frères l'appelèrent, elle fit semblant de ne pas les entendre.

— Hé !

Will cria son nom, d'une voix rendue moins nette par l'air chargé d'humidité.

— Sandy ne voulait pas te blesser. Tu sais comment il peut être lourdaud avec les filles.

Elle entendit un petit gémissement quand un poing fit contact avec de la chair, puis la voix de Sandy, le souffle légèrement coupé :

— Il dit la vérité, Davina. Tu n'as pas besoin de la rosée de mai, car tu es déjà la plus belle jeune fille de Galloway.

Une affirmation exagérée. Le sud-ouest de l'Écosse pouvait se targuer de compter des douzaines de jeunes femmes bien plus jolies qu'elle. Quoi qu'il en soit, elle avait fait languir ses frères assez longtemps. Davina ralentit le pas, laissant les garçons la rattraper.

— Voilà, dit Will en passant la main droite dans le creux de son coude, tandis que Sandy faisait de même à sa gauche. Ne parlons plus de ta beauté. De toute façon, aucun gentilhomme de Monnigaff n'est digne de toi.

Elle ne pouvait battre des mains — sa manière usuelle d'exprimer de l'amusement —, alors Davina secoua simplement la tête pour répondre aux balivernes de Will, tandis qu'ils dévalaient la colline ensemble. Cette nuit-là peut-être, quand elle s'en irait sur la lande éclairée par la lune presque pleine, elle parviendrait à échapper à ses frères. Le rituel exigeait un silence absolu, une chose qui lui était facile, mais impossible pour les jumeaux.

— Nous avons un secret, confessa Will au moment où le trio atteignait le terrain plat. C'est pourquoi nous étions à ta recherche.

Il les entraîna à l'écart des eaux tumultueuses du ruisseau Buchan, et ensuite vers l'ouest, en direction du manoir des McKie.

— Père a quelque chose à nous annoncer après le petit déjeuner, lui révéla-t-il. Comme d'habitude, il n'a rien dit de plus.

— Ouais, fit Sandy en grimaçant. Ce sera une surprise pour nous tous.

Davina scruta chaque visage à tour de rôle. Était-ce ou non de bon augure ? Elle se toucha les lèvres, puis le cœur, sachant qu'ils comprendraient ce qu'elle voulait dire : *Ne pouvez-vous pas m'en dire plus ? Je saurai garder votre secret.*

Will secoua la tête, enfonçant ses bottes dans le sol un peu plus vigoureusement.

— C'est tout ce que nous savons, jeune fille. Père nous a demandé d'arriver de bonne heure à table. Et il ne souriait pas quand il l'a fait.

De mauvaises nouvelles, donc.

La joie qui l'animait un peu plus tôt commença à se dissiper, comme la brume du matin bue par le soleil. Le trio avança dans le silence, brisé seulement par le cri guttural d'un corbeau planant au-dessus du loch Trool. Quand il devint impossible d'avancer bras dessus bras dessous entre les pins serrés le long du loch, Davina se plaça derrière Will, suivie par Sandy, qui fermait la marche. Son esprit explorait les possibilités.

Un mariage était-il dans l'air ? Les jumeaux n'avaient que seize ans, bien trop jeunes pour se marier. Davina ralentit.

Son père pouvait-il avoir un prétendant en vue pour elle ? Ce n'était pas vraisemblable, sinon sa mère lui en aurait parlé. Ian était-il sur le point de se marier, alors ? Aussi beau que leur séduisant père, son frère ferait un excellent parti pour toute jeune fille de Galloway. Il aurait dix-neuf ans en octobre et il était suffisamment mature pour prendre épouse.

Ian jouait en tout le rôle de grand frère pour elle. Responsable. Digne de confiance. Intelligent. Les jumeaux employaient un autre langage : prévisible. Sans imagination. Ennuyeux. Davina soupçonnait que l'envie alimentait leur ressentiment : Ian hériterait de Glentrool. Quoi qu'il en soit, c'étaient Will et Sandy qui étaient venus la chercher dans les collines pour lui faire part de cette nouvelle. Leur père aurait-il enfin quelques paroles favorables pour ses plus jeunes fils ? Si c'était le cas, elle marquerait ce jour comme celui d'une occasion à la fois rare et heureuse.

Pendant qu'ils approchaient de Glentrool, Davina leva le regard vers sa tour carrée centrale et la tourelle circulaire nichée au centre du « L » que formaient ses murs. Construit avec le dur granit de la vallée, le manoir était d'allure austère et imposante, comme Fell of Eschoncan, qui s'élevait derrière lui ; immuable et inébranlable, à l'image de la foi de l'arrière-grand-père qui l'avait bâti.

Après avoir franchi le seuil, ils traversèrent le long vesti-bule, les bottes des jumeaux résonnant fortement sur le plan-cher de bois dur. Davina s'arrêta brièvement devant le miroir pour lisser le fichu de mousseline autour de l'encolure de sa robe. Elle en profita pour retirer les fleurs de sa chevelure enchevêtrée après sa randonnée matinale dans les collines.

Elle respira profondément pour se calmer et se détourna de son reflet. Elle marcha ensuite dans la salle à manger aux poutres sombres, où elle fut accueillie par les McKie des générations passées. Une petite fenêtre contribuait bien peu à éclairer l'intérieur tamisé. Le reste de la famille était déjà assis, son père occupant la place au bout de la longue table, avec Ian à sa gauche et sa mère à sa droite. Quoiqu'Ian l'accueillît d'un simple « Bonjour », elle lut l'inquiétude dans son regard, entendit son avertissement muet. *Quelque chose ne va pas.* Une légère ride creusait le front de son père. Un motif de préoccupation supplémentaire.

— J'étais sur le point d'envoyer Rab à votre recherche.

Le ton de sa mère était doux, sans reproche.

— Tu vois, mon mari ? dit-elle en touchant sa manche. Tes fils sont venus te rejoindre à table, comme tu l'avais demandé.

— Ils l'ont fait, dit Jamie en posant la main sur la sienne, un léger sourire adoucissant ses traits.

La plupart des mariages chez les gens de la noblesse étaient scellés par l'argent, et le romantisme y occupait peu de place ; mais ce n'avait pas été le cas de celui des parents de Davina. Elle trouvait qu'ils formaient un beau couple : Leana, avec sa peau de porcelaine, ses cheveux d'un blond argenté et ses grands yeux bleu-gris ; et Jamie, à la chevelure brune encore abondante, déjà striée d'argent, ses sourcils noirs arqués autour de ses yeux vert mousse attentifs à tout. Sa mère avait discrètement célébré son quarantième anniversaire en mars, et son père avait fait de même quelques années auparavant.

— Chérie ?

La voix de Leana tira Davina de sa rêverie.

— J'ai trouvé ceci dans ta chambre et j'ai pensé qu'il te serait utile.

Elle fit glisser un cahier à dessin sur la table, dans sa direction.

Davina ouvrit l'album cartonné à une page vierge. Elle saisit le crayon de charbon qui s'y trouvait, que son père effilait toujours avec soin à l'aide de son couteau à manche de corne. Quand ses expressions faciales et les signes de ses mains ne suffisaient plus pour partager ses pensées avec les autres, elle les griffonnait dans les marges de ses croquis. En cet instant, elle ressentait un fort désir de dessiner quelque chose, ne serait-ce que pour garder ses mains et son esprit occupés pendant que les autres mangeaient, car elle-même avait peu d'appétit.

Deux servantes arrivèrent de la cuisine, portant des mets fumants. De minces tranches de bacon et un pot de galettes d'avoine au fumet délicieux furent déposés sur le buffet, venant rejoindre un plat froid de tranches de mouton et d'œufs bouillis. Les jumeaux se levèrent silencieusement pour remplir leur assiette. Il y avait longtemps que Leana ne les avait vus aussi discrets au petit déjeuner.

Davina avala une bouchée de sa galette d'avoine sèche, puis but tranquillement son thé, cherchant sur le visage de sa mère un indice sur ce que ce matin-là leur réservait. Y avait-il un léger tremblement dans le menton de Leana ? Une trace d'humidité dans ses yeux ?

Tout à coup, son père écarta son assiette à moitié entamée et s'essuya la bouche avec sa serviette de table, signalant la fin du repas.

— J'ai une annonce importante à faire et qui ne peut être différée.

Davina retint son souffle. *Mon Dieu, faites que ce soit une bonne nouvelle.*

Ses frères tournèrent la tête vers le bout de la table, le visage sombre, et Davina retrouva son crayon. Ils étaient sur le point d'avoir une réponse à leurs questions.

Chapitre 2

L'espoir secret d'une mère survit à tout.
— Oliver Wendell Holmes

Leana McKie ne ferma pas les yeux et ne baissa pas la tête, pourtant elle continuait de prier au plus profond de son cœur. *Aidez mes fils à comprendre. Ne laissez pas ma fille être désemparée.*

Voyant Davina qui agrippait son crayon, Leana aurait voulu dégager les quelques mèches rousses qui lui couvraient le front. Pour la réconforter. Pour la préparer. Mais craignant d'alarmer Davina encore plus par un tel geste, elle croisa les mains sur ses genoux et regarda intensément Jamie. Son mari n'était pas insensible ; il saurait annoncer la nouvelle avec délicatesse.

Bien qu'il choisît de rester assis, la posture altière de Jamie et son menton levé commandaient le respect. Pour l'occasion, il portait un veston bordeaux et un pantalon en buffle ; le col de sa chemise pointait au-dessus de son foulard et ses cheveux lustrés étaient noués à la nuque. Charles, son nouveau valet de chambre, avait bien rempli son office ; le laird de Glentrool était à la hauteur de son rôle.

Jamie prit la lettre dans son gilet d'un geste un peu cérémonieux.

— C'est une lettre provenant d'une certaine université, en réponse à une récente demande de renseignements de ma part.

Il parcourut le papier froissé comme s'il cherchait un passage en particulier et continua.

— C'est le principal Baird qui écrit : « Vos fils jumeaux possèdent les aptitudes requises pour entreprendre des études universitaires. Amenez William et Alexandre à Édimbourg dès que possible. »

Il n'aurait pas administré un choc plus violent à ses enfants en les giflant au visage. Les jumeaux le regardaient avec de grands yeux ébahis.

— Édimbourg ? parvint à bredouiller Sandy, la voix aussi tendue qu'une corde de violon.

Comme tous se taisaient, Ian intervint :

— Félicitations, mes frères.

— Oui, dit Leana doucement, c'est très bien.

Sauf qu'ils n'avaient rien à y voir ; c'était l'œuvre de Jamie.

Il agita sa lettre comme un drapeau, pour attirer leur attention à nouveau.

— Le principal continue ainsi : « Le trimestre d'été débute le 10 mai. »

Jamie déposa la lettre sur la table, montrant à tous l'écriture élégante sur la page.

— Dès mardi prochain, Will et Sandy poursuivront leurs études dans la capitale.

Will changea de position sur sa chaise.

— Vous semblez bien pressé de nous voir partir, monsieur.

Le ton égal de sa voix ne trompa personne ; chaque mot portait le poids de sa colère.

— J'oserai même dire qu'on ne nous regrettera pas, ici.

Oh, William. Leana détourna le regard, anéantie par la douleur dans les yeux, la voix, la posture de son fils. Des années de négligence réclamaient leur tribut. *Dis quelque chose, Jamie.*

Pendant un moment, la provocation de Will sembla flotter en l'air, demeurant sans réponse.

— Au contraire, vous nous manquerez beaucoup, dit finalement Jamie, en particulier aux femmes de la maison.

Leana toucha la main de sa fille, lui offrant tout le soutien qu'elle pouvait. *Je suis ici, ma chérie. Et je serai toujours avec toi.*

Elle regarda le crayon de Davina qui grattait la page de son album, les lèvres pressées en une mince ligne et les yeux brillants de larmes non versées.

Seule Leana était assez près d'elle pour lire les mots qu'elle avait écrits : *Est-ce nécessaire ?*

— Une question légitime, murmura Leana, heureuse à l'idée qu'une discussion, quelle qu'elle fût, puisse alléger la tension dans la pièce. Ton père peut expliquer pourquoi les garçons doivent aller à l'université.

Elle hocha la tête en direction de Jamie, espérant que sa réponse pût alléger la peine de Davina, et celle des jumeaux aussi. La jeune fille adorait ses frères et elle ne leur dirait pas adieu de gaieté de cœur.

— Vous avez tous les quatre reçu une excellente éducation de votre tuteur, monsieur McFadgen, rappela Jamie à Davina, et ses manières vis-à-vis d'elle étaient nettement plus affables. Maintenant, il est temps pour tes frères de s'accomplir. Dans la sphère légale, peut-être, ou au sein de l'Église.

Leana regarda les jumeaux aux cheveux en bataille, prompts à la rébellion. William, un avocat ? Alexandre, un ministre ? Athlétiques et bagarreurs, ils avaient peu d'intérêt pour les affaires légales ou ecclésiastiques. La vie militaire leur conviendrait davantage, mais avec les troupes anglaises aux prises avec Napoléon sur le continent, Leana avait fait de son mieux pour étouffer de telles aspirations.

Will se tourna vers sa sœur, et ses traits semblaient pétrifiés.

— Je suis désolé, Davina. Nous ne nous attendions pas... à ça.

— Nous viendrons aussi souvent que possible, promit Sandy, bien que l'hésitation dans sa voix suggérât autre chose. Ou peut-être pourrais-tu nous rendre visite à Édimbourg ?

— Vos études ne vous laisseront pas de répit, intervint Jamie brusquement. Ne faites pas à votre sœur d'invitations qu'elle ne pourrait accepter.

Davina ferma doucement son cahier, le crayon rangé à l'intérieur. Son cœur était dissimulé à leur vue aussi, car elle penchait la tête, refusant de leur laisser voir son visage.

L'air semblait lourd, comme à l'approche d'une tempête. Quelque chose devait être tenté.

— Messieurs, dit Leana en se levant, et les hommes l'imitèrent immédiatement. Pendant que vous discutez des arrangements du voyage, Davina et moi avons nos propres plans pour ce matin.

Comprenant l'invitation, Davina se leva et la suivit dans le corridor.

Leana ferma doucement la porte de la salle à manger derrière elles, espérant que l'explication qui suivrait réparerait un peu les choses. Jamie, désireux de jouer franc jeu, avait été trop direct. Will, comme à son habitude, avait été hargneux et réfractaire. Quant à leur fille, il était clair que Davina, malgré son naturel enjoué, avait été durement secouée par cette nouvelle inattendue. Leana aurait voulu être à trois endroits en même temps, pour réparer tous les pots cassés. Ian arriverait peut-être à faire valoir son influence apaisante là où elle se sentait impuissante.

— Sortons d'ici, chérie.

Leana prit la main froide de Davina dans la sienne et la guida vers l'escalier, gardant la voix basse.

— Ne pense pas de mal de ton père, dit-elle. Il agit dans le meilleur intérêt des jumeaux, car leur esprit brillant doit trouver le meilleur emploi possible. Hélas, c'est impossible ici, à Glentrool, et c'est donc à Édimbourg qu'ils doivent aller.

Davina leva finalement la tête, les yeux toujours mouillés de larmes.

Oh, mon enfant. Sans un mot, Leana prit sa fille dans ses bras, nichant sa tête sous son menton. Dix-sept ans, oui, mais si fragile.

— Ils viendront à la maison, Davina. Et ils ne t'oublieront jamais, tes chers frères. Je peux te l'assurer.

Du vestibule silencieux, Leana entendait des voix rouler derrière la porte fermée de la salle à manger. Pas élevées, mais pas cordiales pour autant. Elle épargnerait à Davina d'imaginer le pire.

— C'est le 1er mai, dit Leana doucement, libérant sa fille de son étreinte. Quelle que soit l'issue de leur discussion, nos voisins apparaîtront bientôt à notre porte. Et tu dois encore accorder ton violon, n'est-ce pas ?

Leana gravit l'escalier de chêne, continuant à parler pardessus son épaule à Davina, qui la suivait.

— Et si nous laissions Sarah te coiffer d'abord ? Ensuite, nous irons voir ce que Robert prépare dans le jardin.

La femme de chambre aux cheveux noirs était postée près de la coiffeuse, brosse et peigne en main.

— J'sais qu'vous voulez bien paraître, quand v'jouez d'vot' violon, mam'zelle.

Leana posa les mains sur les épaules gracieuses de sa fille, et leurs regards se croisèrent dans le miroir.

— La plupart des demoiselles de ta connaissance se nouent les cheveux au sommet de la tête. Voudrais-tu essayer autre chose ?

L'expression de Davina s'illumina quelque peu. Elle forma avec ses cheveux une natte lâchement retenue qu'elle fit onduler. Puis, elle pointa son index vers les rubans vert foncé qui pendaient sous son corsage et les giroflées roses qui se trouvaient dans le vase de porcelaine, sur sa coiffeuse. Une jolie tresse piquée de fleurs et de rubans serait parfaite pour le 1er mai, bien que peu conventionnelle. Les gens de la paroisse étaient habitués aux excentricités de Davina, et on lui avait attribué l'étiquette d'« originale ». Quand, par quelques lignes tracées au fusain sur une feuille blanche, elle illustrait la vie pastorale de Galloway, ses dons artistiques se révélaient. Et quand elle plaquait son violon sous son menton et faisait voler l'archet sur les cordes, sa voix d'emprunt rendait un son doux et clair.

Un jour, un gentilhomme perspicace ne verrait pas seulement Davina, il l'*entendrait* instinctivement, comprendrait ses pensées et saurait nommer ses aspirations profondes. Leana se retira dans l'ombre du corridor, cachant sa tristesse. *De grâce, mon Dieu, faites que ce jour ne vienne pas trop vite.* Avec les jumeaux qui quittaient la maison et Ian qui était en âge de se marier, Leana savait que ses années de maternage achevaient. C'en serait fini de sécher leurs larmes et de polir leurs manières. Plus d'histoires auprès du foyer ou de prières au chevet de leur lit.

Ses bébés étaient grands, maintenant, et ses berceuses oubliées.

— Balou, balou, mon p'tit, mon p'tit bébé, chanta doucement Leana en appuyant la tête sur le chambranle de la porte.

Chapitre 3

Le temps, comme un ruisseau coulant sans cesse,
Emporte tous ses fils au loin.
— Isaac Watts

— Vous auriez dû nous le dire en privé, père.
— Et le faire bien avant aujourd'hui.

Jamie McKie posa calmement les mains sur la table de la salle à manger.

— Je n'ai reçu la lettre du principal Baird qu'hier matin. Votre mère devait en être informée la première.

Il fixa son regard sur Will et Sandy, afin qu'ils soient persuadés de sa franchise.

— J'ai choisi de faire l'annonce devant les quatre enfants réunis, pour que Davina et Ian ne se sentent pas exclus.

Will répliqua :

— Mais ce sont *nos* vies qui sont bouleversées, pas les leurs.

— Ce n'est pas vrai, répliqua Jamie. Ce qui arrive à un membre de la famille nous affecte tous.

Après un moment de silence, Ian s'éclaircit la voix.

— Préférez-vous que je m'en aille, père ?

— Je voudrais que tu restes, au contraire.

Jamie se leva et fit un geste de la main afin qu'ils restent assis.

— Mes garçons, je comprends votre frustration.

— Non, vous ne comprenez *pas* !

De sa place, Will lui tenait tête.

— Sandy et moi sommes mis à la porte et nous n'avons jamais eu la chance d'exprimer notre avis.

— C'est un fait, père, renchérit Sandy.

Il n'était pas aussi agressif que son frère, mais n'en manifestait pas moins fortement son désaccord.

— Nous n'avons choisi ni le moment, ni l'endroit...

— Ce n'était pas à vous de les choisir.

Jamie luttait pour ne pas élever la voix, tout en jetant un coup d'œil du côté de la porte de la cuisine : il ne tenait pas à délecter les oreilles curieuses des domestiques avec une dispute familiale.

— Puisque Walter McFadgen m'a assuré que vous étiez prêts, il m'a paru inopportun de différer davantage le début de vos études. Il n'y a pas de meilleure université en Écosse, ajouta Jamie en adoucissant intentionnellement le ton de sa voix. Vous devez tout de même en convenir.

— Mais nous n'avons eu aucun choix, protesta Will. Et vous ne pouvez comprendre ce que nous éprouvons. Nous voilà chassés de notre propre maison.

Je le comprends très bien. Jamie baissa le regard, pour éviter que ses fils lisent la vérité dans ses yeux.

— Naître héritier, dit-il, est un caprice du destin. Ian n'a pas choisi d'être le premier, pas plus que toi et Sandy n'avez décidé d'être deuxième et troisième.

Il leva la tête pour affronter leur désarroi en face.

— J'ai fait ce que je croyais être le mieux pour tous. En tant que laird de Glentrool, j'ai le droit de faire des choix pour mes enfants, incluant l'endroit où vous recevrez votre éducation ainsi que le futur mari de Davina.

— Davina ?

Le regard de Will s'immobilisa.

— Avez-vous des plans pour notre sœur aussi ?

— Non, pas encore, dit Jamie, qui avait vu l'expression du visage de Davina quand Leana l'avait attirée hors de la pièce. C'est de mes plus jeunes fils qu'il est question aujourd'hui. J'ai pris des arrangements pour votre installation à Édimbourg chez le professeur Russell et je vous y amènerai moi-même. Nous partirons jeudi, à midi.

— Diantre!

Will se leva, lançant sa serviette sur la table.

— Voilà une randonnée magnifique que nous ferons ensemble, tous les trois.

— Et quel agréable 1ᵉʳ mai nous aurons entre-temps, fulmina Sandy.

Quand les deux frères quittèrent brusquement la pièce, Jamie n'exigea pas d'excuses, ni qu'ils reviennent jusqu'à ce qu'il leur donne congé. Il les avait suffisamment provoqués ce jour-là. Plus tard, quand les esprits se seraient calmés, il ferait de son mieux pour amorcer une réconciliation.

Le regard d'Ian, toujours assis, ne portait ni jugement ni reproche.

— Je suis désolé, père. Mes frères ne vous ont pas rendu la tâche facile.

— Et ils n'avaient pas à le faire, dit Jamie en marchant devant le foyer. Ian, tu ne peux imaginer à quel point l'existence du deuxième fils est difficile. Je t'ai demandé de rester afin que tu voies de tes propres yeux le drame que tes frères doivent vivre. Un jour, plaise à Dieu, tu auras des fils, toi aussi.

Il s'immobilisa, le temps de croiser le regard d'Ian.

— Et quand ce moment viendra, reprit-il, tu te souviendras de cette heure.

— Je ne suis pas près de l'oublier, dit Ian en se levant, avant de s'incliner légèrement. Père, si je puis…

— Va.

Jamie s'inclina à son tour, renvoyant le garçon à ses occupations. Ian passait chaque matin dans son bureau, examinant ses comptes et apprenant les rouages de l'administration d'un domaine. Le Tout-Puissant avait choisi un excellent héritier en Ian McKie.

— Oui, mais il m'a laissé me débrouiller avec les autres, marmonna Jamie à voix haute.

Il n'avait pas géré la situation avec doigté. Sa douce femme ne lui en ferait jamais le reproche, bien sûr, mais il savait que c'était vrai.

Il sortit de la salle à manger pour se rendre à la bibliothèque. Si Ian pouvait s'absorber dans ses colonnes de chiffres, il le ferait aussi. N'importe quoi, pour détourner son esprit d'une fille au cœur brisé et de fils en colère. Les bruits étouffés des domestiques au travail, rebondissant sur les murs caverneux de la maison, l'accueillirent dans le corridor.

Puis, la voix de Leana flotta jusqu'à lui du haut de l'escalier.

— Oui, tu es ravissante, Davina. Je vous attendrai, toi et ton violon, dans le jardin à midi.

C'était la première réconciliation qu'il voulait opérer, immédiatement. Jamie attendit que sa femme descende l'escalier, son regard levé cherchant le sien.

— Où sont les jumeaux ? demanda-t-elle doucement.

Il indiqua la porte d'entrée d'un mouvement de la tête.

— Sortis pour leur excursion matinale, je suppose, en train d'éventer leur colère sur la piste cavalière autour du loch.

Quand Leana atteignit la dernière marche, Jamie l'attira à l'écart.

— Et qu'en est-il de votre humeur, madame McKie ? demanda-t-il.

Il affecta une mine sévère, mais demanda d'un ton léger :

— V'z'êtes t'jours en colère cont' moi pour avoir expédié vos jouvenceaux à Édimbourg ?

Son usage maladroit du patois était destiné à apaiser Leana. Ils étaient peu nombreux dans la bourgeoisie à l'employer, tant la langue commune parlée à la cour du roi Georges s'était imposée au Nord.

— Je ne suis pas mécontente de toi, Jamie, lui confia-t-elle, mais j'aurais aimé que tu démontres plus de compréhension à l'endroit des jumeaux.

— Pardonne-moi, mon amour.

Jamie l'embrassa doucement sur la joue.

— J'ai manqué de tact, mais mes intentions étaient bonnes. J'étais le second fils dans cette maison et je ne veux pas que Will et Sandy soient couvés comme...

— Comme tu l'as été par ta mère? demanda Leana sans malice.

— Précisément, acquiesça-t-il. L'attitude complaisante de Rowena m'a gagné la bénédiction de mon père, mais aussi la haine bien méritée de mon frère. C'est seulement par la grâce de Dieu qu'il ne me maudit plus aujourd'hui.

Jamie soupira bruyamment.

— Je ne lancerai pas mes fils dans le monde comme j'étais alors : un jeune homme imbu de lui-même, mal préparé et irresponsable.

Leana glissa ses doigts entre les siens.

— Pourtant, c'est de ce même jeune homme que je suis tombée amoureuse, et ce fut ma joie de lui donner trois fils et une charmante fille.

— Ils peuvent s'estimer heureux de t'avoir comme mère, dit Jamie en levant sa main pour en baiser le dos.

Sa peau était douce contre ses lèvres et sentait bon la lavande.

— Je sais que cela t'attriste, Leana. Comment pourrait-il en être autrement? dit-il en levant les yeux vers l'étage. Et c'est difficile pour Davina, aussi. Est-elle prête à vivre sans la présence des jumeaux? Car ils ne reviendront pas de sitôt.

— Ne reviendront-ils pas à la maison le jour de Lammas[2]? demanda Leana d'une voix légèrement crispée.

— Deux semaines au début du mois d'août, mais pas davantage. Lorsqu'ils seront installés à Édimbourg, les visites à Glentrool seront rares. Et quand Ian se mariera...

— Se mariera?

Leana ne dissimula pas sa surprise.

---

2. N.d.T. : Fête de la moisson célébrée le 1er août.

— As-tu quelque jeune fille à l'esprit ?

— Non, mais Ian le pourrait.

Jamie jeta un coup d'œil en direction de la porte close de la bibliothèque, à dix pas d'eux.

— Ces derniers sabbats, il a passé beaucoup de temps en compagnie de Margaret McMillan, devant l'église.

Il les avait remarqués en train de converser discrètement entre les services, la tête brune d'Ian penchée sur la jolie tête blonde de Margaret. Les McMillan de Glenhead étaient leurs plus proches voisins, et John, le père de Margaret, l'un de ses plus vieux amis. Leur fortune n'était pas considérable, mais la famille avait su gagner le respect de la paroisse par son affabilité et son grand cœur. « Qui vit content de peu possède toute chose », disait souvent Jamie en pensant à son ami.

— Approuverais-tu une telle union ? demanda-t-elle.

Jamie étudia la porte de la bibliothèque, en pensant au jeune homme à l'intérieur.

— Nos familles partagent la même histoire, la même foi. Et Margaret est une jeune femme enjouée.

Leana sourit légèrement.

— Je me rappelle l'avoir vue patauger dans le ruisseau Buchan, l'été dernier, les jupes retroussées bien au-dessus des chevilles. Mademoiselle McMillan pourrait être la compagne idéale pour ton sérieux héritier.

Il hocha la tête pour approuver.

— Margaret possède un esprit éveillé, ce qui serait de bon augure pour leur avenir commun. Peu importe la beauté d'une femme, c'est son intelligence qui plaît le plus à son mari.

— Vraiment ?

Leana replaça une mèche rebelle dans la chevelure de Jamie, laissant ses doigts courir sur son front.

— Ainsi, mon esprit te procure du plaisir ?

Jamie se tourna et l'attira tout contre lui.

— Oui, ma chérie, beaucoup de plaisir.

Chapitre 4

La musique exalte chaque joie, allège chaque peine,
Chasse la maladie, adoucit toutes les douleurs.
— John Armstrong

Davina appuya la joue contre la porte de la bibliothèque, essayant de surprendre un mouvement à l'intérieur. Presque toute la maisonnée s'était déjà réunie à l'extérieur pour accueillir les invités. Son père et Ian étaient parmi eux, semblait-il ; pas un bruit ne lui parvenait de l'intérieur.

Elle ouvrit et se hâta de traverser la pièce spacieuse, le son de ses pas étouffé par l'épais tapis. Grand-père Alec y avait passé ses dernières années, dormant dans le lit à dais ornemental, se baignant à la table de toilette, réchauffant ses membres fragiles devant le foyer, écoutant son petit-fils Ian lui faire la lecture. Submergée par une vague de souvenirs tendres, Davina s'immobilisa devant les rayons et son regard s'attarda sur le violon de son grand-père.

La senteur familière du bois allégerait-elle sa détresse, les cordes tendues retiendraient-elles son cœur en un seul morceau ? Elle avait supposé — naïvement, peut-être — que Will et Sandy resteraient à Glentrool jusqu'à ce qu'ils se marient, dans plusieurs années. Ils s'en allaient plutôt à Édimbourg dès jeudi, la laissant seule, demandant à son seul véritable ami de combler ses silences.

Davina retira avec précaution le vieil instrument de son perchoir sacré entre deux rayons, se rappelant le jour où elle l'avait tenu pour la première fois. Comme l'instrument lui avait paru énorme, à ce moment-là ! Maintenant, son corps de bois arrondi se logeait parfaitement sous son menton, et sa main gauche enveloppait son manche avec facilité. Elle pinça chaque corde, grimaçant en tournant les chevilles du violon jusqu'à ce qu'il fût parfaitement accordé.

Alec McKie lui avait fait don du précieux instrument, à elle, sa seule petite-fille, quand elle avait sept ans — peu après l'accident de Davina, peu de temps avant qu'il meure.

— Prends-le, ma petite chérie, avait-il dit, serrant le violon entre ses doigts noueux pour le lui remettre. Ce sera ta voix.

Il avait consacré ses derniers jours à lui enseigner tout ce qu'il savait de la théorie musicale et des techniques d'archet, jouant pour elle chaque air de son répertoire — des mélodies et des pastorales, des gigues et des matelotes, et ses chers *strathspeys*[3] — jusqu'à ce que son élève appliquée ait tout mémorisé.

Personne n'avait davantage pleuré la mort d'Alec McKie que Davina.

Déterminée à honorer sa mémoire, elle quitta la pièce pour se rendre dans le jardin. Des voix enjouées l'attirèrent à l'extérieur, ranimant sa bonne humeur. Elle ne pouvait ni parler ni chanter, mais elle savait faire de la musique. Oui, cela, elle en était capable. Et que fût béni celui qui lui avait fait ce présent : non pas son grand-père, mais son Père céleste.

J'aime le Seigneur, car il a entendu ma voix.

Des visages familiers reçurent Davina, qui avançait avec son violon brandi tel un étendard. Hannah McCandlish, la fille du tisserand de Blackcraig, fut la première à l'accueillir, agitant une branche couverte de pétales blancs comme neige.

— Dieu vous bénisse, mam'zelle McKie! Qu'y bénisse les fleurs et vot' beau violon.

Davina fit une courte révérence, puis observa un moment ses voisins qui venaient assister à la fête du 1er mai. De jeunes mères avec des bébés agités, des enfants plus âgés endimanchés, et des garçons et des filles ayant atteint l'âge de se faire la cour, tous arrivaient apportant de fraîches aubépines.

---

3. N.d.T. : Danse écossaise semblable au quadrille, mais plus populaire.

Robert Muir, jardiner du domaine depuis de longues années, souriait en les acceptant, distribuant des clins d'œil aux jeunes filles comme s'il avait été un garçon de vingt ans. Sous la supervision de Leana, Robert accrocha les branches aux montants de la porte pour attirer la chance sur la maison. Les pétales desséchés joncheraient le sol avant la fin de la danse, mais pour l'instant, les innombrables petites fleurs blanches étaient encore nouvellement écloses et humides de rosée.

Attendant son tour, Davina respira leur fragrance capiteuse : pénétrante, évocatrice, caractéristique. Certains comparaient le parfum de l'aubépine en fleur à celui de la femme ; d'autres disaient que ses fleurs sentaient la mort. « De la viande en décomposition », avait dit un jour Will, en plissant le nez. « Le parfum de mai », avait répliqué sa mère, et Davina l'avait approuvée.

Un coup brusque tiré sur sa natte la fit virevolter.

— J'vous d'mande pardon, mam'zelle.

C'était Johnnie McWhae, qui recula d'un pas en lui présentant sa tête cuivrée.

— J'voulais juste… vous faire crier.

L'apprenti cordonnier de Drannandow aurait eu autant de mal à dissimuler son embarras que la teinture sur ses mains rugueuses.

— J'pensais pas à mal, mam'zelle McKie, bredouilla-t-il.

Davina balaya l'air de son archet, pour montrer qu'elle n'attachait aucune importance à cette gaminerie. Johnnie n'était pas le premier garçon de Galloway qui essayait une ruse ou une autre pour la faire parler. Il était heureux pour Johnnie qu'aucun de ses frères ne l'ait vu exécuter son manège, car il n'aurait plus cloué d'autre chaussure pour son maître. Ian était d'un naturel clément, mais Will et Sandy préconisaient une justice aussi brutale qu'expéditive.

Un samedi matin, au marché, le fils du tisserand s'était moqué de son infirmité, émettant des gargouillis en pointant son cou du doigt. Les jumeaux l'avaient alors ligoté avec ses

propres fils, avant de l'abandonner passablement amoché et
tremblant de la tête aux pieds. Ils n'avaient pas été plus tendres à l'endroit du fils du forgeron, qui avait traité Davina
d'attardée et de crétine. Il en avait été quitte pour une sévère
correction avec les pinces chauffées de sa propre forge.
Davina comprenait le besoin de ses frères de la protéger, de
la défendre, mais n'approuvait pas forcément leurs méthodes.
La plupart dans la paroisse connaissaient leur caractère
ombrageux et, par conséquent, ne faisaient rien pour attirer
leur attention.

«De la musique! De la musique!» scandaient maintenant
les assistants. Ils frappaient dans leurs mains tout en avançant le long du sentier dallé vers le centre du jardin de
Glentrool. Un sorbier couvert d'éclatantes folioles vertes servirait de mât enrubanné — celui-là n'aurait pas été taillé par
un homme, mais soigné par le Tout-Puissant. L'arbre, mis en
terre des années auparavant en hommage à sa grand-mère
Rowena, avait survécu à plusieurs hivers rigoureux pour
refleurir chaque printemps.

Aidée par Robert, Davina escalada un large banc de
pierre qui lui servait de tribune. Elle fit vibrer les cordes du
violon en les touchant légèrement, puis attaqua une première
note, lançant une gigue animée destinée à faire sourire Will
et Sandy : *La danse des fées.*

De son perchoir, elle repéra vite ses trois frères, chacun
au bras d'une jolie fille. Aussi éprouvante qu'eût pu être
l'heure du petit déjeuner, les jumeaux semblaient avoir
retrouvé leur bonne humeur. Agnès Paterson, avec sa silhouette doucement arrondie, était bien assortie à Will, tandis
que Bell Thomson, à la chevelure noire comme le jais, était de
la même taille que Sandy. Ian, qui était un peu plus grand
que ses frères, avait porté son choix sur Margaret McMillan,
dont le beau visage était tourné vers le sien, telle une marguerite attirée par le soleil.

Davina cligna des yeux pour chasser ses larmes. Quel étrange mélange d'émotions s'agitait en elle, à la vue de ses frères ainsi appariés ! Était-ce simplement parce que chacun avait une amoureuse ce jour-là, et qu'elle n'avait aucun soupirant ? Ou prenait-elle tristement conscience du fait qu'elle perdrait sa place dans leur cœur dès qu'ils seraient mariés ?

Oh ! Mécontente d'elle-même, Davina répéta le couplet d'introduction avec plus d'entrain. Elle s'apitoyait rarement sur son sort et elle ne le ferait pas maintenant. Que les garçons choisissent qui leur plairait. Avec un violon entre les mains et des fleurs dans les cheveux, elle était sans conteste la Reine de mai. Tous danseraient au son de sa musique, ce jour-là.

Se donnant la main, les danseurs firent trois fois le tour du sorbier dans le sens des aiguilles d'une montre, plutôt que dans le sens contraire, qui était celui des sorcières, comme chacun savait. Les rayons de soleil décoraient leurs visages souriants, pendant que le rythme alerte du violon les emportait. Des pieds nus et calleux s'enfonçaient dans les traces laissées par des bottes de cuir au talon solide. Bûcherons et propriétaires terriens, laitières et gentilshommes, tous avançaient à l'unisson, précédés par le laird de Glentrool et sa blonde épouse, Leana.

Sans manquer une note, Davina se lança dans un second quadrille écossais, plus enjoué que le précédent, puis un troisième, elle-même étonnée de la facilité avec laquelle la musique semblait couler de source. Était-ce la fraîcheur de l'air ? L'heureuse occasion ? La vue des jumeaux ayant retrouvé leur gaieté ? Quelle qu'en fût la raison, ses doigts étaient plus agiles que jamais. Si seulement il y avait eu un violoncelliste dans la vallée. Elle s'imaginait entendre les notes basses de l'instrument plus imposant, battant du pied la mesure du duo qui chantait en elle, une gigue endiablée après l'autre.

Lorsque les fêtards essoufflés demandèrent grâce, elle entama doucement *Mam'zelle Wharton Duff*, un air de marche avec une cadence modérée. Elle remarqua ses parents qui se retiraient de la danse en saluant, chacun se dirigeant vers son domaine — l'hôtesse vers sa cuisine, le laird vers ses écuries —, les deux veillant au bien-être de leurs invités, qui ne rentreraient pas chez eux avant seize heures, quand le thé aurait été servi.

Prenant avantage du rythme plus lent, les danseurs formèrent deux cercles concentriques, puis tournèrent dans des directions opposées en zigzaguant. Davina fit semblant de ne pas voir les couples qui échangeaient des baisers furtifs en se croisant. C'était la tradition, naturellement, mais si son père avait été présent, il ne l'aurait pas apprécié — pas pour ses fils non mariés, encore moins pour sa fille unique, qui n'avait jamais été embrassée.

La pensée la fit rougir. Elle avait vécu dix-sept années et n'avait jamais senti les lèvres d'un jeune homme posées sur les siennes ! Elle se tourna de côté, cachant ses joues roses derrière son violon, afin que personne ne vît son embarras et ne s'interrogeât sur sa cause. Les gentilshommes de la paroisse la traitaient toujours avec gentillesse et déférence, mais personne n'avait demandé à son père la permission de la courtiser. Pour cela, Davina n'éprouvait au fond que du soulagement. Elle avait été présentée à plusieurs jeunes hommes à l'église, pourtant aucun n'avait fait palpiter son souffle ou danser son cœur. Ni Andrew Galbraith, aux cheveux blond-roux et à l'héritage considérable, ni Graham Webster, un veuf séduisant, ni Peter Carmont, au regard ténébreux, cintré dans son uniforme de lieutenant, ni aucun autre gentilhomme de sa connaissance. Mais peut-être ce soir…

— Holà, jeune fille !

Surprise, elle baissa les yeux et découvrit le jeune Jock Robertson, un travailleur agricole de la ferme Brigton, qui vacillait vers elle. Elle sentait le whisky dans son haleine, l'entendait dans sa voix pâteuse. Le flacon qui émergeait de sa poche expliquait son état ; sa mère ne servait jamais rien de plus fort que de la bière, à Glentrool. Faisant mine de regarder ailleurs, Davina entama un nouvel air.

Mais Jock ne se laissa pas ignorer.

— Tu n'veux pas m'parler ?

Il planta un pied sur son banc, et se mit à gîter de façon dangereuse.

— Bigre, mais quelle jolie p'tite chose !

Désemparée, elle fit un petit pas en arrière et faillit basculer dans les rosiers de sa mère. Sa musique s'interrompit, attirant l'attention des danseurs, qui étirèrent le cou pour connaître la raison de cet arrêt.

Elle entendit Will et Sandy avant de les voir.

— Davina !

Les jumeaux divisèrent la foule comme un couteau bien aiguisé sépare l'os de la chair. Quand le garçon aux yeux hagards à ses pieds essaya de se ressaisir en s'agrippant à sa jupe, ses frères se lancèrent sur lui.

— Tu es un homme mort, Robertson.

Will agrippa la chemise de drap fin du jeune homme et tira fortement. Pratiquement étouffé, Jock relâcha les vêtements de Davina.

Elle retrouva son équilibre, puis observa, consternée, William asséner un solide coup de talon derrière les genoux de Jock, le projetant au sol avec un bruit mat. Quoique l'ouvrier fût plus grand et plus costaud que ses frères, il était impuissant contre le redoutable duo. Ils le rouèrent de coups de poing et d'injures, jusqu'à ce que le garçon au visage rougeaud s'effondre sur le sol en un tas informe.

Des murmures firent le tour du jardin pendant que Davina attendait que la correction fût finie, son violon pressé sur son cœur. Mais qu'est-ce qui poussait donc ses frères à traiter un homme avec autant de violence, alors qu'il avait fait si peu pour le mériter ? Si son père avait été témoin de l'horrible scène, il aurait enrôlé ses deux fils dans l'armée séance tenante pour aller combattre Napoléon, plutôt que de les laisser maltraiter un pauvre voisin ivre et sans défense.

Ignorant la détresse de Davina, Will frotta la terre de ses manches, puis marcha sur le corps de Jock comme s'il n'avait été qu'une vulgaire carpette.

— T'a-t-il fait du mal, Davina ?

Will agrippa son coude et l'aida à descendre pendant que Sandy remettait le journalier sur ses pieds et le poussait en direction de la grange.

— Un ivrogne bon à rien devrait connaître sa place, grommela Will. Et sa place n'est pas auprès de ma sœur.

Davina hocha la tête, mais ne put se résoudre à regarder son frère, honteuse de son comportement. Quand ses frères partiraient pour Édimbourg, ils lui manqueraient beaucoup. Mais elle ne s'ennuierait pas de leur cruauté et de leur soif de vengeance. Parfois, il lui semblait que ses charmants frères étaient enlevés par de mauvaises fées et remplacés par des brutes.

Une observation la consola : Jock ne boitait pas. Peut-être le contenu de son flacon avait-il engourdi ses sens, lui épargnant le pire des coups de ses frères. Parmi les vaches, il pourrait cuver son whisky en toute tranquillité.

Quand ce bref spectacle fut terminé, la compagnie tourna son attention vers une rangée de tables drapées de lin et surchargées de nourriture. Davina présenta son violon à un domestique et alla superviser le festin du 1er mai. Ses frères vinrent la rejoindre, remplissant leur assiette de bœuf fumé et de mouton mariné, se félicitant mutuellement de leur action héroïque.

Une voix de femme se fit entendre.

— Est-ce que ça va, Davina ?

C'était sa mère, qui se précipitait sur le sentier dallé, une expression alarmée déformant ses traits pâles.

— Jenny m'a dit qu'il y avait eu une altercation avec l'un de nos voisins...

Will se tourna vers elle, désireux de justifier ses actions.

— Vous auriez dû voir le regard bestial de Robertson, mère.

Sa mâchoire contractée, le ton de sa voix qui se voulait convaincant en disaient plus que ses mots.

La violence employée, cependant, rebutait sa mère.

— Il faut savoir proportionner le châtiment au crime, William. Bien que je désapprouve l'ivrognerie, on m'a rapporté que Jock s'était seulement adressé à ta sœur trop librement. Et qu'il avait froissé sa robe sans le vouloir.

La maîtresse de Glentrool regarda ensuite Agnès et Bell, qui s'attardaient près d'un plateau de galettes d'avoine, attendant le retour de leurs partenaires de danse.

— J'ai observé tes tendres regards pour mademoiselle Paterson, lui fit remarquer Leana. Et tu lui as effleuré la manche plus d'une fois. Son frère Ranald aurait-il raison de te clouer au sol et de te donner une raclée ?

Les joues de Will se colorèrent.

— Non, bien sûr. Mais je suis un gentilhomme...

— Et Jock Robertson travaille de ses mains.

La voix douce de Leana n'atténuait pas la portée de ses mots.

— C'est un enfant de Dieu comme toi, William. Et un invité de Glentrool, aussi.

Elle posa les mains sur ses deux joues, et ses yeux bleu-gris brillaient d'affection maternelle. Quand Leana McKie réprimandait ses enfants, la force de son amour était encore plus apparente.

— Plus tard, poursuivit-elle, quand notre voisin sera remis, tu le raccompagneras chez lui. Et tu lui prêteras ton meilleur cheval.

Chapitre 5

Salut, ô mai généreux, toi qui inspires
L'allégresse, et la jeunesse, et le chaud désir.
— John Milton

Davina baissa le regard, tandis que Will et Sandy inclinaient humblement la tête, plutôt que de discuter avec leur mère. Qui oserait manquer de respect envers une femme aussi vertueuse ? Après avoir marmonné quelques excuses, les frères retournèrent auprès d'Agnès et de Bell, qui célébreraient sûrement la bravoure des garçons, appliquant un baume sur leur ego meurtri.

Sa mère, entre-temps, remettait en place les rubans que Jock avait dérangés involontairement.

— Pardonne à tes frères. Ils sont jeunes et impétueux, pleins d'une énergie qu'ils ont peu d'occasions d'employer. Comme des chevaux fringants restés trop longtemps dans leur stalle.

Elle se tut un moment, lissant les cheveux de Davina.

— Édimbourg sera bénéfique aux jumeaux, continua-t-elle, même si je sais que la séparation sera difficile pour toi. Heureusement, ton frère aîné ne s'en va pas.

Sa mère regarda Ian, qui était non loin d'elles, deux assiettes en main, et n'ayant d'yeux que pour mademoiselle McMillan. Non, Ian ne s'en irait pas de Glentrool de sitôt. Mais quelqu'un allait bientôt s'ajouter à la famille, semblait-il, peut-être même avant la fin de l'été. Davina étudia le couple, soupesant l'idée. Une autre femme dans la maison. Une sœur, par alliance.

Le doux rire de sa mère la fit se retourner.

— Je sais à quoi tu penses, Davina. Et je crois que Margaret s'intégrerait très bien à notre famille.

Elle présenta à sa fille un plat comportant quelques-unes de ses gâteries préférées, du fromage à pâte dure et des gâteaux aux amandes, entre autres.

— Je reviendrai te voir un peu plus tard, ça te va ?

Elle effleura la joue de Davina, puis se dirigea vers la maison.

Davina avala quelques bouchées de mouton et une tranche de fromage, résolue à apprécier la beauté de la journée et la compagnie de ses voisins. Le ciel était d'un bleu saphir, les nuages hauts et rares, et une douce brise agitait les feuilles du sorbier. Assise sur le banc de pierre, elle buvait le chaud soleil comme un thé apaisant, tout en parcourant le jardin du regard, à la recherche d'un visage ami.

Barbara Heron vint s'asseoir tout de suite près d'elle, comme si Davina l'avait appelée par son nom. La fille du meunier, âgée d'une vingtaine d'années et toujours sans mari, était d'humeur joyeuse. Sa robe ondulée de mousseline blanche avait bien quelques années d'âge, mais n'en demeurait pas moins très présentable.

— Tu as joué magnifiquement, aujourd'hui ! s'exclama-t-elle en s'assoyant.

Barbara ne fit pas de pause comme plusieurs, attendant une réponse de Davina avant de se rappeler qu'elle ne viendrait pas. Elle relata plutôt les nouvelles du jour dans un monologue enjoué, reprenant à peine son souffle entre chaque thème. Des mariages imminents, de nouveaux arrivants dans la paroisse, des randonnées projetées pour l'été prochain : tout était révélé avec enthousiasme, jusque dans les moindres détails.

Davina faillit ne pas entendre Janet Buchanan se joindre à eux, tant elle se posa délicatement sur le banc, comme un minuscule pipit des prés. Jeune fille d'un naturel doux habitant la ferme voisine de Palgowan, Janet préférait écouter. Elle le faisait avec de grands yeux attentifs, se couvrant la bouche du bout des doigts à chaque révélation étonnante.

Plusieurs jeunes femmes avaient eu le temps de se joindre au cercle, au moment où Barbara eut enfin épuisé son répertoire de commérages.

— Comme il fait chaud, aujourd'hui, dit-elle en faisant une petite révérence, son numéro terminé. Tu joueras encore pour nous, Davina? Je dois encore danser un *strathspey* avec Peter Carmont.

Elle jeta un regard circulaire, puis baissa la voix.

— On dit qu'il partira pour le Portugal avant le jour de Lammas, confia-t-elle à mi-voix. Son régiment attend ses ordres de marche... de sir Wellesley, précisa-t-elle dans un murmure à peine audible.

Sur cette note dramatique, Barbara s'éloigna du groupe et fila comme une flèche vers le lieutenant sans méfiance, qui était debout au milieu d'un groupe d'hommes, à l'extrémité du jardin.

Quand Davina se leva, Janet l'imita et lui serra légèrement la main.

— Jouerais-tu un air sentimental? Pour moi?

Davina pressa ses doigts gantés en guise de réponse. Elle savait précisément l'air qui convenait pour sa discrète amie. Elle fit un geste en direction du domestique à qui elle avait confié son violon pendant l'heure du déjeuner. Elle se hissa ensuite sur le banc avec l'aide de ce dernier et fit vibrer un accord d'un coup d'archet. Un chœur d'exclamations joyeuses s'ensuivit. L'assemblée avait assez festoyé et était maintenant prête à danser.

La ronde rituelle du 1er mai fit place aux quadrilles, les danseurs choisissant leur partenaire et formant des lignes. Tandis que le soleil décrivait son arc au-dessus de la vallée, Davina servait une mélodie après l'autre, depuis l'air paisible demandé par Janet, *La jeune fille sans nom*, jusqu'aux matelotes préférées de ses frères.

Elle ne put s'empêcher de remarquer les nouveaux couples que les réjouissances de la journée avaient formés. Des

garçons et des filles qui s'étaient remarqués d'emblée partageaient maintenant une coupe de punch ou s'attardaient
après un quadrille écossais, les mains toujours jointes. Sandy,
en particulier, semblait faire une cour assidue à Bell Thomson,
une jeune femme de grande taille qui ne manquait pas non
plus de caractère. Comme elle l'avait prévu, Ian et Margaret
étaient inséparables. Avait-elle déjà vu son frère, généralement taciturne, aussi animé ? Barbara Heron et Peter Carmont
dansèrent un *strathspey* ensemble, mais ce dernier la délaissa
bientôt pour une svelte brunette du village.

Quelques personnes s'informaient de Davina. « N'y a-t-il
pas de prince consort, en ce mois de mai ? » Elle souriait seulement, pensant à ses plans pour la soirée. Le jour se terminerait comme il avait commencé, par une excursion solitaire à
l'extérieur. Pas pour se baigner dans la rosée ou chasser ses
taches de rousseur, mais pour éprouver une vieille tradition
de Beltaine, « remontant à la nuit des temps », comme aurait
dit son père.

À seize heures, on apporta des plateaux chargés de tasses
de thé et, peu après, les invités furent renvoyés chez eux, fatigués, mais rassasiés. La plupart s'en retournèrent à pied,
d'autres à cheval ; la route étroite et semée d'ornières de la
vallée ne permettait pas aux voitures de s'y aventurer. Will et
Sandy accomplirent leur devoir en raccompagnant Jock,
jetant pour lui une selle sur le meilleur cheval des écuries de
Glentrool.

Quand les derniers rayons du soleil peignirent l'horizon
d'orange et que la lune, dans son premier quartier, approcha
du zénith, les jumeaux revinrent enfin de la ferme Brigton.
Davina se précipita à la fenêtre au son des fers à cheval martelant l'allée devant la maison, soulagée de les voir. Aubert
Billaud, le pointilleux chef de Glentrool, servait le dîner à
vingt heures précises. Jamie insistait pour que tous soient
présents, et cette règle ne souffrait pas d'exception.

Après avoir confié les chevaux au garçon d'écurie, les frères disparurent dans l'escalier, puis se présentèrent à table les cheveux encore mouillés et la cravate sommairement attachée. Si un différend subsistait entre le père et ses fils, il n'en parut rien pendant le repas. Les plats d'Aubert — du saumon bouilli avec du fenouil, de fines tranches de rognons et des pluviers rôtis — maintinrent les fourchettes actives et l'attention des mangeurs occupée. Ian et sa mère firent les frais de la conversation et évitèrent soigneusement toute mention d'Édimbourg.

Comme toujours, la soirée s'acheva par la prière familiale. Dans plusieurs maisons écossaises, cette pratique s'était perdue au siècle précédent, mais pas à Glentrool. Davina posa les mains sur ses genoux, attendant que son père ouvrît le coffre de bois près du foyer, qu'il levât la Bible et la déposât devant lui avec le respect approprié. Un ruban usé faisant office de signet marquait un psaume. Il ouvrit l'épais volume, passant les mains sur les pages usées.

— «Car Dieu est soleil et bouclier.»

Son père pouvait consacrer toute la prière de la soirée à un seul verset. Davina ne s'ennuyait pas au cours de la longue heure, contrairement aux jumeaux, qui s'agitaient sur leur chaise, s'échangeant des coups de coude pour se maintenir éveillés. Quant à Leana, son regard demeurait fixé sur son mari, le visage brillant comme la lune.

— «Il donne grâce et gloire.»

Cela fut dit comme une promesse, que sa mère souligna en plaçant une main sur son cœur. Son père avait beaucoup à dire sur la gloire et plus encore sur la grâce.

— «La clémence est un présent. Nous devons la demander, comme David le fit. "Aie pitié de moi, mon Dieu."»

Le front de Davina se fronça à ces mots. Suffisait-il de la demander pour la recevoir? Le roi David, du nom duquel elle avait hérité, implorait souvent la miséricorde divine. Le

Tout-Puissant ne se fatiguait-il donc jamais de déverser sa bonté sur son peuple, encore et encore?

Son père ne semblait pas le penser. Alors que l'heure achevait, il conclut le verset de la soirée.

— «Dieu ne refuse rien à ceux qui marchent dans l'intégrité.»

Davina écouta distraitement les commentaires de Jamie qui suivirent, mais son esprit jongla avec les derniers mots: *qui marchent dans l'intégrité.*

La phrase refusait de quitter son esprit, pendant qu'elle suivait la famille dans l'escalier. Elle savait qu'elle redescendrait discrètement plus tard, quand toutes les portes seraient closes et que le vestibule d'entrée serait désert. Bien que ses plans fussent bien innocents, la coutume voulait qu'elle y aille seule et revienne ensuite dans le plus grand silence. Elle devait éviter que ses frères turbulents la suivent, sinon cette soirée serait ruinée et elle devrait attendre douze autres mois.

Sarah la déshabilla avec l'aisance née de l'habitude, puis glissa une fraîche robe de nuit de mousseline sur sa tête. Ensuite, elle lui brossa les cheveux, qui vinrent se déposer sur ses épaules comme un doux nuage.

— Dormez bien, murmura Sarah avant de quitter sa chambre pour se diriger vers les quartiers des domestiques, derrière la maison.

La pendule de la cheminée de la salle de réception sonnait onze heures et demie du soir, quand Davina enfila une paire de bas de coton et s'enveloppa dans un plaid mince. Elle descendit le grand escalier sur la pointe des pieds, tenant la couverture d'une main et agrippant un couteau de l'autre. Chapardé dans le tiroir d'Aubert pendant qu'il était pris dans les préparatifs du dîner, le petit ustensile possédait les attributs exigés par le rituel: un manche d'ébène et une lame tranchante.

Il fallait une main assurée, et surtout beaucoup de patience, pour ouvrir et refermer la grande porte de chêne sans faire de bruit. Quand elle fut bien close, Davina prit la lanterne de fer de son crochet, près de la porte, et marcha le long de l'allée, devant la maison. La lanterne contenant deux bougies et aux parois faites de corne extrêmement amincie éclairait ses pas. La lune croissante était de peu d'utilité, tant elle était basse dans le ciel, et l'air de la nuit était plus froid qu'elle s'y était attendue. Elle agrippa son plaid plus fermement et examina avec attention les bordures du sentier. Elle n'aurait pas à escalader les collines, si elle trouvait ce qu'il lui fallait près de la maison. L'achillée — que sa mère appelait «millefeuille» — poussait partout.

Le jour de Lammas, la plante lui arriverait aux genoux. Maintenant, elle n'était pas si haute. Elle n'était pas non plus en fleur, mais Davina reconnaîtrait sûrement ses racines anguleuses couvertes de feuilles duveteuses. Sa mère ne cueillait-elle pas l'achillée à chaque moisson, pour faire du thé? Elle se rappelait que les feuilles amères étaient plus larges que son pouce...

Ici.

Davina se pencha, déposa sa lanterne sur l'allée et pinça la plante velue entre ses doigts. Une odeur familière flotta jusqu'à elle. Rafraîchissante, comme la grande camomille. Et forte.

Elle prit le couteau dans sa main droite et tira la tige fermement de la gauche. La coupure produisit un bruit fort et sec dans le calme du milieu de la nuit. Dans son cœur, elle murmurait les lignes d'un vieux poème :

> *Bon matin, bon matin, belle achillée,*
> *Et trois fois à toi, bon matin ;*
> *Viens, me dire avant demain,*
> *Qui sera l'amour de ma vie.*

Davina pressa l'achillée sur sa poitrine et s'imagina qu'elle s'éveillait le lendemain matin avec une vision de son futur époux. Puisqu'elle n'avait pas encore rencontré un tel homme à Galloway, peut-être le verrait-elle dans ses rêves, le seul endroit où ses frères ne pouvaient s'immiscer.

En accord avec le rituel, elle enfouit l'herbe aromatique à l'intérieur de son bas droit. Les feuilles étaient rugueuses contre sa peau. Elle reprit la lanterne et la leva pour éclairer son chemin pendant qu'elle se précipitait vers la porte. *Marcher dans l'intégrité.* Les mots de son père — les mots du Tout-Puissant — résonnèrent en elle.

Avait-elle enfreint quelque règle ? Ou commis un péché ?

Davina secoua la tête, refusant de le croire. Une feuille inoffensive, un petit poème, un espoir d'adolescente. Rien de plus.

Elle rentra dans la maison aussi silencieusement qu'elle l'avait quittée. Après avoir remis le couteau d'Aubert dans le tiroir de la cuisine, elle grimpa l'escalier et prêta l'oreille. Ian dormait à poings fermés ; elle entendait sa respiration légère et régulière. Les jumeaux, qui partageaient la même chambre, ronflaient en duo.

Quand elle se glissa dans sa chambre à coucher circulaire, Davina prit sa première véritable respiration depuis plusieurs minutes. Une sortie parfaitement réussie dont personne ne s'était aperçu. Elle retira son bas de coton et son précieux contenu, puis enfouit la plante sous son oreiller. Après une journée aussi fertile en événements, le sommeil ne serait pas long à venir.

Elle tira les couvertures sous son menton et s'endormit rapidement.

Elle avait rêvé plusieurs rêves quand elle s'éveilla avec le soleil. Elle prit son cahier à dessin afin de confier à la feuille de papier ce que l'achillée lui avait montré pendant la nuit.

Chapitre 6

La culpabilité est une chose terrible.
— Ben Jonson

W ill McKie enfouit la dernière de ses chemises de batiste dans la malle de cuir. Une demi-douzaine de *sarks*[4] devrait suffire pour l'été. Édimbourg ne comptait-elle pas au moins une ou deux jolies lavandières?

— Will?

La voix de Sandy, aiguë et insistante, venait de l'escalier. Il entra dans leur chambre un moment après et il paraissait inquiet.

— As-tu vu Davina?

Il cessa d'empaqueter ses affaires, tous ses sens en alerte. Au petit déjeuner, quand il avait remarqué que la place de sa sœur était vacante, Will avait supposé qu'elle s'était réveillée plus tôt, pour aller dessiner un peu sur les collines.

— Qui l'a vue en dernier et quand?

— Mère. Hier à l'heure du coucher.

Sandy jeta un regard de côté vers la porte et baissa la voix.

— Tu sais très bien que Davina n'est plus elle-même, depuis le 1er mai.

Will grimaça, revivant la scène avec Jock Robertson, qui s'était produite deux jours auparavant. Il avait remarqué le déplaisir dans les yeux de sa sœur, le reproche discret dans son attitude.

— Il valait mieux risquer que Davina fût mécontente de nous, dit-il à son frère jumeau, plutôt que de laisser un paysan folâtrer avec elle et ruiner l'honneur de son nom.

---

4. N.d.T. : «Chemise», en gaélique.

Et le nôtre. Leur naïve sœur ne savait rien des hommes, des rouages secrets de leur esprit, de ce dont ils étaient capables. Davina avait besoin de Sandy, et elle avait besoin de lui, Will. Pourtant, ils étaient là, sur le point de partir pour Édimbourg.

Sandy fit un geste en direction de la fenêtre et de la lande au-delà.

— Le temps est maussade. Rab est sorti avec les chiens sur la colline pour la retrouver. Père et Ian fouillent le verger à pied.

— Allons au loch, alors. À cheval.

En traversant la pelouse, les jumeaux furent accueillis par la pire grisaille que le mois de mai pouvait offrir. Un brouillard lourd et gris, épais comme du duvet d'oie, s'était infiltré dans tous les coins et recoins du paysage. Le loch, les pins et la plupart des bâtiments de la ferme — le poulailler, le colombier, le grenier, la grange, les écuries, le hangar des véhicules et l'étable — étaient enveloppés dans un linceul mouillé.

Sandy enfourcha son cheval hongre, le garçon d'écurie ayant déjà sellé les montures pour leur voyage.

— Comment crois-tu la retrouver dans le brouillard?

— Nous relâcherons les guides et laisserons les chevaux nous diriger, conseilla Will, en mettant son pied dans l'étrier. Elle ne peut être allée très loin.

Il prit la tête et se dirigea vers le Trool, un loch long et sinueux qui traçait son cours au fond de la vallée profonde. Quand il faisait beau, Davina s'assoyait souvent sur le quai de pierre, au bout du chemin, et s'absorbait dans un dessin. Bien qu'un petit bateau y fût toujours amarré, elle s'aventurait rarement à bord de la yole à fond plat toute seule. Will descendit de cheval le temps d'inspecter les amarres, heureux de voir l'embarcation danser sur l'eau, retenue par un câble solide.

Sandy poussa un soupir, visiblement soulagé.

— Elle n'est pas sur le loch.

Les frères continuèrent vers l'est, avançant en file indienne sur une étroite piste cavalière, le long de la berge. Ils criaient son nom à tour de rôle, puis prêtaient l'oreille pour surprendre une réponse — un mouvement dans les buissons, un caillou lancé, enfin n'importe quoi. Davina ne pouvait leur répondre verbalement, bien sûr, mais elle viendrait sûrement vers eux. Si elle en était capable.

Le cœur de Will se mit à lui marteler la poitrine au moment où les chevaux bifurquèrent au nord, les menant au cœur d'un dense bosquet d'arbres à feuilles persistantes, qui gardaient un très grand tombeau. D'autres familles de Monnigaff enterraient leurs parents défunts dans le cimetière de la paroisse, mais pas les McKie. Alors que le parfum piquant des pins chatouillait ses narines, une impression plus puissante, celle de la peur, saisissait son âme. Les morts n'étaient pas seuls à habiter ce lieu de sépulture.

Sandy demanda à son frère, qui le précédait :

— Avais-tu l'intention de nous emmener ici ?

Son frère jumeau le connaissait bien ; c'était le dernier endroit où il voulait être. Leurs chevaux s'arrêtèrent brusquement quand le monument funéraire rectangulaire s'éleva dans la brume. Deux générations avaient déjà été ensevelies derrière sa façade ornementale, leurs noms gravés dans la pierre : *Archibald et Clara McKie. Alec et Rowena McKie.*

— «Fidèles jusque dans la mort», lut Sandy à voix haute.

Ils savaient quels étaient les deux noms qui s'ajouteraient ensuite. *James et Leana McKie.*

— Plaise à Dieu, bien des années s'écouleront avant le retour du tailleur de pierres à Glentrool, ajouta-t-il.

— Oui, répondit Will, dont le corps fut parcouru par un frisson.

Ils s'étaient attardés assez longtemps. Il secoua les rênes pour inciter son cheval à avancer. Mais c'était trop tard.

S'il te plaît, Will! *Ne fais pas cela...* La voix de Davina. Haute et douce.

Arrête, Sandy! *Tu vas blesser quelqu'un...* La voix de leur sœur. La voix d'une enfant.

Will se pencha en avant et pressa un gant sur sa bouche, craignant d'être malade. Sandy était déjà à ses côtés.

— Elle n'est pas ici, Will, lui dit-il. Respire profondément. Voilà, très bien.

Ses idées commençaient à s'éclaircir, son estomac agité à se calmer. Le souvenir, par contre, était toujours aussi vivant dans son esprit. Sandy et lui, qui avaient alors six ans, étaient debout à cet endroit — juste là, à côté du tombeau —, se chamaillant pour la possession du glaive de leur grand-père, volé sous son grand lit.

Tandis que leurs parents recevaient un visiteur, les garçons avaient traîné le lourd fourreau à bonne distance de la maison. Leur but était de se battre en duel à tour de rôle contre un ennemi imaginaire. Ils s'étaient plutôt empoignés l'un l'autre, chacun revendiquant la possession de l'épée. Au risque de s'infliger de graves blessures.

Davina était venue à leur recherche et avait lancé un cri de frayeur en voyant l'arme brandie. *Sandy, lâche l'épée! S'il te plaît, Will!*

Chaque jumeau tenait fermement le manche d'une main, les bras tendus au-dessus de leur tête, la lame mortelle pointée en direction du ciel d'avril. Davina s'était approchée, les implorant de mettre fin à leur querelle.

C'est à ce moment précis que Will était parvenu à arracher l'épée à Sandy. Peut-être son frère avait-il simplement lâché prise; à ce jour, la vérité demeurait un mystère. Will était tombé à la renverse, l'arme dans sa main droite balayant un grand arc dans les airs.

L'élan était impossible à arrêter. Et l'épée trop lourde.

Le plat de la lame s'était abattu sur la gorge de Davina, la projetant violemment au sol. Incapable de respirer. Incapable de parler.

Sandy s'était lancé à toutes jambes vers la maison, appelant son père à l'aide...

— Est-ce vous, les garçons ?

La voix de Jamie trancha le brouillard aussi nettement que l'eût fait l'acier. Will se redressa sur sa selle, ramené au moment présent par une main invisible.

— Monsieur ?

Son père était là, avec Ian à ses côtés, un adulte maintenant, comme si une décennie s'était écoulée en l'espace d'une seconde. Will secoua la tête, espérant déloger le souvenir douloureux, effacer le terrible verdict. *Traumatisme du larynx. Nerfs endommagés. Cordes vocales abîmées.*

Le dernier mot que sa sœur avait prononcé était son nom.

Ian jeta un regard circulaire dans la clairière, le front soucieux.

— Pensiez-vous trouver Davina... ici ?

Will perçut le reproche dans les mots de son frère aîné. Ou peut-être l'imagina-t-il, le sachant bien mérité.

— Les chevaux nous ont conduits ici, tenta d'expliquer Will, puis il comprit à quel point sa réponse était ridicule.

Il haussa les épaules.

— Nous avons cru qu'ils avaient peut-être entendu quelque chose.

Sandy lui épargna un embarras supplémentaire.

— Avez-vous des nouvelles de Rab ? demanda-t-il.

— C'est ce que nous étions venus vous annoncer.

Jamie saisit la bride de la monture de Will, afin de lui faire prendre la direction de la maison.

— Rab a trouvé votre sœur au cottage de Jeanie Wilson. À notre insu, Davina est allée faire une promenade matinale près des chutes du Minnoch. Quand le temps s'est gâté, elle a dû trouver refuge chez la sage-femme.

Will fut soulagé de l'entendre, mais sa poitrine demeurait opprimée.

— Je suis heureux d'apprendre que Davina est en sécurité, marmonna-t-il.

Mais il aurait préféré la retrouver lui-même.

Deux à cheval, deux à pied, les hommes de la famille McKie entreprirent lentement le chemin du retour. La brume était plus épaisse que jamais, les enveloppant tandis qu'ils marchaient. Rien d'autre ne fut dit au sujet de Davina, ce que Will trouva étrange. Son père n'avait-il pas remarqué son absence, au petit déjeuner ? Pourquoi ne s'était-il pas lancé à sa recherche plus tôt ? L'homme parla plutôt d'Édimbourg, leur annonçant son intention de partir dès midi en emportant assez de vêtements et de provisions pour quelques jours. Les jumeaux rendraient visite à un tailleur dès leur arrivée ; leurs livres et d'autres effets avaient déjà été expédiés par voiture de poste.

— Vos malles voyagent par la grande route, continua leur père. Nous, par contre, chevaucherons directement vers l'est. Nous irons d'abord par les landes jusqu'à Moniaive et Thornhill. Puis, nous franchirons les Lowther Hills en empruntant la vieille voie romaine jusqu'à Elvanfoot, avant de traverser Biggar.

Jamie s'était souvent rendu à Édimbourg pour des affaires concernant le domaine et il connaissait le chemin le plus rapide.

— Cela mettra votre endurance à l'épreuve, les mit-il en garde. Nous ne fréquenterons pas beaucoup de chemins de gravier entre ici et le collège Wynd, où votre avenir vous attend.

— Et qu'en est-il de Davina ? demanda abruptement Will, qui avait déjà entendu tout ça auparavant. Quel avenir l'attend, elle ?

Son père s'arrêta pour le dévisager, l'incrédulité gravée sur ses traits.

— Est-ce que tu insinues que je ne pourvoirai pas aux besoins de ma propre fille ?

— À ses besoins matériels, dit Will, qui était heureux d'être à cheval à ce moment-là, et de jouir d'une position de supériorité. Mais notre sœur a aussi besoin d'être protégée. Veiller sur Davina est...

— *Mon* souci, répliqua Jamie. Pas le tien.

Le père et le fils s'engagèrent dans un court duel de regards et de volonté.

Finalement, ce fut Ian qui parla, jouant le rôle de pacificateur.

— Davina est aimée de tous à Glentrool, mes frères. Je vous promets que nous veillerons bien sur elle quand vous partirez.

— Et ce sera bientôt, dit leur père en consultant sa montre de poche.

Il en referma sèchement le couvercle pour mettre fin à la discussion.

— Quand vous aurez fait vos adieux à toute la maisonnée, reprit-il, nous nous retrouverons aux écuries.

Jamie s'éloigna un peu, les épaules droites et la tête haute, ne laissant planer aucun doute sur l'identité du laird. Quand il fit volte-face et revint vers eux, irradiant une force redoutable prête à l'action, Will sentit qu'il devait descendre de cheval et relever le défi. Quelques instants après, Sandy l'imita.

Leur père était devant eux, tremblant de colère contenue.

— Je veux que ceci soit bien clair entre nous, commença-t-il. Personne ici n'aime davantage Davina que moi. J'ai veillé à ce qu'elle reçoive une solide éducation et je lui trouverai un mari digne d'elle.

Il fit une brève pause, et sa voix s'adoucit un peu.

— Ton désir de la protéger est compréhensible, Will. Et digne d'éloges. Mais je ne garderai pas sa belle intelligence et son esprit éveillé sous clé. Davina ne peut parler, mais elle peut penser, et elle le fait très bien.

Will déglutit fortement.

— Père, je...

— Écoute-moi.

Jamie posa sa main sur l'épaule de Will, et elle se referma tel l'étau d'un charpentier.

— Il n'arrivera aucun mal à ta sœur. Ni cette saison, ni plus tard. Ne me fais-tu pas confiance ?

Relâchant son fils après l'avoir serré une dernière fois, il ajouta :

— Tu sais ce que la Bible dit : « Deviens sage, mon fils, et réjouis mon cœur. »

Will reconnut le proverbe, en même temps qu'un autre lui venait à l'esprit : *Chagrin pour son père qu'un fils insensé.* Il avait assez provoqué l'homme en ce jour, et garda donc le silence.

Oui, père. Je vous ferai confiance, si je le dois.

Chapitre 7

*Mais le destin décrète que les amis les plus
chers doivent se séparer.*

— Edward Young

Davina pressa son album contre ses genoux. Dans le
passé, elle ne s'était jamais souciée que l'on regarde ses
dessins et ses notes griffonnées. Aujourd'hui, c'était très
différent, et même sa mère ne verrait pas ce qu'elle y avait
ajouté la veille au matin. Quand Davina avait levé la tête de
son oreiller, qui sentait l'achillée, elle avait fixé ses rêves de la
nuit au fusain.

Des bougies brûlaient dans chaque coin du salon, et un
feu de tourbe luisait dans l'âtre, chassant l'obscurité de la
matinée couverte. Tout le personnel de la maison ainsi que
la plupart des bergers et des ouvriers agricoles s'étaient rassemblés pour assister au départ des jumeaux. Les domestiques portaient des uniformes bien repassés, les bergers
avaient des bonnets bleus délavés et des chemises de lin sans
col, et les ouvriers feignaient d'ignorer leur pantalon taché,
mais tous semblaient également heureux d'échapper à leurs
corvées pendant une heure.

Après une telle matinée, Davina était heureuse d'être du
nombre. Comme elle s'était sentie ridicule, quand Rab avait
frappé à la porte de Jeanie. Elle avait seulement souhaité faire
une courte promenade pour se préparer à la triste séparation
qui allait suivre. Au lieu de cela, le chef des bergers avait dû
sillonner la vallée comme si elle avait été un agneau égaré.

— Mam'zelle McKie, vos frères sont à la maison.

Eliza Murray, la sympathique gouvernante de Glentrool,
ouvrit la porte d'entrée, invitant du geste les hommes à l'intérieur. Ni grande ni petite, ni mince ni ronde, Eliza arborait

une chevelure couleur de sable, très différente de la crinière rouge de son mari.

— Nous avons trouvé les jumeaux, dit Ian, qui fut le premier à entrer dans la pièce, le visage humide de rosée.

Il déposa un baiser sur le front de Davina, puis regarda par-dessus son épaule.

— Tu vois, Will ? Ta sœur est bien protégée, ici.

Davina leva les yeux vers lui, confuse. Elle n'avait pas été partie très longtemps. Et contre qui devait-elle être ainsi protégée ?

Puis, Will apparut à la porte, la culpabilité burinée sur chaque trait de son beau visage. *Qu'est-il donc arrivé ?* Elle se hâta vers lui, son cahier à dessin oublié. Saisissant les mains de son frère dans les siennes, elle les secoua légèrement, le forçant à soutenir son regard. *Dis-moi, Will. S'il te plaît.*

— Sandy et moi... étions inquiets à ton sujet, avoua-t-il finalement, essayant de se dégager. Nous avons cherché le long du loch..., dans la forêt de pins..., dans la clairière.

Le tombeau familial. Maintenant, elle comprenait. Aucun d'eux n'y allait plus jamais, dorénavant.

Elle se toucha le cœur, puis ouvrit la main — un geste qu'il connaissait bien. *Je t'ai pardonné, Will. Le jour même de l'accident.* Lirait-il la vérité dans son regard, s'en souviendrait-il ?

Quand Sandy apparut, elle tendit la main pour prendre la sienne, des larmes lui piquant les yeux. Lui aussi avait souffert, depuis ce jour fatidique jusqu'à celui-ci. Rejetant sur lui la responsabilité d'un accident qui n'était la faute de personne.

Maintenant que l'heure de leur départ pour Édimbourg était venue, Davina détestait l'idée de les laisser s'en aller. Bien sûr, les jumeaux la talonnaient et ne lui accordaient jamais une minute de tranquillité. Mais ne les aimait-elle pas encore plus pour cela ? Ils étaient trop belliqueux, trop prompts à se porter à sa défense. Mais n'étaient-ils pas les plus jolis garçons de tout Galloway, avec leur menton carré et leurs larges épaules ?

Mon cher Sandy. Mon adorable Will.

Elle baissa la tête, embarrassée par ses larmes.

— Oh ! Davina !

Sandy l'attira dans ses bras, la serrant contre lui.

— Pardonne-nous de partir, jeune fille, lui murmura-t-il à l'oreille.

Il sentait la bruyère et la rosée, et il était aussi solide que les flancs granitiques de Mulldonach.

Quand ce fut au tour de Will, elle n'osa pas le regarder en face ; si elle devait surprendre ne serait-ce que l'ombre d'une larme dans ses yeux, elle demeurerait inconsolable. Enveloppée dans son étreinte passionnée, elle sentait la tension dans son corps, entendait la douleur dans sa voix.

— Ne pleure pas, ma petite fée.

Comment survivrait-elle, sans lui ?

Will la libéra et enveloppa les joues de Davina entre ses paumes une dernière fois. Puis, il se retourna pour serrer la main des domestiques, qui formaient une ligne irrégulière dans la pièce. Elle observait ses frères incliner la tête en passant devant chacun, offrant des remerciements, recevant leur bénédiction. Les femmes de chambre se mouchaient discrètement avec leur tablier, tandis que les travailleurs se dandinaient gauchement, voulant paraître stoïques. Jamie attendait à la porte avec Leana à son bras, dont le visage brillait de fierté maternelle. Davina savait qu'il y avait eu des moments où les jumeaux avaient contrarié, désespéré ou exaspéré leur père ; celui-là n'en était sûrement pas un.

Comme s'il était conscient d'être l'objet des pensées de sa fille, Jamie traversa la pièce et ne s'arrêta que lorsqu'il fut tout près d'elle.

— Je suis désolé, Davina.

Sa voix était basse et bienveillante.

— Je sais que la perte de la présence de tes frères t'affectera beaucoup.

Elle détourna le regard, incapable de lui laisser voir le prix de cette séparation.

— Tu leur manqueras beaucoup également.

Quand il se tut, ce fut la curiosité qui l'emporta chez elle. Elle vit son père profondément plongé dans ses pensées, comme s'il jonglait avec une idée.

— Et si...

Jamie s'arrêta au milieu de sa phrase, puis se reprit.

— Et si je trouvais quelque distraction pour toi, cet été?

Une distraction? Qu'est-ce que cela pouvait bien vouloir dire? Un invité pour la saison? Un bal pour célébrer le solstice d'été à Glentrool? Ou peut-être un cheval, puisqu'elle et Sandy se partageaient le cheval hongre alezan qui s'apprêtait à partir pour Édimbourg?

Davina leva les sourcils, comme pour demander : *Que voulez-vous dire, père?*

Il ne s'étendit pas davantage.

— Laisse-moi y réfléchir, Davina. Je serai à cheval plusieurs jours et j'aurai amplement le temps de penser à quelque chose.

L'horloge du manteau de la cheminée carillonna midi, signalant l'heure du départ. Son père se déplaça au centre de la pièce, puis leva les mains pour obtenir l'attention de tous.

— Mes fils et moi devons partir, maintenant. Nous avons une bonne distance à parcourir, d'ici Moniaive.

Il invita d'un geste les jumeaux à venir le rejoindre, puis plaqua ses mains sur leur nuque musclée, les comprimant si fort qu'ils grimacèrent tous les deux. Par un accord tacite, Davina et Ian vinrent se placer à côté de leur mère, qui pleurait ouvertement, passant son mouchoir de dentelle sur ses joues encore et encore.

De tous les coins du salon, des toussotements étaient étouffés et des regards tournés vers le plafond, dans l'attente de la bénédiction du laird.

— Dieu tout-puissant, commença Jamie, que votre bénédiction nous accompagne dans notre voyage. Protégez notre route et guidez nos pas. Cheminez avec nous nuit et jour, et veillez sur ceux que nous laissons derrière nous. Selon votre miséricorde et votre amour, bénissez mes fils...

Quand sa voix faiblit, Davina ouvrit les yeux assez longtemps pour le voir qui se mordillait la lèvre inférieure, luttant pour se dominer. *Cher père.* Il n'était pas le meilleur des hommes. Mais c'était un homme bon.

— Bénissez William et Alexandre. Qu'ils n'échappent pas à vos regards, au fond de votre cœur, gardez-les! Conduisez-les sur le chemin de l'éternité.

Davina perçut la tendresse inattendue dans les mots de son père et sentit sa conviction. Lui accorderait-il sa bénédiction à elle aussi, un jour? Ou de tels mots n'étaient-ils réservés qu'à des fils?

Enfin, il conclut. Toutes les personnes présentes levèrent la tête, et plusieurs avaient les yeux voilés de larmes. Jamie accompagna Leana vers le vestibule d'entrée, leurs têtes presque en contact, échangeant des mots inaudibles pour les autres. Will et Sandy suivaient, quelques pas en arrière, tandis qu'Ian attendait Davina, son visage exprimant de la compassion.

— Viens, ma sœur.

Plutôt que de lui offrir le creux de son coude, comme l'aurait fait tout autre gentilhomme, Ian passa un bras autour de ses épaules et l'attira contre lui. Un oiseau se nichant sous l'aile de sa mère ne se serait pas senti davantage en sécurité.

— Laisse-moi veiller sur toi, Davina, comme mes frères l'ont fait.

Chapitre 8

Les espoirs, que sont-ils ? Des gouttes de rosée matinale
Enfilées sur de minces tiges d'herbe.
— William Wordsworth

Ian fut fidèle à sa parole, lui servant de garde du corps, tel un homme d'armes du Moyen Âge, dès que Davina quittait les limites sécuritaires de Glentrool.

Le vendredi, il lui fit traverser le loch Trool en canot afin de lui offrir une jolie perspective du ruisseau Buchan. Les eaux rapides cascadaient sur les pentes rocailleuses d'étang en étang, blanches et écumantes un moment, bleues comme le ciel de mai celui d'après. Le samedi après-midi, il l'attendit patiemment pendant qu'assise au milieu des pins entourant Glenhead, elle dessinait un écureuil rouge perché sur une souche d'arbre, dont la queue nerveuse se tortillait en tous sens, tandis que ses petits yeux noirs et ses oreilles aux poils touffus guettaient les moindres mouvements de tout intrus.

Même en ce dimanche matin, en sûreté au milieu des murs de blocage de l'église paroissiale, Ian restait près d'elle. Plusieurs regards de côté furent lancés vers eux, le banc familial étant à moitié vide, déserté par ses occupants habituels. Son père avait promis de revenir le vendredi suivant, mais Will et Sandy seraient absents jusqu'au jour de Lammas.

Un trimestre complet. Tout l'été.

Le cœur de Davina se serra à cette perspective. Elle s'ennuyait des frères jumeaux à table, décrivant leurs équipées quotidiennes. Elle s'ennuyait de leurs escalades avec elle, où ils lui enseignaient à grimper aussi agilement qu'eux. Elle s'ennuyait de leurs rires joyeux, de leur vantardise et de leur force masculine. Aussi reconnaissante qu'elle fût de la compagnie discrète d'Ian, elle savait que la responsabilité première de l'héritier était d'apprendre à administrer Glentrool, et non d'accompagner sa sœur dans tous ses déplacements. L'aîné ne savait jamais quand le manteau du maître pourrait lui échoir. Ian devait employer au mieux ses longues journées — dix-huit heures d'ensoleillement au milieu de l'été.

Une portion mesurable de cette lumière pénétrait l'intérieur austère et rectangulaire de l'église. Des murs gris, sans mortier, s'élevaient des planchers dallés. Des grains de poussière étaient suspendus dans l'air, comme s'ils y étaient depuis des générations, et les bancs semblaient réclamer à grands cris une nouvelle couche de peinture verte. Heureusement, les fenêtres invitaient le soleil matinal afin qu'il gardât les fidèles éveillés. Mais il était clair que le vieux monsieur Carmont, le père de Peter, ne résisterait pas longtemps ; sa tête s'affaissait déjà sur sa poitrine.

Le psaume de rassemblement du maître de chapelle attira tous les regards vers l'avant de l'église. Pendant que les Galbraith cherchaient encore leur banc et que les McMillan descendaient l'allée centrale, monsieur McHarg commença à lire les psaumes, une ligne à la fois. Il faisait volontairement une pause entre chaque verset, afin que la congrégation pût lui répondre à l'unisson. « Rendez grâce au Seigneur, car il est bon. »

De l'autre côté de l'étroite maison de prière, Margaret McMillan prenait place avec ses parents. Quand elle regarda timidement en direction d'Ian, l'ombre d'un sourire s'esquissa sur les lèvres du garçon. Ian irait lui parler sur le parvis de l'église entre les services, sut alors Davina. Elle jeta un coup d'œil sur son cahier à dessin, à ses pieds. Est-ce que Margaret aussi avait fait le portrait d'Ian ou tracé sur papier le contour de son beau profil ?

Monsieur McHarg chanta un peu plus fort, comme s'il avait surpris les pensées vagabondes de Davina. Elle répéta consciencieusement, « Qu'ainsi parlent les rachetés de Dieu ». Le psaume de rassemblement se poursuivit pendant environ une quarantaine de versets, enjolivés par la voix suave de sa mère et celle de baryton d'Ian. Quand elle était petite, Davina avait récité des extraits du petit catéchisme et des douzaines de psaumes par cœur ; aujourd'hui encore, les mots restaient logés dans son cœur. « Est-il un sage ? Qu'il observe ces choses et comprenne l'amour de Dieu. »

La dernière note s'éteignait dans l'air du matin lorsque le révérend Moodie, un homme mince et aux cheveux clairsemés, prit place en chaire. Comme à son habitude, il commença par offrir des hochements de tête respectueux aux propriétaires terriens présents. Ses sourcils s'arquèrent quand il se tourna vers le banc des McKie et constata que le laird de Glentrool n'était pas parmi les siens. Plus d'un gentilhomme de la paroisse n'assistait plus au rituel du sabbat, le considérant démodé. Entre les services, sa mère s'empresserait d'assurer le ministre que Jamie McKie n'était pas de leur acabit.

Deux heures après, les ouailles du révérend étaient assises sur l'inégal parvis de l'église, savourant la nourriture froide apportée de la maison. À midi, la température était agréable, quoique fraîche : davantage un temps d'avril que de mai. Le ciel était d'un bleu délavé et le sol, humide sous les semelles de Davina. Comme elle l'avait prédit, sa mère se hâta de trouver le révérend. Au même moment, la jeune Margaret McMillan tira sur la manche d'Ian, afin de l'inviter à partager son plat de saucissons avant le début de l'office de l'après-midi.

Son frère l'interrogea du regard.

— Est-ce que cela t'ennuierait beaucoup, Davina, si… ?

Ian n'était pas du genre à se défiler devant ses responsabilités, mais les doux yeux bruns de Margaret avaient amolli sa volonté.

— Nous serons assis sous l'if...

Davina renvoya du geste le couple vers l'arbre plusieurs fois centenaire qui dominait le cimetière, heureuse d'être seule avec ses pensées. Laissant ses pieds choisir son chemin, elle déambula entre les pierres tombales, plantées autour de l'église médiévale en rangs irréguliers, comme un très vieux jardin où les plantes se seraient pétrifiées. Lisant distraitement les épitaphes, elle remarqua plusieurs tristes énumérations de noms d'enfants. Si un nouveau-né mourait, l'enfant suivant héritait souvent du même nom. Sur la pierre tombale d'une même famille, le prénom *John* se trouvait gravé trois fois et *Ann* deux fois ; aucun n'avait survécu jusqu'à son premier anniversaire.

— Mademoiselle McKie ?

Elle se retourna soudain et trouva Graham Webster, debout derrière elle. Vêtu de couleurs sombres, portant toujours son brassard noir, il s'attardait près d'une pierre tombale plus récente. Quand il la salua, Davina esquissa une révérence et attendit que le veuf lui adressât la parole.

— John McMillan m'a dit que vos frères jumeaux étaient partis pour Édimbourg, dit-il, et la compassion brillait dans ses yeux noisette. Glentrool doit vous sembler bien désert.

Elle hocha la tête, pensant à la maison du veuf, Penningham Hall, avec ses nombreuses pièces vides. Après dix années de mariage sans enfant, sa jeune femme, Susan, était morte de consomption deux étés auparavant.

— Je sais ce que cela veut dire de vivre dans une maison pleine d'échos, dit monsieur Webster en fixant la sépulture de sa défunte épouse. Pardonnez-moi de ne pas avoir assisté aux festivités du 1er mai à Glentrool. On m'a dit que votre prestation fut exceptionnelle.

Bien que Davina ne levât pas le regard, elle offrit un léger sourire en guise de remerciement. Elle se dit qu'il ne danserait pas davantage à la foire de Lammas, qu'il n'aiderait pas à édifier le bûcher la veille d'*Hallowmas*[5], et ne sillonnerait pas non plus le pays à pied le jour d'*Hogmanay*. Son année de grand deuil était terminée depuis longtemps, pourtant on disait dans la paroisse que son cœur tardait à guérir.

L'œil artistique de Davina ne put résister à l'envie de l'étudier un moment. Un nez proéminent, évoquant un héros grec. Des mâchoires fortes et un menton barbu. Une épaisse chevelure auburn, taillée à la mode. Pour un beau gentilhomme d'à peine trente ans, Graham Webster faisait plus vieux que son âge. Rongé par les soucis. De fines rides lui creusaient le front et accentuaient chacun de ses traits.

Quand il se tourna vers elle de nouveau, ses yeux exprimaient à la fois le chagrin et le désir. Le premier était presque trop difficile à soutenir ; l'autre, un peu perturbant. Aucun gentilhomme ne l'avait jamais regardée de cette façon. Mais peut-être n'était-ce que le fruit de son imagination.

Non. Elle n'imaginait rien.

Davina rougit et se détourna, certaine de l'intérêt qu'elle suscitait, mais pas du tout de ses propres sentiments. Pendant des années, Graham Webster n'avait été pour elle que le mari de Susan. Par la suite, un veuf éploré en deuil. Mais jamais elle n'avait pensé à lui comme à un prétendant éventuel. Poursuivrait-il la conversation ? Devait-elle ouvrir son cahier pour y écrire quelques lignes ?

— J'espère vivement que vous jouerez du violon pour moi, un jour, mademoiselle McKie.

L'émotion dans sa voix ne fit qu'échauffer les joues de Davina un peu plus. Tout en espérant ne pas offenser le pauvre homme, la jeune fille lui offrit une brève révérence d'adieu et se dirigea vers le ruisseau Penkill. Le murmure du courant agité, comme une musique dépourvue de notes, était sans doute ce qu'il lui fallait pour s'apaiser.

Elle était plongée dans ses réflexions au-dessus des berges abruptes, respirant l'air frais, quand la cloche de l'église

---

5. N.d.T. : la Toussaint.

résonna dans le beffroi, rappelant les paroissiens de Monnigaff au culte.

— Heureusement, le deuxième service est plus court, dit Ian en s'approchant d'elle pour lui offrir son bras. Et n'ai-je pas le souvenir d'un panier de scones à la mélasse frais, qui nous attend dans la voiture pour le trajet du retour ?

La pensée des délicieux scones d'Aubert la soutint pendant l'après-midi, éclipsant ses inquiétudes au sujet de monsieur Webster, qui s'en était allé pour la journée. Le matin du sabbat, il allait au culte à Monnigaff, la paroisse de sa défunte femme ; l'après-midi, il se rendait dans sa paroisse natale, à l'église de Penningham, moins d'un mille[6] au sud, à Newton Stewart. Elle était désolée de l'avoir quitté si abruptement. Il la connaissait depuis son enfance ; il ne faisait aucun doute que son regard en était un d'affection fraternelle, rien de plus.

Plus tard, cet après-midi-là, assise sur le banc rembourré de l'attelage, Davina découvrit qu'Eliza avait par inadvertance emballé suffisamment de scones pour toute la famille, incluant les absents.

— Je mangerai la part de père, dit Ian, lui retirant les pâtisseries des mains avant qu'elle puisse protester.

— Vous pouvez aussi avoir les miens, lui dit sa mère, levant sa main gantée pour étouffer un bâillement. Par une journée si froide, comme il fait bon dans la voiture, dit-elle d'une voix lourde de sommeil.

Elle s'y abandonna bientôt, laissant la sœur et le frère engloutir les scones et se tenir mutuellement compagnie, jusqu'à leur arrivée aux écuries de l'auberge House o' the Hill. L'attelage y serait remisé et les chevaux sellés pour les trois derniers milles à parcourir dans la vallée.

Ian, qui se déplaçait rarement sans un livre, tira un mince bouquin de sa poche et le tint près de la vitre de la voiture pour lire.

— Ça ne t'ennuie pas, Davina ?

---

6. N.d.T. : Un mille équivaut à un peu plus de mille six cents mètres.

En ceci, il surpassait ses frères plus jeunes : Ian pouvait rester silencieux pendant de longues heures d'affilée et ne rien exiger d'elle. Communiquer ses pensées par gestes pouvait devenir laborieux. Avec Ian, elle pouvait se détendre simplement, sachant qu'il était entièrement absorbé dans son recueil d'essais.

De temps en temps, il jetait un coup d'œil dehors, comme Davina le faisait, et peut-être pour la même raison : s'attendant à voir les jumeaux chevaucher à côté de l'attelage, comme c'était leur habitude. Ses pensées suivaient le rythme des fers des chevaux sur la route. *À la maison. Vite, à la maison.* Il n'y avait pas de remède pour sa mélancolie grandissante, si ce n'était d'ouvrir son cahier à dessin et de rêver tout éveillée d'un certain gentilhomme.

Affectant un air détaché — ainsi, Ian ne serait pas porté à lui demander ce qui l'absorbait —, Davina étudia un dessin, puis un autre, son fusain à la main, comme si elle s'apprêtait à ajouter un nouveau croquis à sa collection. Celui qu'elle avait sous les yeux représentait les rives du Minnoch — mal rendues, décida-t-elle. Puis, l'écureuil qu'elle avait dessiné la veille. Quand son regard tomba sur la page qu'elle connaissait si bien, elle oublia de dissimuler son sourire.

Comme ce gentilhomme était différent de ses frères à la tignasse foncée, ou de monsieur Webster avec sa chevelure auburn, ou encore du révérend Moodie, presque chauve, celui-là. De toute sa vie, elle n'avait jamais vu un homme pareil — ni dans un livre ni dans un village des Lowlands. Un prince doré avec des rayons de soleil lui illuminant les cheveux. Des yeux aussi bleus que le ciel du nord. Grand et fort comme le mât d'un navire. Brillant et chaud comme l'été lui-même.

Se rappelant avec quelle fébrilité elle avait fait courir son crayon sur la page, son cœur s'accéléra. Était-ce seulement quatre jours auparavant ? Le fusain s'étalait ici et là, pourtant Davina le reconnaîtrait dès qu'elle le verrait.

Et elle était sûre qu'elle le verrait.

Où et comment, elle n'aurait su le dire. Mais son rêve avait été trop saisissant, les images trop claires pour ne pas être réelles. Son père n'avait-il pas eu des rêves aussi, il y avait si longtemps de cela ? Et les choses qu'il avait rêvées ne s'étaient-elles pas produites ? Davina accrocha ses espoirs à ce fil ténu : elle était la fille unique de Jamie McKie, un homme dont les rêves s'étaient réalisés.

Chapitre 9

C'est un père sage, qui connaît son propre enfant.
— William Shakespeare

— Veillerez-vous au bien-être de Davina, père ? À ce qu'elle soit heureuse ?

Jamie nota la sincérité dans la voix de Will, la préoccupation réelle dans son regard, et lui pardonna sa question oiseuse, si souvent répétée pendant leur voyage dans l'est.

— Sois-en assuré, dit-il, tout en prenant garde de ne pas se fracasser le crâne contre les poutres basses de la maison de pension.

Le professeur Russell offrait une bonne table et des lits fermes à ses hôtes, mais ses chambres étaient loin d'être spacieuses et n'avaient pas grand air. Le tapis était usé, les petites fenêtres à une seule vitre ne laissaient passer qu'une maigre lumière et la cuvette de porcelaine était sérieusement ébréchée.

Heureusement, les jeunes hommes n'accordaient que peu d'attention à ces choses. La cour extérieure du collège et la vieille bibliothèque, les salles de réunion et les tavernes : voilà les endroits où Will et Sandy se rassembleraient avec les autres étudiants. N'avait-il pas fait la même chose ?

Jamie appuya le front sur la vitre, observant les cochers sur leur voiture aux roues boueuses et leur bonnet détrempé.

— Vos montures sont à un coin de rue d'ici, dans la venelle des Chevaux, mais vous n'aurez pas l'occasion d'en faire grand usage. Édimbourg est une ville qui gagne à être vue à pied.

Sandy vint le rejoindre près de la fenêtre.

— Même sous la pluie, père ?

— Surtout sous la pluie, quand tu dois trouver un abri sous les voûtes basses des porches.

Jamie parcourut du regard l'horizon familier.

— Sachez-le, le ciel est souvent triste et les vents de la mer du Nord, vifs. Quand un froid brouillard venant de l'est enveloppe la ville, l'air est si opaque que l'on peut à peine voir la tête de son cheval. Si l'on est assez malavisé pour monter la pauvre bête, s'entend. Ajoutez à cela la fumée de centaines de cheminées, et vous comprendrez que la «Vieille Enfumée» porte très bien son nom.

Il comprit qu'il temporisait, étirant la conversation, plutôt que de dire ce qui devait l'être et prendre congé. Le voyage à Édimbourg avait été long et ardu ; ses fils avaient parlé entre eux, mais rarement avec lui, et uniquement quand ils le devaient. Leur ressentiment flottait dans l'air, semblait coller aux vêtements, comme la poussière soulevée par les sabots d'un cheval au galop.

Il est vrai qu'il ne les avait avisés qu'à la toute dernière minute de son projet de les inscrire à l'université. Mais ils ne lui avaient pas laissé beaucoup de choix. Depuis le départ de leur tuteur, Will et Sandy étaient devenus de plus en plus turbulents, à Glentrool. «Des enfants de la colère», comme la rumeur de la paroisse les décrivait. Rouant leurs jeunes voisins de coups de poing, contestant son autorité, courant les jupons plutôt que de faire convenablement la cour à une jeune femme, à l'exemple d'Ian — des comportements indignes de gentilshommes.

Non, il ne s'était pas trompé, pas cette fois. Aussi difficile que cela fût de confier les jumeaux à des étrangers, l'avenir de ses fils tenait dans leur éducation.

Quand Will s'approcha aussi de la fenêtre, Sandy demeurant à ses côtés, Jamie passa ses bras autour de leurs épaules.

— Il est temps pour moi de rentrer.

Il attira brièvement ses fils plus près de lui — pas une véritable étreinte, bien que le geste ne fût pas dépourvu d'affection —, puis les relâcha avec un sentiment grandissant de regret. Quand viendrait le jour de Lammas, il trouverait Will et Sandy bien changés. Ils ne seraient plus des garçons, mais des hommes. Non plus des enfants de Glentrool, mais des fils d'Édimbourg.

— Vous n'avez pas besoin de m'accompagner en bas, leur dit-il en ramassant son chapeau d'équitation et ses gants. Je connais le chemin jusqu'à la porte d'entrée.

Les garçons échangèrent un regard, puis secouèrent la tête de concert.

— Non, père, insista Will. Nous ne sommes pas à ce point dépourvus de manières. Vous avez investi vos guinées dans notre avenir. Notre logement, notre éducation, notre pension...

— Oui, vous vous êtes montré très généreux, bredouilla Sandy. Et nous n'oublierons pas de sitôt la visite de ce matin chez monsieur Chalmers, notre nouveau tailleur.

Jamie leva un doigt.

— Dans la ruelle des Avocats. Vous vous souviendrez du chemin pour y aller ?

Ils lui assurèrent qu'ils la retrouveraient facilement, et Jamie hocha simplement la tête. Dans la capitale de l'Écosse, avec son labyrinthe de venelles et de ruelles, localiser une adresse particulière était comme chercher une pièce de monnaie dans les caniveaux bourbeux de la ville : une tâche frustrante n'offrant aucune garantie de succès. La main toujours posée sur le loquet de la porte, Jamie demanda :

— Vous savez ce que veut dire *gardyloo* ?

Will sourit, un spectacle rare, ces derniers temps.

— Le cri lancé du haut d'une fenêtre avant qu'un pot de chambre soit vidé dans la rue.

— Et mettez-vous à l'abri, sinon vos nouveaux habits n'en sortiront pas indemnes.

Les trois hommes descendirent l'escalier de bois en silence. Pour sa part, Jamie n'avait plus rien à ajouter. Il ne lui restait que des banalités, ne valant pas le souffle pour les porter.

Ayant atteint l'étroit vestibule, où ils pouvaient facilement être observés par les habitants de la maison, le père et ses fils s'attardèrent un moment en silence près de la porte. Le sentiment qu'ils vivaient la fin d'une époque, et le début d'une nouvelle, les enveloppait comme l'éclat vacillant de la bougie.

— Quand votre grand-père…

Jamie déglutit, puis se reprit.

— Quand Alec McKie m'a reconduit à l'université en 1782, ses derniers mots furent « la vertu ne passe jamais de mode ». Des paroles sages, garçons, et j'espère que vous en tiendrez compte.

— Nous n'y manquerons pas, monsieur, dirent les fils à l'unisson, avec le regard confiant de la jeunesse. Portez nos salutations à Davina, ajouta Will, car notre sœur se sentira bien seule, sans nous, cet été.

— Oui, elle s'ennuiera de vous, accorda Jamie, qui avait de la difficulté à maîtriser sa voix. À Dieu vat, garçons.

Les trois s'inclinèrent brièvement, comme trois connaissances se croisant dans la rue. Il ne restait rien d'autre à faire qu'à se séparer.

Quand le loquet de la porte tomba derrière lui, Jamie hésita devant la pluie brumeuse qui l'attendait. Il regardait, sans les voir vraiment, les façades de brique de l'autre côté de la rue étroite ; il entendait, sans leur prêter attention, les cris des vendeurs de tourtes et des femmes de pêcheurs, le hennissement des chevaux et la clameur des conversations des piétons.

C'est fait.

Il se sentait comme un homme à la dérive, sans voile ni gouvernail. Était-il heureux de les voir partir de la maison, ces garçons turbulents dont l'insouciance avait dérobé sa voix à leur sœur ? Ou faisait-il le deuil de ce qui aurait pu être, la relation étroite que son orgueil et sa colère avaient empêchée?

Ne te souviens pas des péchés de ma jeunesse...

Hélas, il s'en souvenait trop bien. Jamie pencha la tête, indifférent à l'équilibre précaire de son chapeau, qui risquait de tomber dans la boue.

... mais selon ton amour...

Il s'arrêta dans ses pensées, résistant à la suite du verset. Comment osait-il demander la clémence du Tout-Puissant, quand il ne pouvait se résoudre à pardonner à ses propres fils?

... souviens-toi de moi...

Désemparé, il leva le menton et se lança dans la grand-rue, ignorant la pluie. Il avait besoin de marcher, il avait besoin de penser. Il se dirigea vers le nord, traversa la Cowgate, si absorbé dans ses pensées qu'il entra presque en collision avec un jeune couple blotti sous le même plaid.

Le jour de Lammas, quand les jumeaux rentreraient, peut-être pourraient-ils se parler à cœur ouvert, tous les trois. Discuter du passé, aussi douloureux fût-il. Will et Sandy ne savaient presque rien de sa propre histoire. Gagneraient-ils à connaître les échecs de sa jeunesse, ses luttes? Après leur été à l'université — une expérience qui leur apprendrait l'humilité, assurément —, ses fils seraient mieux préparés à entendre de telles choses. Et peut-être serait-il lui-même prêt à s'en confesser.

Pardonne, et tu seras pardonné. En août, donc.

De meilleure humeur, Jamie accorda plus d'attention à son environnement. Pas très loin devant lui, la tour médiévale de Saint-Giles lançait ses flèches dans le ciel mouillé; à l'est, à quelques pas seulement, se trouvait la croix du marché, si souvent rebâtie. Les pavés ronds et glissants sous ses pieds ralentissaient sa progression lorsqu'il tourna dans la grand-rue, où il fut déconcerté par les changements qui l'attendaient. Les maçonneries du XVIIe siècle avaient fait place à des structures de bois. Des propriétés raffinées, qui avaient autrefois appartenu à la noblesse, étaient maintenant les modestes demeures de commerçants. La même ville, pourtant différente.

Un éclair zébra le ciel, la pluie se transforma en déluge, et Jamie dut se réfugier en courant dans la boutique la plus proche : c'était une librairie. L'on pouvait lire les noms « Manners et Miller » peints au-dessus de la porte délabrée. Quatre fois plus longue que large, la petite boutique faiblement éclairée était aussi sombre que la rue. Une unique fenêtre lui procurait sa seule lumière naturelle. Des lampes à huile étaient disposées çà et là — des chandelles auraient posé un trop grand risque au milieu des papiers et des livres. Les senteurs de l'encre fraîche et du cuir tanné imprégnaient l'air.

Le propriétaire, un homme aux épaules voûtées portant des lunettes, le regardait d'un air soupçonneux.

— Je vous demande pardon, dit Jamie en s'écartant d'une table où étaient exposées des piles de livres fraîchement imprimés et nettement plus secs que le visiteur. C'est une journée bien maussade, s'excusa-t-il.

Le vieil homme remit à sa place un épais volume.

— En effet, répondit-il.

Il glissa un second bouquin sur sa tablette, sans autre commentaire, bien qu'il ne pût s'empêcher de lancer un regard peu flatteur à la tenue détrempée de Jamie.

Il porta la main à sa bourse à l'intérieur de son gilet. Peut-être pourrait-il faire un achat modeste, en guise d'appréciation pour le toit sec au-dessus de sa tête ?

— Ai-je le plaisir de parler à monsieur Manners ou à monsieur Miller ?

Le libraire ne réagit à aucun des deux noms. Il essaya une approche différente.

— J'aimerais offrir un livre à ma femme. Quelque chose d'inédit...

Jamie regarda autour de lui, ne sachant par où commencer.

— Une histoire en un seul volume serait préférable.

Sans un moment d'hésitation, l'homme saisit un livre de la pile la plus rapprochée et le lui présenta.

— Voilà *Les paysans de Glenburnie*. Très populaire. Y a été écrit par une femme, ajouta-t-il.

Que ce commentaire fût une recommandation ou une mise en garde, Jamie n'aurait su le dire.

— Elizabeth Hamilton, d'George Street, précisa le libraire.

Jamie ouvrit la page titre, puis sourit en lisant à voix haute.

— «Une histoire pour l'habitant au coin de l'âtre». Voilà qui conviendra très bien à ma femme.

Quand le libraire marmonna un prix, Jamie chercha son argent. Tandis qu'il comptait le nombre de shillings demandés, son regard s'alluma en se posant sur une autre pile.

— Est-ce aussi un roman?

L'homme hocha négativement la tête et ses lunettes se retrouvèrent de guingois sur son visage.

— C't'un livre au sujet d'l'île d'Arran. Y est question d'la vie rurale, d'la pêche, enfin d'toutes ces choses. L'écrivain est un ministre.

Jamie en feuilletait déjà les pages.

— Vraiment? Je connais un ministre qui vit sur l'île d'Arran. C'est un parent, le révérend Benjamin Stewart.

S'il en était l'auteur, comment l'homme trouvait-il le temps d'écrire un livre sur l'agriculture et les antiquités, alors qu'il avait deux filles à élever et une paroisse à administrer? Quand il regarda la page titre, il trouva sa réponse.

— Oh, ce n'est pas mon cousin, mais le révérend James Headrick.

Il referma le bouquin, sa curiosité satisfaite et sa mémoire rafraîchie. Quand il était encore un jeune homme, il avait visité l'île d'Arran, une courte traversée à voile à partir de la côte occidentale du comté d'Ayr.

— De jolies collines à escalader en été, murmura-t-il. Goatfell, en particulier.

Le libraire haussa les épaules avant de retourner à son travail.

— J'peux pas l'savoir, m'sieur, car j'ai jamais mis l'pied su' l'île d'Arran.

Jamie remercia l'homme, enfouit le livre de Leana dans la poche de son manteau et retourna avec réticence dans la rue, pour y découvrir que la pluie n'était plus qu'une fine bruine. Un bas roulement de tonnerre grondait toujours dans le lointain, pourtant une prometteuse touche de bleu perçait le ciel à l'horizon. Le jour, à cette époque de l'année, ne s'évanouirait pas avant vingt heures passées. Au crépuscule, Jamie aurait atteint son premier gîte pour la nuit.

Retraçant sa route le long du marché aux poissons, il chercha instinctivement Will et Sandy dans la foule. Étaient-ils toujours dans leur chambre ou exploraient-ils déjà les ruelles sombres ? Faisaient-ils connaissance avec leur propriétaire ou cherchaient-ils le chemin le plus court pour se rendre à la taverne ? Il ne leur restait que peu de temps avant le début des cours à l'université. Le trimestre d'été commençait au lever du jour.

Quand il aperçut les écuries de la venelle des Chevaux, la question précédente de Will lui revint à l'esprit. *Veillerez-vous au bien-être de Davina ?* Naturellement, il le ferait. *Notre sœur se sentira bien seule, sans nous, cet été.* Sa fille méritait tout le bonheur qu'il pouvait lui offrir. Jamie ralentit le pas, considérant de nouveau les possibilités. Pouvait-il faire quelque chose pour elle afin d'égayer les mois à venir ?

Mais bien sûr. Jamie en rit presque à haute voix, tant la solution lui était venue facilement à l'esprit. *Arran.* Le révérend Stewart n'avait-il pas invité Davina à rendre visite à ses filles, quand elle en aurait envie? C'était maintenant le moment idéal. Et quel meilleur endroit pour passer les longues journées d'été? Avec une île à explorer et ses cousines qu'elle apprendrait à connaître, elle ne s'ennuierait pas de ses frères. Et Leana serait enchantée de l'idée; Jamie en était certain.

Il se dirigea vers les écuries, sa décision arrêtée. Une lettre serait envoyée à Arran immédiatement par la voiture de poste de l'ouest via Glasgow, ce qui était bien plus rapide que d'attendre d'être revenu à Monnigaff pour mettre sa missive à la poste. Devrait-il informer Davina de son initiative dès son retour? Ou attendre de recevoir une invitation par retour du courrier? Cela pouvait prendre deux semaines ou même davantage. Il ne pouvait réprimer un sourire en imaginant l'expression de Davina. Comme sa fille le gronderait d'avoir gardé son projet secret!

— Z'êtes de bien bonne humeur, m'sieur!

Le garçon d'écurie lui sourit de son perchoir, sous la barrière d'entrée en voûte.

— J'vais chercher vot' monture. Un hongre noir, n'est-ce pas?

Il disparut un moment, avant de revenir avec le cheval de Jamie, sellé pour le voyage.

— Z'avez une longue route d'vant vous, m'sieur?

— C'est une randonnée de quelques jours.

Jamie saisit les rênes, pressé de se mettre en route.

— J'ai d'abord une lettre à mettre à la poste.

Il en composait déjà les phrases dans son esprit tout en enfourchant son cheval. Il saisit deux pièces de cuivre qu'il lança au garçon. Celui-ci les accepta en hochant sa tête ébouriffée.

— V'trouv'rez l'bureau d'poste près d'la croix du marché, m'sieur.

— C'est sur mon chemin.

Jamie dirigea son cheval hongre vers le nord, tout en criant par-dessus son épaule :

— Un bel été à toi, garçon.

Et à toi, ma chère fille. Et à vous, mes fils d'Édimbourg.

Chapitre 10

L'expression silencieuse du visage est souvent éloquente.
— Ovide

— Promets-moi de ne pas répéter ceci à ton père, car la vérité le blesserait sûrement.

Leana se pencha au-dessus d'un carré récemment sarclé de son jardin, et sa voix n'était plus qu'un murmure.

— Mais n'était-ce pas merveilleux d'avoir Glentrool pour nous toutes seules ? demanda-t-elle d'un ton complice.

Davina hocha la tête avec enthousiasme.

— Je suis si heureuse que tu sois d'accord, dit Leana en riant, puis elle s'enfouit les mains dans le sol de nouveau.

Jamie lui manquait, bien sûr, et elle avait hâte qu'il rentre. Mais elle avait apprécié ces jours tranquilles en compagnie de sa fille. L'été à venir était porteur de grandes promesses.

Elle travaillait le sol humide, arrachant des mauvaises herbes au passage. Un chapeau de paille à large bord protégeait ses yeux sensibles du soleil, et des gants de coton préservaient ses mains pâles et délicates. De temps à autre, elle les retirait pour apprécier la sensation de la terre grasse glissant entre ses doigts. Jamie la taquinait, lorsqu'elle faisait ainsi le travail des domestiques, pourtant peu de choses la comblaient autant que d'être au milieu de ses plantes et de ses fleurs. Robert s'occupait du grand potager et de plusieurs lits de roses. Le jardin ornemental était du ressort de Leana, tout comme celui de plantes médicinales, qui produisait une abondante variété de plantes destinées à garder sa famille en bonne santé.

Un rosier en particulier était réservé à ses soins exclusifs : celui portant la rose de l'apothicaire, planté devant la salle à manger en mémoire de sa sœur, Rose. La fleur rouge foncé ne s'épanouissait pas avant le milieu de l'été, libérant alors sa douce fragrance. Chaque année, dès l'éclatement du premier bourgeon, Leana conservait une branche fraîchement coupée dans un petit vase sur sa table de chevet, jusqu'à ce que la dernière rose pâlisse et devienne d'un rouge pourpre. *Dans nos mémoires pour toujours, chère sœur. Nous ne t'oublierons jamais.* Ses parents étant décédés aussi, les êtres qu'elle aimait à Glentrool lui étaient d'autant plus précieux.

Leana renversa la tête vers l'arrière, aspirant l'air rafraîchi par la pluie.

— C'est bon de voir le ciel encore si bleu.

Le soleil de l'après-midi avait réchauffé leurs épaules, et une légère brise de l'ouest agitait l'air, riche des senteurs du printemps : un tapis d'herbe, fraîchement coupée ; de la terre fertile, retournée par la bêche du jardinier ; une aubépine, toujours en fleur. Bien que sa fille n'eût arraché qu'une poignée de mauvaises herbes, sa seule présence était une bénédiction.

— Glentrool n'est pas vraiment à nous toutes seules, admit Leana, puisque ton frère Ian est là. Pourtant, nous ne l'avons pas beaucoup vu, n'est-ce pas ?

Davina mima un livre qu'on ouvrait.

— Tu as parfaitement raison. Ton frère est heureux de passer le temps en lisant.

Davina indiqua Glenhead à l'est, puis se toucha le cœur.

— Oui, et la charmante mademoiselle McMillan occupe beaucoup de son temps, aussi.

Leana se détourna de son jardin un moment, accordant à Davina toute son attention, car sa question suivante était très importante.

— Est-ce que cela t'affectera beaucoup, quand Ian se mariera ? Rien d'officiel n'a été annoncé, mais un mariage semble imminent, n'es-tu pas d'accord ?

Davina hocha la tête de nouveau, avec un peu moins d'enthousiasme.

Pour une jeune femme incapable de parler, sa fille était très expressive. Ses mimiques, sa gestuelle variée, tout cela communiquait ses pensées très clairement. Même les étrangers saisissaient rapidement son langage unique.

Leana remarqua le cahier à dessin dans la poche du tablier de Davina.

— Pourquoi n'essaies-tu pas de dessiner l'une de mes plantes en floraison ?

Le regard de Leana parcourut son jardin médicinal, cherchant un sujet intéressant.

— Tant qu'elle ne fleurira pas, dit-elle, la bistorte est trop banale. Le pissenlit est très coloré, mais si commun. Pourquoi pas la bourse-à-pasteur ?

Davina fit la grimace.

— Je suis d'accord, les fleurs sont trop petites pour être de quelque intérêt artistique. Et l'aigremoine ne fleurit pas avant le mois de juin. Mais le mois de la cueillette est arrivé, toutefois.

Elle coupa quelques tiges avec ses ciseaux de jardinier et les enfouit dans sa poche ample. En parcourant du regard les rangées de plantes, dont certaines étaient des vivaces qu'elle avait mises en terre l'automne de la naissance de Davina, Leana trouva ce qu'elle cherchait.

— Elle est non seulement jolie, mais aussi très aromatique.

Leana pinça entre ses doigts une feuille de forme ovoïde, dont elle frotta les bords dentelés entre ses doigts, avant de la tendre à Davina pour qu'elle la hume.

Ses yeux d'un bleu profond s'arrondirent.

— Très piquant, n'est-ce pas ? C'est l'une des nombreuses véroniques.

Leana se frotta les doigts ensemble pour chasser les débris.

— Tu te souviendras peut-être d'y avoir goûté, bouillie en sirop et sucrée avec du miel.

Elle arracha une fleur pour l'approcher du visage de Davina.

— Comme je le supposais, reprit-elle, ses pétales sont de la même couleur que tes yeux. D'un bleu plus profond que les miens et bordé d'une nuance plus foncée. Personne dans la famille ne possède des yeux comme les tiens, dit Leana, en faisant glisser les doux pétales sur sa joue.

Un mouvement de la tête de Davina signala une question. Elle la griffonna dans la marge de son cahier à dessin, puis le tendit à Leana pour qu'elle la lise. *Tante Rose?*

— Non, dit Leana, et sa gorge se serra. Ma sœur avait les yeux bruns. Très sombres, comme ses cheveux.

Leana déposa les fleurs dans le livre ouvert de Davina.

— Elle était très belle, ta tante Rose, dit-elle avec émotion.

Et jeune. Si jeune.

Davina n'insista pas davantage et commença plutôt à dessiner.

Leana inclinait la tête pendant que le croquis prenait forme. *Fasse le ciel que tu ne connaisses jamais pareil chagrin, que tu ne vives jamais pareille perte.* N'était-ce pas le souhait de toute mère? De protéger ses enfants de la souffrance et de la douleur, de les garder sous son aile le plus longtemps possible? Et voilà que Davina était séparée de ses frères jumeaux — tous les deux vivants, mais si loin. Et son frère aîné était destiné à se marier.

— Je me demande quand tu quitteras Glentrool, murmura Leana, car ce jour viendra sûrement. Ce ne sera pas ton père qui t'emmènera sur son cheval, mais un beau jeune homme avec les yeux remplis d'amour et une mélodie dans son cœur.

Sous ses taches de rousseur, la peau de Davina vira au rose.

Leana la regarda plus attentivement. Quelque gentilhomme avait-il attiré le regard de sa fille? Elle avait remarqué les regards insistants de Graham Webster lors de plus d'un sabbat. Le veuf pourrait-il plaire à sa fille ?

— Tu as dix-sept ans, lui rappela-t-elle, et tu es belle comme le jour. Y a-t-il un gentilhomme dans la paroisse qui désire te faire la cour ?

Quand Davina secoua immédiatement la tête de droite à gauche, Leana supposa qu'elle était simplement timide, ignorant comment confesser de telles choses. Désireuse de l'aider à s'ouvrir, Leana tendit la main vers son album, que sa fille partageait souvent avec elle.

— Peut-être que si je parcourais ces pages, je trouverais le nom d'un gentilhomme...

Davina lui arracha vivement son cahier des mains.

— Oh ! Pardonne-moi, Davina, je voulais seulement t'aider.

Elle le plaqua sur sa poitrine, et son visage était écarlate.

— Ma chérie, reprit Leana, qu'y a-t-il ?

Davina était déjà sur ses pieds et courait vers les collines, le balancement des rubans de sa robe exprimant un au revoir muet. Leana s'empressa de la suivre, en criant son nom.

— Davina, s'il te plaît ! *Davina !*

Ce ne fut que lorsque Leana fut à bout de souffle qu'elle se rendit compte que quelqu'un d'autre appelait aussi sa fille. Elle virevolta au son de la voix de son mari. Trop essoufflée pour répondre, Leana agita un mouchoir afin qu'il comprenne qu'elle l'avait entendu, avant d'aller vers lui, mécontente d'elle-même d'avoir ainsi troublé sa fille. Jamie courait quand il arriva à sa hauteur.

— Es-tu blessée, Leana ? Qu'est-il donc arrivé ?

Elle s'effondra dans ses bras, se sentant légèrement défaillir.

— Davina... s'est enfuie en courant... et...

— Devrais-je aller la trouver ?

— Non, elle n'est pas allée très loin.

Leana se redressa, finalement capable de reprendre son souffle.

— J'ai peur de l'avoir mise en colère.

Elle tourna le regard vers les collines et vit sa fille au milieu de la bruyère.

— J'espère qu'elle ne s'attardera pas longtemps.

— Elle doit avoir l'une de ses sautes d'humeur, j'imagine. Elle reviendra quand elle sera prête à le faire.

Jamie tira sur la manche de Leana, pour l'attirer dans ses bras.

— En ce qui me concerne, madame McKie, je suis prêt à rentrer à la maison.

Bien que son visage fût noirci par la poussière de son voyage, son sourire était toujours aussi irrésistible. Quand il l'embrassa, elle rougit comme une jeune fille.

— Jamie! Nous sommes en plein jour et les domestiques sont dans le jardin.

— *Nos* domestiques, lui rappela-t-il. Dans *notre* jardin. Et toi, tu es *ma* femme.

— Et si heureuse de l'être.

Leana glissa la main dans le creux de son coude, heureuse de compter sur le soutien de son mari. Et rendant grâce au Seigneur de le lui avoir donné. *Il donne la force au faible.* Leana but le verset qui lui revenait à la mémoire comme l'eau fraîche du loch. *Il décuple la force de ceux qui en manquent.*

Ils continuèrent de marcher vers la maison, puis s'arrêtèrent pour saluer Robert, qui s'affairait au milieu des choux cavaliers.

— Bienvenue à la maison, m'sieur.

Le jardinier efflanqué se redressa, puis retira son bonnet.

— Z'avons eu d'la pluie depuis l'jour d'vot' départ. V'z'avez été arrosé à Édimbourg aussi?

— Par plusieurs averses abondantes, en effet, dit Jamie, qui hocha la tête en direction des rangs bien droits. Je vois que vos laitues en ont bu chaque goutte.

— Un jardin a b'soin d'pluie, acquiesça Robert, essuyant la sueur de son front d'un mouvement d'avant-bras. C'dont y z'ont pas b'soin, par contre, c'sont des taupes. J'vais venir poser des pièges, demain matin.

Le regard de Leana s'arrêta sur un carré de salsepareilles, mais Jamie l'attira avec lui.

— Je reconnais cette lueur dans tes yeux, la taquina Jamie. Plus de jardinage. Nous avons des choses importantes à discuter concernant notre fille.

— Tu n'es quand même pas inquiet parce qu'elle s'est enfuie dans les collines ? Je suis certain qu'elle reviendra...

— Oh, dans moins d'une heure, acquiesça-t-il rapidement, tout en ouvrant la porte. Ce n'est pas de la situation actuelle de Davina dont je veux parler, Leana, mais de son avenir.

Chapitre 11

L'imagination confère un sens à l'inconnu.
— Hannah More

Son avenir ? Leana sentit une étrange palpitation en elle, comme un petit papillon d'été battant des ailes. Jamie n'avait sûrement pas de projets en tête pour leur fille. Ou était-ce la raison pour laquelle Davina avait tant rougi, le motif de sa fuite, *précisément* parce que quelque chose se tramait ?

— Comme il te plaira, répondit-elle simplement, en suivant son mari à l'intérieur, priant à chaque pas.

Il disposa deux chaises à dossier droit près des fenêtres à l'avant de la bibliothèque, illuminée par le soleil du matin ; puis, il tira sur un cordon. Peu après, une domestique apparut.

— Du thé, Jenny. Et demandez à Charles de venir me retrouver à l'étage dans une heure.

— Bienvenue à la maison, m'sieur McKie.

La servante inclina profondément sa tête bouclée, avant de retourner rapidement à ses tâches. Jamie se rinça les mains dans le bol de porcelaine près du lit à dais, puis s'assit à côté de la fenêtre et croisa ses jambes bottées. Il ne put s'empêcher de froncer les sourcils à la vue de ses culottes poussiéreuses.

— Il est vrai que je tenais à te parler avant le retour de Davina. Mais je te demande pardon de ne pas avoir procédé à ma toilette d'abord.

— Nous avons tous deux grand besoin d'un savon et d'un peigne, répondit Leana.

Leana retira son tablier, prenant soin de ne pas broyer les herbes dans ses poches. Elle se lava les mains, puis prit place près de son mari. Le thé n'aurait pu lui être servi assez vite, tant sa langue était sèche.

— Je t'en prie, dis-moi, Jamie, reprit-elle. As-tu de bonnes nouvelles concernant Davina, ou dois-je me préparer à un choc ?

La question de Leana le laissa pantois.

— Mais c'est la meilleure des nouvelles ! s'exclama-t-il.

Il rapprocha sa chaise de celle de son épouse et prit ses deux mains dans les siennes.

— Plutôt que de voir notre fille se morfondre ici tout l'été, à s'ennuyer de ses frères, expliqua-t-il, j'ai pensé à un endroit où nous pourrions l'envoyer.

— L'envoyer ?

Leana ne pensait plus du tout à son thé.

— Mais où cela ?

— Sur l'île d'Arran.

Il ponctua l'annonce en serrant les mains de sa femme un peu plus fortement, quoiqu'elle ne les sentît plus, maintenant.

— Un de mes cousins y habite. Du côté de ma mère, un parent très éloigné, mais de la famille malgré tout. Le révérend Benjamin Stewart.

— Oui, dit-elle doucement, nous avons échangé quelques lettres au cours des ans.

— Précisément.

Jamie s'enthousiasmait en parlant de son projet.

— Dans ces lettres, le révérend et sa femme, Elspeth, ont souvent invité Davina à leur rendre visite, afin de faire connaissance avec leurs filles, Catherine et Abigail. N'apprécierait-elle pas cette chance, cet été en particulier ?

— C'est fort possible.

Leana s'appuya au dossier de sa chaise, atterrée. Comment pourrait-elle perdre sa fille pour l'été, alors qu'elle venait tout juste de se séparer de ses fils, partis à Édimbourg ? Pourtant, elle se sentait égoïste de penser à son propre bien-être, alors que Davina pourrait très bien sauter de joie à cette nouvelle.

— Alors, qu'en dis-tu ? lui demanda Jamie. La route d'Ayr n'est pas carrossable, mais Davina monte à cheval aussi bien que ses frères. Elle est plus que capable de faire une chevauchée de deux jours.

En dépit des assurances de Jamie, une peur sourde assaillait le cœur de Leana, lui glaçant les mains et lui serrant la gorge. Elle sursauta quand un coup frappé à la porte annonça le thé, tant elle était plongée dans ses pensées. Jenny déposa avec précaution le précieux plateau, chargé des gâteries favorites de Jamie : des biscuits secs au gingembre et du pain au lait de beurre, des gâteaux au carvi et du pain aux raisins de Corinthe. Pendant que la servante versait le thé, Leana hochait la tête, honteuse de son manque de confiance. Sa fille ne voyagerait pas jusqu'à Arran toute seule. Est-ce que sa foi dans la protection divine ne s'étendait pas au-delà des limites de Glentrool ?

Jenny esquissa une révérence polie et quitta la pièce, laissant les McKie à leur thé.

Après avoir levé sa tasse, Jamie fit une pause, attendant que son breuvage refroidisse. Ou que sa femme lui réponde.

— Tu n'as pas réagi, Leana.

Comment pourrait-elle lui expliquer ce qu'elle-même ne comprenait pas ? La nausée qu'elle ressentait, le sentiment d'un mauvais présage. Rien d'autre que les inquiétudes naturelles d'une mère, dirait-il, et avec raison.

— Cette décision t'appartient, Jamie. Et à Davina.

La tasse levée de Jamie ne dissimulait pas sa ride soucieuse.

— Laisseras-tu ta fille décider toute seule, sans donner ton avis ?

Jamie. Jamie. Pourquoi rendait-il les choses si difficiles ? Elle baissa les yeux vers ses mains jointes.

— Tu connais mon cœur, dit-elle. Si c'était possible, je garderais tous mes enfants sous mon toit jusqu'à mon dernier souffle.

— Mais ce n'est ni possible ni sage. Les enfants grandissent et doivent tracer leur propre chemin dans l'existence.

Il déposa sa tasse, puis posa ses mains chaudes sur celles de son épouse.

— Je suis certain que c'est une bonne chose pour notre fille, dit-il. Mais je ne l'aurais jamais envoyée sur les rivages d'Arran sans ton approbation.

Elle essaya de sourire en dépit de la sécheresse de ses lèvres.

— Très bien, alors, dit Leana. Laisse-moi quelques jours pour y réfléchir avant de l'annoncer à Davina. Si elle est d'accord, j'écrirai à Elspeth Stewart et nous verrons quels arrangements peuvent être faits.

Les mains de Jamie, toujours posées sur les siennes, s'immobilisèrent avant de se retirer.

— La lettre a déjà été écrite, Leana. Et mise à la poste.

Abasourdie, elle ne put balbutier qu'un seul mot.

— Quand?

Les mots jaillirent de la bouche de Jamie comme le flot bouillant d'une théière.

— L'idée m'est venue quand j'étais encore à Édimbourg. Will a d'abord exprimé son inquiétude de voir Davina s'ennuyer toute seule cet été; peu après, je suis tombé par hasard sur un nouveau livre où il était question d'Arran, chez un libraire de la grand-rue d'Édimbourg.

Une main de Jamie s'arrêta sur la poche de son manteau, comme s'il venait de se rappeler quelque chose, mais les mots ne s'interrompirent pas.

— J'ai naturellement pensé aux Stewart et au presbytère d'Arran, puis à Davina leur rendant visite. Et puisque le bureau de poste n'était qu'à deux pas des écuries...

Il arriva finalement au bout de sa course, et conclut rapidement.

— En vérité, il ne m'est jamais venu à l'esprit que tu ne sois pas enthousiasmée par ce projet.

Leana le regarda, incrédule. Déborder de joie à l'idée d'envoyer leur seule fille au loin sur une île ? Jamie la connaissait mieux que cela. Pourtant, il restait assis là, un air coupable assombrissant son beau visage, attendant qu'elle donne sa bénédiction à ses plans.

Parce qu'elle l'aimait, Leana voulut mettre fin à son supplice. Elle ne pouvait dissimuler sa déception, pas plus qu'elle ne pouvait ignorer le fardeau qu'elle portait sur son cœur.

— Es-tu certain que Davina y sera en sécurité ?

La culpabilité fit place à l'irritation, durcissant ses traits.

— Ma fille sera avec moi, Leana. Et la présence du révérend Stewart n'est-elle pas une garantie suffisante ?

Le ton de Jamie était clair ; si elle ne lui faisait pas confiance, elle le blesserait.

— Bien sûr, elle sera en sécurité avec toi et ses cousines. Seulement, j'aurais aimé...

Elle hésita, ne voulant pas le heurter de nouveau.

— Tu aurais voulu que je ne fasse rien avant de t'en parler d'abord ? dit Jamie, complétant sa phrase.

— Oui, admit-elle, embarrassée d'entendre sa propre pensée exprimée si directement. Nous discutions habituellement de ces choses dans le passé.

— Je suis laird de Glentrool, lui rappela-t-il. Dès que je peux t'inclure dans les décisions qui concernent la famille, je le fais volontiers. Mais le temps ne permet pas toujours de demander ton opinion.

Et qu'en est-il de l'opinion de Dieu ?

Elle n'osa prononcer ces mots, tant elle craignait la réponse. Depuis l'heure de l'accident de Davina, elle avait vu son mari se détacher peu à peu, mais perceptiblement, de l'influence divine au cours des ans. Un tel changement n'avait pas diminué son amour pour Jamie; elle le chérissait plus que jamais, laissant l'amour de Dieu transiter par elle. Tout en priant pour qu'il guérisse la blessure de son mari et apaise sa colère. Oui, et aussi étouffer sa culpabilité, car Jamie n'accusait personne d'autre autant que lui-même.

Leana pressa son dos contre le bois de la chaise, comme s'il avait pu lui offrir un soutien dans sa décision.

— Je remets l'avenir de nos enfants entre tes mains, Jamie. Comme je t'ai confié le mien.

Elle avait dit les mots et y croyait. Mais il y en avait d'autres que Jamie n'entendit pas, murmurés dans son cœur pour le salut d'un autre être. *Faites que je sache la route à suivre, car vers vous j'élève mon âme.*

Chapitre 12

Tout, sauf Dieu, change jour après jour.
— Charles Kingsley

Leana sentit la tension s'apaiser en elle, comme le ressort d'une montre qui se détend. Peu importe ce que l'été à venir lui réservait, elle ne l'affronterait pas seule.

— Nous devons encore parler des jumeaux, dit-elle, d'une voix qu'elle s'efforçait de garder égale. Sont-ils bien installés à Édimbourg?

— Ils le sont, répondit Jamie, bien que je n'envie pas leur logement.

Maintenant, Jamie paraissait moins sur la défensive et ressemblait davantage au mari qu'elle aimait. Entre deux bouchées de pain aux raisins de Corinthe, il décrivit la résidence du professeur Russell en détail. Puis, s'aidant de ses mains, il s'efforça de lui dépeindre Édimbourg. Elle se rappelait bien quelques lieux mémorables — la cathédrale Saint-Giles, le château, l'église de Greyfriars, le palais d'Holyrood, les éventaires des marchands ou *luckenbooths* —, mais elle n'avait pas visité la capitale depuis une douzaine d'années.

— Je l'imagine très bien, lui assura-t-elle quand il s'interrompit au milieu d'une phrase, ses mains toujours dans les airs. J'espère seulement avoir la chance de visiter Édimbourg, un jour. Mais hélas, je suis trop vieille pour voyager...

— Trop vieille? sursauta Jamie en lui plaçant une tasse de thé entre les mains. Buvez ceci, madame, afin de refaire vos forces. Une femme de quarante ans n'est jamais trop vieille pour entreprendre quoi que ce soit.

Elle sourit et leva sa tasse.

— À James McKie, qui insiste pour que les femmes de sa maison soient sans peur.

— Bien sûr, car elles le sont.

Il leva la sienne et porta un nouveau toast.

— Force et dignité forment son vêtement.

— Elle rit au jour à venir, compléta-t-elle.

Faites qu'il en soit ainsi, Seigneur.

Jamie fouilla dans sa poche et produisit un livre à reliure cartonnée — neuf, à l'évidence, et pas plus grand que sa main.

— Un cadeau pour toi, recommandé par le libraire d'Édimbourg. *Les paysans de Glenburnie.* Veux-tu que je t'en fasse la lecture pendant que tu bois ton thé?

Il avala une prodigieuse quantité de biscuits secs au gingembre — pour se soutenir pendant la lecture, pensa-t-elle —, but une dernière gorgée de thé, puis étira ses longues jambes en plaçant ses bottes l'une sur l'autre.

— «Chapitre un. Une arrivée.»

Déjà, il avait adopté sa voix d'orateur, basse et officielle. Celle d'un homme maître de lui-même et de ses possessions.

— «Par un beau matin d'été de l'année 1788...»

— Oh, soupira-t-elle, l'année même où tu es arrivé à Auchengray.

Et a volé mon cœur sans le savoir.

— Une année heureuse, acquiesça-t-il avant de continuer à lire. «Monsieur Stewart et ses deux filles étant assis à table pour le petit déjeuner...»

Leana l'interrompit de nouveau.

— Monsieur *Stewart*? Et ses deux filles?

Ce portrait ressemblait curieusement à sa parenté d'Arran.

— On dit que l'art imite la nature, fit observer Leana, à moins que tu aies choisi ce roman exprès.

— Je t'assure que non, dit-il, feignant d'en prendre ombrage. Tu sais très bien que *Stewart* est un nom très commun dans toute l'Écosse. Et je crois me rappeler que tu avais une sœur, alors ceci n'a rien d'étonnant.

Elle prit une bouchée de son gâteau pour masquer son sourire.

— Je t'en prie, dit-elle, poursuis ta lecture.

Il rapprocha le livre de son visage.

— « Un domestique vint annoncer qu'une jeune femme était à la porte, désirant s'entretenir avec monsieur Stewart. "Voilà une visite attendue", dit l'homme. Ne savez-vous pas de qui il s'agit ? »

La voix de Jamie ralentit, et son visage se colora légèrement. *Une famille Stewart. Deux filles. Une jeune femme en visite.* Le parallèle était troublant. Ce choix était-il vraiment le fruit du hasard ?

Jamie lut dans l'esprit de son épouse.

— Leana, ma seule intention était de te divertir, et non de te forcer la main, afin que tu consentes à envoyer Davina en visite chez les Stewart.

— Je te crois tout à fait, dit-elle en se levant, car elle entendait des bruits de pas dans le vestibule d'entrée. Ce livre est peut-être la main providentielle de Dieu à l'œuvre, qui sait ? Mais ne disons rien à Davina tant que nous n'aurons pas reçu la réponse du révérend.

— C'est entendu, dit Jamie en se levant aussi, lissant son gilet froissé. Je ne voudrais pas que ma fille s'enthousiasme à l'idée de passer l'été sur l'île d'Arran, seulement pour être déçue ensuite.

Deux coups brefs — la signature de Davina — retentirent à la porte de la bibliothèque.

Leana trouva sa fille debout sur le seuil, paraissant contrite, ses cheveux roux tout emmêlés d'avoir couru.

— Bénie sois-tu d'être rentrée à la maison, murmura-t-elle en touchant délicatement la joue de Davina.

Elle rougit et tendit son cahier, ouvert à une page en particulier.

Mère, je suis désolée de m'être enfuie. La faute est entièrement la mienne, pas la vôtre. Hélas, il n'y a pas de nom de gentilhomme dans ces pages.

Votre fille aimante, Davina.

— Tu es vraiment adorable, dit Leana.

Elle relut les mots, les logeant dans son cœur, puis saisit la main de Davina et l'attira dans la pièce.

— Viens voir qui est revenu parmi nous, sain et sauf.

Jamie ouvrit les bras.

— Je crois que nous sommes tous les deux rentrés à la maison.

Elle se lança dans ses bras, comme la Davina d'antan, pressant la joue contre sa poitrine.

Le chaud regard de Jamie croisa celui de Leana, au-dessus d'un horizon de cheveux de la couleur d'un coucher de soleil. Voilà un homme qui adorait sa fille, qui ne voulait que ce qu'il y avait de mieux pour elle, un homme digne de sa confiance. Si le ministre et sa famille recevaient Davina, Leana ferait taire ses craintes injustifiées, sachant que le destin de son enfant se déroulait en accord avec les plans de Dieu, et non les siens.

Davina se retira des bras de son père et leva les yeux vers lui en portant une main à sa bouche. *Parlez-moi.*

— Tu veux entendre parler d'Édimbourg, je suppose, et savoir comment tes incorrigibles frères se portent ? Ne devrions-nous pas remettre cette longue histoire au dîner ? J'ai maintenant rendez-vous avec un bain d'eau chaude et un rasoir affûté.

Davina sourit et se toucha le front. *Je comprends.*

— C'est ce que j'espérais, dit Jamie en plantant un baiser léger à l'endroit où ses doigts s'étaient posés une seconde auparavant. À l'heure du dîner — grâce aux bons soins de Charles —, je serai plus présentable.

Il ne s'était pas sitôt retiré de la pièce que Davina se rua sur les dernières tranches de pain au lait de beurre, prenant à peine le temps de s'asseoir avant de s'emparer d'une assiette et d'une fourchette.

— Tu es affamée, je vois, dit Leana en baissant la tête vers elle et en souriant. La théière est maintenant tiède et tu auras besoin d'une tasse propre. Et si j'infusais un thé au cassis pour toi?

La bouche de Davina était trop pleine pour sourire, mais Leana vit ses yeux s'allumer.

— Ce ne sera pas très long, promit Leana.

Avant de quitter la bibliothèque, elle reprit son tablier souillé avec son contenu. Elle s'occuperait de sa préparation plus tard. L'aigremoine serait suspendue pour sécher, puis broyée et conservée — les tiges, les feuilles et les fleurs. Fraîche et séchée, elle avait un goût astringent, bénéfique pour les gorges irritées et les voix enrouées. Cela ne pouvait guérir Davina, bien sûr, mais l'aigremoine ne pouvait que lui faire du bien. Et qui sait quand Dieu se montrerait miséricordieux?

Leana revint avec une théière fumante contenant le breuvage favori de sa fille.

— Savoure ton cassis pendant que je te raconte une étrange histoire au sujet des herbes que nous avons cueillies aujourd'hui.

Si Davina était destinée à visiter une île lointaine, pensa Leana, il était bon de l'initier à quelques-unes de ses légendes.

— Il y a un siècle, sur l'île d'Arran, reprit-elle, un dénommé Ferquhar Ferguson aurait employé de l'aigremoine pour guérir les insulaires frappés par l'étrange *mal des fées*.

Les yeux de Davina s'écarquillèrent au-dessus de sa tasse fumante.

Leana sourit, puis se pencha plus près.

— Je ne connais personne qu'un être magique aurait rendu malade, et toi?

Baissant la voix, elle ajouta :

— On dit que plus de fées vivent sur l'île d'Arran que dans tout Galloway.

Davina s'essuya rapidement la bouche avec une serviette de lin, puis chercha son album en levant une main, pour demander à Leana un moment de patience. Elle se tourna pour griffonner quelque chose à la hâte. Elle leva ensuite la page vers sa mère, où il n'y avait qu'une seule question en gros caractères : *As-tu déjà vu une fée ?*

Leana considéra la taille menue de Davina, son teint de pêche et sa luxuriante chevelure rousse, son don pour la musique, sa nature enjouée, et son goût pour les robes vertes. Oui, et son silence absolu. On disait que les fées ne parlaient pas.

— Ai-je déjà vu une fée ?

Leana passa un doigt sur la joue tavelée de taches de rousseur de Davina, avec une affection toute maternelle.

— Seulement quand je te regarde, jeune fille.

Chapitre 13

Voilà la promesse d'un été à être.
— William Ernest Henley

— C'est un instrument différent de celui qui t'est familier, Davina, mais tu peux le maîtriser très facilement.

Un sourire flottait dans la voix d'Ian.

— Et il n'a jamais besoin d'être accordé.

Davina lui lança un regard noir, résistant toutefois à l'envie de lui tirer la langue ou de lui faire une grimace. Elle se comporta plutôt comme une dame et feignit d'être fascinée par le tir à l'arc, ne serait-ce que pour faire plaisir à son frère.

Ian était décidé à ne pas laisser sa sœur s'ennuyer. La semaine précédente, ils avaient joué des parties d'euchre et de piquet, parce que la pluie ne voulait pas cesser. Puis, ils avaient fait la tournée des ruisseaux en crue des environs — entre autres le Saugh, avec sa profusion de fleurs sauvages, et le Gairland, semé de cailloux. Ayant lu que les dames de la campagne anglaise s'adonnaient au tir à l'arc, Ian s'était mis en tête, ce matin-là, d'enseigner ce sport à Davina, convaincu qu'elle serait le centre d'intérêt de la paroisse au solstice d'été.

— Le sol est spongieux. Tu aurais avantage à placer tes pieds ainsi, suggéra Ian en posant comme modèle.

Il avait trouvé l'un des rares terrains plats de la vallée montueuse — près du loch, mais heureusement dépourvue de conifères. La cible avait été soigneusement dessinée par Rab avec la même peinture écarlate qu'il employait pour marquer les agneaux. Au moins, aucun objet n'était susceptible d'être atteint par une flèche égarée, si ce n'était quelque lièvre. Et s'il y en avait un qui devait tomber victime de ses flèches, Aubert en ferait une soupe excellente.

— Tu es très gracieuse, dit Ian. Comme Artémis, la chasseresse.

Davina essaya de ne pas sourire, car cela ruinait sa concentration. Elle reprit sa position, puis pointa son pied gauche vers le centre de la cible.

— Maintiens la flèche en place avec ton index, lui dit-il. Puis, encoche son talon. Oui, là où j'ai fait une marque sur la corde. Maintenant, regarde directement au-dessus de ton épaule gauche et tire vers l'arrière avec ton bras droit, aussi loin que tu en es capable.

Elle se souvenait du reste : fixe la cible, expire avant de décocher la flèche ; ne l'envoie pas dans le loch. Mais quand la flèche vola hors de ses mains, elle rata le loch *et* la cible. *Zut !* Plaquant son arc dans les mains d'Ian, Davina s'élança pour la retrouver, se réjouissant à la pensée que le déjeuner mettrait bientôt fin à son supplice.

Le temps avait été agréable toute la matinée sous un ciel variable. Plus blancs que gris, les nuages s'étiraient sur un fond bleu pâle, la couleur même de sa robe neuve. Pas une tenue habillée de sabbat, mais un simple vêtement pour les journées passées à l'extérieur, comme celle-là. «Parce que c'est l'été, lui avait dit sa mère en finissant de la coudre. Et parce que tu pourrais en avoir besoin», avait-elle ajouté avec un sourire énigmatique.

Ian cria à travers le pré herbeux.

— As-tu besoin d'aide ?

Davina leva la main sans regarder derrière. *Ça va bien, cher frère. Je t'assure.*

Comme il la couvait ! Elle l'adorait pour cela, mais elle aurait parfois apprécié un peu plus de liberté. Ses parents se préoccupaient d'elle exagérément, aussi. L'observant, échangeant des regards complices. La traitant comme une jeune femme un moment, comme une enfant naïve celui d'après. Il y avait des occasions où elle se sentait pesée et soupesée comme de l'avoine au marché, et d'autres où elle n'avait aucun doute sur leur affection pour elle.

L'absence de Will et Sandy était la seule explication logique.

Davina trouva finalement la flèche, les plumes d'oie de son empenne facilement visibles sur l'herbe verdoyante. Agitant le bras en direction d'Ian, elle revint vers lui, heureuse de voir qu'il avait décidé d'emballer leurs affaires. Elle avait pourchassé assez de flèches en une seule matinée.

Il l'attendait avec la cible suspendue dans son dos, arc et carquois à la main.

— Un *ell*[7] à gauche, Davina, et tu aurais atteint la cible.

Maintenant, elle lui fit un air exaspéré. Bien que son dernier tir fût une grande amélioration par rapport au premier, qui avait terminé sa course dans le loch, elle était encore loin d'égaler Artémis.

Au moment où ils entamaient le chemin du retour, Davina constata de nouveau à quel point Ian était différent de ses deux frères. À la fois plus grand et plus mince. Moins musclé, mais plus agile. Quoiqu'il eût le même teint que ses frères, ses traits étaient très différents.

Ian lui lança un regard de côté.

— Tu penses à Will et Sandy.

Elle leva des yeux étonnés vers lui.

— C'était facile à deviner.

Il haussa les épaules pour minimiser sa perspicacité.

— Tu as eu un regard songeur, puis tu t'es rembrunie. J'ai observé les mêmes jeux de physionomie chez nos parents et, invariablement, ils avaient les jumeaux en tête.

Elle se toucha le front, puis leva la main pour lui effleurer la joue. *Je pensais aussi à toi, Ian.* Son frère comprenait-il à quel point elle l'appréciait ?

Oui, semblait-il, car il lui baisa la main avant qu'elle eût le temps de l'abaisser.

---

7. N.d.T. : Unité de mesure équivalant à un peu plus d'un mètre.

— Je suis heureux que tu penses à moi, Davina.

Glentrool se trouvait à un quart d'heure de marche à l'ouest. Ils avancèrent en gardant un œil sur le ciel. Davantage de nuages s'étaient amoncelés, cachant le soleil et annonçant la pluie. Davina aurait voulu épargner une douche à sa nouvelle robe.

Par habitude, la paire contourna le tombeau familial, prenant la route qui passait à travers la forêt de pins. Ian écarta une branche basse du passage de Davina et demanda :

— Je me demandais si tu avais entendu mère parler au révérend Moodie, au dernier sabbat ? Elle lui a demandé si une lettre adressée à la famille avait été laissée à l'église.

La voiture de poste de Carlisle à Stranraer faisait un arrêt quotidien à l'auberge de relais située non loin de l'église de Monnigaff. Les lettres non réclamées se retrouvaient souvent dans les mains du ministre de la paroisse.

— Ne pas avoir de nouvelles de nos frères est un lourd poids à porter pour elle, reprit Ian.

Davina portait le même fardeau. Will et Sandy ne se doutaient-ils pas qu'elle était impatiente d'entendre parler d'eux ? Ou peut-être ses frères et son père s'étaient-ils quittés en mauvais termes ? Le ressentiment et la déception, marchant main dans la main pendant une décennie, avaient tracé une ornière dans le cœur de Jamie. Leur pardonnerait-il jamais ?

Une paire de courlis tournoyaient au-dessus d'eux, l'écho de leurs cris se répétant dans la vallée : *cour-li*, le son même auquel ces oiseaux devaient leur nom. Davina prit ses jupes dans sa main, afin de pouvoir allonger le pas. Les vêtements plus amples de son enfance lui manquaient. Les robes modernes, qui tombaient en ligne droite, étaient sanglées haut au-dessus de la taille et cintrées dans le dos. Quoiqu'à la mode, elles n'étaient pas faites pour marcher. Ni pour respirer.

Quand Glentrool fut en vue, Ian bifurqua vers les communs.

— Si tu veux bien m'excuser de te laisser aller seule, je dois déposer ceci dans la grange.

Il exhiba la cible sur son dos, tout en souriant à sa sœur.

— J'ai bien aimé notre matinée, Davina.

Elle joignit ses mains comme une femme en prière — sa manière habituelle d'exprimer sa reconnaissance —, puis renvoya Ian d'un geste. Elle l'observa disparaître derrière l'angle de la maison. À peu de distance devant elle se trouvait Eliza. Dès qu'elle vit Davina, les traits de la domestique s'animèrent plus que d'habitude. Curieuse, Davina leva ses jupes au-dessus de ses chevilles, l'étiquette jetée aux orties, et courut rejoindre Eliza.

— R'gardez c'que Robert vient juste d'rapporter d'la ville, dit Eliza en exhibant ses trophées. Deux lettres d'la voiture d'poste, dont une d'Édimbourg !

Elle remit la correspondance à Davina.

— Apportez-les à vot' mère, car j'sais qu'elle voudra les voir. Vous la trouverez dans l'salon avec son aiguille.

Davina se dépêcha de rentrer, jetant un bref coup d'œil sur les lettres en marchant. L'une portait le cachet de la poste d'Édimbourg, comme Eliza l'avait dit. Même sans cet indice, l'écriture de Sandy était facile à reconnaître. L'oblitération de la seconde, écrite d'une main étrangère, trahissait son itinéraire : « Arran » et « Ayr ».

Dès que Davina entra dans la pièce, Leana déposa son ouvrage, oubliant l'étoffe brodée sur ses genoux.

— Qu'y a-t-il, chérie ? Tu me sembles tout émue ?

Quand Davina exhiba les lettres, sa mère hésita avant de les prendre.

— Ah, c'est le courrier que nous attendions, n'est-ce pas ? Ton père voudra sûrement en connaître le contenu, ajouta-t-elle en s'avançant sur sa chaise.

— En effet, cela m'intéresse au plus haut point.

C'était la voix de Jamie, flottant jusqu'à elles par l'embrasure de la porte.

— Eliza m'a dit où je pourrais vous trouver toutes les deux, dit-il en traversant la pièce pour venir les rejoindre.

Il posa une main affectueuse dans le dos de Davina.

— Je vois que tes joues ont été colorées par le soleil. Cela te va à ravir.

Elle les sentit s'échauffer un peu plus — et devenir plus roses aussi, sans doute — sous le sourire approbateur de son père.

Jamie étudia les lettres un court moment, faisant courir son pouce sur les cachets de la poste. Une émotion qu'elle ne put nommer brillait dans ses yeux. De la culpabilité? Du soulagement? Davina n'aurait su le dire. Pourquoi n'ouvrait-il pas simplement la lettre des jumeaux? Elle aurait voulu manifester sa hâte en tapant du pied, mais elle se contenta de contracter les orteils, s'efforçant d'être patiente.

Son père se tourna finalement vers elle.

— Je suis sûr que ces deux lettres sont à propos de toi, Davina.

Il les leva toutes les deux.

— Laquelle devrais-je d'abord lire à voix haute?

Chapitre 14

Des lettres, d'amis absents, chassent la peur,
Unissent les divisions, et diminuent les distances.
— Aaron Hill

L e choix de la lettre fut facile. La simple vue des lignes tracées par l'écriture familière de son frère emplit d'eau les yeux de Davina. Elle brisa le sceau de cire, les mains fébriles. Elle fut bien tentée de la parcourir, mais la remit plutôt à son père.

Il tapota le dossier de l'une des chaises droites en chêne pour l'inviter à s'asseoir.

— Voyons voir ce que les garçons d'Édimbourg ont à nous raconter.

Après avoir lissé les plis de l'épais papier, il commença sa lecture.

À James McKie de Glentrool,
Jeudi 19 mai 1808

Père,

Veuillez nous excuser d'avoir tardé à vous écrire, mais nos études nous occupent de l'aube au crépuscule. Nous sommes quotidiennement affligés de leçons interminables et d'examens oraux. Le samedi est consacré aux débats, le dimanche, nous allons à l'église.

Davina ne fut pas dupe. Bien que la lettre fût écrite de la main de Sandy, les mots, eux, appartenaient sans l'ombre d'un doute à Will. Comme ils semblaient naturels, rendus par la voix de Jamie. Peut-être le père et le fils n'étaient-ils pas si différents, en fin de compte.

— De telles lamentations ne surprendraient pas leur vieux tuteur.

Jamie plissa les yeux en examinant la lettre.

— Ah! Je vois le mot « heureux ». Continuons avec la suite.

Vous aviez raison, père : nous attendons encore l'occasion de monter nos chevaux. La blanchisseuse a gardé nos chemises pendant une semaine, et nous nous estimons heureux quand nous mangeons une fois par jour. Ne vous inquiétez pas, mère. Notre santé demeure robuste, et notre résolution l'est tout autant.

Il rayonnait à la lecture de la lettre. Il se tourna vers sa femme.

— Tu vois? Les envoyer à l'université fut une bonne décision. Et voici l'endroit où l'on parle de toi, Davina.

Nous nous ennuyons beaucoup de toi, chère sœur, et espérons que tu te portes bien. Il n'y a pas une jeune fille à Édimbourg qui soit aussi jolie que notre petite fée. Je sais que père respectera sa promesse de veiller sur toi, puisque nous sommes dans l'impossibilité de le faire. Tu es à jamais dans nos pensées.

Davina gardait un mouchoir enfoui dans sa manche pour de telles occasions et elle en fit usage maintenant.

Ian entra dans le salon, les épaules tachetées des premières gouttes de pluie.

— On dit qu'une lettre des jumeaux est arrivée.

— Oui, dit son père, l'invitant à prendre place sur une chaise libre. Il est heureux que tu sois arrivé, car il est fait mention de toi aussi.

Dites à notre frère qu'il a échappé au terrible châtiment d'une éducation universitaire, une injustice qui ne sera pas rapidement oubliée. Tu es peut-être né le premier, Ian, mais n'oublie pas que nous sommes deux. Par-dessus tout, tâche de garder notre sœur hors de tout péril, sinon nous serons forcés d'intervenir sans délai.

Jamie leva les yeux pour jauger la réaction d'Ian. Les jumeaux plaisantaient, bien sûr; même sur papier, l'ironie était évidente. Les mots n'étaient pas dépourvus de venin, et toutes les personnes présentes en perçurent l'aigreur.

Ce fut Ian qui parla le premier.

— J'espère que je remplis bien mes devoirs en tant que fils et en tant que frère de Davina.

— Bien sûr, dit Jamie en repliant la lettre un peu vivement. Que personne n'essaie de te persuader du contraire.

Il remit à Leana la missive, qui serait relue plusieurs fois avant de trouver une demeure permanente dans sa coiffeuse.

— Passons maintenant à notre seconde lettre. Elle a été mise à la poste à Ayr. Je me demande quelles nouvelles elle peut bien contenir.

Le regard de son père brillait d'une étincelle qui n'échappa à personne.

— C'est d'un cousin du côté ma mère : le révérend Benjamin Stewart.

Davina eut de la difficulté à replacer ce nom. Son père avait tant de parents éloignés. Qui pourrait s'y retrouver ?

— De l'île d'Arran, ajouta-t-il, comme pour réveiller les souvenirs de Davina. Les Stewart ont deux filles, Catherine et Abigail. Pas beaucoup plus jeunes que toi, je dirais.

Davina offrit un sourire poli, espérant le satisfaire. Mais elle ne pouvait mentir et se toucher le front. Elle ne pouvait dire «je sais» quand elle ne savait pas.

Son père lut silencieusement un moment, puis leva le regard, et fit un grand sourire.

— Cette lettre te concerne presque exclusivement, Davina. Ainsi que ton été. Veux-tu l'entendre ?

C'est… à propos de moi ? Elle fut si surprise qu'elle en oublia de hocher la tête.

À monsieur James McKie de Glentrool
Mardi 17 mai 1808

Cousin James,

Nous avons reçu votre lettre en date du 9 mai et nous sommes ravis qu'après toutes ces années, notre offre d'hospitalité ait été acceptée. Davina est bien sûr la bienvenue pour passer l'été parmi nous, au presbytère de Kilbride, sur l'île d'Arran.

Passer l'été ? Davina s'adossa à sa chaise, bouche bée, regardant un parent, puis l'autre. Lui permettrait-on de voyager si loin ?

— Une île ! dit Ian, d'une voix sincèrement enthousiasmée. Cela ne sera-t-il pas merveilleux ?

— Je vois que l'idée t'intrigue, Davina, la taquina son père. Il y a plus.

Accompagnez-la à la baie Lamlash dès que cela vous agréera. Le 1er juin vous conviendra peut-être. Soyez prévenu, Catherine et Abigail ne laisseront pas Davina regagner le continent avant le jour de Lammas. En ce moment même, elles élaborent des projets pour divertir leur cousine, et la liste est très longue.

Son esprit tournait comme une toupie d'enfant sur un plancher verni. Maintenant, elle se souvenait des Stewart, ne serait-ce que d'après de vieilles lettres qu'elle avait déjà lues. Catherine et Abigail étaient à peine plus jeunes qu'elle et vivaient dans le presbytère qui surplombait une baie.

— Glentrool sera un endroit bien triste sans toi, confia Ian. Mais tu dois y aller, ma sœur.

Elle cligna des yeux, comme si tout allait disparaître : la lettre, l'invitation, l'occasion, comme il ne s'en présente qu'une fois dans une vie. Non, elle était toujours là, avec son père, qui lui décrivait avec animation un été idyllique sur l'île d'Arran.

Ma femme m'a demandé de m'informer auprès de Davina des mets qu'elle préfère, de ceux qu'elle n'aime pas, ou de tout autre détail de cette nature. Nous jouissons ici d'un climat tempéré, et les maladies sont rares. Ne soyez pas inquiets pour sa santé.

Davina frappa dans ses mains à ce passage. Comme si elle accordait la moindre importance au climat ou aux maladies ! Et elle engloutirait joyeusement tout ce qu'il y aurait dans son assiette. À l'exception, peut-être, d'anguilles bouillies.

— Je crois que nous avons notre réponse, madame McKie.

Son père sourit, et sa mère essaya de l'imiter.

— Ian, tu dirigeras la propriété quelques jours pendant que je m'assurerai que Davina arrive sans danger à la paroisse de Kilbride.

— Ce sera un honneur, monsieur.

Avant que Jamie puisse décrire les tâches d'Ian, Leana lui toucha le bras.

— Y a-t-il autre chose dans la lettre ? demanda-t-elle doucement. Est-ce que le révérend Stewart mentionne... l'empêchement de notre fille ?

Davina détourna le regard. *Empêchement.* Le mot poli que sa mère employait dans la société.

Jusqu'à maintenant, la pensée ne l'avait pas effleurée : elle ne serait pas qu'une étrangère parmi eux, mais étrange, aussi. *Muette.* La fille muette de Galloway.

— Il en fait mention, admit son père, mais seulement dans les termes les plus respectueux. Je voulais seulement t'épargner ceci, Davina, mais peut-être est-il préférable que tu l'entendes.

Nous ne sommes pas effrayés par la mutité de Davina. Gabriel n'avait-il pas enlevé la voix de Zacharie ? N'a-t-il pas dit : « Et voici que tu seras réduit au silence et sans pouvoir parler » ? Dieu n'a pas retiré sa main de la vie de Davina. Nous veillerons bien sur elle, à Arran.

Que ce fût intentionnel ou non, son père avait lu le reste de la lettre de sa voix de berger. Chaude. Bienveillante. Apaisante. Au mois d'avril précédent, Davina avait parcouru les collines avec lui, pendant qu'il examinait les agneaux nouveau-nés et qu'il les cajolait de cette manière. Il avait souvent prié pour elle de cette même voix chaleureuse. Et dès qu'il la réprimandait pour quelque raison, peu importe la sévérité de la punition, les mots ne la blessaient jamais en raison de la manière dont ils étaient dits.

Cher père. C'était lui qui avait organisé cette visite à Arran. Elle était sûre de cela.

Sa mère lui plaça son cahier à dessin entre les mains, ses yeux bleus brillants comme du verre mouillé.

— As-tu décidé d'y aller, alors ? C'est une chance unique.

Davina tourna les pages, réfléchissant à sa réponse, quand son regard se posa sur une phrase qu'elle avait écrite un peu plus tôt. Pour sa mère. *J'envisage avec plaisir l'été que nous passerons ensemble. Votre fille aimante, Davina.*

Chapitre 15

Ah ! Il n'y a plus d'enfants !

— Molière

L eana s'assit dans la salle à manger vide, avec pour toute compagnie le tic-tac de l'horloge du manteau de la cheminée. Une seule chandelle à la lueur tremblotante illuminait la table. La lumière était insuffisante pour chasser les ombres dans les coins éloignés, mais il y en avait assez pour éclairer la vieille Bible qui était ouverte devant elle.

Mes fils m'ont quitté : ils ne sont plus.

Elle s'était réveillée avec des larmes dans les yeux, quand le verset lui était revenu à la mémoire.

En haut de l'escalier, Jamie était toujours profondément endormi, car il était très tard — ou très tôt —, trois heures du matin passées de peu. Bientôt, le ciel d'un bleu profond au-dessus du mont Lamachan prendrait un ton nacré. Le 30 mai se lèverait officiellement. Et Davina, la plus douce des jeunes filles, quitterait Glentrool.

Seulement deux mois. Leana essaya de trouver du réconfort dans cette pensée. Mais cela ne soulageait pas sa peine de la laisser partir. Avait-elle nourri l'intention de garder Davina dépendante d'elle ? *Gardez-moi de vouloir une telle chose, mon Dieu.* Pourtant, elle ne pouvait nier cette possibilité, car elle était très heureuse d'avoir sa fille sous son toit. Elle aimait veiller sur elle, la materner.

La tête inclinée, les yeux fermés, elle étendit les mains sur les pages de la Bible. *Relevez-moi selon votre parole.* Sa seule force ne suffirait pas ; elle ne l'avait jamais fait. *S'il vous plaît, mon Dieu. Accordez-moi le courage de dire au revoir.*

Après plusieurs minutes, elle leva la tête. Rien n'avait changé. Pourtant, elle avait changé, et c'était suffisant.

Une bougie à la main, Leana ajusta le léger plaid qu'elle avait lancé par pudeur sur ses épaules et gravit le grand escalier jusqu'à l'étage, où la chambre vide des jumeaux avait trouvé un nouvel emploi. Déposés sur le lit à rideaux se trouvaient les deux sacs de voyage de Davina, remplis avec ordre et attendant d'être bouclés pour le départ.

Leana plaça la bougie là où elle pourrait le mieux l'éclairer, puis elle fit courir ses mains sur les effets dans chaque valise, pour s'assurer qu'elle n'avait rien oublié. Elle avait choisi les vêtements de Davina avec soin ; il y avait une limite à la charge que les chevaux pouvaient porter. Heureusement, les corsets en fanons de baleine et les jupons à volants étaient démodés. Les minces robes d'été de sa fille, cousues dans des tissus légers, avaient été faciles à paqueter. Elle fit le compte des objets restants : une paire de chaussures additionnelle, deux bonnets de toile, un réticule, une demi-douzaine de fichus de mousseline légère, et des gants de coton et de dentelle.

— Te voilà, mon amour.

Jamie était debout dans l'embrasure de la porte, frottant ses yeux ensommeillés.

— Quand j'ai vu que tu n'étais plus dans notre lit, il m'a semblé qu'ici était le meilleur endroit où te chercher.

— Oh, Jamie.

Elle l'attira dans la chambre, afin que Davina ne l'entendît pas.

— Je ne voulais pas te réveiller.

— Mes rêves troublés en sont coupables. Pas toi, dit-il en lui baisant le front.

Puis, il regarda par-dessus l'épaule de Leana, en direction des valises.

— Tu recomptes les gants et les bas, je vois. Et as-tu aussi enfoui ton cœur parmi les robes de notre fille ?

Sa gorge se serra.

— D'abord, les jumeaux... et maintenant, Davina...

Jamie l'enveloppa dans ses bras.

— Tous reviendront, Leana. Sois-en assurée.

Sa chaleur masculine, qu'il avait apportée du lit, la senteur musquée de sa peau, sa puissante poitrine, rien au monde ne pouvait mieux la réconforter. Même si ses enfants partaient, son mari restait.

Au bout d'un moment, il se redressa, puis leva le menton de Leana jusqu'à ce que leurs regards se croisent.

— Tu dois faire confiance à l'homme qui t'aime, tout en gardant foi en Celui qui t'a créée. « Qui se confie en Dieu est à l'abri », d'accord ?

— Jamie McKie, dit-elle en lui souriant. Quand es-tu devenu un *saint* homme ?

Jamie lui retourna son sourire.

— Le jour où j'ai épousé ma *pieuse* fiancée.

Même si son haleine était encore lourde de sommeil et son plaid éraflait sa peau nue, Leana accueillit son baiser.

Quelques secondes après, les bruits d'une porte s'ouvrant et de pas étouffés dans le corridor signalèrent l'arrivée des domestiques. La maison reprenait vie, tandis qu'à la cuisine, Aubert préparerait bientôt le porridge du petit déjeuner armé de son *spurtle* de bois.

— Ainsi le jour commence, dit Jamie en la libérant lentement de son étreinte. Nous partons à six heures. S'il te plaît, veille à ce que Davina s'habille et soit assise à table dès cinq heures trente, car je ne voudrais pas la faire chevaucher affamée.

Il fit un pas en arrière et se tourna vers la porte, mais sans cesser de la regarder.

— J'aurais aimé qu'il soit possible de t'emmener, Leana. Mais j'ai peur que Glentrool…

— … ait besoin d'une gouvernante, finit-elle pour lui, car la possibilité qu'elle fût du voyage avait été considérée. Je suis contente de rester ici avec Ian, qui en aura les mains pleines à administrer le domaine. La servante que nous avons engagée à la Pentecôte a encore besoin d'être formée, et mes jardins dépériraient, sans moi.

— Non, c'est toi qui dépérirais sans tes jardins.

Et je dépérirai bien plus en étant séparée de ma fille. Leana garda ses réflexions pour elle et s'accrocha aux paroles du psautier : *Mon cœur est sans crainte.*

— Et quand je reviendrai, ajouta Jamie, nous jouirons d'une maison bien tranquille.

— Trop tranquille, confessa-t-elle, même si cela ne durera pas longtemps. Quand la tonte commence-t-elle ?

— Le 6 juin.

Jamie bâilla, puis roula des épaules.

— Rab a déjà engagé un bon nombre de bergers pour s'en charger.

Il reprit sa chandelle et attira Leana dans le corridor, baissant la voix.

— Ce matin, il n'y a qu'un petit agneau qui requiert nos soins.

Pendant que Jamie s'en allait à ses ablutions, Leana frappa légèrement à la porte de la chambre de Davina. Elle entra sur la pointe des pieds dans la pièce obscure, couvrant la brillante chandelle avec sa main. Ses précautions n'étaient pas nécessaires ; Davina était déjà baignée et à moitié habillée, assise sur le bord de son lit.

— As-tu dormi un peu, chérie ?

Un sourire gêné fut une réponse suffisante. *Non.*

— Pas étonnant, avec une telle journée qui t'attend.

Leana s'assit près de sa fille pour lui prendre la main, et elle ne fut pas surprise de la trouver froide.

— Sarah sera ici bientôt pour nous habiller toutes les deux. Entre-temps, je suis heureuse que nous ayons une minute seules.

Davina hocha la tête, puis se toucha le cœur. *Je suis heureuse aussi.*

Leana jeta un coup d'œil à la table de chevet de Davina, où elle avait caché son cadeau d'adieu : un mouchoir de lin, délicatement brodé et aromatisé avec de la lavande séchée de son jardin.

— J'ai un petit quelque chose pour toi.

Leana tendit la main vers le tiroir, où elle prit le mouchoir parfumé, respirant sa douce senteur une dernière fois, avant de placer le présent entre les mains ouvertes de sa fille.

— Pour te rappeler la maison, dit-elle.

Davina le porta à son visage en fermant lentement les yeux. Ses cils roux commencèrent à luire.

— Non, chérie, l'implora Leana, l'encerclant dans ses bras. Ne pleure pas, ou je vais faire de même.

Mais il était trop tard.

— Davina, je...

Les mots ne voulaient pas venir. *Aidez-moi, Père. Aidez-moi à lâcher prise.* Leana pressa leurs joues humides ensemble et essaya de nouveau.

— Je m'ennuierai de toi... tellement.

Sa fille émit un bref sanglot, que Leana sentit plus qu'elle n'entendit.

— Et je prierai pour toi.

Tous les jours, jeune fille. Chaque heure.

Davina se recula suffisamment pour employer son nouveau mouchoir, avant de refermer les doigts sur lui. Elle inclina la tête, exprimant clairement son désir présent. *Prions. Maintenant.*

Sans hésitation, Leana se leva et attira sa fille.

— Ton père a béni les jumeaux, murmura-t-elle. Maintenant, c'est notre tour.

Sa main tremblait quand elle la posa sur la tête de Davina, car elle n'avait jamais fait une chose aussi audacieuse auparavant.

— Dieu tout-puissant, dit-elle, que ma fille marche dans votre ombre et trouve refuge sous vos ailes.

À chaque mot, sa voix devenait plus forte.

— Soyez avec elle dans les difficultés, mon Dieu. Délivrez-la et honorez-la. Ordonnez à vos anges de veiller sur elle et gardez-la en toutes vos voies.

Leana lui baisa le front, comme si elle avait voulu apposer un scellé sur les mots, puis l'embrassa une autre fois, consciente seulement de la chambre qui devenait plus claire et de Sarah qui frappait à la porte.

Chapitre 16

Les voyages, chez les jeunes gens, font partie de l'éducation ;
chez les plus vieux, ils font partie de l'expérience.
— Francis Bacon

Confortablement assise sur sa jument et vêtue d'une tenue d'équitation de laine légère, Davina se sentait déjà différente. Pas plus grande, hélas, mais plus mature. Ressemblant moins à Will et davantage à Ian.

Non, plutôt à ma mère. Davina porta la main à son corsage, où elle avait enfoui son nouveau mouchoir comme porte-bonheur.

— C'est un jour parfait pour chevaucher, dit son père en embrassant le paysage d'un grand geste de la main. Nous ferons bonne route, si le temps se maintient.

Glentrool était à une heure derrière eux. Crosshill, où ils feraient halte et chercheraient un gîte pour la nuit, était à vingt milles au nord à travers le massif montagneux. Quelques flaques subsistaient du dimanche pluvieux, et l'air était frais et sec. Des plaques de bleu apparaissaient au-dessus des pins majestueux, et la brise du nord soulevait les fins cheveux autour du visage de Davina.

— Voilà une bergeronnette grise à la recherche d'un morceau de choix.

Son père indiqua du doigt un oiseau blanc et noir qui traversait en courant le sentier pierreux devant eux.

— Imagine les échassiers que tu verras à Arran, dit-il. Les grands gravelots, les bécasseaux à dos roux, les gambettes.

Il se tourna pour attirer son regard.

— Tu en dessineras quelques-uns pour moi, n'est-ce pas ?

Elle tapota le cahier à dessin enfoui dans son sac — qu'elle avait failli oublier à la maison, jusqu'à ce qu'Ian le découvre dans la bibliothèque. «Remplis les pages de souvenirs», lui avait dit son frère, ce matin-là, sur la pelouse. Se séparer d'Ian avait été plus difficile qu'elle l'avait imaginé. *Seulement jusqu'au jour de Lammas, cher frère.*

— Prends ton temps, lui avait conseillé Jamie au moment où ils approchaient de leur premier gué du matin. Nous avons encore plusieurs rivières à traverser avant d'atteindre le port d'Ayr.

La paire entra dans le Minnoch, un large et sinueux cours d'eau s'agitant sur un lit de roc. Le cheval hongre de son père trouva un appui solide, et sa jument l'imita. Quand ils atteignirent la rive opposée sans encombre, Davina passa une main affectueuse sur la fine encolure de l'animal. *Bien joué, Biddy.* Le cheval louvet de sa mère reviendrait auprès de sa maîtresse, laissant Davina explorer Arran à pied ou sur une monture prêtée par les Stewart.

Un autre frisson — elle avait cessé de les compter, ce matin-là — lui courut le long des vertèbres, rien que de penser à tout ce qu'elle verrait et à toutes les personnes dont elle ferait la connaissance. Il n'y avait qu'un seul livre dans ses bagages : *Le Lai du dernier ménestrel*, un cadeau de Noël de son père. De quoi se distraire un jour de pluie, mais lire de la poésie n'était pas la façon dont elle entendait occuper son temps à Arran.

Aucun autre voyageur n'était en vue lorsqu'ils s'engagèrent sur la grand-route, à peine plus qu'une piste en terre battue. Un paysan venant à leur rencontre avec sa charrette chargée de fumier leur bloquerait le passage, tant elle était étroite. Elle s'était déjà aventurée sur cette portion de route, auparavant, mais jamais plus de quelques milles. Ils chevauchèrent côte à côte, la robe jaunâtre de sa jument formant un contraste frappant avec le hongre noir de son père. Magnus était le nom qu'il avait donné à la bête, un grand cheval au tempérament calme.

— Écoute, Davina.

Son père leva la main au moment où l'appel caractéristique d'un coucou retentissait entre les arbres. L'oiseau était plus facile à entendre qu'à voir, tant son vol était vif.

— Comment va le vieux vers ? demanda Jamie. « En mai, je chante tout le jour », se répondit-il à lui-même. Mais ce n'est pas vraiment un chant, à peine deux notes.

Il essaya d'imiter l'oiseau, puis sourit quand Davina tapota le sac de feutre vert attaché derrière elle.

— En effet, c'est ma fille qui est musicienne, ici. Peut-être l'entendrai-je lorsque nous nous arrêterons pour manger ?

Davina hocha la tête d'un air absent. La nourriture était la dernière chose qu'elle avait en tête. Avait-elle même touché à son petit déjeuner ?

Son père indiqua la rivière à leur droite, maintenant large et tumultueuse.

— C'est le même Minnoch que nous avons franchi plus tôt ce matin. Nous le suivrons jusqu'à sa source, Eldrick Hill.

Deux ruisseaux profonds en succession ralentirent momentanément leur progression. Puis, un peu plus loin, ils passèrent devant un panneau soigneusement peint — Palgowan —, signalant un chemin de terre qui conduisait à la ferme voisine des Buchanan.

À l'église, le jour du sabbat, Davina avait promis à Janet Buchanan une lettre d'Arran. « Si tu croises le texte pour n'employer qu'une seule feuille de papier, lui avait dit Janet, mon père t'en sera reconnaissant. » Davina avait accepté, sachant qu'une deuxième page doublerait le port à payer par le destinataire. Aussi difficile que fût l'exercice, elle remplirait la page, puis la tournerait à angle droit et continuerait à écrire en travers des lignes. Pauvre Janet, qui aurait à la déchiffrer ensuite.

Ils progressèrent vers le nord pendant une autre heure, franchissant l'arête du Kirriereoch.

— Nous sommes dans le comté d'Ayr, maintenant, annonça son père. Celui de Kirkcudbright est derrière nous.

Davina regarda tout autour, comme si le sol devait changer de couleur ou une ligne y apparaître, indiquant la fin d'un comté et le début d'un autre, comme sur une carte. Elle ne s'attristait plus de l'isolement de Glentrool, après avoir vu la vallée désolée du Minnoch. À peine quelques maisons et quelques arbres ornaient le vaste panorama marécageux en contrebas, peint d'un vert morne.

Quand Biddy commença à souffler plus fort, Jamie ralentit le pas.

— Dans moins d'un mille, nous atteindrons le péage de Rowantree.

Il lança un regard de côté à Davina.

— Et le *nick* du Balloch au-delà.

Davina se replaça sur sa selle et ignora l'inconfort qui la gagnait. Un *nick* était une brèche creusée dans les montagnes. La piste serait-elle resserrée à cet endroit ? Et périlleuse ?

— Le col offre une vue splendide, promit son père, comme pour fortifier son courage. Cela ne ressemble à rien de ce que tu as déjà vu dans tout Galloway.

Perché sur une élévation, le péage de Rowantree apparut à la vue. Construite sans mortier et surmontée d'un toit de bruyère brune, la vieille maison de péagiste était un bâtiment des plus rudimentaires.

— Il n'a rien de remarquable, admit son père, mais il marque à peu près la moitié de notre trajet d'aujourd'hui.

Il sauta de son cheval en poussant un grognement de soulagement.

— Allons, dit-il, laisse-moi t'aider à descendre, Davina.

Un vent vif soufflait sur la route qui remontait Rowantree Hill, pliant les hautes herbes sur leurs pas pendant qu'ils approchaient de la cabane du péagiste. Au coup frappé par son père à la porte, une voix rugit à l'intérieur, les invitant à entrer. Le logement d'une seule pièce était sombre, et les fenêtres fermées pour le protéger des éléments. Un feu de tourbe brûlait dans le foyer, et deux chandelles brillaient sur la table où un homme était assis, un livre de comptes crasseux ouvert devant lui.

Davina essaya de ne pas le dévisager, mais ce gaillard-là avait l'air d'un géant. Plus grand que son père d'un bon pied[8], plus large que Will et Sandy mis ensemble, il paraissait tout à fait capable de l'avaler elle-même d'une seule bouchée.

Le garde imposant regardait son père à travers un rideau de fumée de tourbe.

— Vous v'lez passer su' l'*nick*, c'est ça ?

— C'est notre intention, dit Jamie en glissant une main dans son manteau.

Elle savait que la bourse et l'arme étaient côte à côte. Davina pria pour que l'arme ne fût pas nécessaire. Quand leur brève négociation fut conclue, l'homme les suivit dehors et leva la lourde barrière de péage qui bloquait la route. Davina fut aussi soulagée de reprendre place sur sa monture qu'elle l'avait été d'en descendre quelques minutes auparavant. Les chevaux semblaient également pressés de s'en aller et ils démarrèrent d'un bon trot.

— Un endroit lugubre, même par un matin ensoleillé de mai, murmura son père au moment où la barrière retombait derrière eux. Encore heureux que nous ne nous soyons pas présentés par un triste soir de novembre, avec un vent du nord glacial nous soufflant au visage et un ciel gorgé de pluie.

Davina avait des préoccupations plus actuelles en tête. À chaque brusque tournant du chemin autour de Rowantree Hill, elle craignait que la route ne disparût sous elle. Soudain, elle atteignit le point le plus élevé, d'où la vallée en bas lui parut si éloignée qu'elle eut peur de s'évanouir.

---

8. N.d.T. : Un pied équivaut à un peu plus de trente centimètres.

— Du calme, jeune fille, lui dit son père, agrippant le coude de Davina pour la stabiliser. C'est une piste étroite, assurément, et une chute vertigineuse. Quatre cents *ells* ou plus. Reste près du flanc de la montagne et loin du bord de la route. Et essaie de ne pas regarder en bas, ajouta-t-il avec un demi-sourire.

Mais où aurait-elle pu regarder, sinon *en bas* ?

Son père entreprit la descente d'abord, parlant doucement à Magnus. Elle le suivit, tenant fermement les rênes de Biddy, afin d'éviter que le vaste panorama désoriente la jument. À sa droite, des gorges étroites sectionnaient le flanc de la montagne, la profondeur des fissures égalant la taille d'un homme. À sa gauche, la route était bordée par un vide béant. Gardant l'œil sur le ruisseau qui traçait son chemin sur le plancher de la vallée, Davina retint son souffle jusqu'à ce que Biddy marchât le long de ses rives, la descente périlleuse enfin derrière eux.

Son père amena son cheval près du sien.

— Tu as mérité une brève pause, et nos chevaux aussi. Le pont qui enjambe la rivière Stinchar est juste devant nous. Et si nous nous arrêtions pour déjeuner ?

Ils descendirent de cheval et étendirent leur plaid sur l'herbe, puis s'assirent pour manger le hareng mariné et le fromage d'Eliza. Après avoir laissé à leurs chevaux le temps de brouter et de boire à satiété, Jamie se leva et secoua les miettes du plaid fripé.

— J'aurais bien aimé entendre un air de violon, mais nous avons encore huit milles de pays montagneux à couvrir, dit Jamie. Ce soir, peut-être ?

Il se tut pour aider sa fille à remonter sur Biddy.

Davina sentit qu'il était sur le point de dire quelque chose, mais qu'il avait changé d'avis. Elle posa la main sur son épaule, pour l'inciter à la regarder, certaine qu'il comprendrait. *Dites-moi, père.*

— Comme tu me fais penser à ta mère, dit-il enfin. C'est simplement ceci Davina : quand je compare cette journée à celles passées avec tes frères sur la route d'Édimbourg...

Il se passa la main sur la mâchoire, mais ne put cacher sa déception.

— Je ne peux blâmer tes frères, reprit-il, car je ne leur ai donné que deux jours d'avis. Pourtant...

Il soupira bruyamment.

Le voyage avec les jumeaux avait donc dû être éprouvant. C'est ce qu'elle avait pensé. *Pauvres garçons.* Tandis qu'ils franchissaient le pont et s'éloignaient de la Stinchar, Davina réfléchit à l'origine du conflit : son père blâmait toujours Will et Sandy pour son invalidité. Et ses frères ne pourraient jamais se réconcilier avec le passé, si leur père ne leur pardonnait pas d'abord.

S'il vous plaît, père. Pardonnez-leur.

Une idée commença à germer en elle. Si elle pouvait se résoudre à écrire les mots auxquels elle pensait, pourrait-elle les montrer à son père sans trembler ?

Oui. Ce soir même, elle plaiderait en faveur de Will et de Sandy. *C'était un accident, père, arrivé il y a si longtemps.* Ses frères l'avaient défendue pendant une décennie. Ne pourrait-elle pas poser une action courageuse pour eux, en retour ? Elle pria pour être forte quand l'heure viendrait, puis redirigea son esprit vers les heures à venir.

Ils voyagèrent pendant tout l'après-midi, saluant au passage les travailleurs dans les champs et les bergers sur les montagnes.

— Nous approchons de Crosshill, l'informa son père en jetant un coup d'œil à sa montre de poche, à l'approche d'un carrefour bordé de pâquerettes jaunes. Nous y serons à dix-huit heures. C'est un petit village, et la plupart de ses habitants possèdent leur métier à tisser. Il m'en vient un à l'esprit qui nous accordera sûrement l'hospitalité.

Quoiqu'elle n'eût jamais voyagé avant, Davina avait entendu bien des récits, et les gens de la campagne étaient réputés pour leur générosité. Si un voyageur cherchait un toit et un couvert, les fermiers et les villageois obligeants pourvoyaient aux besoins de leur invité inattendu, peu importe que les membres de la famille dussent s'entasser à trois sur un même matelas ou que la soupe dût être allongée avec de l'eau. Les auberges n'existaient que le long des routes sillonnées par les diligences ; à la campagne, il suffisait de frapper à la porte d'un cottage.

Les montagnes étaient loin derrière eux, maintenant, et le paysage d'un vert de velours ondulait doucement tandis qu'ils approchaient d'une rangée de modestes chaumières. Son père lui sourit, bien que la fatigue fût apparente sur son visage.

— Allons-nous voir si Michael Kelly de Crosshill accueille des visiteurs ?

Ils mirent pied à terre devant la porte non peinte d'une cabane pareille à ses voisines : des murs de pierre où le mortier était remplacé par de la paille ; un toit de chaume, maintenu par de robustes cordes de chanvre retenues par des pierres ; une petite fenêtre sans vitre, dont le volet ouvert pivotait sur une charnière de cuir ; de la fumée de tourbe s'échappant par une cheminée courbée perçant le toit.

Son père frappa, puis fit un pas en arrière. Ils n'eurent pas à attendre longtemps. La porte fut ouverte par un homme alerte aux cheveux roux d'un âge indéfini. Il les regarda en clignant des yeux de l'intérieur sombre de sa maison.

Son père salua l'homme.

— Bonjour à vous, Michael.

Davina dut retenir un sourire quand elle le regarda plus attentivement, car le tisserand était aussi petit que le péagiste avait pu être grand. Affublé d'un nom irlandais et d'une rêche tignasse rouge, Michael Kelly n'était-il pas l'image même du lutin ?

— Bien l'bonjour à vous, m'sieur.

L'homme salua poliment.

— V'z'avez déjà franchi l'seuil d'ma porte avant ?

Il fit un pas de côté, et les invita à l'intérieur.

— Vous m'pardonnerez d'pas m'rappeler vot' nom, m'sieur, mais si c'est d'un gîte dont v'z'avez b'soin, v'z'avez frappé à la bonne porte.

Davina suivit les hommes à l'intérieur, amusée que l'humble tisserand ne se souvînt pas du laird de Glentrool. Pareille chose n'arriverait jamais dans la paroisse de Monnigaff. Tandis que l'homme s'occupait de leurs chevaux, Davina étudia son logement. Des planches de pin grossières recouvraient le sol, et la cheminée carrée n'avait pas de manteau. Deux lanternes de fer étaient suspendues de chaque côté du métier à tisser, qui occupait un tiers de l'unique pièce de la maisonnette. L'espace restant était suffisant pour deux bancs et un petit lit, bas sur le plancher. Le couvre-lit, toutefois, était fait de laine finement tissée, et le chaudron fumant dégageait un délicieux fumet d'orge.

Michael traîna leurs selles avec lui en rentrant et les accrocha près du foyer. Puis, il se lava les mains dans un plat avec l'eau du pichet qui se trouvait près du lit.

— Vous v'joindrez à moi pour l'dîner, n'est-ce pas ?

Il leur présenta ensuite leur repas dans de simples bols de poterie avec des cuillères de corne.

— J'les ai marchandées à un colporteur, expliqua Michael en passant son pouce sur le contour lisse de sa cuillère sculptée dans une corne de bœuf, une spécialité des Tsiganes errants. Et pour vous, m'sieur ? Que m'donnerez-vous pour vot' nuitée ? Mais j'vous préviens, j'veux pas d'vot' argent.

— Je peux raconter une bonne histoire, offrit Jamie. Et je connais tous les ragots de Monnigaff, si vous voulez les entendre.

— Oui, ça fera l'affaire, accepta le petit homme en souriant. Et pour vot' fille, demanda-t-il en jetant un regard curieux à Davina. Elle m'semble ben discrète.

— Oh, elle en a bien plus à dire que moi, dit Jamie, hochant la tête vers la selle de Davina. Ma fille parle avec sa musique, plutôt qu'avec sa langue.

— Oh! fit l'homme en se relevant vivement. L'violon est donc à vous, jeune fille?

En un instant, il avait le sac vert entre les mains et le lui tendait d'un geste révérencieux.

— Restez aussi longtemps qu'vous v'lez, mam'zelle, et mangez autant qu'y vous plaira.

Elle accorda rapidement son instrument, puis se lança dans un air enjoué. Les mélodies s'enchaînèrent, d'abord un *strathspey*, puis un quadrille écossais suivi d'une gigue. Tandis que son père battait la mesure sur la table, Michael dansait avec exubérance à l'intérieur de sa maisonnette. Un passant se pencha d'abord à la fenêtre pour écouter, puis la porte s'ouvrit toute grande, et le village entier vint écouter le concert improvisé. Spontanément, de nombreux habitants de Crosshill étaient venus rejoindre le tisserand dans ses festivités; la poussière volait des planches de bois sous leurs pieds, et leurs voix s'élevaient en un chant joyeux.

> *Mon cœur était déjà aussi gai et libre*
> *Qu'les jours d'été 'taient longs;*
> *Mais un beau garçon tisserand*
> *M'a fait changer ma chanson.*

La foule en réclama davantage, et Davina ne pouvait rien lui refuser, n'ayant jamais diverti un auditoire aussi enthousiaste. Des roses furent arrachées des jardins avoisinants et répandues à ses pieds, des bébés furent amenés des maisons voisines pour qu'elle les bénisse, et une demi-douzaine de jeunes garçons au regard rêveur paraissaient sur le point de la demander en mariage.

Ce fut Jamie qui décréta finalement la fin de la représentation.

— Ce fut une harassante journée de voyage, dit-il, et il y en a une autre qui nous attend demain.

Il hocha la tête en direction de Davina afin qu'elle rangeât son violon, pour l'empêcher de céder à un public qui ne se lassait pas de l'entendre. Il fallut une autre heure avant que la cabane se vide complètement, car Jamie se sentit tenu de partager quelques commérages avec son hôte, tel que promis. Dans les régions rurales, les voyageurs étaient les seules sources d'information ; chaque miette était un festin, et personne ne partit avant d'avoir été rassasié.

Quand la porte se referma enfin sur le dernier visiteur, Davina se vit attribuer l'unique lit et Jamie reçut une pile de couvertures de laine. Michael alla se blottir près du foyer, à même le sol. Le matelas bourré de paille ne se comparait pas à son lit de bruyère à la maison, mais fourbue comme elle l'était, le sommeil ne tarderait pas à venir.

Tandis que son père s'occupait de préparer sa couche, Davina écrivait avec application sa question à la faible lumière de la lanterne. Elle la lui montrerait le lendemain, à cheval. Jamie pourrait toujours détourner le regard pour peser sa réponse, mais il ne pourrait fuir pour éviter d'y répondre. Elle devait essayer, pour le salut de ses frères.

Davina ferma le cahier, marquant la page avec son crayon.

Chapitre 17

Il est bien de pardonner,
Mieux encore d'oublier.
— Robert Browning

Jamie se redressa brusquement, comme si quelqu'un lui avait donné une petite tape sur l'épaule dans son sommeil. Une blafarde lumière grise filtrait à travers les fentes des volets. L'aube s'était levée, mais à peine. Le métier à tisser tapi dans l'ombre, avec ses chaînes de fils tendues, sa navette et sa pédale, lui offrait un point de repère. Au-delà de la porte abîmée, un coq chantait et les chevaux s'agitaient. Qu'il fût reposé ou non, sa journée avait commencé.

Il se lava le visage et les mains dans l'eau tiède d'une cuvette en utilisant un morceau de lessive de soude. De l'autre côté du cottage, Michael Kelly dormait comme un setter irlandais, recroquevillé devant le foyer, qui s'était éteint pendant la nuit. Il se lèverait bientôt et s'occuperait de leur petit déjeuner. Bien que son logis fût modeste, Michael était un hôte généreux.

Jamie s'assécha le visage avec le pan de sa chemise, baissant le regard vers le lit étroit où dormait Davina. Avec ses mains enfouies sous ses hautes pommettes et ses longues mèches rouges répandues sur sa peau pâle, elle avait l'air plus jeune. Mais ce n'était plus la fillette qui pouvait encore parler en s'éveillant le matin.

« Bonjour, père. Allons-nous voir les agneaux aujourd'hui ? »

Il n'avait jamais oublié le son de sa voix. Aussi mélodieuse que les plus belles notes produites par son violon.

Mon ange. Jamie se pencha, désirant caresser sa joue satinée, sans toutefois la réveiller. Si l'amour seul pouvait guérir sa fille, il n'aurait qu'à lui toucher la gorge pour lui redonner sa voix. Mais cette tâche incombait à un autre. *Viens lui imposer les mains pour qu'elle soit sauvée.* Combien de fois avait-il dit ces mots en prière, en vain ?

Davina, qui sentait peut-être sa présence toute proche, ouvrit doucement les yeux. Elle forma le mot « père » avec ses lèvres, puis prit sa main pour s'aider à s'asseoir. Elle le regardait intensément, comme s'il y avait des jours qu'elle ne l'avait pas vu, et non quelques heures à peine.

Derrière eux, une chandelle pétilla en s'enflammant. Michael était réveillé et en plein travail. Il ajouta de la tourbe dans l'âtre, puis disparut par la porte en portant une paire de seaux. La rivière Girvan n'était pas loin au nord ; ses berges abruptes exigeraient de la prudence, en un matin si brumeux.

— Il y a moins d'une douzaine de milles d'ici au port d'Ayr, dit Jamie, qui parlait à voix basse, comme il convenait à cette heure. Nous verrons si la brume se dissipe. Sinon, la route demeure quand même facile à suivre.

Il boutonna son gilet pendant que Davina tressait soigneusement ses cheveux, avec la même grâce et la même adresse que sa mère. Son abondante chevelure rousse fut rapidement enrubannée et lancée sur ses épaules. Jamie dut bien admettre que ses doutes sur la capacité de Davina de se débrouiller sans sa femme de chambre n'étaient pas fondés.

Le retour du tisserand fut accompagné par un sourd claquement de la porte et le clapotis de l'eau dans son seau.

— Vos ch'vaux boivent dans l'aut' seau, les informa-t-il. J'prépare vot' thé aussi vite que j'le peux. Du porridge pour vot' p'tit-déjeuner, ça ira ?

Jamie lui assura que le porridge suffirait, puis fit un clin d'œil en direction de Davina tout en interrogeant son hôte.

— Comment se fait-il qu'un homme portant le nom de Kelly parle comme un Écossais ?

— Oh! fit-il en balançant sa théière au-dessus du feu. Mon père était irlandais, mais ma mère v'nait du comté d'Ayr. C't'elle qui m'a élevé.

Elle lui avait entre autres montré à faire du porridge, pensa Jamie. Une demi-heure après, en effet, il était attablé devant un bol d'avoine fumante, légèrement salée et surmontée d'une noisette de beurre. Davina y plongeait sa cuillère de temps à autre, pendant que son père en reprenait deux fois. Sa fille était toujours silencieuse, mais pas toujours calme ; ce matin-là, elle était pratiquement immobile, les mains posées sur son album. La veille, il l'avait remarquée devant son cahier ouvert, le crayon à la main. Quelque objet dans le cottage de Michael avait-il assez attiré son attention pour l'inciter à le dessiner ?

Déposant sa tasse de thé, Jamie hocha la tête en direction du cahier à la couverture usée.

— Veux-tu me montrer ton dernier croquis ?

Davina ouvrit de grands yeux.

— Plus tard, alors ?

Davina hocha la tête sèchement, puis se leva de table, clairement impatiente de se mettre en route.

— Il semble que nous soyons prêts à partir, dit Jamie à leur hôte.

Ce dernier était déjà installé devant son métier à tisser, élevant et abaissant les pédales du pied, lançant la navette d'avant en arrière le long des fils de chaîne à une cadence rythmée.

— Vous n'avez pas demandé d'argent, Michael, lui dit Jamie, mais j'ai laissé deux shillings près de votre assiette.

Le tisserand hocha la tête en guise de remerciement sans manquer un coup de pédale.

— J'suis vot' obligé, m'sieur. Qu'vot' main ouverte soit toujours pleine.

Magnus et Biddy étaient déjà brossés et sellés, attendant leur cavalier, au moment où Jamie et Davina franchirent le seuil de la porte. L'air dense et humide tourbillonnait entre les rangées de cottages comme le souffle d'une créature vivante.

— Elle s'élève de la rivière, supposa Jamie en aidant sa fille à s'installer sur son cheval, avant de monter à son tour. Si le soleil brille demain, ta mère sera heureuse. « De la brume en mai, de la chaleur en juin et tout est en harmonie », disent les jardiniers.

Il orienta ses chevaux vers le nord.

— En avant, leur dit-il.

Leur deuxième journée de voyage venait de commencer.

Ils sortirent du village en empruntant un pont de pierre enjambant les eaux gonflées de la Girvan, d'où s'élevait un air chargé d'humidité. Le panneau indiquant la ferme Dalduff apparut soudain dans le brouillard. Quoique les bâtiments fussent invisibles, les gloussements de poules en couvaison signalèrent leur position à l'ouest. La route se mit à onduler, ascendante ici, descendante un peu plus loin, toujours sinueuse, un mille après l'autre. Après un virage particulièrement serré, ils sortirent enfin du brouillard. Jamie poussa un soupir, heureux de voir réapparaître la campagne. Le soleil, encore bas à l'est, drapait le pays d'une lumière claire et pâle, où il ne restait plus que quelques minces volutes cotonneuses.

— Une autre belle journée qui s'annonce, dit-il en se tournant vers Davina, et il fut surpris de la trouver tenant son cahier. Tu n'as sûrement pas l'intention de dessiner à cheval ? l'interrogea-t-il.

Il l'avait demandé à la blague, dans l'unique intention de la faire sourire, mais elle fronça plutôt les sourcils et agrippa son cahier plus fermement. L'un de ses mouvements d'humeur, peut-être ? Il n'avait pas eu de sœur ; en observant sa fille, il avait conclu que les jeunes femmes étaient prédisposées à passer sans transition de l'allégresse au désespoir.

— Nous pouvons arrêter à Maybole, si tu veux. Il s'agit d'un village assez important dont quelques vieilles ruines devraient tenter ton œil d'artiste.

Pendant qu'ils cheminaient à travers l'agglomération encore endormie, où les habitants commençaient tout juste à s'animer, il lui indiqua quelques possibilités.

— Le château Maybole, peut-être ?

Non, elle ne voulait pas dessiner son donjon et ses tourelles.

— L'église collégiale ?

Pas davantage. Les portails de pierre cintrés, aussi vénérables fussent-ils, étaient apparemment sans attrait.

Davina pensait à quelque chose ; c'était clair. Il avait furtivement observé son profil — le regard dirigé devant elle, le front légèrement soucieux, le menton droit, n'exprimant ni rébellion ni abattement, la bouche plissée en une sorte de bouderie pensive. Était-elle inquiète à l'idée de franchir la mer ? La jeune fille n'avait jamais navigué sur une embarcation plus grande que la yole amarrée à leur quai. Commençait-elle à regretter d'avoir accepté un si long séjour sur l'île d'Arran ? Ou nourrissait-elle des doutes au sujet de la réception que lui feraient les Stewart ?

Il n'obtiendrait pas de réponses à ses questions avant d'avoir franchi le village et commencé la traversée de la haute crête menant à Ayr. Davina toucha sa manche, puis tendit son album, ouvert à une page où il n'y avait aucun dessin, seulement des mots.

Jamie ralentit son cheval et prit le cahier de la main tremblante de sa fille.

— Qu'y a-t-il, Davina ?

Perturbé à la vue des larmes dans ses yeux, il immobilisa Magnus.

— Tu ne te sens pas bien ?

Elle indiquait de son doigt la page ouverte, mais Jamie n'arrivait pas à détacher son regard du visage de Davina, tant elle semblait bouleversée. Il prit plutôt sa main gantée dans la sienne.

— Je lirai ceci, Davina, mais seulement si tu m'assures que cela allégera ta détresse.

Elle hocha la tête de haut en bas, faisant tomber quelques larmes sur ses joues.

— Oh, mon enfant, dit-il en lui relâchant la main, cherchant inutilement un mouchoir dans une poche de sa veste.

Mais Davina possédait le sien. Après avoir asséché ses joues, elle porta le mouchoir de dentelle à son nez et respira, mais sa respiration était longue et entrecoupée. Jamie reconnut le motif; Leana n'avait fini de le broder que quelques jours avant leur départ.

— Une fragrance agréable, de la lavande, dit-il d'une voix égale, attendant que Davina retrouve son aplomb. Forte, comme la menthe, commenta-t-il, mais plus suave.

Elle abaissa son mouchoir, puis dirigea son regard vers la page. Quel que fût ce qu'il y avait d'écrit là, le moment était venu de le lire.

Jamie baissa les yeux et il n'était pas préparé à ce qui l'attendait. *S'il vous plaît, pardonnez à mes frères.*

Une douleur s'éleva en lui, aiguë, intolérable.

« William ! Qu'as-tu fait à ta sœur ? » Sa propre voix, rugissant devant ce garçonnet de six ans.

« Oh, père ! Je ne voulais pas… je ne voulais pas… lui faire de mal… » Will, pleurant de façon hystérique. Sandy, effondré sur l'herbe, en état de choc. Davina, immobile, pâle et silencieuse, comme morte.

Jamie ferma les yeux, agrippant le cahier, mais les souvenirs et la douleur ne faisaient qu'augmenter. Il avait lancé l'épée dans les pins, comme si elle avait été aussi légère qu'une branche sèche, puis il avait pris sa petite fille dans ses bras et s'était précipité vers la maison, la gorge serrée. *« Davina ! Davina ! Peux-tu me parler ? »*

Will et Sandy couraient sur ses talons comme de jeunes chiens, haletant, essayant de suivre son rythme. Il les avait ignorés, traversant la pelouse pour rejoindre Leana, qui courait vers lui les bras tendus en répétant le nom de sa fille. Davina ne répondit pas. Ne répondrait jamais…

Une main gantée se posa sur la sienne.

Jamie leva la tête ; de la bile lui piquait la gorge.

— Je suis désolé, Davina. Tu as été si courageuse de me demander cela, mais je…

Les yeux brillants de larmes, elle se toucha le cœur, puis celui de son père, un geste qu'il connaissait bien. *Je t'aime.* Aucune parole n'aurait pu le remplir davantage d'humilité. Elle lui prit l'album de la main et souligna la phrase avec le bout de son doigt. À la fin, elle traça un point d'interrogation.

— *Pourquoi* ne puis-je pardonner à tes frères ? Est-ce cela que tu me demandes ?

Il vit la réponse dans ses yeux. *Oui.*

Les chevaux s'agitaient nerveusement, maintenant.

— Allez, dit-il doucement, dans l'espoir que le mouvement secoue son désarroi. Davina…

Il ravala, et fut écœuré du goût amer dans sa bouche.

— Si ta blessure avait résulté d'un accident, reprit-il, c'est-à-dire, d'un véritable accident, qui n'aurait été la faute de personne…

Il soupira, car il savait ce qu'elle lui répondrait. *C'était un accident, père. Les jumeaux n'ont jamais voulu que cela se produise.*

Il recommença.

— Je comprends que tes frères n'avaient pas l'intention de te blesser, Davina. Mais ils ont volé l'épée de ton grand-père, sachant que ce qu'ils faisaient était mal.

Ne leur avait-il pas ordonné de ne jamais y toucher ? N'avaient-ils pas juré qu'ils ne désobéiraient pas ?

— Et ils se sont chamaillés avec l'arme, dit Jamie avec plus d'énergie, ignorant le danger encouru. Sachant qu'ils pourraient blesser quelqu'un.

Toi, Davina. Ils t'ont blessée, toi.

Il s'efforça de continuer.

— Will a dit que tu les avais exhortés à la prudence. En fait, que tu les avais implorés d'arrêter. N'est-ce pas vrai ?

Davina haussa les épaules, hochant légèrement la tête.

— Mais Will et Sandy t'ont ignorée, ne songeant qu'à leur lutte pour l'épée.

Sa voix était douloureuse, le souvenir comme une lame plantée dans son cœur.

— Comprends-tu, maintenant ? Comment pourrais-je pardonner à tes frères, alors qu'ils sont les seuls fautifs ? Et d'ailleurs, comment *toi*, Davina, arrives-tu à leur pardonner ?

Il regretta sa question dès qu'il l'eut posée. Quand elle détourna le regard, il la regretta encore plus. Puis, un troupeau de moutons bêlants se mirent à traverser la route devant eux sans se presser, suivis de leur patient berger.

Pendant qu'ils attendaient, Davina tendit doucement la main et reprit son cahier. Elle écrivit quelque chose à la hâte et le lui rendit au moment où le dernier mouton sautait hors du chemin.

Jamie regarda la page et son cœur chavira.

Le pardon est un présent. Ses propres mots. Prononcés à sa propre table.

Puis, les mots de Davina. *J'ai fait ce présent à mes frères il y a longtemps déjà, père. Le ferez-vous un jour ?*

Chapitre 18

Le Vieux Ayr n'est qu'un long bras d'mer tumultueux.
— Robert Burns

Les traits foncés de son père étaient creusés par la douleur.

Non ! Davina le regarda, consternée. Ce n'était pas du tout son intention. Dans son désir d'épargner à Will et à Sandy une honte additionnelle, elle l'avait simplement redirigée ailleurs.

Père, s'il vous plaît. Quand elle tira sur son cahier, il le relâcha sans dire un mot. Elle secoua alors sa manche, pour le forcer à la regarder. Elle se couvrit brièvement les yeux, un geste qu'elle employait pour communiquer son embarras ou sa honte. *Je suis désolée.*

— Non, ma fille.

Il cacha ses propres yeux un moment, empruntant à sa fille le langage des gestes.

— C'est moi qui suis désolé.

Quand il abaissa la main, son visage n'exprimait que de la sincérité.

— Parce que de tous, dit-il, c'est toi qui as eu le courage de me le demander. Et je suis plus désolé encore d'avoir négligé tes frères.

Elle indiqua la montre à la poche de son gilet. Comprendrait-il ce qu'elle voulait dire ? *Il n'est pas trop tard.*

— Tu as raison, Davina. Nous avons encore du temps, tes frères et moi, pour nous réconcilier.

Il frotta distraitement la poussière de son manteau, comme s'il pensait à quelque chose, puis trouva son regard.

— Quand Will et Sandy reviendront, le jour de Lammas, reprit-il, j'aurai une longue conversation avec eux. En vérité, c'est une décision que j'avais prise quand j'étais à Édimbourg. Alors, elle n'avait pas erré en lui présentant sa demande. Tandis que l'attention de son père était attirée par la couronne rouge d'une linotte mélodieuse qui picorait sur le terrain raboteux, elle rangea doucement son cahier; il avait bien rempli son rôle.

Ils chevauchèrent sans parler pendant quelque temps, mais ce silence n'était pas embarrassé. Leur poste d'observation élevé leur offrait une vue splendide de montagnes bleutées et de terres agricoles fertiles. À mesure que la matinée avançait, elle sentit l'humeur de son père se rasséréner. Son front était de nouveau lisse et son maintien fier. Quand il parlait, elle ne sentait aucune tension dans sa voix.

Toujours plus de voyageurs se joignaient à eux à mesure qu'ils approchaient d'Ayr. Fermiers et gentilshommes se côtoyaient en se dirigeant vers le bourg royal, se saluant du bonnet; tous étaient étrangers à Davina. Elle avait passé dix-sept ans dans la même paroisse, entourée de visages familiers, connaissant la position sociale de chacun, qu'il fût noble ou domestique. Sur l'île d'Arran, elle aurait besoin de ses cousines pour l'informer, sinon elle risquait de ne pas aborder les gens de la manière appropriée, ou de leur manquer d'égards.

Son père regarda son sac vert.

— Si le propriétaire du King's Arms veut être payé en musique pour la nuitée, l'obligeras-tu?

Elle savait qu'il badinait — les aubergistes voulaient être payés en argent, pas en chansons —, mais Davina mima néanmoins un coup d'archet sur son bras plié.

— Tu peux être sûre que Michael Kelly n'oubliera pas ton nom. Je crois que tu as emporté son cœur dans ton étui à violon.

Elle secoua la tête, puis se voûta sur sa selle et fit semblant de s'appuyer sur une canne.

— Trop vieux pour toi, c'est ça ? Je suppose en effet que tu préférerais un homme plus jeune. Aux cheveux foncés, comme tes frères ? Ou blonds, comme ta mère ?

Dorés comme le soleil. Davina avait étudié son précieux dessin, la veille. Plus viking qu'écossais, avait-elle décidé. Et toujours plus beau, chaque fois qu'elle songeait à lui. Elle fit semblant de lisser un pli de sa robe, pour éviter qu'une rougeur sur ses joues ne trahisse ses pensées.

— Un gentilhomme aux cheveux auburn, suggéra son père. Assez riche en terres pour mériter mon approbation, et en intellect pour gagner la tienne.

Davina leva les yeux au ciel. Des terres ? De l'intellect ? Comme tout cela était ennuyeux.

— Je vois que tu ne partages pas mes critères pour le choix d'un prétendant.

Sa voix était sévère et son visage à l'avenant. Mais elle ne fut pas trompée un seul instant.

— Ma liste de toutes les qualités qu'il devra posséder est bien plus longue, insista-t-il, et celle de ta mère compte une page de plus.

Davina lança la tête vers l'arrière en un rire muet, et elle en perdit presque son bonnet. *Une liste ?* Quelle étrange idée.

Son père rit de bon cœur à son tour et tendit la main pour lui replacer son bonnet.

— Le sujet te semble peut-être divertissant, mais je peux t'assurer de ceci.

Il fit une pause, et son expression devint plus sérieuse.

— Le gentilhomme qui gagnera la main de Davina n'aura pas la tâche aisée.

Elle se toucha le front. *Je comprends, père. Et j'en suis heureuse.*

Le soleil approchait de son zénith quand ils descendirent dans la vallée boisée et franchirent la rivière Doon en empruntant un vieux pont de grès. Son arc simple et élevé, lancé au-dessus des eaux placides, les porta jusqu'au village d'Alloway.

— Ah, la vieille église.

Son père indiqua les décombres sans toit et son ancienne cloche encore suspendue dans le beffroi. Des tombes se trouvaient là où il y avait des bancs autrefois, et les fenêtres n'étaient plus que des squelettes de pierre.

— Elle est hantée, s'il faut en croire Rabbie Burns, reprit Jamie.

Son expression devint lugubre, et il murmura d'un ton rauque un vers du poète :

— «Quand elle luit à travers les arbres qui gémissent, l'église d'Alloway semble en flammes.»

Tenant toujours les rênes, Davina leva les mains en agitant les doigts, comme pour imiter le jeu des flammes.

— Dans la fertile imagination du poète, du moins, dit Jamie en riant.

La paire traversa le petit village agricole. Des cottages d'argile aux murs couverts de chaux et aux toitures de chaume étaient dispersés au petit bonheur, de part et d'autre du chemin. Chaque maisonnette avait son propre jardin potager. Des vaches laitières étaient regroupées entre des murets de pierres sèches et des porcs parqués dans leur porcherie, tandis qu'au bord de la route achalandée, des oies sauvages et des poules couraient partout en gloussant et en battant des ailes.

À mesure qu'ils progressaient vers le nord-ouest, les basses chaumières firent place à des terres agricoles où l'on avait récemment semé de l'orge. Une brise piquante, avec un goût de sel marin, vint à leur rencontre.

— Nous arriverons à Ayr dans moins d'une heure. Jette un coup d'œil vers l'ouest de temps à autre, dit Jamie en faisant un geste ample dans la direction générale de la mer. Le profil bleu d'Arran devrait faire son apparition bientôt. Certains disent que l'île ressemble à un guerrier endormi.

Elle perçut de la fébrilité dans la voix de son père et elle la ressentait aussi en scrutant l'horizon du regard. Le seul littoral qu'elle eût jamais vu de sa vie était la baie de Wigtown à l'embouchure de la rivière Cree, un estuaire à marées chargé de vase. Rien à voir avec l'océan qui s'étendait à perte de vue sous un ciel infini.

Puis, elle la vit : l'île d'Arran, une longue silhouette de montagnes au contour irrégulier s'élevant au-dessus de l'océan. Plus grande qu'elle ne l'imaginait. Lointaine et d'allure mystérieuse. Comme si l'île ne faisait pas partie de l'Écosse du tout, mais constituait un monde à part. *Mon monde.* Sa vue seule embua ses yeux et fit battre son cœur plus rapidement.

— Avance, jeune fille.

Son père tira Davina par la manche. Elle avait immobilisé Biddy sans s'en rendre compte, le regard fixé sur l'horizon.

— Mardi est jour de marché à Ayr. Nous serons piétinés par le bétail, si nous restons sur place.

Davina se remit en marche, se faufilant dans le flot des personnes et des bêtes, essayant de ne pas perdre de vue le profil majestueux émergeant des eaux. Les plus hauts sommets étaient cachés par des bancs de nuages solitaires, comme si l'île avait possédé son propre climat. Cela pourrait-il être le cas ? La périphérie d'Ayr se referma sur eux lorsqu'ils entrèrent dans la ville en empruntant le chemin Carrick. Elle étirait le cou de temps à autre vers la mer, mais l'île d'Arran était maintenant hors de vue.

— Tu te rassasieras quand nous voguerons demain matin, lui promit Jamie. Pour l'instant, tâchons de trouver la grand-rue, l'auberge King's Arms et notre déjeuner.

L'air était alourdi par les exhalaisons des chevaux et des travailleurs dans la chaleur de l'été. Les marchands et les artisans s'alignaient des deux côtés de la venelle Carrick, leur nom peint en gros caractères sur le linteau des portes. Un charpentier dénommé McClure avait ouvert la sienne pour balayer de la sciure de bois dans la rue. Des cabriolets étaient offerts en location chez Thomas Brown, et une enclume résonnait dans l'atelier du forgeron Cuthill, juste à côté. Des charbonniers, des ferrailleurs et des tailleurs de pierres ajoutaient leur vigoureuse contribution à la cacophonie ambiante.

Davina ouvrait de grands yeux ébahis, essayant de tout absorber, n'écoutant qu'à moitié son père qui décrivait la ville trépidante. Elle avait déjà visité d'autres bourgs royaux, mais rien qui ressemblât à Ayr. Bien que Dumfries fût plus important, elle n'y était allée qu'une seule fois, peu après son accident. Ses parents l'avaient confiée à l'hôpital, dans l'espoir qu'on puisse lui rendre la voix, mais elle était rentrée à la maison amèrement déçue. Si Davina n'avait gardé aucun souvenir de Dumfries, elle n'oublierait pas Ayr de sitôt.

Quand ils arrivèrent sur la grand-rue et se dirigèrent vers l'ouest, la scène se modifia considérablement. L'avenue était bien plus large et les boutiques plus hautes d'un étage, toutes collées les unes aux autres, à l'exception d'un passage occasionnel. L'arôme de mets fraîchement cuits flottait par une porte ouverte, une odeur de tannerie émanait d'une autre. Des marchands de nouveautés étalaient à leurs fenêtres des rouleaux de tissu, et des confiseurs offraient des plateaux de friandises tentantes. Des parfumeurs, des marchands de gréements, des tailleurs, des chapeliers : la tête de Davina commençait à tourner.

Son père se pencha vers elle, élevant la voix au-dessus de la clameur.

— Auras-tu le désir de te promener dans la grand-rue, cet après-midi ?

Comme cela ressemblait peu à son père de poser une question aussi ridicule ! Elle hocha la tête avec enthousiasme. *Naturellement.*

Davina notait mentalement l'emplacement de chaque boutique. Enfin, ils atteignirent le marché alimentaire et l'église de la ville. À l'approche des étals des poissonniers, l'odeur des prises de la journée, des algues et des flets en décomposition devint presque intolérable.

— Voici le King's Arms, dit Jamie tandis que Davina se couvrait le nez avec un nouveau mouchoir. Je demanderai une chambre avec vue sur la rivière Ayr, plutôt que sur la rue.

Ils eurent du mal à atteindre l'entrée, tant la cohue des attelages et des chevaux s'y pressait.

— Ce n'est pas qu'une auberge, mais aussi un relais de la poste, expliqua Jamie tout en jetant un coup d'œil du côté des écuries, où régnait une grande animation.

Quand un garçon au regard brillant apparut, offrant de s'occuper de leurs chevaux, son père mit pied à terre, puis alla assister Davina, un grand sourire au visage.

— Nous sommes arrivés à destination, mademoiselle McKie.

Davina fit glisser sa jambe devant le pommeau de la selle et se pencha vers lui, chagrinée de découvrir qu'elle tremblait. Tant d'expériences étranges et si nouvelles ! Serait-elle capable de manger un morceau ou de fermer l'œil ?

Son père la déposa doucement au sol et frotta la poussière de ses jupes.

— Tu n'as plus besoin de ta tenue d'équitation, dit-il en lui offrant le bras, car les chevaux resteront au King's Arms un jour ou deux.

Il regarda le ciel avant de se diriger vers l'entrée, la faisant marcher tout près de lui.

— Avec la bénédiction du Tout-Puissant, dit-il, nous voguerons demain vers Arran.

Chapitre 19

Et toi, majestueuse Arran ! la plus chère
De toutes les îles sur laquelle le soleil couchant,
Dans sa gloire dorée, sourit : la Reine de l'Ouest
Et la Fille des Vagues.
— David Landsborough

Jamie ne pouvait détacher le regard de la scène qui s'offrait à lui : sa fille magnifique, debout sur le quai nord d'Ayr, les rubans de sa robe flottant au vent comme une voile, ses yeux bleus fixés sur Arran.

Quand Davina avait-elle grandi ? La fille qu'il portait dans son cœur était une enfant espiègle de douze ans, se dissimulant derrière ses taches de rousseur et son violon ; cette jeune femme-là, qui avait presque dix-huit ans, était confiante et gracieuse, prête à conquérir le monde. Bien qu'il connût ses appréhensions — utilisant son album, elle l'avait inondé de questions au sujet d'Arran et des Stewart pendant tout le déjeuner, le dîner *et* le petit déjeuner —, aucune peur n'apparaissait sur son joli visage.

Soudain, Davina se tourna vers lui, traça un cercle autour de ses yeux, puis le pointa du doigt plutôt sèchement. *Tu me regardes.*

— C'est ce que je fais, confessa-t-il, et les deux sourirent. Une prérogative paternelle. En particulier quand je ne dois plus te revoir avant le jour de Lammas.

Le soleil s'était levé quelques heures plus tôt, bien avant que les citoyens d'Ayr aient rejeté leurs couvertures. La veille, il avait rendu visite à l'un des capitaines sur la Sandgate. Oui, avait dit l'homme, le capitaine Guthrie pouvait offrir le passage pour deux personnes sur un bateau transportant des lainages à Arran. Aucun navire de passagers ne naviguait dans l'estuaire de la Clyde ; Jamie devait se débrouiller avec les moyens à sa disposition. « Bien sûr, nous dépendons du vent pour gonfler les voiles, l'avait mis en garde le *skipper*[9]. Amenez vot' fille au quai nord à neuf heures, et préparez-vous à attendre. » L'homme avait beurré les oreilles de Jamie avec des histoires de voyageurs laissés-pour-compte au port ou, pire encore, prisonniers d'une mer calme pendant des jours avec seulement quelques provisions.

Jamie en savait peu sur la voile, mais beaucoup sur les vents, comme tout homme élevant cinq mille moutons sur les collines le devait forcément ; les fortes rafales contre sa poitrine, soufflant avec vigueur du sud-est, étaient de bon augure.

Davina lui toucha le bras pour attirer son attention. La *Clarinda*, un vaisseau inspirant confiance et transportant une cargaison de caisses, venait dans leur direction. La proue était haute, la poupe arrondie, et ses trois mâts pointaient vers le ciel bleu sans nuages, les voiles encore ferlées aux vergues. Une demi-douzaine de rameurs amenaient la *Clarinda* près du quai, tandis qu'un jeune capitaine robuste invitait ses passagers.

— Bienv'nue à bord, m'sieur McKie !

Bronzé et souriant, le capitaine Guthrie tendit les mains, les aidant à grimper sur son navire. La force de sa prise était rassurante ; le regard lubrique dont il enveloppa Davina de la tête aux pieds l'était moins.

Jamie passa un bras protecteur autour de ses épaules.

— Ma fille et moi vous sommes reconnaissants pour la traversée.

— Et nous vous sommes reconnaissants pour vos pièces d'argent.

Le capitaine rit aux éclats à sa propre boutade, et son équipage l'imita.

---

9. N.d.T. : Nom donné au capitaine dans la marine marchande.

— L'vent gonflera nos voiles bientôt. Mais prenez un siège, dit-il en faisant un geste en direction des caisses.

Jamie en choisit une particulièrement solide au milieu du pont, où le mouvement du navire serait moins prononcé. Il s'assit tout près de Davina, envoyant un message clair au marin. Il avait payé chèrement leur passage — dix shillings chacun — et il s'assurerait que son voyage ne lui coûte rien de plus précieux.

Leurs bagages furent montés à bord, incluant le violon de Davina, qui reposait en équilibre sur ses genoux. Quand les matelots eurent éloigné le navire du quai à la rame, la capitaine donna l'ordre de déployer les voiles. Jamie résista à la tentation de demander combien de temps la traversée d'une vingtaine de milles durerait. «De trois à quatre heures», disaient certains. «Un jour entier», l'avaient prévenu d'autres.

Si un fort vent était nécessaire, ils étaient servis. Les bords des voiles carrées frémissaient tandis qu'un régime nourri de vagues fouettait les flancs du bateau, projetant une fine vapeur faite d'embruns au-dessus de leur tête. Davina démontrait un calme exemplaire, mais Jamie la voyait qui agrippait son violon. Puisqu'il était impossible de converser sans crier, il déposa sa main sur les siennes et regarda en direction d'Arran, espérant qu'elle l'imite.

La terre était à plusieurs milles derrière eux quand l'un des matelots se mit à chanter d'une voix de ténor imbibée de whisky, rapidement rejoint par les autres dans une vigoureuse cacophonie. Leur musique contagieuse, qui soufflait en rafales comme le vent, fit sourire Davina. Bientôt, elle se mit à battre la mesure du pied sur le pont. Même Jamie eut à se retenir pour s'empêcher de chanter le deuxième couplet.

Si j'vendais mon violon,
Le monde pens'rait que j'suis fou ;
Car, combien d'jours joyeux,
Mon violon et moi avons connus.

Davina applaudit à la note finale, et le marin qui avait commencé la chanson s'inclina poliment. Toute sa nervosité semblait s'être évaporée dans l'air salin. Son violon fut sorti de son étui en un instant, et les hommes saluèrent l'instrument par des cris approbateurs. Assise au centre du navire, Davina mania son instrument avec une énergie égale à la leur, même quand le capitaine hurlait des ordres, enjoignant à l'équipage de réorienter les voiles au gré des caprices du vent.

— Une autre heure et nous y s'rons, annonça le capitaine Guthrie, regardant Davina. V'z'êtes la bienvenue sur mon vaisseau quand vous voudrez, mam'zelle. Si vous apportez vot' violon, dit-il avec un clin d'œil. Et qu'vous laissez vot' père à la maison.

— C'est peu probable, capitaine.

Jamie redressa les épaules, son estomac nauséeux oublié, maintenant dressé sur ses ergots.

— Ma fille est trop jeune pour voyager seule.

Le capitaine lui jeta un regard peu convaincu.

— On m'a pourtant dit qu'vous laisseriez la jeune fille sur Arran pendant deux mois.

— Oui, mais elle n'y sera pas seule, répliqua Jamie. Mon cousin est ministre de la paroisse de Kilbride.

Il serra les lèvres avant d'en dire trop. Mais pourquoi discutait-il d'affaires familiales avec ce marin ? *Tu tentes de justifier ta décision, Jamie.* Oui, c'était l'affreuse vérité. Il voulait se convaincre qu'il n'avait pas fait erreur en suggérant — non, en exigeant — que cette excursion estivale ait lieu.

Es-tu sûr que Davina sera en sécurité ? Leana, exprimant ses inquiétudes. *Notre sœur doit être protégée.* Will, le défiant. Jamie rajusta brusquement ses manches mouillées, essayant de dissimuler son irritation. N'était-il pas le laird de Glentrool ? Ne savait-il pas ce qui était le mieux pour ses enfants ? Davina en apprendrait plus à Arran que ce que ses frères glaneraient dans leurs cours à Édimbourg.

— La baie de Lamlash ! cria le capitaine, et une clameur générale s'éleva.

Davina leva la tête, tous sens en alerte, les yeux remplis d'espérance. Ils approchaient de la côte sud-est d'Arran, doublant la baie de Whiting en faveur de celle de Lamlash, avec son port abrité en forme de croissant de lune et gardé par une île oblongue. Davina regarda la masse de roc noir s'élevant à mille pieds au centre de la baie, et son visage était plein de questions.

— C'est l'île Sainte, lui dit Jamie, où saint Molios a vécu comme un ermite.

L'île plus petite, qui n'avait pas plus de cinq milles de périmètre, était bordée de végétation et couverte de bruyère. Elle baignait dans des eaux plus calmes qui reflétaient le ciel bleu gentiane au-dessus. Jamie indiqua du doigt de grands oiseaux aux ailes noires, des cormorans, qui plongeaient dans les vagues à la recherche de leur déjeuner.

Ils étaient dans la baie, maintenant, et les vents mourants ne leur étaient plus d'aucune utilité. Les voiles avaient été ferlées et les rames plongeaient dans l'eau, pendant que les marins souquaient ferme pour atteindre la rive rocheuse. La baie de Lamlash restait fidèle au souvenir que Jamie en gardait depuis son séjour, trente ans auparavant. Couverte de sable grossier, la côte escarpée était semée d'énormes rochers dispersés çà et là, entre lesquels il compta une douzaine de garçons dans l'eau jusqu'aux genoux, canne à pêche en main.

D'autres vaisseaux étaient ancrés à bonne distance de la côte, attendant que marchandises et passagers aient été débarqués par yoles. Le capitaine Guthrie fit ramer son équipage aussi près qu'il l'estimait possible du rivage, avant de mouiller l'ancre.

— On ne peut prendre le risque d'échouer la *Clarinda*. L'un des bacs vous transportera à terre.

Jamie et Davina se levèrent en s'aidant mutuellement à garder l'équilibre. Ils scrutèrent du regard le village côtier, à peine plus qu'un chapelet de maisonnettes de pierre au toit de bruyère. Derrière l'église s'élevaient des collines de verdure entremêlée de grès rouge, abritant les habitants du côté ouest comme l'île Sainte le faisait à l'est.

Jamie attendit la réaction de sa fille. Après la grande avenue marchande d'Ayr, serait-elle déçue de trouver Arran si primitive et si sauvage ?

Davina se tourna vers lui, les yeux brillants, une main pressée sur le cœur.

La gorge de Jamie se serra.

— Je suis heureux que ce spectacle te plaise, dit-il en glissant légèrement sa main autour de la taille de sa fille, au moment où une yole approchait.

Jamie héla le vieil homme à bord, qui ramait calmement vers eux.

— Je serais votre obligé, monsieur, si vous vouliez bien nous amener au presbytère. Le révérend Stewart…

— J'sais, j'sais.

L'homme interrompit Jamie d'un mouvement de la main.

— L'ministre m'a demandé d'guetter vot' arrivée. Y m'avait dit qu'vous seriez là le 1er juin. Et v'z'êtes là.

En dépit de son âge avancé, l'homme manipula les lourdes valises sans effort, puis aida le père et la fille à monter dans son embarcation.

— Je m'appelle Hugh McKinnon, dit-il. Bienv'nue à bord, m'sieur.

L'équipage de la *Clarinda* semblait réticent à se séparer de Davina et de son violon. Quand la yole s'éloigna, le capitaine Guthrie ôta son chapeau, imité par tous les marins à bord. Davina les salua avec un enthousiasme sincère, redevenant une enfant ne serait-ce que pour un bref moment.

Jamie éclata de rire.

— Attention, Davina, où tu feras chavirer notre petite chaloupe et nous devrons nager jusqu'à la rive.

Elle baissa le bras tout de suite, mais souriait encore gaiement quand elle se tourna pour faire face à Arran.

Moitié chuintant, moitié sifflotant, le grisonnant Hugh tirait sur ses rames, les rapprochant de leur destination à chaque coup d'aviron. Jamie n'avait pas besoin de regarder vers la baie ; il voyait les merveilles du séjour d'été de Davina dans le bleu profond de ses yeux.

Chapitre 20

Ô, jolie petite Arran !
Magnifique est ton manteau d'été.
— Air traditionnel gaélique

Davina respira l'air salin, frais et tonique. Si elle avait rêvé d'Arran et s'était réveillée pour en faire le croquis, voilà exactement l'image que son album aurait contenue : une poignée d'humbles chaumières près du littoral ; des moutons venant se briser sur la grève recouverte de galets ; de vieux bateaux de pêcheurs se balançant dans le port. Mais seule la palette du peintre aurait pu rendre adéquatement la scène, car Arran baignait dans les couleurs ; le bleu pur du ciel et de la mer, les verts chatoyants des arbres et des vallons, drapés d'une onctueuse lumière solaire et frangés de fleurs sauvages roses.

Des larmes lui piquaient les yeux. De joie, non de tristesse. Elle entendait Arran lui chanter à l'oreille, tel un amoureux sous sa fenêtre. *Davina. Davina.* Comme si l'île connaissait son nom et avait retenu son souffle, attendant son arrivée.

Sur la *Clarinda*, le bras de son père passé autour de sa taille était comme un filin, la rattachant à l'enfance. Maintenant qu'ils étaient tous deux assis dans le bac, la séparation avait déjà commencé ; son regard était dirigé vers Arran pendant que son père regardait le continent. Vers Glentrool. *Au revoir, père.* Elle répéterait les mots dans son cœur, avant de pouvoir se résoudre à les former sur ses lèvres au moment des adieux. Davina s'était promis de retenir ses larmes, ne serait-ce que pour épargner des doutes à son père. Elle n'en avait pas. Son futur l'attendait à Arran.

Hugh maniait l'aviron à une cadence régulière, luttant contre le courant.

— L'révérend Stewart et ses filles v'z'attendront au presbytère, qu'y est à un mille d'ici en remontant l'chemin. Mais
l'église est là-haut, si vous v'lez juste l'ver les yeux.

Il montra d'un mouvement de la tête un édifice assez
important au sud, faisant face à la baie. Dépourvue de flèche,
de beffroi ou de sacristie, l'église était aussi banale que la
boîte en bois qui servait d'écrin à la Bible familiale.

— Elle était neuve quand je l'ai visitée la dernière fois, lui
dit Jamie, en regardant par-dessus son épaule.

— Oui, quand Gershom Stewart était ministre.

Hugh émit un grognement en tirant sur les rames.

— C'était dans l'temps où on enterrait encore les gens à
l'île Sainte. Un jour, un bateau qui transportait les proches
d'un mort a été renversé par un coup d'vent.

Il secoua la tête.

— Dieu ait pitié d'nous ! se lamenta-t-il. Sept personnes
s'sont noyées en s'rendant à un enterrement.

La conversation des hommes passa à l'arrière-plan,
comme le bourdon monotone d'une cornemuse, tandis que
Davina commençait à percevoir les voix claires d'un groupe
de femmes discutant sur le rivage. Son cœur se mit à battre
plus fort quand les mots se propagèrent jusqu'à elle.
Quoiqu'elle écrivît couramment en français et fût capable de
traduire le latin sans difficulté, elle ne connaissait rien du
gaélique, la langue parlée dans les Highlands d'Écosse et ses
îles. Au cours du dîner, son père lui avait dit que plusieurs
insulaires s'exprimaient aussi en anglais, mais que tous parlaient le gaélique. « Ne t'inquiète pas, jeune fille. Tes cousines
joueront le rôle d'interprètes pour toi ». Il lui avait souri au-
dessus de son plat d'aiglefin. « Je crois que les paroissiens de
Kilbride apprendront *ton* langage avant que l'été soit
terminé. »

Elle sourit en se rappelant ses paroles. Plus elle y prêtait
attention, plus le bavardage joyeux de ces femmes se fondait
dans le chœur des sonorités pittoresques émanant d'Arran.

— M'dame Stewart m'a dit d'vous emmener tout droit au presbytère, dit Hugh en tirant ses rames de l'eau.

Contrairement au port d'Ayr, il n'y avait pas d'appontement dans la baie de Lamlash, et Hugh fit accoster la yole à un quai rudimentaire.

— Faites attention, les mit-il en garde. C'est glissant.

Davina jeta un regard rempli d'appréhension à l'escalier étroit et battu par les vagues qui menait à la terre ferme. Elle débarqua en agrippant la main de son père et gravit les marches en crabe derrière lui.

Hugh la suivit, prêt à lui prêter main-forte.

— Une aut' marche, mam'zelle, et vous s'rez hors de danger.

Quand elle fut en sécurité sur le terrain plat, il retourna à l'embarcation, puis revint avec le violon et les deux valises. Son père offrit d'en prendre une, mais Hugh ne voulait rien entendre.

— J'suis à vot' service, m'sieur, protesta-t-il.

Davina put admirer l'île Sainte, de son nouveau point de vue. Avec son pic rond central et les récifs qui la bordaient, l'île, vue de la côte, lui sembla très différente. Plus rapprochée, comme s'il lui eût été possible de courir sur l'eau pour l'atteindre, sans même mouiller l'ourlet de sa jupe.

— Mademoiselle McKie, dit Jamie, puis-je vous conduire à votre nouvelle résidence ?

Il souriait, mais elle voyait la tristesse dans ses yeux.

Au revoir, père. Pourrait-elle vraiment former ces mots sans pleurer ? Deux mois, c'était une longue séparation.

Davina prit le bras de son père et examina discrètement sa robe pendant qu'ils commençaient à marcher. Elle avait choisi une toile de lin vert mousse pour la traversée, espérant que les taches et les plis ne paraîtraient pas, voulant faire bonne impression sur ses cousines d'Arran.

— De lointains parents, expliquait son père à Hugh. Du côté maternel. Mais j'avoue qu'il me faudrait un schéma pour l'expliquer.

La piste courait parallèlement à la rive pendant une certaine distance, puis bifurquait à gauche pour tourner le dos à la mer. Hugh grogna en commençant l'ascension d'une nouvelle pente.

— Vous s'rez chaudement accueillie là-bas, dit-il. Les jeunes filles étaient emballées à l'idée d'rencontrer mam'zelle McKie.

Au bout d'un moment, Hugh balança sa valise vers la droite, afin de leur indiquer une piste étroite.

— La chapelle Saint-Bride est par là, dit-il. Mais c'est rien qu'des ruines, aujourd'hui.

Ils arrivèrent bientôt devant une grande étendue de terre cultivée sur la pente d'une colline, et qui entourait les restes décrépits d'un sanctuaire abandonné. Dans le vieux cimetière, quantité de pierres tombales couvertes de lichen penchaient d'un côté ou de l'autre, affaissées par l'âge. À l'est s'élevait une maison de deux étages de pierre et de chaux, de forme oblongue et d'allure banale. Une cheminée s'élevait à chaque extrémité, des fenêtres sans rideaux faisaient face à la baie, et un sentier de coquilles de moules concassées menait à l'entrée.

La porte était ouverte, invitant les visiteurs à l'intérieur, où ils furent accueillis par un arôme de viande de bœuf froide.

— Z'êtes arrivés au bon moment, dit Hugh en accélérant le pas pour les précéder. V'lez-vous que j'm'occupe d'vot' retour, m'sieur McKie ? J'connais la plupart des capitaines et j'peux m'informer. Après vot' déjeuner, bien sûr.

— Que Dieu vous bénisse de vous en charger, Hugh, dit Jamie en déposant quelques pièces dans la main de l'homme. Et j'ai aussi une faim de loup, ajouta-t-il en regardant sa fille.

Combien d'heures se sont écoulées depuis notre porridge au King's Arms, Davina ?

Elle tapota la montre de la poche de Jamie, car elle ne pouvait l'estimer. Était-ce ce même matin qu'ils avaient pris leur petit déjeuner à Ayr ? Il lui semblait que cela faisait des jours. Son cœur battait très fort dans sa poitrine, quand Hugh cogna au montant de la porte.

Le ministre fut le premier à apparaître dans l'étroit vestibule, souriant à travers sa barbe brune. Benjamin Stewart n'avait ni la taille ni la carrure athlétique de son père, et son allure inoffensive le faisait ressembler à un gros chien affectueux.

— Nos invités sont arrivés, madame Stewart, lança-t-il, avançant vers eux les mains ouvertes.

Une servante aux cheveux noirs arriva en coup de vent et fit une révérence, ses joues de la couleur de fraises sauvages.

— J'vous d'mande pardon, révérend. J'les avais pas entendus frapper.

— Ce n'est rien, Betty, dit-il, et son sourire s'amplifia. Nos invités sont de la famille et apprécieront la simplicité de notre accueil. Cousin Jamie, je ne peux croire que vous soyez ici.

Les hommes se serrèrent la main avec effusion pendant que Hugh les contournait pour déposer les bagages dans le vestibule, avant de prendre congé.

Le révérend Stewart tourna son attention vers Davina.

— Et voilà votre fille, je présume. Elle est encore plus jolie que sa mère l'avait décrite.

Il s'inclina, puis fit un pas en arrière, afin de les laisser entrer.

— Bienvenue au presbytère, cousine Davina.

Elle fit une révérence, tenant toujours son violon, puis pénétra dans la maison. Un silence embarrassé s'ensuivit quand le ministre la regarda, comme s'il attendait une réponse.

— Eh bien, vous voilà enfin, reprit-il d'une voix un peu plus forte.

Il regarda alentour, et une teinte rouge apparut au-dessus de sa barbe.

— Ah… madame Stewart.

Son épouse se faufila dans le corridor pour venir les rejoindre. C'était une femme aux formes légèrement arrondies, avec des yeux brillants et des manières engageantes.

— Regardez-moi cette petite chose, lança-t-elle.

Elle tira Davina dans la pièce avec ses deux mains.

— Une fée de la vallée est venue au presbytère et elle a même apporté sa musique avec elle. Comme nous sommes heureux de t'accueillir, jeune fille.

Davina fit une nouvelle révérence, puis confia son violon à Elspeth Stewart, qui le plaça sur une petite table robuste parmi une pile de livres. Le salon était petit, et il le paraissait encore davantage à cause des nombreuses chaises disposées au petit bonheur et de la rareté des chandelles. Un tapis de laine couleur porto habillait le plancher de pierre, et une peinture gris clair recouvrait les murs, où une nature morte indifférente était le seul élément décoratif. Malgré tout, la pièce était propre et bien rangée, son ameublement simple en bon état. Deux fenêtres offraient une jolie vue sur la mer d'un bleu étincelant et laissaient entrer l'air salin.

Elspeth lui prit le bras et la conduisit vers l'une des chaises capitonnées, l'enveloppant de soins un peu exagérés, comme si Davina avait été aveugle autant que muette.

— Viens et assois-toi, car tu dois être fatiguée, dit-elle. Je me sens toujours un peu chancelante après une traversée.

Vêtue d'une robe de mousseline délavée, ses cheveux bruns retenus en un nœud serré, la femme du ministre semblait avoir concentré toutes les couleurs de sa personne dans ses yeux bleus. Elle envoya Betty chercher leur thé, puis s'assit près de Davina, l'étudiant si attentivement que la jeune fille détourna le regard. Est-ce que ses jeunes cousines se montreraient aussi curieuses ?

Quand elle entendit les hommes entrer dans la pièce, elle leva les yeux vers son père. Son visage devait exprimer quelque chose, car, quand le regard de son père croisa le sien, il contenait une interrogation. *Seras-tu heureuse, ici ?*

Sur ma jolie Arran ? Davina s'assura qu'il vit sa réponse. *Oui, père. Plus qu'heureuse.*

Chapitre 21

Adieu ! Un mot qui doit être, a toujours été —
Un son qui nous retient ; et pourtant, adieu !
— George Gordon, Lord Byron

— Pouvons-nous vous persuader de rester quelques jours ?
Benjamin s'assit et s'inclina vers l'avant dans sa bergère. L'expression de son visage était aussi sincère que ses paroles.

— Où devez-vous regagner le continent immédiatement, cousin Jamie ?

S'il vous plaît, restez, père. Non, partez. Davina baissa les yeux vers ses mains afin qu'il ne puisse lire ses pensées. Comme il était étrange d'être aussi déchirée, désirant la compagnie de son père tout en voulant être libre de voler de ses propres ailes !

— Si un navire de pêche peut me ramener maintenant, je ferais mieux d'en profiter, car leurs allées et venues sont aussi imprévisibles que le temps, dit-on.

Il fit une pause, comme s'il attendait qu'elle lève les yeux, peut-être pour lui donner son congé.

— J'ai laissé Glentrool entre les mains de mon fils dévoué, reprit-il au bout d'un moment, mais la tonte des moutons débutera bientôt et…

— Oui, n'en dites pas plus.

Le ministre leva la main, coupant court aux explications de Jamie.

— Je suis moi-même pasteur d'un troupeau qui nécessite mes soins constants. Enfin, à l'exception de la tonte, ajouta-t-il avec bonhomie.

Son père sembla se détendre, et les hommes échangèrent des souvenirs de la seule visite des McKie à Arran.

— Je n'avais que dix ans, lui rappela Benjamin, et j'étais très impressionné par mes cousins plus âgés. Nous avions escaladé le Goatfell, tous les trois. Et lequel des frères McKie avait d'abord atteint le sommet?

— Evan, répondit Jamie en changeant de position sur sa chaise. Mais j'étais sur ses talons, alors je l'ai tiré vers l'arrière pour lui ravir la première place.

— Les éternels rivaux! dit Benjamin d'un ton jovial. Nous avons eu des nouvelles d'Evan et de Judith — il regarda sa femme — à Pâques, n'est-ce pas?

— Oui, répondit Elspeth, qui loua l'écriture de Judith.

Betty entra dans la pièce, apportant du thé sur un modeste plateau de bois. La conversation fut momentanément interrompue, le temps de verser à chacun une tasse du breuvage fumant.

— L'déjeuner s'ra bientôt prêt, m'dame, dit la bonne avant de prendre congé.

— Alors, Davina, reprit Elspeth, j'espère que tu es aussi impatiente de voir mes filles qu'elles le sont de te rencontrer.

Quand Davina hocha la tête de haut en bas, sa tante continua.

— Je les attends d'un moment à l'autre. Elles se sont rendues à la ferme des Clauchland pour chercher des œufs, car nos poules n'ont pas beaucoup pondu, récemment.

Davina enviait ses cousines d'avoir d'aussi proches voisins. Dans la vallée isolée de Loch Trool, emprunter des œufs était une expédition d'au moins deux heures.

Elle venait de prendre sa première gorgée de thé quand la porte s'ouvrit brusquement. Deux jeunes filles firent irruption dans la pièce.

— Zut! Nous sommes en retard.

— Et dire que nous avons couru pendant tout le chemin du retour, se plaignit la plus jeune, en présentant à Betty un panier en osier.

Puis, les deux sœurs se souvinrent qu'il fallait faire une révérence.

Jamie se leva, et leur père aussi.

— Catherine, Abigail, venez faire connaissance avec vos cousins : monsieur James McKie, et sa fille, mademoiselle Davina McKie.

Pendant qu'elles trouvaient un siège, Davina mit vite de côté toutes ses idées préconçues à leur sujet. Les sœurs Stewart n'étaient pas comme elle les avait imaginées. Plus jeunes et moins distinguées. Plus grandes et charnues aussi, comme leur mère. Et débordantes d'énergie.

— Je préfère que l'on m'appelle Cate, insista sa cousine, dont les boucles brunes, s'échappant de leurs épingles, dansaient sur ses joues rondes. Catherine convient à une reine, pas à une fille de ministre. Mais Davina te sied à ravir, ajouta-t-elle avec un sourire charmant, car n'es-tu pas assez jolie pour t'asseoir sur un trône ?

— Oui, dit sa sœur en ricanant, tu l'es assurément. Et moi, je suis Abigail, mais seulement pour papa. Mes amies m'appellent Abbie.

Davina sourit et hocha la tête derrière sa tasse de thé. Qui pourrait trouver quoi que ce soit à reprocher à des jeunes filles aussi aimables et si dénuées de prétentions ? Si elles étaient intimidées par sa mutité, elles n'en laissèrent rien paraître. Les deux sœurs se lancèrent dans une description enjouée de leur course à la ferme des Clauchland pendant que leur mère leur versait du thé. Elspeth s'excusa ensuite pour regagner sa cuisine.

— Parlez-moi de vos plans pour ma fille cet été, demanda Jamie, échangeant un sourire avec Davina. Elle aura l'occasion de faire le tour de l'île, j'espère.

— Oh, elle verra l'île d'Arran autant qu'elle le voudra ! lança Cate, les joues colorées par l'enthousiasme. Nous commencerons dès cet après-midi, car le temps est magnifique. Et nous avons des amis dans chaque cottage de la paroisse Kilbride qui seront heureux de faire sa connaissance.

Une femme plus âgée portant une coiffe et un tablier apparut à la porte.

Le révérend Stewart la salua d'un signe de tête.

— Merci, madame McCurdy. Le déjeuner est servi.

Précédés de la gouvernante, ils franchirent le corridor et furent bientôt assis dans une salle à manger sans prétention, aussi étroite et sombre que le salon. Deux fenêtres éclairaient la pièce, en plus d'une grappe de bougies au centre de la table rectangulaire, qui était recouverte d'un tissu imprimé. Elle pouvait facilement recevoir les six convives, les hommes assis sur des chaises aux extrémités, les femmes perchées sur des bancs. Un repas sain composé de potage aux orties et d'escalopes de veau fut béni et servi. Davina était trop nerveuse pour manger, tandis que son père s'attaquait goulûment à son bol de potage. Madame McCurdy, qui faisait aussi office de cuisinière au presbytère, continuait de leur apporter de nouvelles assiettes de pommes de terre et d'oignons.

Les Stewart étaient une famille animée à table, le ministre régalant les convives avec des légendes d'Arran, ses filles le corrigeant immédiatement dès qu'il omettait quelque détail important. Il parla d'un *etin*, un géant nommé Scorri, traqué par les hommes de la paroisse voisine de Kilmory; en s'affaissant, le géant avait creusé la vallée Scorradale où la rivière Sliddery s'écoulait. Puis, il décrivit la nuit où une barque de pêcheurs avait pris la mer d'Irlande sur la côte occidentale. Elle s'enfonçait profondément dans l'eau, alourdie par le poids de ses passagers inhabituels : toutes les fées d'Arran s'en allaient, l'île étant devenue trop sainte pour qu'elles puissent y rester.

— Je crois que l'une d'elles est revenue, dit Abbie, souriant à Davina.

Au moment où madame McCurdy présentait à la tablée une tarte aux amandes toute chaude, Betty fit entrer Hugh McKinnon dans la pièce, qui tenait son chapeau à la main.

— J'vous d'mande pardon d'interrompre vot' déjeuner, révérend, dit-il d'un ton si contrit qu'on l'excusa immédiatement. Je r'viens du quai. Y a un bateau d'pêcheurs avec d'la place pour m'sieur McKie qu'y est su' l'point d'partir pour Ayr. Et y en aura pas d'autres avant une journée ou deux.

Davina retint son souffle.

Déjà, père ?

— Je vous prie de me pardonner, dit Jamie en s'essuyant avec sa serviette de table. Quelle impolitesse de ma part de quitter la table au moment où le dessert vient d'être servi.

— Non, vous devez partir quand vous en avez l'occasion.

Le révérend Stewart se leva d'abord, facilitant le départ de Jamie.

— Laissez-moi vous accompagner à la porte. Peut-être que Davina souhaite aussi vous dire au revoir ?

Elle se leva sur des jambes tremblantes, souhaitant avoir son cahier à dessin à portée de main, afin de pouvoir écrire tout ce qu'elle portait dans son cœur. *Je vous aime, père. Vous me manquerez tant.* Une heure plus tôt, elle était prête à lui dire au revoir. Maintenant, elle ne pouvait se résoudre à cette idée, encore moins à l'exprimer. *Devez-vous partir maintenant ? En me laissant ici ?*

Hugh attendait sur la pelouse et avait remis son chapeau.

— Z'avez pas les pieds plats, j'espère, m'sieur McKie ? Les pêcheurs n'aiment pas les passagers qu'y ont les pieds plats. Ça porte malheur, qu'y disent.

— Soyez sans inquiétude, le rassura Jamie, ne cherchant pas à cacher son sourire. Mes pieds sont suffisamment arqués. Je n'apporterai pas le malheur à ces hommes.

Les cousins se serrèrent la main une autre fois.

— À Dieu vat, dit Benjamin, qui semblait sincèrement désolé de voir Jamie partir. À Lammas, quand vous reviendrez, tâchez de rester un peu plus longtemps, d'accord ?

Lammas. Davina se pressa les mains sur l'estomac, heureuse de n'avoir pas trop mangé de veau. *Comme c'est loin.*

— J'ai déjà hâte de revenir sur l'île, dit Jamie.

Quand le ministre fit un pas en arrière, son père se tourna vers elle et tendit les bras, une expression tendre sur le visage.

— Davina ?

Elle s'effondra dans ses bras. *Oh, père.* Même si elle serrait les yeux très fort, elle ne pouvait empêcher ses larmes de couler. *Qui s'occupera de moi comme vous l'avez fait ?*

Jamie la serra contre sa poitrine et lui passa une main dans les cheveux.

— Deux mois, ma fille chérie.

Sa voix était basse, mais chargée d'émotion.

— Puis, je viendrai pour toi. Et je ferai la paix avec tes frères. Tu as ma parole.

Chapitre 22

Et la vie est épineuse, et la jeunesse est vaine ;
Et d'être trompé par l'être aimé
Sème la graine de la folie dans le cerveau.
— Samuel T. Coleridge

— Ils frapperont bientôt le tambour de vingt-deux heures, garçon.

Will leva son bock d'étain, regardant Sandy attablé face à lui dans la taverne.

— Et quand ils le feront, reprit-il, je boirai la bière de John Dowie, et toi aussi.

Au-dessus de sa tête, des chandelles de suif crépitaient dans leur chandelier de bois, et leur lumière jaune se reflétait sur les récipients de toutes sortes meublant les tablettes ou suspendus aux crochets des murs. Sur la table, des assiettes vidées de leur contenu de fromage grillé et de tripes de bœuf attendaient d'être emportées.

Des parlementaires et des antiquaires, des avocats et des libraires s'assemblaient tous les soirs à la taverne du quartier West Saint Giles. Le regard de Will fit le tour de la petite pièce. Les clients consultaient leur montre et essuyaient les dernières traces de mousse sur leurs lèvres. Que le reste de la ville rentre à la maison au son du tambour. Sa nuit à lui ne faisait que commencer.

— Ô bière de Dowie ! Aucune ne te surpasse ! chanta Will pour lui-même, avant d'en avaler une autre gorgée.

Certains disaient que la bière d'Édimbourg était si forte qu'elle pouvait sceller les lèvres d'un buveur. Will concluait que s'il arrivait encore à chanter, il pouvait continuer à boire. Il donna une tape à sa bourse pour s'assurer qu'elle était bien là où elle devait être. *Oui.* Assez d'argent pour une nuit de débauche.

Sandy hocha la tête, souriant à demi.

— Les fils de la Vieille Enfumée ont l'âme à la fête.

— N'en sommes-nous pas, maintenant ?

Will s'envoya une nouvelle rasade, la lettre reçue de la maison toujours serrée dans sa main gauche. À deux reprises, il avait failli la donner en pâture à la flamme de la bougie, puis s'était ravisé quand son regard était tombé sur l'écriture élégante de sa mère. *William et Alexandre McKie, Collège Wynd, Édimbourg.*

Il ne pouvait lui en vouloir pour son détestable contenu. Les larges épaules de Jamie McKie en portaient seules l'odieux. *Votre père a arrangé le séjour de Davina chez nos cousins de l'île d'Arran, cet été.*

— « Arrangé », maugréa Will en prenant une dernière lampée.

Il abattit son bock vide sur la table dans un cliquetis de métal, et le couvercle bombé se referma brusquement.

— Tout comme père a arrangé notre déménagement à Édimbourg, je suppose. L'homme ne se fatigue-t-il donc jamais de jouer à Dieu ?

Sandy se leva, vacillant légèrement en s'emparant des chopes d'étain.

— Peut-être était-ce le désir de Davina d'aller à Arran. As-tu réfléchi à cela ?

Il partit à la recherche de bière fraîche, laissant Will regarder fixement le feu de charbon mourant et réfléchir à sa réponse.

Voulais-tu cela, jeune fille ? La nouvelle serait plus facile à accepter si elle avait choisi d'y aller. Pourtant, même si l'idée de visiter l'île enchantait sa sœur, ce n'était pas Davina qui était en cause. C'était la promesse brisée de son père qui le mettait hors de lui.

« Comment pourrez-vous veiller sur notre sœur, marmonna Will à part lui, quand elle sera sur une île à des jours de marche de Glentrool ? »

Il déplia la lettre de nouveau, s'enrageant à la lecture d'un autre passage. *J'espère que vous vous acclimatez à Édimbourg.* Will jeta un regard circulaire à la pièce sans fenêtre et enfumée — une parmi plusieurs dans la taverne animée —, sûr que sa mère n'avait pas ce décor à l'esprit. Il poursuivit. *Glentrool est si désert en l'absence de mes fils jumeaux.* Au moins, leur mère s'ennuyait d'eux. Pas un mot de leur père ni d'Ian à ce sujet. *Votre frère aîné continue de courtiser mademoiselle McMillan.* Will rit jaune à cette nouvelle. Quand Ian se marierait et engendrerait un héritier, il n'y aurait plus aucun espoir d'héritage pour son frère et lui. *Maintenant que juin est arrivé, les jardins sont magnifiques.* Ce dernier commentaire atténua sa rage un moment, lorsqu'il se figurait sa mère avec un tablier rempli de fleurs multicolores.

Puis, vint la ligne fatidique qui avait tout ruiné. *Votre père a arrangé le séjour de Davina chez nos cousins de l'île d'Arran, cet été.* Deux longs mois sans mâles de la maison McKie pour protéger la jeune fille, l'escorter dans ses déplacements, la garder de tout danger. Qui étaient ces Stewart d'Arran ? Will ne se rappelait pas en avoir souvent entendu parler. Y avait-il un homme assez fort parmi eux, à la hauteur de la tâche ?

Non. Lui seul savait ce qui était le mieux pour sa sœur.

Will replia la lettre avec tant de colère qu'il faillit la déchirer. Les mots de sa mère étaient toujours gravés dans son esprit. *Votre père a arrangé…*

La lettre était arrivée dans le courrier de l'après-midi. Après une seule lecture, Sandy et lui avaient parcouru la Cowgate, en route vers la taverne de John Dowie dans la venelle Libberton. Ils étaient bien résolus à alimenter leur hostilité avec du pudding noir et à noyer leur colère dans la bière. Sandy n'avait obtenu qu'un succès partiel, devenant plus philosophe d'heure en heure. *Peut-être Davina désirait-elle y aller.*

— Foutaises !

Will se passa la main sur son menton rugueux, essayant de se rappeler s'il s'était rasé ce matin-là. Après un mois d'existence sans valet de chambre, les deux frères commençaient à se négliger. Les professeurs ne le remarquaient pas, et les jeunes filles n'en avaient cure.

Je crains que notre sœur ne passe un été bien solitaire, sans nous.

Will se redressa si brusquement sur sa chaise qu'il se heurta la tête contre le mur derrière lui. Il se frotta l'occiput, maudissant sa maladresse.

— C'est ma faute, dit-il à Sandy quand son frère revint, chopes de bière en main. C'est moi l'idiot qui a suggéré que notre sœur serait malheureuse cet été.

Will s'affaissa sur sa chaise, démoralisé par cette idée.

— Notre père n'aurait jamais expédié Davina à Arran, reprit-il, si je n'avais pas parlé sans réfléchir.

— Tu n'en sais rien, Will.

— Si, je le sais !

Cet éclat de voix lui valut le regard sévère d'un gentilhomme, dont la tête venait de surgir au-dessus d'un écran de papier brun séparant les groupes de buveurs. Baissant légèrement la voix, Will ajouta entre ses dents serrées :

— Le laird de Glentrool prend plaisir à diriger la vie de ses enfants.

Sandy jouait avec le couvercle de sa chope.

— Il prend aussi plaisir à payer nos cours, ainsi qu'à garnir notre garde-robe de vêtements neufs et nos poches d'argent frais.

Will jura.

— Tu es de son côté, maintenant ?

— Tu me connais mieux que cela, dit Sandy d'une voix égale. Père achète notre pardon, pas davantage.

— Un étrange retournement de situation, puisque lui tarde encore à nous pardonner. Cela fait dix ans, Sandy. *Dix ans.*

Son frère haussa les épaules, comme s'il était lassé du sujet.

— Bois ta bière. Si nous restons plus longtemps, nous ne trouverons rien d'autre dans les ruelles sombres que des voleurs pour nous détrousser et des catins retroussant leurs jupes.

Will avala le reste de sa bière d'un trait en se levant.

— Nous devons lui écrire, dit-il en abattant une autre fois sa chope avec humeur sur la table. Une longue lettre. Demain, après le cours du professeur Gregory.

Sandy le regarda, dubitatif.

— Écrire à mère, tu veux dire ? Ou bien à Davina ?

— Aux deux, répliqua Will sèchement, puis il contint sa colère.

Sandy n'avait rien à se reprocher dans cette affaire.

— Nous écrirons à mère d'abord, pour la remercier de sa lettre. Sans elle, nous ne saurions rien de la négligence de père. Ensuite, nous écrirons à Davina pour l'assurer de notre loyauté, même séparés par une aussi grande distance.

— Ne devrions-nous pas écrire à père ?

— *Oh oui,* gronda Will. Dès qu'il daignera nous écrire.

Chapitre 23

Dans les montagnes aériennes,
Au fond des vallées au cours tumultueux,
Nous n'osions aller chasser,
De peur des farfadets.
— William Allingham

— Dix jours, Davina !
Avec un soupir appuyé, Abbie vint s'asseoir à côté d'elle sur le bas monument de pierre.
— Dix jours et tu as déjà rempli presque toutes les pages de ton album.
Davina sourit en rattachant le large ruban de soie de son bonnet de paille. Elle remercia silencieusement le bord évasé d'avoir protégé sa peau pâle du soleil. Le matin avait été délicieusement sec, bien que chaque jour à Arran offrît une palette de temps variés : de la pluie, des nuages, du soleil, du vent, et toujours de prometteuses étendues de ciel bleu.
Abbie se lança dans la déclamation d'un vers.
— « Brillant Barnabé ! Brillant Barnabé ! Le plus long jour et la nuit la plus courte ! » Oui, c'est la Saint-Barnabé, mais ce n'est plus le jour le plus long. Pas depuis qu'on a ajouté douze jours d'un coup au calendrier.
Elle soupira de façon théâtrale.
— Quel embêtement cela a dû être pour nos grands-pères !
Davina écouta simplement, plus consciente que jamais de la différence d'âge entre elles. Était-elle aussi fillette à quatorze ans, gambadant sur les pelouses, se lançant dans toutes les directions ? *Oui, et encore maintenant, à l'occasion.* Cette pensée la fit rougir, car les sœurs Stewart avaient fait ressortir un aspect de sa personnalité qu'elle croyait avoir abandonné

dans sa chambre d'enfant. Sous leur influence enjouée, Davina avait frappé dans ses mains, fait des pirouettes sur le bout des orteils et dansé sur les collines de Clauchland avec un joyeux abandon. Pas étonnant qu'elles la vissent comme une fée de retour à Arran.

Elle feuilleta les pages de son album jusqu'à ce qu'elle retrouve un dessin terminé plus tôt cette semaine-là, puis l'exhiba pour obtenir l'approbation d'Abbie.

— Comme c'est bizarre !

La sœur cadette regarda la page, ses boucles brunes bondissant alors qu'elle hochait la tête, incrédule.

— Mais où as-tu vu une fée ?

Davina fit un clin d'œil et indiqua sa tête du doigt. *Seulement ici, jeune fille.* Son dessin fantaisiste figurait une créature espiègle en équilibre sur un rocher, son corps souple mis en valeur par une robe pétale de rose, ses ailes déployées légères comme de la gaze. Une création de son imagination, et rien de plus.

Abbie jeta un regard furtif par-dessus son épaule vers le presbytère, et murmura :

— Betty pense que tu es *vraiment* une fée. Elle dit que tu planes au-dessus du sol au lieu de marcher. Et que toutes les fées jouent d'un instrument de musique, mais sans doute aucune aussi bien que toi, cousine.

Après avoir entendu jouer Davina, les Stewart ne laissèrent plus une soirée s'achever sans une heure de musique autour du foyer. Si des voisins se présentaient à la porte à l'improviste, on leur présentait Davina et son instrument avant de leur servir le thé.

Abbie regarda la maison de nouveau.

— As-tu remarqué les clochettes que Betty a cousues sur la poche de son tablier ? C'est pour se protéger.

De moi ? Davina la regarda, au comble de l'étonnement.

— Tu vois, ceux qui ont vécu sur l'île d'Arran depuis des générations respectent — craignent plutôt — les *siths*.

Quand Davina fronça les sourcils à ce mot, Abbie l'expliqua.

— Cela veut dire « fées », en gaélique. On dit qu'elles dansent sur une butte enchantée, et c'est pourquoi les paysans de notre paroisse labourent avec précaution, afin de ne pas les déranger.

On avait montré à Davina plusieurs exemples dans ses promenades quotidiennes. Helen Murchie lui avait révélé un monticule couvert de mousse dans son jardin ; Ivy Sillar, un rocher plat s'élevant du ruisseau derrière leur cottage. Un cercle parfait de campanules poussait sur la pelouse de Sarah McCook. Et sur la colline au-dessus de la ferme de Peg Pettigrew se dressait une aubépine protectrice, inclinée par le vent.

Davina avait d'abord répondu avec un air d'intérêt à chaque découverte fièrement présentée par ses voisines. Maintenant, elle se demandait si celles-ci attendaient son retour sur le coup de minuit pour la voir danser.

Abbie détourna le regard.

— Tu me pardonneras de dire ceci, mais la plupart des fées ont une... infirmité... qui les rend... différentes.

Ah. Davina toucha la main d'Abbie, espérant mettre la jeune fille à l'aise. Quoique ses parents lui eussent appris certains détails, le sujet de sa mutité n'avait pas été abordé depuis son arrivée.

— Je suis désolée.

Abbie ne pouvait se résoudre à regarder dans sa direction.

— Je n'aurais pas dû...

Davina écrivit rapidement sur une page vierge. *S'il te plaît, ne t'excuse pas. J'ai perdu la voix quand j'avais sept ans. Un accident.* Pour adoucir la dure vérité, elle ajouta : *Aucune fée n'était présente.*

Quand Abbie lut les mots, un sourire triste se dessina sur ses lèvres.

— Cate et moi t'aimons beaucoup.

Ses yeux brillaient dans la lumière du matin.

— Nous sommes certaines que tu avais une jolie voix.

Touchée, Davina écrivit. *Mon père dit que mon violon sonne comme ma voix.*

— Oh, ton père!

Heureuse de changer de sujet, Abbie se redressa, les mains jointes sous son menton comme un écureuil rouge tenant le gland qu'il vient de découvrir.

— Quel bel homme, soupira-t-elle. Bien que très vieux, évidemment. Est-ce que tes frères sont aussi beaux?

Davina les imagina et répondit par un sourire radieux. *Oui.*

— Dommage que ce ne soient pas *eux* qui viendront te chercher, répondit Abbie, puis elle rougit jusqu'à la racine de ses cheveux châtain clair. Alors…, montre-moi ce que tu fais, maintenant.

Hochant la tête en direction de la façade est tombant en ruine de la vieille église de pierre, Davina ouvrit son album à une nouvelle page et commença à dessiner la structure carrée. Près de l'arête d'un mur debout, une voûte ancienne portait une date, 1618, et un avertissement sévère en grosses lettres partiellement effacées : *Fir God.*

Abbie leva les yeux au ciel.

— Cela devait vouloir dire «Craignez Dieu».

Elle sauta sur ses pieds un moment après.

— Je te laisse à tes dessins, Davina. Cate va rentrer bientôt de sa visite chez les Kelsos, et madame McCurdy a promis des beignets au saumon pour le déjeuner.

Abbie s'enfuit vers la maison en fredonnant un air rythmé que Davina avait joué la veille.

Une brise capricieuse faisait battre les pages dès qu'elle levait son crayon, ce qui rendait le dessin difficile. Quand une autre bourrasque faillit lui fermer son livre sur les doigts, Davina renonça à son croquis et feuilleta ses autres réalisations des deux derniers mois. Les roses chéries de sa mère. Le sorbier de sa grand-mère. Le coin du jardin qu'elle avait désherbé avec sa mère, attendant le retour de son père d'Édimbourg, et les mots qu'elle avait écrits, cet après-midi-là. *J'envisage avec plaisir notre été ensemble.* Au lieu de cela, elles passaient l'été bien éloignées l'une de l'autre.

Davina se dépêcha de tourner les pages avant qu'une vague de mal du pays déferle sur elle.

Ah, le voilà. Le parfait antidote. Elle regarda la feuille cornée et sourit à sa luxuriante chevelure blonde ondulée, à la forme généreuse de sa bouche, à la ligne ferme de son menton. En rêver n'était plus nécessaire, pas quand il vivait dans ses pensées et dans son album, à portée de main.

— Te voilà, Davina!

Cate arriva en courant sur la pelouse, les yeux brillants d'excitation.

Surprise, Davina ferma son cahier à la hâte et se leva, essayant de ne pas avoir l'air prise en faute.

Cate saisit sa main libre et la serra fortement, et elle était si essoufflée qu'elle devait reprendre haleine entre chaque mot.

— J'ai la plus... merveilleuse nouvelle! Devine qui arrive... à Arran... mardi prochain?

Chapitre 24

Ah, jeune homme ! Qu'attendez-vous ici ?
— James Thomson

— **V**ous aviez dit mardi à midi, n'est-ce pas, monsieur McKie ?

— En effet, répondit Jamie, accueillant le jeune gentilhomme en s'inclinant, tandis que la pendule sonnait l'heure sur la cheminée du salon.

Graham Webster salua aussi, son sourire encadré par une barbe auburn bien taillée. Avant que Jamie puisse lui offrir un siège, Graham tira une lettre de la poche de son gilet.

— Je passais par Monnigaff, ce matin, et parmi le courrier déposé à l'auberge se trouvait cette lettre destinée à Glentrool. J'ai pris la liberté de payer les frais de port. J'espère que vous m'excuserez de m'en être chargé.

— Il n'y a rien à excuser quand vous m'avez rendu service.

Il prit son porte-monnaie.

— Puis-je vous rembourser ?

— C'était mon plaisir, monsieur.

— Je suis votre obligé.

Jamie remarqua trois choses en déposant la lettre sur le plateau de thé : le timbre de la poste était d'Édimbourg, l'écriture était celle de Will et la lettre était adressée à *madame* James McKie.

— Et comment était le temps durant votre randonnée, monsieur Webster ? demanda le laird de Glentrool.

Calme et réservé, Graham Webster n'avait pas échangé plus d'une douzaine de mots avec Jamie au cours de la dernière année, pourtant sa bonne réputation le précédait. Honnête en affaires, homme du monde ayant beaucoup voyagé, il était un bon tireur et un excellent cavalier. Et bel homme, par surcroît, selon l'opinion des femmes de la maison. Jamie n'accordait pas d'attention à de telles choses, quoiqu'il notât que l'homme ne portait plus le brassard noir des veufs en deuil.

— Une brise fraîche venant de l'ouest m'a tenu compagnie à travers la vallée, dit Graham, pendant que Jamie lui offrait un fauteuil capitonné, le plus confortable de la pièce.

— Notre bon vent d'Écosse m'a bien servi quand je suis revenu de l'île d'Arran, il y a deux semaines, fit observer Jamie.

Les deux hommes s'assirent de part et d'autre d'une petite table où le thé devait être servi.

— N'eût été du fort vent soufflant de l'ouest, nous pagaierions sans doute encore vers Ayr.

L'expression de Graham, toujours empathique, le fut encore davantage.

— Mademoiselle McKie apprécie son séjour sur l'île, je suppose?

On avait posé la même question à Jamie — au sabbat, au marché, au village — d'innombrables fois, depuis son retour à la maison.

— Elle n'a pas le temps de s'ennuyer, commença Jamie, puis il fit un geste pour inviter Jenny à entrer avec son plateau. Nous avons reçu une lettre, la semaine dernière, dans laquelle elle décrivait ses aventures à Arran. De nombreuses visites dans les cottages et les fermes de la paroisse, et des randonnées à travers les collines et les vals.

Quand le thé fut versé et après y avoir ajouté du lait, Graham en savoura une longue gorgée, la gorge sans doute très sèche après une chevauchée de huit milles depuis sa propriété de la paroisse voisine de Penningham.

— Votre fille doit rentrer à Lammas?

— En effet, dit Jamie, qui soupçonnait une intention derrière la question du jeune veuf.

Faisait-il simplement la conversation ou s'informait-il ? À sa connaissance, Graham Webster n'avait courtisé personne depuis le décès de sa femme, pas même après que son année de deuil fut terminée. Le propriétaire de Penningham Hall ne pouvait manifester d'intérêt pour Davina. Après tout, la jeune fille n'avait que dix-sept ans.

Jamie l'étudia plus attentivement.

— Vous êtes venu discuter l'achat de moutons, je crois.

— Oui, monsieur. Des moutons.

Graham s'éclaircit la gorge.

— Comme mes propriétés longent la Cree et sont limitées par des bois au sud, des collines à l'ouest, et de la mousse au nord, je ne dispose pas de grands pâturages. Mais je suis néanmoins désireux d'élever un vigoureux troupeau de moutons à face noire.

Son sourire était sincère, quoiqu'un peu tendu.

— Je ne voyais pas la nécessité de chercher au-delà de Glentrool, reprit-il, réputée pour la qualité de ses techniques d'élevage.

Jamie accepta le compliment avec un sourire.

— Je répéterai à Rab ce que vous m'avez dit.

Monsieur Webster avait plus que son marché à l'esprit ; un gentilhomme ne tortillait pas nerveusement ses manchettes pour des moutons.

— Des agneaux robustes nous sont nés il y a trois printemps, dit Jamie. Les bêtes ont été tondues récemment et seront prêtes pour le marché dans quelques semaines. Je serai heureux de demander à mes bergers d'en conduire quatre cents à Penningham.

— Je pensais plutôt à une centaine de têtes, monsieur McKie, fit Graham en levant les mains comme pour s'excuser. Ce n'est pas la dépense, voyez-vous, mais les limites de ma propriété. Jusqu'à ce que j'aie défriché plus de terres…

— Une centaine, alors. Disons-nous… soixante livres ?

Bien que le prix fût honnête, Jamie attendait une offre plus modeste, selon les habitudes de tout Écossais rompu aux affaires. À moins que l'acheteur fût plutôt intéressé par la fille du vendeur.

Graham accepta le plein prix immédiatement.

— Nous disons soixante livres sterling. Mon intendant fera les arrangements.

— Marché conclu, alors, monsieur Webster.

Jamie dut prendre une gorgée de thé pour s'empêcher de grimacer. Davina serait-elle le prochain enjeu d'une négociation?

— Appelez-moi Graham, je vous en prie.

— Très bien, dit Jamie en décroisant les jambes. Si notre entretien est terminé...

— Comme je suis heureuse de vous voir, monsieur Webster.

C'était Leana, qui entrait dans le salon à ce moment précis. Elle fit une révérence aux deux hommes.

— J'espère que vous vous joindrez à nous pour le déjeuner, offrit-elle. Le déjeuner à Glentrool est un repas simple, mais Aubert m'assure que vous ne savourerez pas un meilleur ragoût de veau aux herbes et aux champignons sur le continent.

— Il y a bien une décennie que j'ai goûté ce plat à Florence, madame McKie. Je suis persuadé que votre cuisinier le réussit encore mieux.

Jamie suivit son voisin dans la salle à manger, plus convaincu que jamais des intentions de Graham : les visiteurs refusaient normalement une invitation à un repas une fois, sinon deux fois, avant de céder devant l'insistance de leur hôte ; ce jeune homme n'avait pas hésité un seul instant.

Invité agréable, Graham prenait des quantités raisonnables de tout ce qui lui était offert, manifestait son appréciation après chaque service, et il invita lui-même les McKie à déjeuner à Penningham Hall, dès qu'ils en auraient l'occasion.

— Est-ce votre souhait que notre fille nous accompagne? demanda Jamie, étudiant sa réaction. Ainsi qu'Ian, notre fils aîné?

Graham répondit plus posément qu'il ne s'y attendait.

— Mais bien sûr, monsieur.

Pendant qu'ils regagnaient leurs chaises du salon pour un *sherry* et des biscuits, Leana dit :

— Monsieur Webster, je crois que vous venez tout juste de célébrer un anniversaire.

Graham accepta un verre de *sherry*.

— Oui, mon trentième. Jeudi dernier.

— Ma gouvernante et la vôtre ont fait un brin de conversation devant l'église, dimanche dernier, expliqua Leana. J'espère que vous excuserez la mention d'une chose aussi personnelle, mais trente ans est une étape significative. Un moment où l'on évalue le chemin parcouru... et celui à venir.

— Je suis tout à fait d'accord, madame McKie.

Graham observa la domestique faire une révérence avant de refermer la porte derrière elle en sortant. Il se repositionna sur sa chaise pour faire face à ses hôtes.

— Et dans cette perspective, reprit-il, j'en suis venu à comprendre que j'honorerais mieux la mémoire de ma défunte épouse en me mariant de nouveau.

— Comme c'est sage, dit Leana doucement. Avez-vous une jeune femme à l'esprit, monsieur?

— Oui, confessa-t-il, et il posa son verre. Votre fille.

Chapitre 25

La culpabilité est présente dans la seule hésitation,
même si le crime n'est pas commis.
— Cicéron

Jamie ravala la myriade d'objections qui menaçaient de l'étouffer, à l'exception d'une seule.

— Davina est trop jeune.

Graham leva les mains, pour montrer qu'il comprenait.

— Je ne suis pas pressé et je courtiserai volontiers votre fille autant que vous le jugerez approprié. L'innocente jeunesse de votre fille — sa pureté, si vous voulez — fait partie de son charme.

— Vous savez...

Leana s'humecta les lèvres.

— Vous comprenez que...

— Oui, fit Graham, qui lui évita de s'étendre. Je me rappelle quand l'accident est survenu. Ma femme et moi étions jeunes mariés. Davina... je veux dire, mademoiselle McKie... avait répandu des pétales de rose de votre jardin sur les marches de l'église, le jour de notre mariage. Une semaine après...

Une réelle compassion illuminait son regard.

— Je ne puis imaginer votre souffrance.

Jamie s'apprêta à dire « Ce fut la pire journée de notre vie », puis se retint. *Tu n'éprouveras pas le Seigneur, ton Dieu.*

— Je sais ce que les médecins ont dit, continua Graham, mais votre charmante fille n'a été diminuée en rien. Vous pouvez être assuré que ses nombreux dons et talents seraient appréciés, à Penningham Hall. Je ne...

Sa voix faiblit un peu.

— Je ne m'illusionne pas sur les sentiments que je lui inspire aujourd'hui, mais je puis vous assurer que je l'aimerais et la chérirais sans réserve.

Jamie observa les mains de Graham, plus grandes que les siennes. Son estomac se noua en les imaginant en train de caresser le corps de sa fille. Il écouta l'homme faire l'inventaire de toutes les qualités remarquables de Davina — les éloges qu'un père ne se lasse pas d'entendre —, pourtant il ne pouvait se résoudre à sourire, à hocher la tête pour approuver, quand il aurait voulu hurler : *Non ! Pas maintenant. Jamais.*

Honteux de sa réaction, Jamie s'efforça de demander sur le ton le plus courtois qu'il pût adopter :

— Est-ce que Davina est au courant de votre intérêt ?

— Pas que je sache, monsieur McKie. Je voulais votre permission avant même de l'approcher.

Jamie se leva, irrité par la délicatesse même de Graham. L'homme était absolument sans reproche. Sauf dans son désir d'épouser Davina.

— Nous discuterons de la question avec notre fille, dit Jamie, jetant sur lui un regard plus sévère que nécessaire. Rien n'est conclu avant que nous soyons sûrs qu'elle accepte d'être courtisée par vous. Et même alors, monsieur, vous procéderez lentement.

Graham se leva, et leurs regards se croisèrent.

— Je respecterai votre décision et celle de votre famille, quelle qu'elle soit. Ayez la bonté de m'en informer, quand le moment sera venu.

Il fit un pas en arrière et s'inclina.

— Madame McKie, monsieur McKie, je vous remercie de votre indulgence.

Leana, en hôtesse gracieuse, le raccompagna à la porte, laissant Jamie arpenter la carpette, plus irrité contre lui-même que contre Graham. Il savait que ce jour viendrait. Pourquoi était-il énervé à ce point ?

Quand Leana revint, elle se précipita à ses côtés.

— Jamie, qu'y a-t-il ?

Elle s'assit sur le canapé brodé, puis l'attira doucement à lui.

— Cela ne te ressemble pas d'être aussi sec avec l'un de nos voisins. Graham Webster est un gentilhomme loyal et de bonne réputation. Il est peut-être plus réservé que ce que souhaiterait Davina, pourtant c'est un homme honorable, attentionné, fiable, il ne manque pas de fortune...

— Elle est trop jeune, répéta Jamie.

N'avait-il donc aucune autre objection légitime à formuler ?

— Je ne ferai aucune promesse en son nom, quand elle n'est pas là pour exprimer son avis.

— Ce que tout bon père devrait faire.

La voix de Leana était aussi posée que celle de son mari pouvait être tendue.

— Devrais-je écrire à Davina ? L'aviser des sentiments de monsieur Webster ?

— Non, répondit Jamie, qui se mit en quête d'une raison valable. De tels sujets doivent être discutés en personne.

Son regard s'arrêta sur celui de Leana, car il voulait s'assurer qu'elle comprenait son point de vue.

— Graham dit qu'il n'est pas pressé. Je préfère que nous ne bousculions rien non plus de notre côté.

Leana soupira plus bruyamment que d'habitude.

— Très bien. Quoique je pense que Davina aimerait être mise au courant. Dès maintenant, pendant qu'elle est à Arran.

Mais à quoi bon ? Jamie ravala les mots, refusant de laisser son irritation l'emporter.

— Davina ne peut rien faire d'une telle information, sinon s'en inquiéter.

Il prit la main de Leana, pensant que son contact l'amadouerait.

— J'ai demandé à Graham d'attendre, Leana. Je te demande de faire de même. Quand Davina rentrera, nous considérerons son offre. Ensemble.

Elle hocha distraitement la tête, puis son regard se porta ailleurs.

— Quand cette lettre est-elle arrivée ? demanda-t-elle.

Malheur ! Il avait oublié la lettre de Will.

— Graham l'a apportée de Monnigaff.

Il prit la lettre de la table à thé, puis se rassit et la plaça entre les mains de Leana.

— Elle t'est adressée.

— C'est l'écriture de Will.

Ses doigts tremblaient en l'ouvrant.

— J'ai écrit aux jumeaux quand Davina est partie pour Arran…

— Et que leur as-tu dit ?

— Que tu avais arrangé le séjour de Davina chez les Stewart cet été. Qu'ils me manquaient. Qu'Ian courtisait toujours Margaret.

Quand elle eut déplié la lettre, elle lui lança un regard intrigué.

— Jamie, qu'y a-t-il ? N'aurais-je pas dû écrire à nos fils ?

— Bien sûr, bien sûr.

Il agita la main en l'air comme si sa frustration n'était que la fumée d'une bougie, facilement dissipée.

— Naturellement, tu peux leur écrire. Et qu'est-ce que Will a à dire ?

Il s'adossa, essayant de se détendre, d'ignorer aussi le fait que la lettre ne lui était pas adressée. Elle parcourut la page en silence ; sa peau pâlit et ses yeux s'emplirent de larmes.

— Will est mécontent de moi.

— Mécontent de *toi* ?

Jamie lui arracha la lettre des mains. Il n'y avait que quelques lignes. Écrite d'une main énergique, la missive ne s'éternisait pas en civilités.

Mère, nous sommes très peinés d'apprendre que Davina est en visite à Arran seule. Et plus surpris encore d'apprendre que vous avez accepté.

— *Seule ?* pouffa Jamie. Benjamin Stewart est le ministre de la paroisse. Notre fille ne pourrait être entre meilleures mains.

Nous n'aurons de repos que lorsque nous aurons des nouvelles de Davina elle-même, nous assurant qu'elle se porte bien. Père n'aurait jamais dû suggérer un voyage aussi périlleux. Nous souhaitons vivement qu'il n'ait pas à le regretter un jour.

Jamie plia la lettre, comprenant ce que sa femme trop sensible ne voyait pas.

— Will et Sandy sont mécontents de *moi*, Leana. Pas de toi.

Il lui baisa le front, espérant effacer la ride qui s'y dessinait.

— Je suis seul responsable du séjour de Davina sur Arran.

— Alors, je souhaite moi aussi que tu n'aies pas à regretter ta décision, Jamie.

Ses mots, pourtant dits doucement, le heurtèrent profondément. Y avait-il un moyen de la convaincre qu'il se préoccupait du bien-être de ses enfants autant qu'elle ?

Jamie plaça la main sous le menton de sa femme, le soulevant jusqu'à ce que leurs regards se croisent.

— Leana, tu dois savoir que Davina et moi avons eu une… conversation. Au sujet des jumeaux.

Elle écouta. L'espoir se leva dans ses yeux comme le soleil à l'aurore, pendant qu'il lui décrivait son projet de parler avec Will et Sandy, quand ils rentreraient, le jour de Lammas.

— Nous nous sommes empoignés trop longtemps. Il est temps que nous nous parlions comme des hommes.

Leana lui sourit à travers ses larmes.

— Rien ne me ferait plus plaisir, Jamie.

— Tu pries sans doute pour ce moment depuis longtemps.

— Dix ans, pour être précise.

Elle regarda la lettre dans sa main.

— Mais dois-tu attendre jusqu'au jour de Lammas? Pourquoi ne pas chevaucher jusqu'à Édimbourg maintenant? Afin d'apaiser leurs craintes au sujet de Davina et d'aplanir vos différends, par la même occasion? Je t'en prie, Jamie, considéreras-tu ma proposition? Je ne tiens pas à perdre ta compagnie durant une semaine, mais pense à ce que cet effort signifierait pour les jumeaux.

Il détourna le regard, se sentant pris au piège pour la deuxième fois cette journée-là — d'abord, par Graham, maintenant, par Leana. Ne pouvait-il pas élever ses enfants comme il le jugeait bon?

— Ils se seront sûrement calmés depuis qu'ils t'ont écrit, dit Jamie, essayant de se convaincre lui-même, à défaut de sa femme. Et Davina leur a sans doute aussi écrit, afin d'apaiser leurs inquiétudes.

Il lui sourit, d'une manière un peu forcée d'abord, puis de plus en plus sincèrement, à mesure qu'elle répondait lentement à son sourire.

— C'est mieux, dit-il, heureux de pouvoir compter sur l'appui de Leana. Et si nous laissions l'été suivre son cours?

Chapitre 26

J'ai ouï dire que sur l'île d'Arran,
Il y avait un grand château de pierre,
Et qu'un Anglais ayant une poigne forte,
Était le grand seigneur de cette terre.
— Sir James Douglas

— Il vient au château tous les étés, dit Abbie, pendant deux semaines ou plus.

— Nous ne savons jamais quand exactement, précisa Cate, quoique les nouvelles voyagent vite. Ses invités comptent les représentants des plus prestigieuses familles de l'Écosse.

Davina se tourna d'abord vers une cousine, puis l'autre, pendant que le trio avançait bras dessus bras dessous vers la baie de Brodick. Leur intention était de reconnaître les abords du château, comme des soldats anglais franchissant les lignes françaises à la rechercher d'information.

La nouvelle avait d'abord été apportée le samedi par une famille de trafiquants tsiganes qui faisaient le tour de l'île, colportant des cuillères de corne et les dernières rumeurs : le duc de Hamilton devait arriver du continent mardi, et peut-être voguait-il vers Arran en cet instant même.

— C'est le moment ou jamais pour toi de voir les environs du château Brodick, insista Cate, pendant que les trois complices ourdissaient leur plan. Les domestiques seront si affairés que personne ne nous remarquera.

Davina avait déjà vu de vieux châteaux avant — Galloway en comptait sa part —, mais elle n'avait jamais posé le regard sur un membre aussi éminent de l'aristocratie. Un *duc* ! Même s'il était plus âgé que son père d'une bonne vingtaine d'années, le neuvième duc de Hamilton était aussi marquis, compte, lord et baron. Elle ne pouvait s'imaginer qu'un même gentilhomme puisse porter autant de titres.

Le temps doux et la brise de l'ouest étaient tous deux bienvenus, mais le ciel était moins favorable. Suspendus bas au-dessus de leur tête, les nuages étaient de la couleur gris-bleu du pigeon biset et pleins de lourds secrets. Déchargeraient-ils leur cargaison de pluie, transformant les ruisseaux en torrents, ou dériveraient-ils vers la côte du comté d'Ayr pour faire place à un après-midi ensoleillé ?

Au moment où le trio atteignait le sommet de la première petite colline, Abbie ralentit afin qu'elles puissent reprendre leur souffle.

— Je te préviens, Davina, ce n'est pas l'un de ces châteaux où l'on peut vivre toute l'année, car il est vieux de plusieurs siècles et à peine meublé. Le duc et sa famille résident sur le continent, au palais Hamilton, dans le comté de Lanark. Le château Brodick est un grand pavillon de chasse, en quelque sorte.

— Parfois, Son Honneur vient en juin, dit Cate, car la pêche au saumon y est bonne, ou à l'automne, pour donner le coup de fusil aux grouses.

Elle regarda en direction des rudes landes, les joues colorées par la marche.

— Il avait l'habitude de venir à l'automne, expliqua-t-elle, mais père dit qu'après des années de braconnage, il ne reste pas plus d'une douzaine de cerfs à traquer et les sangliers ont disparu.

Rendue près du sommet de la colline séparant la baie de Lamlash de celle de Brodick, Abbie fit un geste circulaire en direction de la mer, de son bras dodu.

— Si nous continuons à l'est vers les falaises, nous arriverons à Dun Fionn, où les anciens allumaient des feux pour donner l'alerte. Mais il n'est pas nécessaire d'en embraser un aujourd'hui, continua-t-elle en riant. Ce sont les nobles qui viennent, pas l'ennemi.

Le sommet atteint, Davina s'abreuva de la vue magnifique. Le Goatfell, s'élevant des eaux bleu foncé et d'un tapis de verdure, lançait son sommet dans les bas nuages comme une grande lance de fer. Son père et son oncle Evan avaient-ils vraiment escaladé un géant aussi redoutable ?

Elles se frayèrent un chemin entre des ruisseaux écumants bordés de digitales pourprées, aux fleurs roses en forme de dés à coudre. Des fougères feuillues trempaient leurs frondes dans les eaux en mouvement. Certains ruisseaux étaient assez larges pour nécessiter des ponts de bois ; Davina traversait ces structures rudimentaires sans s'attarder, rendue nerveuse par le craquement des planches sous ses pieds.

Durant ses deux semaines passées sur l'île, Davina n'avait pas vu plus d'une poignée de charrettes, tirées par des petits poneys d'Arran. Les habitants qui possédaient un cheval, comme les Stewart, pouvaient s'estimer heureux. Grian, une bête robuste de seize paumes de hauteur, accompagnait le ministre dans ses visites de la paroisse. Les filles, quant à elles, allaient toujours à pied. Davina ne faisait-elle pas de même à Glentrool, sauf quand un sentier de gravier permettait à un attelage d'y passer ? Il n'y avait que quelques rares routes pavées dans son coin de Galloway et aucune à Arran.

Quand elles atteignirent le littoral, les trois amies contournèrent la baie de Brodick, d'une forme similaire à celle de Lamlash, mais sans les pointes de terre se lançant dans l'océan ni l'île nichée en son centre. La brise fraîche au large était salée et vive, par moments, faisant claquer les voiles des bateaux de pêche amarrés au port. Au sud de la baie, les basses montagnes vertes étaient doucement inclinées et arrondies, comme dans les Lowlands ; au nord s'élevait une ligne brisée de montagnes et de landes, comme dans les Highlands. C'était comme si toute l'Écosse avait été comprimée sur cette petite île.

Cate jeta un coup d'œil aux nuages s'assombrissant au-dessus de leur tête et maugréa.

— Nous verrons la pluie avant de voir la maison. Mais *pas* avant d'avoir vu Son Honneur.

En terrain plat, il était plus facile de marcher rapidement sur le chemin de la côte. Elles passèrent rapidement devant des maisonnettes de pierre disséminées çà et là, hochant poliment la tête en direction d'un groupe de pêcheurs dont les visages burinés semblaient aussi abîmés que leurs bateaux. Sur le rivage, une paire d'huîtriers bruyants pestaient l'un contre l'autre, avant de retourner planter leur bec orange dans les algues, à la recherche de leur nourriture.

Davina compatissait à leur sort. Même sans l'aide d'un soleil visible pour l'aider à estimer l'heure, elle savait que l'après-midi avançait, car son estomac grondait avec insistance.

— Glen Cloy, cria Abbie en prenant le sentier étroit menant vers l'intérieur des terres. Nous n'irons pas loin, seulement aux forges. Pas jusqu'à la maison Kilmichael ou à Fairy Hills au-delà. Mais n'est-ce pas un endroit merveilleux ?

En dépit de la beauté de la vallée qu'elle appelait son foyer, Davina ne pouvait nier que celle-ci était charmante. Une sombre avenue d'arbres dirigea son regard vers un manoir de pierres blanchies, à peine visible à travers les branchages, avec une vallée de collines pourpres comme toile de fond.

— Les Fullarton possèdent Kilmichael, dit Cate, baissant la voix comme si un membre de la famille avait pu les entendre derrière l'épaisse haie de ronces. Je veux dire *possèdent* vraiment. Tout Arran appartient au duc de Hamilton. Mais pas Kilmichael.

— Les Fullarton ont vécu ici durant cinq siècles, dit Abbie fièrement, comme si elle décrivait ses propres ancêtres. Bien sûr, la maison n'est pas aussi vieille, mais elle est très spacieuse. John Fullarton est un élégant officier de marine, qui n'a pas beaucoup plus de trente ans. Il commande le *Wickham*. Cate et moi sommes allées à Kilmichael, quelques fois, ajouta-t-elle d'un ton important.

— Quelques *rares* fois, rectifia Cate sans s'arrêter de marcher.

Elles traversèrent un pré couvert de chardons des champs, leur tête pourpre toujours en attente de fleurir. Dans une semaine, le sol serait vibrant de couleurs. Atteignant la piste menant au nord, elles furent accueillies par une grande pierre dressée, surgissant du sol comme une borne préhistorique.

— C'est l'un de nos monuments, dit Abbie d'un ton détaché, comme si chaque village en Écosse avait des pierres verticales plantées le long des routes.

Elles étaient bien plus près des montagnes, maintenant, qui se dressaient au-dessus du pré à leur gauche, où se trouvait une grappe de chaumières.

— On appelle ce village «Cladach», qui veut dire «plage» en gaélique, parce qu'il est près du rivage.

Cate tira la manche de Davina pour attirer son attention vers la mer.

— Et c'est ici que le bateau de Son Honneur accostera.

Elle indiqua d'un mouvement de la tête un quai de pierres, désert pour le moment.

Les solides blocs de pierre s'élevaient bien au-dessus de la ligne de marée haute pour accueillir les plus grands vaisseaux, tandis qu'un large escalier descendait dans l'eau pour recevoir les yoles. Davina ne trouvait pas le petit port précisément ducal, mais elle fit semblant d'être impressionnée pour plaire à sa cousine.

Cependant, quand elle se retourna et vit le château, elle fut *vraiment* impressionnée.

Très haut au-dessus de la baie se dressaient les quatre étages de grès rouge d'une forteresse oblongue. Elle était construite en sections de différentes hauteurs, des cheminées marquant chaque nouvel ajout. Des fenêtres aux formes variées couraient d'un bord à l'autre ; certaines étaient rectangulaires, d'autres carrées, quelques-unes surmontées de voûtes faisant penser à des sourcils royaux. Une tour ronde près de la porte paraissait plus ancienne que le reste, mais l'ensemble portait la marque des temps passés.

— Cromwell a construit l'arsenal à l'est peu après avoir décapité le premier duc de Hamilton. Mais la bonne duchesse Anne est alors arrivée, dit Abbie en souriant, comme si elle venait d'apercevoir la dame sortant par le portail du château. Tout le monde à Arran pense du bien d'elle, même aujourd'hui.

Tandis qu'elles escaladaient la colline abrupte, Cate décrivait ce qu'elles verraient à l'intérieur, si elles avaient la chance de jeter un coup d'œil par une fenêtre, près du sol.

— La cuisine est très vaste, avec un plancher de dalles et une grande table à découper en pin. Le four à pain en brique contient les plus grandes planches que j'aie jamais vues, et puis il y a les belles marmites de cuivre...

— Chut !

Abbie s'immobilisa, les yeux grands ouverts, et elle indiqua l'arsenal du doigt.

— On vient.

Chapitre 27

Peut-être que ça s'achèvera en chanson,
Peut-être que ça tournera en sermon.
— Robert Burns

Davina retint son souffle pendant qu'un homme aux jambes arquées contournait le mur est du château, la tête inclinée vers l'avant, son grand chapeau noir pointé vers elles tel un doigt accusateur.

— Il administre la propriété, murmura Cate.

Elle l'interpella d'une voix enjouée.

— Bonjour à vous, monsieur Nichol !

Les trois se tinrent épaule contre épaule pendant que l'homme avançait vers eux.

Quand il leva finalement le regard, son visage perdit son air sévère et il ralentit pour s'arrêter à quelques pas d'elles.

— Mam'zelle Stewart, pourquoi n'm'avez-vous pas dit qu'z'étiez là ?

Il hocha la tête en direction de chaque sœur, jetant au passage un regard curieux sur Davina.

— Vot' père a fait un bon sermon, au dernier sabbat.

— Il sera heureux de l'entendre, monsieur Nichol, répondit Cate, qui parut soulagée de ne pas avoir été sermonnée pour sa présence clandestine sur la propriété.

Elle se tourna vers Davina.

— Je vous présente notre invitée pour l'été, mademoiselle McKie, de Glentrool.

Il hocha la tête de nouveau.

— Heureux d'faire vot' connaissance, mam'zelle.

Davina esquissa une petite révérence, certaine qu'il devait être au courant de son état. Elle n'avait rencontré personne sur l'île qui s'était étonné qu'elle ne pût parler.

— J'sais pourquoi v'z'êtes ici, jeunes filles, mais y a rien d'aut' que des domestiques en train d'mettre l'château en ordre.

Il jeta un regard soucieux au ciel.

— L'temps est mauvais pour naviguer. J'attends Son Honneur dans la matinée d'demain.

Se tournant de nouveau vers les jeunes filles, il agita un doigt en l'air.

— Mais v'nez pas fouiner, pensant qu'z'allez voir le duc, car y aura tous ses gardes avec lui.

— Est-ce que…

Cate déglutit et se reprit.

— Est-ce que Son Honneur a plusieurs invités qui l'accompagnent, cette année ?

— Oh oui !

Il hocha la tête si fort qu'il en perdit presque son chapeau.

— Des nobles d'Argyll, du comté d'Stirling et d'Fife. Y a pas d'femmes parmi eux, alors y s'rait pas convenable qu'on vous voie aux alentours du château. Rentrez chez vous, mam'zelle Stewart, et saluez vot' père pour moi.

Cate bredouilla des remerciements et les trois s'en allèrent, se hâtant de descendre la colline tandis que des nuages de mauvais augure décidaient de mettre leurs menaces à exécution — d'abord, quelques grasses gouttes éclatèrent au sol, et une pluie abondante s'ensuivit.

— Zut !

Abbie se réfugia sous un chêne feuillu, attirant ses compagnes avec elle. Des gouttes d'eau leur coulaient sur le bout du nez et leur ruisselaient dans le cou, tandis que leurs bonnets commençaient déjà à s'affaisser.

— Nous ne serons pas mieux que noyées, quand nous arriverons au presbytère, dit-elle, dépitée.

— Oui, mais il ne faut pas traîner, répondit Cate, car mère se demandera pourquoi nous ne sommes pas à la maison pour le dîner.

Elles n'avaient d'autre choix que de s'enchaîner par les bras et de braver la pluie ensemble, la tête penchée contre l'assaut, leurs chaussures rapidement mouillées de part en part. Dans l'espoir de croiser un véritable noble, Davina avait revêtu sa robe favorite. Maintenant, le tissu était sombre et décoloré, collant à ses jambes pendant qu'elle marchait, l'ourlet brodé maculé de boue. Apprendrait-elle un jour à s'habiller en fonction du ciel changeant d'Arran ?

Le port, les vallées, les collines, et les montagnes : tout était perdu dans la grisaille de la pluie. Pour garder le moral, Cate et Abbie chantaient sous leurs bonnets.

Y a une nouvelle, les filles, une nouvelle,
Une bonne nouvelle que j'vous annonce !
Y a un bateau plein d'beaux gars
Qu'arrivent en ville pour s'marier !

— Et c'est très vrai, cria Cate. Même si nous ne pourrons pas les voir accoster au port.

— Mais s'ils sont aussi vieux que le duc, la taquina Abbie, nous ne manquerons pas grand-chose.

— Qu'ils soient vieux ou jeunes, beaux ou laids, nous ne pouvons retourner au château, sinon monsieur Nichol en parlera à père, dimanche.

Cate regarda Davina.

— Toutes nos excuses, cousine, dit-elle, car nous espérions te renvoyer à Glentrool avec une histoire à raconter.

Elles entreprirent l'escalade de la longue colline, perdant quelque peu leur bonne humeur, car les ornières de la route, remplies d'eau de pluie, entravaient leur marche. Après avoir peiné pour atteindre le sommet, elles découvrirent que la descente vers Lamlash ne serait pas plus facile. La boue glissante rendait la progression difficile. Elles s'accrochèrent l'une à l'autre en descendant précairement, et elles furent incapables de s'écarter du chemin quand un cheval passa au galop en éclaboussant leurs vêtements. Toutes les trois étaient au bord des larmes quand elles franchirent enfin le seuil du presbytère, tenant leurs ourlets détrempés et tremblant sans pouvoir s'arrêter.

— Madame McCurdy, des serviettes, s'il vous plaît !

Une Betty aux yeux dessillés les fit rapidement passer dans la cuisine. Elspeth et sa gouvernante retirèrent rapidement leur chapeau aux jeunes filles, puis séchèrent leurs cheveux et leur robe du mieux qu'elles purent. Elles envoyèrent ensuite les adolescentes trempées jusqu'aux os dans leur chambre, à l'étage, pour se changer.

— Rev'nez vite auprès du foyer, les pressa madame McCurdy, car j'aurai du thé pour vous et un souper chaud peu après.

Les jeunes filles n'avaient pas de femme de chambre — un luxe rarement nécessaire à Arran — et elles durent s'entraider pour s'habiller dans la lumière grisâtre de l'après-midi. Ni les bougies vacillantes ni le petit foyer dans leur chambre ne dissipaient la froide pénombre, et la pluie continuait de crépiter sur les vitres.

— Quelle affreuse journée, murmura Abbie, tout en essayant d'attacher le nœud de la robe de Davina. Nous aurons de la chance si nous n'attrapons pas de rhume.

Tirant sur ses bas de coton blanc, Cate fredonnait toujours l'air qu'elles avaient chanté sous la pluie.

— « Y a un bateau plein d'beaux gars », pour sûr. Mais qui sera sur ce bateau ? Voilà ce que j'aimerais savoir.

Elle n'attendit pas que sa sœur lui réponde, mais se mit à jongler avec les possibilités.

— De Fife, il y aura certainement un MacDuff, et d'Argyll, soit un MacDonald, soit un Campbell. Mais pas les deux, évidemment. Des Borders pourrait venir un Armstrong. C'est difficile à dire, acheva Cate avec un haussement d'épaules, mais tout de même amusant d'y penser.

Les dents de Davina cessèrent enfin de claquer quand elle eut passé des vêtements secs et se fut assise près du foyer, peignant ses cheveux avec ses doigts. Avait-elle déjà été aussi mouillée de toute sa vie ?

— Bois ceci, dit Elspeth en plaçant une tasse de thé chaud entre ses mains.

Davina pensa le verser sur sa tête pour sa chaleur, mais elle choisit sagement de le boire, tout en baignant dans sa vapeur odorante. Elle échangea des regards avec les sœurs et fut heureuse que leur mère se montre si peu curieuse. Non pas qu'elles eussent fait quoi que ce soit de répréhensible, mais elles avaient été bien sottes de croire qu'elles pouvaient entrer tout bonnement dans le château et voir Son Honneur. Les trois se sourirent au-dessus de leur tasse de thé.

Le révérend Stewart émergea de son bureau, clignant des yeux en entrant dans la cuisine brillamment éclairée.

— Je suis heureux de vous voir en sécurité à la maison par ce jour orageux, dit-il d'un ton paternel.

Il prit place au bout de la table et invita la maisonnée à venir le rejoindre, bénissant le repas avant de s'asseoir. Des plats de chou frisé mousseline furent servis, riches d'orge et accompagnés de scones aux pommes de terre, venant tout droit de la plaque chauffante. Davina dévora son dîner avec appétit. Peu importe les mets raffinés que l'on pouvait servir à la table ducale, ils ne seraient jamais aussi savoureux que celui-là.

Le ministre s'essuya la bouche pendant qu'on desservait les plats de potage.

— Nous avons eu un visiteur à peine une demi-heure avant que vous rentriez à la maison. Un messager à cheval. A-t-il croisé votre route ?

Abbie soupira.

— Il nous a croisées, en effet, en nous aspergeant de boue avec ses fers.

— Quelle nouvelle apportait-il ? demanda Cate.

La curiosité de Davina fut piquée à son tour. Le cavalier avait l'air de prendre sa mission très au sérieux.

— Il apportait une invitation.

Le ministre exhiba une carte de gentilhomme écrite d'une main élégante.

— De John Fullarton, de Kilmichael.

Le regard de Davina croisa celui d'Abbie, de l'autre côté de la table. *Le bel officier de marine.*

— « Ce jeudi 23 juin, lut le révérend, le capitaine et madame Fullarton offriront une réception en l'honneur de Son Honneur, le duc de Hamilton, et de ses invités. »

— Une réception ! Mais sommes-nous...

Cate fixa son regard sur la carte.

— ... invitées ?

— Nous le sommes, car nos noms sont écrits très lisiblement. « Le révérend Benjamin Stewart, madame Elspeth Stewart et mesdemoiselles Catherine et Abigail Stewart. »

Davina ressentit une pointe d'envie, mais n'osa pas la laisser paraître. Comme si elle avait pu lire dans ses pensées, Cate leva les yeux vers elle.

— Père, nous ne pouvons laisser Davina à la maison.

— Bien sûr que non, répondit-il, et même sa barbe fournie ne put dissimuler son sourire. Notre cousine sera du nombre.

Davina le regarda, pantoise. Une telle chose était-elle permise, si son nom n'apparaissait pas sur l'invitation ?

Son sourire s'épanouit encore plus.

— Regarde la carte, Catherine.

Cate la prit de ses mains.

— Oh! s'exclama-t-elle, et elle lut d'une voix précipitée.
« Et mademoiselle McKie, de Glentrool, avec son violon. »

Mon violon ? Davina regarda la carte d'invitation à son tour, incrédule. Offrirait-elle un concert devant un duc ?

Le révérend Stewart lui sourit avec chaleur.

— Il semblerait que la nouvelle de ton talent exceptionnel se soit propagée jusqu'à Kilmichael.

Il reprit l'invitation et l'enfouit dans son gilet.

— Et j'ose ajouter que tout l'entourage de Son Honneur sera conquis.

Chapitre 28

Au loin
Brillait sa venue.
— John Milton

— M'sieur, j'ai frotté vos boutons d'laiton jusqu'à c'qu'y luisent comme les étoiles du ciel.

Somerled MacDonald se tourna, souriant déjà.

— Très bien, Mina.

La timide jeune servante leva le manteau bleu du jeune maître.

— Aurez-vous besoin d'aut' chose, m'sieur? demanda Mina en rougissant.

Est-ce une invitation, jeune fille? Somerled prit le vêtement, puis s'empara de sa main et l'attira plus près de lui.

— Mon père peut arriver à tout moment. Mais dans une heure, quand les bougies seront éteintes…

Un coup vigoureux frappé à la porte mit fin à la conversation.

— Somerled!

Mina s'écarta, détournant les yeux.

— J'peux point, m'sieur, murmura-t-elle, puis elle se hâta d'ouvrir la porte au laird, esquissant une révérence avant de s'enfuir de la chambre.

L'imposant sir Harry MacDonald combla l'embrasure de la porte. Le sommet de sa tête argentée effleurait le linteau de chêne, tandis que ses larges épaules bloquaient le passage de la lumière des bougies du corridor. Il ne se donna pas la peine de saluer.

— En train de séduire une jeune fille, comme d'habitude.

Somerled haussa les épaules et lança le manteau qui venait tout juste d'être repassé sur le lit à dais, où il atterrit en un tas.

— Ce n'est pas ma faute, monsieur, si vous avez meublé la maison Brenfield de jolies servantes.

— Et d'un valet de chambre toujours à ta disposition pour repasser tes habits.

Son père marcha dans la chambre en maître de céans, puis fronça les sourcils devant la malle en cuir grande ouverte, vide à l'exception de quelques chemises de batiste.

— Dougal n'a donc pas fini de faire ta malle ?

— Je lui ai demandé d'attendre mon entretien avec vous, dit Somerled.

Il régla soigneusement le ton de sa voix de manière à n'apparaître ni trop confiant ni obséquieux. Après vingt-deux années passées sous le toit de l'homme, il avait appris comment s'y prendre avec sir Harry.

— Père, est-il nécessaire que je vous accompagne demain ? demanda-t-il. Le loch Fyne contient assez de saumons et de truites pour moi et...

Somerled ne répéta pas ce que son père savait déjà : il avait peu d'intérêt pour ces expéditions éreintantes dans des châteaux exposés à tous les vents, préférant ses soirées dans l'alcôve avec un petit verre et un bon livre, ou une jeune femme consentante.

Les sourcils argentés de son père se réunirent au-dessus de ses yeux comme des nuages de tempête.

— Ton nom figure dans la lettre d'invitation. Je n'offenserai pas Son Honneur en allant à Arran sans toi.

— Mais plus de deux semaines de pêche...

— Oui, avec le *duc de Hamilton* ! tonna sir Harry. Es-tu à ce point dépourvu de sens commun, garçon ? Aussi vénérable que puisse être notre nom, nous n'avons que des pâturages où paissent des moutons à face noire. Hamilton possède des titres, de l'influence, de grandes richesses. Si un tel personnage nous demande de l'accompagner...

— Très bien, l'arrêta Somerled. J'irai.

Il n'avait pas besoin de se faire rappeler que d'autres s'étaient hissés à un rang plus élevé que le leur. N'avait-il pas entendu cette rengaine toute sa vie ? Quoique son père possédât le titre de baronnet et d'importantes propriétés, incluant le manoir dans lequel ils passeraient la nuit, les richesses et les honneurs n'étaient jamais suffisants pour satisfaire cet homme ambitieux.

— Prépare tes malles, dit sir Harry en se dirigeant vers la porte de la chambre. Nous partons à l'aube.

Somerled grimaça ; c'était dans six heures à peine.

— Partirons-nous de Tarbert ?

Son père s'arrêta sur le seuil de la porte.

— Non, de Claonaig, répondit-il. Je ne dépenserai pas plus d'argent qu'il ne faut pour la traversée.

Sir Harry n'avait franchi que la moitié du corridor quand Somerled éclata de rire, se souciant peu d'être entendu par son père. Le choix d'un trajet plus court pour se rendre à Arran n'avait rien à voir avec un quelconque souci d'économie : sir Harry n'avait pas le pied marin, voilà tout, et il était trop orgueilleux pour l'admettre. Son seul fils et héritier, par contre, se sentait sur mer comme leurs ancêtres vikings, l'estomac solide et les jambes bien d'aplomb sur le pont.

Qui est orgueilleux, maintenant ? Somerled ignora sa conscience qui le taraudait et tira vigoureusement sur le cordon qui pendait près de son lit, afin de sonner Dougal. Plus vite sa malle serait emballée, plus vite il serait au lit. Seul, à moins que la belle Mina aux yeux noirs changeât d'avis.

À ce moment-là, les derniers rayons du soleil de l'après-midi doraient la surface unie du loch Fyne. La fenêtre qui faisait face au sud offrait une jolie vue sur les collines ondulantes bleutées, le long du littoral et des eaux distantes du détroit de Bute. Les jours les plus dégagés, Somerled pouvait voir le Cock of Arran, sorte de saillie conique au nord de l'île qui protégeait le port de Lochranza, où les MacDonald seraient rejoints par l'émissaire du duc et escortés jusqu'au château Brodick. D'interminables parties de pêche s'ensuivraient, suivies de repas où la truite et le saumon constitueraient le monotone ordinaire, servi à un groupe d'invités ne se renouvelant pas davantage. Il était déprimant de voir ces hommes d'âge mûr courtiser le duc, comme des terriers léchant la main de leur maître et implorant d'être flattés.

Des coups discrets à la porte annoncèrent Dougal.

— Dois-je faire vos malles, monsieur? demanda le valet, dont le niveau de langue s'améliorait de saison en saison.

Somerled aurait été heureux de converser avec l'homme dans son gaélique natal, mais son père ne voulait rien entendre de tel.

« La noblesse d'Édimbourg et de Londres ne parlent pas en gaélique, répétait-il. Et on ne le fera pas sous mon toit. »

Quand sir Harry n'était pas dans la pièce, Somerled ignorait l'interdit.

— Si tu veux bien, dit-il familièrement au valet plus âgé, qui se mit tranquillement au travail en pliant les vêtements de Somerled : des étoffes rudes pour escalader les montagnes et pêcher durant le jour ; et pour les réceptions du soir, des queues-de-pie de Paris, des culottes seyantes et des gilets richement ornés. Même dans les salles obscures du vieux château Brodick, on ne se présentait pas à la table de Son Honneur mal vêtu.

Somerled demeura à la fenêtre, observant Dougal du coin de l'œil. L'homme à la calvitie naissante, avec sa posture voûtée et ses mains noueuses, était le valet de chambre idéal, remplissant son office avec discrétion et efficacité. Dougal n'avait-il pas noué sa cravate à la perfection, avant le déjeuner ? Dompté les vagues dans ses cheveux rebelles ? Pressé les revers de son manteau et les pointes du col de sa chemise ? Un bref coup d'œil dans le miroir lui confirma l'adresse de son domestique. Dougal ferait partie du voyage, évidemment. Il n'était pas convenable d'arriver quelque part et d'attendre que ce soit l'hôte qui fournisse un serviteur.

Dougal leva les yeux de la malle, à moitié remplie de vêtements.

— *Inneal ciùil ?* demanda-t-il, puis il bégaya, heu... vos instruments de musique ?

Somerled jaugea l'espace disponible.

— La flûte de bois, décida-t-il, les autres instruments de sa collection étant soit trop grands, soit trop fragiles pour être emportés en toute sécurité.

Il renoncerait à certains plaisirs pendant quelques semaines ; mais il ne se passerait pas de musique.

Il prit la longue flûte sur son armoire et plaça le bec entre ses lèvres. Il sentit le buis brun pâle de l'instrument se réchauffer sous ses doigts. Sans effort apparent, il lui fit produire une mélodie plaintive qui flotta dans l'air. Claires et rondes, basses et masculines, les notes en legato semblaient émaner des profondeurs de sa poitrine. Non, plutôt de son cœur, mais qui le savait ?

Dougal fit une pause dans son travail et ferma les yeux.

— *Tàlantach*, dit-il doucement.

Talentueux. Abaissant la flûte pour marquer qu'il acceptait le compliment, Somerled acheva la mélodie, puis plaça l'instrument dans les mains de Dougal, prêt à être emballé avec soin entre ses vêtements. Il se passerait de sa flûte pendant le voyage, car il pouvait toujours compter sur l'instrument le plus mobile de tous : sa voix.

— Chante pour moi, garçon.

Accroché au mât du petit navire qui avait déjà franchi la moitié du détroit de Kilbrannan, sir Harry n'allait pas bien du tout. Le visage de l'homme était de la couleur des algues rejetées par la marée, sa bouche se fermait en une ligne étroite, et ses yeux gris et vitreux restaient fixés sur les eaux agitées.

Somerled obligea son père immédiatement, sa voix de ténor s'élevant au-dessus de la brise salée et du bruit des rames plongeant dans les flots.

L'été n'était plus quand les feuilles étaient vertes,
Et les jours que nous avons connus ne sont plus ;
Mais de bien meilleurs jours reviendront, j'espère,
Pour mon beau p'tit garçon, qui doit encore grandir.

Quand le vieil homme hocha la tête, Somerled chanta un autre couplet de la ballade favorite de sa mère. Il revoyait encore la scène, au moment de leur départ, au moment où elle leur souhaitait au revoir. « Rentrez à Brenfield dès que vous le pourrez, leur avait-elle dit. Car vous savez que je ne dormirai pas, tant que vous ne serez pas de retour. »

« Ne soyez pas sotte, ma femme, l'avait-il gourmandé en franchissant la porte. Croyez-vous donc que vous ne poserez plus jamais les yeux sur nous ? »

« Mon époux. » Lady MacDonald, habituée aux rebuffades de son mari, avait placé une main amoureuse sur son bras. « Vous savez que j'ai toujours si peur quand vous voyagez en mer. Et je prierai tant que vous ne serez pas rentrés sains et saufs à la maison. »

Ce n'étaient pas des paroles creuses ; elle prierait avec ferveur saint Brendan, le protecteur des marins et des voyageurs de la mer.

Somerled gardait un œil sur son père, alors même que le port de Lochranza se détachait sur l'horizon.

— Nous y sommes presque, monsieur.

S'élevant de la rive sud de la baie, les ruines grises de la haute construction datant du XIVᵉ siècle étaient imposantes. Abandonné récemment, le château de Lochranza demeurait utile aux navires en approche, leur offrant un point de repère pour accoster. Des goélands volaient très haut au-dessus de la surface des eaux, qui sentaient le fraîchin et miroitaient sous le soleil de l'après-midi.

Le capitaine de leur bateau prit la relève à la fin de la ballade de Somerled, s'égosillant en encouragements destinés à distraire son passager malade. Quand il vogua finalement dans le port peu profond sous la poussée des vigoureux rameurs, sir Harry rendit son dernier repas par-dessus la proue, puis s'appuya lourdement sur la rampe de bois, rassemblant ses forces.

— Courage! Vous v'sentirez mieux bientôt, monseigneur.

Le capitaine salua du bonnet en recevant le prix du passage, puis aida le père, le fils et leur valet à débarquer sans incident.

— J'vous souhaite un bon séjour, dit-il cordialement. J'espère qu'vous aurez un peu d'temps pour faire d'l'escalade. Les sommets d'Arran sont magnifiques.

— Je vous remercie, mon brave.

Somerled regarda l'intérieur des terres, au-delà du littoral marécageux. Même si la pêche et l'escalade le laissaient indifférent, la beauté sauvage des montagnes était à couper le souffle.

— Sir Harry? Monsieur MacDonald?

Un homme ayant l'allure d'un garde-chasse marcha vers eux, son costume de tweed taché de boue.

— Bienv'nue à Arran.

Il se présenta, puis chargea leurs malles et aida Dougal à se hisser dans un chariot à deux roues.

— J'ai des chevaux pour nous rendre à Brodick. Vot' coffre et vot' homme suivront derrière.

— Très bien, très bien, dit sir Harry, attendant d'humeur maussade à côté du cheval offert que l'homme vienne l'aider à monter.

Puis, il ajouta :

— J'imagine que Son Honneur nous a organisé un séjour bien rempli.

— Oui, y l'a fait, m'sieur.

Le garde-chasse en tête, les hommes se dirigèrent vers le sud, sur une piste étroite qui longeait les eaux agitées, en route vers les vallées profondes en avant.

— L'capitaine Fullarton d'la maison Kilmichael vous a aussi préparé une soirée d'divertissements, gentilshommes, leur annonça-t-il. À la veille du solstice d'été.

Somerled changea de position sur sa selle.

— Divertissements ?

Il dut admettre que cela rendait un son plus doux à ses oreilles que « cannes à pêche » et « filets à saumon ».

— Est-ce qu'il y aura aussi de la musique ? s'enquit-il.

— Une jolie violoniste, dit-on, mais je n'connais pas son nom.

Pour la première fois de cette longue et harassante journée, Somerled sourit. Une jeune fille jouant du violon. Quel saint fallait-il remercier pour un tel présent en cette nuit de festivité ? Il compta mentalement les jours du calendrier.

— Mais c'est dans une semaine, ajouta l'envoyé.

Chapitre 29

Comme est paisible le matin d'un jour saint !
— James Grahame

Davina se réveilla avec le soleil, se levant au moment où les premières langues de lumière s'infiltraient par les fentes des volets fermés de la fenêtre. En ce plus long jour de l'année, elle avait résolu de profiter de chaque minute, jusqu'à ce que les derniers rayons du soleil disparaissent derrière les sommets, du côté de Beinn Bhreac.

Est-ce que ce concert aurait lieu sous le ciel du solstice d'été, dans toute sa gloire multicolore ? Ou bien les distingués invités se réuniraient-ils à l'intérieur, assis autour d'un croissant de fauteuils, les yeux rivés sur Davina McKie, la violoniste de Glentrool ? Cette pensée déclencha un frisson qui courut le long de ses bras nus. Ce soir plus que tout autre, les notes devaient couler avec aisance. Elle s'imaginait tous les violonistes de talent que Son Honneur avait dû entendre dans sa vie : des musiciens de Londres, de Paris, de Vienne, invités par lui au palais Hamilton. Elle n'était qu'une jeune fille des Lowlands, qui avait chéri le legs généreux de son grand-père. *De grâce, Père céleste, faites que cela suffise.*

Davina s'assit sur le bord de son lit étroit et resta immobile, ne voulant pas déranger les sœurs endormies dans le lit qu'elles partageaient. Trois robes étaient suspendues dans l'armoire, s'aérant en attendant que Betty les repasse plus tard dans la matinée. Celle de Cate était d'un joli rose saumon avec un châle frangé assorti, et la robe d'Abbie, de satin jaune pâle avec un empiècement de mousseline de soie et des manches en dentelle. Le plus petit costume lui était destiné, une veste de brocart de soie rouge et verte, confectionnée avec l'étoffe achetée par son père à Édimbourg, à la dernière

Saint-Martin, portée sur une robe de damas brodée d'une rangée de volutes de soie ivoire assortie. Sa mère avait cousu le dernier fil la veille de son départ.

Mère. La gorge de Davina se serra en imaginant Leana qui fredonnait toujours en cousant. *C'est une robe charmante.* Davina l'avait essayée afin de s'assurer que la courte veste se boutonnait bien sous son corsage. De la dentelle vaporeuse enveloppait les manches descendant aux coudes, et une large bande de brocart doré bordait le collet monté. *Appropriée pour rencontrer un duc.*

Incapable de rester au lit, Davina se leva et se rendit à la fenêtre, puis regarda entre les interstices des volets. Déjà, le ciel bleu pâle devenait plus brillant, les premiers rayons du soleil ayant chassé les dernières étoiles scintillantes.

«Nous partirons pour Kilmichael à seize heures précises», avait annoncé le révérend Stewart la veille, insistant pour que le départ soit précédé d'un goûter de scones et de thé. Béni soit l'homme, car il s'était procuré des chariots tirés par des poneys pour les femmes, afin d'épargner leurs ourlets et leurs chaussures sur les chemins boueux. Arran semblait subir une averse chaque après-midi, souvent quand le soleil brillait. Davina n'avait jamais vu autant d'arcs-en-ciel de sa vie, des pastels aqueux s'étirant d'un bout à l'autre du ciel un moment, pour s'évanouir presque aussitôt après.

Mais les arcs-en-ciel signifiaient de la pluie, et de la pluie, c'était des boucles pendantes et des robes détrempées. *Je vous en prie, mon Dieu, pas aujourd'hui.*

Elle se tourna vers la porte, désirant se faufiler dans l'escalier. Si elle récupérait l'une de ses robes de coton dans l'armoire à linge encombrée, elle réveillerait sûrement ses cousines, pourtant elle ne pouvait quitter la chambre en robe de nuit. De toute façon, il était bien trop tôt pour s'aventurer à l'extérieur et cueillir des violettes du parterre — l'un de ses projets, ce matin-là —, et madame McCurdy ne servirait pas le petit déjeuner sur le buffet avant deux autres heures.

Se résignant à attendre dans leur chambre à coucher, Davina observa le petit paquet de lettres noué avec l'un de ses rubans de satin. Elle ne se lassait jamais de les lire, entendant la voix de leurs auteurs en parcourant les mots. Sur le dessus se trouvait une demi-douzaine de lettres de sa mère. Les plus récentes faisaient vaguement allusion à un voisin ; la prochaine serait peut-être plus explicite à ce sujet. Les deux missives de Will et Sandy étaient pleines de récriminations sur leur existence à Édimbourg et de questions précises concernant son bien-être à Arran. Ils étaient furieux contre leur père ; cela n'était pas un mystère. Davina avait écrit aux garçons, les assurant qu'elle était bien traitée au presbytère et qu'il n'y avait aucun motif d'inquiétude. Mais c'était comme dire à un lion de cesser de rugir ou à un taureau de ne pas charger.

Ian lui avait écrit en une occasion, et les lignes étaient aussi lisibles et régulièrement espacées qu'une page de son grand livre. Elle sourit à son compte-rendu prudent de sa relation avec Margaret McMillan. Son frère était vraiment sous le charme. Les lettres de Janet Buchanan étaient ses favorites, regorgeant de commérages de la paroisse. Barbara Heron avait dû se faire extraire une dent. Andrew Galbraith faisait la cour à Agnès Paterson — Davina n'oserait pas en informer Will. On aurait entendu Graham Webster rire au marché, samedi. Et Jeanie Wilson avait aidé madame McCandlish à mettre au monde un autre fils.

En les relisant, Davina secoua la tête. N'avait-elle été absente que quelques semaines ?

— Tu ne peux plus dormir, cousine ?

Cate s'appuya sur un coude, clignant des yeux en la regardant par-dessus ses couvertures fripées. Gardant la voix basse, elle offrit à Davina de l'aider à s'habiller, même s'il était tôt pour commencer ce qui s'annonçait être une très longue journée.

Davina avait déjà pris l'une de ses robes ordinaires dans l'armoire à linge et elle la secouait pour en chasser les plis. Sans un mot, Cate vint à ses côtés et guida les bras de Davina dans les manches. Elles passeraient leur plus belle robe après le déjeuner ; le coton bleu suffirait pour l'instant.

Cate retrouva son lit avec un bâillement endormi.

— Va cueillir tes violettes pendant que tu le peux, dit-elle en soupirant, car elle connaissait les intentions de Davina. Tu trouveras le *Flora Scotica* dans le bureau de père.

Davina se hâta de descendre l'escalier de bois faiblement éclairé. Le rez-de-chaussée était moins sombre, bien que les volets intérieurs fussent fermés. Elle marcha sur la pointe des pieds à travers le court corridor, tendant l'oreille pour saisir tout signe de vie. L'étude exiguë du ministre n'avait qu'une seule fenêtre. Même en écartant les volets, elle eut de la difficulté à trouver ce qu'elle cherchait. Elle plissait les yeux en essayant de lire les titres dans les rayons de la bibliothèque, qui sentait un peu le moisi. Au moins, elle savait à quoi leur dos ressemblait ; sa mère possédait aussi ces deux tomes.

Voilà. Elle retira l'un des épais bouquins avec soin. *Flora Scotica.* Les passages qu'elle cherchait furent facilement trouvés. Contrairement à la plupart des fleurs sauvages, le nom scientifique de la violette — *Viola tricolor* — ressemblait à son nom français. *Et à celui d'un certain instrument à cordes.* Elle sourit en imaginant les fleurs jaune, pourpre et blanc avec leurs feuilles en forme de cœur.

Davina fit glisser son doigt sous la phrase qu'elle lisait, souhaitant que l'auteur se fût montré plus précis dans ses directives. «Oins ton visage de lait de chèvre, dans lequel tu auras infusé les violettes.» Le presbytère gardait une chèvre que l'on trayait chaque jour pour le lait caillé et le petit-lait. Elle avait demandé à la douce Rosie, la laitière, de mettre de côté un bol de lait frais pour elle. Mais combien de violettes et quelle quantité de lait ? Sa mère le saurait ; Davina ne pouvait que deviner. Puisque la mixture serait finalement égouttée, cela n'avait peut-être pas d'importance.

Le texte lui offrait une assurance : «Il n'est pas de jeune prince sur terre qui ne succombera au charme de ta beauté.»

Elle sourit devant une promesse exprimée avec autant de confiance. Son Honneur était loin d'être jeune et ce n'était qu'un duc ; elle n'avait aucune intention de charmer un homme d'âge mûr ou son fils non marié. Alexandre, l'héritier présomptif, avait choisi de demeurer à Londres plutôt que de se joindre à son père pour une excursion de trois semaines en plein air. C'était bien ainsi : Alexandre avait quarante ans, presque le même âge que son père à elle.

Selon les rumeurs qui avaient cours sur l'île, on pouvait trouver des hommes plus jeunes au château Brodick. Il était plus difficile d'obtenir des noms et des descriptions. Un certain Macleod, de Skye, aux larges épaules. Un rouquin nommé Keith, des Borders, celui-là. Un grand jeune homme, dénommé MacDonald, venu d'Argyll. La liste des invités du duc était plus courte, cet été-là ; d'aucuns affirmaient qu'il n'y en aurait pas plus d'une douzaine. Qui sait si les hommes la remarqueraient, aussi douce que fût sa peau ? Mais elle avait peu à perdre et toute une journée à employer utilement.

Après avoir rangé le livre du ministre, Davina se dirigea vers la pelouse à l'avant, prenant au passage un tablier de jardinier à un crochet du vestibule. La brise saline de la baie de Lamlash était fraîche sur sa peau. À l'horizon est, le soleil s'élevait timidement, annonçant une journée radieuse.

Groupées le long de l'allée, il y avait là toutes les violettes qu'elle pouvait désirer. Davina s'agenouilla pour cueillir les fleurs délicates, prenant soin de ne pas les écraser en pinçant leur tige mince. Son tablier fut bientôt rempli de ces fleurs colorées tant aimées des fées. Des «pensées sauvages», les appelait sa mère. Davina se leva, ne laissant échapper que quelques fleurs ce faisant, puis apporta sa récolte dans la cuisine, soulagée de trouver la pièce vacante. Betty, qui était déjà persuadée que Davina faisait partie du «peuple magique», se serait évanouie si elle l'avait surprise avec ses violettes.

Elle vida le contenu de son tablier dans une banale théière ronde, ajouta l'eau chaude d'une bouilloire et remit le couvercle en place. Elle imaginait la voix de sa mère qui lui murmurait à l'oreille. «Pas trop chaude, ma chérie, ou tu perdras les huiles précieuses de la tige.» Il fallait dix minutes pour infuser les herbes dans l'eau; cela, elle se le rappelait.

Davina s'affairait à filtrer le liquide refroidi quand la laitière apparut à la porte de derrière, un petit seau de lait de chèvre à la main.

— V'là pour vous, mam'zelle McKie.

Rosie le lui tendit en plissant le nez.

— Mais quelle sorte de thé concoctez-vous donc, mam'zelle?

Davina indiqua d'abord le lait de chèvre, puis montra une violette coincée dans le cordon de son tablier et mima qu'elle se lavait le visage.

— Oh oui!

L'expression de Rosie s'illumina.

— J'ai déjà entendu parler d'ça.

Davina la remercia en souriant et en hochant la tête. La laitière répondit par une petite révérence et ressortit en sifflant. Rosie devait encore traire les vaches des Stewart avant d'aller à la ferme Pettigrew, puis de terminer sa tournée matinale.

Après avoir versé une part égale de lait de chèvre et d'infusion de violette dans un bol peu profond, Davina plongea ses mains dans la mixture tiède et s'en aspergea le visage. Elle se sentait un peu ridicule, penchée au-dessus du bol, avec du lait dégouttant du bout de son nez. Pourtant, elle s'en lava les joues une autre fois, puis le cou, en prenant soin de dénouer le col de sa robe, afin de n'oublier aucun endroit. « C'est l'même prix », aurait dit Rab Murray.

— Puis-je essayer aussi ? demanda Cate.

Elle était debout dans l'embrasure de la porte de la cuisine et se frottait les yeux. Peu après, elle imitait Davina avec un bol fraîchement rempli.

— Oh ! J'espère que tu n'as rien avalé de cela, lança-t-elle à Davina.

Les deux adolescentes s'épongeaient encore le visage quand madame McCurdy les trouva.

— Allez-vous-en, jeunes filles. J'ai du porridge à faire.

Le ton de sa voix n'était pas rude, et dans ses yeux brillait un regard complice.

— V'z'avez un joli minois, toutes les deux. C'soir, tous les nobles s'ront à vos pieds.

Davina rougit tandis qu'elles quittaient la cuisine à la recherche d'un miroir. Le lait de chèvre avait-il accompli ce que la rosée de mai n'avait pu faire ?

Quand elles arrivèrent dans la chambre avec son petit miroir sur la coiffeuse, Cate dit :

— Regarde la première.

Chagrinée par ce qu'elle vit, Davina ne s'attarda pas devant la glace. Sa peau était toujours tachetée de son, et ses éphélides étaient encore plus foncées après un mois sous le soleil d'Arran.

— Mais, touche comme elle est douce, dit Cate, qui effleura d'abord sa propre joue, puis celle de Davina. Aussi soyeuse que ta robe de damas.

Et elle hocha la tête vers sa sœur, blottie dans leur lit.

— Abbie a si hâte de te voir la porter avec ta merveilleuse veste brodée, n'ai-je pas raison ?

Quand Abbie s'assit et s'étira, l'album de Davina dépassait des couvertures.

— Abbie ! la gronda Cate. Mais que fais-tu avec quelque chose qui appartient à notre cousine ?

— Je suis désolée, Davina.

Le visage aussi rouge qu'un lychnis, Abbie tira l'album de sa cachette.

— Je ne voulais que regarder tes jolis dessins. Celui-là est mon favori.

Elle ouvrit le cahier à une page en particulier et le lui montra.

— Est-ce quelqu'un que tu connais?

Davina baissa les yeux vers son prince doré. *Pas encore, jeune Abbie.*

— Allons, Abbie!

Les sourcils de Cate se haussèrent lorsqu'elle y posa les yeux à son tour.

— Si notre cousine connaissait un aussi joli garçon, crois-tu qu'elle passerait l'été avec nous?

Elle donna un petit coup de coude à Davina.

— Non, dit-elle, répondant à sa propre question. Elle se ferait confectionner une robe de mariée et engagerait un joueur de cornemuse pour la noce.

Toujours rieuse, Cate tira sa sœur hors du lit.

— Viens, Abbie, nous avons tant à faire. Tes cheveux ont besoin d'un bon coup de brosse, et Davina et moi allons laver les nôtres dans du blanc d'œuf et de l'eau de rose.

Elle saisit les mains de Davina et les serra très fort.

— Ce n'est pas tous les jours que nous sommes reçues à la table d'un duc.

Chapitre 30

Là où réside le doute se trouve la vérité − c'est son ombre.

— Philip James Bailey

Leana savait que passer du temps dans la chambre de sa fille n'allégerait en rien la douleur causée par son absence. Malgré tout, elle y était assise, s'éventant légèrement pour chasser la chaleur de l'après-midi, tandis qu'elle regardait à l'intérieur d'un berceau de chêne vide. Elle se rappelait avoir bordé chacun de ses enfants dans ses parois de bois garnies de linge et décorées de brindilles d'aneth.

D'abord était venu Ian, né au presbytère de Newabbey par une longue veillée d'octobre, où se trouvait présente sa chère gouvernante d'Auchengray, Neda Hastings. Puis, Davina, qui avait été mise au monde dans leur chambre de Glentrool, avec Jamie qui lui tenait la main, souffrant avec elle pour l'aider à faire voir la lumière du jour à leur fille. Et finalement, les jumeaux, qui n'avaient partagé le même berceau que quelques mois, avant qu'ils soient trop grands pour lui. Jeanie Wilson triomphait, elle était si orgueilleuse d'avoir mis au monde deux bébés à quelques minutes d'intervalle.

Maintenant, tous étaient grands et dispersés aux quatre vents : William et Alexandre à Édimbourg, Davina à Arran, et Ian avec son père, à la foire de Keltonhill, dans le sud.

Jamie avait promis qu'il rendrait visite à tante Meg, à Twyneholm, en rentrant du marché annuel de chevaux et de toutes ses distractions. Margaret Halliday, sa seule tante encore vivante, aurait bientôt quatre-vingts ans. Quand Leana l'avait vue pour la dernière fois, les cheveux et les yeux gris de tante Meg avaient beaucoup pâli, mais son humeur était toujours aussi radieuse. *J'espère qu'il en est toujours ainsi, chère tante.*

Leana était heureuse que les hommes aient décidé d'interrompre leur voyage chez tante Meg, au cottage Burnside, bien que cela voulût dire qu'elle ne les reverrait pas avant samedi. Ce jour-là, le plus long de l'année, Glentrool semblait aussi vide que le berceau à ses pieds.

Refusant de sombrer dans la mélancolie, Leana se leva et marcha dans la chambre circulaire de la tourelle, s'arrêtant devant l'armoire à linge contenant les vieux vêtements et les robes neuves de Davina, qu'elle avait terminées le matin. Leana prit dans ses mains la soie d'un jaune onctueux et l'agita un peu, afin d'admirer la riche étoffe une autre fois. Comme la douce couleur s'harmoniserait parfaitement avec les cheveux et la peau de Davina ! Une paire de pantoufles faites de la même soie avaient été confectionnées par le cordonnier de Drannandow.

« Bienvenue à la maison », dirait Leana lorsqu'elle montrerait à Davina son nouveau costume. *Comme tu m'as manquée.* Elle avait demandé à Jamie de rapporter un rouleau de tissu de Keltonhill afin qu'elle puisse coudre une autre robe pour sa fille avant le jour de Lammas. Que pouvait-elle faire d'autre, lorsque la maison était si vide ? Au moins, ses mains seraient affairées et son esprit occupé à ses mailles, plutôt qu'à ressasser ses inquiétudes.

Elle soupira et tourna son attention vers la fenêtre étroite qui donnait sur le jardin en contrebas, une vue qui la réconfortait toujours. Après un mois de temps doux et de pluies légères, ses roses et ses plantes vivaces étaient à leur apogée. Les roses musquées, en particulier, avec leurs fleurs délicates, se répandaient dans leur coin du jardin avec une odorante profusion.

Leana les admirait encore quand elle entendit les pas d'Eliza dans le corridor de l'étage, puis sa voix dans l'embrasure de la porte.

— Est-ce que vos fleurs vous appellent, m'dame ?

Elle regarda par-dessus son épaule et sourit.

— Oui, elles m'appellent.

Même à cette distance, Leana pouvait imaginer le riche parfum de ses roses et sentir leurs pétales soyeux.

— J'pense que Davina a dû v'z'entendre l'appeler aussi.

Eliza tendit une lettre scellée qu'elle tenait à la main.

— C't'une bonne fille, elle vous écrit si souvent.

— Elle l'est, dit Leana, qui avait brisé le sceau de cire avant que sa gouvernante eût fini de parler. Bénie sois-tu, Eliza.

Elle hocha la tête.

— Rab a rapporté le courrier d'la ville. Et aussi un nouveau dé en argent pour moi.

Leana perçut l'affection dans la voix d'Eliza et prit un plaisir secret à l'entendre. Comme Eliza, Rab avait vécu autrefois dans la paroisse de Newabbey et avait accompagné les McKie d'Auchengray jusqu'à Glentrool. Eliza était restée avec sa maîtresse, mais Rab était rentré à la maison. Deux années plus tard, quand Glentrool avait perdu son chef des bergers, Jamie avait proposé à Rab de le remplacer, à la demande de Leana. L'affable pâtre aux cheveux roux avait répondu à l'appel sans hésiter. Eliza et Rab s'étaient mariés une douzaine de mois après, exauçant la prière de Leana.

Reconnaissante de la loyauté d'Eliza, Leana lui toucha la main en guise de remerciement, puis déplia soigneusement la lettre de Davina.

À madame James McKie de Glentrool
Mardi 14 juin 1808

Ma très chère mère,

Pardonnez la brièveté de cette lettre, mais j'ai une nouvelle extraordinaire à vous annoncer et je n'ai qu'une minute. Le révérend Stewart doit se rendre au port à

l'instant, et je ne veux pas que ma lettre rate la barque
qui emporte les paquets de Lamlash.

Son cœur accéléra à la lecture de la prose essoufflée de
Davina. Qu'est-ce qui avait pu exciter sa fille à ce point ?

Nous venons à l'instant d'apprendre que le duc de Hamilton
et ses invités viennent se divertir à la maison Kilmichael à
la veille du solstice d'été, et nous avons été conviés à nous
joindre à eux.

Le duc de Hamilton ? Leana écarquilla les yeux, incrédule.
Davina n'avait jamais été en présence de membres aussi émi-
nents de la société. Jamie avait frayé de temps à autre dans de
tels cercles, mais pas leur fille inexpérimentée. Leana passa
mentalement en revue tout ce qui serait attendu de Davina au
chapitre des bonnes manières. Leana pouvait-elle compter
sur Elspeth Stewart pour la guider, ou devait-elle lui écrire
une lettre immédiatement ?

Puis, elle remarqua la date. *La veille du solstice d'été.* Dans
quelques heures, Davina dînerait avec un gentilhomme dont
la puissance n'était éclipsée que par celle du roi George
lui-même.

Leana regarda par la fenêtre, estimant l'heure d'après la
lumière déclinante de l'après-midi. Environ dix-huit heures.
Davina était peut-être déjà arrivée à Kilmichael.

J'étais nommément incluse dans cette invitation, où l'on me
demandait d'apporter mon violon. Si ma lettre vous arrive à
temps, priez pour que je plaise au duc et aux gentilshommes
de son entourage. Je dois vous quitter, mère, car notre cousin
doit aller porter le courrier tout de suite. Priez pour moi !

Votre fille aimante

Oh, jeune fille. Elle n'avait pas besoin de le demander ; Leana priait constamment pour ses enfants. *En cet instant même, mon Dieu, veille sur Davina.*

Elle étudia la lettre plus attentivement. *Les gentilshommes de son entourage.* Qui cela pouvait-il inclure ? Quelque chose à propos de cette phrase la troublait. *Des gentilshommes.* Une excursion de chasse ou de pêche, sans doute. Des hommes de haut rang, mais sans épouse aux alentours, pour s'assurer que leur comportement soit à la hauteur de leurs titres.

Un autre gentilhomme lui vint à l'esprit, digne celui-là de sa position sociale. Graham Webster de Penningham Hall. Comme elle aurait aimé que Jamie l'eût autorisée à informer Davina de l'intérêt qu'il lui portait. Il semblait malhonnête de ne pas le faire. Comme s'ils cachaient quelque chose à leur fille. Ce qui était le cas, en vérité.

Malgré tous ses efforts, Leana ne comprenait pas pourquoi Jamie était si hostile à la démarche de leur voisin. Bien sûr, il avait douze ans de plus que Davina, mais il était loin d'être vieux. Et puis, c'était un homme bon, pieux, qui aimerait et chérirait leur douce fille. Ne trouvait-il pas son innocence juvénile — sa « pureté », selon son expression délicate — charmante ?

Troublée, Leana jeta la lettre sur le lit de Davina. Qu'est-ce que monsieur Webster penserait de la voir jouer de la musique devant une salle remplie de ses pairs ? Ce n'était pas comme être introduite à la cour, une circonstance officielle comportant une foule de règles. Davina serait présentée… à quel titre ? En tant qu'artiste ?

Non ! Leana pressa une main sur son estomac noué. Les manières au sein de la noblesse n'étaient pas toujours ce qu'elles paraissaient être. Et si…

Oh ! Maintenant, elle était comme les jumeaux, imaginant toujours le pire. En vérité, les garçons ne pourraient protéger leur sœur, ce soir-là, pas plus que Jamie.

Mais toi, mon Dieu, tu es un bouclier.

Leana ferma les yeux et pria de tout son cœur, debout au milieu de la pièce où elle avait enseigné à ses quatre enfants à craindre Dieu. *Je sais que tu es tout-puissant.* Ses mains étaient si fortement serrées que ses doigts commençaient à la faire souffrir. *De grâce, Père céleste. De grâce.* Que pouvait demander une mère? *Protège-la. Défends-la.* Sa gorge se serra. *Garde-la des mains des malfaisants.*

Et alors, elle fit un vœu, car elle ne rechercherait pas la faveur de Dieu, sans rien lui offrir en retour. *À l'ombre de tes ailes je m'abrite, tant que soit passé le fléau.*

La tête inclinée dans le lourd silence, Leana entendit un coup discret frappé à la porte.

— M'dame McKie?

C'était la voix de Jenny.

Leana ouvrit lentement les yeux.

— Entre, jeune fille.

La jeune femme, de l'âge de Davina, entra dans la pièce et fit une révérence.

— C'est m'sieur Billaud qui m'envoie. Y pense qu'vous voudrez prendre vot' repas maintenant, plutôt qu'd'attendre vingt heures.

Les joues de la jeune fille se colorèrent légèrement.

— Puisque vous dînez seule, v'savez...

— Un geste attentionné d'Aubert, murmura Leana.

De la part d'un homme qui insistait pour servir le dîner à la même heure, soir après soir, cette offre était généreuse. Le regard de Leana fut attiré par la fenêtre et l'abondance des roses, en bas.

— Aurais-tu la gentillesse de mettre une petite table pour moi, dans le jardin? Il fait trop beau pour passer la soirée à l'intérieur.

Chapitre 31

La colline, la vallée, l'arbre, la tour
Resplendissaient sous les teintes du crépuscule,
Le hêtre avait l'éclat de l'argent,
Quelle scène enchanteresse.
— Sir Walter Scott

À chaque moment qui passait, Davina trouvait plus difficile de reprendre son souffle.

À gauche et à droite s'élevaient des sapins magnifiques et des hêtres argentés majestueux, bordant l'allée privée. Au nord s'étendait une vaste pelouse, entretenue par des jardiniers invisibles et longée par un ruisseau murmurant. Des bancs de pierre disposés çà et là offraient une vue admirable du Goatfell, qui regardait la propriété comme un austère bienfaiteur. Au-delà de l'avenue d'arbres s'élevaient les murs de pierre blanche de Kilmichael, un manoir aux proportions imposantes.

La nature avait aussi joué son rôle : le soleil entamait sa lente descente, tachant le ciel à l'ouest d'orange vibrant, et plongeant Glen Cloy dans des ombres d'un bleu foncé.

— Les écuries sont directement derrière la maison, annonça Cate, qui semblait avoir hâte de descendre de ce véhicule inconfortable.

Les sœurs avaient voyagé côte à côte dans une petite charrette à deux roues, à l'instar de Davina et de madame Stewart. Le révérend chevauchait Grian. La pauvre Abbie dans sa robe de satin avait glissé de son siège à chaque cahot de la route, qui avaient été nombreux ; Cate ne s'en était pas beaucoup mieux sortie dans sa robe de soie, en dépit des couvertures de laine propres que sa mère avait utilisées pour recouvrir les banquettes des charrettes rustiques.

— Nous y sommes presque, annonça Elspeth à ses filles. Se tournant vers Davina, elle dit d'une voix plus douce :

— Il n'y a aucune raison de t'inquiéter, cousine. Joue simplement comme si tu étais dans notre salon, et tu gagneras leur cœur dès les premières notes.

Davina hocha la tête, même si elle savait que la grande salle de réception de Kilmichael serait très différente du petit salon bondé du presbytère. C'était une chose d'amuser les voisins, c'en était une autre de divertir un duc. Elle agrippait son violon sur ses genoux, en espérant que sa lettre eût déjà atteint Glentrool, afin de pouvoir compter sur les prières de sa mère.

La maison faisait face au nord-est, regardant la baie, et son seul ornement se trouvait au-dessus de ses longues portes doubles.

— Trois loutres, expliqua le révérend Stewart au moment où ils s'immobilisaient devant le blason doré des Fullarton. Et la devise du clan : *Lux in tenebris.* La lumière dans les ténèbres.

En dépit de sa nervosité, Davina parvint à sourire. Leana McKie approuverait de tout cœur. *Mon Dieu éclaire mes ténèbres.*

Un valet de pied en livrée attendait à la porte afin d'accompagner les invités à l'intérieur. Il les reçut sans broncher, comme si aider les dames à descendre de chariots de ferme était un fait courant à Kilmichael. Puisque la porte d'entrée était au niveau du sol, il n'y avait pas de marches à gravir ; il les escorta simplement par les doubles portes dans le spacieux hall d'entrée dallé de marbre et embrasé par d'innombrables bougies.

Bien que meublé sommairement, afin que les invités eussent assez d'espace pour se rassembler, le vestibule carré n'était pas complètement dépouillé. Une horloge de parquet était placée sous l'escalier, les oscillations régulières de son balancier visibles derrière la vitre de son meuble en bois.

Plusieurs jolis paysages étaient suspendus au mur et une gerbe de fleurs de jardin roses et bleues, arrangées avec goût, avait été placée devant un long miroir qui en rehaussait l'éclat. Des voix joyeuses — surtout masculines — flottaient dans l'escalier tournant, descendant de la salle de réception à l'étage.

— Le capitaine et madame Fullarton viendront vous accueillir bientôt, dit le valet, qui s'inclina poliment avant de disparaître par une porte à sa droite.

De toute évidence, il reviendrait annoncer les nouveaux arrivés quand ils auraient eu le temps d'arranger quelque peu leur mise.

— Dépêchons, tout le monde !

Madame Stewart ajusta le châle autour des épaules de Cate, puis aida Abbie à secouer les plis de ses manches. Des jupes furent défripées, de la poussière brossée, des chevelures repeignées, des gants rajustés.

Davina jeta un coup d'œil dans le grand miroir, soulagée de constater que sa toilette avait survécu à sa promenade mouvementée. Avec l'aide de Cate, elle avait relevé ses cheveux en un nœud de boucles, retenu par un peigne au sommet de sa tête. Cet arrangement exposait son cou gracile et accentuait l'encolure basse de la robe ; Davina rougit à la vue de tant de peau si blanche.

Le révérend Stewart tenait l'étui vert dans lequel se trouvait son violon.

— Je m'assurerai qu'on veille sur cela jusqu'à la fin du dîner, ma cousine. Puis, il sera tout à toi.

Le valet réapparut si discrètement qu'ils ne le remarquèrent pas, planté debout au pied de l'escalier, jusqu'à ce que son regard croise celui du ministre. Il s'inclina et dit :

— Dès que vous serez prêt, monsieur.

Davina humecta ses lèvres sèches et essaya de sourire, tandis qu'elle suivait ses cousines sur les marches recouvertes d'un tapis, prenant soin de ne pas frotter sa robe sur la statue de marbre encastrée dans la courbe de l'escalier.

Le valet précéda les Stewart dans la salle de réception à haut plafond, salua le petit groupe et les annonça de façon officielle.

— Le révérend Benjamin Stewart, madame Stewart, mademoiselle Cate Stewart, mademoiselle Abigail Stewart et mademoiselle Davina McKie de Glentrool.

Les cinq saluèrent de conserve, manifestant toute la déférence possible devant leurs hôtes d'un rang social plus élevé. Davina fut la dernière à lever les yeux, voulant s'assurer de n'offenser personne. Une douzaine d'hommes élégants d'âge varié étaient réunis, certains souriant poliment, d'autres observant les nouveaux arrivants, manifestement curieux. Les hommes avaient les cheveux coupés à la dernière mode et non attachés à la nuque comme son père. Leur queue-de-pie était noire, leur gilet et leur pantalon, blancs. À première vue, aucun de ces gentilshommes ne semblait assez âgé pour être le duc.

Quelques jeunes femmes dont la physionomie lui était familière étaient dispersées dans la pièce aussi. Confrontée à autant de visages, Davina ne pouvait décider où poser le regard.

— Tu as déjà rencontré quelques femmes à l'église, lui murmura Cate. Les filles des meilleures familles d'Arran. Grace McNaughton. Lily Stoddart. Jane Maxwell.

Davina comprit pourquoi on les avait incluses. Puisqu'une hôtesse préfère asseoir un homme et une femme en alternance à sa table de réception, les jeunes femmes présentes égalaient en nombre l'entourage masculin du duc ; les couples seraient appariés d'après le rang et la position sociale avant de descendre pour le dîner. Par comparaison avec la longue heure qu'elle devrait passer à dîner avec un inconnu à sa gauche, censé la divertir par sa conversation spirituelle, jouer du violon lui apparaissait comme la corvée la moins éprouvante de sa soirée.

John Fullarton — facilement identifiable dans son uniforme de la marine royale — fit un pas en avant et s'inclina légèrement. Il était vraiment à la hauteur de la description flatteuse qu'en avait faite Abbie, avec ses épaulettes à franges et ses manières impeccables.

— Bienvenue à Kilmichael, révérend Stewart.

Les yeux sombres du capitaine brillaient lorsqu'il salua chaque femme à tour de rôle.

— Nous attendons l'arrivée de Son Honneur à tout moment. J'espère que votre randonnée depuis la baie de Lamlash fut plaisante.

Les hommes continuèrent de parler tandis que les conversations dans la salle de réception reprenaient de plus belle, offrant à Davina une occasion d'explorer son environnement, ne serait-ce que des yeux. Une lumière de fin d'après-midi ruisselait par les fenêtres aux volets peints, avec leur rebord d'un pied de profondeur. Le manteau sculpté du foyer et sa grille s'appropriaient le mur intérieur; en approchant de la maison, elle avait compté deux longues rangées de cheminées au sommet du toit. Elle ne pouvait qu'estimer vaguement le nombre de chambres que Kilmichael contenait.

Cate s'approcha d'elle.

— Tu sembles très calme, dit-elle.

Davina leva légèrement les yeux au ciel et elles sourirent toutes les deux.

— As-tu décidé de ce que tu allais jouer?

Davina hocha la tête en dégageant quelque peu le col de sa veste. En dépit des dimensions généreuses de la pièce, l'espace surpeuplé commençait à être étouffant. Son album était dans l'étui avec son violon et elle ne pourrait écrire les titres pour Cate, mais en effet, elle avait déjà choisi les premières mélodies qu'elle interpréterait. Qu'il y en ait d'autres ensuite, cela dépendrait du bon plaisir du duc.

Soudain, une voix masculine et basse fut entendue dans l'escalier. La salle de réception tomba dans le silence, et des regards et des hochements de tête furent échangés. Deux mots se propagèrent dans la pièce comme une traînée de poudre. *Son Honneur.*

Le valet de pied semblait avoir grandi de quelques pouces quand il reparut à la porte, le menton levé et le cou étiré au maximum.

— Mesdames et messieurs, Son Honneur, le duc de Hamilton et de Brandon, marquis de Douglas et de Clydesdale, comte d'Arran, de Lanark et de Cambridge.

Davina brûlait d'envie de le regarder, mais elle fit plutôt une profonde révérence, comme les autres. Elle attendit ensuite que les invités autour d'elle se redressent avant de les imiter. Il semblait que Son Honneur avait déjà rencontré la plupart des personnes présentes lors de précédentes visites, incluant les Stewart; seuls quelques étrangers lui furent présentés. Tandis qu'elle attendait son tour, Davina l'étudia à travers ses cils. Il avait des cheveux très fins, blanchis et fragilisés par l'âge, peignés vers l'arrière pour dégager son haut front, révélant des sourcils fournis et des yeux perçants. Pour un homme bientôt septuagénaire, le duc avait un maintien étonnamment droit pendant les présentations officielles opérées par le capitaine Fullarton.

Quand il annonça Davina, elle fit une nouvelle révérence, mais le capitaine se pencha pour la relever gentiment.

— Votre Honneur, mademoiselle McKie est une violoniste douée venant du continent. Vous l'entendrez plus tard dans la soirée.

— Pourquoi ne puis-je l'entendre maintenant?

Le sourire du duc n'atténuait pas la note d'autorité dans sa voix.

— Que jouerez-vous pour moi ce soir, mademoiselle McKie ? Sera-ce une complainte ? Un *strathspey* ?

Ses yeux sombres se fixèrent dans les siens.

— Allez, parlez, mademoiselle. On ne doit pas faire attendre un duc.

Chapitre 32

On l'entendait de loin, de si loin, que cela semblait n'être
que l'exquise et légère musique d'un rêve.
— Thomas Moore

*V*euillez me pardonner, monsieur. Je ne puis parler.
Sous le regard insistant du duc, Davina sentit ses genoux tremblants commencer à fléchir, tandis que le silence de la pièce semblait vouloir l'écraser. *S'il vous plaît, mon Dieu, venez à mon aide.*

— Votre Honneur.

Une main masculine vigoureuse saisit le coude de Davina, redressant la jeune fille et la retenant fermement.

— Je crois que vous avez tant effrayé cette charmante personne qu'elle est demeurée sans voix.

Étonnée, elle resta immobile un moment. Son sauveteur était derrière elle, trop proche pour qu'elle puisse le voir. Davina sentit sa chaleur à travers sa robe en damas et chercha à l'entrapercevoir par-dessus son épaule. Il était très grand. Un jeune homme. Aux cheveux blonds. Natif des Highlands, d'après son accent.

Il parla de nouveau, sa voix mélodieuse formant chaque mot comme une note de musique.

— Je suis certain qu'elle jouera *La danse des fées.* Tout musicien écossais digne de ce nom connaît cet air.

Il fit une pause, comme s'il attendait qu'elle acquiesce. Quand elle hocha la tête une fois, il continua.

— Et si une mélodie lente est davantage à votre goût, Votre Honneur, alors mademoiselle — McKie, c'est bien ça? — saura sans doute *La jeune fille sans nom.* Bien qu'en l'occurrence, nous pourrions la renommer « *La jeune fille sans voix* ».

Ce n'était qu'une plaisanterie, comprit Davina. Le gentil-homme était un visiteur à Arran ; il ne pouvait connaître sa condition, sinon il ne se serait pas exprimé aussi librement.

Quand le duc accueillit la boutade par un éclat de rire, toute l'assemblée se joignit à lui, ne serait-ce que pour rompre le silence, qui devenait embarrassant.

Davina sourit aussi. L'homme lui avait involontairement fait une faveur, lui évitant de devoir s'expliquer par gestes. Bien que ses genoux fussent maintenant assez solides pour la soutenir, la main gantée du jeune homme lui enserrait toujours le coude. Trouverait-elle une façon de le remercier, cet étranger qui aimait la musique ? Elle respira profondément, se préparant à faire demi-tour pour le saluer convenablement, quand le révérend Stewart apparut à ses côtés.

Le gentilhomme derrière elle retira lentement sa main.

— Vous êtes plus près de la vérité que vous le croyez, monsieur, lui dit le révérend Stewart, avant de s'incliner devant le duc. Votre Honneur, j'implore votre indulgence. Mademoiselle McKie est muette et ne peut vous répondre.

Davina entendit le hoquet de surprise collectif faire le tour de la pièce ; elle aurait voulu ramper sous l'un des fauteuils capitonnés. *Oh, mon cousin.* Il n'avait que de bonnes intentions, bien sûr. Mais elle aurait aimé jouer à titre de simple violoniste, rien d'autre. Maintenant, elle craignait qu'on l'applaudisse pour la mauvaise raison, qu'on la prenne en pitié, cette pauvre fille sans voix. Et que devait éprouver cet aimable gentilhomme derrière elle, après ses commentaires légers ?

Le duc rompit le silence.

— Vous êtes sage de laisser votre musique s'exprimer pour vous, mademoiselle McKie. J'ai hâte de vous entendre jouer.

Elle s'inclina profondément, appréciant à sa juste valeur la politesse simple de l'homme du monde. Quand elle se releva, le capitaine Fullarton accompagnait une autre jeune femme pour la présenter au duc, tandis que les autres invités reprenaient leurs conversations interrompues. Davina fit un pas en arrière pour laisser passer la nouvelle venue et planta son talon sur le cou-de-pied d'un gentilhomme.

Celui-ci parvint à réprimer un cri, ce qui était tout à son honneur, mais elle entendit un petit gémissement. Si c'était celui qui s'était porté à son aide, il méritait des excuses et davantage.

Davina se retourna, puis dut lever la tête pour rencontrer son regard.

— Il n'est que juste que vous m'ayez écrasé le pied, mademoiselle McKie, puisque je vous ai blessée bien plus douloureusement.

Le jeune homme s'inclina courtoisement.

— Veuillez excuser ma méprise. Je ne connaissais pas votre... situation.

Des yeux aussi bleus que le ciel du nord. Ce fut la première chose qu'elle remarqua. Non pas d'un bleu foncé, comme les siens. *Des rayons de soleil lui illuminant les cheveux.* Sur le col foncé de son manteau, chaque boucle rebelle était comme de l'or filé.

Il lui sourit.

— Si ce sont des excuses que je lis dans vos yeux, mademoiselle McKie, je les accepte.

Grand et fort comme le mât d'un navire. Si ce gentilhomme s'était trouvé à bord de la *Clarinda*, le capitaine Guthrie aurait pu hisser une voile sur ses larges épaules. *Brillant et chaud comme l'été lui-même.* Il semblait que le prince doré de son album à dessin fût devenu réel.

— Davina !

Abbie tire sur la manche de sa veste de brocart.

— Monsieur Fullarton forme les couples pour le dîner.

Sa cousine jeta un regard sévère au blond gentilhomme, qu'elle remarqua à peine, puis guida Davina vers les autres jeunes femmes, qui attendaient aussi qu'on leur assigne un partenaire.

— Qui cela pourra-t-il être ? lui demanda Abbie. Le capitaine Fullarton t'a-t-il déjà présentée à quelqu'un ?

Ayant grandi au presbytère, Abbie connaissait les règles de l'étiquette : à moins d'avoir été présentés officiellement, les hommes et les femmes de qualité n'étaient pas autorisés à converser socialement.

Davina étouffa sa culpabilité du mieux qu'elle pût : elle avait déjà rencontré l'homme en rêve par un matin de mai fortuit, et ce soir, il connaissait son nom.

Pendant que ses pieds la portaient machinalement à travers la pièce, ses pensées demeuraient attachées à l'étranger aux cheveux blonds. Pourquoi ne l'avait-elle pas vu plus tôt ? La pièce bondée, sans doute. Le décor opulent qui la distrayait. Vu d'une certaine distance, il ressemblait plus encore à son dessin au fusain, quoique l'image sur papier ne pût rendre compte de sa force. Ni de sa chaleur. Ni de sa voix.

— Mademoiselle McKie ?

Elizabeth Fullarton s'approcha d'elle, ses mains d'ivoire croisées à la taille de sa robe de soie verte. Aussi mince que Davina, bien qu'un peu plus grande, la maîtresse de Kilmichael démontrait une assurance qui contrastait avec son jeune âge, ayant à peine un peu plus de vingt ans.

— Si vous voulez vous placer derrière mademoiselle McNaughton, lui dit-elle, le capitaine vous présentera votre partenaire à l'instant.

Davina prit sa place et tâcha de ne pas se formaliser quand Grace McNaughton omit de se retourner pour la saluer, comme c'était l'usage. Les gens étaient rarement grossiers vis-à-vis d'elle ; ils ne savaient tout simplement pas comment se comporter en présence d'une personne muette. Elle continuait d'être le sujet des conversations ; des regards furtifs étaient dirigés vers elle, suivis par des mots murmurés à l'abri d'un éventail ou d'une main gantée.

Le capitaine Fullarton, par ailleurs, était ouvert et bienveillant à son égard.

— Mademoiselle McKie, puis-je vous présenter monsieur Somerled MacDonald ? Votre partenaire pour ce dîner, à sa demande.

Elle ne chercha pas à cacher son sourire. *Mon prince doré.* Cette fois, elle remarqua son front haut, son profil patricien, sa bouche généreuse. Et elle avait appris son nom : *Somerled.*

— Nous nous rencontrons de nouveau, mademoiselle McKie.

Il souriait encore, comme il l'avait fait un moment auparavant. Était-il toujours aussi aimable ? Dirigeant son regard vers le commencement de la file, il ajouta :

— Et voici mon père, sir Harry MacDonald, et il ajouta en baissant la voix : il ne l'avouera jamais, mais c'est un flagorneur du duc.

Elle réprima un sourire de son mieux, en se pinçant les lèvres. Ce garçon-là n'avait pas froid aux yeux ! Un polisson depuis le berceau, soupçonna Davina. Elle ne l'avait pas imaginé ainsi quand elle l'avait dessiné d'après son rêve ; son côté mauvais garçon faisait peut-être partie de son charme.

Quand il offrit son bras, elle le prit, en dépit de son estomac qui se nouait. Il avait au moins un pied de plus qu'elle et, comme son père, il était large d'épaules. Curieusement, elle ne se sentait pas en sécurité auprès de lui, pas autant qu'avec Ian, par exemple.

La ligne des couples s'ébranlait par à-coups légers, entraînée dans l'escalier par le duc. Somerled — son prénom lui seyait mieux que « monsieur MacDonald » — inclinait la tête vers elle quand il marchait. Il le faisait en raison de leur différence de taille, mais cela créait entre eux une sorte d'intimité. Comme s'ils se connaissaient depuis des décennies et non quelques minutes à peine.

Ils étaient encore dans les marches quand il demanda :

— Mademoiselle McKie, j'imagine que vous avez développé une méthode pour communiquer avec les autres. Auriez-vous l'amabilité de me l'enseigner ?

Cette requête la prit par surprise ; il n'était pas qu'impertinent, il savait aussi se montrer prévenant. Elle effleura le coin de son œil, puis attendit.

— Est-ce que cela veut dire « je vois » ?

Elle continua en se touchant l'oreille, le front, puis le cœur, hochant la tête quand il interprétait correctement la signification du geste. « J'entends. » « Je comprends. » « Je ressens. »

Il rit en indiquant du geste les prochaines marches, puis ses propres yeux et les siens.

Il apprenait vite, ce Somerled. *Il faut regarder où nous marchons.*

Au moment où ils arrivaient au pied de l'escalier, elle posa une main gantée sur le bois dur et poli de la rampe, ne serait-ce que pour seconder ses genoux, qui recommençaient à trembler. Une demi-heure auparavant, Somerled était confiné aux pages de son album. Maintenant, il était de chair et de sang, masculin jusqu'au bout des ongles et complètement réel.

Au tournant de l'escalier, elle regarda derrière elle, et vit le révérend et madame Stewart qui marchaient à quelques pas. Davina sourit, espérant les rassurer, leur signaler que tout allait bien. Ses cousines suivaient, chacune au bras d'un garçon de belle apparence.

— Mademoiselle McKie, il est déconseillé de regarder par-dessus son épaule en descendant l'escalier, la taquina son cavalier.

Davina se ressaisit rapidement et fit davantage attention où elle posait les pieds. Elle n'avait pas de main libre pour communiquer ses pensées et espéra que l'expression de son visage suffirait. Somerled était assez désinvolte et détendu pour les deux.

Après quelques autres changements de direction, ils arrivèrent dans la salle à manger. La table — elle n'en avait jamais vue d'aussi longue de sa vie — était recouverte d'une nappe en damas, aussi finement tissée que sa robe. Des chandeliers d'argent et des roses blanches fraîchement cueillies alternaient le long de la table, tandis qu'aux murs, des fenêtres et des miroirs se succédaient pour recevoir et redistribuer la lumière. Des serviteurs à la mise impeccable portant des tabliers blancs étaient alignés près du mur opposé, attendant le signal du maître d'hôtel. Ainsi réfléchi dans les glaces, le personnel semblait deux fois plus nombreux. La porcelaine chatoyait, le cristal brillait, et les derniers rayons du soleil de ce solstice ruisselaient à travers les longues fenêtres orientées vers l'ouest.

L'effet était saisissant.

— *Lux in tenebris*, dit leur hôte, en prenant place à table. La lumière dans les ténèbres.

Davina retint son souffle, essayant de graver à jamais dans sa mémoire la splendeur de la scène. Comment la décrirait-elle à sa mère ? *Comme le soleil et la lune dansant dans la même pièce.*

Quand le duc fut assis, tous l'imitèrent — Somerled à sa gauche, un gentilhomme plus âgé, qu'on lui avait présenté sous le nom de monsieur Alastair MacDuff, de Fife, à sa droite. Le protocole dictait que les couples devaient échanger des remarques entre eux, et s'abstenir de se tourner vers d'autres personnes pour engager la conversation. C'était comme une pièce remplie de couples dînant en tête à tête, pensa Davina, plutôt qu'une seule grande fête animée, ce qui était la façon de faire à Glentrool. Autour de la table, des gants blancs étaient retirés silencieusement et les menus près de leurs assiettes consultés. Davina s'émerveilla de la longue liste de plats, soigneusement écrite à la main. Débutant par un consommé de faisan à la crème calédonienne, le repas ne comptait pas moins de dix services. Le café et les noisettes traditionnelles de la fin n'étaient même pas mentionnés.

Somerled avait dû remarquer l'éclat dans ses yeux.

— On n'attend pas des convives qu'ils finissent chaque plat. Ne mangez que ce qui vous plaît.

En levant légèrement le sourcil, il ajouta :

— Je suis curieux de voir en quoi cela consiste.

Elle goûta à tout et ne mangea presque rien, bien plus intéressée par les commentaires spirituels de Somerled sur les invités du duc pendant la saison estivale. Il n'avait rien de commun avec ses frères jumeaux, pour qui la pêche à la truite et l'escalade en montagne étaient les occupations favorites. Pas plus qu'il ne ressemblait à Ian, aux manières discrètes et au tempérament pondéré. La personnalité de Somerled MacDonald lui faisait davantage penser aux plats variés qui lui étaient servis sur des plateaux d'argent ovales : ici sucré, là piquant, maintenant froid, ensuite chaud, pourtant toujours d'un goût agréable.

Davina apprit bientôt la signification de son nom — « voyageur d'été » — et l'histoire glorieuse de ses ancêtres, les seigneurs MacDonald des îles.

— Je ne suis pas le premier Somerled à aborder les rivages d'Arran, lui dit-il entre deux bouchées d'agneau braisé à la gelée de groseille rouge. Les poètes antiques décrivaient Somerled le Grand comme un homme courageux, doté d'un jugement rapide, d'un corps athlétique et d'un regard perçant.

Il l'observa un moment, comme s'il attendait qu'elle lui confirme que la version moderne de Somerled valait l'ancienne.

Tout à fait, monsieur. Vit-il la réponse dans ses yeux ?

— Somerled est resté à Arran, conclut-il, car il est enterré à l'île Sainte.

Quand la nappe fut retirée et qu'un verre flûté de crème calédonienne fut placé devant elle, Davina accorda au dessert toute l'attention qu'il méritait. La première cuillerée de crème fraîche, mélangée avec de la marmelade et du brandy, était d'un goût divin. Et la deuxième. Et la suivante.

Puis, Somerled se pencha vers elle et lui murmura quelque chose à l'oreille. Davina déposa lentement sa cuillère et se souvint du prochain élément au programme de la soirée.

Chapitre 33

Arrière, retourne en arrière,
Ô temps, dans ton vol !
— Elizabeth Akers Allen

Dans le vestibule, la grande horloge comtoise mesurait les heures mourantes du solstice d'été. Les bougies vacillantes procuraient maintenant plus de lumière que le ciel drapé de bleu marine et bordé d'or dans le lointain de l'horizon occidental.

Bientôt, le crépuscule céderait la place à une nuit sans lune.

Davina fixa son dessert digne de la table de l'Olympe, son appétit envolé, car il n'y avait plus de retour en arrière : son récital était le plat final. Les femmes se réuniraient dans la salle de réception pour le café tandis que les hommes demeureraient à table une autre demi-heure, sirotant un porto et discutant des plus récentes frasques de Napoléon, avant de rejoindre les femmes pour une heure de divertissement.

— Mademoiselle McKie.

Somerled s'adossa à sa chaise en homme repu et essuya les dernières gouttelettes de crème sur ses joues.

— On ne vous aurait pas invitée à vous produire ici, déclara-t-il, si vous n'aviez pas été une musicienne très talentueuse.

Une idée rassurante. Davina accepta ses paroles avec un hochement de tête reconnaissant, puis posa les mains sur ses genoux, s'enveloppant de son courage comme d'une cape. D'innombrables fois au cours des dix dernières années, elle avait joué du violon devant des auditoires, petits et grands. Ne pouvait-elle pas se convaincre que cette salle de réception était le jardin de Glentrool ? Ou l'humble cottage de Michael Kelly ? Ou le pont de la *Clarinda* battu par les vagues ?

— Pour ma part, je dois admettre que j'ai bien hâte de vous voir jouer.

Somerled se pencha vers elle, un demi-sourire au visage.

— J'ai le sentiment que je ne serai pas déçu.

Elle avait discrètement observé ses traits pendant tout le dîner. Des sourcils fournis et expressifs, de la même couleur dorée que ses cheveux. Une mâchoire bien découpée et des pommettes saillantes, un peu comme les siennes. Ce n'était que maintenant qu'elle remarquait que l'un de ses yeux bleus était un peu plus petit que l'autre, ce qui expliquait pourquoi Somerled semblait toujours lui faire un clin d'œil.

Davina lui sourit en retour ; elle voulait qu'il vît la confiance grandir dans son regard. *Je suis prête à jouer pour le duc — ou je le serai bientôt. C'est ce que je fais le mieux et ce que j'aime par-dessus tout.*

Quand le capitaine Fullarton invita les femmes à sortir, elles se levèrent en même temps que leur cavalier, puis ramassèrent leurs gants et frottèrent discrètement les dernières miettes de leur robe. Le regard de Davina croisa celui de Cate, du côté opposé de la table, et elle souhaita pouvoir passer un moment avec elle. *La soirée s'est-elle bien passée ? Ton partenaire était-il d'agréable compagnie ?* Abbie lui jeta aussi un bref coup d'œil. Les trois cousines auraient bien des choses à communiquer, quand elles rentreraient à la maison. Elle souhaita seulement que Somerled ne la vît pas grimper dans la charrette de ferme. Il était venu du continent, et sa famille possédait des propriétés à Argyll qui étaient encore plus vastes que Glentrool ; Davina était sûre que la plupart des femmes de sa connaissance ne se déplaçaient pas dans des véhicules aussi rustiques.

Il alla rejoindre les autres hommes qui prenaient place autour de Son Honneur, qui goûtait au porto.

— À plus tard, mademoiselle McKie, dit Somerled en s'inclinant, un sourire énigmatique au visage.

Davina sentit son regard pendant qu'elle contournait la table, à la fois flattée et un peu déconcertée par son attention. Peut-être les couples formés pour le dîner se laissaient-ils aller à fleureter un peu à table, seulement pour se séparer au dessert et ne plus jamais se revoir ensuite. Si c'était le cas, il valait mieux qu'elle s'applique à divertir le duc de Hamilton, plutôt que de chercher à plaire à ce bel homme des Highlands.

Madame Fullarton était debout dans le vestibule, détournant les jeunes femmes de l'escalier pour les diriger vers une porte au rez-de-chaussée.

— Du café sera servi dans la salle de concert, mesdames.

Davina leva les sourcils. Une pièce consacrée à la musique? Voilà qui promettait.

— Mademoiselle McKie.

L'hôtesse fit signe à Davina d'approcher.

— Votre instrument vous attend sur le piano à queue. J'ai pris la liberté de le retirer de son étui. Si vous avez besoin d'autre chose...

Davina hocha la tête en guise de remerciement. Elle franchit le vestibule éclairé par des bougies, désireuse d'accorder son violon avant l'arrivée de son public. Ensuite, elle serait enfin libre de parler à Cate et à Abbie pendant quelques minutes. Les portes donnant accès à la pelouse à l'avant étaient ouvertes, invitant à l'intérieur l'air chaud de l'été, qui sentait bon le chèvrefeuille. Elle s'arrêta pour respirer le parfum capiteux, le laissant apaiser ses nerfs, puis elle entra dans la salle de concert et se dirigea vers son instrument.

La pièce charmante, avec ses murs couverts de soie et ses fauteuils à dorure, portait bien son nom : un grand piano, un cistre, un violoncelle, une harpe et une vieille viole alto étaient en évidence au milieu des meubles. De jeunes femmes avec des plumes dans les cheveux étaient perchées sur des chaises, comme des oiseaux brillamment colorés, et des vases débordant de roses jaunes couvraient presque toutes les surfaces disponibles. Un domestique se déplaçait dans la pièce, servant silencieusement du thé et offrant des noisettes confites, tandis qu'une servante allumait de nouvelles bougies, avant de fermer les rideaux.

Concentrée sur la tâche qui l'attendait, Davina saisit son violon, joua le *sol* à gauche du *do* au centre du clavier, puis s'accorda en quinte, inclinant l'oreille vers les cordes afin de pouvoir les entendre par-dessus le murmure des conversations. Puisqu'elle s'était déjà délié les doigts plus tôt dans la journée, accorder l'instrument fut vite chose faite. Un autre souci fut rapidement écarté : sa veste n'était pas aussi ajustée qu'elle l'avait craint, et les amples dentelles au coude n'interféreraient pas avec son jeu. Elle glissa l'archet sur les cordes, attentive au timbre.

Oui. Le violon était prêt et elle aussi.

Après avoir replacé délicatement l'instrument et l'archet sur le couvercle poli du piano à queue, qui demeurerait fermé pour la soirée, Davina attendit que ses jeunes cousines et leur mère apparussent, ce qu'elles firent bientôt, la cherchant elles aussi. Par une sorte d'entente tacite, elle alla rejoindre les Stewart dans un coin de la pièce qui n'avait pas été envahi, et elles se hâtèrent de trouver une place pour s'asseoir.

— Davina !

Cate accorda peu d'attention au café que l'on venait de placer dans ses mains, quoique ses yeux fussent aussi ronds que des soucoupes.

— Tu dois tout nous raconter à propos de ton séduisant partenaire de table. Devrais-je aller chercher ton carnet et ton crayon ?

Incertaine de l'endroit où ils étaient pour l'instant, Davina montra ses mains vides, puis se toucha les lèvres, invitant Abbie à poursuivre.

— C'est d'accord, dit-elle, car j'ai appris certaines choses au sujet de monsieur MacDonald.

— Tiens ta langue, Abigail, la mit en garde madame Stewart. Les commérages sont toujours déplacés.

— Mais ce ne sont pas des commérages, s'ils sont *vrais*, dit-elle avec pétulance, et Cate s'esclaffa derrière ses gants.

Abbie ne perdit pas de temps à vider son sac de renseignements privilégiés.

— Somerled MacDonald a vingt-deux ans, dit-elle. Il est le fils unique de sir Harry et Lady MacDonald, et l'héritier de la maison Brenfield et du titre de son père.

Davina fut impressionnée. Somerled lui avait raconté à peu près la même chose, mais presque avec ennui, comme si rien de tout cela n'importait pour lui. Elle n'avait pas sitôt confirmé les mots d'Abbie par un hochement de tête que Cate s'invita dans la conversation.

— Il a aussi une certaine réputation…

Ses joues prirent la même teinte rose que sa robe de soie.

— C'est-à-dire, le jeune gentilhomme qui m'accompagnait au dîner m'a confié que monsieur MacDonald…

— Cela suffit.

Elspeth jeta un regard sévère sur sa fille aînée.

— Les rumeurs et la médisance n'honorent personne, Catherine. Ni ceux qui les profèrent, ni ceux qui en sont la cible. Le fait est que monsieur MacDonald provient d'une famille respectable des Highlands. De plus, ses manières sont impeccables, et il est venu à la rescousse de notre cousine, ce soir, quand on lui a demandé de s'adresser à Son Honneur.

Elspeth se tourna vers Davina, et elle pouvait lire un regret sincère sur son visage.

— Je te prie d'excuser mon mari, dit-elle à Davina. Je crois qu'il est intervenu à mauvais escient et qu'il a parlé plus qu'il n'aurait dû le faire.

Davina secoua doucement la tête. Dans un milieu aussi restreint, son secret ne le serait pas demeuré très longtemps, de toute manière.

La porte du corridor s'ouvrit et le capitaine Fullarton entra, les yeux brillants de porto.

— Pouvons-nous nous joindre à vous, mesdames?

Il fit un pas de côté pour laisser entrer le duc, qui alla s'asseoir à la place d'honneur, la plus proche du piano à queue. Les autres gentilshommes suivirent, incluant sir Harry MacDonald. Ils trouvèrent des sièges vacants où ils le pouvaient pendant que le café était servi.

Somerled resta un moment sur le seuil de la porte, balayant la pièce du regard, le posant suffisamment sur Davina pour qu'elle le remarque, avant de poursuivre sa course. Il parla brièvement à son père, puis choisit une chaise à dossier droit près du violoncelle.

En dépit de sa nervosité, Davina sourit. L'homme préférait-il toujours une compagne silencieuse à ses côtés? Elle se rendit à la chaise à côté du piano et attendit.

Au bout de quelques minutes, le public était installé, prêt pour le début du programme de la soirée. Quoique son cœur battît toujours la chamade et que ses mains fussent glacées, Davina n'était pas inquiète; de telles marques de nervosité s'évanouissaient toujours dès les premières notes. Elle posa son regard sur le duc et respira profondément. *S'il vous plaît, monsieur. Laissez-moi commencer.*

Le capitaine Fullarton lui tendit la main et l'invita à se lever.

— Votre Honneur, mademoiselle McKie jouera pour nous un choix d'airs sur son bel instrument italien, qui appartenait autrefois à son grand-père, Alec McKie de Glentrool.

Il l'invita d'un geste galant du bras.

— Venez, mademoiselle McKie, et emplissez Kilmichael de musique.

Baignée dans la lumière d'un chandelier, Davina plaça son violon sous son menton aussi amoureusement qu'une mère borde son bébé dans son berceau. *En sécurité. Au foyer.* Elle leva son archet d'un geste ample, puis attaqua l'accord d'ouverture du *Garçon des Highlands*, une danse animée en mesure binaire.

Tapant du pied en jouant — il était impossible de ne pas le faire, tant le rythme était entraînant —, Davina jeta un regard discret au pied bien chaussé du duc, qui battait la mesure avec elle. Autour de la pièce, des jeunes dames hochaient la tête de bas en haut, et des gentilshommes tambourinaient des doigts. Bien que leurs bonnes manières ne leur permissent pas de se lever, Davina observait ces gens de la noblesse qui dansaient dans leur cœur.

Personne n'était plus attentif que Somerled MacDonald. Il avait posé son café sur une petite table et s'était penché vers l'avant, comme s'il avait été fait de fer et qu'elle eût été un aimant. Ou peut-être était-ce la musique qui l'attirait, illuminant son visage et embrasant son regard.

S'abandonnant au moment présent, Davina joua avec un entrain joyeux, les notes s'échappant de ses mains, les mots chantant dans son cœur. *Le plus beau garçon qu'j'aie jamais vu — Beau garçon, garçon des Highlands !*

Chapitre 34

Jette alors toutes les forces que tu peux
Et que toutes tes batteries s'attaquent à son cœur.
— Edmund Spenser

Somerled vit la vérité dans ses yeux.

Le beau garçon des Highlands. Davina McKie lui avait dédié cette chanson.

Il connaissait la suite, aussi. *Jolie fille, jeune fille des Lowlands.* Oui, elle était jolie, cette petite biche de Galloway. Et talentueuse, bien en avance sur son âge. «Voyez comme elle maîtrise son archet, se disait-il, le pliant à sa volonté.» S'il avait été envieux par nature, il aurait pris ombrage de ses talents musicaux ; au lieu de cela, ils lui rendaient la jeune femme encore plus désirable, si cela était possible.

Un deuxième air maintenant, un *strathspey* : *La demoiselle qui espère.* Celui-là avait-il aussi été choisi volontairement ? Somerled sourit, certain qu'elle le remarquerait. *Après qui soupirez-vous, Davina ? Car moi aussi, je nourris mes propres espérances.* Il s'adossa sur sa chaise, étudiant sa technique pendant qu'elle faisait courir son archet sur les cordes par un jeu adroit du poignet. Chaque note était distincte et précise, la mélodie n'était jamais noyée dans le rythme complexe. En vérité, il n'avait jamais entendu son égal ; pas plus d'ailleurs que Son Honneur, à en juger par son expression.

Somerled étudia son auditoire, et il ne fut pas surpris de voir de l'émerveillement sur les visages. Ils avaient l'habitude des jeunes femmes assises au piano à queue ou embrassant un cistre à forme de poire, mais pas debout devant eux, et faisant se mouvoir l'archet sur son violon, comme si sa vie même en dépendait. Davina, à la fois intelligente et talentueuse, avait déjà tout l'auditoire à ses pieds. *Était-ce votre intention, jeune fille ? De gagner tous les cœurs ?* Il ne lui donnerait pas le sien si facilement, mais le reste de sa personne était à sa disposition.

Elle entamait *Garthlands*, maintenant, dans la même tonalité et écrit par un dénommé MacDonald. *Une autre de vos astuces, Davina ?* Jeune fille futée, qui laissait la musique faire de subtiles ouvertures en son nom. Bien qu'elle fût petite, son audace suggérait qu'elle n'était pas aussi jeune qu'elle le paraissait. Vingt ans, présuma-t-il. Suffisamment âgée.

Dès qu'il avait su que la réception inclurait une violoniste, il avait été curieux de la rencontrer, sans jamais se douter qu'elle pourrait être à la fois une musicienne accomplie et une si adorable créature. Son abondante chevelure rousse était d'une beauté indécente. Ses yeux d'un bleu profond communiquaient tout ce que sa voix ne pouvait pas. Et une femme silencieuse ? Le désir secret de tout homme. Sans parler de ses pommettes saillantes, qui traçaient une jolie ligne jusqu'à la moue délicate de sa bouche. Il avait des projets pour cette bouche, et pour ses petites mains légères, aussi.

Oh, elle se faisait peut-être appeler *mademoiselle* McKie, mais Davina ne le bernait pas un seul instant. Aucune jeune fille vierge ne jouait aussi passionnément ou ne choisissait ses airs avec des intentions aussi audacieuses. Quand il avait touché son coude couvert de dentelles dans la salle de réception, elle n'avait pas résisté. Et elle avait reculé sur lui intentionnellement, afin qu'ils puissent faire connaissance, jetant les convenances aux orties.

Elle n'était pas innocente, cette jeune femme-là. Il reconnaissait les signes. Si Davina s'était déjà donnée à un autre homme, elle se donnerait sûrement à lui.

Quand elle acheva le troisième air par un trille, Somerled se joignit à l'auditoire pour l'applaudir longuement, tout en fredonnant une chanson gaillarde de Burns pour son propre amusement.

Son Honneur, entre-temps, n'en finissait plus de complimenter la violoniste.

— Excellent, vous dis-je ! Et les gigues, mademoiselle McKie ? En connaîtriez-vous quelques-unes ?

Apparemment, elle en savait plusieurs. *La maison Hamilton* fit pratiquement danser le duc sur son fauteuil en cuirette, tandis que *La maison de Dumfries* était le salut de Davina à son propre coin du continent. *L'Amiral Nelson* réjouit le capitaine, cette matelote nécessitant de sa part une transposition du ton et du rythme dont elle se tira à merveille.

Somerled était enchanté de sa prestation et plus déterminé que jamais à la tenir dans ses bras. Ce soir même, si cela pouvait être arrangé. Ou retournerait-elle immédiatement au presbytère de la baie de Lamlash ? Non, il saurait l'en empêcher.

Des applaudissements encore plus enthousiastes saluèrent la note finale de la matelote. Il ne pouvait qu'essayer de deviner ce qui viendrait ensuite. Il était trop tôt pour une complainte. Une mélodie, peut-être ? Ou peut-être se rappellerait-elle sa suggestion d'un certain quadrille écossais...

Elle le regarda droit dans les yeux quand elle se lança dans *La danse des fées*, commençant à un rythme qui ne pouvait que la laisser totalement essoufflée à la dernière mesure. Était-ce un regard de défi qu'il voyait dans ses yeux bleus ? *Regardez-moi bien, monsieur.*

Non, il ferait plus que cela. La mélodie animée, avec ses suites répétées de huit notes, appelait une basse continue pour la soutenir. Somerled prit le violoncelle qui se trouvait tout près, et le plaça devant lui avant qu'elle eût atteint la quatrième mesure. Il avait accordé l'instrument dès son arrivée ; maintenant, il allait en faire bon usage. Davina ne sourcilla ni ne manqua une note, lançant son archet avec encore plus de ferveur, lorsqu'il produisit le rythme précis qu'un quadrille demandait.

La foule les regardait avec étonnement, pourtant Somerled était vexé. Il n'avait pas soufflé un mot de ses talents musicaux. La jeune fille ne pourrait-elle pas au moins *feindre* l'étonnement ? Mais il oublia bientôt son amour-propre pour le pur plaisir de l'accompagner. Chaque fois qu'elle répétait une portée, elle ajoutait quelques embellissements, jusqu'à ce que l'air parfumé de rose de la salle de concert fût aussi rempli de notes gracieuses.

La tradition voulait qu'ils ralentissent le rythme à la fin, puis attaquent quatre accords accentués précisément au même moment — *forte*. Même répétés, de tels exploits de virtuosité étaient toujours difficiles à réussir. Somerled l'observa attentivement, se préparant à la suivre.

Un. Deux. Trois. Et quatre.

Parfait.

Son Honneur applaudissait avant même que Davina eût abaissé son violon.

— Bravo, mademoiselle. Bravissimo !

Somerled déposa le violoncelle contre son genou, remarquant à peine s'ils applaudissaient aussi pour lui, tant il était ébahi par sa « jeune fille sans voix ». Quel étourdi il avait été de faire une plaisanterie aussi légère. Davina lui avait pardonné, de toute évidence, et pour cela il était au comble du bonheur. Il ne pouvait penser à une meilleure manière de passer ses derniers jours à Arran qu'au bras d'une jeune femme consentante.

Davina avait déjà remis son instrument en position, un regard distant dans les yeux. Elle l'avait à peine regardé. Voulait-elle qu'il l'accompagne ou qu'il dépose son violoncelle près de lui ? La soirée appartenait à Davina dans tous les sens du terme ; il attendrait et réagirait selon ses désirs.

Quand elle posa son archet sur les cordes, il comprit qu'elle avait quelque chose de plus tendre à l'esprit. La pièce tomba dans le silence. Pas un murmure ne fut prononcé ; il n'y eut aucun bruit de cuillère raclant une soucoupe de porcelaine ; aucune gorge ne s'éclaircit. Elle avait saturé l'air de sons ; maintenant, elle filait un chapelet de notes si singulier que le public se trouva bientôt enveloppé dans celui-ci, le souffle coupé par l'émotion.

Aussi familier que l'air lui fût, Somerled eut de la difficulté à reconnaître *La complainte de Neil Gow*, tant elle s'était approprié la plaintive mélodie. La qualité expressive de son phrasé — plus lent ici, un peu plus vif là — était digne d'un maître. Comme si elle avait été le compositeur terrassé par la douleur, pleurant la mort de sa seconde épouse.

Davina ne porterait pas seule le chagrin. Silencieusement, Somerled plaça fermement l'instrument entre ses jambes et leva l'archet en crin de cheval. Quand elle arriverait au refrain, il l'y attendrait.

Chapitre 35

La lumière de l'amour, la pureté de la grâce,
L'esprit, la Musique qui émanent de son visage.
— George Gordon, Lord Byron

Fermant les yeux, Davina laissa la musique l'emporter. Elle avait déjà interprété *La complainte de Neil Gow* d'innombrables fois, mais sa beauté douloureuse la bouleversait toujours autant. Au cœur de ces accents mélancoliques, pourtant, elle sentait une note d'espoir, qu'elle exprimait en attaquant la finale, afin que son auditoire en ressentît de la joie et non de la tristesse.

Quand Davina commença le refrain, en accélérant légèrement le tempo, les notes basses et chaudes du violoncelle s'élevèrent pour venir de nouveau à sa rencontre. *Somerled.* Pourquoi n'avait-il pas parlé de ses talents musicaux pendant le dîner ? Elle le sentait introduire ses notes entre les siennes, comme des doigts qui se glissent dans un gant de soie. Lorsqu'elle modifiait la cadence, il faisait de même ; quand elle faisait une pause, l'instrument du jeune homme des Highlands se taisait.

Non seulement Somerled possédait un talent merveilleux, mais il n'était pas égoïste ; il anticipait ses besoins et ne donnait pas plus qu'elle attendait. Comment pouvait-il savoir ? Entendait-il aussi dans la musique ce qu'elle entendait ? Quand ils jouaient en parfaite harmonie un passage tendre, est-ce que son cœur se gonflait comme le sien ?

Davina ouvrit lentement les yeux et trouva sa réponse. La tête blonde de Somerled était penchée sur son instrument, son expression recueillie, comme s'il écoutait, l'attendait, aussi immergé dans la musique qu'elle-même l'était. Ils continuèrent de jouer, leurs regards ne se croisant jamais, parlant avec des notes plutôt qu'avec des mots. *Suivez-moi ici. Voilà, très bien. Un peu plus longtemps. Mieux encore.*

À la demande du duc, plus d'airs suivirent jusqu'à ce que l'horloge du vestibule sonnât vingt-trois heures, et le duo conclut avec un air gaélique mélodieux, *Marie, jeune et blonde.* Comme Davina l'espérait, Somerled connaissait bien cette mélodie, infusant chaque mesure d'une expression venant du cœur. La dernière note, jouée à l'unisson, flotta dans l'air pendant un long moment avant d'être balayée par une ovation de l'assistance.

Davina et Somerled s'inclinèrent d'un même mouvement. Elle ne pouvait se décider à le regarder, et lui-même évitait de se tourner vers elle, comme si un charme, quelque lien invisible, eût été rompu.

L'auditoire les implorait de continuer, mais le capitaine Fullarton se leva et éleva les mains pour signaler la fin du concert.

— Il est tard, maintenant, et nos artistes nous ont bien divertis. Jeunes dames, vous trouverez vos pères qui vous attendent dans le vestibule, prêts à vous ramener à la maison.

Davina plaça son violon et son archet sur le piano avec soin, les mains tremblantes en regardant Somerled remettre à sa place son instrument emprunté. Personne ne l'avait jamais écouté aussi attentivement, personne ne lui avait jamais parlé avec autant de profondeur. Elle, de son côté, n'avait rien gardé pour elle. Comment faire, maintenant? Car il n'y avait aucun espoir de revenir en arrière, ni de prétendre qu'elle était inchangée.

Davina demeura près du piano pour s'y appuyer pendant que les invités retrouvaient leur châle et leur manteau. Ils lui offraient des compliments en passant près d'elle, qu'elle acceptait de bonne grâce. Somerled, qui se trouvait à quelques pas, murmura aussi ses remerciements, tandis que le capitaine Fullarton souhaitait bonne nuit à ses hôtes.

— On ne m'avait pas informé de votre talent, monsieur MacDonald, admit le capitaine entre deux salutations. Veuillez m'excuser de ne pas vous avoir présenté d'emblée, comme il se devait.

— Ah, mais vous m'avez présenté à mademoiselle McKie, lui rappela Somerled, sans le regarder directement dans les yeux. Et pour cela, je vous serai éternellement reconnaissant, monsieur.

— Il est difficile de croire que vous n'avez jamais joué avec cette dame auparavant.

Le capitaine leur sourit à tous les deux.

— J'espère que nous aurons encore la chance de vous entendre en duo.

— C'est aussi mon souhait, murmura Somerled, avant que leur hôte fût sollicité ailleurs.

La salle de concert se vida rapidement quand les chevaux du duc et de son escorte furent conduits dans la cour.

— Nos plus jeunes compagnons sont rentrés au château Brodick à pied, fit remarquer Somerled d'un ton désinvolte, en regardant en direction de la porte. C'est à moins d'une demi-heure de marche.

Il fit un pas de côté pour laisser passer un couple qui sortait, puis s'approcha d'elle.

Davina leva son visage vers le sien dans l'espoir qu'il la regarde enfin. Lui parlerait-il avec des mots comme il l'avait fait avec son violoncelle? Somerled baissa les yeux vers elle.

— Après une telle soirée, mademoiselle McKie, il m'est difficile de vous dire adieu.

Il en est de même pour moi. Elle était certaine qu'il avait vu la vérité dans ses yeux. Quand il effleura le dos de sa main dégantée, elle se sentit moins solide sur ses jambes.

Il vint pour dire quelque chose, puis vit du coin de l'œil le duc qui s'apprêtait à partir.

— Veuillez m'excuser, mais je dois parler à Son Honneur, et le sujet revêt une certaine urgence. Je n'en ai que pour une minute.

Le visage de Somerled prit une expression si désolée qu'il en était presque comique.

— Entre-temps, j'espère que vous ne quitterez pas cette maison, mademoiselle McKie, sinon je devrai me lancer à votre poursuite.

Les deux échangèrent un sourire ; en fait, il détestait la chasse autant que la pêche.

Après s'être incliné poliment, Somerled marcha rapidement vers la porte, le pan de son veston noir battant derrière lui.

— Cousine Davina ?

Encore un peu étourdie par les événements de la soirée, elle se tourna pour trouver les Stewart derrière elle.

— Tu as été fantastique ! lança Cate, et Abbie lui fit écho, les yeux brillants.

Curieusement, Elspeth ne dit rien, bien que ses traits fussent tirés. N'avait-elle pas apprécié sa soirée ? Peut-être que la nourriture riche ne lui réussissait pas bien.

Le révérend Stewart fut plus direct.

— Cousine, tu sais combien nous sommes fiers de ton talent. Mais je crains que ce soir, ton jeu manquât de... retenue.

Une plaque rouge sembla grimper le long du cou du ministre, lorsqu'il s'empressa d'ajouter :

— Mais la faute est uniquement celle de monsieur MacDonald et de sa façon dévergondée de vous accompagner.

Dévergondée ? Maintenant, c'était au tour de Davina de rougir. Avaient-ils joué avec autant de passion ?

— Je vous en prie.

Elspeth tira nerveusement la manche du révérend en regardant autour.

— N'embarrassez pas notre cousine en une occasion si spéciale. Peut-être pourriez-vous attendre d'être à la maison pour en parler.

— Vous pouvez en être assurée.

Il se redressa comme s'il se préparait à partir séance tenante.

— J'ai promis à Jamie McKie que je protégerais sa fille. Et je ne laisserai pas un *débauché*…

— Révérend! dit sa femme précipitamment, puis elle baissa la tête. Veuillez faire avancer nos poneys et nos chariots.

Davina n'avait jamais vu les époux aussi contrariés. Sa musique était-elle l'unique cause de cet émoi? Elle n'avait pas saisi le dernier mot employé par le révérend, à cause de son accent gaélique.

Cate regarda son père se diriger vers la porte d'entrée en tortillant son châle.

— Je suis désolée, Davina. Père est rarement aussi agité. Vraiment, tu as joué magnifiquement.

Mais Somerled? Davina attendit, mais son nom ne fut pas mentionné.

— Oh, mademoiselle McKie, *vous* voilà!

Elizabeth Fullarton se dirigea vers elle rapidement en tenant ses jupes.

— J'ai eu peur que vous ne vous soyez déjà éclipsée!

Elle sourit aux Stewart et quelques plaisanteries furent échangées avant que madame Fullarton prît les mains de Davina dans les siennes. Son Honneur veut que vous demeuriez ici, à Glen Cloy, pendant la durée du séjour de ses invités au château, dit-elle. Il a exprimé le désir d'entendre votre musique chaque soir après le dîner.

Davina sentit ses mains refroidir dans celles de la femme. Madame Fullarton présentait la nouvelle avec une joie exubérante, anticipant une réponse favorable. Et Davina était honorée. Mais…

— C'est un grand privilège, comme vous le savez. Pendant le règne de la duchesse Anne, un joueur de cornemuse résidait au château Brodick, à la demande de son mari. Aujourd'hui, vous auriez la chance d'être la violoniste du duc pendant la saison estivale.

Son hôtesse eut un petit rire.

— Bien sûr, le décor à Brodick est moins… Comment dirais-je, raffiné. Mais vous n'aurez besoin d'y apparaître qu'avant la fin du dîner. Autrement, vous serez notre invitée ici, à Kilmichael.

Elle se tourna vers madame Stewart, comme si elle venait tout juste de se rappeler son existence.

— Si cet arrangement convient à votre famille, évidemment, ajouta-t-elle pour la forme.

Elspeth essaya de sourire.

— Je dois… en parler avec le révérend.

Davina savait que les Stewart auraient peu de choses à dire dans cette affaire. Seigneur et maître de la paroisse de Kilbride, c'était le duc de Hamilton qui appointait le ministre ; le révérend Stewart serait bien mal venu de s'opposer à l'homme qui payait son salaire. Si Son Honneur désirait qu'un violoniste divertisse ses visiteurs, sa volonté s'accomplirait.

Madame Fullarton arqua aristocratiquement les sourcils.

— Votre mari conviendra sûrement qu'il est imprudent pour une jeune femme de franchir cinq milles chaque jour sur le chemin de la côte. Et de rentrer par la même route tard en soirée, même accompagnée d'une escorte…

— Eh bien…

Elspeth regarda en direction de la porte.

— Je suppose qu'il sera d'accord.

— Alors, tout est dit, dit madame Fullarton en serrant la main de Davina. Quel plaisir ce sera d'avoir votre compagnie. Aucun besoin d'envoyer chercher vos vêtements au presbytère. Je possède plusieurs robes d'été dont nous n'aurons qu'à raccourcir l'ourlet.

Davina hocha la tête, essayant de paraître reconnaissante ; l'offre de la femme était plus que généreuse. Mais pourrait-elle vraiment être à son aise dans une maison étrangère, au milieu de gens qu'elle ne connaissait pas ?

Son hôtesse s'inclina vers elle et dit d'une voix plus douce :

— Je pense que vous aimerez la chambre d'invités du rez-de-chaussée. Elle fait face au jardin et c'est ma préférée dans la maison. Quand vous serez prête, l'une de mes femmes de chambre vous y accompagnera, et elle sera votre duègne, au besoin. Vous n'aurez qu'à le demander.

Elle libéra enfin Davina et jeta un coup d'œil en direction du couloir.

— Veuillez m'excuser, reprit-elle, mais je dois parler à ma gouvernante. Après une grande réception, il y a tant à faire. Et à défaire.

Elle sourit en s'éloignant.

— Notre maison est la vôtre, mademoiselle McKie.

Dès qu'Elizabeth Fullarton fut partie, ses cousines s'assemblèrent autour de Davina.

— Est-ce que cette proposition *te* convient ? demanda Elspeth, dont les yeux bleus étaient remplis d'inquiétude. Je déteste l'idée de t'abandonner aux mains d'inconnus.

— Mère, ces gens-là sont les Fullarton.

Cate jeta un regard circulaire sur son environnement.

— C'est la seule famille aristocratique de l'île d'Arran et ils sont loin d'être des étrangers. On veillera bien sur Davina, ici.

Cate tira avec espièglerie la manche de sa veste.

— En vérité, cousine, je suis jalouse. Quels beaux moments tu vivras !

— Le presbytère ne sera plus le même sans toi, dit Abbie en affectant une mine boudeuse. Promets-nous de bien te porter. Et que tu ne nous oublieras pas.

Touchée par ses inquiétudes juvéniles, Davina leva la main. *Je promets, chère fillette.*

Le révérend apparut dans la salle de concert, le visage résigné.

— Je viens de parler au duc, dit-il à voix basse, bien que la famille fût maintenant seule dans la pièce. Son Honneur m'a informé de ses projets. Dis-moi, Davina ? Es-tu désireuse de faire ce qu'il demande ?

Elle vit le conflit dans ses yeux. Voulant qu'elle rentre à la maison. Contraint de la laisser derrière lui. Si elle refusait, les Fullarton pourraient être offensés, le duc encore plus, ce qui rendrait la situation intenable pour le révérend. Ne pouvait-elle pas faire cela pour lui ?

Oui. Elle hocha la tête sans hésiter, ainsi les Stewart n'eurent aucun doute sur ses intentions. *C'est ce que je désire.*

Le révérend Stewart frappa dans ses mains.

— Alors, nous te verrons à l'église dimanche. D'ici là, nos prières t'accompagnent.

J'en aurai besoin, monsieur.

Chapitre 36

Espérance ! Toi, la nourrice du jeune désir.
— Isaac Bickerstaff

Davina resta sur les dalles, devant la porte d'entrée, flanquée de grandes torches qui tenaient la nuit en respect, faisant un signe de la main à ses cousins jusqu'à ce qu'ils soient hors de vue. Sur le parterre, tout était calme. Les Stewart étaient les derniers invités à partir, et les serviteurs de la maison Kilmichael étaient affairés ailleurs. Même le valet de pied avait déserté son poste.

Prenant avantage de la solitude, Davina resta à l'extérieur, s'abreuvant de l'air rafraîchissant du soir, laissant les événements des dernières heures trouver un lieu de repos dans son esprit et dans son cœur.

Vous auriez la chance d'être la violoniste du duc pendant la saison estivale. C'est un grand privilège.

Davina avança de quelques pas sur le chemin de gravier, espérant calmer ses nerfs. Il lui faudrait offrir des heures de divertissement. Comment y arriverait-elle ? Les airs de violon étaient courts et souvent rassemblés en groupe de trois ou quatre. Son répertoire serait rapidement épuisé, surtout face à un auditoire assis ; devant un groupe de danseurs enthousiastes, une gigue répétée passait facilement inaperçue.

Si les Fullarton ne s'y opposaient pas, elle passerait le jour à Kilmichael pour répéter une douzaine de morceaux qu'elle ne maîtrisait pas encore. Elle travaillerait quelques vieux *strathspeys* de son grand-père qu'elle avait négligés ces derniers temps. L'un d'eux s'intitulait *Monemusk* et l'autre *Tullochgorum*. Davina sourit, en entendant les notes espiègles dans sa tête, imaginant le duc battant la mesure du pied en suivant son archet. Oui, elle aurait assez de musique pour divertir Son Honneur et son escorte, un invité en particulier.

J'espère que vous ne quitterez pas cette maison, mademoiselle McKie. Davina jeta un coup d'œil au vestibule vide, et son sourire disparut. Somerled MacDonald n'était pas revenu la voir, comme il l'avait promis. Elle soupira, se rappelant ses paroles. *Il m'est difficile de vous dire adieu.* Peut-être avait-il trouvé cela trop difficile et était-il parti sans même lui dire au revoir.

Elle s'en voulut de penser du mal de lui. Les autres invités du duc avaient insisté pour que Somerled rentre avec eux. Et ne le verrait-elle pas dès le lendemain soir? Considérant à quel point la musique de cet homme l'avait profondément touchée, ce serait bien assez vite. Son regard, son sourire, sa voix, ses mots virevoltaient en elle, l'enthousiasmant et la déroutant en même temps. Oserait-elle espérer plus qu'une soirée de musique? Un frisson la parcourut à cette idée.

Davina s'avança en direction du jardin, s'arrêtant quand elle eut atteint la limite du cocon lumineux créé par les torches. Le soir de juin était doux, aucune pluie ne menaçait. C'était la nouvelle lune, et une mince couverture de nuages couvrait le ciel de velours. Le soleil, couché depuis peu, n'allait pas tarder à se lever après cette nuit la plus courte de l'année; puis il se détacherait de la cime des arbres pour commencer la journée la plus longue, le solstice d'été. Même maintenant, au moment où minuit allait bientôt sonner, elle pouvait discerner les formes du jardin, baignées dans une sorte de pénombre bleu foncé.

Davina pencha la tête vers l'arrière, repérant les constellations nordiques : la Lyre, haute dans le ciel méridional; la Grande Ourse, au nord, qui semblait gronder dans sa direction; et à l'est, Cassiopée, traçant un zigzag lumineux dans le firmament.

Elle entendit des pas. Puis, une voix derrière elle, qui murmurait :

— La lumière dans les ténèbres.

Il ne m'a pas oubliée.

Davina regarda par-dessus son épaule les yeux de Somerled, brillants comme des étoiles. Elle se tourna pour lui faire face, puis recula par convenance, et fit une révérence.

Après un rire bas, Somerled s'inclina à son tour.

— Comme vous êtes cérémonieuse, mademoiselle McKie.

Heureusement, l'obscurité masquait la couleur de ses joues.

— Peut-être avez-vous oublié ce qui a jailli entre nous, ce soir, dans la salle de concert, reprit-il.

Il fit un pas en avant pour diminuer l'écart entre eux.

— Soyez assurée que ce n'est pas mon cas.

Quand ses doigts effleurèrent les siens, elle sursauta légèrement.

— Veuillez m'excuser, je ne voulais pas vous effrayer.

Il leva la main de Davina et en embrassa le dos, un geste innocent de la part de n'importe quel gentilhomme du royaume.

Alors, pourquoi le geste lui semblait-il aussi intime ? Et pourquoi ne pouvait-elle pas s'empêcher de rougir ?

Il fallait faire diversion. Davina libéra sa main aussi gracieusement qu'elle le pût, puis se tourna et fit un geste pour embrasser le ciel, afin de l'inviter à contempler la voûte étoilée — sécuritaire, froide, distante —, pendant qu'elle essayait de remettre un peu d'ordre dans ses idées. Elle était attirée par Somerled ; elle était aussi effrayée par lui. Ils devaient rentrer dans la maison immédiatement ou se faire accompagner d'un chaperon, pourtant les deux idées lui répugnaient. Elle n'avait jamais passé de soirée sous les étoiles avec un jeune homme aussi séduisant et aussi charmant que celui qui était à ses côtés à ce moment-là.

— *Draco*, murmura-t-il par-dessus son épaule, en pointant un doigt vers le zénith. Le Dragon. Cette constellation sinueuse avec trois étoiles formant sa tête. Et en dessous, vers l'horizon, c'est *Boötes*, le Bouvier. Quatre étoiles décrivant un diamant, comme un cerf-volant avec une queue brillante. L'une des préférées de votre père éleveur de moutons, j'imagine.

Elle hocha la tête, bien qu'elle n'écoutât pas vraiment. Est-ce que son père approuverait son choix de Somerled? Et sa chère mère?

— Plus bas dans le ciel, il y a Persée, expliqua Somerled en se rapprochant. Elle ressemble à un « T » tordu. La voyez-vous?

Non, elle ne la voyait pas, car elle était trop consciente de sa présence, de son odeur estivale, évoquant la bruyère, le soleil et l'océan.

— Une constellation en particulier me fait penser à vous, mademoiselle McKie. Pouvez-vous deviner laquelle?

Elle fit semblant de jouer de la harpe, pinçant des cordes invisibles tandis que les rubans de ses manches flottaient doucement.

— La Lyre est un bon choix, acquiesça-t-il, car vous êtes une musicienne sans pareille. Il n'est pas étonnant que le duc désire votre compagnie à sa table tous les soirs.

Et vous, désirez-vous ma compagnie, monsieur? Elle baissa la tête, honteuse de ses émotions — peu familières, mais bien réelles.

— Vous ne trouverez pas d'étoiles par terre.

Elle entendit le sourire dans sa voix et un soupçon de quelque chose d'autre. Il la contourna et souleva doucement son menton, l'attirant plus près.

Son souffle, son cœur semblèrent s'arrêter.

— Ne soyez pas effrayée, mademoiselle McKie.

Sa main s'attarda sur son menton, l'effleurant à peine de ses doigts ouverts, qui descendirent lentement vers son cou.

Non! Elle essaya de se dégager.

— Je vous en prie.

Sa main se fit plus pressante.

— Ne mettez pas fin à ce qui vient seulement de commencer, dit-il, et sa voix bourdonnait d'un bas vibrato, comme les cordes sous son archet. Vous m'avez fait confiance pour votre musique. Faites-moi confiance en ceci.

Chapitre 37

Il ne voit que la nuit,
n'entend que le silence.
— Jacques Delille

Il s'immobilisa, attendant que Davina faiblisse à son contact. Qu'elle commence à céder, ne serait-ce qu'un peu. Aucune demoiselle de bonne famille ne se donnait facilement. Quel plaisir y avait-il à cela?

Si Davina voulait qu'on la séduise, il la séduirait. Avec joie.

— Laissez-moi vous montrer la constellation que j'ai à l'esprit.

Somerled leva le menton de Davina vers le ciel du sud, tout en se penchant au-dessus de son épaule. Il plaça sa joue rugueuse tout près de celle si douce de Davina, mais sans la toucher.

— La voilà, dit-il. Comme une croix dans le ciel. C'est la constellation du Cygne. Savez-vous ce que son nom signifie?

Quand elle hocha la tête, sa joue effleura la sienne. *Était-ce volontaire, jeune fille?*

— C'est un cygne muet, lui dit-il, comme ceux qui glissent sur les lochs des Lowlands. Merveilleux et silencieux. Pareil à vous, mademoiselle McKie, dans votre belle robe de Damas.

Il lui caressa délicatement le cou, s'émerveillant de la texture soyeuse de sa peau.

— Comment Milton l'exprimait-il? murmura-t-il. « Le cygne qui cambre le cou entre ses ailes blanches. »

Quand Davina tenta de bouger, il la libéra gentiment, déterminé à ne pas brusquer les choses. Le temps n'était pas une contrainte; la nuit était jeune et le ciel, dégagé. Il avait prévenu sir Harry de ne pas l'attendre au château avant le petit déjeuner, en faisant allusion à une jeune laitière, qui lui aurait promis de lui faire une place dans son lit étroit. Les pères prêtaient peu attention aux amourettes de leurs fils avec les servantes.

Quant à Davina, Somerled était assuré que personne ne s'inquiéterait à son sujet avant le petit matin. Il avait appris où se trouvait la chambre d'invités par une domestique peu discrète ; il en avait verrouillé la porte de l'intérieur avant de se glisser dehors en passant par le châssis de la fenêtre à guillotine. Le moment venu – plus tard, si tout allait bien –, il raccompagnerait Davina en passant par le même chemin, évitant de donner l'alarme à Kilmichael.

Elle se tourna soudain, comme si elle envisageait de rentrer à la maison.

– Je vous en prie, mademoiselle McKie. Ne voulez-vous pas rester une minute de plus avec moi ?

Somerled captura sa petite main et la plaça dans le creux de son bras, jouant le rôle d'un gentilhomme digne de confiance. Comme elle ne résistait pas, il sut qu'il avait fait le bon choix ; ils étaient de nouveau à l'aise l'un avec l'autre.

– Devrions-nous emprunter le sentier de gravier pour aller au ruisseau ? Il y a une torche, près de la rive, pour les invités qui aiment admirer les reflets dans l'eau, sans risquer d'y trébucher. Le valet de pied semble avoir oublié de l'éteindre.

Forcément, puisque Somerled l'avait payé pour cet oubli.

Davina regarda avec méfiance l'allée sombre, puis secoua la tête.

– Nous n'avons pas à y rester longtemps, la rassura-t-il. Et puis nous rendrons un service aux Fullarton en éteignant la flamme pour eux.

Bien que réticente, Davina le laissa la guider le long du ruisseau. Ses bottes étaient bruyantes sur le sentier semé de petits cailloux. Bien qu'il eût préféré ne pas être entendu, il n'osait lui demander de marcher dans l'herbe et ainsi risquer de tacher sa robe ivoire. Sa propre réputation ne lui importait guère, mais il se préoccupait de la sienne. *Mademoiselle* McKie était condamnée à le rester, si les gentilshommes respectables de Galloway apprenaient les écarts de Davina. Il était un libertin, soit, mais pas un goujat.

Ils passèrent un buisson de roses dans une courbe du chemin, puis une urne grecque plus loin, pourtant l'attention de Davina restait fixée sur lui. Lui signalait-elle son intérêt? Essayait-elle de sonder ses intentions? Il lui semblait les avoir assez clairement montrées. S'en tenant à des propos légers, il indiqua des cotonéasters dans un jardin voisin, une douzaine de branches surgissant du sol, chacune aussi épaisse qu'un poing. Même par une nuit sans lune, les fleurs blanches nouvellement écloses étaient visibles.

— C'est une nuit pour les fées, dit-il doucement. Peut-être en découvrirons-nous une dansant sur une pierre plate au milieu du ruisseau.

Elle sourit un peu, ce qui lui plut.

— La veille du solstice d'été, les vieilles femmes avaient l'habitude de recueillir les taches brunes sur les frondes pour se protéger du peuple surnaturel.

Il lui fit un clin d'œil.

— Il y a quelques grandes fougères le long du ruisseau, mademoiselle McKie. Devrais-je en arracher une pour me protéger de vous? Après tout, on dit que les fées jouent du violon.

Elle rougit de la manière la plus charmante, à la maigre lueur de la torche.

— Et voici le ruisseau, dit-il, la guidant vers un banc de pierre en courbe sous les arbres.

Des saules cendrés peuplaient ses berges, bordées de mousse et de terre humide. La torche près d'eux rendait ses dernières lueurs. Une brise l'aurait fait mourir à coup sûr, mais il s'activa à l'éteindre, prétextant le risque d'incendie, en arrosant le charbon d'eau du ruisseau.

— Avez-vous soif, mademoiselle McKie ?

Quand elle hocha la tête, il exhiba un petit flacon d'étain et vit ses yeux s'agrandir.

— Mais pas d'eau-de-vie, je vois, dit-il.

Si elle ne se joignait pas à lui, il n'en prendrait qu'une gorgée. Certaines dames n'appréciaient pas le goût du whisky sur les lèvres d'un homme ; il supposa que Davina devait être l'une d'elles.

Après s'être brièvement désaltéré, il referma le flacon et le remit dans sa poche.

— Cela me suffit, dit-il, espérant la rassurer sur ce point. Par une nuit aussi parfaite, je ne veux pas vous décevoir. En aucune manière.

Davina le regarda avec une expression si innocente qu'elle faillit lui faire perdre tous ses moyens.

Oh, jeune fille. Somerled baissa le regard vers elle, déconcerté par la candeur qu'il lisait dans ses yeux. L'avait-il mal jugée ? Malgré toute la passion de son jeu, se pouvait-il qu'elle fût encore une jeune fille intacte ? Si tel était le cas, il ne serait pas celui qui la ruinerait. Un gentilhomme qui tenait à sa vie et à sa bourse ne séduisait pas les filles vierges de la noblesse terrienne, au risque, sinon, de se retrouver à l'église, au pied de l'autel. Somerled ne nourrissait pas de tels plans, du moins pas avant de très nombreuses années.

Davina était-elle naïve au point de croire qu'il…

Non. Elle lui souriait, maintenant, la bouche légèrement entrouverte, comme si elle attendait un baiser. Somerled s'approcha d'elle sur le banc de pierre.

— Mademoiselle McKie, quand nous jouions ensemble, ce soir, j'ai senti quelque chose… Comment dire, qui se développait entre vous et moi. L'avez-vous senti aussi ?

Elle hocha la tête et se toucha le cœur. Il n'eut pas de difficulté à comprendre ce geste.

— Je suis heureux de voir que je ne suis pas le seul à l'avoir éprouvé.

Somerled se rapprocha un peu plus.

— En vérité, murmura-t-il, depuis que nous avons fait connaissance dans la salle de réception, j'avais imaginé ce moment.

Davina détourna le regard, mais pas assez vite pour cacher ce qu'il avait surpris dans ses yeux. Elle aussi avait souhaité ce rendez-vous galant.

Il n'avait pas besoin d'autre permission, d'invitation plus claire. Il la suivrait, comme il l'avait fait quand elle jouait de son violon. Et parce que Davina ne pouvait parler, il demeurerait silencieux, lui aussi.

Quand il lui caressa lentement les mains, frottant ses pouces contre sa peau satinée, elle ne les retira pas. *Bien, jeune fille.* Il les leva vers sa bouche et baisa leur dos à tour de rôle, tendrement, mais avec ferveur. Encore une fois, elle ne broncha pas. *De mieux en mieux.* Ensuite, il les retourna et déposa ses lèvres dans les paumes, puis sur les doigts. Elle trembla, mais ne lui résista pas. *Voilà.*

Les deux étaient si proches, maintenant, respirant le même air, que sa bouche passa presque sans effort des doigts aux lèvres de Davina.

Chapitre 38

L'âme silencieuse est bonne et généreuse.
— William Alexander, comte de Stirling

L e cœur de Davina accélérait, et l'incertitude la gagnait. Pouvait-elle ouvrir les yeux et regarder dans ceux de Somerled? Ouvrir la bouche à sa douce insistance?

Non. De nouveau intimidée, Davina se détourna, rompant leur baiser.

Somerled réagit aussitôt, enveloppant le visage de Davina dans ses mains.

— S'il vous plaît, ma jolie jeune fille, et il l'embrassa encore, si tendrement qu'elle ne put lui résister. Nous avons déjà partagé bien des choses, n'est-ce pas?

Oui. Elle hocha la tête légèrement, le laissa lui baiser les joues, s'inondant dans une mer de sensations. Être désirée, être chérie… n'était-ce pas ce qu'elle avait toujours espéré?

Quand il l'embrassa sur les lèvres de nouveau, tout en glissant ses longs doigts entre ses cheveux pour dénouer la couronne au sommet de sa tête, Davina ouvrit les yeux, la bouche et son cœur.

Somerled les prit tous.

— Davina…

Le souffle rauque. Étouffé par la courbe gracieuse de son cou.

Elle n'était plus *mademoiselle McKie*, pour l'instant, mais *Davina*. Si scandaleux que cela pût être, elle aimait l'entendre dire son prénom.

— Venez avec moi, jeune fille.

Sa voix était basse, presque menaçante. Quand il leva la tête, ses yeux étaient comme le ciel noir; leur pupille sombre et dilatée. Il semblait plus âgé, maintenant. Plus fort. Plus grand. Il se leva et la tira sur ses pieds ; elle se sentit soudain très petite.

— Nous ne devons faire aucun bruit, dit-il.

Il s'empara de sa main pour l'attirer vers la maison, à travers la pelouse.

Pourquoi avait-il si hâte de la voir rentrer à Kilmichael ? Bien qu'il fût près de minuit, elle ne s'endormait pas du tout. Ah, ils allaient plutôt vers le jardin. Comme c'était étrange, il y faisait si sombre. Non, pas dans le jardin ; les écuries derrière la maison. Elle lui tira sur le bras, confuse. Pensait-il la renvoyer au presbytère à pareille heure ? Ou chevaucher avec elle jusqu'au château ? *Attendez, s'il vous plaît !*

Quand elle vit qu'il ne ralentissait pas, elle planta ses talons dans l'herbe, cherchant désespérément à attirer son attention.

Somerled se retourna immédiatement.

— Qu'y a-t-il, Davina ?

Il l'enveloppa dans ses bras, dans sa voix.

— Quelque chose ne va pas ?

Elle avait trop de questions et aucun moyen de les poser.

— Détendez-vous, chère demoiselle.

Il l'embrassa, chassant ses peurs non dites.

— Ce sera tellement mieux quand nous serons à l'intérieur. Seuls.

Il recommença à marcher, un bras passé autour de ses épaules, maintenant, mais toujours avec la même hâte. Davina ne comprenait pas pourquoi. La nuit était agréable, et ils étaient déjà seuls. Ne pouvaient-ils rester simplement assis près du ruisseau ? Elle entendait les chevaux hennir et sentait son cœur battre plus fort sous son corset. S'évanouirait-elle avant d'atteindre la porte de l'écurie ?

Somerled l'entraîna devant une longue rangée de stalles. Les bâtiments de grès rouge formaient trois côtés d'un carré, le côté ouvert faisant face à l'arrière de la maison. À l'extérieur des écuries, tout était noir et silencieux ; à l'intérieur de

Kilmichael, des chandelles restaient allumées dans les pièces du rez-de-chaussée.

Elle se surprit à espérer que quelqu'un regardât par la fenêtre et les vît, et qu'il vint les interpeller, les arrêter. Des larmes coulaient de ses yeux, mais elle les essuya tout de suite. Qu'est-ce que Somerled penserait d'elle? Qu'elle n'était qu'une enfant bien innocente? Quand il l'aurait embrassée de nouveau, tout irait bien.

— Nous y voilà.

Il ralentit, peut-être de peur de déranger les chevaux, et passa devant une stalle, puis une autre, jusqu'à ce qu'ils eurent atteint le coin le plus éloigné de la maison. Somerled s'empara d'une petite lanterne près de la porte de l'écurie et la tint très haut.

— Les dames d'abord.

Davina entra d'un pas hésitant, laissant ses yeux s'ajuster à l'intérieur sombre. La stalle vacante sentait le cuir et l'avoine. De la paille couvrait le sol, des seaux d'étain étaient suspendus à une patère et des couvertures de laine étaient empilées dans un coin.

Somerled referma la porte de bois derrière eux et mit la barre de fer en place.

— N'est-ce pas mieux ainsi, jeune fille?

Mieux que quoi? Elle tremblait, bien qu'elle n'eût pas froid.

— Mieux qu'un dur banc de pierre, répondit Somerled, comme s'il avait lu ses pensées.

Il suspendit la lanterne à un crochet, puis secoua l'une des couvertures et l'étendit sur la paille.

— Bien mieux que de passer la nuit seule dans votre lit d'invitée, ajouta-t-il, pendant que je suis, moi, dans ce vieux château exposé aux quatre vents, entre une douzaine de vieux ronfleurs.

Elle essaya de ne pas le regarder pendant qu'il déboutonnait son veston à queue-de-pie pour le suspendre à l'un des crochets. Avait-il l'intention de dormir là? Croyait-il qu'elle resterait avec lui?

— Alors, Davina.

Il dénoua son foulard, tout en lui souriant.

— N'allez-vous pas vous mettre à votre aise aussi?

Elle ne s'était jamais sentie aussi mal à l'aise de toute sa vie. Quand elle tenta de s'écarter de lui, Somerled l'attira lestement dans ses bras.

— Qu'y a-t-il, maintenant?

Il avait dû sentir la raideur de son corps.

— Un peu nerveuse, alors que vous avez déjà parcouru ce chemin avant? Mais peut-être pas dans une écurie, est-ce cela?

Il se pencha et lui baisa le cou.

— Toutes mes excuses, jeune fille. Je m'assurerai que nous soyons mieux installés pour le reste de mon séjour à Arran.

Davina ne pouvait deviner ce qu'il voulait dire. *Mieux installés?*

Il se redressa et lui embrassa légèrement le front, les joues, le menton.

— Vous m'avez pris par surprise, voyez-vous. Je suis venu à une réception et j'ai rencontré la femme de mes rêves.

Et je croyais avoir trouvé l'homme du mien.

Elle essaya de s'extraire de son étreinte, mais il rit de plus belle et la captura de nouveau, puis l'embrassa, si fortement qu'elle ne pouvait plus respirer. Ni penser, ni raisonner, ni faire le tri de ses émotions. *Oui. Non. Oui.*

— Quelle *séductrice* vous êtes.

Somerled pressa son corps contre le sien.

— Je le confesse, je ne peux attendre plus longtemps, jeune fille.

Ses mains étaient rapides. Déjà, la veste de brocart de Davina était au sol. Maintenant, elle était sûre. C'était *non.*

Quand elle essaya de pousser sur sa poitrine, les mains de Somerled s'immobilisèrent sur ses épaules.

— Suis-je trop brusque avec vous, Davina?

Ses yeux la scrutèrent, cherchant des réponses.

— Je m'excuse, mais certaines femmes... enfin...

Il lui caressa délicatement le dos.

— J'aurais dû comprendre, après vous avoir observé jouer du violon. Legato, pas staccato.

Le bras qui avait fait voler l'archet sur les quatre cordes du violoncelle encerclait maintenant sa taille, lui laissant peu d'espace pour bouger.

Elle secoua la tête, espérant qu'il comprît. *Somerled, arrêtez. Ne faites pas cela.*

Mais il lui remplit les oreilles de douces paroles et d'ardentes promesses, et elle se détendit dans ses bras une autre fois, convaincue qu'il lui voulait du bien. L'homme de son rêve, l'homme qu'elle avait dessiné, l'homme qui avait dénudé son âme devant elle à travers sa musique : cet homme-là ne lui ferait jamais de mal.

D'un mouvement rapide, il la prit et la nicha contre sa poitrine, comme si elle avait été aussi légère qu'une enfant.

— Laissez-moi vous tenir.

Il la déposa lentement sur la couverture, puis s'étendit à côté d'elle.

— Davina, ma chérie, souffla-t-il.

Sa voix était rauque, sa respiration saccadée tandis qu'il passait un bras autour de son épaule, puis roulait sur elle, la clouant au sol.

La peur monta en elle, plus forte, cette fois-ci. Elle essaya de bouger, mais en fut incapable.

— Je vous en prie, Davina. Je veux sentir votre cœur sur le mien.

Les couvertures de laine lui irritaient le cou pendant que ses baisers devenaient plus profonds, ses mains plus insistantes, relevant ses jupes sur sa taille.

Quand l'air frais du soir lui fit frissonner les jambes, elle revint tout à fait à elle. *Non. Pas ici. Pas ça.*

Mais elle ne savait pas ce que *cela* était. Elle ne comprenait pas tous les mots qu'il disait. Ne comprenait pas pourquoi il la touchait comme il le faisait. S'il croyait lui donner du plaisir, il se trompait.

Pas plus loin. Elle bougea sous lui, des pleurs lui piquant les yeux. *Je vous en supplie, arrêtez.* Plus elle s'agitait pour échapper à son étreinte, plus il la maintenait fermement au sol. Affolée, elle poussa sur sa poitrine, mais il était bien trop lourd pour elle. Bien trop fort.

Jamais dans sa vie n'avait-elle eu autant besoin de sa voix que maintenant.

S'il vous plaît, non. Non !

Mais il ne pouvait l'entendre. Il ne se préoccupait plus d'elle.

Chapitre 39

Ô homme! Homme! Homme au cœur cruel!
De quel crime n'es-tu pas capable!
— Samuel Richardson

— Davina, pourquoi ne pas me l'avoir dit?

Somerled fixait le mince filet de sang sur ses cuisses pâles. Pas étonnant qu'elle lui eût résisté, embarrassée par ses règles.

— Si je l'avais su, j'aurais…

Attendu? Non, c'était un mensonge. Il ne pouvait attendre une minute de plus pour la prendre.

— Pardonnez-moi, jeune fille, de ne pas avoir compris.

Il prit une écuelle d'eau dans l'un des seaux suspendus, puis tamponna la peau délicate de Davina avec le pan mouillé de sa chemise. Elle le regardait, immobile, presque sans le voir, comme si ses pensées étaient à un tout autre endroit.

— Est-ce mieux, maintenant? Avez-vous ce qu'il faut pour… euh…

Il supposa qu'elle le devait.

Somerled s'habilla à la hâte, lui accordant un moment pour reprendre ses esprits et retrouver ses chaussures dans la paille. Bien qu'il fût réticent à le lui avouer, ils ne pouvaient rester dans l'écurie plus longtemps. Le soleil du solstice d'été n'allait plus tarder à se lever à l'horizon.

Davina était debout au moment où il finissait de reboutonner son frac. Comme elle semblait vulnérable avec ses bas blancs tachés rabattus autour des chevilles. Sa robe de damas ruinée était entièrement sa faute. Il aurait dû l'aider à la retirer et à la suspendre à l'un des crochets. Mais il était trop obnubilé par son désir de la posséder pour penser à ces détails. En dépit de sa tenue défaite, elle était toujours charmante. Un rideau de cheveux roux lui tombait dans le dos et ses boucles étaient emmêlées.

— Vous avez besoin de votre dame de compagnie, lui dit-il d'un ton léger, en tirant quelques bouts de paille de ses cheveux et de sa robe.

Il s'agenouilla afin de remonter ses bas et de lui remettre ses chaussures, de nouveau intrigué par la petitesse de ses mains et de ses pieds. Il ne lui avait pas demandé son âge. Se pouvait-il qu'elle eût moins de vingt ans ?

— Quelle jolie robe, murmura-t-il, essayant d'en lisser les nombreux plis. Vous avez des couturières de talent, à Glentrool.

Soudain, Davina se mit à trembler de la tête aux pieds. De froid, sans doute. Sa robe était trop ajustée pour qu'elle puisse porter un chemisier ; heureusement, elle n'avait pas adhéré à cette nouvelle mode vulgaire du pantalon.

— Allons, laissez-moi vous réchauffer.

Il l'attira dans ses bras, et sa tête était nichée bien au-dessous du menton de Somerled.

Puis, il comprit qu'elle ne faisait pas que trembler. Elle pleurait.

— Davina ?

Elle agrippa les revers de son habit, ses doigts graciles disparaissant sous les plis de l'étoffe, sa tête enfouie dans sa poitrine. Le faible son qu'elle produisait ne ressemblait à rien de ce qu'il avait jamais entendu auparavant. Une lamentation silencieuse qui n'était que de l'air. Et de l'angoisse.

— Chère jeune femme, qu'y a-t-il ?

Il essaya de lui soulever le menton, mais en fut incapable.

— Souffrez-vous ?

Il sentit sa tête bouger, mais ne put déterminer si c'était *oui* ou *non*. Toute cette détresse pour ses règles ?

— En vérité, ces petites gouttes… de sang… n'ont pas d'importance.

Cette fois, il était sûr de la signification du mouvement de sa tête. *Oui, elles en avaient.*

— Davina, vous n'avez pas à avoir honte…

Quand elle leva la tête et le regarda dans les yeux, le désespoir qu'il y vit le bouleversa.

— Je vous en prie, Davina. Ne pouvez-vous pas me dire ce qui ne va pas ?

Ses lèvres tremblaient tandis qu'elle essayait de former des mots, agrippant son habit plus fortement à chaque tentative. Finalement, elle forma une seule syllabe, difficile à voir dans la pénombre de la stalle.

Mais il s'efforça.

— *La première ?* Est-ce cela que vous essayez de me dire ?

Hochant la tête, elle s'effondra sur lui, mouillant son gilet de pleurs.

La première fois. Les idées se bousculaient dans la tête de Somerled, pendant qu'il essayait de tout démêler. *Sa première… son premier…*

Non. Sa bouche était sèche comme de la poussière.

— Davina, vous ne voulez pas dire que… que je suis le premier… que vous étiez chaste… avant ce soir ?

Je vous en conjure, Davina. Ne hochez pas la tête.

Mais elle le fit.

Abasourdi, il s'adossa au mur, l'attirant avec lui.

— Oh, jeune fille…, j'ai pensé… J'étais si sûr.

Il ne pouvait entendre ses sanglots, mais il pouvait les sentir.

— Sûrement, vous aviez compris quand je vous ai embrassée…, conduite dans les écuries…

Elle secoua la tête. *Non.*

Il se passa la main dans les cheveux, dans un geste de frustration et d'incrédulité. Une femme pouvait-elle vraiment être aussi naïve ?

— Quel âge avez-vous, Davina ?

Bien qu'il craignît la réponse, il devait savoir. Elle écrivit son âge dans les airs avec le bout de son doigt.

Dix-sept ans. Il détourna la tête, rendu malade par ce qu'il avait appris. *Ma jolie jeune fille.* Il l'avait appelée comme cela quand ils s'étaient assis dans l'écurie, ne pouvant imaginer la vérité, ne pouvant même concevoir que la jeune femme qui l'embrassait avec tant d'abandon fût une jeune vierge innocente.

Pourtant, n'avait-elle pas essayé de s'écarter de lui plus d'une fois? De se libérer de son étreinte? Il croyait qu'elle se jouait de lui, le défiant, l'incitant à démontrer plus d'ardeur. Elle tentait plutôt de l'arrêter, appelait silencieusement à l'aide.

Il s'était trompé du tout au tout à son sujet. Et il avait abusé d'elle abominablement.

— Davina...

Il regarda son joli visage, s'efforçant de voir la douleur, sachant qu'il en était la cause.

— Je vous ai fait du mal de la pire manière imaginable. J'ai pris ce que vous n'aviez pas offert.

Il déglutit fortement avant d'ajouter :

— J'ai pris ce qu'il ne m'appartenait pas de prendre.

Elle fit un pas en arrière, hors de sa portée, et il vit les larmes qui roulaient sur ses joues.

— Et qu'ai-je offert en retour? Une nuit de plaisirs?

Son cœur sombra, quand elle détourna le regard. *Non, pas même cela.*

Le chant du coq retentit dans les écuries.

Malheur! Il en avait oublié l'heure. S'il ne la ramenait pas discrètement dans sa chambre, la réputation de Davina serait anéantie avant le petit déjeuner. Et il aurait bien plus d'explications à donner qu'il le souhaitait. On ne dérobait pas la vertu d'une jeune fille honorable sans en répondre.

— Venez, Davina.

Somerled ouvrit la barrière de la stalle. Il était encore très tôt; les dernières étoiles n'étaient pas encore éteintes et il n'y avait aucun palefrenier en vue.

— J'ai laissé la fenêtre de la chambre entrouverte, murmura-t-il, et il voulut l'attirer plus près de lui. Laissez-moi vous aider…

Mais elle s'était enfuie en courant, ses cheveux défaits flottant derrière elle.

Chapitre 40

Car il y a des crimes
Qui sont sans forme, des souffrances qui sont sans voix.
— Percy Bysshe Shelley

Davina regardait fixement l'ecchymose.

Elle était de la taille d'un pouce. Imprimée dans la peau délicate de son épaule. *Ici.* Elle passa un linge humide dessus, puis grimaça. Une autre larme glissa sur sa joue.

J'ai pris ce qu'il ne m'appartenait pas de prendre. Oui, c'est ce qu'il avait fait. Quoiqu'elle lui eût donné son cœur — étourdiment, mais de son plein gré —, elle ne lui avait pas donné son corps. Il l'avait possédée sans lui demander la permission.

S'il vous plaît, non. Non!

Mais Somerled ne s'était pas arrêté. Il l'avait ignorée quand elle se débattait contre lui, et avait ri quand elle avait essayé de se libérer de son étreinte.

« Davina, ma chérie », avait-il dit en la clouant au sol. Comment pouvait-on être aussi cruel?

Davina se frotta la peau, voulant nettoyer son corps de toute trace de Somerled, grimaçant à chaque endroit sensible. Heureusement, il ne l'avait pas suivie dans la maison. Elle s'était hissée sur le rebord de la fenêtre, les membres tremblants, le cœur dans la gorge. Dans la pénombre de la chambre d'invités, un lit à quatre piliers s'élevait derrière elle, projetant ses lances acérées vers le plafond. Il lui restait encore à allumer une bougie près du foyer et à se regarder dans le miroir, redoutant ce qu'il lui révélerait.

S'il vous plaît, mon Dieu. Elle forma avec ses lèvres les mots qu'elle aurait voulu crier. *Secourez-moi. Je ne voulais pas ceci. Je ne savais pas…*

À ses pieds était étendue la robe de damas, tachée et puant le crottin. Elle revit les mains pâles de sa mère tenant l'étoffe délicate. Imagina son aiguille d'argent qui traçait son chemin dans le linge brodé de soie. Se rappela avec quelle fierté elle avait placé la robe devant ses épaules en lui embrassant la joue. *C'est pour une occasion spéciale, ma chérie.*

Davina s'effondra sur le plancher, agrippant sa robe sur son cœur. *Mère.* Si elle avait été là, Leana l'aurait tenue dans ses bras, lui aurait caressé les cheveux, murmuré des mots de réconfort et chanté doucement à l'oreille. *Balou, balou, mon p'tit, mon p'tit bébé.* Mais sa mère n'était pas là. Davina était seule dans une maison remplie d'étrangers, tenant son présent d'adieu ruiné et irrécupérable.

Elle traîna sa robe dans la cuvette et l'arrosa de ses larmes. *Pardonnez-moi.* Elle frictionna les taches avec du savon, puis frotta les pans d'étoffe l'un contre l'autre, au risque de l'endommager, essayant en vain de la nettoyer. *S'il vous plaît.* Elle rinça la robe encore et encore, utilisant le reste de l'eau, puis l'enroula dans une serviette de lin et la dissimula au fond d'une armoire.

Plus tard, elle trouverait un endroit pour la faire sécher. Plus tard, quand elle pourrait penser à nouveau.

En ce moment, son esprit n'arrivait qu'à ressasser une unique idée : *je ne suis plus une jeune fille.* Davina agrippa les bords sculptés de la table de toilette, imaginant son père apprenant sa disgrâce. La nouvelle lui briserait le cœur, et le scandale souillerait son nom.

Personne ne devait le savoir. *Personne.* Ni sur le continent ni à Arran. Elle dissimulerait la vérité à jamais. À moins que…

Non. Davina fixa le tapis, luttant pour ne pas perdre l'équilibre. *S'il vous plaît, mon Dieu. Pas un enfant. Pas son enfant.*

La culpabilité s'enroula autour de son cœur aussi fermement que les bras de Somerled avaient enveloppé sa taille.

N'avait-elle pas accueilli ses baisers ? Ne l'avait-elle pas suivi dans les écuries ?

Pardonnez-moi, mon Dieu. Pardonnez-moi.

Oserait-elle implorer sa miséricorde ? Il le fallait ; elle le devait. *Et vous, mon Dieu, ne fermez pas pour moi vos tendresses !*

Même si le Tout-Puissant devait pardonner ses péchés, personne d'autre ne le ferait. On viendrait bientôt frapper à sa porte et on s'attendrait à trouver une jeune femme endormie, ayant passé la nuit seule. Elle se glissa dans la robe de nuit de coton blanc qui attendait près de l'armoire à vêtements, défit ses cheveux mêlés, cacha ses bas sales dans un tiroir et déverrouilla la porte afin de ne pas éveiller les soupçons. Elle repoussa le couvre-lit.

Une onde d'épuisement déferla sur elle, comme lorsqu'elle était sur la *Clarinda*, fouettée par les vagues écumantes. Derrière les rideaux, l'aube se levait. Le ciel s'éclairait doucement, mais la maison restait silencieuse. Le sommeil viendrait difficilement, pourtant elle avait tant besoin de repos.

Davina se glissa sous les couvertures, le corps toujours tendu, le cœur lui martelant encore la poitrine. Elle dormirait, si elle le pouvait. Et prierait pour qu'aucun gentilhomme ne vienne lui rendre visite dans ses rêves.

Des coups frappés avec insistance à la porte la tirèrent de son sommeil agité. Elle s'assit au prix d'un grand effort, au moment où une servante aux cheveux bruns passait la tête par la porte entrouverte.

— Bonjour à vous, mam'zelle McKie. J'm'appelle Nan Shaw.

La servante, qui frisait la trentaine, entra rapidement dans la chambre avec un pichet d'eau fumante à la main.

— J'ai pensé qu'vous voudriez prendre vot' p'tit-déjeuner maintenant. Y est dix heures.

Davina s'essuya les yeux, essayant de revenir à elle. La chambre d'invités à la maison Kilmichael. Le solstice d'été.

— J'vois qu'vous v'z'êtes déjà baignée.

La domestique prit les serviettes mouillées répandues sur la table de toilette. Davina pria pour qu'elle ne les compte pas et remarque qu'il en manquait une.

— Si v'z'êtes prête à vous habiller tout d'suite, y a une robe de m'dame Fullarton suspendue dans l'armoire.

Davina retint son souffle pendant que Nan approchait de l'armoire afin de récupérer le vêtement d'emprunt. La domestique vint la placer devant elle pour la mesurer sommairement.

— J'allongerai l'ourlet pour vous, si c'est nécessaire.

La couleur gris pâle ne s'harmonisait pas avec le teint de Davina, mais s'accordait bien à son humeur.

Elle descendit du haut lit à colonnes et fut heureuse que les rideaux de la chambre fussent encore fermés ; il n'était pas étonnant qu'elle eût dormi si tard dans la matinée. Si Nan n'insistait pas pour allumer d'autres chandelles, Davina arriverait peut-être à cacher ses bleus pendant qu'elle l'habillait. Elle se tint aussi loin qu'elle le put de la chandelle et du miroir, puis tourna le dos à Nan et dénoua sa robe de nuit, la laissant choir au sol, espérant que ses longs cheveux masquent toute marque dans son dos. Davina leva les bras pendant que Nan lui passait le corset de coton autour de la taille. Bien que les gestes de Nan fussent efficaces, ils n'étaient pas très délicats ; elle tirait fort sur les cordons, appliquant involontairement de la pression sur les meurtrissures de Davina et faisant jaillir des larmes de ses yeux.

Par votre faute, Somerled. À cause de ce que vous m'avez fait.

— Oh, j'ai oublié. J'ai un message pour vous.

De la poche de son tablier, Nan sortit un pli, scellé avec de la cire.

— L'voilà, mam'zelle. Livré y a une heure par une des servantes du château.

Tandis que Nan lui brossait les cheveux, Davina passa son pouce sur l'adresse. *À mademoiselle McKie, invitée à la maison Kilmichael.* Elle ignorait de quelle main elle était, mais craignit que l'écriture masculine fût celle de Somerled. Elle la mit de côté le temps de passer sa robe et de se laisser coiffer ; mais ses yeux demeuraient fixés sur elle et ses pensées encore davantage. *Il n'y a rien à ajouter, monsieur. Ni rien à faire.*

— Vous trouverez l'petit déjeuner su' l'buffet, mam'zelle.

Nan ouvrit les rideaux, fit une petite révérence et s'en alla, laissant enfin Davina s'approcher d'une chandelle pour lire la note.

Elle brisa le cachet, déplia le papier, et son regard se rendit directement au bas de la page. *Lui.* Et, au-dessus de la signature, une poignée de mots.

Mademoiselle McKie,

Je suis désolé au-delà de ce que la plume et le papier arriveront jamais à exprimer. Si cela vous agrée, venez me rejoindre à quatorze heures sur notre banc, près du ruisseau.

Somerled MacDonald

Davina plaça le pli dans la flamme de la bougie, quoiqu'elle ne prît aucun plaisir à le voir brûler. Quand il devint trop chaud pour être tenu, elle le lança dans le foyer, regardant le papier noircir et se carboniser jusqu'à ce qu'il soit réduit en cendres.

Chapitre 41

Je vous l'assure, c'est quelque chose d'être enfin placé
face à soi-même.
— James Russell Lowell

S omerled n'eut pas besoin de consulter sa montre.
Il était largement passé quatorze heures. Davina ne viendrait pas.

Il quitta le banc de pierre, marcha le long du chemin vers la maison, puis fit brusquement volte-face. Frapper à la porte des Fullarton était hors de question. Qui savait quelle confession une Davina en pleurs avait pu faire à son hôtesse ? En fait, il avait joué au chat et à la souris avec le jardinier pendant une heure, afin d'éviter que l'homme le découvre, rôdant près du ruisseau, et lui demande ce qu'il faisait là.

« Je voulais voir le Goatfell de ce point de vue » aurait éveillé ses soupçons. Mais une réponse honnête, telle que « Je voulais offrir mes excuses à mademoiselle McKie. Faire amende honorable… » aurait été pire encore.

Dégoûté de lui-même, Somerled frappa le sol avec ses bottes pour en déloger la boue, puis s'engagea sur la longue route de Kilmichael, qui passait à travers la vallée, pour se rendre à la baie. Des averses avaient laissé en fin de matinée le sol détrempé et criblé de flaques d'eau. Les arbres alignés dégoulinaient, déversant de grasses gouttes de pluie sur sa figure ; Somerled les essuyait, marmonnant à part lui.

Le duc attendait sa violoniste à dix-neuf heures ; Davina ne désappointerait pas Son Honneur comme elle venait de le décevoir, lui. Quand une accalmie se présenterait après le dîner, Somerled dirait ce qui devait être dit afin de protéger leur réputation.

Oui, et surtout apaiser ta conscience.

Il marchait en bordure du chemin, décapitant d'un coup de botte les marguerites qu'il rencontrait. Il ne s'était jamais senti aussi incompris de toute sa vie. S'il avait su que Davina était chaste, jamais il ne l'aurait emmenée aux écuries.

Emmenée ? Ou traînée de force ?

Irrité, il marcha droit dans une flaque et y enfonça ses bottes.

Et si le prochain bateau de marchandises voguant vers le continent emportait une lettre de Davina à son père, le désignant, lui, Somerled MacDonald, comme son violeur ? Il ne pouvait nier qu'il avait été trop agressif. Trop déterminé à la posséder. Trop intoxiqué par le parfum capiteux de la jeune fille et le goût délicieux de…

Zut ! Une autre marguerite vit ses pétales voler en l'air.

Mais Davina n'avait-elle pas accueilli ses baisers ? Ce n'était sûrement pas le comportement d'une jeune fille vertueuse. Bien sûr, il s'était montré persuasif, mais n'avait-elle pas été réceptive ? N'était-ce pas vrai aussi ? Somerled s'emporta contre un rouge-gorge qui sautillait devant lui, comme s'il s'était placé exprès en travers de son chemin. Il allongea le pas, sa colère s'amplifiant. Si la jeune fille attachait tant d'importance à sa virginité, pourquoi ne s'était-elle pas débattue pour se libérer, quand il l'avait étendue sur le sol dans cette infâme stalle ?

Parce que tu mesures un pied de plus qu'elle et que tu es plus pesant d'au moins six grosses pierres des champs.

Le débat intérieur faisait rage en lui pendant qu'il tournait vers le nord sur la route du littoral, où des pêcheurs s'attardaient, tirant des filets qui regorgeaient des prises de la journée. Il regarda les insulaires d'un œil sombre et ignora ceux qui le saluaient poliment, que ce fût en anglais, en écossais ou en gaélique. Ne voyaient-ils pas qu'il n'était pas d'humeur à se montrer aimable ?

Quand il passa devant la pierre dressée, il rageait toujours. Lorsqu'il eut atteint Cladach, s'apprêtant à gravir le chemin du château, il n'arrivait plus à se justifier. Les faits étaient irréfutables et l'incriminaient tous. Il était un voyou, elle était innocente. Elle ne pouvait parler ; il ne voulait rien entendre. Il était un gentilhomme par son titre et sa fortune ; elle, une jeune fille honorable dont le trésor sans prix lui avait été dérobé.

Par toi.

— Somerled !

La voix de sir Harry retentit sur les pelouses du château.

Grommelant, Somerled leva la main gauche vers son père, puis se dirigea vers lui. Sir Harry ne savait rien de son acte inqualifiable de la veille. Y gagnerait-il quelque chose à le lui avouer ?

— Tu as manqué une agréable partie de pêche, ce matin, suivie d'un repas savoureux de rillettes de truite, dit sir Harry.

Il marcha avec son fils le long du mur du château.

— Dougal t'a entendu rôder autour de notre chambre à coucher au petit matin, quand j'étais endormi ; puis, tu ne t'es pas levé pour le petit déjeuner. J'en ai conclu que tu avais dormi avec cette laitière. Est-ce une domestique de la maison Kilmichael ?

La laitière ? Somerled avait complètement oublié sa propre invention.

— Oui, elle est à… Kilmichael.

— Prends garde à l'endroit où tu déposes ta semence, garçon, le semonça Harry. Je ne dépenserai pas ton héritage à nourrir et à habiller tes bâtards.

Somerled hocha seulement la tête, terrifié à la pensée subite que Davina puisse porter son enfant. Une autre raison pour laquelle il devait lui parler, et rapidement. Oui, et s'en ouvrir à son père, aussi pénible que fût cette confession. Si sa conquête n'avait été qu'une servante complaisante, il n'y aurait rien eu d'autre à ajouter. S'il s'était agi d'une libertine de haut lignage, ayant déjà attiré bien d'autres amants dans son lit, il n'aurait pas à attendre d'elle un quelconque ennui. Mais une jeune fille bien née — même muette — ne garderait pas le secret du vol de sa virginité bien longtemps.

— Monsieur… commença Somerled, puis il attendit que les frères Fraser d'Inverness passent leur chemin, avant de continuer en baissant la voix. Cette femme n'était pas la laitière.

Sir Harry lui jeta un regard inquisiteur.

— Mais qui donc, alors? Et ne me dis pas que c'est cette violoniste de Glentrool…

— Oui, dit Somerled en regardant ses bottes. C'était elle.

Son père lança un juron dédaigneux.

— Quelles *dévergondée*s que ces femmes de la petite noblesse des Lowlands! N'ai-je pas ouï que mademoiselle McKie n'avait que dix-sept ans? Peut-être est-ce pour cela que son père l'a expédiée à Arran?

Il fit rouler ses larges épaules, puis aspira l'air pluvieux du matin et ajouta :

— Il avait honte d'elle, sans doute.

— Au contraire.

Somerled s'arrêta, s'efforçant de parler à son père en le regardant dans les yeux.

— Mademoiselle McKie était tout à fait chaste. Mais j'ai présumé…

— Présumé? demanda son père, devenu soudain livide. Tu ne l'as pas demandé à la jeune fille?

— Peut-être l'avez-vous oublié, monsieur, mais mademoiselle McKie est muette.

— Oui, gronda-t-il, mais elle n'est pas sourde. As-tu ou non demandé à cette jeune femme si elle était…

— Non, dit Somerled en déglutissant, se sentant soudain malade. Je ne l'ai pas fait.

Les sourcils argentés de sir Harry se contractèrent en une seule ligne fournie au-dessus de son visage coléreux.

— Pourquoi une fille des Lowlands, possédant beauté, talent et un nom honorable, renoncerait-elle à sa vertu pour un jeune homme des Highlands, sur lequel elle posait les yeux pour la première fois de sa vie ?

Quand Somerled n'eut pas de réponse à donner, son père le pressa davantage.

— Est-ce à dire que cette menue jeune fille n'a pas eu le choix ?

Le visage de Somerled était rouge de honte.

— Très peu, en vérité, père.

— Nom de Dieu !

Sir Harry saisit la nuque de son fils et l'agrippa fortement.

— Mais que vais-je faire de toi, garçon ? Tu possèdes une brillante intelligence et de multiples talents, mais n'apprendras-tu donc jamais à les employer utilement ?

Somerled recula d'un pas. Son père ne l'avait jamais gourmandé ainsi.

— Je suis désolé… de vous avoir déçu, monsieur.

— Déçu ? rétorqua son père avec dédain. Mais c'est infiniment plus sérieux que cela, garçon. Ce que tu as fait n'est pas qu'un affront à la société ; c'est aussi un crime. McKie est un propriétaire terrien avec une certaine renommée. Pensais-tu pouvoir voler l'honneur de sa fille et t'en tirer indemne ?

— Père, je n'ai pas réfléchi…

— Non, tu ne l'as pas fait !

Sir Harry martela le sol, contenant à peine sa colère.

— Et qu'en est-il de *ma* réputation ? Et de la tienne ?

Somerled ne pouvait plus soutenir son regard.

— Veuillez me pardonner, monsieur.

— Oh, ce n'est pas de mon pardon qu'il s'agit.

Sir Harry lui agrippa les épaules et les secoua.

— Écoute-moi bien : je n'ai aucune intention de voir mon héritier emprisonné pour ses bêtises. Agis honorablement envers cette jeune fille et fais-le sans délai. Avant que le dommage soit irréparable.

Somerled n'eut pas à consulter sa montre de poche.

Il était bien passé dix-neuf heures. Le premier service avait commencé, et Davina McKie n'était toujours pas arrivée.

Il regarda son assiette de potage de crabe à la crème. Même l'arôme délicieux des fruits de mer n'avait aucun attrait. Il voulait Davina à ses côtés, bien que ses motifs fussent différents de la veille. Et pas seulement parce que son père lui avait bien fait comprendre ce qu'il attendait de lui.

Nous devons parler, jeune fille.

Le long de la table, les cuillères claquaient sur la porcelaine pendant que les hommes se vantaient de leurs prouesses d'archer, le tir à l'arc étant l'activité du matin suivant.

— Tu es bien silencieux, MacDonald.

Un compagnon, nommé Armstrong, le fils d'un baronnet des Borders, le regardait avec une expression amusée.

— Ou préférerais-tu manier l'archet auprès d'une certaine violoniste?

— Mademoiselle McKie sera ici bientôt, répondit Somerled en regardant vers la porte. En ce qui concerne la possibilité que je l'accompagne de nouveau, cela reste à voir.

La pensée de Davina le consumait. Non, le tourmentait. La culpabilité, une émotion nouvelle pour lui, le traquait, tandis que la colère, une vieille amie, semblait partiellement dégriffée. Il n'avait personne d'autre à blâmer que lui-même pour ce qui s'était produit la veille du solstice. Personne.

Voilà ce qu'il dirait à Davina et bien plus encore. Mais pour cela, il devait la voir.

Quelque part en bas de l'escalier en colimaçon, la vieille porte du château s'ouvrit en grinçant, puis se referma. Il épia le bruit des pas sur les marches de pierre. *Des bottes d'homme.* Ce n'était pas Davina, alors.

Quand le valet de pied de Kilmichael apparut dans l'embrasure de la porte, Somerled perdit tout espoir. Davina ne viendrait pas. Il avait repoussé sa chaise, se préparant à se lever, quand l'émissaire — répondant au nom de Clark — s'avança et remit une note au duc.

Somerled lança un regard sombre au domestique, celui-là même qu'il avait soudoyé pour laisser la torche brûler. N'avait-il pas une missive pour lui? Apparemment non, car l'homme prit congé sans regarder dans sa direction.

Le duc plissa les lèvres en lisant, puis déposa la note.

— Messieurs, je suis au regret de vous annoncer que mademoiselle McKie ne nous divertira pas ce soir. Notre invitée souffre d'une indigestion à la suite de notre festin du solstice d'été, pauvre jeune dame.

Son regard se posa sur Somerled.

— Ce sera donc vous, MacDonald, notre musicien pour ce soir.

— Avec plaisir, Votre Honneur.

Somerled rapprocha sa chaise de la table, résigné à obtempérer à la demande du duc. Il avait apporté sa flûte et pouvait facilement chanter sans accompagnement. Mais c'était Davina qui lui manquerait, pas son violon.

Les bols de potage furent enlevés et remplacés par des assiettes de morue salée. Somerled piqua distraitement sa fourchette dans son poisson. Davina était-elle vraiment malade? Cela expliquerait son défaut d'apparaître plus tôt et ce soir aussi.

Sauf qu'elle n'avait que très peu mangé, la veille. Et qu'il avait passé quelques heures avec elle, sans remarquer le moindre signe d'indisposition.

Du moins, aucune causée par la nourriture.

Somerled repoussa son dîner, son appétit envolé. *Je vous en prie, Davina, ne me fuyez pas.* Il y avait une possibilité, la seule réparation qu'il pouvait lui offrir. C'était la meilleure solution, et son père le savait très bien.

Mais voudrait-elle de lui comme mari après ce qu'il lui avait fait subir ? Ou l'épouserait-elle pour éviter la disgrâce, pour ensuite le détester le reste de leur vie commune ?

Somerled se leva de table, composant mentalement sa missive. Non pas une note brève, comme celle qu'il lui avait envoyée ce matin-là. Mais plutôt une honnête prière, qui attirerait Davina en dehors des murs sécuritaires de Kilmichael et lui offrirait une occasion de regagner sa confiance.

Chapitre 42

Je veux, je veux, je veux mais ne peux,
Être vierge de nouveau.
— Chanson folklorique traditionnelle

Davina reprit la serviette encore humide dans l'armoire, puis déroula l'épais paquet en travers de son lit. Était-il possible que sa robe de damas ait survécu malgré tout ? Elle approcha une bougie en retenant son souffle.

Non. Plusieurs taches sombres restaient. La broderie de soie était abîmée, là où elle l'avait frottée, et une odeur piquante ramenée de l'écurie restait emprisonnée dans les plis du tissu.

La robe ne retrouverait jamais son état d'origine. Ni elle.

Ruinée. La sentence terrible s'abattant sur la jeune fille qui n'était plus chaste. Comme un grand château réduit à un amas de décombres ou une jolie robe irréparable.

Pardonnez-moi, mon Dieu. Pas pour la manière dont la nuit s'était terminée. Mais pour celle dont elle avait commencé. Elle n'aurait jamais dû l'embrasser. Jamais dû le suivre. Jamais dû lui faire confiance.

Avec un soupir silencieux, Davina déposa la bougie, puis secoua sa robe avant de la suspendre à un crochet de l'armoire, enveloppée dans un grand peignoir de coton. Il lui faudrait des jours pour sécher, à cet endroit. Si elle avait été une simple lavandière, elle aurait étendu l'étoffe sur la bruyère ou sur un massif d'arbustes.

Elle regarda sa fenêtre ouverte, puis tira les rideaux et examina l'if taillé juste sous le rebord. Une possibilité tentante. Mais si le jardinier passait par là, les commérages iraient bon train dans le quartier des domestiques. *C'était pas la robe qu'la fille de Glentrool portait, l'soir du gala ? Comme pensez-vous qu'elle a pu être salie comme ça ? On a bien vu comment elle jouait du violon avec c't'homme des Highlands.* Non, elle n'exposerait pas sa honte à tout venant.

— Mademoiselle McKie ?

C'était madame Fullarton, frappant doucement à la porte.

— Vous sentez-vous mieux, ce matin ? J'ai pensé que nous pourrions faire une petite promenade dans le jardin.

Davina disposa pêle-mêle une poignée de pétales de roses dans l'armoire pour adoucir l'air, puis replaça son fichu devant le miroir avant d'ouvrir à son hôtesse.

La personnalité de madame Fullarton était aussi chaude que ses cheveux roussâtres et ses yeux bruns.

— J'avoue que cette robe à motifs ajourés est bien plus jolie sur vous qu'elle l'a jamais été sur moi.

Ses lèvres minces se courbèrent en un sourire.

— Vous devrez l'emporter, mademoiselle McKie.

Mal à l'aise, Davina fit une petite révérence pour la remercier. Sa jeune hôtesse serait-elle aussi affable si elle savait ce qui était arrivé dans les écuries ? Davina avait pensé tout révéler aux Fullarton, afin de gagner leur sympathie et d'obtenir leur aide. Mais elle avait imaginé le scandale. Les doutes suscités, les accusations portées. *Non.* Elle savait ce qui était arrivé la veille du solstice et Somerled aussi. C'était assez.

Madame Fullarton prit le bras de Davina et la guida à travers la maison jusqu'au jardin. Le matin était sec, et la couleur du ciel s'accordait à celle du grand banc de delphiniums, d'un bleu brillant contre l'herbe luxuriante. Tout en marchant, madame Fullarton l'entretenait d'un flot continu de commentaires légers, ponctués par des rires gais.

— Je ne touche jamais au sol moi-même, bien sûr, mais j'adore choisir ce qu'on y plante. Ce rang ornemental le long de la bordure est du chèvrefeuille français.

Quand son hôtesse fit une pause, Davina regarda studieusement la haute plante avec ses longues grappes de fleurs et de feuilles ovales.

— Ce sont des bisannuelles, dit madame Fullarton, et je suis bien aise que vous soyez en visite cette année, mademoiselle McKie, car vous ne les auriez pas trouvées en fleurs l'été prochain.

Le regard de Davina vagabonda en direction du ruisseau. Quoiqu'elle ne pût voir le banc où ils s'étaient assis, la torche éteinte pouvait être aperçue entre les arbres. La veille, dans l'après-midi, un livre de poésie en main, elle avait pu épier à son aise le banc incurvé de la fenêtre du salon au deuxième étage. Somerled s'y était attardé près d'une heure — tantôt assis, tantôt debout arpentant le chemin —, l'attendant.

Elle ne regrettait pas de l'avoir fui ; l'homme n'était pas digne de confiance. Mais elle aurait souhaité — oh, comme elle l'aurait souhaité — que les choses se soient passées différemment. S'ils s'étaient simplement séparés sur le seuil de Kilmichael avec des adieux appropriés, ils auraient pu jouir de plusieurs moments agréables au château. Il aurait pu demander à son père la permission de la courtiser…

Non. Si charmant et intelligent fût-il, Somerled MacDonald n'était pas du genre à faire la cour à une femme.

— Voulez-vous marcher le long du ruisseau ? demanda madame Fullarton.

Elle était toujours près d'elle et regardait dans la même direction.

Davina accepta sans hésiter d'un hochement de tête, oblitérant toute pensée concernant un certain garçon des Highlands, pour se diriger vers le jardin de roses.

— Ah, fit son hôtesse rayonnante. Voilà la reine des fleurs.

Madame Fullarton marcha le long des lits de gravier, les présentant comme s'il s'agissait d'amies à elle. La rose moussue avec sa tige velue. La rose musquée, une grimpeuse odorante. La double rose de velours et ses pétales écarlates.

— Et voici la charmante cuisse de nymphe, dit-elle, en touchant les fleurs rose pâle avec affection. La plus belle rose qu'ait jamais vue le Nord.

Prenant le bras de Davina, elle l'attira vers elle en marchant.

— Aucune autre fleur de mon jardin ne complémente aussi parfaitement votre teint, ma très chère. J'ai demandé à Nan d'en préparer un vase pour votre chambre.

Davina essaya de sourire. *Petite cuisse de nymphe.* Oui, la couleur lui seyait bien, mais peut-être plus le nom.

Au son de pas sur la pelouse, Davina regarda par-dessus son épaule et vit Clark qui approchait.

— Madame Fullarton?

Le valet de pied tenait une lettre scellée.

— C'est pour vot' invitée, m'dame. Livrée par un messager du château Brodick.

Davina la reçut en remerciant d'un signe de tête, cherchant à maîtriser le tremblement de ses mains. Elle reconnut immédiatement l'écriture, à laquelle son hôtesse ne prêta toutefois pas attention.

— Une invitation du duc, je suppose. Pour que vous acceptiez de vous joindre à lui ce soir.

Madame Fullarton fit un geste pour l'attirer vers la porte d'entrée.

— Et si nous avions notre propre goûter léger en tête à tête? Ensuite, vous déciderez si vous vous sentez assez bien pour jouer.

Davina savait qu'elle ne pouvait faire attendre le duc indéfiniment. Pas plus qu'il n'était dans sa nature de se réfugier derrière un mensonge. Elle jouerait du violon pour Son Honneur, ce soir. Mais elle lirait d'abord la lettre de Somerled et saurait ce qui l'attendait à son arrivée au château.

Davina leva le papier plié, espérant que madame Fullarton comprît la signification de son geste.

— Naturellement, vous voudrez lire ceci avant le déjeuner.

Elle sourit au valet de pied qui tenait la porte d'entrée ouverte pour elles.

— Rien ne pique davantage la curiosité qu'une lettre cachetée.

Au moment où elles traversaient le vestibule, madame Fullarton dit :

— Puisque le capitaine est à bord du *Wickham*, aujourd'hui, je ferai dresser une petite table pour nous dans la salle de concert. Cela ne sera-t-il pas plus intime ?

Elle arrêta quand elles furent devant la chambre d'invités.

— Vous voilà arrivée, dit-elle. Venez me rejoindre dès que vous aurez fini de lire votre lettre.

Davina avait à peine refermé la porte que déjà elle brisait le sceau de cire et dépliait la feuille.

Mademoiselle McKie,

J'espère que vous êtes en bonne santé et que vous ne vouliez tout simplement pas me voir. Je vous comprends entière- ment et je ne vous blâme pas un seul instant. Pourtant, je désire sincèrement vous parler et faire amende honorable pour ma conduite.

Son humilité, si sincère qu'elle fût, lui apportait bien peu de réconfort. *À moins de pouvoir me rendre ma virginité, je vois mal ce que vous pourriez faire pour réparer le tort que vous m'avez fait.*

Ma conduite de jeudi soir était condamnable. Vous avez toutes les raisons de me mépriser.

Davina regarda les mots écrits de sa main assurée. *Le mépris.* Était-ce ce qu'elle ressentait vis-à-vis de Somerled, maintenant? De la haine? Du dégoût? Non, elle ressentait de la méfiance. Et de la peur.

> *Je n'ose implorer votre clémence. Mais je demande humblement que vous m'accordiez une chance de vous parler.*

De la clémence? Pour l'homme qui lui avait dérobé son innocence? Seul le Tout-Puissant était capable d'une chose pareille.

> *Et je vous demande à nouveau, mademoiselle McKie, de tout mon cœur. Si vous le voulez bien, venez me rejoindre à quatorze heures. Je vous attendrai à notre banc près du ruisseau, comme je vous ai attendue hier.*

Oui, vous l'avez fait. Elle le revoyait dans son esprit, se tenant là, comme une âme en peine.

Une remarque finale apparaissait au-dessus de sa signature.

> *Il y a une possibilité dont j'aimerais m'entretenir avec vous.*

La feuille faillit lui glisser des mains. *Il ne peut vouloir dire… Il ne peut croire que je…* Les larmes faisaient danser la phrase devant ses yeux. *Une possibilité.* Elle était trop jeune ou trop innocente pour savoir de quoi il s'agissait.

Vous vous trompez, monsieur. Cela n'est pas possible.

À quatorze heures précises, il était debout près du banc de pierre.

Davina s'efforçait de marcher à pas mesurés. Elle ne voulait pas lui donner l'impression de s'y rendre avec hâte.

Levant l'ourlet de sa robe empruntée, elle longea l'étroit sentier, sans le regarder vraiment. Elle n'avait pas besoin de se pincer les joues pour les colorer ; la seule pensée de Somerled MacDonald était suffisante pour les rendre aussi rouges que des coquelicots.

Elle avait apporté son cahier à dessin et son crayon, car elle était bien déterminée à être parfaitement comprise, cet après-midi-là, et à ne pas se laisser distraire par son beau visage. Elle avait écrit une liste de questions qui exigeaient des réponses.

Somerled attendit qu'elle fût à un bras de distance avant de lui parler.

— J'ai craint d'être déçu une autre fois.

Ses yeux étaient plus bleus que jamais, mais les cernes au-dessous étaient quelque chose de nouveau ; peut-être n'avait-il pas dormi non plus ?

— J'ai eu peur que vous vous soyez enfuie au presbytère, confessa-t-il, ou pire encore, à Glentrool, avant que nous ayons pu nous parler.

Davina ne perçut aucune gaieté dans sa voix, ne vit aucun éclat espiègle dans son regard. Elle lui était reconnaissante, tout en restant sur ses gardes, car elle n'avait jamais vu un homme aussi désarmant de toute sa vie. Une chaude brise fit onduler ses cheveux lorsqu'il se pencha vers elle, et il semblait choisir ses mots avec beaucoup de soin.

— Puis-je d'abord vous dire à quel point je suis désolé ?

Il y avait, sans l'ombre d'un doute, un voile de larmes dans ses yeux fatigués.

Je suis désolée aussi. Davina détourna le regard, blessée par le souvenir de ce qu'elle avait perdu. *Désolée d'avoir si facilement accordé ma confiance. Désolée que vous en ayez abusé par la force.*

— Peut-être seriez-vous plus à l'aise si nous étions assis. Somerled l'accompagna au banc incurvé, ou il prit place près d'elle tout en gardant une distance respectueuse.

— J'ai accordé à cette situation scabreuse beaucoup de réflexion, dit-il.

Il fit une pause, mais seulement un moment. Pas assez pour lui donner le temps de réagir.

— Le recours le plus sage, reprit-il, et en réalité, le seul possible, est de nous marier dès que les bans pourront être lus.

Une possibilité. Davina regarda ses mains, retenant ses larmes. *Le seul recours.* Était-ce vrai? N'avait-elle d'autre choix que d'épouser un étranger au cœur de pierre?

— Je ne crois pas que votre réputation ait pu être entachée à cause de moi. Pas plus que vos futures possibilités de mariage. J'ai parlé à mon père de ce sujet…

Davina leva la tête. *Son père savait?*

— Nous n'avons pas parlé des détails, s'empressa-t-il de la rassurer, son cou s'empourprant. Mais sir Harry comprend la situation et il est tout à fait d'accord. Vous êtes une jeune fille de bonne naissance. Et bien que je ne me conduise pas souvent comme tel, je suis un gentilhomme. Pour moi, de vous avoir dérobé votre vertu et de ne pas vous avoir ensuite offert la protection de mon nom et de ma fortune aurait été…

Il soupira.

— «Inadmissible» est le mot que j'avais choisi. Mon père en a énuméré quelques autres.

Davina soupira et se détourna. *La protection de son nom.* Un arrangement légal, un moyen d'éviter le scandale. Pas un vrai mariage.

— Je comprends que cette proposition puisse… vous rebuter. Je l'avoue, je n'étais pas venu à Arran à la recherche d'une épouse. Mais ensuite, j'ai vu votre visage ravissant… et entendu votre musique exquise…

La gorge de Davina se serra. Pourquoi devait-il dire de telles choses?

— Et vous ai tenue dans mes bras…

Non ! Elle ne voulait pas ni n'avait besoin de se le rappeler.

— Et vous ai embrassée.

Quand il toucha sa manche, elle sursauta, surprise d'abord par sa chaleur, puis par la sincérité de son regard.

— En vérité, mademoiselle McKie, je n'ai pu penser qu'à vous depuis que nous nous sommes quittés.

Elle voulait le fustiger du regard, mais en était incapable en raison des larmes accumulées dans ses yeux. *Comment osez-vous être aussi tendre !*

— « Mais son regard silencieux est encore lourd de reproches », murmura-t-il. Ce sont les mots d'Ovide, non les miens, mais ils n'en sont pas moins vrais.

Du bout de son doigt ganté, il essuya une larme qui descendait sur sa joue.

— Vous devez encore exprimer un mot avec vos mains gracieuses. Que dois-je penser ? Je n'ai jamais demandé une jeune fille en mariage auparavant, mais j'ai toujours cru qu'il n'y avait que deux réponses possibles, oui ou non.

Oui, parce que je le dois. Abattue, elle baissa la tête, pour chasser sa main. *Non, parce que je ne le peux pas.*

Il soupira bruyamment.

— Vous serez mon épouse, mademoiselle McKie. Mais seulement si vous le voulez vraiment. Car je ne referai pas la même erreur deux fois.

Chapitre 43

La faute, l'erreur, est la discipline
par laquelle nous avançons.
— William Ellery Channing

Somerled regarda l'amas de boucles de Davina et essaya de chasser le souvenir de leur contact soyeux entre ses doigts.

— Je vous en prie, mademoiselle. Si vous ne me regardez pas dans les yeux, je ne puis deviner vos pensées.

Davina leva finalement la tête, se tamponnant le nez avec le mouchoir tiré de la manche de sa robe. Comment n'avait-il pas pu remarquer sa jeunesse, la veille du solstice d'été ? La ligne ferme de son menton, la douce courbe de sa joue, le front lisse semé de quelques taches de rousseur ?

Il s'écarta un peu d'elle sur le banc, pour lui laisser plus d'espace. Lui donner le temps de peser son offre de mariage.

— Vous avez apporté un cahier à dessin, je vois. Êtes-vous artiste aussi bien que musicienne, ou écrivez-vous les mots que vous désirez communiquer ?

Quand elle se mit à feuilleter les pages, il eut la réponse. *Les deux.* D'adroites restitutions des sommets et des vallées d'Arran défilèrent devant ses yeux, accompagnées de mots et de phrases griffonnés dans les marges, ou une note plus longue, toute seule, de temps à autre. Finalement, elle s'arrêta à une page où il y avait des lignes jetées en diagonale. Des questions, apparemment. Un peu hésitante, elle présenta le cahier et indiqua du doigt la première de la liste.

Pourquoi êtes-vous venu à ma rescousse, quand Son Honneur m'a demandé de parler ?

Une question facile pour débuter.

— Vous sembliez confuse, dit-il, espérant ne pas l'offenser. J'ai pensé que je pouvais me rendre utile. Bien que je vous demande pardon pour l'expression «jeune fille sans voix» que j'ai employée alors. Je ne savais pas, à ce moment-là...

Elle détourna la tête, comme si elle rejetait son excuse.

— Je dois vous dire ceci, mademoiselle McKie. Cette intervention n'était pas préméditée.

Cela sembla l'apaiser. Elle le regarda une autre fois, puis indiqua la question suivante. *Pourquoi m'avez-vous demandé d'être votre partenaire pour le dîner ?*

— Oh, cela, par contre, *était* prémédité.

Il avait rarement été aussi honnête avec une femme.

— Dès que je vous ai vue, je vous ai désirée.

Quand elle rougit, il sut qu'elle avait compris.

— Oui... cela, ajouta-t-il.

Il soupira, car il aurait voulu s'en tenir là ; mais une jeune femme avait le droit de connaître celui qu'elle était destinée à épouser.

— Séduire les femmes, dit-il, était pour moi un mode d'existence.

Quand son visage se défit, il fut désolé d'avoir parlé aussi crûment.

— C'est mon passé, mademoiselle McKie. Mais pas mon futur, je vous l'assure.

Sa conscience vint le harceler. *Vraiment ? Aucune autre femme que celle-là ?* Somerled leva le menton, comme si son adversaire était réel. *Un homme ne peut-il pas changer ?*

Davina interrompit son débat intérieur en donnant un petit coup sur son cahier.

Il baissa le regard et fut renversé par la question.

Pourquoi m'avez-vous choisie plutôt qu'une autre ?

— Vous l'ignorez vraiment ?

La candeur de la question — elle restait aussi innocente, en dépit de sa brutalité à son égard — le toucha profondément. Aucun homme ne l'avait-il jamais courtisée, jamais complimentée ? Son miroir seul aurait dû la rassurer suffisamment. Mais toutes les femmes ne croient pas ce qu'elles voient dans la glace.

— Mademoiselle McKie, vous êtes d'une rare beauté. Pourtant, il n'y a pas que votre apparence qui vous rende si désirable. Vos talents musicaux sont extraordinaires. Et maintenant que j'ai eu un aperçu de vos dessins, je soupçonne que vous avez encore d'autres talents cachés qu'il me reste à découvrir.

Il fit une pause pour l'étudier un moment.

— Vous êtes plus que digne de l'admiration d'un gentilhomme, ajouta-t-il avec conviction. De celui-ci en particulier.

Elle s'adoucissait à son égard. Dans sa posture, dans l'expression de son visage, elle était moins sur la défensive. Il ne l'aurait pas désapprouvée si elle s'était présentée cet après-midi-là vêtue d'une armure et brandissant une masse d'armes, quoique sa robe blanche à motifs ajourés lui convînt beaucoup mieux.

— Il y a d'autres questions, je vois.

En lisant la suivante, sa poitrine se serra.

Pourquoi n'avez-vous pas cessé, quand je vous l'ai demandé ?

Davina n'avait pas protesté verbalement, mais physiquement. Il le savait, maintenant. Il le savait aussi alors, mais avait choisi de l'ignorer. Pouvait-il dire la vérité, même si cela devait les blesser tous les deux ?

— Je n'ai pas arrêté, mademoiselle McKie, parce que je ne l'ai pas voulu.

Elle soupira, puis s'effleura le front lentement. *Je sais.*

Son égoïsme l'écrasait, le dégoûtait. Somerled prit l'album pour lire la suite de la liste.

Aviez-vous l'intention de me faire du mal ?

Il sentit le sang se retirer de son visage.

— Je n'avais pas... C'est-à-dire, je ne voulais pas...

Elle écarta délicatement l'encolure de sa robe et tourna la tête, lui permettant de bien voir son épaule dégagée. L'ecchymose d'un bleu pourpre. De la taille du pouce d'un homme.

Le mien.

— Oh, jeune fille, et son visage se tordit à ce spectacle. Jamais je n'ai eu la moindre intention…

Même après qu'elle eut remis sa robe en place, il voyait toujours la marque, et il se souvint alors de l'avoir plaquée contre le plancher de l'écurie.

— De grâce, mademoiselle, dites-moi qu'il n'y en a pas d'autres.

Quand elle évita son regard, il connut la réponse. *Ce n'était pas la seule.*

Seigneur, venez à mon aide. Pas étonnant qu'elle n'eût pas bondi sur son offre de mariage et de respectabilité. Il l'avait violentée dans tous les sens du terme. Connaître ce fait était une chose, le confesser à voix haute en était une autre. Mais de voir ainsi les meurtrissures de son corps rendait son crime d'une clarté évidente : il l'avait violée et ne pouvait prétendre autre chose.

Il fixa le sol moussu, luttant pour trouver les bons mots.

— Je n'ose présumer que vous m'accorderez votre pardon, mais… je suis sincèrement désolé, mademoiselle McKie.

Ni l'un ni l'autre ne bougèrent pendant un moment, tandis que les pépiements des oiseaux et le soleil radieux marquaient un étrange contrepoint à leur discussion. Il était impossible de fuir la vérité avec une telle femme. Et il ne pouvait non plus se fuir lui-même.

Il revint au cahier le cœur lourd. Les lignes écrites étaient devenues irrégulières ; ces questions devaient avoir été difficiles à écrire.

Pourquoi devrais-je encore vous faire confiance ?

Pourquoi, en effet ? En levant les yeux de la page, cherchant en lui-même une réponse honnête, il croisa son regard.

Et il décela dans ses yeux une mince lueur d'espoir. Elle voulait lui faire confiance. Et lui-même voulait maintenant, plus que toute autre chose au monde, être digne de sa confiance.

— Mademoiselle McKie, c'est beaucoup demander après tout ce que j'ai fait, mais... pouvons-nous tout reprendre au commencement ?

Il chercha son regard, car il désirait qu'elle vît qu'il pensait chaque mot.

— Je ne toucherai pas votre main sans votre permission, ni ne baiserai votre joue à moins que vous me l'ayez offerte. Est-ce que cela... est acceptable pour vous ?

Elle hocha la tête, imperceptiblement, puis tourna la page de son cahier. Une seule question demeurait, la plus déchirante de toutes.

Qu'adviendra-t-il de moi, maintenant que je suis déshonorée ?

Pour cette question-là, il avait une réponse.

Somerled ferma l'album et le déposa sur le banc, mobilisant toute sa force pour dire ce qu'il devait dire maintenant.

— Mademoiselle McKie, laissez-moi, je vous en prie, réparer ce que vous avez perdu. Non, ce que je vous ai pris.

Il s'agenouilla près d'elle, puis étendit les mains, lui laissant le choix d'y poser les siennes ou non.

— Vous n'avez pas à répondre maintenant. Indiquez-moi seulement si vous consentez à y réfléchir.

Elle examina ses mains quelque temps, comme si elle comptait les coutures de ses gants, mais il savait ce qu'il en était ; ce n'étaient pas ses gants qui l'absorbaient. *Je vous en prie, Davina.*

Après un long moment silencieux, elle soupira et plaça les mains dans les siennes.

— Soyez bénie, dit-il.

Des larmes coulaient doucement de ses yeux pendant qu'il serrait les mains de Davina.

— Je veux que vous soyez mon épouse. Vous seule méritez d'être Lady MacDonald.

En prononçant les mots, il en fut plus convaincu que jamais. *Oui, seulement elle.*

— S'il vous plaît, réfléchissez à ma demande en mariage. Non pas parce que c'est la chose convenable à faire, la chose nécessaire, mais parce que vous m'aurez choisi comme mari.

Quand il chercha dans les yeux de Davina, dans l'espoir d'y trouver une réponse, il ne vit ni *oui* ni *non* dans ses profondeurs bleues. Mais il y vit une petite mesure de clémence. Une faible possibilité de pardon. Et de l'espoir pour l'avenir, ce qui était bien plus qu'il méritait.

Chapitre 44

Je ne sais quelle force inexplicable et fatale,
médiatrice de cette union.
— Michel Eyquem de Montaigne

— Elle n'a pas encore consenti à m'épouser, père, mais...
— Consenti?

Sir Harry cracha le mot.

— Fils, ne lui as-tu pas décrit la gravité de sa situation?
Et l'étendue de nos propriétés?

Il fit claquer ses talons sur les dalles, ignorant Dougal, qui
tenait son manteau, attendant patiemment de pouvoir finir
de l'habiller pour le dîner.

— Je lui ai fait valoir ces deux choses, monsieur.

Somerled était soulagé que les autres invités fussent hors
de portée de voix, car il n'aurait pas voulu qu'ils médisent de
Davina. Ni de lui-même, s'il pouvait l'empêcher.

— Entre-temps, peut-être pourrions-nous approcher son
père, poursuivit-il. Au petit déjeuner, j'ai parlé avec Randall
Keith, un habitant des Lowlands qui connaît certaines choses
sur sa famille. Selon la description qu'il en a faite, je dirais
que James McKie de Glentrool est un homme raisonnable.

— Oui, avec trois fils, dit son père en maugréant. En
général, les frères n'aiment guère que l'on ravisse leur sœur.

Ravir. Somerled détestait ce mot. Haïssait qu'il fût vrai.

— Pour le bien de Davina, je pense qu'il vaudrait mieux
ne pas dire aux McKie que...

— Quoi?

Son père virevolta, et son visage était cramoisi.

— Et payer le plein prix pour un bien endommagé?

— Endommagé par moi, monsieur.

Somerled luttait pour se maîtriser.

— La famille doit obtenir une juste compensation pour sa perte.

— Oh!

Sir Harry enfouit avec humeur ses mains dans les manches du manteau que lui présentait Dougal, et faillit renverser le pauvre domestique.

— Ce n'est pas de cette façon que l'on négocie un mariage, fils. Tu es en position de force, Somerled. Dans un dilemme comme celui-ci, la société punit la femme bien plus sévèrement que l'homme.

Somerled retint sa langue, plutôt que de s'engager avec son père dans un débat interminable.

— Je veux l'épouser, dit-il d'une voix basse, et non la punir. Je ne ruinerai pas sa réputation pour une question d'argent.

— Tu parles comme un amoureux transi, dit sir Harry d'un ton rude, s'immobilisant juste assez longtemps pour que Dougal puisse nouer sa cravate. Qui peut dire si cette petite muette était consentante ou non?

— Mademoiselle McKie était clairement *non* consentante, rétorqua Somerled. Et c'est pourquoi je voudrais consacrer le reste de mon séjour à Arran à essayer de gagner sa confiance. Et c'est pourquoi je pense aussi que vous devriez payer tout montant que pourrait réclamer sa famille.

Il tira une lettre scellée de la poche de sa veste et s'efforça d'adopter un ton poli.

— Sir Harry, si vous aviez l'obligeance d'écrire une lettre immédiatement à monsieur McKie, afin d'exprimer vos intentions. Pour ma part, j'en ai déjà écrit une que vous pourriez inclure...

— Ça va, ça va, l'interrompit sèchement son père, saisissant la lettre avant de la lancer sur le lit. Et puisque tu insistes, je ne mentionnerai rien de cette sordide situation. Je dirai seulement que mon fils a eu le bonheur de rencontrer sa fille à Arran et qu'il ne peut tolérer l'idée de vivre sans elle à la maison Brenfield. Est-ce que cela te convient ?

Plus que vous ne pouvez l'imaginer, père. Somerled ne pouvait expliquer son amour grandissant pour Davina McKie, pas plus qu'il ne pouvait en nier la réalité. *Amoureux transi ? Cela se pouvait.*

Il suivit sir Harry dans la salle à manger, contenant difficilement son empressement. Davina était attendue à dix-neuf heures. Ils s'étaient séparés en bons termes, pensait-il. L'abattement qu'il avait senti chez elle à son arrivée s'était quelque peu retiré au moment de son départ. Mais elle était loin d'être conquise, et il lui restait moins de deux semaines.

Somerled regardait son environnement avec des yeux nouveaux, se demandant ce que Davina penserait du château Brodick. Spacieux, à coup sûr, mais pas très luxueux. Cromwell y avait logé son armée au XVIIe siècle ; l'endroit gardait toujours l'aspect d'une forteresse. Les murs rugueux étaient faits de grès rouge, taillé mais non dégrossi, et les planchers de la même pierre rosâtre, découpée en larges plaques inégales retenues avec du mortier. L'ameublement était minimal, les carpettes peu nombreuses, les poutres du plafond exposées, pourtant les fenêtres dominaient un panorama impressionnant — depuis les eaux ondulantes de la baie de Brodick jusqu'aux bosquets de sapins s'élevant vers le château, perché sur son tertre. Le jardin emmuré était bien entretenu, les repas plus qu'adéquats, et Son Honneur n'avait pas ménagé les efforts pour rendre le séjour agréable à ses visiteurs.

Somerled prit place à la table massive, guettant une arrivée en particulier. La porte du rez-de-chaussée se ferma avec un claquement étouffé. Des pas de femmes s'élevant dans l'escalier en spirale. Deux servantes qui murmuraient. Puis, Davina apparut, son violon à la main, portant la même robe à motifs ajourés, affichant la même expression gracieuse.

Pendant un court moment, le regard de la jeune fille chercha le sien. Un bon signe.

— Mademoiselle McKie!

Le duc l'accueillit avec un plaisir évident, l'assoyant à sa droite, la place d'honneur.

— Je suis heureux de vous voir en bonne santé. Nous vous nourrirons bien et vous jouerez ensuite pour nous, cela vous convient-il? demanda-t-il avec bonhomie.

Somerled était assis avec son père, du côté opposé de la table, à plusieurs places de Son Honneur et bien trop loin de Davina à son goût. Une domestique aux cheveux bruns de Kilmichael était près d'elle et jouait le rôle de chaperon. Une femme peu attrayante, mais qui ne pouvait évidemment rien changer à son nez trop effilé ou à ses lèvres pincées. Si Davina devait devenir sa femme — et il y était résolu —, il devait tout faire pour éviter de prêter le flanc aux calomnies.

Le dîner débuta par un délicieux potage de truite, suivi d'un haricot d'agneau et d'un lagopède alpin grillé. Ayant une dame à sa table, Son Honneur avait significativement amélioré l'ordinaire. Les autres gentilshommes étaient aussi conscients de la présence de Davina, se montrant réservés et ne racontant que des histoires décentes, tout en regardant leur jolie invitée avec un intérêt non dissimulé.

Somerled grinçait des dents entre les services. *Elle est mienne, messieurs. Cessez de la regarder.* Il trouverait une façon de rendre sa cour évidente sans toutefois compromettre sa réputation. Plus vite sir Harry enverrait les lettres, mieux cela vaudrait.

— Messieurs, demeurerez-vous ici jusqu'au 6 juillet? s'enquit Alastair MacDuff.

— Oui, répondit sir Harry pour les deux, avant de finir son verre de bordeaux. Le duc mettra les voiles et nous ferons de même.

MacDuff, un propriétaire terrien entre deux âges, originaire de Fife, se passa la main dans la barbe, délogeant quelques miettes au passage.

— Hélas, dit-il, j'ai quelques affaires à Édimbourg qui requièrent ma présence à la fin de juin. Avec un peu de chance, j'aurai une bonne journée de pêche avant de partir.

Il hocha la tête en direction de Davina, puis baissa la voix.

— Et qu'en est-il de cette jeune et jolie rouquine? demanda-t-il d'un ton égrillard. Est-ce une rose qui attend d'être cueillie?

Somerled se hérissa et son père lui décocha un regard de mise en garde.

— Le bruit court, dit Somerled, qu'un homme assis à cette table a déjà écrit à son père pour lui demander la permission de la courtiser.

— Est-ce vrai? dit Alastair en haussant les épaules. C'est aussi bien, car elle est trop jeune pour ce vieux veuf. Elle ne doit pas avoir dix-huit printemps, je dirais.

— Dix-sept, répondit Somerled, qui se leva en même temps que Davina, l'heure du dîner étant maintenant terminée.

Quand il croisa le regard de Dougal, le vieux serviteur hocha la tête et se glissa hors de la pièce pour aller chercher un instrument dans la malle de son maître.

— Venez, messieurs, annonça le duc. Que notre heure de musique commence.

Chapitre 45

C'est alors que le son de la flûte et du violon
Donna le doux signal dans le vieux hall.
— Winthrop Mackworth Praed

Davina sortit son violon de son étui de feutre vert et craignit que son instrument lui échappât des mains, tant elles tremblaient. Pourrait-elle jouer pendant une heure entière, sachant que Somerled était dans l'assistance ? *Dieu est ma force et mon chant.* Elle se rappellerait cette vérité, mesure après mesure, jusqu'à ce qu'elle remballe ses affaires et rentre sans perdre une seconde à Kilmichael.

Elle avait répété les mots de Somerled dans son cœur pendant tout le dîner. *Le seul recours est de nous marier.* Mais pourrait-elle épouser un homme qu'elle connaissait à peine et auquel elle ne faisait pas confiance, pour de bonnes raisons ?

Un demi-cercle de fauteuils faisait face au foyer, dont les braises rougeoyantes réchauffaient l'humide salle à manger. Davina se plaça au centre tandis que le duc et ses invités s'installaient confortablement. Un gentilhomme en particulier s'assit à l'extrême gauche de Davina. L'ombre de son profil se dessinait dans la fenêtre, mais ses traits se dissimulaient à sa vue.

Vous êtes d'une rare beauté. Vous êtes plus que digne de l'admiration d'un gentilhomme. Je veux que vous soyez mon épouse.

Somerled s'y entendait autant à filer les phrases que Michael Kelly à tisser la laine. Le jeune homme des Highlands connaissait les mots que toute femme rêve d'entendre. D'être décrite comme étant jolie ; d'être jugée digne d'amour ; d'être désirée. Davina n'était pas insensible à ces compliments, mais elle voulait aussi autre chose. Elle voulait être respectée. Et être aimée sincèrement.

Elle pouvait lui accorder ceci : il avait répondu à ses questions avec plus de franchise qu'elle s'y attendait et avait laissé la question du mariage à sa discrétion. *Seulement si vous le voulez vraiment.* Aucune des heures qui passaient ne la rapprochait d'un iota d'une décision. Sa raison disait *oui*, son corps disait *non*, et son cœur était trop blessé pour considérer une proposition aussi extravagante.

Davina plaça le violon sous son menton et fit une grimace quand la courbe du bois pressa son épaule meurtrie. *Relève-moi selon ta parole.* Expirant longuement pour calmer ses nerfs, elle pinça les cordes pour s'assurer qu'elles étaient bien accordées, puis se lança dans une série de *strathspeys* et de quadrilles écossais pour tenir son auditoire éveillé, après le repas lourdement assaisonné. Son Honneur était de tous le plus réceptif, entraînant les autres, qui marquaient le rythme de la tête, d'une main ou du pied. Bien qu'elle ne pût voir le visage de Somerled, elle sentait son regard et entendait ses applaudissements enthousiastes.

À la fin de l'heure, elle abandonna le rythme endiablé des gigues favorites du duc pour celui de mélodies plus lentes. Quand le soleil couchant baigna la salle de reflets de bronze, elle entama la dernière pièce de la soirée, un air des Highlands, intitulé *L'amour de ma vie viendra en mai.* Elle n'avait pas sitôt déposé l'archet sur les cordes que les notes inattendues d'une flûte de bois, douces et basses, flottèrent dans la pièce, chacune parfaitement synchronisée avec les siennes.

Somerled.

Sa gorge se serra à la tendresse de son jeu. S'il avait l'intention de la séduire avec sa musique, il n'aurait pu choisir un meilleur instrument. La longue flûte de bois creux possédait une voix presque humaine. Pareille à la sienne. Chaude, irrésistible, persuasive. *Pouvons-nous tout reprendre au commencement ?*

Il marcha vers elle en jouant et ne s'arrêta que lorsque son bras effleura le sien. Davina reconnut son odeur, celle de ses vêtements aspergés d'eau de bruyère, et elle entendait chaque aspiration précédant une nouvelle série de notes.

La mélodie était lente et expressive, vibrante d'émotions. Pourquoi, oh pourquoi n'avait-elle pas choisi quelque chose d'autre ? Son cœur était dans chaque phrase, et celui de Somerled aussi. Pendant qu'ils s'exécutaient, les mots tournaient dans sa tête. *Je n'ai pu penser qu'à vous.* Lui tourner le dos n'arrangeait rien ; ses notes l'embrassaient, la caressaient. *Non !* Des larmes brouillaient sa vision pendant qu'elle maniait son archet, essayant de l'ignorer, mais en vain.

Sur la dernière note, il prit l'initiative, et entama *Cruel est mon destin*, une autre complainte des Highlands. La série de seize notes hautes du refrain laissait le violon prendre le devant de la scène tandis qu'il défilait une harmonie languissante avec sa flûte. Son accompagnement plein de prévenance eut raison d'elle. Comment un homme pouvait-il être aussi délicat un instant et aussi impitoyable celui d'après ? Ils prolongèrent l'accord final tant que ses cordes et son souffle tinrent bon, puis ils saluèrent sous les applaudissements nourris et les bravos.

— Vous êtes faits pour jouer en duo, dit Alastair MacDuff très fort, ayant déjà bu quelques verres de whisky de trop. On dit qu'un homme dans cette pièce désire vous courtiser, mademoiselle McKie, à la condition que votre père y consente. Si ce n'est pas vous, MacDonald, vous laissez passer une belle occasion.

Les autres rirent ou hochèrent la tête pour approuver, l'un d'eux donna à Somerled une bonne tape dans le dos, tandis que les autres se levaient pour se délier les jambes. Atterrée par les propos outrageants de l'homme, Davina essaya de remettre son violon dans son étui. Mais cette fois, ses mains ne lui obéissaient plus. Et l'arrivée par-derrière de Somerled ne l'aida pas à retrouver la maîtrise d'elle-même.

— C'est mon père qui est à blâmer pour cet éclat, j'en ai peur.

Somerled parlait sous le bourdonnement des voix qui remplissaient la pièce.

— MacDuff est veuf, reprit-il, alors sir Harry a voulu vous faire grâce de ses avances. Cet ivrogne de Fife semble plutôt nous avoir trahis.

Davina se tourna vers lui ; elle aurait souhaité avoir un papier et un crayon à portée de main. Elle espéra que Somerled vît l'inquiétude sur son visage et en comprît la source.

— MacDuff a parlé à contretemps, jeune fille, mais il n'a pas menti.

Son regard devint plus intense, sa voix baissa encore.

— J'ai demandé à sir Harry d'écrire à votre père et de joindre ma lettre à la sienne.

Davina en resta bouche bée. Il s'empressa d'expliquer :

— Vous pouvez encore refuser, mademoiselle McKie, quoique je souhaite que vous ne le fassiez pas. Mais le courrier de l'île étant si lent à atteindre le continent, j'ai pensé que nous devions mettre les choses en branle dès maintenant.

Il jeta un coup d'œil derrière lui aux hommes braillards qui remplissaient la salle de musique.

— Il est préférable que votre père apprenne la nouvelle par nous plutôt que par les indiscrétions d'un étranger. Si une seule personne devait se douter de ce qui est arrivé en cette nuit du solstice…

Somerled ne dit rien de plus, mais elle comprit la suite et frissonna.

Davina se réveilla tard, le matin du sabbat, et fut déçue d'entendre une lourde pluie crépiter sur les vitres de Kilmichael. Un temps maussade pour se rendre à l'église de la baie de Lamlash.

Nan Shaw était debout au seuil de la porte ouverte de la chambre de Davina.

— J'ai pas voulu vous réveiller plus tôt, mam'zelle. J'ai pensé qu'vous voudriez pas faire une si longue route toute seule par un temps pareil.

La domestique déposa un pichet d'eau bouillante et des serviettes propres sur la table de toilette.

— L'capitaine est su' l'continent et on l'attend pas avant vendredi, et ma maîtresse est au lit avec une vilaine toux. Les aut' sont partis à l'église depuis déjà longtemps.

Ce qu'elle voulait dire était clair : si l'église de Lamlash était munie d'un clocher, il avait sonné il y avait longtemps déjà.

— J'vais vous chercher une robe, dit-elle, avant de refermer la porte derrière elle.

Davina se laissa retomber sur ses oreillers, mécontente d'elle-même. Sa mère n'avait jamais manqué un sabbat à cause du mauvais temps, et ne l'aurait jamais fait simplement pour avoir trop dormi. Que penseraient les Stewart de son absence à l'église ? Il n'y avait pas de service l'après-midi, en raison de la distance que les fidèles devaient parcourir, la paroisse de Kilbride comprenant toute la moitié est de l'île d'Arran, quatorze milles depuis Lochranza jusqu'à Dippin. Au premier jour sans pluie, elle se rendrait au presbytère pour présenter ses excuses. Et le dimanche suivant, elle s'assurerait que Nan la réveille à temps.

Heureusement, ses devoirs dominicaux n'incluaient pas de procurer un divertissement musical aux invités du duc. Ni d'improviser des duos avec Somerled. Ni d'éviter constamment son regard insistant.

Deux jours de séparation lui donneraient le temps de penser.

Réfléchissez à ma demande en mariage.

Est-ce qu'un mariage précipité était sa seule issue ? Si la vérité sur la perte de sa chasteté demeurait un secret, ne pourrait-elle pas rentrer à Glentrool, à Lammas, et reprendre son ancienne existence ? Si un prétendant se manifestait, elle devrait offrir quelque motif pour refuser ; aucun gentilhomme ne voulait d'une fiancée entachée. Mais elle aurait le temps d'aviser.

Sauf que cela voulait dire qu'elle n'aurait pas de mari du tout ni d'enfants à elle.

Vous pouvez encore refuser, mademoiselle McKie. Cela restait à voir.

Davina rejeta les couvertures de son lit, déterminée à honorer le Seigneur du mieux qu'elle le pourrait. Les tablettes de la salle de réception ployaient sous les livres de dévotion, attendant d'être lus. Et elle écrirait à ses parents, car s'ils recevaient une lettre des MacDonald, ils attendraient de ses nouvelles également.

Mais que pourrait-elle bien leur dire ? Seulement la vérité, mais pas davantage ; ce serait une très courte lettre. *J'ai rencontré un gentilhomme d'Argyll. Il était invité à la réception donnée par le duc. Un musicien talentueux. Il m'a honorée.* De la pire manière possible, mais cette vérité n'apparaîtrait pas dans sa lettre. Pas plus que les mots qu'elle aurait tant voulu écrire : *Au secours. Sauvez-moi.* Il était trop tard pour ça.

Davina baigna ses mains et son visage en toute hâte, sachant que Nan reviendrait bientôt. Moins cette femme verrait ses meurtrissures, mieux cela vaudrait. Celles que Davina pouvait voir n'étaient plus aussi mauves, mais restaient douloureusement présentes. Elle était prête à inventer une chute de cheval si une explication lui était demandée.

— Me voilà, mam'zelle.

Nan franchit le seuil de la porte, apportant avec elle une nouvelle robe — rose, cette fois-ci. Il lui semblait que la maîtresse de Kilmichael en possédait une collection infinie, ce pour quoi Davina lui était reconnaissante. Bien que toutes âgées d'au moins deux étés, elles étaient en bon état et raccourcies pour convenir à sa petite taille.

Une demi-heure plus tard, sa faim ayant été apaisée avec du porridge et du thé, Davina se dirigea vers l'escalier. En montant, elle se demanda si elle ferait bien de passer par la chambre de madame Fullarton, pour s'informer de sa santé. Mais Nan était devant la porte de sa maîtresse et son visage n'était pas accueillant.

— Elle s'repose maintenant et veut pas être dérangée. Quand elle se réveillera, j'lui dirai que z'êtes passée la voir.

Davina acquiesça d'un signe de tête, mais fut déçue de l'information. Allait-elle devoir passer la journée toute seule, et peut-être lundi aussi ? Elle ne ressentait aucune hâte de se retrouver face à face avec Somerled, mais la nombreuse compagnie du château n'était pas sans attrait par une journée aussi lugubre.

Elle se rendit ensuite au salon. La culpabilité de ne pas assister au sermon du révérend Stewart la poussa vers la Bible, ouverte au livre des Psaumes, sur son lutrin de bois. Davina laissa son regard errer sur la page, puis souhaita ne pas l'avoir fait. *L'impie emprunte et ne rend pas, le juste a pitié, il donne.*

Sûrement, Somerled devait être compté parmi les impies, au nombre des débiteurs qui ne remboursent pas leurs dettes. *J'ai pris ce que vous n'aviez pas offert.* Mais si elle voulait être comptée au nombre des justes, cela voulait-il dire qu'elle devait démontrer de la clémence envers lui ? Un homme qui l'avait violentée, lui avait ravi son corps et son âme ?

Non. Elle regarda les mots à travers un voile de larmes tenaces. *C'est impossible.*

Elle tourna vivement la page, mais la vérité ne se laissait pas si facilement écarter. Le Seigneur ne lui avait-il pas pardonné pour les péchés qu'elle avait commis, cette nuit-là ? La plupart diraient que ses fautes avaient été légères, comparées à celles de Somerled, mais Davina ne pouvait nier qu'elle avait aussi besoin du pardon. Elle ne pouvait pas non plus prétendre qu'elle ignorait entièrement ce qu'il voulait d'elle.

Mon Dieu, je vous en prie. Elle pressa ses mains sur sa taille, rendue malade par cette pensée. *Je ne peux lui pardonner. Je ne peux...*

Chapitre 46

Parfois par ses yeux,
J'ai reçu d'agréables messages muets.
— William Shakespeare

Somerled concentra son regard sur le sentier piétiné au sud du château, comme si, par sa seule volonté, il avait pu hâter l'apparition de Davina.

Deux jours, jeune fille. C'est suffisamment long.

Un dimanche lugubre et pluvieux passé avec un livre au coin du feu était une chose, mais un deuxième jour de pluie incessante avait mis sa patience à rude épreuve. Comment pouvait-il séduire une femme, si elle n'était pas à ses côtés ?

Ah, la voilà. Son cœur accéléra à la vue de Davina émergeant des bois de pin. Un châle léger lui couvrait la tête et les épaules, sans doute plus pour protéger son violon que ses cheveux. Elle tenait l'instrument contre elle et marchait les yeux baissés. Prenant garde aux flaques d'eau, peut-être. Ou évitant son regard.

— Bienvenue, mademoiselle McKie.

Il marcha vers elle, tout en essuyant la pluie de son visage du revers de la main.

— Je suis désolé que le climat soit si inhospitalier.

Quand elle leva le regard, ses yeux bleus ne trahissaient rien. Était-elle au moins un peu heureuse de le revoir ?

Somerled lui offrit le bras, mais elle s'abstint de le prendre, tapotant plutôt son violon.

— En effet, il ne faudrait pas que vous le fassiez tomber.

Il jeta un coup d'œil à la domestique renfrognée qui la suivait comme son ombre — Nan, il se rappela son nom —, ses jupes traînant dans la boue.

— Entrons quelque part où nous serons au sec, dit-il.

Il précéda les femmes dans l'escalier tournant, s'adressant à Davina par-dessus son épaule.

— Mademoiselle McKie, pourrais-je vous parler brièvement, avant le dîner ?

Voyant le regard soupçonneux de la domestique, il ajouta rapidement :

— Je désire savoir ce que vous jouerez ce soir.

Cela, et certaines autres choses que Nan n'avait pas besoin de connaître.

Quand elles atteignirent le sommet de l'escalier, Somerled fit un signe en direction de l'une des femmes de chambre du duc, puis il retira le châle dégoulinant de Davina et le lui remit.

— Mademoiselle aimerait quelques serviettes sèches et une tasse de thé. Nan se fera un plaisir de vous accompagner.

La servante de Kilmichael tourna les talons et suivit sa collègue plus jeune vers la cuisine du rez-de-chaussée, tandis que Somerled posait le regard sur Davina, qui frissonnait à ses côtés, combattant une forte envie de lui prendre la main ou de lui toucher la joue.

— Allons nous asseoir près du foyer. Même en plein solstice d'été, Brodick est aussi humide qu'une tombe.

La salle à manger était vacante, à l'exception d'un domestique occasionnel qui entrait et sortait ; le valet de pied du duc ne sonnerait pas la cloche du dîner avant une autre heure. Somerled rapprocha sa chaise du foyer, sans cesser de la regarder.

— Voilà, mademoiselle.

Nan réapparut avec des serviettes de toile pliées sur un bras et un petit plateau de thé. En cette occasion où elle aurait pu flâner un peu, voilà qu'elle se montrait d'une efficacité exemplaire.

— Je dois m'occuper de ma propre toilette, dit Somerled. M'excuserez-vous un moment? À mon retour, nous aurons notre discussion, d'accord?

Quand Davina abaissa le menton en guise de réponse, il s'inclina et marcha rapidement à travers le corridor désert, en route vers sa chambre et le loyal Dougal. Il y trouva plutôt sir Harry, marchant de long en large dans la pièce, en manches de chemise et fumant un petit cigare.

— Où en sont les choses avec mademoiselle McKie? demanda son père, dont la tête argentée était enveloppée de fumée. Tu dois sûrement avoir obtenu une réponse, maintenant.

Somerled eut un mouvement d'impatience devant l'insistance de son père.

— Elle n'a eu que deux jours pour peser ma proposition.

— Enfantillages!

Sir Harry délogea un petit morceau de tabac de sa lèvre inférieure.

— Dans une situation aussi scabreuse, tout ce qui importe est le *quand*. Pas le *si*.

— Père, j'aurai une fiancée consentante.

— Il est trop tard pour parler de consentement.

Ses mots se perdirent dans une quinte de toux.

— Sois ferme avec elle, garçon. Explique-lui ce qui arrive à une famille respectée — la nôtre ou la sienne, par exemple —, quand les portes de la société se ferment pour elle. Étant donné son jeune âge, qui sait si mademoiselle McKie a même réfléchi une seule minute aux conséquences d'une disgrâce publique?

Somerled grimaça, sachant à quel point les membres de la noblesse pouvaient se montrer cruels. Il arrivait même qu'un baronnet soit exclu des meilleurs cercles. Entendant des bruits de pas dans le corridor, Somerled baissa la voix.

— À ma connaissance, personne n'est au courant…

— Bah !

Sir Harry toussa de nouveau.

— Les rendez-vous de minuit restent rarement un secret. Comment peux-tu être sûr que les serviteurs des Fullarton ne vous ont pas épiés tous les deux ? Tu as entendu les hommes, samedi soir, te félicitant pour ta présumée conquête du cœur de mademoiselle McKie. Combien de temps leur faudra-t-il pour deviner le reste ?

Somerled savait la réponse. *Pas beaucoup.*

— Je ferai ce que je peux pour la convaincre.

Quand Dougal entra dans la chambre avec sa veste, sir Harry fit un geste triomphant.

— Enfin !

Dougal s'occupa de l'aîné des MacDonald d'abord, puis vêtit Somerled d'une chemise et d'un foulard propre.

— *Nighean,* murmura-t-il en regardant vers la porte. *Teinntean.*

Somerled hocha la tête pour montrer qu'il avait compris : Davina l'attendait près du foyer. Il passa la main dans ses cheveux encore humides, puis quitta la chambre en préparant ce qu'il allait dire. *Mademoiselle McKie, je crains que nous n'ayons que peu de choix, en l'occurrence.* Cela ne gagnerait sûrement pas son cœur, si vrai que ce fût. S'il n'avait pas été aussi obsédé par une seule chose à la veille du solstice d'été, il aurait pu faire une cour traditionnelle à Davina, en prenant tout son temps.

En es-tu bien sûr ? Sa conscience revint le hanter pendant qu'il marchait dans l'étroit corridor. *À quel moment ton but a-t-il été de lui faire la cour ?* Et son changement d'attitude vis-à-vis du mariage avait de quoi l'étonner. La seule explication était Davina elle-même : une jeune femme talentueuse et magnifique, qui méritait plus que des meurtrissures et des rêves brisés.

S'il vous plaît, jeune fille. Laissez-moi réparer le tort que je vous ai causé.

Il la trouva assise près du foyer, comme avant, ses cheveux maintenant séchés et ses gants étendus près du feu. Sa femme de chambre s'écarta, quand il approcha.

— J'serai pas très loin, dit Nan — sur un ton qui se voulait un avertissement —, puis elle fit une révérence et se dirigea vers un coin de la pièce où les autres serviteurs s'étaient réunis.

Somerled approcha sa chaise de celle de Davina, heureux que les autres invités soient en retard, ce jour-là.

— Vous n'avez pas apporté votre cahier à dessin?

Elle secoua la tête, mima la chute des gouttes de pluie avec ses doigts, puis lui montra un pli scellé.

— Je comprends.

Somerled brisa le cachet de cire avec réticence, craignant son contenu. *Je ne peux pas me marier avec vous. Je ne vous épouserai jamais.* Il déplia le papier, surpris de n'y trouver que quelques lignes. Déjà, son écriture lui paraissait familière : des lettres menues et bien formées avec une pente accusée vers l'avant. Aucune salutation, nota-t-il. Peut-être craignait-elle que la missive tombe entre des mains malveillantes.

Je me demande si vous comprenez bien ce que vous me demandez.

Somerled ferma les yeux, de nouveau frappé par son honnêteté. Et sa douleur. *Je comprends, jeune fille. Je demande l'impensable.*

Quand il leva les yeux, il vit ses lèvres frémir légèrement et ses yeux se mouiller de pleurs.

— Mademoiselle McKie, je...

Que pouvait-il dire quand il n'existait pas de mots ? Il tendit la main vers elle, puis la retira, la frustration et la honte lui échauffant le visage.

— Je vous demande de m'épouser.

Elle secoua la tête, puis commença à écarter les mains par petits mouvements, comme si elle mesurait quelque chose.

— Davantage ? Il scruta son visage, cherchant à saisir. Je comprends que vous n'éprouvez aucune affection pour moi...

Elle secoua négativement la tête, puis indiqua la lettre, et son visage exprimait de la résolution.

Vous me demandez de vous épouser. Vous me demandez de passer le reste de mes jours avec vous. Mais cela n'est rien, comparé à la chose la plus difficile que vous exigez de moi.

Somerled regarda la lettre attentivement, confus.

— Je ne comprends pas ce que vous voulez dire.

Évitant son regard, elle se toucha le cœur, puis ouvrit la main, comme si elle lui offrait un présent.

Il ne l'avait jamais vue faire ce geste tendre, auparavant. Qu'est-ce qu'il signifiait ?

— Votre cœur ? Votre... amour ? En vérité, mademoiselle McKie, je n'ai pas de telles attentes.

Des espoirs, peut-être, sauf qu'il n'oserait jamais les exprimer. Puisqu'elle s'abstint de répondre, il sut qu'il n'avait pas trouvé les bons mots. Il savait aussi pourquoi elle n'avait pas écrit cette chose difficile entre toutes : Davina le mettait à l'épreuve. Il n'avait pas l'intention d'échouer.

Elle hésita un moment, puis mima un grand et lourd volume qu'elle ouvrait. Lentement, révérencieusement. Seule la Bible pouvait correspondre à sa description silencieuse.

Comme beaucoup d'habitants des Highlands, il était épiscopalien. Était-ce leur religion différente qui la dérangeait ?

— Je ne veux pas changer vos croyances, lui dit-il gentiment. Bien que nos familles ne prient pas de la même manière, nous honorons le même Dieu.

Quand elle soupira, il comprit qu'il n'avait toujours pas décrypté ce qu'elle essayait de dire. Après une longue pause, elle traça un signe dans les pages de la Bible imaginaire ; deux lignes, l'une de haut en bas, l'autre transversale.

La croix ? Il s'adossa à sa chaise, plus perplexe que jamais.

— Cette chose difficile que vous devez faire…, est-ce un sacrifice ? Une pénitence ?

— MacDonald !

La voix d'Alastair MacDuff porta à travers la pièce, mettant abruptement fin à leur échange.

— Aurons-nous le plaisir de vous entendre jouer, après le dîner ?

En effet, ils devaient encore parler du programme de la soirée. Est-ce que Davina voudrait qu'il l'accompagne ? Somerled la regarda dans les yeux et trouva enfin une réponse.

— Oui, MacDuff. Nous jouerons ensemble.

Il se pencha vers Davina pour murmurer :

— Et pendant que nous dînerons, je réfléchirai à votre missive.

Durant tout le repas, Somerled passa en revue les indices qu'elle lui avait donnés. Qu'attendait-il de Davina ? Rien d'autre que sa main. *Et son corps dans ton lit,* l'interrompit sa conscience. Oui, mais quoi d'autre ? Ni son amour ni sa confiance, même s'il espérait gagner les deux au fil du temps. *La chose la plus difficile que vous exigez de moi.* Elle l'avait indiquée avec son cœur. Avec la Bible. Avec la croix.

Il faillit faire tomber sa fourchette dans son assiette. *Le pardon.* C'est ce qu'elle se sentait tenue de lui offrir. *Difficile ? Non, impossible.* En particulier quand il n'avait pas eu la décence de le lui demander. *Pardonnez-moi, mademoiselle*

McKie. Avait-il déjà prononcé ces paroles à voix haute en y croyant vraiment ?

Somerled se tourna vers le côté opposé de la table, où elle était assise, avalant quelques bouchées de saumon en écoutant le badinage de Son Honneur. Des mèches de cheveux mouillées par la pluie encadraient son visage telle une auréole. Comme un ange. Elle se pinçait les lèvres, hochait la tête, acquiesçait aux paroles du duc, pourtant Somerled sentait qu'elle était consciente de son regard posé sur elle, en dépit de la table pleine d'hommes qui les séparait.

Regardez-moi, jeune fille. Et elle le fit, comme s'il avait dit les mots à voix haute. *Je vous en prie, pardonnez-moi. De vous avoir fait du mal. De vous avoir contrainte. De vous avoir déshonorée.*

Le regard de Davina était rivé dans le sien. Pouvait-elle lire sur son visage ? Percer ses pensées ? Même si elle avait eu de tels pouvoirs, il n'emprunterait pas ce chemin de pleutre, espérant seulement qu'elle le comprenne. Non, il plaiderait pour obtenir son pardon ce soir même.

Quand la table du duc fut débarrassée et que ses invités furent réunis, Somerled accompagna Davina à la flûte avec une attention toute particulière, la laissant briller à chaque morceau, comptant les minutes jusqu'à ce qu'elle abaisse finalement son archet.

Dès que les applaudissements cessèrent, il se plaça devant elle, de peur qu'elle se précipite vers la porte.

— Un dernier mot, si je puis, mademoiselle McKie.

Somerled vit Nan s'avancer vers eux, son regard plein de suspicion, et il leva la main pour l'arrêter.

— Veuillez attendre votre maîtresse à la porte, dit-il.

Le ton d'autorité dans sa voix était intentionnel ; il ne se laisserait pas intimider par une domestique impertinente.

Il regarda Davina, qui avait son violon dans une main et son archet dans l'autre, et il aurait voulu les lui retirer afin de lui prendre les mains. Mais il avait promis de ne pas la toucher ; en cet instant plus qu'en tout autre, il ne romprait pas cette promesse

— Voulez-vous me rejoindre près de la fenêtre ?

Cet endroit ne serait pas plus privé, mais la pluie assourdirait ses mots. Il ne le faisait pas pour lui, mais pour elle.

Ils traversèrent la pièce tandis que les autres invités se retiraient dans leur chambre ou s'attardaient, un verre de whisky à la main. Se tenant près des volets et aussi près d'elle que le permettait la bienséance, il baissa la tête et la voix, de sorte qu'elle seule puisse entendre sa confession.

— Mademoiselle, vos efforts pour vous expliquer plus tôt n'ont pas été vains.

La tristesse dans son regard le rassura, tout en l'incriminant.

— Je comprends ce que j'exige de vous.

Il ravala ce qu'il lui restait de fierté.

— Je vous demande de me pardonner, mademoiselle McKie.

Avec les domestiques qui allaient et venaient tout autour, il n'osa énumérer ses fautes. Mais il n'eut pas besoin de les nommer ; personne ne savait mieux que Davina combien terriblement il avait erré.

— Je vous en prie, mademoiselle McKie. S'il y a quelque clémence cachée dans votre cœur, pourrais-je la voir dans vos yeux ?

Ce qu'il y trouva fut seulement ce qu'il méritait : de nouvelles larmes.

Chapitre 47

À votre insu,
Les yeux et les oreilles de plusieurs
vous verront et vous guetteront,
Comme ils l'ont déjà fait.
— Cicéron

— Mademoiselle McKie, je crois que vous me cachez quelque chose.

Davina se tenait au pied du lit à dais, les mains croisées derrière le dos. *Non, madame. Je ne cache rien à l'exception d'un corps blessé et d'un cœur lourd.*

Son hôtesse était assise, adossée à des traversins recouverts de soie. Après plusieurs jours au lit à récupérer, elle était pâle et ses traits étaient tirés, pourtant ses yeux bruns brillaient d'une chaude lueur.

— Nan m'a rapporté que monsieur MacDonald vous a consacré beaucoup d'attention au cours de vos visites au château Brodick. Est-ce vrai ?

Elle hocha légèrement la tête, espérant que cela suffise.

— Il vous a certainement étonnée, la veille du solstice d'été...

Le corps de Davina se raidit.

— ... en jouant du violoncelle avec autant de talent.

Oh, cela ? Elle se détendit suffisamment pour mimer le jeu d'un flûtiste.

— Bien sûr, on m'a dit qu'il était maître de cet instrument aussi.

Madame Fullarton toussa, puis se tamponna la bouche avec son mouchoir.

— Cependant, je ne crois pas que la musique soit la seule passion de monsieur McDonald, dit-elle ensuite. Si l'opinion de Nan est fondée, il est très épris de vous, mademoiselle McKie.

Les joues de Davina rougirent comme les roses du jardin de Kilmichael.

— Je vois que j'ai raison, dit madame Fullarton, et le ton de sa voix devint plus sérieux. Étant votre hôtesse, je ne puis offrir ma bénédiction à cette cour, si innocente fût-elle, sans le consentement de vos parents. Leur avez-vous écrit?

Voilà une question à laquelle Davina pouvait répondre. *Oui.* Elle fit semblant d'écrire dans sa main, puis l'agita en direction de la baie de Brodick, puisque sa lettre était partie avec la malle de mardi.

— Monsieur MacDonald a-t-il aussi fait son devoir en leur écrivant de son côté?

Quand Davina hocha la tête de haut en bas, madame Fullarton soupira.

— Comme vous êtes en présence l'un de l'autre tous les soirs, je demanderai à Nan d'être particulièrement attentive.

Davina n'avait jamais connu de servante aussi vigilante.

— Vous êtes fortunée de le voir aussi souvent. Mon mari me manque terriblement, quand il voyage, que ce soit sur terre ou en mer.

Elle toussa de nouveau, plus profondément, cette fois-ci.

— Pourriez-vous me tenir compagnie, aujourd'hui, pendant que vous répétez?

La pluie ayant enfin cessé, Davina aurait souhaité se rendre à la baie de Lamlash afin d'y saluer ses cousines. Mais elle ne pouvait abandonner la maîtresse de Kilmichael à un après-midi solitaire, confinée dans sa chambre. Elle esquissa une révérence et se dépêcha d'aller chercher son violon.

En approchant de l'escalier tournant, Davina leva ses jupes plutôt que de risquer de trébucher sur l'ourlet inégal. Elle avait choisi d'ignorer les altérations faites à la va-vite par Nan — quelle invitée serait assez ingrate pour s'en plaindre? — et sa manière négligente de lui épingler les cheveux, ce matin-là. La domestique se montrait plus prévenante à son égard au début de son séjour. L'aurait-elle offensée sans le vouloir ? Ou sa mutité rendait-elle Nan de plus en plus mal à l'aise en sa présence ? Si c'était le cas, Davina n'augmenterait pas son embarras en mettant en évidence ses lacunes.

Violon en main, elle retourna dans la chambre de madame Fullarton, à l'étage, et se mit à répéter un morceau sentimental. Elle avait hésité à l'interpréter au château, car elle craignait que *Mon cœur est brisé depuis ton départ* communique à Somerled un message qu'il interprète mal. Son hôtesse reconnaîtrait-elle la mélodie des Highlands ?

— Oh, mademoiselle McKie, protesta-t-elle au bout d'une douzaine de mesures, c'est bien trop triste, peu importe le titre.

Elle ne répéta pas le refrain, mais passa plutôt à un air plus gai, *Les jolies berges d'Ayr*. Son public d'une seule personne s'appuya sur les traversins avec un sourire complice.

— Je connais ce morceau, dit-elle.

Le répertoire de Davina s'épuisait. Encore six autres récitals, et son emploi à titre de violoniste estivale du duc se terminerait. Peut-être Somerled accepterait-il d'inclure quelques solos additionnels ? Hier, il l'avait surprise avec un autre de ses multiples talents : le chant. Sa voix de ténor, forte et naturelle, avait résonné sur les murs, et un frisson de plaisir avait couru le long de ses vertèbres. À la fin du second couplet, plutôt que d'employer le nom d'Eliza, comme l'avait voulu le compositeur, Somerled avait dirigé sa supplication vers une autre jeune fille.

Je sais que tu me condamnes au désespoir
Ne veux, ni ne peux me soulager ;
Mais, ô Davina, écoute ma prière —
Par pitié, pardonne-moi !

L'astucieuse substitution déclencha quelques rires gras chez les hommes présents, mais Somerled n'avait pas fait de clin d'œil dans sa direction en chantant son nom, ni souri après la dernière note. Il l'avait plutôt implorée du regard avec une expression si sincère qu'elle avait tout de suite enchaîné avec un air de violon, cachant son désarroi derrière son archet animé. *Par pitié ?* Elle ressentait bien des choses envers Somerled, mais la pitié n'en faisait pas partie. *Pardonne-moi ?* Voilà une demande qu'il lui restait encore à satisfaire.

— Comme il est dommage, dit madame Fullarton, que monsieur MacDonald et vous dussiez vous séparer dans une semaine. Avec le temps, il aurait pu se révéler un prétendant très convenable, pour vous.

Il y avait des moments, peu nombreux en vérité, où elle était heureuse de ne pouvoir parler.

À seize heures, Nan Shaw apparut à la porte de la chambre.

— Le thé, m'dame, annonça-t-elle en entrant.

Elle déposa un plateau d'argent circulaire près de sa maîtresse. Des tranches de gâteau aux graines de carvi étaient disposées sur une assiette de porcelaine, à côté d'une théière fumante. Il n'y avait qu'une tasse et une seule soucoupe.

— Nan, avez-vous oublié mademoiselle McKie ?

La servante fit une légère grimace, que seule Davina put voir.

— J'cours lui chercher une tasse, m'dame.

Elle ébaucha une révérence avant de disparaître par la porte.

— Je vous demande pardon, mademoiselle McKie. Nan est rarement aussi distraite.

Davina alla déposer son violon et son archet sur la table de toilette. En retraversant la pièce, elle trébucha sur l'ourlet de sa robe, déchirant l'étoffe à la couture.

— Attention, jeune fille !

Davina retrouva l'équilibre immédiatement, mais elle fut bien embarrassée de constater un trou béant en regardant vers le bas.

— Ne vous en faites pas, mademoiselle McKie. Ce sera vite réparé.

Son hôtesse se redressa, évaluant l'état de la robe verte de Davina d'un œil critique.

— Veuillez approcher, dit-elle.

Elle se pencha et saisit l'étoffe.

— Pas étonnant que vous ayez trébuché, constata-t-elle, puisque la bordure est inégale à droite. Où Nan avait-elle donc la tête, quand elle a cousu cela ?

Le regard de Davina suivit le sien, examinant la robe endommagée. Quand elle releva la tête, madame Fullarton regardait d'un air mécontent ses boucles relevées en chignon. Elle replaça délicatement les épingles.

— Je ne suis alitée que quelques jours, se plaignit-elle, et voilà que toute ma maison s'en va à vau-l'eau. Je ne saurais assez m'excuser, mademoiselle McKie.

Davina lui effleura la main pour la remercier, quand la servante négligente revint avec une autre tasse.

— Nan ?

Madame Fullarton l'arrêta d'un regard sévère.

— Préparez une nouvelle robe pour mademoiselle McKie, je vous prie. La rose qu'elle a portée dimanche conviendra. Quand elle sera habillée à sa satisfaction et à la mienne, j'aimerais avoir une discussion avec vous en privé.

— Oui, m'dame.

Nan offrit à sa maîtresse une révérence contrite, puis quitta la pièce.

— Veuillez ne pas en prendre ombrage, mademoiselle McKie.

La voix de madame Fullarton devenait rauque.

— Pour une raison que j'ignore, Nan n'est plus que l'ombre d'elle-même, depuis peu. Quand je lui aurai parlé, vous constaterez, je crois, une grande amélioration dans ses manières.

Nan Shaw marchait d'un pas précipité, devançant Davina d'au moins deux bonnes enjambées et balançant l'étui de feutre avec tant de nonchalance que la jeune fille craignait que la servante le fasse tomber dans la boue. Leur trajet de fin d'après-midi au château n'en serait donc que plus court, et silencieux, de surcroît. En effet, Nan n'avait pas prononcé le moindre mot depuis qu'elles avaient quitté la maison de Kilmichael. Quoi que madame Fullarton eût dit à sa domestique, cela n'avait fait qu'envenimer les choses.

Davina fit de son mieux pour ne pas se laisser distancer par la servante aux longues jambes. Elle jeta tout de même un regard au forgeron martelant son enclume en passant devant sa forge, et salua poliment de la tête un gentilhomme qui chevauchait une jument noisette. Quand elles prirent la route de la plage — plus large que le sentier de Kilmichael, mais non moins caillouteux —, Nan se retourna et lui remit sèchement une lettre.

— C't'arrivé hier matin, par un voisin r'venant d'chez les Stewart.

Hier matin ? Davina fronça les sourcils en brisant le cachet. La lettre était-elle restée dans la poche de Nan tout ce temps ? Dans une semaine, elle rentrerait avec joie au presbytère et oublierait pour toujours sa désagréable femme de chambre.

L'écriture de sa cousine — aussi dénuée de prétention et gaie que la jeune fille elle-même — semblait virevolter sur la feuille. Simplement reconnaître la main familière donna à Davina envie de revoir la baie de Lamlash. Elle lut en marchant, ralentissant le pas et forçant Nan à faire de même.

À Davina McKie
Lundi 27 juin 1808

Très chère cousine,

Nous nous sommes ennuyées de toi à l'église, hier matin, et souhaitons tous que cette lettre te trouve en bonne santé.

Une vague de culpabilité déferla sur le cœur de Davina. *Je ne te décevrai pas au prochain sabbat, chère Cate.*

Comme la vie ici est ennuyeuse sans toi ! Mère transplante des choux cavaliers et des betteraves, Abbie et moi sarclons entre les averses, et père s'occupe des abeilles. Madame McCook, de Kingscross, souffre de fièvre. Nous irons lui rendre visite bientôt.

La lettre de Cate regorgeait de détails domestiques, décrits avec une innocente insouciance qui remplissait de regrets le cœur de Davina. Leurs vies n'auraient pu être plus différentes, maintenant. Tandis que ses cousines s'occupaient du jardin, elle considérait la demande en mariage d'un libertin.

Davina relut le dernier paragraphe deux fois, essayant de lire entre les lignes. Le révérend Stewart était-il vraiment mécontent d'elle ?

Père maugrée toujours au sujet de ton jeu, la veille du solstice d'été. Peux-tu imaginer une chose aussi bête ? Abbie et moi croyons que vous avez joué merveilleusement bien ensemble. Est-ce que monsieur MacDonald t'accompagne au château Brodick chaque soir ?

Oui, jeune fille, il le fait.

Elle plia la lettre et la mit dans son réticule pendant que Nan commençait l'ascension vers le château. Si le beau temps persistait, Davina emprunterait l'une des montures de Fullarton et galoperait jusqu'au presbytère, ne serait-ce que pour une courte visite. Pour rassurer ses cousines. Et pour se rappeler une époque où tout était plus simple.

Somerled l'attendait, quand elle arriva dans la salle à manger.

— Je suis heureux de voir que vous arrivez tôt.

Il prit l'étui de feutre des mains de Nan et l'envoya rejoindre les autres servantes.

— Rassurez-vous, lui dit-il. Mademoiselle McKie et moi ne chercherons pas à vous échapper.

Davina nota le ton sarcastique derrière les mots ; Somerled en avait, semble-t-il, assez de leur chaperon.

Il disposa deux chaises près de la fenêtre surplombant la baie. Les cris plaintifs des mouettes flottaient par la fenêtre ouverte lorsqu'il l'aida à s'asseoir et rapprocha sa propre chaise.

— Enfin, nous disposons de quelques instants à nous, dit-il, puis il tapota l'étui. Avez-vous apporté votre cahier à dessin ?

Davina le retira du sac, évitant son chaud regard, sachant qu'il avait en tête plus qu'une conversation anodine. *Je vous demande de me pardonner. Je vous demande de m'épouser.* Il demandait bien plus que ce qu'elle était prête à lui accorder. Mais, au moins, il demandait et ne se contentait pas de prendre.

Cherchant une page vierge, elle tomba sur son dessin d'une fée.

Somerled regarda le croquis et haussa un sourcil.

— Les servantes ont dit qu'une fée avait été vue, flottant dans les airs dans la baie de Brodick. Elle se serait ensuite introduite dans les maisons au grand jour, fouinant dans les cuisines, examinant tous les plats que l'on préparait pour le dîner.

Davina écrivit rapidement sur la page. *Les fées ne font cela que le vendredi. Nous sommes mercredi.*

Il devint plus sérieux.

— Et quand les fées épousent-elles les mortels ? Car nous devons faire nos préparatifs.

Somerled n'avait pas dévié de son but déclaré : il voulait qu'elle devienne sa femme. « Nous ne pouvons tarder trop longtemps, lui avait-il dit la veille. Les yeux de plusieurs sont fixés sur nous, et chacun interprète à sa manière nos duos. Plus vite nous serons fiancés, plus vite les commérages à Arran changeront de cible. »

Une seule paire d'yeux était fixée sur elle, maintenant.

— Le rose vous sied particulièrement bien, dit-il, mais son regard ne s'attarda pas longtemps sur sa robe. J'ai une chanson légère en tête pour conclure la soirée. Vous êtes la bienvenue pour m'accompagner au violon si vous le voulez, mais prêtez spécialement attention au dernier couplet.

Lorsqu'ils furent assis à table, Davina l'observa devant son repas de venaison accompagné d'un verre d'un bordeaux. La fourchette de Somerled n'était pas plus active que la sienne. Si elle pouvait être sûre que ses remords étaient sincères, que son affection pour elle était véritable, que son désir de l'épouser était motivé par le désir et non par le devoir…

Mais elle ne pouvait être sûre d'aucune de ces choses.

Comme promis, Somerled termina le concert par une chanson joyeuse, à laquelle elle n'ajouta qu'un accompagnement sommaire ; sa belle voix de ténor n'avait pas besoin de l'aide de ses cordes. Quand il atteignit le couplet final, il se tourna et chanta pour elle, comme si personne d'autre n'avait été présent dans la pièce.

Elle possède mon cœur, elle possède ma main,
Par secret serment et alliance d'honneur !
Jusqu'à ce que le coup mortel me terrasse,
Je suis tien, ma jolie fille des Lowlands !

Davina rougit aux paroles modifiées. La chanson finissait par « *jolie fille des Highlands* », comme tous dans l'assistance le savaient fort bien.

Somerled s'inclina bien bas devant elle tandis que leur public restreint applaudissait chaudement. À l'exception de Nan Shaw, qui se tenait à l'écart, une expression méprisante sur le visage.

Chapitre 48

La médisance est malveillante, légère et facile à lancer,
Mais blessante à entendre et difficile à écarter.
— Hésiode

Le jeudi se leva gris et frais. Assise seule à la table du petit déjeuner, Davina sentait des présences au-delà de la porte menant au corridor : deux servantes murmuraient en gaélique. Puis, elle entendit clairement son nom entre les mots non familiers. *McKie.* Nan n'était pas la seule domestique à Kilmichael à agir étrangement envers elle ; d'autres servantes fronçaient les sourcils quand Davina entrait dans une pièce ou bien chuchotaient quand elle les croisait. Peut-être, comme Betty, croyaient-elles que leur invitée silencieuse était vraiment une fée.

Son petit déjeuner fini, elle se leva de table, dans l'intention de chevaucher jusqu'au presbytère de Kilbride et de faire à ses cousines la visite si souvent reportée. Personne n'était dans le corridor quand elle ouvrit la porte. Elle ne trouva pas non plus Nan en train de ranger sa chambre, comme la domestique le faisait souvent, même quand tout était bien ordonné.

Davina chercha dans son armoire, espérant y trouver une paire de chaussures mieux adaptées à une randonnée à cheval. Sa recherche fut infructueuse, mais elle découvrit toutefois que sa robe de damas était tout à fait sèche. À Lammas, elle rapporterait sa chère robe à la maison et verrait à ce qu'elle fût bien lavée et repassée, dans l'espoir de la sauver du panier à chiffons. Heureusement, sa veste bordée de dentelle avait survécu.

Son cœur s'arrêta. *Ma veste de brocart.* Dans la douloureuse foulée des événements, elle n'y avait plus pensé.

Mais elle s'en souvenait, maintenant. Et aussi de l'endroit où elle l'avait laissée.

Non ! Comment avait-elle pu être aussi négligente ?

Luttant pour garder son sang-froid, elle ouvrit la porte de sa chambre, priant pour ne croiser aucun domestique, puis se hâta à travers le corridor, franchit la porte et contourna la maison. Il restait un maigre espoir : quand le maître de Kilmichael était absent, les écuries restaient désertes.

Un gris manteau nuageux suspendu au-dessus de sa tête accompagnait les images qui se bousculaient dans son esprit : Somerled défaisant les boutons sous son corsage. Glissant la veste par-dessus ses épaules. La poussant sur le plancher couvert de paille. *Je ne peux attendre plus longtemps, jeune fille.*

De nouvelles larmes lui piquèrent les yeux. *Mais moi, j'aurais pu.*

Lorsqu'elle s'approcha du coin le plus éloigné des écuries, elle ralentit le pas, envahie par un sombre pressentiment. Pourtant, elle devait la chercher maintenant, pendant qu'elle en avait l'occasion. Il ne faudrait qu'un instant pour la trouver.

Davina ouvrit la porte de la stalle et faillit s'évanouir.

L'endroit était désert. On l'avait balayé de fond en comble. Même les seaux de fer blanc avaient été retirés de leur crochet.

Elle en parcourut le périmètre en vacillant, fixant les chevilles de bois, souhaitant que sa veste apparaisse comme par magie. Mais elle n'était pas là. N'avait jamais été là. Elle l'avait laissée sur le sol, négligée, oubliée. Un vêtement cousu par les mains aimantes de sa mère.

Davina s'effondra contre le mur grossier, et son cœur était douloureux, ses pensées incohérentes. La veste était perdue. Non, elle avait été trouvée. Découverte par quelqu'un. Un étranger ? Une servante ? Est-ce que cette personne savait que c'était la sienne et comment elle avait abouti là ?

Chaque possibilité envisagée était pire que la précédente. Et si quelqu'un avait surveillé l'écurie, attendant de voir qui viendrait pour la récupérer ? Et si les jeunes filles du voisinage commençaient à s'en parer, en racontant partout où elles l'avaient trouvée ?

Non, non ! Davina ne pouvait supputer les conséquences davantage.

À moins que… à moins que la veste eût été râtelée par un garçon d'écurie avec la paille du sol et brûlée. *S'il vous plaît, mon Dieu, faites que ce soit cela !* Bien qu'elle eût détesté renoncer à sa merveilleuse veste, il serait bien pire de perdre sa réputation.

Elle s'enfuit des écuries, hantée par les souvenirs, harcelée par les remords. Si seulement elle avait eu toute sa présence d'esprit, ce soir-là, et repris son vêtement. Si seulement elle avait arrêté Somerled, quand il avait d'abord tenté de la lui retirer. Si seulement ils ne s'étaient jamais embrassés près du ruisseau. *Si seulement. Si seulement. Si seulement.*

Davina venait tout juste de tourner le coin devant la maison, séchant ses larmes avec sa manche, quand une voix masculine familière la fit s'arrêter net. *Le révérend Stewart ?* Oui, c'était lui. Debout devant la porte, lui tournant le dos. Parlant avec Clark en lui tendant une valise.

Son cousin était-il venu lui rendre visite ? Quand le ministre disparut en franchissant le seuil, elle secoua ses jupes et rajusta en vitesse les épingles de ses cheveux. Puis, elle se dépêcha d'aller le rejoindre, priant pour que son visage ne la trahît pas.

Le révérend Stewart attendait dans le vestibule, les vêtements froissés et couverts de poussière à la suite de sa chevauchée. Il salua Davina avec un sourire nerveux.

— Le valet de pied vient de partir à ta recherche. Mais c'est moi qui t'ai trouvée d'abord. À moins que ce soit toi. Étais-tu dans le jardin ?

Le débit de ses paroles était inhabituel, comme si sa présence le décontenançait.

— Allons, laisse-moi t'admirer, ma cousine.

Quand il lui prit les mains, elle remarqua leur moiteur et son front couvert de transpiration. Était-il malade ? Y avait-il des ennuis au presbytère ? Était-il venu pour la ramener à la maison ?

Clark réapparut, puis les conduisit dans la salle de musique. Le thé suivrait dans quelques minutes. En dépit des inquiétudes de madame Fullarton, Kilmichael était une maison où tout fonctionnait au quart de tour, même si sa maîtresse était confinée dans sa chambre.

Dès qu'ils eurent la pièce pour eux seuls, le révérend Stewart parla :

— Je suis désolé d'apprendre que ton hôtesse soigne une toux tenace. Et Clark m'a informé que le capitaine Fullarton était sur le continent.

Elle hocha la tête et se rendit compte que cette nouvelle le troublait.

— Davina, je dois confesser que cela me désole de te trouver ici… sans protection. Si j'avais su, je serais venu plus tôt.

Il baissa la voix, bien que personne d'autre ne fût présent dans la pièce.

— J'espérais que le capitaine pourrait expliquer pourquoi tu n'étais pas à l'église, dimanche.

Voilà. Dès qu'elle avait vu le révérend Stewart, elle aurait dû comprendre pourquoi il était là. Pas étonnant qu'il transpirât autant : il s'inquiétait du salut de sa propre cousine. Si elle avait rendu visite à la famille du ministre, comme elle l'avait projeté, elle aurait pu apaiser ses craintes.

Davina retrouva son cahier à dessin dans son étui de feutre beige sur le piano et griffonna un bref mot d'excuse : *Je suis désolée. La servante ne m'a pas réveillée et j'ai dormi tard.* Même si tout était vrai, cette explication semblait peu convaincante sur papier.

— Lorsque tu vivais parmi nous au presbytère, tu te levais habituellement à l'aube.

Le révérend Stewart s'épongea le front avec son mouchoir de lin.

— T'es-tu retirée tard dans ta chambre, samedi soir ?

Elle écrivit de nouveau, déterminée à rester honnête. *Il était vingt-trois heures, quand je suis partie du château pour rentrer à Kilmichael. Son Honneur a beaucoup apprécié ma musique.* Par l'expression de son visage, elle vit que ses commentaires n'avaient pas amélioré la situation.

Il s'éclaircit la gorge.

— Il est possible que sur le continent, les fidèles ne se sentent pas tenus d'assister au service chaque semaine comme autrefois. Mais je peux t'assurer que nous ne sommes pas aussi tolérants à Arran.

Elle lui écrivit des excuses sincères, lui assurant qu'elle serait à l'église de Kilbride, le sabbat suivant. Il hocha bien la tête en lisant, mais n'eut pas l'air apaisé pour autant.

— Mes filles s'ennuient beaucoup de toi, admit-il enfin. Le 6 juillet n'arrivera jamais assez vite pour elles.

Davina hocha la tête, se toucha le cœur. *Elles me manquent aussi. Et vous aussi, cousin, vous me manquez. Et Elspeth.*

— Je t'ai apporté quelques-uns de tes vêtements, ta tenue d'équitation et d'autres choses aussi. Je crois que ta valise a été montée dans ta chambre.

Davina offrit ses remerciements, puis mit de côté son cahier à dessin pendant que le thé était servi. Même si sa précieuse veste était irrémédiablement perdue, elle aurait plusieurs autres vêtements confectionnés par sa mère pour se consoler. Un tendre rappel de la maison.

Le révérend Stewart leva sa tasse de thé et dit, comme s'il venait tout juste d'y penser :

— J'ai écrit à ton père, vendredi dernier, l'informant que tu vivais ici, à Kilmichael.

Cette idée la mit mal à l'aise. Qu'est-ce que le révérend Stewart avait écrit à ses parents ? Que le duc l'avait honorée par sa requête de divertir ses invités ? Ou que Somerled l'avait déshonorée par sa manière «dévergondée» de l'accompagner?

Sa seule consolation était celle-ci : le ministre ne savait rien de ce qui était arrivé dans les écuries.

— Je comprends que la maison grouille de domestiques, cousine, et que tu n'y es presque jamais seule. Mais je serais plus rassuré si tu étais en sécurité au presbytère, et les invités du duc de retour à Argyll... ou à Fife, ou dans le comté de Stirling, ou peu importe d'où ils viennent.

Somerled. Davina était heureuse que le révérend ne puisse lire dans ses pensées. *Vous n'aviez pas entièrement tort à son sujet, cousin.*

Il déposa sa soucoupe sur la table, incapable de soutenir plus longtemps son regard.

— Les gens peuvent être cruels, Davina. Ils voient des choses... ou entendent des rumeurs... et prononcent des jugements qui ne sont pas justes.

Il se leva, comme s'il était à court de paroles ou ne pouvait se résoudre à les dire.

— Résiste au démon, jeune fille, dit-il enfin, et il te fuira.

Elle n'avait pas besoin qu'on lui dise le nom du démon.

— Maintenant, je dois vaquer à mes devoirs de ministre, dit-il en se levant et en replaçant son manteau. En supposant que madame Fullarton soit réveillée, reprit-il, et qu'elle ne s'oppose pas à une brève visite de ma part. Mon manuel médical est dans ma sacoche, si le besoin s'en fait sentir.

Davina le suivit dans l'escalier et resta sagement dans un coin de la chambre pendant qu'il écoutait les toussotements de sa patiente, lui touchait le front et priait pour sa santé. À Arran, le savoir médical sommaire des ministres et des sages-femmes suffisait généralement.

— Comme vous êtes bon d'être venu.

Madame Fullarton semblait faible, mais son moral était bon.

— Mademoiselle McKie, reconduisez votre cousin à la porte, car j'en suis empêchée.

Davina le regarda partir, peinée de voir ses épaules affaissées lorsqu'il remonta sur son cheval. Il avait franchi tous ces milles pour l'admonester. Et la mettre en garde. Peut-être avait-il senti qu'il arrivait trop tard.

Elle soupira en marchant à travers la maison silencieuse, se sentant bien seule. Il n'y avait personne à qui s'ouvrir, personne à qui elle aurait pu confier ses secrets, toujours plus lourds. Si sa mère avait été là, aurait-elle seulement pu lui dire ce qui était arrivé ? La pensée de relater son expérience par écrit fit rougir Davina. *Non.* Certains sujets ne pouvaient pas même être abordés.

Au moins, elle avait les robes que sa mère avait faites, qui l'attendaient dans la chambre d'invités. Après le déjeuner, elle les aérerait et choisirait celle qu'elle porterait ce soir-là, pour le duc. Elle se demandait lesquelles Elspeth avait choisies. Cate et Abbie auraient de plus sûrement glissé des messages dans sa valise.

La hâte faisait déjà battre son cœur quand elle ouvrit toute grande la porte de sa chambre. Mais ce qu'elle vit en entrant n'était pas ce qu'elle croyait trouver.

Sa veste de brocart était déposée sur le lit. Soigneusement lavée et repassée.

Elle s'adossa à la porte, saisissant le froid bouton d'étain pour se soutenir. *Mon Dieu, venez à mon aide !* L'une des servantes de Kilmichael l'avait trouvée. Il n'y avait pas d'autre explication.

Si l'une l'avait découverte, toutes étaient au courant. Et si une maison le savait, toute la paroisse en parlerait avant le prochain sabbat. Le capitaine en serait informé à son retour. Le révérend Stewart l'apprendrait en chemin, avant même d'être rentré à la maison. La vérité se propagerait plus vite que n'importe quelle nouvelle faisant la manchette des journaux sur le continent : *Davina McKie s'est dévêtue dans les écuries de Kilmichael, la veille du solstice d'été.* Une femme ne ferait une chose aussi inconvenante qu'en compagnie d'un gentilhomme.

Elle tomba à genoux sur le tapis du plancher. *Somerled.* Lui seul pouvait la sauver.

Même si elle ne pouvait lui faire confiance…, même si elle ne l'aimait pas…, même si son père n'approuvait pas son choix, épouser Somerled était son ultime espoir.

Chapitre 49

Une bonne réputation perdue n'est jamais retrouvée.
— John Gay

Jamie McKie plongeait paisiblement les rames dans l'eau, regardant les yeux de Leana se fermer peu à peu, un léger sourire au visage. Les rides fines de son visage commençaient à paraître. Ses cheveux étaient striés de gris, comme ceux de sa tante Meg, et récemment, Leana avait porté ses lunettes la majeure partie du temps.

Jamais elle ne lui avait paru aussi merveilleuse.

Il guidait leur yole à travers le loch Trool avec des poussées lentes et égales, ne voulant pas la déranger. Leana n'avait pas bien dormi, récemment, s'inquiétant au sujet de leurs enfants, attendant avec impatience leur retour à Lammas. Ni Davina ni les jumeaux ne lui avaient écrit depuis une semaine, ce qui ne faisait qu'accroître ses inquiétudes. Si une promenade en canot sur la surface miroitante du loch procurait à sa femme le repos qu'elle méritait, il la laisserait sommeiller. Ian était en visite chez les McMillan, ce matin-là; la maison était aussi paisible que le loch.

Très haut au-dessus de leur tête, le ciel ressemblait à une aquarelle, un mélange de bleu pâle et de gris doux n'annonçant ni soleil ni pluie. L'air était frais en ce dernier jour de juin, et une légère brise ridait l'eau. Il se pencha en avant et déposa un mince plaid de laine sur Leana. Elle remua, mais ses paupières ne se soulevèrent pas. *Dors, chère femme.* Il l'aimait depuis presque vingt ans. Si Dieu le voulait, il la garderait auprès de lui deux fois plus longtemps encore.

— Je sens que tu me regardes.

Elle ouvrit les yeux graduellement, et son sourire s'épanouit.

— Comme c'est charmant de faire une courte sieste, dit-elle.

Elle s'assit lentement, prenant garde de ne pas faire pencher la proue de la yole vers l'eau, puis grimaça en s'étirant.

— J'ai jardiné trop longtemps, ce matin, dit-elle.

— Chose aisée quand le soleil se lève à quatre heures.

Elle hocha la tête, ajustant le plaid sur sa robe.

— Après la pluie torrentielle de dimanche, tout fleurit. Je n'ai jamais vu les coquelicots aussi éclatants. Et les charmantes digitales pourprées m'arrivent presque au menton.

Jamie pensa à une fée qui lui arrivait aussi au menton, mais il se garderait bien de dire son nom, pour ne pas assombrir la gaieté de Leana. Il n'aurait jamais dû conduire Davina à Arran, n'aurait même jamais dû le suggérer. Non pas parce qu'il avait mis les jumeaux en colère, mais parce qu'il avait causé de la peine à sa femme, à qui la compagnie de sa fille manquait jour après jour.

— Nous avons de la compagnie.

Leana regarda par-dessus son épaule.

— Quelqu'un galope rapidement sur la route de la vallée.

Il se mit à ramer vers le quai, prêtant attention au claquement des sabots.

— Un cavalier solitaire ?

— Oui.

— Le révérend Moodie possède un hongre rouan, n'est-ce pas ?

Jamie hocha la tête, tirant sur ses rames avec un visage soucieux. En été, le ministre avait l'habitude de faire des tournées mensuelles dans la paroisse. Mais jamais au grand galop.

Lorsque les deux plaisanciers atteignirent le quai de pierre, le révérend Moodie était déjà descendu de cheval, et on avait conduit sa monture à l'écurie. Il les attendait debout, et son visage était rouge.

— Puis-je vous donner la main, madame McKie ? demanda-t-il en se découvrant, révélant son crâne presque dégarni. Bonjour à vous aussi, monsieur.

Le ministre s'inclina légèrement vers lui, puis commença à marcher.

— Pardonnez-moi, si j'ai interrompu votre promenade en canot.

C'est alors que Jamie remarqua la tension dans la voix de l'homme, la réserve dans son attitude, et qu'il fut certain qu'il ne s'agissait pas d'une visite ordinaire. Leana essaya de sourire.

— Révérend Moodie, nous honorerez-vous de votre compagnie au déjeuner ? Ou préférez-vous simplement du thé ?

— Du thé, répondit-il rapidement, précédant le couple sur le seuil de la porte d'entrée. J'ai bien peur de ne pas avoir beaucoup de temps. Ni d'appétit.

Quand les trois furent assis dans le salon et que le thé fut servi, Jamie le dispensa des civilités d'usage.

— Révérend Moodie, il est clair que vous êtes venu à Glentrool pour une affaire sérieuse.

— En effet, dit-il en retirant deux lettres de son gilet. Elles sont arrivées par voiture de poste ce matin.

Les lettres semblaient identiques, écrites de la même main masculine et sur le même papier ; seule la couleur des sceaux différait. L'un était rouge — une lettre administrative, déjà décachetée — et l'autre, en cire d'abeille ambre, annonçait une missive personnelle.

— Elles proviennent toutes les deux de la paroisse de Kilbride, les informa le révérend Moodie.

Arran. Le cœur de Jamie s'arrêta tandis que la main de Leana cherchait la sienne.

— Est-ce que Davina…

Sa voix était à peine audible.

— Est-elle malade ? Lui est-il arrivé malheur ?

— Pas à ma connaissance, madame McKie. Je crois que votre fille est en bonne santé.

— Dieu soit loué.

Leana laissa échapper un soupir.

— Je vous demande pardon, révérend, d'être aussi nerveuse.

Bien qu'aucune des lettres ne fût scellée en noir, la couleur du deuil, Jamie ne ressentait aucun soulagement. *À ma connaissance… Je crois…* L'homme louvoyait. *Mais que s'est-il passé ?*

— Vous avez toutes les raisons d'être nerveuse, lui assura-t-il, quand vos enfants ne sont pas sous votre toit.

Il y avait de la compassion dans ses yeux bruns, quand il remit la lettre cachetée à Jamie.

— C'est du révérend Benjamin Stewart. Votre cousin, je crois.

Il garda l'autre pli pour lui.

— Comme vous voyez, il m'a aussi écrit.

— Mais…

Leana le regarda fixement.

— Pourquoi notre cousin…

— La lettre qui m'est destinée est de nature officielle, expliqua-t-il, et l'on m'y demande de vous remettre ce pli sans délai. Le révérend Stewart écrit : «En tant que collègue, vous comprendrez mon désir de faire part de cette nouvelle urgente aux McKie. Veuillez leur remettre cette lettre le plus rapidement possible. » Votre cousin a dû craindre que votre lettre reste en attente à l'auberge de la poste pendant quelques jours.

Leana s'excusa abondamment.

— Il ne pouvait savoir quel fardeau il vous imposait, révérend, en vous demandant de faire une aussi longue course.

— J'ai d'autres affaires dans la vallée, insista-t-il. Et le post-scriptum était suffisant pour me persuader de seller mon cheval.

Il baissa les yeux sur la conclusion.

— « Comme Davina est membre de votre paroisse, je vous demande instamment de prier pour sa force d'âme. Elle pourrait être exposée à des tentations trop fortes pour qu'elle puisse y résister. »

Jamie entendit les mots, mais il eut de la difficulté à les accepter, tant ils lui semblaient extravagants. *Sa force d'âme ? Davina ?*

— Vous devez me pardonner, mais je n'ai pas été le premier à lire cette lettre. Comme elle porte un sceau officiel, le clerc du conseil l'a ouverte d'abord.

Le révérend Moodie jeta un coup d'œil à l'enveloppe scellée en se levant.

— Connaissant votre chère Davina, poursuivit-il, je suis persuadé que votre lettre ne contient rien de particulièrement alarmant.

— Je prie pour que vous ayez raison, dit Leana faiblement, pendant que le ministre prenait congé.

Dès qu'ils furent seuls dans le salon, Jamie glissa son pouce sous le sceau et le craquement de la cire résonna lugubrement dans la pièce silencieuse. Son cœur lui martelait la poitrine.

— Dépêche-toi, l'implora Leana, car je n'ose imaginer ce qui est arrivé.

Jamie parcourut la première ligne.

— Elle a été écrite il y a près d'une semaine. Le vendredi 24 juin. Le jour du solstice d'été. Il y a les salutations habituelles... ah, voilà.

Hier soir, nos familles ont assisté à la réception du solstice d'été donnée à Kilmichael...

— Davina m'a écrit à propos de cette réception, dit Leana en enroulant nerveusement un mouchoir en dentelle autour de son doigt. Elle s'apprêtait à aller jouer pour le duc de Hamilton.

— Il semble qu'elle l'ait fait, répondit Jamie. Et qu'elle le fasse encore.

À la demande de Son Honneur, Davina est restée derrière à Kilmichael, avec le capitaine et madame Fullarton, et elle y séjournera deux semaines. Elle doit jouer pour le duc et ses visiteurs tous les soirs, au château Brodick.

Leana fixa la lettre.

— Est-ce que ton cousin est mécontent des Fullarton ?

— Non, dit Jamie en grimaçant, tout en continuant à lire. Mais de l'un des invités du duc.

Lors de cette soirée, Davina fut accompagnée au violoncelle par Somerled MacDonald, l'héritier de sir Harry MacDonald d'Argyll.

— Un homme des Highlands, marmonna Jamie.

Son grand-père, Archibald McKie, avait engendré un fils illégitime, né d'une femme des Highlands et élevé près d'Inverness. Hamish avait soutenu la rébellion jacobite ; son propre père, Alec, avait donné son soutien à la couronne. Pendant plus d'un siècle, les deux familles s'étaient retranchées dans les camps opposés de chaque bataille, qu'elle fût politique, religieuse ou sociale. Bien qu'Hamish et Alec fussent tous deux décédés, leurs descendants restaient hostiles, incluant Jamie.

Leana lui toucha la main pour le calmer.

— Qu'est-ce que ton cousin dit à propos du jeune homme ?

Monsieur MacDonald est un musicien de talent, certes, mais il a joué de son violoncelle avec un abandon provocant, induisant votre fille à suivre son exemple.

— Oh, Jamie.

Leana s'effondra sur son épaule. Notre innocente Davina. Est-ce possible ?

La feuille tremblait dans sa main. *J'ai rendu cela possible. En l'emmenant là-bas.*

Il me navre d'écrire ce qui suit. Pourtant, je serais négligent, en tant que cousin et ministre de Davina pendant la période estivale, si je n'exprimais pas mes inquiétudes les plus sérieuses concernant sa réputation. J'ai entendu plusieurs femmes présentes faire des commentaires sur l'inconvenance de son jeu et la familiarité de ses manières à l'endroit de monsieur MacDonald.

Hors de lui, Jamie jeta la lettre au sol.

— Comment *ose-t-il* dire du mal de notre fille ?

Leana se pencha et prit la feuille, les mains tremblantes.

— Je ne peux croire que ce soit vrai. Davina ne ferait jamais rien qui puisse salir ton nom.

— Il est déjà sali, répondit Jamie.

Il s'était levé et marchait de long en large.

— Je fais confiance au révérend Moodie ; il gardera le post-scriptum pour lui-même. Mais je ne peux en attendre autant du clerc du conseil.

— Mais qu'y a-t-il à dire ? La lettre de Benjamin ne révèle presque rien…

— Et que dire de la « force d'âme » de Davina ?

Jamie lança ses mains en l'air pour montrer sa frustration.

— C'est suffisant pour faire marcher les langues jusqu'à la Saint-Martin.

Elle eut l'air abattu un moment.

— Mais nous ne savons toujours pas ce qui est arrivé...

— Nous savons que *quelque chose* est arrivé à Arran, comme les jumeaux l'avaient prédit.

La vérité avait percé son âme comme une épée qu'on lui aurait enfoncée entre les côtes.

— Et comme tu l'avais dit, toi aussi, Leana.

Ses joues se colorèrent.

— Rien ne prouve que j'aie eu raison...

— Tu as eu raison, gronda-t-il, refusant de se laisser apaiser.

Car il savait qu'il était à blâmer.

— Tu m'as demandé si Davina serait en sécurité, reprit-il. Tu m'as fait part de tes inquiétudes. J'aurais dû t'écouter.

Leana leva le regard, les yeux pleins d'eau.

— Je t'en prie, ne pense pas de mal de notre fille.

— Oh, Leana.

Sa colère tomba aussi vite qu'elle s'était embrasée.

— Peu importe ce qui est survenu, Davina n'est pas fautive. C'est moi le responsable.

— Ne te condamne pas, cher époux.

Elle plaça la lettre dans les mains de son mari.

— Peut-être n'est-il pas trop tard.

Mais il était trop tard. Les derniers mots de la lettre rendaient la chose douloureusement claire. Il les lut à voix haute, s'étouffant presque à chaque phrase.

Au moment où vous lirez ces lignes, il est difficile de savoir ce qui aura transpiré de tout cela. Il suffit de dire que cette

dernière soirée ne laisse rien présager de bon pour l'avenir.
Si vous choisissez de venir chercher Davina avant Lammas,
j'en serai grandement soulagé, pour son bien autant que
pour le vôtre. Si elle était ma fille, j'accourrais sans délai.

— Je t'en prie, Jamie.

Leana se lança dans ses bras, froissant la lettre entre eux.

— Ramène-la à la maison. Il fera clair jusqu'à vingt et une heures...

— Je pars sur-le-champ, dit-il.

Il serra Leana plus fort dans ses bras, pressa un baiser fervent sur ses lèvres. Il ne faillirait pas encore.

— Pardonne-moi, Leana. Je t'en prie, pardonne-moi.

Chapitre 50

Les langues qui murmurent peuvent empoisonner la vérité.
— Samuel Taylor Coleridge

Somerled devait le savoir. Ce soir. Dès que Davina le verrait.

J'accepte votre offre de mariage et la protection de votre nom.

Elle n'avait pas de choix sur cette question. L'apparition de sa veste de brocart ce matin-là démontrait que quelqu'un à Kilmichael connaissait sa disgrâce. Un palefrenier, une lavandière, une laitière : elle ne pouvait deviner qui l'avait trouvée. Ni à combien d'autres personnes il ou elle l'avait dit.

Priant à chaque pas, elle escalada l'escalier en colimaçon du château, sans appétit pour le dîner et ressentant bien peu de joie à la perspective de faire de la musique. *Que mes ennemis ne se rient de moi.* Davina ne pouvait nommer ses ennemis, mais elle sentait leur présence autour d'elle. Murmurant sur ses pas, l'accusant, la condamnant. Comme elle aurait aimé écrire la vérité pour que tous puissent la lire : *Somerled MacDonald m'a volé ma vertu.* Mais à quoi servirait pareil épanchement ? Cela apposerait un baume sur son orgueil blessé, certes, mais causerait un tort irréparable à son futur mari. *Non.* Elle utiliserait le silence de sa langue à son avantage, cette fois-ci.

Nan la précédait de deux pas, soulevant le bord de sa robe de droguet en montant. À la différence des travailleurs de ferme aux pieds nus qu'elles avaient croisés cet après-midi-là, Nan portant des souliers et des bas, comme toutes les autres femmes de chambre. Mais ses manières étaient davantage celles d'un moissonneur dans son champ d'orge. Nan frappait rarement à la porte de sa chambre avant d'entrer et ne l'appelait plus « mademoiselle » en lui adressant la parole.

Davina n'était pas en position de se plaindre — elle était invitée à Kilmichael et non la maîtresse de Nan —, mais l'attitude de la servante à son égard devenait plus insolente d'heure en heure.

Quand le capitaine reviendrait le lendemain, Nan amenderait peut-être ses manières.

Les deux femmes atteignirent la grande salle à manger du château et reçurent un accueil froid de la part du personnel du duc. L'arôme de la truite en train de cuire dominait, encore une fois. Bien qu'il n'y eût que quelques gentilshommes d'arrivés, les servantes s'activaient à terminer les derniers préparatifs. Nan alla les rejoindre d'un pas traînant, après avoir placé le violon dans les mains de sa maîtresse sans dire un mot.

Davina était heureuse d'être seule un moment pour se recueillir. *Que je n'aie pas honte de mon espoir.* Tout en priant de l'endroit où elle était, Davina parcourut la pièce du regard, à la recherche du gentilhomme qui serait son mari.

— Je crois que je suis celui que vous cherchez.

Elle se retourna vivement pour trouver Somerled portant un manteau bleu de la même couleur que ses yeux. Souriant, comme s'il savait déjà ce qu'elle était venue lui dire.

— Nous avons une demi-heure avant le dîner, dit-il. Devrions-nous jeter un coup d'œil à la musique que vous jouerez ce soir ?

Davina lui prit le bras, le tirant gentiment à l'écart.

— Une discussion plus intime, je vois.

Il la guida vers un coin discret où ils pourraient s'asseoir sans être observés — sinon par Nan, qui, de l'autre côté de la pièce, gardait toujours un œil sur eux. Même à cette distance, le sourire narquois de la domestique était visible.

— Quelle femme impudente, grommela Somerled, qui tourna sa chaise de manière à leur procurer un peu d'intimité.

L'après-midi grisâtre donnait l'impression qu'il était plus tard qu'en réalité, et il projetait déjà sa pénombre dans la pièce, combattue tant bien que mal par une poignée de chandelles allumées. Le dîner commencerait bientôt; Davina ne pouvait temporiser. Elle sortit son cahier à dessin, tout en observant sa réaction.

— D'autres questions?

Elle hocha négativement la tête. *Des réponses.*

L'ouvrant à la page sur laquelle elle avait écrit juste avant de quitter Kilmichael, Davina le plaça entre les mains de Somerled. Après avoir lu la première ligne, son visage devint cendreux.

— Votre veste… Je suis désolé…, je ne me rappelle pas.

Non. Elle pointa un doigt vers elle. *C'est ma faute.* Somerled pouvait être blâmé pour bien des choses, mais pas celle-là.

— Je crains qu'il y ait des conséquences, mademoiselle McKie. En commençant par les Fullarton.

Somerled étudia la page, ses inquiétudes reflétant les siennes.

— Avez-vous une idée de la personne qui pourrait l'avoir trouvée?

Nan s'avança alors d'un pas nonchalant, comme si elle avait été invitée à se joindre à la conversation.

— J'sais très bien, moi, qui a trouvé vot' belle veste rouge, dimanche dernier.

Somerled leva les yeux vers elle.

— Je vous demande pardon?

— C't'à mam'zelle McKie qu'vous devriez demander pardon, n'est-ce pas?

Nan eut l'audace de lui faire un clin d'œil, puis elle se tourna vers Davina.

— Vous n'devinez pas qui a lavé et repassé vot' veste quand la lavandière avait l'dos tourné? Et qui l'a placée sur vot' lit sans être vue?

Le visage de Davina exprima le plus profond désarroi. Sa propre femme de chambre ?

Somerled se leva, sans doute pour la remettre à sa place, car il la toisa du haut de sa taille.

— Que croyez-vous avoir trouvé ? Une veste de qualité et rien d'autre.

La domestique ne se laissa pas intimider.

— Oh, mais c'est bien plus qu'ça. C'est la preuve qu'une *dame* s'est déshabillée dans les écuries, comme une traînée.

Davina se cala dans sa chaise quand elle vit l'expression du visage de Somerled.

— N'utilisez plus jamais ce mot en sa présence.

Si Somerled n'avait pas été un gentilhomme, Davina était persuadée qu'il aurait giflé la femme. Il lui parla plutôt entre ses dents serrées.

— À qui d'autre avez-vous parlé de cette veste que vous avez trouvée ?

— J'en ai encore parlé à personne, m'sieur, se targua Nan, savourant la puissance que cette information illicite lui procurait. Mais je l'ferai. Je l'dirai à qui j'veux. À moins qu'vous m'payiez c'qu'y faut pour que j'tienne ma langue.

Le bleu des pupilles de Somerled disparut presque complètement, tant son regard était concentré sur Nan.

— Nous faites-vous chanter, femme ? Je ne crois pas que le capitaine Fullarton gardera à son service une servante aussi pernicieuse.

— Et quand j'l'informerai d'ma découverte, mam'zelle McKie s'verra indiquer la porte. C't'un homme pieux, l'capitaine, tout comme sa femme. Y toléreront pas qu'on *fornique* à Kilmichael.

— C'est une accusation grave, femme.

Somerled fit un pas vers elle, et son ton était menaçant.

— Vous avez simplement trouvé une veste là où elle ne devait pas être.

— Les gens n'en demandent pas plus pour s'faire aller la langue.

Nan ne posa pas les mains sur les hanches pour le provoquer, mais sa voix était pleine de défi.

— J'peux leur en dire plus, si vous v'lez.

Elle baissa la voix, qui n'était plus qu'un murmure rauque.

— J'peux aussi leur parler des marques bleues qu'j'ai vues su' son corps, quand j'l'ai baignée.

Davina détourna le regard, honteuse. D'abord, le manteau oublié. Ensuite, les ecchymoses auxquelles elle ne pensait plus. Somerled prit dans son gilet une bourse en vachette, qu'il tint fermement dans sa main pour étouffer le bruit des pièces.

— Vérités ou mensonges, je ne vous laisserai pas diffamer mademoiselle McKie. Combien vous faut-il pour tenir votre langue ignoble?

Nan mentionna une somme importante, qu'elle empocha sitôt reçue.

— Marché conclu, m'sieur MacDonald.

Elle se composa un visage modeste, plus conforme à sa condition de domestique, puis se retira comme si rien ne s'était passé.

Encore perturbée à la suite de l'échange, Davina gribouilla sur la page. *Comment savoir si elle n'a pas déjà tout dit à d'autres?*

Somerled s'assit sur la chaise en face d'elle, et son visage était livide.

— Peut-être l'a-t-elle déjà fait. Mais si nous lui avions refusé ce qu'elle nous demandait, elle l'aurait sûrement répété jusqu'à ce que tout Arran soit au courant.

Il laissa échapper un profond soupir, fixant le tapis un moment avant de lever les yeux vers les siens.

— Cela signifie que nous devons nous marier. Vous le comprenez sûrement, maintenant.

Il n'y avait ni retour en arrière possible, ni temps pour y réfléchir. Elle lui montra le bas de la page. *J'accepte votre demande en mariage.*

Une lueur brilla dans son regard, puis s'évanouit.

— Merci, mademoiselle McKie. Je veillerai à ce que vous soyez heureuse et...

Elle arrêta ses mots du bout de son doigt ganté, puis tourna la page pour qu'il vît la suite. *Nous ne pouvons nous marier sans le consentement de mon père.*

— Mais vous avez dix-sept ans. Selon les lois écossaises...

Davina reposa le doigt au même endroit sur la page.

S'il vous plaît.

— Très bien, consentit-il enfin. La lettre de mon père et la mienne ont été mises à la poste au début de la semaine. Lundi prochain, votre famille connaîtra nos intentions. Vous pouvez être assurée que nos lettres sont très persuasives. S'il répond sans tarder, et je suis certain qu'il le fera, nous serons libres de faire lire les bans.

Davina voulut hocher la tête, former avec sa bouche les mots qu'il avait prononcés un moment auparavant — *merci* — afin de lui montrer sa gratitude, parce qu'il avait accepté de racheter sa réputation. Mais elle ne commencerait pas leur mariage par un mensonge. Elle était consentante ; mais il lui était difficile d'être reconnaissante, alors qu'elle avait eu bien peu de choix. Il avait promis de la rendre heureuse. Pourrait-elle apprendre à lui faire confiance en retour ?

— Allons dîner, dit-il en se levant, lui offrant son bras. Et quand le premier toast de la soirée sera offert, sachez que mon verre sera levé pour la dame assise à l'autre extrémité de la table, qui sera bientôt mon épouse.

Chapitre 51

Des conflits féroces,
Ardents et désastreux, ne naissent pas d'une cause futile.
— Sir Walter Scott

— Voilà une vérité que je ne contesterai jamais.

Will donna un coup de coude à son frère pendant qu'ils avançaient d'un pas mal assuré dans la venelle Libberton, avec ses dalles inégales glissantes sous leurs bottes boueuses.

— John Dowie brasse la meilleure bière d'Édimbourg, lança-t-il avec enthousiasme. Et n'est-ce pas l'homme lui-même, debout devant la porte de sa taverne hospitalière ?

Relique du siècle précédent, portant encore des hauts-de-chausses et des escarpins, John Dowie n'en demeurait pas moins un homme charmant et à la tenue soignée. Quand Sandy le salua, le tenancier répondit en levant son tricorne. Il avait vu les McKie assez souvent dans son établissement au cours de l'été pour connaître leur nom et l'étendue de leurs moyens.

— Une table dans le Cercueil, garçons ?

Plus petite salle de la taverne, l'oblong Cercueil ne pouvait accueillir qu'une demi-douzaine de clients. Sandy protestait le plus souvent, mais Will appréciait son intimité.

— C'est l'endroit idéal pour nous, dit-il à John en entrant. Nous sommes ici pour porter un toast au mois de juillet.

— Voilà une raison aussi bonne qu'une autre, approuva John en prenant trois verres propres sur le comptoir.

Il ouvrit une bouteille de bière fraîche pendant qu'ils s'assoyaient, puis il se joignit à eux un moment, comme c'était son habitude.

— À votre santé, les garçons. Et au mois à venir.

Sandy leva son verre.

— Que juillet soit plus sec que juin, déclara-t-il solennellement en prenant une généreuse gorgée. Même s'il est probable qu'il pleuve durant la moitié du mois aussi, s'il faut en croire notre père.

— Un homme sage, fit observer John, et il les laissa à leur bière.

Will se passa la langue sur les lèvres.

— Oui, Jamie McKie est très sage. Et riche. Et faible.

Il donnait librement cours à son amertume ; son frère avait déjà entendu tout cela.

Sandy frotta la barbe piquante sur ses joues non rasées.

— Et si nous parlions de sujets plus gais ? Des filles, par exemple.

— Tu parles de cette grisette de la ruelle Dickson ?

Will bâilla et s'adossa à sa chaise ; ce vendredi-là avait été bien long à venir.

— Celle aux yeux couleur caramel ?

Sandy sourit et leva sa bière.

— Tout juste.

Will finissait de décrire son sourire aguichant quand deux gentilshommes plus âgés furent introduits à leur tour dans le Cercueil. Des nobles, d'après leur mise. Ils hochèrent la tête en direction de Will et de Sandy pour les saluer, avant de s'asseoir à leur table derrière un écran qui leur accordait un isolement tout relatif. Le papier brun bloquait la vue, mais ne faisait rien pour arrêter les sons.

Sandy reprit la conversation.

— Tu me parlais de Meg, la jolie fille aux yeux caramel.

Ils baissèrent la voix, par déférence pour les autres clients, mais les gentilshommes de Fife ne leur rendirent pas la pareille. Plus ils buvaient, plus leur voix s'amplifiait. À un moment donné, Sandy décida que le moment était venu de commander leur dîner. Il laissa Will finir son verre seul et s'échauffer un peu plus.

— Oh, c'était une jolie petite chose, relata le plus vieux des deux hommes, de l'autre côté de l'écran. À peine un peu plus de dix-sept ans, et belle comme le jour.

— Une jeune fille des Lowlands ? Une rousse, dis-tu ?

— Tu n'as jamais vu de cheveux d'une pareille couleur. Comme un coucher de soleil. Et quel visage mignon ! Elle aurait pu envoûter n'importe quel homme dans cette pièce.

— Toi y compris, Alastair ?

— Oh oui !

L'homme barbu éclata de rire et abattit sa chope sur la table.

— Moi, le premier.

Will tourna le dos aux hommes, dégoûté. Quelle que fût cette pauvre fille, elle avait trouvé un admirateur dans le vieux Alastair.

Sandy revint avec John Dowie sur les talons. Dans une main, John tenait une bouteille de bière fraîche et, dans l'autre, une assiette de merlans à la crème sentant les oignons et la ciboulette.

— Deux autres mois, garçons, et il y aura des huîtres, promit John. Et alors, vous verrez combien de personnes on peut tasser dans ce Cercueil.

Il leur servit leur dîner, puis disparut dans l'une des pièces voisines. Avant de partir, il déposa leur bouteille vide sur une tablette au-dessus de leur tête. Quand l'heure de l'addition viendrait, le propriétaire en ferait le compte et demanderait aux garçons trois pence pour chacune.

Will enfonça ses dents dans le tendre merlan, encore chaud de la poêle, tandis que les hommes de l'autre côté continuaient leur conversation sur la jolie rouquine.

— Qui a déjà entendu parler d'une mignonne jeune fille qui joue du violon ?

Le bras de Will se figea dans sa course.

Davina. Non, c'était impossible. Elle était à Arran, très loin de Fife.

Sandy leva les yeux de son assiette. Ses pensées empruntaient les mêmes chemins, à en juger par sa mine soucieuse.

— Elle joue spécialement bien les *strathspeys*, fit remarquer Alastair. Le duc de Hamilton lui a demandé de divertir ses invités jusqu'à mercredi prochain.

Will se détendit et prit une autre bouchée. Le palais Hamilton était dans le comté de Lanark. Pas à Arran.

— Y avait-il d'autres musiciens avec elle? voulut savoir son compagnon.

— Oui, un jeune homme des Highlands du nom de Somerled MacDonald. Le fils de sir Harry, si tu connais cette famille. Il l'a accompagnée au violoncelle, un soir, et à la flûte, le suivant. Ils ont joué en duo un morceau remarquable pour le duc.

Alastair ne put réprimer un gloussement.

— Et ils ont fait une autre sorte de duo plus tard, pour les chevaux celui-là, dans les écuries, si tu vois ce que je veux dire. C'est du moins la rumeur qui circulait partout avant que je quitte Arran par bateau.

Will s'étouffa sur son poisson et le recracha bruyamment.

— Ça va bien, garçon?

Alastair se leva et regarda par-dessus l'écran, et son visage était aussi rouge que sa bière.

— Devrions-nous prendre le jambon, à la place?

Sandy repoussa son assiette.

— Je vous demande pardon, car il s'agit d'une conversation privée que vous teniez, messieurs, mais…

L'aîné des deux hommes tapota le mince écran.

— Pas très utiles, ces choses-là. Vous avez entendu ce que j'ai rapporté du château Brodick, à Arran, je suppose? Au sujet d'une jeune fille qui joue du violon et de son bel homme des Highlands.

— Précisément.

Will s'essuya la bouche et prit une gorgée de bière ; le poisson et la bile ne se mariaient pas bien ensemble.

— Ne vous méprenez pas, messieurs, c'est une véritable beauté.

Alastair contourna l'écran en rajustant son veston.

— Et délicate comme tout.

Will se leva en vacillant.

— Comme une fée ?

— Oui, fit l'homme en souriant et en levant les sourcils. On pourrait dire cela.

Ce ne peut être Davina. Ce ne peut être notre sœur.

Mais Will devait le savoir. Il devait en avoir le cœur net.

— Vous rappelez-vous le nom de cette jeune fille ?

— Eh bien…

Alastair étudia le plafond comme si son nom y était écrit.

— Je ne me souviens pas de son prénom. Mais je reconnaîtrais son nom de famille, si je l'entendais. Oh, mais où sont passées mes bonnes manières ?

Il s'inclina brièvement.

— Je suis Alastair MacDuff, et voici Roy Dalrymple, de Fife. Vous devez fréquenter l'université, jeunes hommes. Et vous êtes frères, si ma vue déclinante ne me trahit pas.

— Vous avez raison sur ces deux points.

Sandy se leva, et les deux rendirent à l'homme son salut.

— William et Alexandre McKie, de Glentrool.

— McKie ?

L'homme eut l'air satisfait de lui-même.

— Voilà, c'est ça ! C'est le nom de la jeune fille. Elle n'est pas…

Sa voix perdit un peu de sa suffisance.

— … parente avec vous, je suppose ?

Will et Sandy s'entreregardèrent. S'il restait une chance, si infime fût-elle, pour que cette femme ne fût pas Davina, ils ne souilleraient pas son nom en le prononçant dans ce lieu. Mais si l'infortunée jeune fille était par hasard leur sœur…

Le hochement de tête de Sandy fut à peine perceptible. *Oui, dis-le-lui.*

Will essaya de s'humecter les lèvres et il aurait bien voulu s'aider d'un peu de bière.

— Il se pourrait que la jeune fille dont vous parliez si librement soit notre sœur. Davina McKie.

— *Davina*, dites-vous ?

Les joues rubicondes d'Alastair se vidèrent de leur couleur.

— Oui... oui, c'était bien le prénom de la jeune femme.

Dans l'espace réduit du Cercueil, sa déglutition fut audible.

— Ce n'est pas... un nom... fréquent, Davina.

Ce n'est pas ta faute, jeune fille. Will fixa le plancher pendant que la chaleur envahissait son corps, allumant sa colère, alimentant son désir de vengeance. *C'est la faute de cet homme des Highlands. Et la faute de père. Et la mienne.*

— Messieurs...

La voix d'Alastair était devenue considérablement plus sobre.

— Je dois vous demander pardon pour mes propos.

Il étendit les mains en une supplication muette.

— Je ne savais pas..., enfin je ne *pouvais* savoir que vous... et qu'elle...

— Maintenant, vous le savez, MacDuff.

Will cracha les mots.

— Assurez-vous de ne pas traîner le nom de notre famille dans la boue dans toutes les tavernes d'Édimbourg.

— Bien sûr, messieurs.

Alastair s'essuya le front, transpirant abondamment.

— Bien que ce soit cet homme des Highlands qui devrait être la cible de votre colère.

Il baissa la voix et le regard pour ajouter :

— Ce fut une rude affaire, dit-on. Sa servante m'a confié que la jeune fille était couverte d'ecchymoses...

— Nom de Dieu !

Will s'empara de sa chaise de bois et la lança dans la pièce, la réduisant en pièces, en hurlant de toute la force de ses poumons.

— Comment a-t-il osé ?

La table se renversa, le poisson et la bière se répandirent sur le plancher. La chaise de Sandy connut le même sort que l'autre, le tout suivi d'une volée de jurons, pendant que les hommes de Fife se faisaient petits dans le coin le plus reculé du Cercueil.

— Messieurs !

John Dowie était à la porte, et son visage était menaçant.

— Je ne tolérerai pas de tels comportements dans mon établissement. Dois-je faire venir la garde…

— Non.

Will exhiba sa bourse.

— Ce ne sera pas nécessaire.

Respirant fortement, la tête sur le point d'exploser, il en vida le contenu dans la main du propriétaire.

— Vous ne serez plus les bienvenus ici, les mit en garde John.

— C'est sans importance.

Will passa devant lui, le visage en feu.

— Mon frère et moi partons sur l'heure pour Arran.

Chapitre 52

Et quand le cœur tendre de la jeune fille est volé,
La jeune fille elle-même volera pour le reprendre.
— Thomas Moore

Davina déplaçait le fusain sur la page de son cahier par petits traits sûrs et fermes. Dessiner un bâtiment, aussi vénérable fût-il, ne l'inspirait pas. Trop de lignes droites, presque aucune couleur et des pierres sans vie. Un bouquet de cerfeuil musqué s'agitant au vent, sentant l'anis, ou un bécasseau à longues pattes avec ses ailes brunes et son ventre blanc, hochant la tête et agitant la queue, étaient des sujets bien plus intéressants pour une artiste. Les bâtiments restaient les mêmes. Les créatures vivantes changeaient — saisies pendant un bref instant, puis parties pour toujours celui d'après.

Mais Somerled voulait un croquis du château Brodick.

— En souvenir de cet endroit, avait-il dit.

Ce dont Davina se souvenait, c'était d'être allée jusqu'au château avec ses cousines le mois précédent, par un mardi pluvieux. Et de Cate, qui chantait « Y a un bateau plein d'beaux gars qu'arrivent en ville ». Un, en particulier, voguant de Claonaig, qui avait changé la vie de Davina. Elle s'ennuyait terriblement de Cate et d'Abbie, de leur joie de vivre et de leur vivacité. Elle s'ennuyait des repas simples de madame McCurdy et des soirées à jouer du violon pour une poignée de voisins peu exigeants. Elle s'ennuyait des nuits où elle dormait dans une chambre douillette avec deux sœurs pour qui elle comptait.

Davina soupira et fit une pause dans son travail pour regarder le parapet en pierre qui courait le long de la ligne du toit. Elle aperçut le jeune homme des Highlands, qui descendait la pente du jardin muré, ses cheveux dorés rivalisant avec le brillant soleil de juillet. Nan courait derrière lui pour ne pas se laisser distancer. La domestique avait été envoyée au château pour informer Somerled de l'arrivée précoce de Davina, bien avant le début du repas de la soirée et du récital qui suivrait.

Somerled et Davina avaient beaucoup de choses à discuter. S'ils espéraient contenir la vague montante des rumeurs pendant encore quelques jours, il était plus sûr de se rencontrer au grand jour, à la vue de tous, et bien chaperonnés.

— Mais quelle jolie fleur vois-je, s'épanouissant dans le jardin du duc?

Somerled sourit, mais elle vit une question plus sérieuse dans ses yeux. Y avait-il eu d'autres complications?

— J'vais m'asseoir là-bas, dit Nan d'un ton de courtoisie forcée, puis elle s'éloigna en direction de l'un des larges bancs de grès du jardin.

Elle s'installa assez loin pour les laisser converser en privé, mais assez près pour voir leurs mains.

Somerled se joignit à Davina, tournant le dos à la femme.

— Quelle langue fourchue! murmura-t-il. Répandant des calomnies comme un fermier des Lowlands épand du fumier sur ses terres.

Son argent avait arrêté la langue de Nan, mais les dommages avaient déjà été faits. Où que Davina allât, elle sentait les gens qui l'observaient et la pointe acérée de leur regard. Nan n'avait peut-être pas parlé de la veste, mais elle leur en avait assez dit.

— Nous ne la laisserons pas ruiner notre après-midi, insista Somerled, se penchant sur l'épaule de Davina pour étudier son croquis. Vous avez commencé à dessiner mon château, je vois.

Davina attendit sa réaction. Contrairement au violon, où elle pouvait sentir la joie du public et la sienne en même temps, le dessin était un plaisir solitaire. Des mois pouvaient s'écouler avant que quelqu'un se penche sur son travail ; et qui savait quelle serait sa réaction ?

— Vous l'avez parfaitement bien rendu, déclara enfin Somerled. Voulez-vous le signer ?

Elle était sur le point d'écrire *Davina McKie* au bas, quand il lui retint la main.

— Pourquoi ne pas essayer votre nouveau nom ?

Il lui fit un nouveau clin d'œil, ce fut du moins ce qu'il lui sembla dans la lumière déclinante de l'après-midi.

— Pour voir l'effet qu'il produit sur la page, ajouta-t-il.

Davina ne le lui avouerait jamais, mais elle l'avait écrit plusieurs fois, ce matin-là. *Davina MacDonald.* Comme il était étrange, et aussi effrayant, de penser qu'elle serait mariée si tôt dans la vie. Et à un homme des Highlands, par surcroît.

Honorant la requête de Somerled, elle signa son nom de femme mariée sous le croquis, bien que cela pût porter malheur. Les bans devaient être criés à l'église trois sabbats consécutifs, ce qui voulait dire que leur mariage n'aurait lieu au plus tôt qu'à Lammas. Était-il sage d'apposer un nom qui n'était pas encore le sien ?

Somerled semblait le penser.

— J'aime bien l'effet produit, et vous ?

Il retira un petit poignard de sa botte, puis pressa sa pointe aiguisée dans la marge du livre, se préparant à couper la page.

— Ça ne vous dérange pas ?

En fait, si, un peu, pensa Davina. Son habitude présomptueuse de s'approprier sans façon tout ce qu'il voulait demeurait agaçante.

— Je vois que cela vous dérange.

Somerled rangea son couteau dans sa botte et chercha son regard.

— N'ayez pas peur de me dire non, mademoiselle McKie.

Il était difficile de résister à un homme aussi déterminé à lui plaire.

Puis, son sourire revint, sa meilleure arme ; il ne semblait pas l'ignorer.

— Il n'y a qu'une exception à cette règle. Vous ne pouvez changer d'avis au sujet de notre mariage. Quand votre père aura béni notre union, nous appareillerons vers le continent et laisserons tous ces malheureux commérages derrière nous.

Ma jolie Arran. Elle avait accosté l'île avec de si grands espoirs. Ne laisserait-elle rien d'autre dans son sillage que des murmures désobligeants et le sentiment persistant de sa honte ? Sa seule consolation était de savoir que l'opprobre resterait à Arran. Elle serait une femme mariée et en route vers Argyll avant même que les gens de Monnigaff aient commencé à attendre son retour à la maison.

La maison. Sa gorge se serra. *Glentrool. Mère.* Comment pourrait-elle dire au revoir au monde qu'elle connaissait et aux gens qu'elle aimait, sachant qu'elle ne les reverrait qu'à des intervalles se mesurant en mois, sinon en années ? Quel mari, si beau ou si riche fût-il, pourrait consoler le chagrin né d'une perte si grande ?

Perdue dans ses pensées, elle ne se rendit pas compte que Somerled avait pris le cahier à dessin sur ses genoux et en parcourait les pages avec un grand intérêt. Quand, avec un hoquet silencieux, elle tenta de le reprendre, il le maintint hors de sa portée.

— Il me semble avoir vu un visage familier. Encadré de cheveux bouclés.

Mortifiée, elle détourna le regard pendant qu'il se rendait à la page. Il trouverait le portrait peu ressemblant. Et l'attribuerait à son caractère de jeune fille ingénue.

Il l'examina plus longtemps qu'elle l'aurait souhaité, le tournant et le retournant en tous sens.

— Une ressemblance surprenante, dit-il enfin. Bien que je voie que vous avez omis une pâle tache de naissance sur mon cou. Une faveur, en fait. Vous avez été bien habile de le réaliser sans que je m'en rende compte.

Davina secoua la tête et tapota du bout de son crayon la date qu'elle avait gribouillée dans le coin de la page. *Le 1ᵉʳ mai 1808.* Quand il protesta qu'ils ne s'étaient rencontrés qu'en juin, il ne lui restait plus qu'à reconnaître la vérité. *J'ai rêvé de vous, cette nuit-là.*

— Rêvé de moi ?

Le crayon et le papier ne suffiraient pas à l'expliquer. Elle cueillit au hasard une pâquerette qui avait échappé à la serpe du jardinier. Elle fit ensuite semblant de la placer sous un oreiller imaginaire, sur lequel elle posait la tête. Puis, elle rouvrit les yeux et fit mine d'ouvrir son cahier à dessin.

Il secoua la tête, incrédule.

— Est-ce que toutes les jeunes filles non mariées d'Écosse glissent des fleurs sauvages sous leur oreiller le 1ᵉʳ mai ?

Elle commença à tirer les pétales, un à la fois.

— Et l'homme dont elle rêve…, est-il destiné à devenir son mari ?

Davina haussa les épaules, mais il ne fut pas trompé. *Oui.*

— Ce n'est donc pas un hasard.

Il y avait une note d'étonnement dans sa voix.

— Notre visite simultanée à Arran cet été et nos chemins qui se sont croisés. Mon amour, nous étions fiancés avant même notre première rencontre.

Mon amour. Les pétales arrachés lui glissèrent entre les doigts. *Cela pourrait-il être vrai ?* Il tendit la main vers la sienne, puis hésita. Attendant.

Davina regarda Nan. *Elle nous verra.*

Sans se laisser démonter, il posa la main près de la sienne, la paume tournée vers le haut. Une invitation.

Mon amour. Il n'avait pas besoin de dire ces deux mots. Pour préserver la réputation de leurs familles, elle n'avait d'autre choix que de se marier avec lui, et il le savait. Pourtant, Somerled lui faisait la cour.

— M'sieur, dit Nan en se levant, on v'z'attend bientôt tous les deux pour l'dîner.

Elle se tenait près d'eux, les attendant pour les suivre sur la pente roide conduisant au château, un sourire suffisant au visage.

Somerled offrit son bras à Davina, et elle le prit avec joie. Même Nan ne pouvait rien y trouver à redire. Le couple marcha côte à côte sur la large avenue de gravier, traversa la porte rectangulaire percée dans le mur du jardin, puis, en montant, passa près d'une haie taillée et de deux pierres que l'on utilisait comme marchepied pour monter à cheval ou en voiture.

— J'ai un dernier morceau en tête pour ce soir, dit Somerled au moment où ils s'arrêtèrent près de la porte du château, construite à une époque où des hommes de la taille de Somerled ne se rencontraient pas souvent. C'est un quadrille écossais, dit-il en se penchant sous le linteau. Vous le reconnaîtrez à la première note.

Ce qu'elle fit en effet.

Au moment où le soleil disparaissait derrière l'horizon et où le premier quartier de la lune flottait très haut au-dessus d'Arran, Somerled les entraîna dans leur dernière pièce, *J'aime secrètement mon amour.* Davina essayait de contenir ses larmes pendant que son archet volait sur les cordes. Elle ne pouvait chanter les paroles, mais elle les connaissait bien. « *J'offre mon cœur en gage de son alliance* ». Pourrait-elle faire cela ? Pourrait-elle donner à cet homme son cœur, et pas seulement sa main ?

Davina acheva l'air le dos tourné à Somerled, dissimulant ses émotions, se rappelant sa confession. *Je vous ai fait du mal de la pire manière imaginable.* Oui, il l'avait fait. La pire de toutes. Pourtant, ses remords semblaient authentiques. *Je suis désolé, mademoiselle McKie.* Répétés plusieurs fois. Avec contrition. Et sincérité.

Je n'ose vous demander de me pardonner. Mais ce n'était pas Somerled qui le demandait.

Notre Père qui êtes aux Cieux. Elle avait dit ces mots en prière à voix haute et les avait murmurés dans son cœur, chaque sabbat. *Pardonnez-nous nos offenses, comme nous pardonnons à ceux qui nous ont offensés.* Jusqu'à présent, elle n'avait jamais été mise à l'épreuve. Pardonner à ses frères avait été facile. Elle les aimait ; c'était un accident ; ils étaient des enfants. Mais pardonner à Somerled demandait une mesure de miséricorde divine. L'outrage subi n'était pas un accident, et Somerled n'était pas un enfant.

Les applaudissements dans la pièce délogèrent ces réflexions graves, et Somerled lui prit la main.

— Saluez avec moi.

Elle sentit sa main chaude, la force qui en émanait. *Mon amour.* Le pensait-il en le disant ?

Il resta à ses côtés tandis qu'elle remisait son violon, puis la suivit quand elle descendit l'escalier tournant. Lorsque le couple sortit et s'attarda un moment en haut des marches du château, Nan se trouvait à quelques pas d'eux, attendant d'escorter Davina à Kilmichael, l'étui de feutre sous le bras. Pas très loin à l'est, la baie de Brodick brasillait sous le clair de lune.

— Il y a une brise, ce soir.

Somerled attrapa son châle avant qu'il glisse au sol et le replaça autour de ses épaules.

— Je suis heureux que vous ayez apporté quelque chose pour vous tenir au chaud.

Davina rougit et fut reconnaissante à la nuit de le dissimuler. Ne savait-il pas que sa voix, ses mots, la réchauffaient bien plus qu'une longueur de tissu ?

Elle devait encore remettre ses gants, qu'elle gardait dans son réticule quand elle jouait du violon. Lorsqu'elle les secoua, Somerled les lui prit gentiment.

— Laissez-moi faire.

Il enfila chaque gant de soie sur ses doigts, prenant bien son temps, sa voix aussi douce que l'air de la nuit.

— Je ne peux vous tenir dans mes bras, mademoiselle McKie, je dois me satisfaire de ceci.

Il fit glisser les gants autour de ses mains et boutonna les perles à chaque poignet.

Sa tendresse la laissait sans voix, tandis que le souvenir de sa supplication de lundi soir précipitait les battements de son cœur. *Je vous demande de me pardonner.* Pouvait-elle prodiguer sa grâce à cet homme, peu importe la gravité de ses transgressions ? *Comme le Christ t'a pardonné, ainsi feras-tu.*

— À quelle heure allez-vous à l'église, demain matin ? demanda-t-il, inconscient des émotions qui s'agitaient en elle.

Elle dessina l'heure dans la paume de sa main, un huit, puis effleura la joue de Somerled. Ses yeux s'emplirent de larmes. *Le pardon est un présent.* Les mots de son père, ceux qu'il lui avait dits. Et ses mots à elle, écrits à son père. *Ne ferez-vous pas de même ?*

Chapitre 53

Ici, la honte le dissuade ; là, la peur l'emporte,
Et chacune à tour de rôle assaille son cœur tourmenté.
— Ovide

Jamie escalada la route vers le nord de la baie de Lamlash, son pas peu assuré après avoir passé trop de temps en mer. Bien que la nuit fût sans nuages et éclairée par la lune, les vents calmes étaient l'ennemi du marin. Le *Westgate* avait pris la mer en direction de l'ouest la veille, puis s'était immobilisé au large de la côte d'Arran. Le capitaine et l'équipage de la malle n'avaient eu d'autre choix que d'attendre que le jour du sabbat se lève et que des vents frais les portent jusqu'à la côte. Leur seul passager était resté debout pendant toute la longue nuit, marchant de long en large sur le pont.

Ce n'était pas le bateau ballotté par les vagues qui avait empêché Jamie de dormir, mais ses inquiétudes au sujet de sa fille, qu'il avait lui-même conduite sur les rives d'Arran. Deux jours à cheval, seul sur la route qu'ils avaient parcourue ensemble, avaient tourmenté son cœur au point de le briser. *Ma chère fille. Ma fille, précieuse et innocente.* Au moment où il avait franchi Rowantree Hill, il avait imaginé le pire : que Davina avait scandalisé la paroisse, puis s'était enfuie à Argyll avec ce garçon des Highlands. Quand il avait couché à même le sol dans le cottage de Michael Kelly, ces craintes s'étaient atténuées. Il était maintenant convaincu qu'en débarquant sur l'île, il trouverait Davina jouant pour Son Honneur avec sa joyeuse insouciance habituelle, et que l'homme des Highlands ne serait nulle part en vue.

Il était possible que son cousin ecclésiastique fût porté à l'exagération. *Il est difficile de dire ce qui aura transpiré de tout cela.* Est-ce que Benjamin Stewart était ce type de personne qui voyait le démon derrière chaque colline ou mettait en garde ses paroissiens contre les dangers de la poésie moderne ? Avait-il seulement vu deux musiciens doués jouant avec une réelle passion, et fabriqué tout le reste ?

Jamie tourna sur le long et étroit sentier menant au presbytère et replaça son sac de voyage sur ses épaules. Il eut une pensée pour la pauvre Leana, affolée et en larmes, qui avait préparé son bagage en toute hâte. Il avait besoin de peu de choses pour son périple, sinon de ses prières. Et de son pardon. *Tu avais raison, Leana, et j'avais tort, tellement tort.* Pourquoi n'avait-il pas écouté le conseil de sa propre femme et gardé Davina à la maison durant l'été ? Jamie connaissait la réponse et ne l'aimait pas. *L'orgueil de l'homme causera sa perte.*

Le presbytère sans éclat s'élevait devant lui, ses volets ouverts et ses portes fermées, ni accueillant ni inquiétant. Des pépiements d'oiseaux emplissaient le cimetière en ruine, et le ciel d'aurore à l'est était brillant et dégagé. Madame McCurdy devait être devant le foyer de la cuisine, même si le reste de la maisonnée sommeillait encore dans son lit.

Il frappa, espérant ne réveiller personne.

La domestique aux cheveux noirs — Mary ? Betty ? — ouvrit la porte en clignant des yeux, oubliant presque de faire une petite révérence de bienvenue.

— Bonjour à vous, m'sieur McKie. Nous vous attendions.

Elle ne fit pas de commentaire sur l'heure matinale.

— Le révérend Stewart est dans son étude, dit-elle en déposant son sac de cuir dans le salon, puis elle alla frapper à la porte du ministre. Z'avez d'la visite, révérend.

Il apparut dans le couloir un moment après.

— Cousin Jamie.

Benjamin lui prit le bras, son expression était à la fois grave et remplie de compassion, comme s'il était sur le point de célébrer les funérailles d'un ami cher.

— Venez me rejoindre dans mon bureau.

— Pardonnez l'heure de mon arrivée, commença Jamie, mais son cousin fit un geste pour balayer ses excuses.

— La mer ne tient pas de sablier. Nous sommes reconnaissants, quand les visiteurs arrivent à bon port.

Dès qu'ils furent assis dans l'étude exiguë, Benjamin dit sans préambule :

— Je sais que vous êtes anxieux de voir votre fille. Davina ne s'est pas présentée à l'église au dernier sabbat, mais elle m'a assuré qu'elle serait des nôtres ce matin.

En dépit de son épuisement, Jamie perçut que le révérend lui dissimulait quelque chose.

— Pourquoi Davina n'était-elle pas à l'église ?

Le ministre s'empressa d'offrir une explication.

— Elle était profondément endormie, apparemment. La veille, elle était rentrée à Kilmichael passablement tard.

Jamie le regarda attentivement.

— Qu'avez-vous appris d'autre ?

Benjamin ne répondit pas immédiatement, replaçant certains papiers sur son bureau et évitant son regard.

— Il est difficile de faire le tri de tous les bruits et de toutes les rumeurs qui courent.

Il se déplaça sur sa chaise droite, comme s'il essayait de trouver une position confortable.

— Vous avez reçu ma lettre, bien sûr, alors vous êtes au courant de mes réserves sur le jeu passionné de Davina à la veille du solstice d'été.

Jamie se porta à sa défense.

— Ma fille joue avec beaucoup d'émotion. Comme le font la plupart des violonistes…

— Bien sûr, bien sûr, je sais que c'est vrai.

Le ministre jeta un coup d'œil vers la porte et baissa la voix.

— Selon sa femme de chambre, Davina persiste à jouer avec le même… excès. Elle a toutefois été bien reçue par les invités du duc. Qui sont tous des gentilshommes, dois-je préciser.

Exhalant une certaine frustration, Jamie se pencha vers l'avant, les mains sur les genoux.

— Cousin, j'ai fait tout ce chemin jusqu'à Arran pour me faire dire que ma fille avait trouvé un public qui l'apprécie?

— Non, Jamie.

Ses épaules s'affaissèrent, comme celles d'un homme abattu.

— C'est la fascination évidente de votre fille pour Somerled MacDonald qui m'a incité à vous écrire.

Jamie hocha la tête, quoiqu'il eût de la difficulté à s'imaginer chose pareille. Davina n'avait jamais tenté de séduire les gentilshommes à Glentrool, comme tant d'autres jeunes femmes se plaisaient à le faire.

— Ce Somerled... est un gentilhomme, n'est-ce pas?

— Si vous voulez dire qu'il est de bonne naissance, qu'il a reçu une bonne éducation et qu'il possède de la fortune, alors oui.

La plupart des pères auraient été soulagés; Jamie entendit ce qui n'avait pas été dit.

Son cousin s'éclaircit la gorge.

— Mais MacDonald est aussi précédé d'une certaine... réputation... de...

Le cœur de Jamie sembla ralentir, et il se prépara pour le reste. Sauf qu'il le savait, avant même que le ministre eût complété sa phrase. *Pas ma Davina. Sûrement pas ma fille.* Il put à peine former les mots.

— Une réputation de...

— Débauché.

Jamie s'effondra sur sa chaise, comme s'il avait été atteint d'un coup de pistolet.

— Vous êtes certain de cela?

— Apparemment, c'est un fait connu autour d'Argyll. Quant à savoir si MacDonald a séduit Davina, je ne saurais le dire. Elle ne s'est ouverte à personne à ce sujet.

Jamie entendit les mots à travers un brouillard de douleur. *Dis-moi que ce n'est pas vrai, Davina. Dis-moi que tu es intacte.*

— Si vous n'étiez pas venu, Jamie, j'aurais couru le risque d'offenser Son Honneur et insisté pour qu'elle reste au presbytère ce soir, plutôt que de retourner à Brodick. Mais maintenant que vous êtes ici, je crois que les choses peuvent être résolues et la vérité portée au grand jour.

Jamie se leva si soudainement qu'il dût se rasseoir, étourdi par la fatigue.

— Benjamin, je dois emprunter votre cheval.

Peu importe ce qui s'était passé, sa fille avait besoin de lui. Immédiatement.

— Je reviendrai plus tard dans la matinée, promit-il, avec Davina.

Il n'attendit pas de réponse, ne prit pas le temps de saluer le reste de la famille. Il sortit précipitamment par le petit vestibule, après s'être emparé de son sac de cuir au passage, et franchit la porte. Il aurait assez de temps pour les politesses à son retour. En ce moment, seule Davina comptait.

Quelques minutes après, le cheval était sellé et Jamie chevauchait vers le nord, en direction de la baie de Brodick. Bien qu'entouré par les vallées verdoyantes et les âpres collines, il ne voyait que le ruban de la route le conduisant à sa fille. Toutes les rumeurs d'Arran ne pourraient lui apprendre ce que Davina seule savait. *T'es-tu donnée à lui, jeune fille ? Où t'a-t-il prise contre ta volonté ?*

Les deux possibilités pesaient lourdement sur son cœur. Dans le premier cas, Jamie aurait échoué dans son rôle de père, en n'enseignant pas à sa fille la crainte de Dieu et la sagesse de ses commandements. Mais si c'était le second — si cet homme maudit avait violé sa fille — alors même qu'elle ne pouvait crier à l'aide, ne pouvait lui demander d'arrêter, ne pouvait implorer sa pitié…

— Non ! hurla Jamie, s'inclinant sur son cheval, envoyant la poussière et le gravier voler dans les airs.

Les larmes lui piquaient les yeux, et son cœur martelait sa poitrine comme un poing.

Dieu des vengeances, parais !

Chapitre 54

Nos écarts de conduite prennent racine, grandissent,
Et se posent en lois divines.
— Charles Kingsley

Somerled pouvait encore sentir le bout du doigt ganté de Davina dessinant le chiffre huit sur sa paume nue. Si elle projetait de partir pour l'église à huit heures, alors il cognerait à la fenêtre de sa chambre à sept heures et verrait bien si elle lui donnait ce qu'il voulait.

Un baiser. C'était tout ce qu'il lui demandait. Tout ce qu'il espérait.

Ne s'était-il pas comporté en galant homme pendant plus d'une semaine ? Pas un seul contact inapproprié, ni une seule suggestion inconvenante. Puis, hier, sur les marches du château, elle lui avait frôlé la joue de la main, une ouverture qu'il avait accueillie avec joie. Un baiser ne serait pas trop lui demander. *Seulement un, mon amour.*

Il ne pouvait se résoudre à attendre jusqu'à lundi soir, au château. Il la verrait maintenant et connaîtrait son cœur. Oui, elle avait accepté de l'épouser, mais lui avait-elle vraiment pardonné ? Un baiser et il aurait sa réponse.

Somerled traversa le ruisseau qui bordait le domaine de Kilmichael, prenant garde de ne pas plonger dans les eaux froides qui tourbillonnaient autour de ses bottes. Il s'approcha du banc où ils s'étaient rencontrés en deux occasions très différentes : une nuit sans lune pleine de passion et une journée ensoleillée baignée de larmes. *Pardonne-moi, Davina. Pour les deux.* Quand ils auraient reçu des nouvelles du père de Davina et qu'il n'y aurait plus d'obstacle au mariage, peut-être pourraient-ils s'y retrouver à nouveau pour célébrer.

Je t'embrasserai alors, jeune fille, Plus d'une fois.

Longeant le jardin, essayant de se dissimuler dans la végétation plus haute, il gardait les yeux fixés sur la maison aux proportions imposantes, les vitres des étages supérieurs brillant dans le soleil du matin. Une fenêtre du rez-de-chaussée, près de l'arrière de la maison, attira son attention : celle qu'il avait escaladée la veille du solstice. Davina avait-elle le sommeil léger ? Entendrait-elle le petit cognement à sa fenêtre ? Encore heureux que la détestable Nan Shaw ne dormît pas dans la chambre de la jeune femme, car elle ameuterait la maison entière en hurlant « Au voleur ! ».

Ce qui, au fond, ne serait pas si loin de la vérité.

Il approcha de la fenêtre, sentant son cœur commencer à battre plus fort, bien qu'aucun serviteur ne fût en vue. Jusqu'à cet instant, il aurait pu dire à toute personne l'ayant surpris sur la pelouse qu'il s'en allait rejoindre mademoiselle McKie pour le petit déjeuner dans la salle de concert. Mais, maintenant, adossé au mur de la maison et se glissant peu à peu vers la chambre, son histoire n'était plus plausible ; les visiteurs entraient normalement par la porte.

Caché par un énorme if élagué, Somerled se retourna et fit enfin face à la fenêtre, persuadé qu'elle pourrait l'entendre sans que quiconque le voie. Il frappa à la vitre, puis y pressa son oreille, écoutant. Pas de bruissements de couverture, pas de bruits de pas. Il frappa de nouveau, plus fermement, cette fois-ci. Dans le calme du petit matin, le bruit de ses jointures sur le verre lui semblait assourdissant.

Voilà. Il entendit du mouvement à l'intérieur. Pendant un court moment, son cœur s'arrêta. Et si ce n'était plus la chambre de Davina ? Et si les Fullarton avaient invité un nouvel hôte ? *Non.* Elle était là, écartant les rideaux, un regard étonné sur son joli visage.

— Bonjour, murmura-t-il, puis il sourit et l'aida à soulever le lourd châssis à guillotine.

Elle avait noué à la hâte un peignoir de lin passé par-dessus sa robe de nuit — à l'envers, les coutures en

évidence —, et ses cheveux défaits déferlaient sur ses épaules.
Une vision charmante de jeunesse, d'innocence et de beauté.

Et toute à moi.

Il n'avait jamais été un homme possessif. Il avait toujours évité les histoires sentimentales. Davina McKie avait changé tout cela. L'homme qui n'avait jamais voulu d'épouse ne pourrait lui passer la bague au doigt assez vite. Oui, il voulait l'avoir dans son lit — légitimement, cette fois —, mais son désir avait des racines bien plus profondes.

Somerled appuya les bras sur le rebord de la fenêtre, et elle s'agenouilla pour entendre les mots qu'il lui murmurait.

— Je ne suis venu que pour une seule chose. Naturellement, vous êtes libre de refuser.

Davina jeta un coup d'œil par-dessus son épaule — y avait-il du bruit dans le couloir ? —, puis se tourna vers lui et frotta le sommeil de ses yeux. Elle hocha la tête. *Continuez.*

— C'est un baiser que je veux. Seulement un. Chaste et honnête.

Elle l'étudia un moment avant de répondre. *Oui.*

— La porte est-elle verrouillée ? demanda-t-il.

Elle secoua la tête. *Non.*

— Est-ce que la femme de chambre viendra bientôt ?

Un léger haussement d'épaules. *Qui peut le dire ?*

Somerled sourit. Déjà, il commençait à entendre les mots qu'elle ne pouvait prononcer, mais qu'elle pensait. Un signe prometteur pour les années à venir.

Il regarda autour d'elle dans la chambre plongée dans la pénombre. Se risquerait-il à grimper à l'intérieur ? La fenêtre était large et peu élevée ; il pourrait sauter sans problème si quelqu'un frappait à la porte. Mais tout l'argent qu'il avait versé à Nan ne suffirait pas pour acheter son silence, si elle le surprenait dans la chambre de Davina, si innocentes que fussent ses intentions.

Davina s'assit sur ses talons. Ses mains étaient appuyées sur ses genoux dans une pose réservée, son peignoir l'enveloppant modestement. Même aussi sommairement vêtue, Davina était la vertu incarnée, la pureté même.

Soudain, Somerled sentit un sanglot qui lui montait à la gorge. Se pouvait-il qu'il ne l'eût pas ruinée complètement ? Cette jeune femme lui avait volé son cœur, lui offrirait-elle le sien en retour ?

Il ne pourrait le savoir du côté de la fenêtre où il était.

— Pourrais-je entrer un moment, mademoiselle McKie ? Et vous donner mon baiser à l'intérieur ?

Quand Davina blêmit, il leva la main.

— Un seul baiser, je vous assure, dit-il. Rien de plus.

Elle hésita, les yeux clos, comme si elle écoutait. Non, comme si elle priait. Enfin, elle se déplaça pour lui libérer le passage. Elle lui faisait confiance.

Il grimpa sur le bord de la fenêtre, tirant ses longues jambes avec précaution, conscient des moindres bruits dans la maison. Leur unique baiser serait bref. Puisqu'il ne la verrait plus ce jour-là ni beaucoup le suivant, il ferait de son mieux pour qu'il soit mémorable.

— Je ne mettrai pas mes mains sur vous à moins que vous le vouliez, dit-il, s'agenouillant devant elle.

Elle secoua la tête. *Non, ne le faites pas.*

Somerled se pencha vers elle avec précaution, les deux agenouillés, et ses doigts prenaient appui sur le plancher afin de ne pas basculer sur Davina.

— Merci, mon amour, murmura-t-il, et il pressa ses lèvres sur les siennes.

Le temps sembla reculer. Au moment de leur premier baiser, tendre et doux.

Dans le baiser de Davina, il goûta le pardon. Et dans son cœur, il sut que son amour était authentique, un amour qui durerait tout le temps qu'ils vivraient ensemble.

Somerled s'efforçait de garder l'équilibre, cherchant à prolonger le moment. Il n'entendit les coups frappés à la porte que lorsqu'il fut trop tard.

Chapitre 55

Sachez ceci, que les ennuis arrivent plus vite
que les choses que nous désirons.
— Plaute

— Mam'zelle McKie, chantonna Nan. C'est vot' père, venu pour vous voir.

Davina rompit leur baiser avec un hoquet, tombant à la renverse sur le tapis tandis que Somerled bondissait sur ses pieds.

— Monsieur, les choses ne sont pas ce qu'elles paraissent...

— Paraissent?

Jamie McKie criait, sur le point d'exploser, en avançant dans la pièce.

— De quel droit parlez-*vous* d'apparences?

Davina était si abasourdie qu'elle arriva tout juste à agripper le col de sa robe de chambre pendant que son père la relevait.

Il l'entoura de son bras, son regard toujours rivé sur Somerled.

— Je laisserai à ma fille le soin de m'expliquer ce qui s'est passé ici. Pas à vous, MacDonald.

Il connaît son nom. Davina ne pouvait respirer, ne pouvait penser. Que faisait-il ici? Et pourquoi son cahier à dessin n'était-il pas à portée de main, quand elle en avait si désespérément besoin? Du coin de l'œil, elle vit Nan qui se tenait debout au seuil de la porte ouverte, triomphante.

Son père se tourna vers elle le temps de la congédier.

— Veuillez informer les Fullarton de mon arrivée. Et veillez à ce qu'on ne nous dérange pas.

Davina sentit la poitrine de Jamie qui se soulevait et s'abaissait, tel un soufflet attisant sa furie. *Père, mon cher père.* Elle l'aimait, mais était terrifiée à l'idée qu'il l'ait surprise ainsi. Avec Somerled. *Ce n'était qu'un baiser, père. Un simple baiser.*

Somerled rajusta son manteau et fit nerveusement courir sa main dans ses cheveux ébouriffés.

— Veuillez me pardonner, monsieur, je ne sais par où commencer.

Il s'inclina gauchement.

— Je suis Somerled MacDonald, de…

— Je sais qui vous êtes, jeune homme.

Son père ne regardait pas Somerled, à cet instant. Ses yeux étaient rivés sur elle. Cherchant des réponses sur son visage.

— Dis-moi, Davina. Que représente cet homme pour toi ?

Elle vit l'éclat des larmes dans ses yeux. Et de la déception. Et de la peur. *Je vous dirai tout, père. Quand nous serons seuls, je vous dirai tout.*

— T'a-t-il fait du mal, Davina ?

Il y avait une note d'insistance dans sa voix.

— Tu vas bien ?

Davina entendit la question sous-entendue : *Es-tu toujours vierge ?* Elle ravala sa salive ; elle aurait voulu fermer les yeux afin de lui cacher la vérité. Elle hocha plutôt la tête de haut en bas, essayant de se persuader qu'elle ne lui mentait pas. *Je me porte bien.*

Somerled fit une autre tentative.

— Dois-je présumer que vous avez reçu nos lettres, monsieur ?

Jamie le regardait, maintenant, et l'expression de son visage s'assombrissait.

— La seule lettre que j'ai reçue était de la main de mon cousin, le révérend Stewart, et elle exprimait ses plus profondes inquiétudes concernant ma fille. Je suis venu sans attendre. Pour son bien.

La tension dans la voix de son père était peu de chose comparée à celle que Davina sentait dans le bras qui l'enveloppait. La couvait. La protégeait de l'homme qu'elle avait promis d'épouser.

En dépit de la colère de son père, Somerled ne broncha pas et ne montra aucun signe d'irrespect.

— Monsieur McKie, deux lettres ont été envoyées par la malle maritime, lundi. L'une de mon père, sir Harry MacDonald d'Argyll, et l'autre est de moi. Je regrette que vous ne les ayez pas reçues avant de quitter Glentrool.

— Peu importe le contenu de ces lettres, des mots seuls ne peuvent racheter ce dont j'ai été témoin dans cette chambre.

Jamie regarda le plancher, puis la main de sa fille.

— À moins qu'une alliance ait été placée au doigt de ma fille à mon insu, votre conduite…, votre seule *présence* ici est scandaleuse.

— Je peux l'expliquer, monsieur, et je le ferai volontiers.

Somerled fit un pas en avant, les mains croisées dans le dos afin de ne pas paraître menaçant, car il était à la fois plus grand et plus imposant que Jamie.

— D'abord, vous devez savoir qu'un anneau d'alliance attend votre fille à Argyll. Il appartenait à ma grand-mère et il est destiné à être porté par ma femme, la future Lady MacDonald.

Son père se raidit.

— Dois-je comprendre que vous désirez épouser ma fille?

— Je le veux, monsieur. Et sans délai.

Oh, Somerled. Elle tenta de croiser son regard. De le mettre en garde. *Ne nous trahis pas.*

— Vous semblez bien… impatient.

La voix de son père devint froide.

— Davina, pendant que tu t'habilles pour aller à l'église, je raccompagnerai monsieur MacDonald à l'extérieur, où nous pourrons parler en privé.

Il lui déposa un baiser ferme sur le front.

— Je t'envoie ta femme de chambre, dit-il. Tâche d'être prête dans une demi-heure. Ensuite, nous aurons notre propre discussion.

Davina tremblait, quand il la relâcha. *Il sait.* La coupable vérité était-elle lisible dans ses yeux? Dans la voix de Somerled? *Sans délai.* Son père était perspicace; il savait reconnaître un fiancé un peu trop pressé de se marier. *Père, vous devez nous donner votre accord. Je vous en prie.*

Somerled s'arrêta un moment sur le seuil de la porte.

— Mademoiselle McKie, j'espère que vous excuserez ma visite imprudente de ce matin.

Il voulait en dire plus — elle le voyait bien —, mais il s'inclina plutôt et disparut dans le corridor. Somerled ne semblait pas avoir peur; elle était terrifiée pour les deux. Que dirait-il à son père? Et quelle serait sa réponse?

Nan entra d'un pas allègre et ferma la porte d'un petit déhanchement.

— C'est la dernière fois qu'j'ai la corvée d'vous habiller, dit-elle sèchement.

Elle ouvrit brusquement la porte de son armoire à linge, retirant les robes une à la fois pour les lancer sur le lit.

— J'ai parlé aux Fullarton d'vot' visite matinale. Y veulent qu'vous partiez d'ici dès qu'vos malles s'ront faites.

Elle secoua la tête avec dépit, et son bonnet blanc dansa sur sa tête.

— Et dire qu'c'est moi qui hérite de c'te tâche.

Davina ne procura pas à Nan la satisfaction de la voir pleurer. Elle avait de bien plus graves préoccupations qu'une femme de chambre grossière ou des hôtes scandalisés. Somerled se sentirait peut-être tenu de révéler à son père la terrible vérité, ne serait-ce que pour le convaincre de la nécessité de se hâter. *Vous ne devez pas le lui dire. Vous ne devez pas!* Si son père n'était jamais arrivé à pardonner aux jumeaux l'accident qui lui avait coûté la voix, il n'absoudrait jamais l'homme qui lui avait ravi son innocence.

Les jumeaux. La peau de Davina devint glacée. Lorsque son père saurait la vérité, ses frères ne tarderaient pas à l'apprendre aussi. Will et Sandy n'offriraient pas à Somerled la chance de s'expliquer, comme son père l'avait fait; ils le laisseraient brisé et ensanglanté, et cela serait pour eux justice rendue.

Elle s'effondra sur le bord du lit, trop engourdie pour bouger.

Ne sois pas loin : proche est l'angoisse.

Indifférente au drame de la jeune fille, Nan vida un pichet d'eau chaude dans la cuvette, en faisant éclabousser un peu partout, puis elle plaça une serviette à côté.

— C'est prêt, dit-elle.

Davina prit la serviette avant qu'elle fût mouillée par l'eau renversée, et entreprit sa toilette sans se soucier que la mégère vît ses marques, maintenant lavande pâle. Il ne resterait rien des meurtrissures quand elle épouserait Somerled. Il n'avait vu qu'une ecchymose et avait éprouvé une honte indicible; il n'avait pas besoin de voir les autres.

Tandis que Nan brossait négligemment sa veste d'équitation, Davina était heureuse de ne pas avoir de voix; elle n'aurait eu que des reproches à adresser à cette bonne qui l'avait regardée de haut, qui l'avait punie jour après jour d'avoir enfreint les conventions sociales. Elle détourna plutôt le regard pendant que Nan l'habillait, serrant les cordons trop fort, passant avec une lenteur délibérée sa blouse sur sa tête, lui plantant ses pouces dans les côtes en boutonnant sa veste. Davina avait bien trop peur de laisser cette femme lui brosser les cheveux, alors elle le fit elle-même, tressant ses boucles rousses pendant que Nan bouclait sa malle.

Nan eut une moue de dédain quand Davina noua son épaisse natte pour finir.

— Z'avez l'air d'une pauvresse d'la campagne. La femme de chambre d'madame Fullarton n'lui ferait jamais une coiffure aussi banale.

Davina fit une chose qui ne lui ressemblait pas : elle se retourna vivement, et sa natte vola au visage de Nan Shaw.

Chapitre 56

Garde le silence et vis en paix — le silence ne te trahira jamais.
— John Boyle O'Reilly

— Traînée!

L'insulte marmonnée par Nan tomba à plat. Davina quitta la chambre sans un regard en arrière ni aucune intention d'y revenir. Elle avança dans le corridor, portée par son humble victoire et poussée par le vent d'une nouvelle détermination, même si des larmes lui piquaient les yeux. Si Somerled était sans peur, ne pourrait-elle pas être courageuse aussi?

Le corridor était désert, mais il y avait des domestiques pressés derrière chaque porte close, l'épiant sans doute. Elle les avait entendus remuer et murmurer sur son passage. Cette maison et ses occupants ne seraient pas regrettés. Davina suivit les sons des voix jusqu'à la salle de concert, où son père et le capitaine Fullarton étaient en grande conversation. Somerled était parti, apparemment. Était-ce de bon ou de mauvais augure?

Les deux hommes l'accueillirent avec un visage sombre.

— Monsieur MacDonald vient de partir, dit son père d'une voix neutre. Et nous l'imiterons bientôt.

Le capitaine Fullarton paraissait très mal à l'aise; elle pouvait facilement le comprendre. Comme si les rumeurs de la semaine précédente n'étaient pas suffisantes, voilà maintenant qu'un homme des Highlands transi d'amour avait grimpé à la fenêtre de la chambre de son invitée, le matin même où un père hors de lui faisait irruption sur le seuil de sa porte! Pas étonnant que l'hospitalité du capitaine fût arrivée à une fin abrupte; les Fullarton ne voulaient pas risquer leur réputation honorable pour les beaux yeux d'une violoniste des Lowlands. Quoique sa hâte de la voir partir la blessât profondément, Davina pouvait difficilement lui reprocher sa prudence.

Son sourire était pénible à regarder.

— Mademoiselle McKie, je pensais… je veux dire, ma femme et moi croyons que vous trouverez un logement bien plus confortable ailleurs.

Il fit un geste en direction de la baie.

— J'ai pris la liberté d'envoyer Clark à l'auberge de la baie de Cladach afin de faire les arrangements pour vous.

Il hocha la tête en direction de Jamie.

— Et pour votre père aussi, à sa requête. C'est à peu de distance du château Brodick, ce qui vous facilitera les choses, ce soir. Je crois que vous trouverez l'auberge très… accueillante.

Davina détourna le regard, pratiquement prise de pitié pour lui.

Son père lui épargna d'autres pieux mensonges.

— Je suis sûr que cette auberge conviendra, capitaine. Nous vous serions reconnaissants d'y expédier les effets personnels de Davina…

— Oui, oui, ils suivront bientôt.

Le maître de Kilmichael avait déjà placé le violon de Davina entre ses mains et il la raccompagnait à la porte d'entrée, comme s'il ne pouvait attendre que sa maison fût nettoyée de sa présence.

— Nous avons un cheval sellé pour vous, mademoiselle McKie, qui vous portera à l'église et vous en ramènera. Aurez-vous besoin d'autre chose ?

Davina pressa les mains ensemble en signe de remerciement — jusqu'à ce moment-là, les Fullarton avaient été des hôtes impeccables —, puis elle prit le bras de son père et marcha à ses côtés dans l'implacable lumière matinale. Il n'était pas encore neuf heures ; elle n'avait pas pris de petit déjeuner, pas même une tasse de thé. Le père et la fille pourraient peut-être s'arrêter au presbytère, avant ou après le service, si les Stewart voulaient toujours la recevoir. C'était une chose terrible que d'être mis au ban de la société.

— Allons, Davina.

Son père l'aida à monter en selle, puis sangla l'étui de feutre, sachant qu'elle voudrait sentir son violon en sûreté tout près d'elle. Jamie enfourcha Grian avec aisance, avant de diriger leurs chevaux vers la longue avenue de sapins et de hêtres menant à la baie.

Les rayons de soleil tachetaient le chemin, et les chants des oiseaux remplissaient l'air comme si rien n'était arrivé, comme si rien n'avait changé depuis ce plaisant jeudi soir où elle avait été ballottée dans une charrette rustique sur cette même route. Une époque où la vie était belle, où les gens étaient gentils avec elle et où aucun gentilhomme n'avait jamais rien osé de plus qu'un regard flatteur.

— Davina...

Elle se redressa sur sa selle, et son cœur se mit à battre plus fort.

— J'ai eu une brève conversation avec MacDonald. Son explication de sa présence dans ta chambre était romantique à l'extrême. Il a affirmé qu'il avait grimpé à ta fenêtre pour cueillir un seul baiser avant ton départ pour l'église. Est-ce possible ?

Elle rougit, mais s'assura qu'il avait vu son hochement de tête. *Oui. Un seul baiser.*

— Sa réputation suggère qu'il était venu pour bien plus que cela.

Non. Elle pouvait répondre honnêtement ; elle secoua donc la tête. *Pas ce matin.*

— Je suis soulagé de l'entendre, Davina.

Jamie se repositionna sur Grian pour la regarder plus attentivement.

— Tu comprends, j'en suis sûr, que le révérend Stewart a une piètre opinion de Somerled MacDonald.

Quand Davina confirma l'assertion par un petit haussement d'épaules, il continua :

— Oui, eh bien, je préfère former ma propre opinion sur
lui. Puisque mon comportement dans ma jeunesse n'a pas
toujours été exemplaire, j'essaie de juger les autres avec
équité.

Davina ajusta sa jupe autour du pommeau de la selle,
cachant sa surprise. Son père n'avait jamais fait pareille
confession, pas en sa présence, en tout cas.

— Somerled semble bien décidé à ce que tu deviennes
son épouse. Est-ce aussi ton souhait ?

Elle respira profondément, puis hocha la tête.
Pardonne-moi, père, mais je le dois.

Son grognement sourd lui perça le cœur.

— C'est donc sérieux, cette affection mutuelle ?

Oui. Davina aurait voulu avoir son cahier. Ce soir, à
l'auberge, elle mettrait ses pensées et ses émotions par écrit.
Elle énumérerait les belles qualités de Somerled. Convaincrait
son père qu'en dépit des rapports accablants qu'il pourrait
avoir entendus à son sujet, les accusations ne tenaient pas. *Ne
tenaient plus.*

Ils continuèrent, entrapercevant le majestueux Goatfell à
travers les branches aux reflets d'argent. Après un long
silence, Jamie se pencha et prit la main de sa fille.

— Je ne t'avais pas envoyée sur l'île d'Arran pour trouver
un mari.

Je sais. Elle se toucha le front. *Et je ne suis pas venue ici pour
en chercher un.*

— Je crains que ta mère soit inconsolable à la pensée de
te voir vivre si loin de la maison. Et je ne suis pas persuadé
que ta place est aux côtés d'un habitant des Highlands.

Elle ne répondit pas, souhaitant qu'il ne pousse pas plus
avant dans cette direction. Les loyautés familiales étaient des
sujets sensibles, chez les McKie.

— Tu es très jeune, Davina. Mais je dois admettre que Margaret McMillan n'a elle-même que seize ans.

Il fit une pause pour balayer de la main une feuille de son manteau en poussant un soupir.

— Le cœur ne porte pas trop attention au calendrier, j'en ai peur.

Au moins, son âge n'était pas un empêchement.

— En ce qui concerne Somerled, il me semble être un homme du monde, distingué et de belle éducation, loin du vaurien que notre cousin a dépeint. Et c'est un musicien doué, m'a-t-on dit, quoique le révérend ne semble pas être un grand admirateur de sa technique.

Davina fit mine de jouer du violon avec une exubérance exagérée.

— Oui, je comprends.

Le sourire de son père était discret, mais bienvenu.

— J'ai demandé à Somerled de nous recevoir, demain matin. Avant que j'aie rencontré sir Harry et examiné leur demande en détail, je ne peux être certain de ce que l'avenir nous réserve.

Elle toucha son instrument retenu par une courroie derrière elle, tandis qu'une idée germait dans son esprit. Pourquoi son père ne viendrait-il pas au château pour les entendre jouer ensemble ? Son Honneur était un homme généreux ; un convive de plus à sa table ne l'importunerait sûrement pas. Et si son père les entendait s'exécuter en duo...

— Si seulement j'avais reçu les lettres des MacDonald avant de quitter Glentrool, dit-il. J'aurais pu apaiser les inquiétudes de ta mère et mettre un frein aux rumeurs qui commençaient à faire le tour de la paroisse.

Sa main s'immobilisa sur l'étui du violon. *À Monnigaff ?* Davina écouta avec un désarroi croissant son père décrire la lettre du révérend Moodie, qu'il avait reçue d'Arran, demandant au ministre de prier pour sa « force d'âme ».

— Un choix de mots fort malheureux, j'en conviens. Il nous faudra un certain temps pour réparer les dommages.

Davina fixa la bordure herbeuse de la route, afin d'éviter que son père vît son visage. *Cousin, vous m'avez trahie !* Le scandale n'était plus confiné aux rivages d'Arran. Sa disgrâce s'était propagée, ouvrant la voie aux flèches et aux frondes des mensonges et des insinuations malveillantes. Elle ne pourrait retourner à Galloway la tête haute. Non, elle ne pourrait plus jamais rentrer à la maison.

Épousez-moi, Somerled, et sauvez-moi de ma honte.

Les larmes, tenues en respect toute la matinée, montaient en elle, débordant sur ses joues.

Son père lui mit la main sur une épaule.

— Ne t'en fais pas, jeune fille, dit-il, reprenant une phrase favorite de Rab. Ta mère arrangera les choses dans la paroisse avec son doigté habituel. Et si tu l'épouses, les on-dit n'auront plus aucune importance.

Mais votre nom, père. Votre nom honorable. Elle renifla, asséchant ses joues avec sa manche. Il était bien plus compréhensif qu'elle l'aurait imaginé. Ou qu'elle le méritait. Mais il ne connaissait pas encore la vérité sur les événements du solstice d'été. *Vous ne devez jamais savoir, père.*

Il tira sur les rênes, dirigeant Grian au sud pour longer la route du littoral. Une formation de fous de Bassan volait au-dessus de la baie, leur corps blanc et leurs ailes aux bouts noirs se dessinant nettement sur le ciel azuré. La baie de Brodick était comme un miroir lisse et iridescent dans la lumière du matin, et les bateaux se balançaient au bord de l'eau, solidement amarrés et couverts de filets vides. Il n'y avait pas de pêche, le dimanche, jour du sabbat ; les quelques cottages groupés le long de la côte étaient silencieux. Sur le chemin creusé d'ornières, les familles marchaient vers l'église, portant leur déjeuner et leurs enfants sur leur dos.

— Le bateau malle qui m'a amené ici d'Ayr a été immobilisé en raison des faibles vents, hier, dit son père, portant son regard vers la mer. Ce matin, le temps est plus propice à la navigation : une bonne brise de l'est, de l'air sec et un ciel dégagé. Je pense que plusieurs navires accosteront la baie d'Arran avant la fin de la journée.

Davina jeta un coup d'œil par-dessus son épaule, vers le château et au-delà. Somerled voguerait vers Lochranza dans quatre jours, quand l'excursion du duc s'achèverait et que ses invités rentreraient chez eux, aux quatre coins de l'Écosse. Quelques gentilshommes étaient déjà partis quelques jours auparavant, dont le sieur MacDuff, de Fife. Elle avait été heureuse de le voir s'en aller. L'homme d'âge mûr la regardait avec bien trop d'attention, et une lueur troublante brillait dans son regard.

— Qu'y a-t-il, jeune fille ?

Son père devait avoir remarqué son front soucieux.

— Serais-tu craintive à l'idée d'affronter la paroisse ? Nous prouverons aux gens d'Arran que tu es une jeune fille pieuse, en dépit de tous les ragots qu'ils ont entendus.

Mais je ne suis pas vertueuse, père. Prise ou volée, sa vertu était envolée.

Ne pouvant deviner la teneur de ses pensées, il poursuivit :

— Je n'ai pas eu le temps de saluer tes jeunes cousines ni personne d'autre au presbytère. Je sais qu'on sera soulagé de te voir. Et j'ai un mot à dire à un révérend un peu trop zélé.

Son père fit un geste vers les monts Clauchland devant eux.

— Et si nous demandions à nos montures de grimper un peu plus vite, suggéra-t-il, afin d'avoir le temps de prendre une tasse de thé avant le service ?

Elle ne pouvait nier que sa bouche était aussi sèche qu'un pain de galérien. Et serrer dans ses bras Cate et Abbie soulagerait un peu les douloureuses blessures que d'autres lui avaient infligées.

Son père pressa les chevaux en avant, sans omettre de saluer d'un coup de chapeau un groupe d'insulaires à pied.

— Plus vite nous atteindrons la baie de Lamlash, mieux cela vaudra, Davina. Ce fut une matinée éprouvante. Qui sait ce que le reste de ce jour apportera ?

Chapitre 57

La rage leur fournit les armes.
— Virgile

La fureur de Will n'avait pas décru d'intensité pendant les deux jours du rude voyage. Ni dans la voiture de poste d'Édimbourg à Glasgow, où il avait été ballotté en tous sens avec quinze autres passagers trop chaudement vêtus, empestant les oignons, le whisky et la sueur. Ni à cheval, sur le hongre qui l'avait porté jusqu'au port de Saltcoats, au sud, où il était arrivé couvert de la boue du chemin détrempé. Ni à bord du bateau de pêcheur puant l'aiglefin, l'estomac rudement mis à l'épreuve par la traversée houleuse du détroit de la Clyde vers l'île d'Arran.

Il bouillait encore de colère lorsque Sandy et lui débarquèrent sur le quai de pierres de la rive nord de la baie de Brodick, une grosse malle posée entre eux, leur bourse presque vide et sans espoir d'un repas pour le sabbat.

— Du gaélique, murmura Will, prêtant l'oreille aux hommes d'équipage qui aidaient les passagers à débarquer.

Une fois à terre, il ne choisit pas de destination particulière, ne cherchant qu'à s'éloigner du bateau malodorant.

— Comment trouverons-nous Davina, si nous ne pouvons nous faire comprendre ? demanda-t-il avec humeur.

— Tu aurais dû réfléchir à cela avant de nous entraîner ici, frère.

Sandy s'empara de leur malle et le rattrapa avant de les entraîner vers une rangée de maisonnettes au toit de bruyère. Des gens de tous âges marchaient le long de la route du littoral, la plupart à pied, certains chaussés. Rentrant à la maison après le sabbat, de toute évidence, et regardant les frères avec une franche curiosité.

— N'ont-ils jamais vu de jumeaux auparavant ? ragea Will.

Sandy s'arrêta pour converser avec un couple de vieillards au visage rond et ridé comme une pomme trop mûre. Il mima le geste de mettre de la nourriture dans sa bouche, puis se tourna vers les cottages avec une expression interrogatrice au visage.

Les deux époux s'entreregardèrent en hochant la tête et se tournèrent vers lui.

— *Tigh an Sglèat.*

— Hum, fit Will en hochant la tête. Voilà qui nous sera utile.

Cette fois, la femme indiqua du doigt la seule maison avec un toit d'ardoise et répéta :

— *Tigh an Sglèat.*

Quel que soit le nom que portait cet endroit, Will jugea qu'il y avait suffisamment de fenêtres au-dessus et en dessous de l'escalier pour être une auberge. Et, que Dieu vienne à leur secours, un dîner.

Pendant que Sandy les remerciait en hochant la tête de haut en bas, Will lui souffla à l'oreille :

— Demande-leur où se trouve le château Brodick.

La femme fit un geste vers un épais massif de végétation à leur droite, puis traça une ligne montante avec son doigt.

— *Caisteal*, dit-elle, et le couple se remit en marche.

Will regarda par-dessus son épaule. Pas grand-chose à voir, sinon un sentier étroit au milieu des sapins.

— Nous commencerons nos recherches quand notre estomac sera rassasié, décida-t-il.

Ils n'avaient pas mangé de toute la journée, ne s'étaient ni assoupis ni débarbouillé le visage depuis deux jours. Dans une heure tout au plus, ils seraient sur les traces de Davina.

Les frères approchèrent du cottage de deux étages construit en pierres des champs blanchies à la chaux et trouvèrent la porte entrouverte. Will frappa, le son se propageant dans le corridor, puis fit un pas hésitant à l'intérieur. Une porte ouverte n'était-elle pas en soi une invitation? Il frappa encore, plus fort, cette fois-ci.

— J'arrive! J'arrive!

La voix d'une femme leur parvint de l'arrière de la maison. Elle apparut un moment après, s'asséchant les mains sur son tablier. Presque aussi corpulente que les garçons, elle devait être âgée d'environ quarante ans. Ou peut-être cinquante. Ses cheveux gris étaient tirés vers l'arrière, révélant un front bas et un regard perçant.

— J'm'appelle m'dame McAllister, dit-elle. Vous v'lez un dîner ou un toit?

Au moins, la femme allait pouvoir les comprendre.

— Nous cherchons les deux, dit Will.

Et notre sœur.

— J'ai loué les deux chambres sous l'escalier à un père et à sa fille c'matin même. Y sont pas encore arrivés, mais j'les attends à tout moment. Mais j'ai une chambre à l'étage. Est-ce que ça f'ra l'affaire?

— Marché conclu.

Will hocha la tête vers Sandy.

— C'est mon frère qui tient notre bourse.

— On a tout l'temps pour ça. Par ici, m'sieurs.

Pendant qu'ils la suivaient dans l'escalier, elle se mit à parler de la vieille auberge. Quand Sandy utilisa le terme en gaélique que la vieille femme avait employé plus tôt, madame McAllister s'esclaffa.

— V'savez pas prononcer l'gaélique, garçon.

Leur chambre, comprenant deux lits à colonnes, deux chaises, une table branlante et une table de toilette, était aussi rustique que leur hôtesse. Mais elle était propre, et l'auberge se trouvait près d'un château où ils espéraient trouver Davina. MacDuff avait dit qu'elle jouait du violon pour Son Honneur chaque soir. Elle ne devait sûrement pas résider à Brodick, parmi tous ces gentilshommes…

— Y a-t-il une autre auberge près d'ici ? demanda Will.

Le visage de madame McAllister se durcit.

— Celle-ci vous convient pas ?

— Bien sûr, dit-il rapidement. Nous sommes à la recherche d'une certaine dame et nous nous demandions où elle pourrait loger.

Il n'osa révéler son identité, pas avant de connaître sa situation.

— C'est la seule auberge convenable à des milles à la ronde, dit-elle avec un haussement d'épaules. J'peux pas voir où vot' dame pourrait être.

— Est-ce que le presbytère de la paroisse est loin d'ici ?

— Y est à la baie d'Lamlash, à environ cinq milles au sud.

Will hocha la tête, essayant de rassembler les pièces du puzzle. Davina ne pouvait parcourir une telle distance sur la route le long de la côte jusqu'au château chaque soir. À moins d'avoir un cheval. Et un homme des Highlands assez impudent pour l'escorter.

— J'vous laisse vous installer, m'sieurs.

Madame McAllister s'éloigna de la porte.

— Un bol de *cock-a-leekie*[10] vous attendra à la salle à manger. J'l'ai mis à mijoter dans l'foyer avant minuit, v'savez, car j'observe toujours l'sabbat, moi.

Dès qu'elle fut partie, Will ouvrit leur grosse malle ; ses possessions étaient d'un côté, celles de Sandy de l'autre. Ils l'avaient faite avec une telle hâte qu'il ne pouvait se rappeler ce qu'ils avaient apporté, encore moins déterminer ce qui avait été oublié. Il leva les yeux pour trouver son frère qui regardait par la fenêtre, comme si Davina allait surgir avec la marée.

— Nous la trouverons, Sandy. Et nous la ramènerons à la maison.

— Mais que dira père, quand nous arriverons tous les trois à Glentrool ?

---

10. N.d.T. : Spécialité écossaise dont le nom signifie littéralement «coq et poireau».

— Il ne sait pas ce que nous savons, dit sèchement Will, l'épuisement et la faim aiguillonnant son humeur déjà maussade. Père ignore ce que ce… ce dépravé a fait à notre sœur.

Les fameuses ecchymoses lui avaient donné des cauchemars.

Son frère se retourna, et son regard était dur.

— Que devrions-nous faire de lui?

Will s'était posé la même question depuis leur départ en catastrophe d'Édimbourg. Il savait ce qu'il voulait faire, ce que MacDonald méritait, ce que la justice réclamait. Mais c'était un acte impie. Et ils n'avaient pas apporté d'armes, seulement leur colère.

Il dit finalement la vérité à Sandy.

— Je le saurai quand je verrai Davina. Quand je la regarderai dans les yeux et pourrai dire avec certitude si ce MacDonald lui a fait du mal ou non. Et s'il lui en a fait…

— Il souffrira aussi.

— Oui, car n'est-ce pas là justice?

Après que madame McAllister eut apporté un pichet d'eau chaude dans leur chambre, les jumeaux se rendirent tour à tour à la table de toilette. Une chemise propre et un menton glabre les avaient rendus plus présentables, mais pas moins affamés ni moins déterminés.

— Quand nous rencontrerons cet homme, nous ne devrons pas trahir nos intentions, avertit Will quand il se dirigea vers la porte. Qui sait quels mensonges il a employés pour séduire notre sœur?

— Me demandes-tu d'être affable avec un homme qui a…?

— Non, non, murmura Will en regardant par la porte. Je te demande seulement de tenir ta langue.

Les jumeaux étaient à mi-chemin dans l'escalier quand Will s'immobilisa en entendant des voix provenant de la salle à manger. Une en particulier, qui lui était familière. *Père.* Il dévala les autres marches avec Sandy sur les talons.

Au moment où Will s'apprêtait à entrer dans la pièce ensoleillée, il s'arrêta brusquement. Une jeune fille à l'abondante chevelure rousse venait de se tourner sur sa chaise.

— Davina !

En un instant, elle était sur ses pieds et dans les bras de son frère, pressant son visage sur son cou, le mouillant de ses larmes.

— Ma jolie petite fée.

Will luttait pour maîtriser ses émotions, la serrant fortement.

— Comme tu m'as manqué.

Madame McAllister, debout avec une assiette de soupe dans chaque main, regardait la scène avec étonnement.

— Vous vous connaissez ?

— Oui, expliqua Sandy. Voilà notre père et notre sœur.

— Pas possible, dit l'aubergiste en déposant ses assiettes. Prenez vot' temps pour vos retrouvailles pendant que j'range vos chambres.

Elle s'empara de son balai et s'éclipsa, laissant les quatre McKie entre eux pour leur réunion inattendue.

Will trouva difficile de libérer sa sœur, si ardente était sa résolution de la protéger. *Il ne te refera plus jamais de mal, ma sœur.* Quand il relâcha finalement Davina afin qu'elle puisse embrasser Sandy, Will se tourna vers leur père, qui ne semblait pas du tout heureux de les voir là.

— Lammas arrive plus tôt, cette année ?

Jamie se croisa les bras sur la poitrine.

— Ou vos professeurs ont-ils décidé que vous aviez besoin de vacances à Arran ?

Will intercepta le regard de Sandy au-dessus de la chevelure rousse de Davina. La vérité ? Ou une fable inventée de toutes pièces ?

— Père, nous sommes ici pour faire ce que nous avons toujours fait : protéger Davina.

— C'est aussi ce qui m'a amené à Arran.

Le regard de son père devint plus insistant.

— Mais j'ai été alerté d'une situation particulière par une lettre du révérend Stewart. Je ne peux croire qu'il vous ait écrit aussi.

— Non, père, il ne l'a pas fait.

Will l'attira à part et parla à voix basse.

— Toutefois, je soupçonne que la situation dont vous parlez est la même que celle qui nous amène ici. Ce sont les révélations d'un témoin qui nous ont incités à accourir. Un étranger, à la taverne de John Dowie.

— Un *étranger*?

Son père dénoua lentement les bras, comme s'il allait faire usage de ses poings.

— Pouvez-vous identifier cet homme? Chez Dowie, je veux dire.

— Son nom est Alastair MacDuff.

La tête de Davina tourna brusquement vers eux.

Will continua de parler à Jamie, quoique son regard fût maintenant rivé dans celui de sa sœur.

— Il vient de Fife. Il faisait partie de l'expédition de pêche du duc et logeait au château. Il a quitté Arran avant les autres et s'est arrêté à la taverne d'Édimbourg.

— Et alors? demanda Jamie.

Davina était aussi blanche que les draps de madame McAllister. Ses lèvres remuèrent, un seul mot. *Non.*

Will prit sa main et l'attira près de lui, voulant la rassurer, l'aider.

— Il a fait des... commentaires au sujet d'une violoniste au château Brodick. Une jolie jeune fille des Lowlands à la chevelure rousse. Il a laissé entendre qu'elle... pourrait être en danger.

Les paupières de Davina se fermèrent, et elle s'effondra dans ses bras.

Chapitre 58

Car, accablé et désespéré, je pourrais me voiler le regard,
Mais l'homme ne peut couvrir ce que Dieu veut révéler.
— Thomas Campbell

— Mam'zelle McKie? Voudriez-vous boire un p'tit peu d'eau, maintenant?

Davina avala l'eau fraîche de la coupe d'étain que madame McAllister appuyait sur ses lèvres. Soutenir le regard de ceux qui étaient présents dans la cuisine lui était pénible. Son père avait l'air atterré, ses frères désemparés, et l'aubergiste, bien que serviable, la regardait d'un air méfiant.

— Êtes-vous c'te jeune fille qui a joué d'son violon pour le duc?

Un soupçon de reproche perçait dans la voix de madame McAllister. Elle avait bien entendu les rumeurs, mais n'avait pas fait le lien avec l'identité de son invitée. Jusqu'à ce moment précis, lorsque Davina avait perdu connaissance et dû être ranimée.

Davina frémit, se rappelant les mots de son frère. *Elle pourrait être en danger.* Qu'est-ce que Will savait que son père ignorait? Trop, apparemment. Elle le devait à l'indiscrétion d'Alastair MacDuff.

— Je pense que nous pouvons prendre soin d'elle, maintenant.

Jamie prit la tasse des mains de l'aubergiste.

— Si vous voulez vous asseoir, garçons, je bénirai le repas et nous pourrons manger notre soupe pendant qu'elle est encore chaude. Ce sera tout, madame McAllister.

Levant son menton frémissant, la femme battit en retraite à l'extrémité opposée de la longue cuisine. De là, elle fit semblant de brasser le contenu de sa soupière sans cesser d'épier ses hôtes.

Les McKie mangèrent leur soupe en silence et à la hâte, le regard du père dérivant de temps à autre du côté de la porte. Quand les plats furent vides, il fit une autre prière, comme c'était la coutume, puis suggéra une promenade le long de la baie.

— L'air de la mer nous fera tous du bien, dit-il assez fortement, dirigeant sa voix vers le foyer.

Pendant que les hommes attendaient dans le vestibule, Davina s'arrêta dans sa chambre pour prendre son cahier à dessin, sachant qu'elle en aurait besoin. Inquiète du tour que prendraient les discussions à venir, elle s'attarda à sa table de toilette — se frottant le visage, les mains, secouant la poussière de sa tenue d'équitation — jusqu'à ce que Will vînt frapper à la porte. Elle ne pouvait les faire attendre plus longtemps.

— Voilà notre jeune fille.

L'accueil jovial de son père contrastait avec son front soucieux.

— J'ai emprunté une couverture de mon lit, dit-il. Nous chercherons un endroit sec où nous asseoir. Il te sera plus facile de communiquer tes réflexions par écrit.

Oui. Mais que pouvait-elle écrire, sinon la vérité ? *Je dois me marier, et au plus vite.*

Ils se dirigèrent vers le littoral en marchant côte à côte. Will et son père l'encadraient tandis que Sandy portait son album. Pas très loin de l'auberge, ils trouvèrent une étendue d'herbe protégée des vents dominants par un taillis d'arbres.

Lorsqu'ils furent installés sur la couverture de laine, Jamie ne perdit pas de temps et alla droit au but.

— Davina, il est clair que quelque chose que j'ignore est survenu ici. Toi seule sais de quoi il s'agit.

Il regarda Will et Sandy, puis sa fille, et l'expression de son visage était aussi grise et austère que les montagnes derrière lui.

— Si tu cours un danger, comme le laisse entendre Will, reprit-il, alors nous devons savoir ce que c'est.

Il prit le cahier et le crayon des mains de Sandy, et les lui remit.

— S'il te plaît, éclaire-nous.

Jamais Davina n'avait ouvert son cahier aussi lentement, ni tourné les pages avec autant de circonspection. Elle pinça deux pages ensemble pour leur dissimuler le portrait de Somerled. Elle temporisa en leur montrant quelques-uns de ses croquis d'Arran avec leur légende. *L'île Sainte* sur telle page. *Une pierre en équilibre* sur une autre. Quand elle leur montra l'inscription gravée *Craignez Dieu*, son père posa doucement ses mains sur les siennes.

— Je suis désolé, Davina, mais ce n'est pas pour cela que nous sommes ici.

Il passa un doigt entre les pages restantes et les tourna, révélant une feuille vierge.

— Pourquoi ne pas commencer par nous dire ce qui s'est passé, la veille du solstice d'été ?

Sa main tremblait quand elle appuya le bout de charbon sur le papier.

J'ai joué du violon pour le duc de Hamilton, à Kilmichael. Somerled MacDonald, qui était mon partenaire au dîner, m'a surprise en m'accompagnant au violoncelle.

Elle leva les yeux et essaya de sourire. *Vous voyez ?* aurait-elle voulu leur dire. *Ce n'est pas aussi terrible que vous le pensiez.*

— Davina, nous savons cela, fit Will en grimaçant. MacDuff nous l'avait déjà appris.

Jamie s'approcha pour lire par-dessus son épaule.

— La préoccupation initiale du révérend Stewart était le manque de retenue de ton jeu. Davina, nous t'avons déjà vue danser en jouant du violon. N'était-ce que cela, à Kilmichael ? Notre petite violoniste emportée par sa joie de vivre ?

Non, ce n'était pas que cela. Davina ne pouvait se résoudre à dire la vérité à un seul homme du clan McKie. C'était encore plus difficile en présence des trois, qui la regardaient maintenant avec tant d'inquiétude, tant de confiance — ses frères avec leurs prunelles noires, son père aux yeux vert mousse —, tous attendant une réponse.

Elle écrivit finalement ce qu'elle put se résoudre à admettre. *Nous nous sommes embrassés au bord du ruisseau.*

— Il t'a embrassée le même soir ?

Le visage de Jamie s'assombrit.

— Quelle duègne le permettrait ?

Elle agrippa le crayon si fort que ses doigts tremblaient. *Nous n'étions pas très loin de la maison. Personne ne nous accompagnait.*

Le front de Jamie se creusa d'une nouvelle ride.

— Ta mère et moi avons été très clairs ; tu ne devais jamais te trouver avec un gentilhomme sans être accompagnée d'un chaperon.

Consciente qu'elle esquivait son reproche justifié, Davina hocha la tête vers ses deux frères et écrivit : *Will et Sandy ont toujours été mes chaperons.*

— Précisément !

Will frappa le sol de ses deux poings.

— Tout cela ne serait jamais arrivé si nous avions été là. Ou si vous aviez été présent, père. Ne voyez-vous pas ? Davina n'est pas à blâmer. C'est vous qui l'êtes.

Son père manifesta son impatience.

— Nous avons déjà discuté de cela, Will. Ce n'est pas le propos de notre discussion, maintenant.

— Je croyais qu'il s'agissait d'aider Davina.

— En effet, dit Jamie en baissant un peu la voix, pendant qu'un pêcheur et ses enfants passaient non loin. Ce que vous ne savez pas, garçons, c'est que Somerled MacDonald a demandé votre sœur en mariage.

— En mariage ? cria Will, son visage exprimant le dégoût. Père, vous ne pouvez l'autoriser.

S'il te plaît, mon frère ! Davina se pencha vers lui, l'implorant du regard. *Ne t'en mêle pas.*

— Pourquoi t'opposes-tu à ce qu'il courtise Davina ? voulut savoir Jamie. Parce qu'il vient des Highlands ?

— Non, père. Parce que c'est un…

S'il te plaît, Will ! Davina étouffa ses mots avec sa main, puis griffonna sur la page. *Des rumeurs. Non la vérité.*

— J'ai entendu ces rumeurs, dit rapidement Jamie. Le révérend Stewart accuse MacDonald d'être — ce sont ses mots — un débauché.

Will lança les bras au ciel.

— Nous y sommes ! Père, comment pouvez-vous même considérer…

— Oui, oui, fit Jamie pour repousser ses préoccupations. Moi aussi, j'ai craint le pire. Mais quand j'ai rencontré MacDonald, et qu'il m'a assuré de son affection sincère pour Davina et de son désir de l'épouser, je n'ai pas reconnu l'attitude d'un libertin. Il est amoureux de Davina, visiblement, et il brûle d'impatience. Mais il n'a pas été inconvenant.

Le crayon de Davina lui glissa des doigts, tant elle était soulagée. Elle n'avait pas besoin de défendre Somerled ; son propre père s'en chargerait.

— Peu de gentilshommes se présentent à l'autel exempts de tout reproche, dit Jamie à ses fils. MacDonald est honteux de son comportement passé et s'en est librement confessé à moi.

Il ouvrit les mains.

— Je suis un homme à qui on a beaucoup pardonné, reprit-il. Alors, je dois me montrer compréhensif.

— Vraiment ?

Le visage de Will se voila comme un ciel de tempête.

— Eh bien, vous avez choisi le mauvais homme sur qui déverser votre clémence.

Il fut sur pied en un instant et se dirigea à grands pas vers Cladach sans regarder en arrière.

— Will ! cria Jamie, et il se lança à sa poursuite.

Il le rattrapa rapidement et marcha avec lui un moment. Davina les vit hocher la tête et parler en gesticulant.

Elle les regarda un moment, Sandy toujours assis auprès d'elle, plus silencieux que d'habitude. Finalement, il lui parla :

— Davina…

Son cou se mit à rougir.

— Sais-tu pourquoi Will est si furieux à l'idée de te voir épouser MacDonald ?

Elle tapota le mot sur la page. *Des rumeurs.*

— Oui, mais la vérité est plus cruelle que tout ce que père a pu dire. MacDuff nous a révélé… En réalité, il parlait à un ami, mais nous avons surpris leur conversation.

Davina sentit un frisson la parcourir. Non causé par la brise saline de la baie ou un vent frais de l'ouest, c'était plutôt l'ombre glaciale d'un mauvais présage. Elle retrouva son crayon et eut besoin de toute sa résolution pour rédiger sa question. *Qu'est-ce que MacDuff a dit ?*

Sandy mit un long moment à répondre.

— Il a affirmé que Somerled MacDonald et toi aviez joué une autre sorte de duo. Pour les chevaux.

Il déglutit.

— Dans les écuries.

Son album lui glissa des genoux et tomba par terre.

— Pardonne-moi, Davina.

La voix de Sandy était basse, contrainte.

— Je ne dis pas que c'est vrai. Tu ne pourrais jamais faire une telle chose.

Je le pourrais. Je l'ai fait.

— MacDuff a aussi dit…

Sandy était près d'elle et se passait nerveusement la main dans sa tignasse hirsute.

— Oh, chère sœur, il a prétendu que... Enfin, selon ta femme de chambre...

Davina fut sur ses pieds avant qu'il eût fini sa phrase, abandonnant son cahier sur place, levant ses jupes au-dessus de l'herbe, courant pour rejoindre son père et son frère, courant pour fuir la vérité.

S'il te plaît, Will. Ne le dis pas à père !

Chapitre 59

Hélas! Comme il est facile pour les choses de tourner mal!
— George MacDonald

Will se retourna juste avant que Davina arrive à sa hauteur. Il aurait difficilement pu manquer son arrivée en état de panique.

— Qu'y a-t-il, jeune fille? Craignais-tu que nous t'ayons abandonnée?

Non. Elle s'effondra sur lui, à bout de souffle. *J'ai craint que tu m'aies trahie.*

— Ton frère est persuadé de savoir ce qui est le mieux pour toi, dit Jamie. Et je crois qu'il est temps que nous rentrions à l'auberge.

À en juger par l'expression butée de son père, rien de décisif n'avait été dit. Il fit un geste impatient en direction de Sandy, qui avait déjà ramassé la couverture et l'album, et qui se dirigeait vers eux, paraissant encore plus agité qu'auparavant.

Davina alla vers lui en tendant les mains, sachant qu'il ne pouvait s'arrêter dans sa course, mais priant pour qu'il tienne sa langue. *Non, Sandy. S'il te plaît, ne le lui dis pas.*

Il la regarda sévèrement, en secouant la tête, avant de s'adresser à leur père.

— Will vous a-t-il persuadé que notre sœur ne devait pas épouser cet homme?

— Il ne l'a pas fait et n'y arrivera pas.

La voix de Jamie n'admettait pas de réplique.

— Rien ne sera décidé avant que j'aie rencontré les MacDonald, demain.

— Mais MacDuff a dit...

— Que sais-tu de ce MacDuff ? Est-ce un loyal compagnon ? Non, un simple étranger dans une taverne, qui n'avait aucune raison de parler de ta sœur.

Jamie lui prit la couverture des mains et la secoua sèchement, envoyant voler au vent les brindilles d'herbe.

— J'ai assez entendu de médisances depuis que je suis arrivé sur cette île. La seule personne digne de ma confiance sur ce sujet est votre sœur.

Oh, père. Dès que ces mots eurent chassé sa peur, la culpabilité se précipita pour prendre sa place.

Jamie plia la couverture sur son bras, sans cesser de la regarder.

— Si votre sœur croit que Somerled MacDonald est un mari digne d'elle, et que nous ne trouvons aucune preuve du contraire — des faits, pas des ouï-dire —, alors je serai obligé de considérer sa demande en mariage.

Sandy ne voulait pas rendre les armes.

— Mais sa femme de chambre à Kilmichael…

— Oh ! Tu ne trouveras pas de bonne plus vulgaire dans toute l'Écosse. Cinq minutes en sa présence te permettront d'apprécier son regard malveillant et sa langue fourchue.

La voix de son père avait perdu son ton strident.

— Davina m'a révélé quelques-uns des mauvais traitements qu'elle lui a fait subir. Je n'accorde aucune créance à ses ragots.

— Mais, père…

— Cela suffit, Sandy.

Jamie se mit en marche vers l'auberge, les entraînant à sa suite.

— C'est une décision que le père de Somerled et moi prendrons. Pas toi, ni Will. Demain, vous vous joindrez à moi lors de cette rencontre, seulement si j'ai votre promesse que vous vous conduirez en gentilshommes.

— Oh, nous y serons, promit Will, car nous n'abandonnerons pas notre sœur une autre fois.

Davina marchait entre eux, essayant de voir clair dans son cœur. Ne pas révéler la vérité, était-ce la même chose que mentir ? La confiance de son père, son soutien — et oui, même son amour pour elle —, tout cela serait-il réduit à néant, s'il apprenait ce qui était vraiment arrivé ? Et que dire des jumeaux, qui étaient venus à sa rescousse, armés de faits qu'elle n'osait corroborer, même si elle savait qu'ils étaient vrais ? Lui pardonneraient-ils jamais sa déloyauté ?

Madame McAllister les attendait dans le vestibule, une lettre scellée en main et une lueur dans le regard.

— Un garçon des Highlands était ici, y a juste une minute. Y a laissé ça pour vous.

Elle tendit la lettre à Jamie.

— J'vous jure ! dit-elle en regardant Davina. J'ai cru qu'y allait s'mettre à pleurer quand y a appris que z'étiez pas là, mam'zelle.

Davina ne réagit pas à la remarque de la femme et la contourna simplement. Somerled MacDonald ne pleurerait pas pour aussi petite déconvenue. Mais elle, peut-être, se dit-elle en se remémorant leur tendre baiser du matin.

Les quatre McKie se réunirent dans la chambre de leur père, plutôt que d'ouvrir la lettre sous les regards de leur hôtesse.

— Elle est signée des deux gentilshommes, les informa leur père. Notre présence est requise au château à dix heures demain matin. Son Honneur nous réservera une pièce où tenir la réunion, pendant que son groupe d'invités fera une escalade en montagne.

L'œil de Will se rétrécit.

— Vraiment ?

— Oui, répondit Jamie en hochant la tête en direction de la fenêtre. Le sentier menant au Goatfell se trouve de l'autre côté de la porte et traverse les terres du château. Si notre entretien se déroule bien dans la matinée, ton frère et toi voudrez peut-être en faire l'ascension après le déjeuner. Je me rappelle que la vue du sommet est extraordinaire.

Quand les hommes voulurent se diriger vers la chambre de Jamie, désireux de discuter des détails d'une escalade en montagne, Davina reprit son album des mains de Sandy. Celui-ci parut réticent à le lui céder.

— Ne veux-tu pas te joindre à nous, jeune fille ?

Elle ferma les yeux et baissa un peu la tête, certaine qu'il comprendrait.

— Une bonne nuit de sommeil nous fera tous du bien, acquiesça-t-il. Dors bien, chère sœur.

Un moment après, Davina s'appuya lourdement sur sa porte fermée, les yeux remplis de larmes, tant d'épuisement que de soulagement. Son père avait repoussé les rumeurs scandaleuses ; si Dieu le voulait, ses frères n'insisteraient plus. Peut-être qu'à midi, le lendemain — si Somerled continuait d'impressionner son père et si sir Harry acceptait de ravaler sa fierté —, elle serait fiancée, et la réputation de sa famille resterait intacte, sans que personne apprît jamais la vérité.

Je vous en prie, mon Dieu. Elle forma les mots avec ses lèvres encore et encore, en se préparant à aller au lit. Elle passa sa robe de nuit avant de brosser ses cheveux emmêlés. Le soleil était bas dans le ciel, baignant sa chambre d'une lumière ambrée. Elle ferma les yeux en joignant les mains, priant pour avoir la force d'affronter ce qui l'attendait. *Au matin, je me prépare pour toi et je reste aux aguets.*

Davina n'avait jamais fait de visite matinale au château, auparavant. Il faisait froid, et le temps était un peu lugubre, mais le duc avait fourni les chandelles avec prodigalité ; des cierges de cire d'abeille illuminaient le centre de la table de chêne et chaque coin de la salle de réunion datant du XVe siècle.

Assis à sa gauche, Somerled était resplendissant dans son veston croisé à queue-de-pie. Sir Harry était assis à une extrémité de l'étroite table rectangulaire et son père à l'autre. Les jumeaux faisaient face à Davina, leurs sourcils noirs froncés exprimant leur déplaisir. Mal vêtus, leur cravate froissée et leur veste tachée, ses frères exhibaient leur ressentiment comme des mendiants arborant des insignes épinglés à leurs revers. En les regardant, Davina ne put s'empêcher de penser au pauvre Jock Robertson, se faisant passer à tabac par les jumeaux à la fête du 1er mai. Ils n'auraient pas autant de facilité à vaincre Somerled.

Elle se cala dans son fauteuil, qui était si élevé que ses pieds effleuraient à peine le sol. Vêtue d'une robe bleue brodée de la main de Leana, Davina lissait l'étoffe lustrée sur ses genoux. *Vous êtes ici avec nous, mère. J'en suis certaine.* Après que le thé eut été offert et refusé, les McKie et les MacDonald restèrent seuls dans la pièce au haut plafond, avec ses murs de grès rouge et ses poutres noircies par la fumée de tourbe.

Tandis que les pas des serviteurs s'éloignaient dans l'escalier, Davina pria à nouveau. *Tu as été pour moi une citadelle, un refuge au jour de mon angoisse.* Personne d'autre, seulement le Tout-Puissant. *Oui, c'est Dieu, ma citadelle, le Dieu de mon amour.* Elle n'avait jamais eu autant besoin de sa force que maintenant.

Sir Harry ouvrit la réunion, son regard dirigé de l'autre côté de la table.

— Vous trouverez sans aucun doute nos lettres à votre arrivée à Glentrool, monsieur McKie. Je regrette que vous soyez arrivé à Arran sans avoir été informé au préalable de la situation.

Le père de Somerled semblait plutôt cérémonieux, pensa Davina. Et très circonspect. Elle avait eu l'occasion de voir les manifestations du caractère bouillant de sir Harry à la table du duc, mais pas ce matin. Du moins, pas encore.

— Je suis arrivé avec peu de renseignements en main, acquiesça son père, dont le ton était neutre. Il semble que nos enfants se soient très vite trouvé des affinités.

— En effet, dit sir Harry en jetant un coup d'œil à Somerled avant d'arrêter de nouveau son regard sur Jamie. Mon fils n'avait jamais exprimé aucun intérêt pour le mariage auparavant, mais il semble que mademoiselle McKie ait capturé son cœur. En son nom, je vous demande de donner votre fille en mariage à Somerled.

Davina ravala sa surprise. Il n'avait pas perdu de temps à se rendre au vif du sujet.

— La *donner* ? murmura Will sous cape.

Sir Harry regarda le frère de Davina.

— Bien qu'il ait parlé à contretemps, votre fils a raison. Un gentilhomme ne fait pas une demande aussi importante sans offrir quelque chose de substantiel en retour. J'ai préparé une liste des possessions des MacDonald. Peut-être jugerez-vous bon d'y jeter un coup d'œil.

Une feuille de papier de qualité transita d'un chef de famille à l'autre, en passant du côté de la table où était assis Will. Sir Harry savait ce qu'il faisait. Les deux frères prirent leur temps avant de faire circuler la feuille. Même de l'endroit où elle était assise, Davina pouvait lire ce qu'une main décidée y avait apposé à l'encre noire. Les revenus en livres et le nombre d'hectares de terre étaient considérables, bien que de peu d'importance pour elle.

Davina se tourna vers Somerled au moment où le bilan atteignit son père et elle hocha faiblement la tête. *Ce n'est pas pour cela que j'ai accepté de vous épouser.*

Somerled lui enveloppa les mains sous la table.

— Comme je n'ai pas d'autre fils, dit sir Harry, ni aucun frère vivant, le premier enfant mâle que Davina portera peut être assuré de son héritage.

Son sourire était presque sincère.

— Pensez-y, McKie. Un habitant des Lowlands ayant un droit sur un domaine des Highlands.

— Ou pensez à ceci, MacDonald — et l'expression de Jamie valait la sienne — : un fils des Highlands réclamant la main d'une fille des Lowlands.

Le regard de Davina passa d'un homme à l'autre. S'entendaient-ils, alors ? Ou étaient-ils en train de jeter les gants ?

— Qu'en dites-vous, Somerled ?

Jamie le regarda droit dans les yeux.

— Qu'offrirez-vous pour ma fille unique ? Car je ne laisserai pas partir facilement un tel trésor.

— Pas plus que vous ne le devriez, monsieur.

Somerled relâcha la main de Davina, puis croisa les siennes sur la table, un geste de bonne volonté et aussi de prière. Il regarda d'abord le père, puis chacun des frères à tour de rôle.

— Je ne demande que votre bénédiction. Si j'ai l'honneur d'être l'époux choisi pour votre fille, alors vous êtes libre de fixer le prix de la mariée. Quoi que vous disiez, je paierai.

— Somerled !

Il ignora l'exclamation indignée de son père et clarifia son offre.

— Vous pouvez demander autant qu'il vous plaira, si vous consentez à ce que mademoiselle McKie devienne ma femme.

Jamie s'adossa à sa chaise, surpris.

— C'est très généreux.

— Et insensé, intervint sir Harry en grommelant.

Davina regarda son futur mari, elle-même un peu décontenancée. *Autant qu'il vous plaira.* Elle ne douterait jamais plus de sa sincérité, désormais.

Des regards furent échangés entre les hommes, mais personne ne rompit le lourd silence. Finalement, Will se pencha au-dessus de la table en direction de Somerled, son menton lancé comme la proue d'un navire.

— Aucun gentilhomme n'offrirait autant à moins d'en ressentir l'obligation. Le besoin d'offrir une compensation pour…

— Will, l'interrompit Jamie. N'offense pas monsieur MacDonald avec tes accusations. L'offre de Somerled est destinée à démontrer son affection, non à apaiser sa culpabilité.

Son regard sévère s'adoucit légèrement.

— Jeune homme, votre générosité parle en votre faveur. Je n'en abuserai pas. Que diriez-vous d'un prix de mille livres pour la mariée ?

— Non ! s'écria Sandy. *Cinquante* mille livres, car l'homme doit payer…

Jamie se leva immédiatement.

— Pas un mot de plus, garçons ! Vous avez insulté votre sœur et ce gentilhomme qu'elle désire épouser.

— Ce n'est pas une insulte si ce gentilhomme est en mesure d'en offrir autant.

La voix de Somerled était comme une vague d'eau fraîche jetée sur le feu de leur colère.

— Mademoiselle McKie vaut bien cinquante mille livres et même davantage. Qu'en dites-vous, père ?

— Je dis que tu paies trop cher un bien endommagé.

Le silence précédent n'était rien en comparaison de celui qui tomba après cette réponse. Davina ne pouvait bouger, ne pouvait respirer. Un *bien endommagé*. Aucune expression ne pouvait mieux la décrire.

Somerled avait l'air d'un homme qui venait d'être frappé par un tronc d'arbre.

Jamie resta à sa place au bout de la table, mais sa colère montante commençait à irradier dans toute la pièce.

— Comment osez-vous suggérer, monsieur, que ma fille est de moindre valeur parce qu'elle ne peut parler ?

— Ce n'est pas sa voix qui me préoccupe.

Le rire de sir Harry était bas et vulgaire.

— Quel homme ne préférerait pas une femme silencieuse ? Je voulais dire que votre fille…

— Père !

Somerled agrippa la manche de l'homme.

— Nous avions convenu…

— Non, *tu* as insisté.

Sir Harry libéra son bras d'une secousse.

— La pure vérité, McKie, c'est que votre fille s'est déjà donnée à mon fils. Et sans qu'il lui en coûte un seul shilling.

Le regard de Davina était absent. *Je n'ai rien donné… J'ai été…*

— Elle s'est donnée ?

Jamie se pencha vers elle en baissant la voix.

— Ma fille, que veut-il dire ?

— Je vais vous l'expliquer, ce qu'il veut dire.

Sandy prit le cahier à dessin des mains inertes de Davina et le tira vers lui.

Chapitre 60

Arme-toi pour la vérité !
— Edward Robert Bulwer, Lord Lytton

— Non !

Somerled s'étira au-dessus de la table pour reprendre l'album.

— Vous ne *pouvez* faire cela. Pas si vous avez à cœur de protéger votre sœur.

Will lui bloqua les bras, puis les repoussa.

— Nous voulons la protéger. De vous.

Avant que Somerled puisse protester, sir Harry le rattrapa par le col.

— Assez, garçon. Tu ne peux plus la sauver, maintenant.

— Au contraire.

Somerled se libéra de sa prise.

— Je suis le seul qui puisse.

Il s'assit et tourna sa chaise vers Davina, les yeux remplis de chagrin, le menton tremblant.

— Ma jolie fiancée.

Il prit sa main froide dans la sienne.

— N'aie pas peur. Quoi qu'on dise ici, vous et moi connaissons la vérité.

— Nous connaîtrons tous la vérité bientôt.

Sandy parcourait les pages du cahier.

— Je n'en ai eu qu'un aperçu, hier. Une seule phrase, griffonnée en haut d'une page, mais ce fut plus que suffisant.

— Sandy, cela ne t'appartient pas.

La voix de Jamie contenait un avertissement, mais il n'empêcha pas son fils de continuer à tourner les pages pendant qu'il se rassoyait.

Désespéré, Somerled tenta une autre approche.

— Ne laisserez-vous pas Davina écrire ce qu'elle veut que vous sachiez ?

Il libéra sa main afin qu'elle puisse leur faire face.

— Elle est assise juste ici, parmi nous, bien que vous paraissiez l'avoir oubliée. Ou préférez-vous lui voler ses secrets ?

Will lui lança un regard furieux de l'autre côté de la table.

— Vous êtes bien placé pour parler de vol, MacDonald.

— Ici, dit Sandy, en indiquant la page qu'il cherchait, vide à l'exception d'une seule ligne écrite près du bord supérieur.

Somerled savait très bien ce qu'il y avait là. Seule une fripouille pouvait révéler une telle chose. *Et seule une fripouille pouvait avoir fait une telle chose.*

Maintenant que Sandy avait trouvé ce qu'il cherchait, il semblait réticent à le lire, et sa main restait posée sur la page.

— Vas-y, l'incita Will. Cela facilitera les choses à Davina, si tu le fais.

Sandy s'humecta les lèvres, puis baissa le regard pour lire les mots.

— « Qu'adviendra-t-il de moi, maintenant que je suis déshonorée ? »

Son père attira le cahier plus près et lut la vérité de ses propres yeux.

— Déshonorée ? Davina, tu n'as sûrement pas...

Il déglutit de manière audible, en fixant la page.

— S'il te plaît, dis-moi que ce n'est pas... que cela veut dire... quelque chose d'autre.

Somerled ne pouvait attendre davantage.

— Monsieur McKie...

La main de Jamie se leva instantanément.

— Taisez-vous.

Les mains tremblantes, Davina prit son cahier, puis écrivit ces mots sous les autres : *Mon cœur et mon corps appartiennent à Somerled. Nous devons nous marier sans tarder.*

— Que Dieu me vienne en aide.

Les traits de Jamie étaient tordus par la douleur.

— Davina…, comment as-tu pu faire cela ?

— Ne blâmez pas notre sœur.

Le regard de Will était fixé sur Somerled.

— Aucune femme ne pèche seule. Il l'a séduite, père. En vérité, MacDuff a dit qu'il…

— Cet ivrogne de Fife ? s'étouffa sir Harry. Qu'en sait-il ?

— Il sait ce que la femme de chambre a vu, répliqua Will immédiatement. N'est-ce pas vrai, Davina ? Si consentante que tu aies pu être, MacDonald t'a malmenée, n'est-ce pas ?

Somerled en avait assez entendu. Il prit doucement le cahier des mains de Davina.

— Faites-moi confiance, murmura-t-il, regardant son visage ravagé par les larmes.

Il revint à la page précédente, là où se trouvaient les autres questions. Celles que ses frères n'avaient apparemment pas vues. Celles auxquelles lui seul pouvait répondre.

— Je ne me préoccupe pas de l'opinion que vous avez de moi, commença Somerled. Toutes les épithètes que vous m'accolerez sont bien méritées. Mais je ne vous permettrai pas de penser du mal de votre fille, monsieur McKie. Elle n'est pas à blâmer pour la perte de sa vertu. Je suis seul coupable.

— Allons ! lança rudement sir Harry dans la pièce silencieuse. Son propre frère vient de l'affirmer : on ne pèche pas seul. Comment dire si ce n'est pas cette jeune femme qui t'a entraîné ?

— Mademoiselle McKie sait qu'il en est autrement. Et je le sais aussi.

Somerled poussa le cahier vers le père de Davina.

— Après que j'eus pris… C'est-à-dire, l'après-midi suivant, voici les questions qui me furent posées.

Jamie parcourut la page et grimaça, comme s'il ne pouvait croire ce qu'il y avait d'écrit là.

— « Pourquoi n'avez-vous pas cessé… », « Aviez-vous l'intention de me faire du mal ? » Davina, cet homme t'a-t-il… violée ?

Somerled savait qu'elle se tournerait vers lui, et elle le fit. Cherchant sur son visage. Voulant être sûre.

— Mademoiselle McKie, je vous suis reconnaissant d'accepter mon offre de mariage. Mais votre famille doit connaître l'affreuse vérité sur la manière dont les choses ont commencé. Veuillez répondre à la question de votre père.

Davina respira profondément et hocha la tête de haut en bas.

— Non !

La chaise bascula derrière lui et il se rua de l'autre côté de la table, suivi de près par ses fils, et les trois hurlaient.

Somerled était debout, sans peur. Il était assez fort pour affronter leurs coups.

Mais Davina se leva brusquement, les bras en croix pour arrêter leur assaut.

— Jeune fille, que fais-tu…

Elle pressa son dos contre sa poitrine et refusa de bouger. Une minuscule petite fée, le protégeant.

— Davina ! hurla son père. Cet homme t'a-t-il donc ensorcelée, pour que tu le protèges ainsi ?

Elle secoua résolument la tête, puis pressa la main contre son cœur et la tendit, comme si elle l'offrait en présent.

Somerled était sans voix. *Mon amour. Mon épouse.*

— Tu *ne peux* pardonner un tel crime !

L'expression de son père était l'image même de l'horreur. Sir Harry répondit à sa place.

— Il semble qu'elle l'ait fait, McKie.

— Comment est-ce possible ?

La voix de son père était tendue au point de se rompre.

— Il a… *abusé* de toi, Davina. Peux-tu vraiment en vouloir comme mari ?

Sa couronne de mèches rousses fit un lent mouvement de haut en bas. Somerled n'avait pas besoin de voir ses yeux pour savoir ce qu'ils exprimaient. *Oui, je le veux.*

Jamie McKie et ses fils virent sa réponse et battirent en retraite, mais leur visage demeurait dur comme la pierre et leurs poings fermés prêts au combat.

— Vous avez élevé une fille remarquable, McKie.

Sir Harry se rassit calmement.

— Elle est bien mieux que ce que mon fils mérite.

Somerled n'aurait jamais contesté cette assertion.

— Mon offre tient toujours, monsieur. Quel que soit le prix que vous demandiez pour la mariée, je le paierai avec joie. C'est la femme que j'aime et que je désire comme épouse.

— Cela reste à voir, MacDonald, dit Jamie en lui lançant un regard furibond.

Puis, il se retira avec ses fils dans le coin opposé de la salle, où ils formèrent un cercle étroit pour tenir un conciliabule.

Pendant que le trio conférait, Somerled murmura à l'oreille de Davina :

— Je crois que votre famille se range peu à peu à votre désir.

Bien qu'il ne pût entendre leurs paroles, l'expression qu'il lisait sur leur visage lui donna quelque raison d'espérer. Mieux valait une discussion qu'une empoignade.

Quand les McKie regagnèrent finalement leur place, leur discussion privée terminée, Somerled et Davina se rassirent aussi. Ils se rapprochèrent l'un de l'autre, et Davina tendit la main pour reprendre son cahier. Il la revoyait encore, se levant devant son père pour le défendre. Avait-il déjà connu une femme aussi courageuse ?

Après plusieurs toussotements et raclements de chaises sur le plancher, Will fut le premier à parler, après avoir obtenu la permission silencieuse de Jamie.

— Peu importe le vœu de notre sœur, MacDonald, nous ne pouvons simplement la donner à l'homme qui lui a volé sa vertu et qui a jeté la disgrâce sur le nom de notre famille.

— Will...

— Je vous en prie, père. Nous étions d'accord là-dessus.

Will regarda autour de la table, et son expression était ferme.

— Ce n'est pas d'argent que notre famille a besoin, mais de l'assurance que notre sœur ne manquera jamais de rien. Elle pourrait fort bien porter, en ce moment même, l'héritier des MacDonald.

Un frisson parcourut la pièce. Était-ce encore une possibilité ? Somerled lui jeta un regard furtif. Oui, à en juger par la légère rougeur sur ses joues.

Will continua.

— Pourquoi ne pas octroyer à Davina le droit d'hériter de vos revenus et de votre propriété dès maintenant, à titre de présent de mariage ? Cela ne vous coûtera pas une pièce d'argent, mais garantira le bien-être de votre fils dès ce jour.

Somerled regarda les hommes autour de la table, son père en particulier. Le plan semblait raisonnable. En effet, qu'adviendrait-il si les MacDonald périssaient en mer en voguant vers Argyll ? Ne voudrait-il pas que Davina fût protégée ? Et que son fils ne manquât de rien, si sa semence avait déjà fécondé Davina ?

— Qu'en pensez-vous, père ?

Somerled se tourna vers le bout de la table.

— Cela n'est pas une requête déraisonnable, dit-il. Après tout, il ne nous en coûte rien. À moins de mourir.

Il haussa les épaules.

— Et ce n'est pas ce que nous envisageons dans un futur rapproché, n'est-ce pas ?

Sandy prit la relève.

— Tout ce que nous demandons, c'est qu'elle soit protégée par votre nom et par votre fortune dès maintenant.

Il se croisa les mains sur la poitrine.

— Si vous refusez, nous ramènerons notre sœur avec nous.

— *Je* la ramènerai à la maison, le corrigea Jamie. Mes fils ont bien présenté nos conditions. Quelle est votre décision, MacDonald ?

Sir Harry hocha sa tête argentée.

— C'est une proposition équitable. L'intendant du duc, Lewis Hunter, peut facilement rédiger une telle lettre d'intention, accordant une certaine annuité à ma femme.

Il regarda Davina avec un respect qui lui venait à contrecœur. Mademoiselle McKie, il semble que vous ayez volé le cœur de mon fils et mes possessions, et ce, sans prononcer une seule parole. Je vous salue bien bas, ainsi que votre famille, pour un pareil exploit.

— Et moi de même, dit Somerled, repoussant sa chaise derrière lui en se levant, stupéfait par la manière dont les négociations s'étaient déroulées.

Les McKie pouvaient-ils vraiment être satisfaits d'un prix aussi dérisoire pour la mariée, rien de plus qu'un document ? S'ils devaient changer d'avis et exiger davantage, il se plierait volontiers à leurs exigences.

— Père, reprit-il, nous devons rédiger les termes de notre entente dès ce matin.

— Oui, répondit sir Harry. Il n'est jamais bon de différer de telles affaires.

Sir Harry grommela en se levant, puis posa son regard sur Somerled.

— Nous nous déferons de nos terres et de notre argent d'une seule signature. Et nous prierons pour que le sort nous soit favorable.

Chapitre 61

Celui qui pense que la fortune ne peut changer d'avis,
Prépare une cruelle plaisanterie pour toute l'humanité.
— Alexander Pope

Au moment où sir Harry s'apprêtait à partir, Davina posa la main sur le bras de Somerled. *Ne partez pas.* Il baissa le regard vers elle. Les boutons de laiton de son veston réfléchissaient la lumière des bougies.

— Qu'y a-t-il, gente dame?

Elle entendit la confiance dans sa voix, vit l'assurance dans ses yeux bleus. Si seulement elle avait pu le suivre et descendre l'escalier du château avec lui, plutôt que de devoir affronter son père et ses frères, dont la mauvaise humeur était palpable. Somerled ne les connaissait pas aussi bien qu'elle. Les hommes de la famille McKie étaient loin d'être apaisés, peu importait qu'une entente eût été conclue.

Désireuse de le garder auprès d'elle encore un moment, Davina écrivit sur la page de son cahier. *Et pour ce soir?*

— Je demanderai à Son Honneur d'inviter toute votre famille à sa table.

L'expression de Somerled s'adoucit, et il ajouta :

— Répétez vos airs de Gow, mademoiselle McKie. J'ai préparé une surprise pour vous.

Il s'inclina, puis choisit sagement de lui embrasser la main plutôt que la joue; à la moindre provocation, les frères bondiraient certainement de leur siège pour le rouer de coups.

— Je compterai les minutes jusqu'à ce que je vous revoie, promit-il.

Puis, il fut parti. L'écho du loquet de métal retombant en place rebondit dans la pièce vide. Davina fixa le plancher, le regard voilé de larmes. *Moi aussi, je les compterai.*

— Davina, regarde-moi.

Son père était à ses côtés. Agenouillé.

— Tu n'es pas forcée de l'épouser.

Oh, père. Il avait mal compris le sens de ses larmes. Elle se tourna vers son cahier et souligna ce qu'elle avait écrit plus tôt : *Mon corps et mon cœur appartiennent à…,* mais il arrêta son crayon.

— Ce n'est pas vrai, dit-il, et la tension dans sa voix était évidente. Jusqu'à ce tu sois mariée, Davina, tu m'appartiens. C'est ma responsabilité de veiller sur toi…

— Et la nôtre de te protéger, insista Sandy. Je ne peux imaginer ce que notre pauvre mère pensera quand elle apprendra ce que ce mécréant t'a fait subir.

Gênée par la main de son père, Davina ne pouvait écrire, alors elle tapa du pied en guise de protestation. *Mais je lui ai pardonné.* Elle ne pouvait s'attendre à ce que sa famille fasse de même.

— Nous affronterons le scandale à Monnigaff, dit son père, lui libérant la main, et élèverons le petit de MacDonald, si les choses devaient en arriver là. Mais je ne te marierai pas à une brute.

Davina s'empara vivement de son crayon pour répondre. *Père, j'ai fait un serment…*

— Les serments peuvent être rompus.

Jamie se releva et se mit à marcher de long en large dans la pièce, ignorant le reste de sa déclaration écrite.

— Nous partirons pour le continent dès cet après-midi.

Partir? Le cœur lui bondit dans la gorge. Avait-il l'intention de l'enlever? Somerled ne le permettrait jamais, ni elle.

— Pourquoi attendre? rétorqua Will. Accompagnez Davina au port ce matin même. Quand les MacDonald réapparaîtront, Sandy et moi leur souhaiterons bon vent avant de voguer vers Saltcoats.

Il se pencha par-dessus la table, et ses yeux noirs lançaient des éclairs.

— Partez sur l'heure, père. Avant que ce barbare des Highlands revienne et trouve un nouveau moyen de l'envoûter.

Jamie regarda la porte.

— Tu pourrais avoir raison, garçon. Il semble l'avoir tout à fait ensorcelée.

Oh ! Déterminée à être entendue, Davina écrivit en travers de la page en lettres trop grosses pour être ignorées : *J'ai accepté la demande en mariage de Somerled de mon plein gré.*

— Voyez ! Voyez, père !

Le visage de Will était cramoisi de colère.

— MacDonald a volé bien plus que la vertu de Davina. Il l'a aussi dépouillée de toute sa raison.

Non ! Elle frappa le sol de son talon, puis tourna le cahier vers eux en pointant du doigt une partie de la phrase : ... *de mon plein gré.* Même si ce n'était pas le cas au début, ce l'était maintenant.

Les jumeaux rageaient, mais ils se turent en fixant, sans la comprendre, l'irréfutable vérité.

— Très bien, jeune fille, très bien.

Le soupir de son père était lourd et reflétait bien son état d'esprit.

— Tu as accepté la proposition et les MacDonald ont acquiescé à nos demandes. Je suppose que si l'honneur doit être servi...

— L'honneur ?

— Il l'a *avilie*, père !

Jamie ignora ses fils.

— Étant donné les circonstances malheureuses, un mariage est peut-être inévitable.

Le pouls de Davina ralentit. *Oui, il l'est.*

— Nous devons recevoir leur lettre d'entente, dit finalement Jamie, et attendre jusqu'à mercredi après-midi. C'est à ce moment que Son Honneur voguera vers le continent et que les MacDonald partiront à leur tour.

Il haussa les épaules, et son visage paraissait résigné.

— Qui sait ? demanda-t-il. Trois jours passés ensemble, à la même table et partageant les mêmes divertissements, pourraient apaiser notre colère à l'endroit de ces hommes des Highlands.

Will lança dédaigneusement :

— Ma colère brûlera bien plus longtemps que cela.

— Oui, et la mienne aussi, renchérit Sandy, dont les traits étaient durs comme la pierre.

Davina eut un mouvement de recul devant ces paroles venimeuses. Manifestement, les jumeaux n'étaient pas portés à la clémence vis-à-vis de l'homme qui l'avait ravie, corps et âme. Mais son père parviendrait-il à l'accepter, comme Somerled l'avait souhaité ? Elle ferma lentement son cahier et le pressa contre son cœur. *Pardonnez-lui, père. S'il vous plaît.*

Jamie était debout devant elle, ses larges épaules légèrement affaissées, comme s'il sentait ce qu'elle attendait de lui.

— Accordez-moi un moment avec votre sœur, les garçons.

La gorge de Davina se serra. Après une telle matinée, son courage commençait à l'abandonner. *Souviens-toi de moi, donne-moi des forces encore cette fois.*

Son père attendit que Will et Sandy fussent à mi-chemin dans l'escalier avant de recommencer à parler, d'une voix rauque brisée par l'émotion.

— Davina, si j'avais compris dès le début..., si je m'étais rendu compte que cet homme... qu'il...

Jamie détourna le regard, mais pas assez rapidement pour qu'elle ne vît les larmes dans ses yeux.

Non, père. Ses doigts se contractèrent sur les bordures usées de son cahier, ses ongles s'enfonçant dans le tissu de la couverture. *Je vous en prie, je ne puis le supporter.*

— L'imaginer en train de te faire du mal… de te forcer…

Ses mots se perdirent dans un gémissement, et il la tira dans ses bras.

Davina s'effondra sur sa poitrine. *Je ne savais pas… Oh, père. Je ne comprenais pas.*

Il faillit la broyer dans son étreinte, murmurant des phrases saccadées dans son oreille.

— Pardonne-moi. De t'avoir amenée ici. De t'avoir abandonnée ici.

Elle essaya de secouer la tête. *Ce n'est pas votre faute. Je voulais venir.*

— Non, Davina.

Sa voix était tendue par une extrême douleur.

— Ne m'absous pas aussi facilement.

Elle pressa son cahier et sa joue mouillée contre la poitrine de son père. *Mais je dois le faire.*

Ils restèrent là, le père et la fille, les murs de grès étant seuls témoins de leur chagrin. Pour tout ce qui avait été perdu et ne serait jamais retrouvé.

Après plusieurs minutes, son père la libéra avec un tendre baiser sur le front.

— Je vois le pardon dans tes yeux, Davina, bien que je ne le mérite pas.

Quand elle voulut protester, sa réponse fut ferme.

— Ce ne serait jamais arrivé si tu avais passé l'été à la maison, dit-il. Tes frères ont raison d'être furieux contre Somerled. Et contre moi.

Il jeta un coup d'œil rapide vers la porte.

— Je verrai ce que je peux faire pour changer leur état d'esprit, mais je connais les jumeaux : lents à pardonner, prompts à la colère…

Sa voix s'éteignit. Il prit Davina par le coude et la guida vers l'escalier.

— Peut-être que la musique de ce soir apaisera leur rage.

Même s'il souriait, la tristesse ne quittait jamais son regard.

— Mais je crois qu'il faudra plus que quelques airs joyeux pour convaincre tes frères que ce jeune homme est digne de toi.

Chapitre 62

Aucun homme n'aime être dépassé
par ceux de sa propre condition.
— Tite-Live

Davina saisit le violon, priant pour qu'un miracle survienne. Des bougies à l'intérieur et la lumière du jour à l'extérieur éclairaient la pièce où elle avait dîné en compagnie d'une douzaine de gentilshommes. Comme il était extraordinaire de trouver trois visages aimés parmi eux. *Père, Will et Sandy.* Elle s'ennuyait de sa mère et d'Ian encore davantage, car elle avait à ses côtés certains, mais pas tous les membres de sa famille.

Le duc de Hamilton avait accueilli poliment les McKie à sa table, les présentant à ses invités, annonçant les fiançailles et louant les talents de Davina. Ses éloges avaient enchanté son père, mais avaient indisposé ses frères, sa sœur ayant, à leurs yeux, été réduite à la condition de saltimbanque. Son père, pris dans une conversation avec sir Harry, avait mangé très peu de sa grouse rôtie ; ses frères l'avaient dévorée et avaient à peine parlé, évitant particulièrement Somerled.

Maintenant, c'était au tour de Davina d'apaiser Will et Sandy. La musique accomplirait-elle ce que la nourriture et la conversation n'avaient pu réussir ?

Habillée de mousseline vert pâle — la couleur favorite des jumeaux —, elle était debout devant le foyer du château, observant les invités du duc. La surprise promise par Somerled devait encore se matérialiser, et l'homme lui-même n'était nulle part en vue. Devrait-elle commencer sans lui ? Tout l'après-midi, elle avait consciencieusement répété les pièces de Niel Gow de son répertoire, pendant que ses frères escaladaient le Goatfell. Les jumeaux en étaient revenus trempés de sueur et à bout de souffle, et ils avaient à peine eu le temps de s'habiller pour le dîner. L'expression de leur visage était aussi dure que le granit qu'ils avaient escaladé.

Levant son archet, Davina souhaita que son instrument fût comme la harpe de David, capable de calmer leur fureur. *Je vous le demande, mon Dieu.* Elle débuta avec un *strathspey* familier de Gow, *Whisky des Highlands*, attaquant les cordes de son archet avec un peu plus de vigueur pour accentuer les croches pointées.

Quand elle termina les mesures d'ouverture, un second violoniste se joignit à elle pour la reprise de la phrase, en suivant chacun de ses coups d'archet. *Somerled.*

Il souriait en marchant vers elle à travers la pièce, sans cesser de jouer, sa queue-de-pie bien assortie à l'écharpe de Davina, d'un vert plus foncé. Où s'était-il procuré un violon ? Les invités du duc applaudirent à son entrée ; ses frères ne se joignirent pas à eux. Refusant de se laisser démonter, elle enchaîna avec un second *strathspey* sur le même ton, *Mademoiselle Stewart de Grantully*. Somerled suivait la cadence, la laissant enjoliver la mélodie avec des chapelets de notes gracieuses, communiquant ses intentions avec ses yeux et son archet.

Attention au sol. *Voilà. Un peu plus vite, cette fois ? Parfait, mon amour.*

Davina détourna le regard, submergée par ses émotions. Somerled la comprenait. Non, il l'entendait. Et il lui parlait dans un langage qui n'était destiné qu'à elle seule.

À la fin du morceau, le duc lança :

— Avez-vous une gigue pour moi, mademoiselle McKie ?

Davina lui assura que oui, elle en avait une, une gigue à l'air joyeux, mais au titre sinistre : *Le banc de pénitence*. Elle ne pouvait s'imaginer grimper sur le banc des temps passés, rester assise devant la chaire durant toute la durée du service, puis confesser ses péchés à toute la congrégation. Si le banc de pénitence n'avait pas subi le sort du chapeau tricorne,

Somerled aurait sûrement été condamné à y comparaître plusieurs sabbats d'affilée. Cette idée aurait sans doute plu à ses frères.

La bouche amère et le menton levé, ils fixaient leurs yeux sombres sur le virtuose des Highlands. Même l'énergique quadrille, *Le pont de Dunkeld*, qui avait si souvent fait danser les jumeaux à Glentrool, ne leur fit pas battre la mesure du pied, pas plus qu'il n'effaça la colère de leur visage. Davina se concentrait sur la mélodie, laissant à Somerled le soin d'ajouter les embellissements, pourtant les frères ne semblaient pas plus impressionnés par lui.

Tandis que l'heure avançait et que les verres de whisky étaient versés à la ronde, les garçons restaient sobres et assis bien droit sur leur chaise, défiant ceux qui commençaient à chanceler. Davina avait une dernière pièce de Gow à offrir, un air aimable écrit pour Lady Ann Hope. Somerled baissa son violon, se retirant à l'arrière-plan. Ses notes, qui se liaient si bien aux siennes, lui manquaient, mais elle apprécia sa délicatesse. En l'entendant jouer seule, les jumeaux pourraient sentir son affection pour eux et, peut-être, renoncer à leur désir de punir l'homme qui avait changé sa vie le temps d'une seule nuit.

Elle escaladait et descendait la gamme en phrases élégantes, pendant que sa main courait sur la touche d'ébène pour produire les notes aiguës. Elle regardait directement Will et Sandy, espérant qu'ils puissent lire dans ses pensées, comme Somerled le faisait souvent. *Je vous aimerai toujours, mes frères. Rien ne pourra jamais changer cela.*

Avait-elle remarqué un voile dans les yeux de Sandy, ou était-ce la lueur vacillante de la chandelle qui l'avait induite en erreur ? Davina fit un pas vers eux, plaidant sa cause avec sa musique. *Ne voyez-vous pas que nous devons nous marier ? Et que je lui ai pardonné ?* Will changea de position sur sa chaise, mais ses lèvres restèrent pressées l'une contre l'autre. *S'il te plaît, Will. Il n'est pas si différent de nous.*

Somerled l'accompagna lors du refrain final, jouant, non en harmonie, mais à l'unisson, amplifiant la puissance de chaque note. Les hommes de la famille McKie se joignirent à la longue ovation de l'assistance. Mais quand elle hocha la tête en direction de Somerled, pour l'inviter à saluer à son tour, les applaudissements des frères cessèrent. Il lui prit la main tandis qu'ensemble, ils acceptaient les bravos enthousiastes de leur public. Sa poigne était aussi forte et chaude que d'habitude, et, si l'attitude des jumeaux l'indisposait, rien n'en parut.

Enfin, les invités du duc se levèrent — certains plus solides sur leurs pieds que d'autres — et se dispersèrent peu à peu pour retrouver leur chambre pour la nuit. Son père fut le premier auprès de Davina.

— Je ne t'ai jamais entendue jouer aussi bien, lui dit-il, les yeux brillants de fierté paternelle. N'êtes-vous pas d'accord, garçons?

— Le dernier air en particulier, dit Will en la regardant dans les yeux.

Somerled prit la main de Davina un moment avant de la relâcher.

— Je suis d'accord avec vous, Will. Votre sœur est admirable, sans accompagnement.

— En effet.

Sandy croisa les bras, comme un oiseau qui ébouriffe son plumage pour paraître plus gros qu'il l'est en réalité.

Davina fut soulagée de voir sir Harry se joindre à eux; trois McKie contre un seul MacDonald était une lutte inégale. Elle glissa la main dans le creux du bras de Somerled, rendant son allégeance claire pour ses frères. *Bien que je sois fière d'être une McKie, je deviendrai bientôt une MacDonald.* Un frisson la parcourut à la pensée de tous les bouleversements qui l'attendaient. Un nouveau nom. Une nouvelle maison. Une nouvelle vie.

— Alors, les garçons.

La voix tonnante de sir Harry, imbibée de whisky, remplit la salle à manger devenue silencieuse.

— Votre père me dit que vous avez passé l'après-midi sur le Goatfell.

— C'est exact, dit Will en lançant une œillade à son frère jumeau. En avez-vous déjà gravi le sommet, monsieur ? Il offre une vue imprenable sur la baie.

— C'est ce qu'on nous a dit, mais nous n'en avons pas encore fait l'ascension, Somerled et moi.

— Vraiment ?

Sandy arqua dédaigneusement un sourcil.

— Vous ne quitterez sûrement pas Arran avant d'avoir d'abord conquis le Goatfell ?

Sir Harry releva immédiatement le défi.

— Bien sûr que non.

— Avez-vous oublié, père ?

Bien que la voix de Somerled fût posée, Davina perçut la tension qu'elle contenait.

— Demain, nous avons une randonnée à cheval dans les landes de Machrie, où nous visiterons le sanctuaire de pierres. Avec Son Honneur.

— Oui, oui.

Sir Harry se frotta le menton.

— Malgré tout, si le temps se maintient, nous pourrions escalader le Goatfell mercredi, avant de partir.

Davina ne put réprimer une certaine inquiétude. Le *Goatfell*. Somerled avait séjourné à l'ombre de ses flancs déchiquetés sans avoir jamais manifesté le moindre désir de s'élancer à l'assaut de ses hauteurs. Mais s'il refusait l'invitation, ses frères auraient tôt fait de lui attribuer l'épithète de lâche.

— Mon frère et moi, nous nous ferons un plaisir de vous y guider, offrit Will. Qu'en dites-vous, père ? Est-ce qu'une excursion sur le Goatfell vous sourit ?

— Hélas, je ne peux me joindre à vous, admit Jamie, bien qu'à regret, visiblement. Il est difficile pour moi d'aller d'un bon pas dans la montagne.

Il haussa les épaules en direction de sir Harry.

— Je me suis déboîté la hanche, une nuit, en franchissant à gué un ruisseau à marée haute, expliqua-t-il.

Le vieil homme fronça les sourcils.

— C'est fort dommage.

— Désolé que vous ne puissiez vous joindre à nous, père.

Will affichait une compassion inhabituelle. Et si vous teniez compagnie à Davina pendant que Sandy et moi emmenons les MacDonald en excursion ? À l'exception de quelques rochers instables et des plaques de granit friable près du sommet, le Goatfell n'a rien de trop éprouvant.

— Tâchez de redescendre par le même chemin, les mit en garde son père, car il y a de dangereux précipices sur le flanc ouest.

Sir Harry se hérissa.

— Vous oubliez, monsieur McKie, que mes fils et moi venons des Highlands. Nous avons déjà escaladé de nombreux *bens*[11], et celui-là ne nous effraie pas.

— Espérons que le temps sera propice, mercredi, alors.

Somerled plaça ses mains sur celles de Davina ; elle faillit sursauter, tant elles étaient froides.

— Ce soir, si vous le permettez, reprit-il, j'aimerais reconduire Davina à votre auberge de Cladach.

— Naturellement, dit Will en faisant un pas en arrière pour indiquer la porte. Nous savons quel gentilhomme vous êtes, MacDonald. C'est pourquoi mon frère et moi ne vous quitterons pas d'une semelle jusqu'à l'heure où vous partirez de cette île.

---

11. N.d.T. : *Beinn* est le nom couramment employé en gaélique pour désigner la montagne. Le Ben Nevis, dans les Highlands, est le point le plus élevé des îles Britanniques.

Chapitre 63

C'est quand l'esprit est dans le doute qu'il est le plus sensible
aux plus infimes influences.
— Térence

Leana s'agenouilla sous la fenêtre de la salle à manger et pressa la lame effilée de son couteau de jardinier sur la tige épineuse. Elle grimaça quand sa première rose de l'apothicaire en fleur céda, sentant que son cœur se rompait avec elle. *Je n'aurais jamais dû la laisser partir.*

Elle approcha la fleur rose foncé de son visage, espérant que son doux parfum apaise ses inquiétudes. Son mari reviendrait-il bientôt avec Davina, arrachée aux mains de cet homme des Highlands? Ou Jamie avait-il déjà envoyé une lettre, l'informant que leur fille se portait bien et qu'elle était hors de danger?

Leana ne fondait pas trop d'espoirs sur ces deux dénouements; son cœur était trop lourd, son esprit trop tourmenté. Elle avait eu de sombres pressentiments dès l'instant où le nom d'Arran avait été prononcé. Puis, le dimanche, à l'église, l'expression «force d'âme» s'était mise à voler dans le sanctuaire comme un roitelet pris au piège. *Mais qu'est-ce que Davina a fait? Avec qui est-elle? Qu'adviendra-t-il d'elle?* Entre les services, Leana était demeurée sur son banc avec Ian, plutôt que d'affronter les commérages dépréciant sa fille sur le parvis de l'église.

De grâce, mon Dieu, faites que rien de tout cela ne soit vrai. Leana se hâta vers la porte d'entrée, comme si elle avait pu creuser un écart entre elle et ses peurs. Elle aspira le parfum de la rose de nouveau, dès que son pied eut touché le seuil de Glentrool.

— Oh! Vous v'là!

Eliza referma la porte du salon derrière elle, puis se précipita aux côtés de Leana et parla d'une voix à peine plus forte qu'un murmure.

— V'z'avez un visiteur qui vient juste d'arriver. J'ai pris la liberté d'lui servir du thé.

Elle retira le tablier de Leana et prit la rose entre ses doigts.

— C'est m'sieur Webster, d'Penningham Hall, m'dame.

Leana l'avait remarqué au sabbat : il était assis seul à son banc, sa tête auburn inclinée, les épaules affaissées comme s'il avait porté un lourd fardeau. Elle avait voulu lui parler, mais il s'était faufilé par la porte dès la fin du service. Pour se rendre à l'église de Penningham, peut-être. Pour fuir les commérages, assurément.

Était-il venu lui annoncer qu'il ne désirait plus courtiser Davina ?

Tout en se dirigeant vers la bibliothèque, elle dit à Eliza :

— Je parlerai avec Ian brièvement, puis j'irai accueillir monsieur Webster. Tu as dit que du thé lui avait été servi ?

— Et des gâteaux d'miel faits c'matin.

— Très bien. Dis à notre invité que je vais le rejoindre à l'instant.

Elle trouva Ian assis au bureau de son père, entouré de livres.

— Graham Webster est ici, l'informa-t-elle, puis elle se rinça les mains à la table de toilette et se tapota le visage, devenu moite sous le soleil. Tu es libre de te joindre à nous, mais il serait peut-être souhaitable…

— Bien sûr, acquiesça Ian. Il est préférable que vous le rencontriez en tête en tête, mère, car c'est une affaire privée. Envoyez-moi Jenny, si ma présence est requise.

— Ian…

Elle s'assécha les mains avec une serviette propre, qu'elle replaça avec précaution à côté de la cuvette d'eau.

— Aurais-tu la gentillesse de prier, pendant notre entretien ? Monsieur Webster doit être terriblement bouleversé, pourtant je n'ai que très peu d'information à lui offrir.

— Comptez sur moi, mère.

Son sourire était celui de Jamie, et ses yeux gris-bleu étaient les siens. Mais son cœur appartenait à Dieu, et pour cela, elle était infiniment reconnaissante.

Leana traversa le vestibule, avec ses planchers polis et ses miroirs étincelants, et ouvrit la porte du salon. Elle s'efforça de démontrer toute l'assurance dont elle était capable.

— Monsieur Webster, comme c'est aimable à vous d'être venu.

Il était déjà debout, son chapeau et ses gants posés sur la table, son thé apparemment intact.

— Votre domestique a eu la délicatesse de me faire passer au salon, madame McKie. Je m'excuse d'avoir choisi un moment si incongru pour me présenter.

— Pas du tout. Vous êtes toujours le bienvenu à Glentrool.

Il murmura des remerciements avant de s'asseoir, bien qu'inconfortablement, comme s'il avait été prêt à bondir sur ses pieds à tout moment.

Elle prit sa tasse et sa soucoupe, espérant qu'il l'imite.

— Espériez-vous trouver mon mari à la maison ? Je sais que Jamie a mis de côté une centaine de moutons pour vous, qui doivent vous être livrés à Lammas. Les meilleurs de ses troupeaux.

— Je suis heureux de l'entendre, mais…

Il présenta ses larges mains, comme si elles pouvaient exprimer ce qu'il était incapable de dire.

— C'est votre fille… qui est le sujet de mes inquiétudes. C'est à propos de mademoiselle McKie que je suis venu frapper à votre porte.

— Bien sûr.

Leana déposa sa tasse avant qu'elle commence à trembler dans sa main. *Accordez-moi la sagesse, Père. Et la force.*

— En vérité, reprit-elle, je voulais vous parler au dernier sabbat.

Les yeux noisette de Graham s'illuminèrent.

— Vous avez des nouvelles d'elle, alors ? D'Arran ?

Leana hésita, sachant que sa réponse le décevrait.

— Pas encore, admit-elle enfin. Plus tard dans la semaine — jeudi ou vendredi, peut-être —, je devrais recevoir un mot de mon mari.

Graham soupira, et son regard se posa sur la fenêtre donnant sur le loch. Le soleil du matin ruisselait à travers la vitre, décorant le tapis du plancher de carrés jaunes.

— La ramènera-t-il à la maison ?

— Je vous confesse, monsieur Graham, que c'est mon espoir. Je vous dirai volontiers ce que je sais.

Elle décrivit dans les grandes lignes le récital de Davina pour le duc de Hamilton. Graham blêmit.

— Son Honneur ?

— En effet, répondit Leana, qui ne comprenait pas très bien elle-même. Il semble que l'un de ses invités, un jeune homme des Highlands, d'Argyll, précisément, l'ait accompagnée au violoncelle.

— Je vois.

— N'imaginez pas le pire, s'empressa-t-elle d'ajouter, remarquant son expression abattue. Monsieur MacDonald est l'héritier de sir Harry MacDonald, un gentilhomme de bonne réputation. Je suis sûr que son fils n'a pas fait, comment dirais-je, d'avances inconvenantes à notre fille.

Une bouffée de chaleur lui monta au visage. Elle n'avait aucune assurance de cela, et Graham le savait.

— Mais le révérend Moodie a demandé que l'on prie pour elle...

— Oui, dit Leana, pour qui cela était difficile à réentendre. Je vous demanderai de ne pas condamner notre fille sur la foi d'un indice aussi peu probant.

— Soyez assurée que je m'en garderai bien, dit-il avec fermeté. Jusqu'à ce que monsieur McKie m'informe du contraire, je présumerai que mademoiselle McKie demeure chaste et au-delà de tout reproche.

Qu'il en soit ainsi, Seigneur. Elle attendit que ses joues refroidissent avant d'aborder le délicat sujet de sa cour.

— Vous ne retirez donc pas votre demande de courtiser notre fille ?

— En aucun cas.

Leana ne put cacher son soulagement.

— Je suis très heureuse de l'entendre, monsieur Webster. Tout n'était pas perdu ; pas si un homme aussi pieux que lui pouvait ignorer les on-dit et faire confiance à son propre cœur.

— Dès que Davina rentrera à la maison, nous nous rendrons à Penningham Hall, continua-t-elle, afin d'honorer votre invitation.

— J'attendrai ce moment avec impatience, madame McKie.

Il sourit en tendant la main vers son chapeau et ses gants.

— Plus tôt je commencerai à courtiser votre fille, mieux cela vaudra.

Avant que Leana puisse se lever pour recevoir les adieux de Graham Webster, des voix retentirent dans le vestibule. Encore une visite en un tranquille mardi matin ?

Elle entendit Ian accueillir un visiteur. John McMillan, à en juger par la voix tonitruante. Enfant, Davina avait fait un croquis de leur voisin, qu'elle avait intitulé « Le géant de Glen Trool ». Ian, le plus grand des McKie, atteignait à peine les épaules du colosse.

Quelques instants plus tard, Ian le fit passer au salon ; les cheveux noirs de John frôlèrent le linteau de la haute porte, quand il entra. Les deux hommes souriaient.

— Voyez qui nous apporte des nouvelles, mère.

Vêtu des habits simples d'un fermier gentilhomme, leur voisin semblait parfaitement à l'aise dans la pièce richement meublée. Jamie et lui étaient de grands amis d'enfance. Peu de choses dans l'existence intimidaient John McMillan.

— Madame McKie.

Il salua cordialement avant de sortir une enveloppe épaisse de la poche de son manteau.

— Vous voudrez ceci, j'imagine. Arrivée par la voiture de poste d'hier. Par l'entremise du révérend Moodie, ajouta John en souriant. À première vue, le sceau semble intact.

— Mon mari veillera à vous rembourser.

Leana prit la lettre à deux mains, remarquant son épaisseur. Deux pages ou plus.

— Messieurs, je...

Elle savait qu'il était impoli d'ouvrir l'enveloppe en présence de ses invités. Pourtant, il lui semblait que son cœur allait éclater, si elle ne prenait pas bientôt connaissance de son contenu. Bien que l'écriture ne fût pas familière, le cachet de la poste l'était : Arran.

John vint à son secours.

— En vérité, madame, votre impatience d'ouvrir cette lettre est très naturelle. Lisez-la, je vous en prie. Entre-temps, nous nous chargerons des gâteaux de miel, qu'en dites-vous, monsieur Webster ?

Les hommes hochèrent la tête et chargèrent leur assiette de pâtisseries.

— Soyez bénis, murmura-t-elle, glissant déjà son doigt sous le cachet de cire.

Une lettre séparée se trouvait à l'intérieur, écrite par une main différente. Elle mit la seconde de côté et lut la première. Ses yeux s'écarquillèrent à la vue du nom de l'expéditeur : sir Harry MacDonald, de la maison Brenfield.

À monsieur et madame James McKie de Glentrool
Lundi 27 juin 1808

La date la fit sursauter. Plus d'une semaine après le solstice d'été.

Veuillez me pardonner de mener une affaire aussi impor-
tante par correspondance. Nous nous rencontrerons sûre-
ment dans un futur proche, et je pourrai alors m'expliquer
plus adéquatement en personne.
Pour exprimer les choses succinctement, mon fils et
héritier, Somerled MacDonald, désire épouser votre fille,
mademoiselle Davina McKie.

Épouser ? Leana se laissa choir sur le canapé le plus proche.
Mais ils viennent à peine de faire connaissance…

J'avoue avoir été étonné par la brièveté de leur fréquenta-
tion. Je suis persuadé que vous êtes surpris aussi. Quand
vous les verrez ensemble tous les deux, je crois que vous
serez convaincus, comme je l'ai été, que Somerled et made-
moiselle McKie sont faits pour être mari et femme.

Abasourdie par la nouvelle, Leana ne savait ni quoi penser, ni où regarder, ni quoi dire. *Davina, une épouse ? Et mariée à un homme des Highlands ?* En dépit des gâteaux de miel entre leurs mains, les trois gentilshommes dans son salon ne mangeaient pas ; ils avaient les yeux fixés sur elle. Attendant des explications.

Luttant pour faire bonne contenance, elle parcourut le reste de la lettre.

Mon fils et moi aimerions arranger une rencontre au moment de votre choix, à Arran, si c'est votre préférence, ou dans notre domaine d'Argyll. Je crois que la lettre ci-jointe vous convaincra de la sincérité et du désir de mon fils de procéder avec célérité.

Il terminait avec une signature complexe, aussi impressionnante que son titre : *Baronnet.* Ce qui voulait dire que son fils deviendrait un jour sir Somerled MacDonald.

Leana fixait la lettre. *Et Davina serait Lady MacDonald.*

Comment Jamie pourrait-il refuser cet homme titré et son important héritage ? Il aurait bien de la difficulté à le faire, si Somerled lui semblait digne d'estime. Et si Davina le voulait vraiment pour mari.

Elle leva les yeux pour trouver le regard de Graham Webster posé sur elle. Avait-il deviné ce dont il était question ? Pouvait-elle se résoudre à le lui dire ?

— Il y a une seconde lettre, dit-elle faiblement en tendant la main pour s'en emparer.

Après l'avoir décachetée, elle la déplia pour n'y découvrir que quelques lignes. Pourtant, elles étaient des plus persuasives.

Mon âme se consume pour votre fille. Quoique je parle cinq langues, elle m'a appris la plus belle de toutes : le silence. Quoique je sois un musicien accompli, mon talent ne saurait rivaliser avec le sien. Quoique j'aie voyagé sur le continent, il me reste encore à rencontrer son égale en intelligence et en beauté. Aurai-je l'audace de demander la main de votre fille ? Mon père et moi attendons votre réponse avec impatience.

Lentement et méthodiquement, Leana replia les deux lettres. Elle n'avait pas besoin de les relire.

— Monsieur McMillan…

Elle se leva et lui lança un regard contrit.

— Je crains que cette information ne puisse être partagée avant le retour de mon mari.

Ses sourcils hirsutes se froncèrent, et il affecta une grande déception.

— Pourriez-vous au moins nous dire si les vents qui soufflent d'Arran sont favorables ou non ?

Elle hésita, ne voulant pas blesser Graham.

— Favorables, dit-elle enfin.

— Bien.

John déposa son assiette vide sur le plateau à thé.

— Ma femme et ma fille seront très heureuses de l'apprendre.

Il plaqua une main charnue sur l'épaule d'Ian.

— Les McKie sont presque de notre famille, maintenant, lança-t-il avec jovialité. S'il y a quelque chose que je puisse faire…

— Merci, John.

Elle offrit à leur vieil ami une révérence polie.

— Ian, peux-tu reconduire notre voisin à la porte, demanda-t-elle à son fils, pendant que je parle un moment avec monsieur Webster ?

Graham ne méritait-il pas d'être mis, au moins partiellement, dans la confidence ? Tout en essayant de s'en convaincre, l'admonition de Jamie restait présente à son esprit : *J'ai demandé à Graham d'attendre, Leana. Je te demande de faire de même.* Pouvait-elle renvoyer ce prétendant transi sans un seul mot, sachant ce qu'elle avait appris ? Hélas, elle ne pouvait s'y résoudre.

Leana reprit sa place sur le canapé.

— Venez me rejoindre, monsieur Webster.

Il fit ce qu'elle lui avait demandé, mais Leana remarqua la raideur de son maintien, la réserve sur son visage.

Elle attendit que le regard de son invité croise le sien, puis elle lui montra les lettres pliées afin qu'il puisse voir l'écriture masculine sur chaque enveloppe et constater qu'elle disait la vérité.

— Elles sont de sir Harry MacDonald et de son fils, Somerled, commença-t-elle.

Graham les regarda et soupira.

— Je présume qu'il désire épouser votre fille.

Sa perspicacité ne faisait que rendre les choses encore plus difficiles pour elle.

— En effet.

— Est-ce aussi le souhait de votre fille ?

— Il semble que oui.

Leana affecta de ne pas voir la douleur dans ses yeux. Y avait-il une consolation qu'elle pouvait lui offrir ? Quelque mot de réconfort ?

— Monsieur Webster, reprit-elle, rien n'a été décidé.

Elle leva les lettres comme preuve.

— Nous n'avons que des mots écrits sur du papier…

Graham secoua la tête, battu sans coup férir, puis il se leva pour enfiler ses gants.

— Pardonnez-moi, madame McKie, d'avoir trop espéré.

— Vous n'avez pas besoin de vous excuser, monsieur.

Elle se leva à son tour et posa la main sur la manche de son manteau.

— Nous avons été honorés par votre demande. Peut-être que si…

— Non, dit-il. Il est clair que cela n'était pas destiné à arriver.

Graham était déjà en marche vers la porte du salon, l'expression de son visage résolue.

— Bonne journée à vous, madame McKie. Veuillez transmettre mes hommages à votre mari. Et à votre fille.

Quelques instants plus tard, il chevauchait vers l'ouest, en direction de Penningham, ses rêves piétinés. En regardant par la fenêtre, Leana le vit disparaître entre les pins bordant le loch.

— Bonne route, murmura-t-elle, tout en souhaitant que les choses eussent pris une tournure différente. Si Davina avait su, si on l'avait informée de l'intérêt de Graham… mais il était trop tard pour réfléchir à ces possibilités, maintenant. Ian arriva derrière elle et posa doucement les mains sur ses épaules.

— Maintenant, m'apprendrez-vous les nouvelles d'Arran ?

Leana soupira en se dirigeant vers le canapé. Elle avait besoin de s'asseoir. De penser.

— Je crains qu'elles soient pour le moins inattendues.

Pendant qu'Ian lisait les deux lettres, l'expression changeante de son visage montrait qu'il était traversé par les mêmes émotions que Leana avait éprouvées quelques instants avant : la surprise, l'inquiétude, l'incrédulité.

— Mère, comment est-ce possible ? Ils ne se connaissent que depuis deux semaines.

— Moins que cela, quand les lettres furent écrites.

Elle déglutit, essayant de contenir ses pleurs.

— Et qui sait ce qui peut avoir transpiré depuis lors ? demanda-t-elle.

En dépit de ses efforts, sa voix se brisait.

— Il se pourrait que ton père ait déjà donné sa bénédiction à ce mariage.

— Allons, mère. Jamais il ne prendrait une telle décision sans vous en parler d'abord.

Ian sortit son mouchoir de tissu et le plaça dans ses mains.

— Une chose est claire : je dois vous emmener à Arran.

Arran ? Leana reprit espoir.

— Oh, Ian, pouvons-nous faire une telle chose ?

— Je connais bien la route d'Ayr, lui assura-t-il. Et père m'a beaucoup parlé de son voyage avec Davina. Des endroits où ils ont logé en chemin. Des arrangements qu'il a faits pour franchir l'estuaire par bateau. C'est un voyage de moins de deux jours jusqu'au presbytère de Kilbride, si les vents sont favorables.

Elle pressa son mouchoir contre son cœur, et son regard erra dans la pièce.

— Mais qu'adviendra-t-il de Glentrool ?

— Rab et Eliza sont dignes de confiance. Je leur demanderai de diriger le domaine en notre absence.

La confiance dans la voix de son fils chassa ses dernières peurs.

— Si nous nous hâtons, reprit-il, nous pourrions être en route à onze heures.

Dieu soit loué ! Elle verrait sa précieuse jeune fille dans quelques jours et retrouverait son cher mari.

— Ian, tu es le fils de ton père.

Elle s'étira vers lui pour lui baiser une joue.

— Comment pourrais-je te remercier ?

Il sourit.

— En faisant nos malles, puisque vous êtes décidément plus douée que moi pour cela.

— Avec joie.

Leana parcourut mentalement le contenu des armoires à linge. De celle de Davina, elle emporterait une robe de soie jaune avec des mules assorties. Un costume digne d'une mariée.

— Devrions-nous envoyer une lettre aux jumeaux ? s'interrogea-t-elle à voix haute. À moins que ton père ait pris le temps de leur écrire, ils ne savent rien de tout cela. Je n'aimerais pas qu'ils arrivent ici pour constater que nous sommes tous partis.

— Mais ils ne quitteront pas Édimbourg avant la fin du mois, lui rappela Ian. Ne serait-il pas mieux de leur écrire d'Arran, quand nous connaîtrons la situation ?

— Oui, en effet.

Quand ce grand et beau fils était-il devenu aussi sage ?

Ian se leva, puis l'aida à se remettre sur ses pieds.

— Ce sera une belle aventure, mère.

Il l'accompagna à la porte d'une main assurée.

— Et pensez à la vue magnifique que nous aurons du haut de Rowantree Hill.

Chapitre 64

Approchez-vous du bord
De ce redoutable précipice ; approchez-vous prudemment.
— David Landsborough

Somerled regardait par la fenêtre du château un monde couleur d'étain : un ciel gris, de l'eau grise, des galets gris semés le long du littoral. Quoiqu'on ne pût jamais en être certain sur Arran, de lourds nuages auguraient généralement des heures de pluie intermittente.

— C'est un piètre jour pour faire de l'escalade, dit Somerled, qui s'efforçait de ne pas avoir l'air trop optimiste.

Sir Harry, qui sirotait son whisky matinal, grommela simplement en guise de réponse.

Tout en bas, des volutes de fumée s'élevaient de la cheminée de la vieille auberge de Cladach, à peine visible entre les arbres. En imaginant Davina, déjà habillée pour la journée et attablée devant son porridge, Somerled retrouva son aplomb. Il ne voulait pas faire piètre impression devant ses futurs beaux-frères. Ou sa fiancée.

Je le ferai pour toi, mon amour. Voilà ce qu'il lui dirait quand elle leur souhaiterait bonne route. *Je suis sans crainte.*

Un domestique apparut à ses côtés.

— Vot' valet attend dans vot' chambre. Y dit qu'y s'prépare à partir pour le port de Lochranza à vot' demande, m'sieur.

Somerled hocha la tête pour le remercier. Il traversa la salle à manger, où il ne restait plus qu'une poignée de visiteurs s'attardant devant leur petit déjeuner. Son Honneur avait fait voile en direction du continent à l'aube, emmenant une demi-douzaine d'invités et laissant ses domestiques derrière pour veiller sur les derniers. Somerled leur souhaita adieu à tour de rôle ; après plus de deux semaines ensemble, des liens d'amitié s'étaient tissés.

— Est-ce que ce sera un mariage à la mode des Highlands ou des Lowlands, pour vous et la menue violoniste ? demanda Stuart Cameron, lorsque les deux hommes se serrèrent la main.

Somerled haussa les épaules.

— C'est le privilège de la mariée de choisir. J'imagine que nous démêlerons tout ça quand nous rentrerons à la maison Brenfield.

Il confierait ces détails à la mère de Davina et à la sienne. Tout ce qui lui importait, c'était Davina : l'épouser, l'aimer, fonder un foyer avec elle.

— Bon voyage, dit Cameron, levant son verre en guise d'adieu. Il fera bon d'être à la maison, n'est-ce pas ?

Oh que oui. Somerled n'avait pas dormi la veille, tant il était impatient de quitter l'île d'Arran. Il avait hâte de retrouver son propre lit à baldaquin, ses nombreux instruments de musique, et un menu auquel saumon et truite ne figuraient pas à chaque repas. Mais il y avait plus que cela : il était nerveux et mal à l'aise depuis que les McKie étaient arrivés du continent. La désapprobation des jumeaux était compréhensible : n'avait-il pas débauché leur sœur ? Ils continuaient d'afficher ouvertement leur méfiance, même après que leurs pères eurent signé un arrangement généreux dans le bureau de l'intendant. L'excursion d'aujourd'hui mettrait peut-être fin à leur attitude hostile à son égard.

Somerled se dirigea vers sa chambre, réfléchissant aux heures à venir. Même en comptant l'escalade du Goatfell, ils seraient de retour à Brodick tôt dans l'après-midi, puis ils se rendraient à Lochranza à cheval et appareilleraient en soirée.

— Nos malles sont déjà prêtes, Dougal ?

Il salua le valet d'un sourire.

— Voilà une bonne chose de faite. En aurais-tu assez d'Arran, toi aussi ?

— Oui, m'sieur.

En dépit de son dos voûté, Dougal avait porté leurs bagages jusqu'à la porte de la chambre.

— J'partirai en charrette su' la route d'la côte, expliqua-t-il.

Il fit un geste en direction de la fenêtre.

— *Tuath...* au nord.

— Très bien. En partant du château à dix heures, tu arriveras à Lochranza bien avant nous. Peut-être pourrais-tu nous trouver une place sur un bateau en partance pour Claonaig?

Somerled garnit de pièces d'argent les poches du loyal domestique.

— Cela devrait suffire pour notre passage.

Les mains noueuses de Dougal se levèrent pour rectifier le col de Somerled, puis il sortit un peigne pour dompter sa chevelure.

— *Nighean*, dit-il simplement.

Somerled éclata de rire.

— Mademoiselle McKie apprécie tes efforts pour me rendre présentable, je t'assure. Elle arrivera avec ses frères à huit heures.

Il consulta sa montre, puis se dirigea vers la porte.

— À ce soir, Dougal.

Tout en se passant une main dans les cheveux, Somerled retourna dans la salle à manger pour aller chercher son père. Celui-ci n'aurait pour rien au monde renoncé à ses dernières gouttes de whisky.

— Je te rejoins à la pierre plate près de la porte du château, grommela sir Harry. Dans une dizaine de minutes au plus.

Somerled ne protesterait pas, surtout si cela signifiait qu'il pouvait jouir de la présence de Davina un peu plus longtemps. Il descendit l'escalier en colimaçon et franchit la large porte pour entrer dans la lumière hésitante du matin.

L'humidité de l'air amortissait les sons; même les chants des oiseaux semblaient lointains. Il contourna le château et amorça la descente vers Cladach, quand il aperçut les McKie, qui émergeaient de la bordure de pins, de l'autre côté de la pelouse.

Davina trottinait devant le groupe et ressemblait plus à une enfant qu'à une femme. *Non,* se dit-il en souriant. *À une fée.* Elle était essoufflée, et ses joues étaient roses quand elle arriva à lui, les cheveux emmêlés, les bords de sa robe bleue mouillés de rosée. Lorsqu'elle leva le visage vers lui, Somerled n'hésita pas un seul instant, s'emparant d'un baiser qu'il convoitait depuis des jours. *Si doux, mon amour. Si pur.*

— C'est assez, s'écria Will, qui s'approchait avec Sandy.

Somerled l'embrassa une autre fois, se souciant peu de contrarier les jumeaux, puis lui murmura à l'oreille :

— Le jour viendra, mademoiselle McKie, où je vous aurai entièrement pour moi seul. Et nous verrons alors ce qu'« assez » veut dire.

Davina devint si rouge que ses taches de rousseur s'évanouirent, mais il remarqua aussi la naissance d'un sourire.

Ses frères avancèrent, vêtus pour une journée en montagne : des vêtements de laine grossière, des bottes robustes et une gourde d'eau à la ceinture.

— Où est votre père ? demanda Sandy, cherchant alentour, visiblement irrité.

— Il doit être à l'entrée du château, près de la pierre pour monter à cheval, dit Somerled. S'il n'y est pas encore, il ne devrait pas tarder.

Somerled fit un geste vague dans la direction indiquée, déjà lassé de leur compagnie. James McKie était un homme du monde, mais ses fils lui paraissaient bien mal dégrossis.

— Allez m'attendre là-bas, dit Somerled aux jumeaux, pendant que je dis adieu à votre sœur.

Quand elle effleura sa montre, il la rassura.

— Je vous rejoindrai à l'auberge dans quelques heures. Mais, hélas, nous devons maintenant nous séparer.

Il tourna la tête et affronta le regard peu amène de Sandy.

— Alors, garçons ?

— Nous ne serons pas très loin, l'avertit Will.

Les jumeaux traversèrent la pelouse, mais ne contournèrent pas le coin du mur, s'arrêtant plutôt pour observer le couple à distance.

Somerled leur tourna le dos, ignorant leur attitude provocatrice.

— Je crains que gagner la confiance de vos frères ne soit pas chose aisée.

Il baissa le regard vers elle afin de graver ses traits délicats dans sa mémoire.

— Mais j'ai la vôtre, mademoiselle McKie, et c'est amplement suffisant.

Elle effleura son cœur, puis le sien. Lentement, tendrement.

Oh, jeune fille. Il dut retenir un sanglot. À la pensée qu'elle lui octroyait sa confiance. Qu'elle l'aimerait. Cela dépassait son entendement, en ce matin froid et gris.

Mais Davina n'avait pas fini de l'étonner. Ses yeux bleus miroitaient, lorsqu'elle tendit les mains pour caresser son visage de ses petites paumes. Elle se hissa ensuite sur la pointe des pieds pour lui donner un baiser.

Mon amour, ma fiancée. Il l'attira dans ses bras.

Somerled n'avait cure de ses frères, qui faisaient mine de consulter leur montre. Ni ne se préoccupait des domestiques, qui les regardaient bouche bée des fenêtres du château ou murmuraient dans ses murs. Davina McKie lui avait pardonné. Rien d'autre n'importait.

— Hâte-toi, garçon.

La voix bourrue de sir Harry porta à travers la pelouse.

— Passeras-tu la matinée à conter fleurette à mademoiselle McKie ou à escalader le Goatfell avec nous ?

Il marcha d'un pas décidé vers le couple.

— Tu as déjà fait la première conquête. Viens montrer à ces McKie que tu peux réussir la seconde.

— Oui, père.

Somerled ne quittait pas Davina des yeux tandis qu'il la libérait.

— Je préférerais rester à vos côtés, mademoiselle McKie. Mais pour convaincre vos frères que je suis digne de vous, j'escaladerai sans hésiter tous les monts de l'île d'Arran.

Elle fit un pas en arrière, les yeux baignés de larmes, puis pressa ses mains ensemble. *Merci.*

— Où est votre père? demanda sir Harry aux jumeaux, qui s'approchaient. N'assistera-t-il pas à notre départ? Ou laisse-t-il de tels devoirs à votre sœur?

— Notre père est parti pour la baie de Lamlash, il y a une heure de cela, l'informa Will, en appuyant sur chaque mot. Des arrangements doivent être pris, si Davina et lui comptent voguer vers Ayr demain dans la matinée.

— Et qu'en est-il de vous?

— Nous appareillerons pour Saltcoats dès cet après-midi, dit Sandy, en regardant en direction de la baie de Brodick. Il est grand temps que nous rentrions.

— Alors, il est temps de se mettre en marche.

Sir Harry prit les devants, un bâton de marche à la main.

Avec sa poignée ornementale tressée de fils d'argent, la canne d'ébène était plus décorative qu'utile, mais Somerled n'en ferait pas le reproche à son père, si cela l'amusait. Pour marcher d'un pas assuré dans la montagne, il compterait sur ses bottes de cuir et son œil alerte. Et sur les prières de Davina; aucun homme ne pouvait trouver un appui plus solide en ce monde.

Will tourna vers sa sœur un visage sévère.

— L'auberge n'est pas très loin. Pourras-tu t'y rendre seule?

Elle hocha la tête, mais ses yeux brillaient encore.

— Père a promis de revenir à quinze heures, lui rappela Sandy. Nous rentrerons un peu avant. J'ai demandé à madame McAllister de veiller sur toi jusqu'à notre retour.

Cette question étant réglée, les frères emboîtèrent le pas à sir Harry. Somerled s'attarda, prenant la main de Davina une dernière fois.

— Vous prierez pour nous, n'est-ce pas ?

Il se pencha pour lui baiser la joue. Aussi difficile que fût la séparation, il la libéra et la renvoya vers l'auberge. Tout en lui faisant un dernier signe de la main, il marcha vers les bois, où le trio s'impatientait.

— Amouraché, marmonna sir Harry en secouant la tête de dépit, pendant que Somerled approchait. La jeune fille sera encore là quand tu reviendras, dit-il. Pour l'instant, nous avons une montagne à escalader.

Puisque le sentier ne pouvait accueillir que deux marcheurs à la fois, Somerled prit les devants avec son père tandis que les McKie les suivaient de près.

— Le Goatfell est-il bien haut ? demanda-t-il pendant qu'ils se mettaient en marche.

Bien qu'il appréhendât la réponse, un brin de conversation lui semblait préférable au lourd silence qui régnait.

— Bien assez haut, répondit Will rudement. Près de trois mille pieds.

Le sentier n'était pas à pic, mais la pente était raide, et elle s'accentua après qu'ils eurent passé une veille barrière perçant un muret de pierres sèches. Somerled gardait surtout le regard fixé au sol, surveillant où il mettait les pieds. Mais un rapide coup d'œil vers le haut révéla un épais manteau de nuages.

— N'êtes-vous pas préoccupés par le temps, garçons ?

— Non, dit Will en lui donnant une tape dans le dos, plus vigoureuse que nécessaire. Les nuages sont si bas que nous les aurons franchis avant d'atteindre le sommet.

— Vous avez séjourné sur l'île plus longtemps que nous, le gourmanda Sandy. Le ciel ne change-t-il pas sans préavis, ici ?

Somerled ne pouvait nier que le ciel d'Arran était imprévisible.

— *Un matin nuageux présage un après-midi ensoleillé*, non ?

Il ne lui restait plus qu'à espérer que le dicton écossais contînt une part de vérité. Il n'avait pas reçu une seule goutte de pluie jusqu'à présent, et le sol était humide, mais ferme. Des fougères et de la bruyère couvraient le sol autour d'eux, et des bosquets de bouleaux étaient dispersés çà et là sur les pentes. Somerled n'avait pas encore senti le changement d'altitude dans ses poumons ou dans ses jambes. Il est vrai qu'ils n'avaient gravi que quelques centaines de pieds, estima-t-il. Mais ce serait différent avant la fin de la matinée.

Lorsqu'ils passèrent près du ravin creusé par un ruisseau de montagne, Will dit :

— On nomme ce ruisseau « Knockin' », dit-on, mais je me demande bien pourquoi.

— C'est le ruisseau *Cnocan*, le corrigea Somerled en épelant le mot.

Les habitants des Lowlands ne connaissaient-ils donc rien à la langue gaélique ?

— Ce mot veut dire « ruisseau de montagne », expliqua-t-il, et il décrit très bien ce pittoresque cours d'eau.

C'était, en effet, un joli ruisseau, qui dévalait des gorges rocheuses en formant de petits lacs le long de son lit. Dissimulés dans les branches des sorbiers et des bouleaux qui le bordaient, des pouillots chantres entonnaient leur mélodie plaintive, descendant la gamme en une cascade de notes liquides. Somerled écoutait attentivement, se demandant comment il arriverait à reproduire ce chant avec sa flûte.

Quand le ruisseau Cnocan bifurqua vers l'ouest, les jumeaux les dirigèrent plutôt vers le nord. Somerled demanda par-dessus son épaule :

— Êtes-vous certain de la route, Will ?

— Mon frère et moi l'avons parcouru il y a deux jours à peine, dit-il sans se donner la peine de masquer son impatience. C'est le chemin le plus rapide.

— Il faut que nous ayons quitté cette montagne à deux heures, insista sir Harry.

— Oh, n'ayez crainte, lui dit Sandy. Vous serez parti avant, si le temps coopère.

Ils pataugèrent à travers un terrain tourbeux et humide, jonché de gros rochers, en avançant vers les pentes du Goatfell, dont la cime restait cachée dans les nuages. Pas étonnant qu'il n'y eût aucun autre marcheur sur les sentiers.

Un peu plus d'une heure s'était écoulée depuis qu'ils avaient quitté le château. Le père de Davina étant parti à la baie de Lamlash, Somerled se demanda si elle resterait à l'auberge, se plongeant dans la lecture du *Lai du dernier ménestrel*, ou si elle irait faire une promenade avec son cahier sous le bras, à la recherche d'un nouveau sujet. Ce qu'il savait, c'est qu'il s'ennuyait d'elle et qu'il eût aimé avoir le courage de rester en arrière, avec elle.

Ou n'était-ce pas plus courageux, au contraire, d'affronter ce qui lui faisait peur ?

Somerled connaissait la réponse. *Je le ferai pour toi, mon amour.* Il avait omis de le lui dire, mais la perspicace jeune fille savait. Bien que sa langue fût silencieuse, ses charmantes oreilles entendaient tout, y compris les mots qui n'avaient pas été dits.

— La pente est plus abrupte, maintenant, fit observer sir Harry, et un léger sifflement était perceptible dans sa voix.

Somerled lui jeta un regard de côté. En dépit de sa couronne de cheveux argentés, sir Harry était plus robuste que la plupart des hommes de son âge. Son père terminerait-il l'escalade sans incident ? Et lui-même ?

À mesure qu'ils gagnaient de l'altitude, leur vue commandait une plus grande portion du massif montagneux qui formait le nord d'Arran. Somerled repéra un cerf rouge au milieu de la bruyère. À sa droite, un faucon pèlerin, volant très haut à la recherche d'une proie, entamait un plongeon vers une victime insouciante.

— Seul le Ciel sait pourquoi ce mont s'appelle «Goatfell», grommela Will. Il n'y a aucune chèvre en vue, ici.

Somerled parvint à contenir son irritation.

— *Goath* signifie «vent», en gaélique. Ce doit être un «mont venteux».

— Pas aujourd'hui, marmonna sir Harry, sinon pourquoi les nuages sont-ils stagnants?

Il se mit à souffler plus fort pendant qu'ils escaladaient une pente particulièrement à pic. Puis, ils bifurquèrent vers l'ouest, droit sur le sommet.

— Il semble que nous n'aurons aucune vue par ce chemin, fit-il remarquer.

Will se tourna.

— Abandonnerez-vous ici, messieurs, si près du but?

— Abandonner? dit sir Harry, en agitant son bâton de marche dans sa direction, le visage rouge. Bien sûr que non. Qu'en dis-tu, Somerled?

— Non, dit Somerled.

Il s'arrêta pour reprendre son souffle, tout en levant le regard vers le formidable sommet de granit. Il était heureux de ne pas avoir déjeuné trop copieusement, tant son estomac était noué.

— Le dernier segment est le plus rude.

Sandy indiqua la surface graveleuse de granit, érodée par les vents chargés d'humidité de l'ouest.

— Faites attention aux pierres détachées sous vos bottes, car vous risquez de perdre pied.

Will regarda la cime de la montagne.

— Il reste encore six cents pieds, environ. Le sentier est sinueux et difficile à pratiquer.

Il se tourna et son regard était dur.

— Vous devrez nous suivre, Sandy et moi.

— C'est bon, dit Somerled sombrement, sachant qu'il n'avait pas d'autre choix. Prenez les devants.

Chapitre 65

Une terrible vengeance, fille d'un profond silence.
— Vittorio Alfieri

N*e crains rien, Somerled. Je te conduirai à bon port.*
Will gravissait péniblement le granit dénudé, le corps incliné vers l'avant et les mains tendues, s'agrippant au moindre accident de terrain pour ne pas tomber. Sandy était sur ses talons tandis que les MacDonald s'accrochaient tant bien que mal, loin derrière. C'était cela, la prétendue supériorité des habitants des Highlands en montagne?

Le temps était idéal. La pluie ou les grands vents auraient pu mettre leurs plans en échec; un opaque banc de nuages ne rendrait les choses que plus aisées.

La conversation entre les hommes avait cessé, ce qui convenait très bien à Will. Il voulait que les MacDonald atteignent le sommet en un seul morceau. Qu'ils se sentent invincibles, la poitrine gonflée d'orgueil. Quel était ce verset que leur père leur martelait si souvent? *L'arrogance précède la ruine.* Oui, c'était cela. Will grimaça, se rappelant la suite. *Et l'esprit altier, la chute.*

Il devait se cramponner aux fissures des rochers sous ses doigts, maintenant incapable de progresser debout; l'ascension était trop abrupte. Une crête rocheuse traçait une ligne verticale dentelée près du sommet. Sandy et lui l'avaient-ils contournée par la droite ou par la gauche, la fois précédente? Il était trop tard pour de tels doutes; ils s'étaient déjà engagés sur la pente plus herbeuse à gauche. Il aurait été tentant de s'appuyer sur l'un des petits rochers dispersés autour d'eux. Mais Will savait d'expérience qu'ils pouvaient céder sous la botte du grimpeur. Lors de l'ascension de lundi, n'avait-il pas failli assommer Sandy avec un caillou gros comme une tête d'homme ? Il ne pouvait faire un seul faux pas, ce matin, aucune erreur.

Ils avaient attendu trois jours. Pendant trois jours, ils avaient retenu leur langue et ourdi leurs plans de vengeance.

Quand il entendit soudain des cris venus d'en bas, le cœur de Will s'arrêta.

— Sandy ?

Un regard rapide jeté derrière lui, et les battements de son cœur se calmèrent. Son frère avait involontairement projeté une douche de petits cailloux sur les MacDonald.

— Fais attention, grogna Will, bien que sa remontrance fût inutile.

Son frère avait été non moins prudent que lui, leurs deux esprits travaillant de concert depuis qu'ils avaient appris la vérité.

Somerled avait violé leur sœur. L'avait traitée comme une vulgaire traînée. Un tel homme ne méritait aucune merci. Et ils n'en auraient aucune pour lui, pas plus que pour son père arrogant. Peu importait que les frères McKie eussent accouru à Arran sans épée ni pistolet. La montagne serait une arme suffisante.

— Des corbeaux, cria Sandy, attirant leur attention vers le ciel.

Deux oiseaux émergèrent des nuages en chute libre, les ailes repliées sous leur robuste corps noir, plongeant et virant, exhibant leur queue fuselée.

Will détourna le regard, rejetant la croyance superstitieuse : deux corbeaux auguraient un mariage. Un moment après, il fut soulagé quand, levant les yeux, il aperçut une seconde paire d'oiseaux glisser dans l'air pour se joindre aux premiers. Quatre corbeaux signifiaient la mort, un présage plus opportun.

Will cala ses pieds sur une saillie rocheuse et attendit que les autres viennent le rejoindre. Quelles que fussent les rodomontades de sir Harry, son fils aux cheveux dorés n'avait aucune aptitude pour l'escalade. Will prenait presque en pitié Somerled, en le regardant se hisser péniblement, empêtré dans ses longs bras et ses longues jambes, menaçant constamment de plonger dans les airs comme les corbeaux.

— Avez-vous besoin de repos ? cria Will vers le bas, tout en échangeant un regard complice avec son frère, qui n'était qu'à deux pas au-dessous de lui.

— Non, répondirent-ils à l'unisson.

Will reprit l'ascension. Il commença à trembler en raison du froid et de l'humidité émanant des nuages, qui rampaient autour du sommet. Était-il possible que l'on fût au mois de juillet, dans cette grisaille digne du mois d'octobre ? Lundi, le ciel clair et le soleil radieux avaient réchauffé les pentes rocheuses ; ils ne jouissaient pas d'un tel confort, cet après-midi-là. Sa respiration s'exhalait en bouffées cotonneuses, et le vent s'était levé, apportant l'odeur de la mer. Il ne soufflait pas en rafales, capables de chasser le nuage au-dessus de leur tête, mais jetait sur eux un courant d'air glacial, qui faisait rouler les petites pierres et fouettait sa tignasse dans ses yeux.

— Encore une centaine de pieds, cria-t-il.

Les autres l'avaient-ils à peine entendu ou le vent avait-il porté sa voix jusqu'au continent ? Il ne se rappelait pas que l'ascension de lundi avait été aussi périlleuse ; ils auraient dû choisir le côté droit de l'arête, tout compte fait. C'était le chemin qu'ils prendraient sûrement, Sandy et lui, au retour.

Soudain, Will fut enseveli par un nuage ; une brume épaisse et blanche l'enveloppa tel un linceul. Il ne pouvait voir le sommet au-dessus ni son frère au-dessous de lui. Refusant de céder à la panique, il continua, un pas à la fois, maudissant le temps, Somerled, les pentes granitiques et tout ce qui se mettait en travers de son chemin.

Il aurait sa vengeance, ne serait-ce que pour le bien de Davina. *Ma jolie petite fée.* Elle n'aimait pas cette brute des

Highlands, ne pourrait jamais l'aimer. Il l'avait ensorcelée, avait dit son père. Cela prendrait fin très bientôt. Sandy et lui ne laisseraient pas cet homme détruire sa vie comme il avait ruiné sa vertu. En outre, ils mettraient la main sur son argent et sur son or, ses propriétés et ses terres, en guise de réparation pour le tort causé.

Mais d'abord, Will et les autres devaient gravir cette maudite montagne.

Il entendait la voix de sir Harry, en bas. Tendue et inquiète. Puis, celle de son frère, calme et encourageante.

— Ce n'est plus très loin, leur disait Sandy. Tenez bon.

La main de Will se posa sur une surface au-dessus de sa tête, et il se hissa sur le tablier rocheux. Même à travers la couverture de nuages, il pouvait voir plusieurs grands rochers, précisément là où il se rappelait les avoir vus. Lundi, ils avaient passé un bon moment au sommet ; maintenant, ils allaient faire bon usage de cette expérience.

Il se tourna et tendit la main à son frère, aidant Sandy à se hisser sur le bord. Il l'étreignit avec émotion un bref moment.

— Nous y sommes, garçon, murmura-t-il. C'est presque fait.

Un moment après, Somerled se projeta à son tour sur le sommet plat, le front couvert de sueur, sa respiration courte et saccadée.

— Aviez-vous dit… que ce n'était pas… trop éprouvant ?

— Malheureusement, dit Will en indiquant l'arête verticale, nous sommes arrivés par le côté gauche, alors que nous aurions dû grimper par la droite. C'est mon erreur, je m'en excuse.

Somerled se tourna pour aider son père à venir les rejoindre. L'homme était aussi blanc que ses cheveux, et ses jambes ne le portaient plus, quand il se laissa choir sur une grosse pierre.

Toujours sur ses pieds, Somerled s'essuya le visage avec la manche de son manteau.

— J'espère que nous ne ferons pas la même erreur au retour.

— Soyez-en assuré, lui dit Will.

Le quatuor resta silencieux un moment, embrassant du regard le paysage sans couleur. Ils auraient pu être naufragés sur un radeau, tant la scène était uniforme à tous les points de l'horizon. Pas de sommets au nord, ni de péninsule à l'ouest, ni de baie au sud, ni d'estuaire à l'est. Rien que des nuages blancs et humides, s'épaississant de minute en minute.

Will savait ce qui s'étendait là-bas ; deux jours auparavant, il avait embrassé le panorama du regard. Maintenant, à l'exception du froid et du vent, tout sentiment d'élévation avait disparu. Comme s'il avait été possible d'avancer dans le précipice et de poser le pied sur un sol ferme, au lieu de tomber dans l'abîme et sur ses arêtes mortelles.

— Alors, voilà la fameuse vue imprenable du Goatfell, dit sir Harry, dépité. Au moins, vous ne pouvez nous qualifier de poltrons, garçons. Nous avons escaladé votre colline, comme nous l'avions promis.

— Oui, dit Will en marmonnant, son esprit travaillant à vive allure.

S'il ne pouvait rien voir des alentours du sommet, comment pourrait-il guider les MacDonald dans la bonne direction — la bonne pour lui et son frère, fatale pour eux ? Comment pourrait-il être sûr de les conduire à leur perte ? Et comment Sandy et lui retrouveraient-ils leur chemin sur les pentes abruptes, quand ils pouvaient à peine distinguer les cailloux sous leurs semelles ?

Soudain, leur machination sembla vouée à l'échec. Pourtant, ils ne pouvaient y renoncer, sinon Somerled voguerait vers le continent et les projets de mariage pourraient s'accomplir.

Non. Il n'y aurait pas de meilleur moment, c'était maintenant ou jamais.

Will fit une ronde au sommet, marchant plus près du bord qu'il était prudent de le faire, espérant avoir l'air sûr de lui et digne de leur confiance. Il n'avait pas peur des hauteurs, pourtant il était nerveux, sachant à quel point la montagne était traîtresse. Il s'arrêta un moment pour plonger le regard dans une mer infinie de nuages. Était-ce *ici*, l'endroit qu'ils avaient choisi? La façade ouest du Goatfell, surplombant la vallée de Rosa, était une descente que même les grimpeurs les plus expérimentés évitaient.

Se ressaisissant, Will se tourna pour faire face au groupe.

— Puisqu'il semble que les nuages ne se dissiperont pas, pourquoi ne pas entreprendre la descente vers le château par un chemin différent?

— Dans quelle direction? demanda Somerled vivement. Votre père ne vous a-t-il pas conseillé de redescendre par la même route?

Will voulut hausser les épaules, mais cela ressembla plus à un tremblement nerveux.

— Mon père n'a pas escaladé le Goatfell depuis plus de trente ans. Sandy et moi étions ici lundi et nous avons éprouvé le sentier nous-mêmes.

Il se tourna vers le précipice, ne serait-ce que pour dissimuler la chaleur qui lui grimpait au cou et qui devait sûrement colorer ses joues. Il avait déjà menti auparavant, mais jamais avec des intentions aussi meurtrières.

Quand il se tourna, Somerled était près de lui. Beaucoup trop près.

Sans réfléchir, Will fit un pas en arrière. Plus près du bord. Il pouvait sentir le vent s'élever du précipice pour venir lui caresser les épaules.

Somerled le dévisagea.

— Attention, Will.

Était-ce une menace?

Avait-il échafaudé son propre plan ? Il était plus grand, sinon plus fort que les jumeaux, et aussi plus âgé d'une demi-douzaine d'années. Will ne l'oublierait pas, quand le moment décisif viendrait. Il le contourna, puis fit signe à Sandy.

— Viens, frère.

Sir Harry s'approcha aussi, ayant retrouvé ses couleurs et son souffle.

— Toute route que nous prendrons sera laborieuse en raison du vent, dit-il.

Il jeta un coup d'œil aux nuages.

— Il vaudrait mieux nous mettre en marche avant la pluie.

Will hocha la tête, heureux de l'appui involontaire du baronnet.

— Voici ce que Sandy et moi avions en tête, commença-t-il.

Employant des termes connus seulement des grimpeurs chevronnés, il décrivit la route, dont le début facile avait été choisi avec soin.

— Sandy et moi descendrons de chaque côté, ainsi nous resterons toujours en contact. Et nous pourrons vous assister en cas de besoin.

— Je désire y aller en premier, affirma sir Harry. J'ai passé la majeure partie de ma vie à flanc de montagne.

Will reconnut la jactance de l'homme, mais il n'avait pas l'intention de le contrarier. Pas quand son offre téméraire s'inscrivait si bien dans ses propres plans.

— À votre guise, monsieur.

Somerled ne fut pas aussi enthousiaste.

— Ne serait-il pas préférable que j'y aille d'abord ?

Sir Harry le dévisagea.

— Et je risquerais de perdre mon héritier ? Non, c'est le devoir d'un père d'aller en avant.

Il replaça son manteau de laine sur son dos et frotta l'herbe de ses bottes.

— Allons, messieurs.

Will fit une dernière fois le tour du précipice avec Sandy pour être sûr — absolument sûr — d'avoir choisi le bon point de départ. Il croisa le regard de son frère. *Es-tu certain ? Aucun doute ?* Ils mettaient en péril leur propre vie, dans ce complot. Si sir Harry tentait de s'agripper à un bras dans un geste désespéré... Si Somerled avait percé à jour leur ruse et imaginé son propre piège...

Non. Ce fat ne connaissait pas le Goatfell. Son ignorance serait sa perte. *Bien fait.*

— Sandy, si tu veux descendre à droite.

Will observa son frère s'accroupir hardiment sur le bord, puis il l'imita une douzaine de pieds plus loin. Enfonçant ses bottes dans les crevasses étroites, Will appuya ses coudes sur le plateau et leva les yeux vers ses adversaires.

— À vous l'honneur.

Avec un grognement, l'homme se suspendit par les pieds au-dessus du précipice et entreprit la descente.

— Oui, ça semble plus facile par ici, dit-il, et son visage se détendit. Suis-moi, Somerled. Je t'aurai ramené dans les bras de ta belle avant midi.

L'homme n'avait pas regardé sa montre de poche depuis quelque temps, constata Will. Il était déjà midi.

Sir Harry continua à descendre, avec les encouragements de Will.

— Il y a une saillie rocheuse, monsieur. L'avez-vous trouvée ?

— Oui, oui. Allez, viens, fils.

Somerled s'agenouilla et regarda les trois hommes à tour de rôle. Will n'arrivait pas à déchiffrer l'expression de son visage. Était-ce de la peur qu'exprimait la ligne ferme de sa mâchoire ? De la résolution, ce regard impassible ?

— Faites attention, père. Car je me méfie de ces montagnes. Et de ce temps.

Ou de nous. Will intercepta le regard de Sandy devant la muraille rocheuse. *Sois sur tes gardes. Il soupçonne quelque chose.*

Grâce à ses longues jambes, Somerled fut bientôt au-dessous d'eux, précédé de son père, à peine visible dans la masse nuageuse.

— Comment progressez-vous, père?

— Assez bien, lança-t-il vers le haut. Est-ce que les garçons arrivent, ou nous ont-ils abandonnés?

— Nous sommes là, monsieur.

Will et Sandy bougeaient à l'unisson, descendant de quelques pieds à la fois. Le terrain se chargerait bientôt des choses, sans que leur participation fût nécessaire.

Somerled descendait prudemment, mais d'un aplomb aussi granitique que la montagne elle-même.

— Attention! grommela sir Harry. C'est sur ma main que tu poses le talon.

Somerled déplaça le pied à la recherche d'un autre point d'appui. C'est alors que son père commença à perdre pied, ne trouvant rien d'autre que du gravier friable sous ses bottes. Le bruit des pierres roulant dans le vide béant était effrayant. L'appel à l'aide du vieil homme, déchirant.

— Père! cria Somerled. Agrippez-vous à ma jambe. Les garçons me retiendront.

Will entendit la plainte angoissée de sir Harry. Vit le corps de Somerled se raidir quand son père s'agrippa à sa botte. Observa les deux MacDonald glisser vers le bas, presque hors de sa portée. Eut un haut-le-cœur, quand sir Harry lâcha prise et glissa avec les cailloux. Il ne plongea pas dans le vide, mais son corps massif percuta les aspérités de la montagne avec des chocs sourds, ses cris se perdant dans l'abîme caché par les nuages.

Un profond silence s'abattit sur le Goatfell.

— Père...

Somerled pleurait, en pressant son front contre le roc.

Will ne pouvait se résoudre à regarder en bas. Ne pouvait tolérer la pensée de ce qu'il avait fait. Ni se décider à recommencer. Pour quelque raison que ce fût.

— Somerled, nous arrivons.

Il descendit, ignorant les risques.

— Sandy, s'il te plaît…, viens l'aider.

Son frère ne protesta pas. Ils étaient descendus d'un pied additionnel, pourtant les jumeaux étaient à peine en mesure de saisir les manches du manteau de Somerled.

— Il faut descendre encore, insista Will, sachant ce que cela pouvait signifier. Un autre pied, Sandy.

— Will…

Les yeux de son frère étaient remplis de larmes, son corps tremblait.

— Je ne peux aller plus loin.

Mais moi, je le peux.

— Somerled ! Pouvez-vous venir par ici ?

Will lança sa main.

— Prenez-la.

Somerled le regarda, le visage ravagé.

— Avez-vous voulu ce qui est arrivé ?

Will déglutit. Le temps des mensonges était terminé.

— Oui.

— Alors, comment pourrais-je vous faire confiance ?

Somerled lutta pour se hisser, essayant frénétiquement de trouver un appui sous sa semelle.

— Je vous donne ma parole.

Will lui enserra l'avant-bras. Comme celui d'un frère. Il l'attira vers le haut, luttant pour garder l'équilibre.

— Appuyez-vous, cria-t-il, sentant l'attraction de la gravité. Sandy ! Peux-tu l'atteindre ?

Mais il ne pouvait pas.

Somerled lui échappa, le regard terrifié, lorsque les roches cédèrent sous lui.

— Will…, à l'aide ! cria-t-il, avant de disparaître dans le nuage.

Will fit une ultime tentative, au risque d'être entraîné lui-même dans le vide.

— Non ! hurla-t-il en s'accrochant au flanc de la montagne.

Il aurait voulu se couvrir les oreilles, mais en était incapable.

Chapitre 66

Quand le jour tomba sur le Goatfell, la tristesse
Et la noirceur enveloppèrent tout.
— Le signal de Bruce

— Yrentreront pas plus vite, mam'zelle McKie, même si vous
r'gardez tout l'temps par la fenêtre.

Davina avait le nez appuyé sur la vitre, tandis que la voix
agaçante de l'aubergiste lui écorchait les oreilles. Madame
McAllister s'était irritée contre elle quand elle avait démontré
peu d'appétit au déjeuner, puis elle avait maugréé quand
Davina avait déposé son livre de poésie pour se poster à la
fenêtre de la cuisine, d'où elle avait observé la route du château Brodick, imaginant le Goatfell au-delà.

Will et Sandy lui avaient demandé de les attendre à
l'auberge. Ne pouvait-elle pas honorer cette simple demande?
Son attitude conciliante faciliterait peut-être un rapproche-
ment entre les jumeaux et Somerled. Ils deviendraient bientôt
parents par alliance; elle priait pour que les McKie et les
MacDonald puissent être un jour de vrais frères.

Madame McAllister se pencha et plissa les yeux pour
regarder par la fenêtre.

— Seigneur! Quand l'ciel est-il devenu si couvert? Y fait
noir comme la nuit, dehors.

Durant la dernière heure, Davina avait cherché à se
convaincre que les nuages ne s'amoncelaient pas dans le ciel;
ils étaient maintenant si sombres qu'ils masquaient presque
entièrement le soleil. Elle en savait assez sur l'escalade en
montagne pour savoir que les nuages affadissaient le paysage
et que les averses rendaient glissants l'herbe et le granit.
Pourtant, les hommes devaient avoir quitté le sommet depuis
longtemps, maintenant.

Mon brave homme des Highlands. Somerled avait gravi le Goatfell pour elle.

Elle imaginait déjà de quelles manières elle pourrait lui montrer son appréciation : elle apprendrait un air de son répertoire ; elle ferait un portrait de lui en train de jouer de sa flûte de bois ; elle lui confectionnerait une chemise de marié, en accord avec la vieille tradition, quoiqu'elle eût besoin de l'aide de sa mère pour cela. Coudre une chemise brodée pour couvrir les larges épaules de Somerled ne serait pas une tâche facile, pourtant la pensée qu'il la porterait faisait chanter son cœur.

Dépêche-toi de rentrer, Somerled. Elle l'attendait bientôt, mais, incapable de voir la position du soleil, elle ne pouvait être certaine de l'heure. Est-ce que l'aubergiste la saurait ? Davina dessina une horloge imaginaire sur la vitre, y indiqua les heures et traça du doigt les aiguilles.

— Y est à peu près quatorze heures, dit madame McAllister avant de retourner à son chaudron de soupe. C'est l'heure à laquelle vos frères ont dit d'guetter leur retour.

Davina se détourna de la vitre. S'inquiéter n'accélérerait pas leur arrivée. Elle ne pouvait que prier pour obtenir sagesse et protection. *Dieu est notre Dieu, aux siècles des siècles.* Un verset réconfortant que celui-là. *Lui, il nous conduit !*

Davina regarda la table de la salle à manger, où assiettes et ustensiles étaient déjà en place pour recevoir les excursionnistes affamés. Elle était certaine que Somerled et son père se joindraient à ses frères pour un bol de potage d'orge, avant de chevaucher au nord vers Lochranza. Ils ne trouveraient sans doute pas de repas les attendant au château ; un flot constant de visiteurs avait quitté Brodick pendant toute la matinée, en direction du quai de pierres.

Elle s'arrêta pour replacer l'une des cuillères de corne. Soudain, la porte d'entrée s'ouvrit et se referma, mais si doucement qu'elle était persuadée qu'il ne pouvait s'agir de ses frères turbulents. Était-ce son père qui rentrait à la maison plus tôt que prévu ? Ou Somerled, voulant lui faire une agréable surprise ? Elle replaça ses cheveux et se pinça les joues, puis se dirigea vers le hall d'entrée, accompagnée de l'aubergiste, qui la suivait comme son ombre.

Un coup timide fut frappé à l'une des portes du vestibule.

— Davina ? C'est Will.

Non. Cette voix brisée, étouffée ne pouvait être la sienne.

Alarmée, elle tourna le coin et trouva les jumeaux appuyés à la porte de sa chambre, les bras ballants, comme s'ils étaient sur le point de s'effondrer.

Avec un cri muet, elle accourut vers eux pour leur prendre les mains, et découvrit qu'elles étaient tailladées et sanguinolentes.

— Qu'est-ce qui s'est passé ? demanda madame McAllister.

Son regard inquisiteur parcourut leurs vêtements en désordre et leurs bottes boueuses.

— Z'êtes pas revenus du Goatfell comme ça lundi.

— Non, nous n'étions pas comme cela.

Will et Sandy se redressèrent avec un effort évident.

— Si vous voulez bien nous apporter deux pichets d'eau chaude, madame…

— Oui, car j'veux pas qu'vous tachiez mes draps d'sang…

Elle accourait déjà vers sa cuisine.

Davina ouvrit leurs mains, les yeux rivés sur la peau déchirée. *Pauvres garçons.* Avaient-ils oublié leurs gants ?

— Ce n'est rien, dit Will en libérant sa main.

Il glissa rapidement le bout de son doigt sous le menton de sa sœur.

— Tu es en sécurité, dit-il. C'est tout ce qui importe, jeune fille.

En sécurité ? Quand elle se tourna vers Sandy, il hocha la tête, mais ne fit aucun commentaire. Sa main dans la sienne était inerte.

L'aubergiste revint promptement, tenant deux pichets.

— J'les monte dans vot' chambre, car vos mains m'semblent en bien mauvais état.

Elle commença à gravir l'escalier, puis demanda par-dessus son épaule :

— C'tait effroyable, su' la montagne, pas vrai ?

Sandy regardait ailleurs quand il répondit :

— Oui, très.

Davina les suivit dans leur chambre, ne voulant pas perdre les jumeaux de vue. Quelque chose clochait, c'était évident. Les hommes s'étaient-ils querellés ? Ou perdus dans la montagne ? Et où était Somerled ? Il ne serait sûrement pas parti d'Arran sans lui dire au revoir.

À son soulagement, madame McAllister ne s'attarda pas après avoir versé l'eau bouillante dans la cuvette.

— Si v'z'avez b'soin d'quelque chose, dit-elle, j'vais être au rez-de-chaussée.

Davina aida ses frères à retirer leur manteau, puis elle les laissa se baigner le visage et les mains. Elle fut atterrée de les voir grimacer de douleur tandis qu'ils versaient de l'eau sur leurs blessures. *Qu'est-il arrivé ?* demandait-elle du regard, touchant ses lèvres de ses doigts tremblants. *Parlez-moi.* Comme ils ne répondaient pas, Davina secoua la manche de leur chemise, son désespoir croissant. *Regardez-moi. S'il vous plaît, car je ne peux le tolérer plus longtemps.*

Finalement, ses frères se tournèrent vers elle. Leurs mains étaient maintenant sèches, mais leur visage en larmes.

Sa gorge se serra. C'était encore pire qu'elle l'avait craint.

— Davina… oh, ma chère sœur.

Will prit ses mains dans les siennes, les serrant jusqu'à ce qu'elles lui fissent mal.

— Sir Harry… a fait une chute.

Une chute ? Ses yeux s'écarquillèrent.

— Du sommet… dit Sandy, dont la voix se brisait.

Mais est-il… a-t-il été… Mécaniquement, elle leva sa main libre pour la porter sur son front. *Je ne comprends pas.*

— Davina, il n'a pas… survécu à la chute.

Non. Ce n'est pas possible. Elle secoua la tête, lentement au début, puis plus vigoureusement. *Pas le père de Somerled. Pas sir Harry.*

— Nous sommes navrés, jeune fille.

La pièce se mit à tourner. *Il ne peut être mort. Il ne peut… Il ne peut…*

— Somerled a essayé de le secourir…

La voix de Will était rauque, difficile à comprendre.

— Il a fait tout ce qu'il a pu, Davina.

— Tout.

Sandy reprit sa main, qu'elle sentait à peine.

— Somerled a été très courageux.

— Et il…

Will étouffa un sanglot, puis regarda le plancher.

Il quoi ? Davina essaya de former les mots, mais en fut incapable. Elle se tordit les mains pour les libérer et les pressa sur son front. *Quoi ? Qu'est-il advenu de Somerled ?*

Ils ne répondirent pas, n'osèrent la regarder.

Soudain, Davina comprit. *Il est tombé aussi.*

Elle s'effondra sur le plancher. Un faible gémissement, bas et profond, qui surgissait d'elle comme le sang giclant d'une blessure. *Pas mon bien-aimé. Pas mon Somerled. Il ne peut être mort.*

Il l'avait embrassée. Ce matin même. Et elle l'avait embrassé. Ce matin…

Il ne peut être mort. Davina se mit à se balancer d'avant en arrière. *Non, non, il ne peut…*

Will s'agenouilla près d'elle et la serra dans ses bras.

— Davina, tu dois me croire.

Ses mots semblaient torturés, comme ses mains.

— Nous avons essayé de secourir Somerled. En vérité. Nous voulions qu'il vive. Nous voulions qu'il vive... pour toi.

Pour moi, Somerled. Tu l'as fait pour moi. Des larmes jaillirent du puits de son cœur, de l'endroit où la douleur prend sa source. *C'est ma faute. Mon entière faute. N'eût été de moi... oh, Somerled, n'eût été de moi...*

Chapitre 67

Voyez, fils, ce que vous êtes !
Comme la nature se révolte vite.
— William Shakespeare

Jamie se pencha en avant sur sa monture empruntée, incitant sa jument à avancer, tout en jetant un coup d'œil soucieux au ciel qui se couvrait. L'auberge de Cladach était encore à un mille. Éviterait-il l'orage qui s'annonçait ?

Une goutte de pluie s'écrasa sur sa joue, puis une autre.

Il enfonça son chapeau un peu plus profondément sur son front et continua de chevaucher à vive allure vers sa fille, qui attendait des nouvelles : ils appareilleraient bien le lendemain. En route vers Glentrool et Leana, qui serait stupéfaite d'apprendre que leur fille était promise à un jeune homme des Highlands.

Je n'avais pas le choix, ma chère épouse. Elle était déjà sienne.

La pluie commençait à tomber plus fort quand il arriva au village. Les portes des maisons étaient pourtant toujours ouvertes, et les gens étaient entassés devant, en groupes de deux ou trois, discutant avec animation. À sa vue, les villageois détournèrent la tête, ne faisant aucun effort pour dissimuler leur dédain ou baisser la voix.

Parmi eux, il avait reconnu madame McAllister, la première pourvoyeuse de ragots du pays. Jamie ne s'ennuierait ni de sa curiosité déplacée, ni de ses matelas minces, ni de ses bouillons clairs.

— Vous v'là, m'sieur McKie !

En dépit de sa corpulence, elle se hâta vers lui avec une agilité surprenante, et son visage était de plus mauvais augure encore que les nuages au-dessus de sa tête.

— V'devez voir vot' famille tout d'suite.

Elle se tourna vers l'auberge.

— J'vous assure. Y est arrivé une tragédie.

— Ma *famille*?

Jamie était déjà descendu de cheval et courait vers la porte, traînant sa monture et l'aubergiste à sa suite.

— Dites-moi ce qui est arrivé, femme!

À bout de souffle, elle parvint à articuler une seule phrase.

— Sir Harry a déboulé du haut du Goatfell et y a pas survécu à la chute.

Il s'arrêta comme s'il avait été frappé par la foudre.

— Sir Harry est… mort?

— Oui, dit-elle en épongeant son front couvert de sueur avec son tablier. L'fils de MacDonald a essayé de l'secourir, qu'y ont dit.

Jamie la regarda fixement.

— De qui tenez-vous cela?

— Ah, bien…

Elle devint écarlate.

— J'l'ai entendu par hasard en passant près d'la porte de vot' fils. Du palier d'l'escalier, vous comprenez…

Dégoûté, il lui flanqua les rênes dans les mains.

— Ce ne sont que des ragots que vous colportez. Assurez-vous qu'ils ne franchiront pas d'autres portes avant que j'aie appris moi-même la vérité.

Galvanisé à la fois par la colère, par le chagrin et par la peur, Jamie franchit la porte de l'auberge et gravit l'escalier de bois à toute vitesse. Il grinça des dents en entendant les voix venues d'en haut, en tournant sur le palier. *Comment cette femme a-t-elle osé épier mes fils?* Jamie escalada les marches restantes deux à la fois, puis frappa à la porte par habitude avant d'ouvrir.

— Les garçons?

Il les trouva en train de remettre leur manteau. Au-dessus de leur tête, l'orage déchaînait maintenant sa furie sur les tuiles du toit.

— Est-ce donc vrai ? demanda-t-il.

Les garçons s'entreregardèrent, puis se tournèrent vers lui. Leurs mains s'immobilisèrent et leur visage devint cendreux.

— Vous savez ?

— Oui.

Il fit un geste vers l'escalier, puis ferma la porte derrière lui.

— Madame McAllister s'est attardée sur le palier et a surpris une partie de votre conversation.

Les épaules de Sandy s'affaissèrent sous son manteau déboutonné.

— Le Goatfell était couvert de nuages. Nous n'aurions jamais dû l'escalader.

— Alors, pourquoi l'avoir fait ?

Jamie regretta le ton sec qu'il venait d'employer ; Sandy souffrait visiblement déjà assez.

— Était-ce à l'insistance de sir Harry ? demanda-t-il.

— Nous avons lutté ferme tous les quatre pour atteindre le sommet, admit Will. Rendus au faîte de la montagne, nous avons eu de la difficulté à nous orienter.

Jamie hocha la tête lentement, imaginant la scène poignante. *Pauvre sir Harry.* Avoir perdu la vie aussi bêtement. Somerled avait dû souffrir aussi, ayant été témoin de la chute mortelle de son père. Et Davina devait être inconsolable.

Son cœur s'arrêta.

— Mais où est votre sœur ?

— Nous l'avons quittée il y a moins d'une minute. Elle est dans sa chambre au pied de l'escalier, dit Will. Elle est…

Il s'arrêta, luttant pour trouver les mots.

— Elle souffre, terriblement.

— Et pour cause, dit Jamie, qui changea de position, écrasé par le poids de sa responsabilité.

Davina avait besoin de lui, ainsi que ses fils, qui avaient été témoins d'une scène morbide. Conscient qu'il devait agir avec prudence, Jamie s'adressa aux jumeaux d'un ton un peu plus brusque qu'il l'aurait souhaité.

— Je présume que vous avez déjà communiqué la nouvelle de la mort de sir Harry à l'intendant du duc.

Sandy tentait sans trop de succès d'attacher un bouton de son manteau.

— Nous n'en avons parlé à personne, père. Pas encore.

Les mains de Jamie devinrent froides.

— Vous avez été témoins d'une mort et vous ne l'avez pas rapportée ?

— Nous n'avons été à Arran que quelques jours, lui rappela Will, et nous ne savions pas vers qui nous tourner.

Les paroles de son fils fouettèrent sa conscience. *J'aurais dû être là. Non, j'aurais dû me trouver sur cette montagne.*

Jamie s'adossa à la porte et poussa un soupir fatigué.

— Finissez de vous habiller, car je dois réconforter votre sœur. Puis, nous nous rendrons directement au château Brodick. J'ai déjà fait connaissance avec l'intendant du duc, lundi. Il joue aussi le rôle de juge de paix à Arran. Préparez-vous à répondre à ses questions, car vous devrez lui expliquer les circonstances de la chute de sir Harry.

— Père...

Will baissa la tête.

— C'est bien pire que cela.

Jamie se redressa et un frisson lui courut le long des vertèbres.

— Quand sir Harry a glissé sur la façade nord du Goatfell, Somerled a tenté de le rattraper... et... il a été entraîné à son tour dans l'abîme.

— Somerled est mort aussi ?

Horrifié, Jamie regarda fixement ses fils. Leur mâchoire contractée et leur regard fuyant.

— N'avez-vous rien fait pour l'en empêcher ?

— Nous avons essayé de secourir Somerled, murmura Sandy finalement.

— Il a échappé à notre prise, père. Je vous assure, nous avons fait tout ce dont nous étions capables.

Jamie se rappela une autre assurance de Will. *Ma colère brûlera bien plus longtemps que cela.* Ses fils auraient-ils commis l'impensable ?

Jamie fit deux pas vers eux et les agrippa fermement par le col.

— Dites-moi que c'était un accident et non un acte de vengeance !

Will grimaça quand Jamie resserra sa prise.

— Nous ne les avons pas assassinés, père.

— Ce n'est pas ce que je vous ai demandé.

Jamie les secoua tous les deux, alors même que son cœur commençait à se briser.

— Avez-vous trompé ces hommes et les avez-vous laissé mourir intentionnellement ?

— Nous avons essayé de porter secours à Somerled.

La même réponse de Sandy, qui n'était pas une réponse du tout.

Jamie aurait voulu leur hurler au visage. Les secouer comme des chiffons. Il ne pouvait faire ni l'un ni l'autre dans une auberge, mais il ne les laisserait pas partir avant de connaître la vérité.

— Vouliez-vous les voir morts ? Est-ce *cela* que vous vouliez ?

— Nous le voulions, dit Will en se dégageant de l'emprise de son père pour faire un pas en arrière. Dès le jour où nous avons posé le pied à Arran. Mais nous ne les avons pas tués. Ils sont tombés accidentellement. Tous les deux.

Sa voix était rauque, comme éraflée par la pierre, et ses yeux noirs brillaient comme du verre.

— Nous ne pouvions sauver sir Harry, car il était bien trop éloigné de nous sur le flanc de la montagne, reprit-il. Mais nous avons tout tenté pour rattraper Somerled. J'ai risqué ma vie…

— C'est vrai, intervint Sandy. Nous nous sommes précipités pour essayer de l'atteindre, mais…

— Mais vous n'y êtes pas parvenus. Vous l'avez regardé mourir et son père avant lui.

Jamie libéra Sandy et s'éloigna de ses fils en serrant les poings de frustration.

— Mais que vais-je faire de vous ? Laisser le juge vous questionner jusqu'à ce qu'il ait assez de preuves pour vous pendre ? Que vais-je dire à votre mère ? Et — que Dieu me vienne en aide — comment vais-je réconforter votre sœur ? Vous avez détruit la vie de Davina. Deux fois.

— Je vous en prie, père.

Will l'implorait du regard, de ses mains, de ses larmes.

— Aidez-nous à faire ce qui doit être fait. À tout arranger.

Arranger ? Croyaient-ils qu'une telle machination pouvait être travestie avec des mots ?

— Deux hommes sont morts par votre faute. N'oubliez jamais cela. Soyez assurés que je ne le ferai pas.

Jamie se détourna avec un gémissement, dénoua ses poings et laissa tomber une partie de sa colère, du moins pour le moment. Il y avait trop à faire. Trop à expliquer. Et il avait une fille qui avait besoin de lui.

— Tâchez de vous rendre présentables, leur ordonna-t-il, pendant que je m'occupe de votre sœur. Ne tardez pas, car les langues s'animent déjà, autour de Cladach.

Jamie n'eut pas conscience de descendre l'escalier, de tourner sur le palier, d'atteindre le vestibule. Le choc et l'incrédulité engourdissaient son esprit, émoussaient ses sens. *Nous ne les avons pas assassinés.* Les hommes n'en étaient pas moins morts, et ses fils étaient responsables, d'une certaine façon. *Que Dieu leur pardonne.* Personne d'autre en Écosse ne serait aussi clément.

Debout devant la porte de la chambre de sa fille, il leva le bras, qui était lourd comme du plomb, et frappa à deux reprises.

— C'est ton père.

Jamie lui donna un moment pour se préparer à le recevoir, puis ouvrit doucement la porte de la chambre, avec sa seule chandelle vacillante et ses vitres battues par la pluie.

Davina était assise sur le bord du lit, les cheveux défaits, les joues flétries par les pleurs. Le mouchoir que Leana lui avait brodé était tordu dans ses mains.

Atterré par ce qu'il voyait, Jamie tendit simplement les bras.

Elle s'y élança avec un sanglot, si vivement qu'il vacilla un moment sous le choc. Elle lui agrippa les épaules et enfouit son visage dans sa poitrine.

Ma pauvre enfant. Il la serra un long moment dans ses bras sans rien dire. Lui passa la main dans ses cheveux emmêlés. Assécha ses larmes, qui ne voulaient pas s'arrêter.

— Je suis désolé, murmura-t-il finalement. Si désolé.

Elle porta le mouchoir à son cœur encore et encore.

— Oui, dit-il, et ses mots étaient voilés de larmes. Somerled t'aimait vraiment.

Les traits de Davina se défirent lorsqu'elle hocha la tête.

Cherchant à lui prodiguer quelques paroles apaisantes, Jamie dit finalement :

— Je vais te ramener auprès de ta mère. Avant la fin de la semaine, si Dieu le veut.

Il ne pouvait penser à rien d'autre pour la réconforter. Leana saurait quoi faire, quoi dire pour aider sa fille, une jeune fille innocente qui avait perdu sa vertu et son seul espoir de la racheter. *Dieu, venez-nous en aide. Que peut-on faire ?*

Des bruits dans le corridor, puis des coups frappés à la porte annoncèrent ses frères. Jamie se retira doucement, en s'assurant qu'elle tenait debout sans son aide.

— Excuse-moi, Davina, mais je dois emmener Will et Sandy au château. Nous avons des affaires pressantes à régler.

Il ne voulut pas l'assommer de détails.

— Je demanderai à madame McAllister de rester à l'intérieur, au cas où tu aurais besoin d'elle, et j'enverrai chercher le révérend Stewart. Nous ne serons pas partis plus d'une heure.

Quand il guida Davina vers le lit, elle ne protesta pas, mais s'étendit sur le cadre étroit. Elle le laissa ensuite lui retirer ses chaussures. Il trouva un mouchoir propre dans sa valise, qu'il déposa dans sa main, puis pressa un baiser sur son front.

— Repose-toi, si tu le peux.

Elle hocha la tête, mais il savait bien qu'elle ne pourrait pas dormir.

Jamie rejoignit ses fils dans le corridor plutôt que de les inviter à entrer. Qui savait quelle fable ils avaient racontée à Davina ? Ou ce qu'elle éprouvait vis-à-vis d'eux, maintenant ? Il ne la bouleverserait pas davantage. Et il y aurait assez de temps plus tard pour les réconciliations. Davina, comme sa mère, avait une grande capacité de pardon. Pas lui.

Madame McAllister était fort affairée à frotter le plancher de l'autre côté de la cuisine. Ses manières furent moins rudes que d'habitude quand elle se leva pour s'adresser à eux. L'aubergiste accepta de veiller sur Davina, puis elle offrit de lui apporter une tasse de thé.

— Il vaut mieux qu'elle se repose, dit Jamie, voulant épargner à Davina la compagnie de cette femme désagréable. Nous serons au château, si notre présence est requise. Entretemps, envoyez un messager au presbytère de Kilbride en mon nom.

Il écrivit une brève note d'explication à Benjamin Stewart et la scella bien. Deux heures plus tôt, il galopait vers le nord après une plaisante visite chez ses cousins ; il n'imaginait jamais qu'il devrait avoir aussi vite recours aux services du ministre.

Après avoir mis la note et quelques pièces dans la main de l'aubergiste, Jamie entraîna ses fils vers la porte. Le ciel s'était considérablement éclairci, et la pluie était réduite à une fine bruine, lorsque les trois McKie gravirent la pente en direction de Brodick.

— Choisissez vos mots avec soin, mit-il en garde les jumeaux d'une voix prudente. Monsieur Hunter voit clair et il a l'esprit alerte. Dites la vérité, mais n'oubliez jamais où vos paroles pourraient vous conduire.

— Père.

Will n'avait pas encore affronté son regard depuis qu'ils avaient quitté l'auberge.

— Sandy et moi avons conclu un marché avec le capitaine d'un bateau de pêche qui partira du quai de Brodick à seize heures. Nous pourrions encore...

— Mais vous ne le ferez pas, l'interrompit sèchement Jamie. Seuls les hommes coupables fuient. À moins de vouloir être marqués à jamais comme des criminels, vous resterez à Arran jusqu'à ce que le juge vous ait déclarés innocents.

Les yeux de Sandy s'arrondirent.

— Et combien de temps cela pourrait-il prendre, monsieur ?

— Je ne puis le dire.

Trop longtemps, je le crains. Ses propres plans de faire voile le lendemain matin étaient compromis aussi. Il tâcherait au moins de faire en sorte qu'une lettre adressée à Glentrool se trouve à bord. Malgré ses réticences à laisser une trace écrite de cette histoire, Leana devait être informée des récents événements.

Ta fille a perdu son innocence et son fiancé. Et tes fils ont regardé deux hommes mourir.

Jamie portait la responsabilité de tout cela ; il ne pouvait se défiler. Pas devant les terribles preuves, deux corps reposant meurtris et brisés sur les montagnes d'Arran. Et avec une fille, meurtrie et brisée elle aussi, mouillant ses oreillers de larmes.

La servante qui vint à leur rencontre au château eut un mouvement de recul à la vue des jumeaux. Les commérages de madame McAllister s'étaient propagés rapidement.

— Par ici, dit-elle d'une voix chevrotante, en les guidant vers le bureau de Lewis Hunter, au rez-de-chaussée.

Se pouvait-il que deux jours seulement se soient écoulés depuis que Jamie avait signé ici les arrangements nuptiaux ?

— Messieurs.

L'intendant se leva à leur arrivée. Il contourna un bureau encombré de papiers en retirant ses lunettes.

— Je vous attendais.

— Veuillez pardonner notre retard, s'empressa d'ajouter Jamie. Je revenais du presbytère à cheval, quand mes fils sont rentrés de leur escalade. Ils étaient bouleversés, naturellement…

— Naturellement, dit Lewis Hunter d'une voix neutre.

— Et, étant nouvellement arrivés à Arran, ils ignoraient que faire et qui informer de l'accident survenu sur le Goatfell.

— Alors, ils sont fortunés d'avoir leur père avec eux.

Âgé d'environ cinquante ans, Hunter arborait encore une chevelure presque noire, avait gardé la vigueur de sa jeunesse, et ses yeux gris étaient bien éveillés. En tant que juge de paix à Arran, il était chargé d'entendre les causes civiles mineures et de faire l'examen des personnes accusées de crimes sérieux. Jamie espérait que ses fils ne tomberaient point entre les serres de l'homme, qui semblaient bien acérées.

— Veuillez vous asseoir.

Hunter rapprocha trois chaises, puis s'assit derrière son bureau de chêne, un rappel silencieux de son autorité.

— Monsieur McKie, je vous prierais de laisser vos fils répondre à mes questions.

Il fit un signe à un jeune homme de l'autre côté de la pièce, et celui-ci vint se joindre à eux, plume et encre en main.

— Mon secrétaire prendra des notes, expliqua-t-il, mais ne vous alarmez pas. Nous avons simplement besoin d'un compte-rendu exact des événements de la journée.

Hunter leur demanda de décliner leur nom complet, ce que Will et Sandy firent volontiers. Jamie pouvait voir que les garçons étaient nerveux, mais leur maintien confiant et leur voix posée plaidaient en leur faveur. Il s'adossa à son siège, résistant à l'envie d'intervenir pendant que ses fils étaient soumis à un barrage de questions. Certaines étaient de simples demandes d'information — l'heure de leur départ, l'âge des grimpeurs, l'état de leurs bottes —, mais d'autres étaient plus pointues.

— Le temps étant particulièrement couvert, pourquoi n'avez-vous pas rebroussé chemin ?

Will manifesta des remords sincères.

— Je souhaiterais l'avoir fait, monsieur. Quand nous avons entamé les six cents derniers pieds, j'ai demandé aux MacDonald s'ils préféraient que nous renoncions à gravir le sommet. Sir Harry, en particulier, m'avait l'air particulièrement éprouvé. Mais il a répondu « Abandonner ? Il n'en est pas question. »

Will baissa la tête.

— Puis, il a agité son bâton de marche vers moi.

— Quelle bêtise, fit l'intendant en levant les mains et en hochant la tête. Lors de ma brève rencontre avec le baronnet, lundi matin, j'avais aussi remarqué que le sieur MacDonald était d'un tempérament *ombrageur*, comme disait ma mère.

Jamie s'abstint de le corriger, mais ne se réjouit pas de l'observation de l'intendant. Si un orgueil déplacé pouvait tuer un homme, il aurait péri bien avant la naissance de ses fils.

Lorsque les questions devinrent plus difficiles, Will et Sandy ne cherchèrent pas de faux-fuyants pour leur comportement et ne s'incriminèrent pas eux-mêmes. Leur expression faciale était ouverte, leurs commentaires francs et sincères. Se pouvait-il qu'ils fussent innocents, en fin de compte?

— J'ai déjà envoyé une expédition à la recherche des corps, les informa Hunter. Quand j'aurai déterminé la cause de la mort, et que j'aurai écarté tout soupçon de félonie, vous serez libres de quitter Arran. Je présume que c'est votre souhait.

— Le plus tôt possible, confessa Will, tout en regardant Sandy. Mon frère et moi voudrions mettre ce regrettable incident derrière nous et reprendre nos études à Édimbourg.

C'est à ce moment-là que Jamie comprit à quel point ses fils étaient de bons comédiens; ils voulaient simplement fuir Arran avant qu'Hunter découvrît l'affreuse vérité.

Chapitre 68

Espoir, se fanant, fuit —
et Pardon soupire adieu.
— George Gordon, Lord Byron

Les premiers pas de Leana sur l'île d'Arran furent loin d'être élégants.

— Ne vous impatientez pas, dit Ian avec délicatesse, la guidant le long de la route du littoral en portant leur lourde valise. Quand nous serons au presbytère, votre démarche aura retrouvé sa grâce habituelle.

— Je souhaite que tu dises vrai.

Elle mettait prudemment un pied devant l'autre, pendant qu'ils se dirigeaient vers le nord en s'éloignant de la baie de Lamlash. Le capitaine, qui leur avait procuré le passage, aimait à parler de «pied marin», qu'Ian semblait posséder comme s'il était né pour naviguer.

C'était lui qui avait tout arrangé, ce fils aux innombrables ressources. Ils avaient atteint Maybole la veille, bien plus tôt qu'ils l'avaient anticipé, puis avaient vogué à marée haute d'Ayr avec l'aide du vent, alors même qu'une tempête semblait se préparer au-dessus de leur tête. La pluie abondante de la dernière heure avait été la seule déception de leur traversée.

Leana secouait ses jupes mouillées en avançant et semblait retrouver peu à peu son équilibre. Trouveraient-ils Jamie et Davina au presbytère? Ou au château Brodick, avec les MacDonald? Ian et elle n'étaient pas attendus, ni par les Stewart ni sûrement par son mari et sa fille.

— J'espère que notre visite sera une surprise agréable, murmura-t-elle, et non un fardeau additionnel.

— Vous ne serez jamais un fardeau pour personne, lui assura Ian, puis il fit un geste vers la droite. Par ici. Au-delà du vieux cimetière, a dit le capitaine.

Quand Leana jeta un coup d'œil au jardin coquet derrière le presbytère, ses appréhensions s'apaisèrent ; elle savait qu'elle s'accorderait avec Elspeth Stewart.

Une domestique aux cheveux noirs répondit aux coups qu'ils frappèrent à la porte, et elle demeura bouche bée devant Ian.

— Vous d'vez être le fils de m'sieur McKie ! J'ai jamais vu d'garçon qui r'ssemble autant à son père.

Ian lui sourit.

— Vous avez le coup d'œil, jeune fille. Est-ce que les Stewart sont à la maison ?

— M'dame Stewart est là. Elle sera heureuse d'vous voir tous les deux.

La domestique les invita à l'intérieur, sans jamais cesser de regarder Leana.

— Z'êtes m'dame McKie, j'suppose.

— En effet.

Leana essayait de ne pas frôler le mobilier du corridor avec son ourlet détrempé.

— Est-ce que mon mari est ici ? Ou ma fille, Davina ?

— Non, m'dame.

Ses joues rougirent.

— Y sont à l'auberge d'Cladach. Ah ! v'là m'dame Stewart qui arrive pour vous recevoir.

La domestique fit une petite révérence et disparut.

— Mais ai-je la berlue ? Voilà l'épouse de cousin Jamie ainsi que son fils.

Quand Leana hocha la tête pour confirmer leur identité, Elspeth Stewart laissa échapper une exclamation de joie dans le salon.

— Enfin, nous faisons connaissance ! Oh, mais il faut changer de robe tout de suite, madame McKie, sinon vous allez prendre froid. Betty vous accompagnera jusqu'à votre chambre.

Leana redescendit l'escalier quelques instants après, heureuse d'avoir pu se coiffer et passer des vêtements secs. Ian, qui avait endossé un nouveau manteau, était confortablement assis dans un fauteuil capitonné. À en juger par sa mine recueillie, c'est Elspeth qui avait fait les frais de la majeure partie de la conversation.

— Votre mari était ici ce matin même, expliqua Elspeth, afin de faire des arrangements pour... oh !

Ses yeux s'agrandirent.

— Dieu soit loué, vous êtes arrivés maintenant, car vous les auriez tous manqués.

Elle se passa les mains autour du visage comme si cette pensée la bouleversait.

— Je présume que vous désirez rencontrer les MacDonald.

Leana hocha la tête de haut en bas. Ils avaient eu raison de venir, après tout, et ils n'étaient pas là trop tôt.

— Betty a mentionné que mon mari et ma fille séjournaient... à l'auberge ?

— Elle vous a dit cela ?

Elspeth fronça les sourcils en direction de la cuisine.

— Vous devez penser que je suis une bien piètre hôtesse. Mais après que les Fullarton eurent...

Elle s'éclaircit la voix...

— Je veux dire, l'auberge de Cladach est tellement plus proche de Brodick et...

Après un silence embarrassé, Ian lui demanda :

— Est-ce que les MacDonald logent aussi à l'auberge ?

— Non !

Elspeth parut surprise de cette question.

— Ils sont les invités de Son Honneur au château. Tout cela est un peu... compliqué.

Rarement une femme avait-elle manifesté un tel soulagement à l'arrivée d'un plateau de thé.

— Goûtez-moi ces délicieux biscuits sablés de madame McCurdy, dit-elle.

— Merci beaucoup, murmura Leana, essayant de rassembler ses idées.

Compliqué. Jamie éclaircirait tout ça, bien sûr. Mais il était troublant d'en savoir si peu.

— Votre maison est bien silencieuse, Elspeth, dit Leana. J'aurais bien aimé rencontrer cousin Benjamin. Et vos filles…

— Où avais-je la tête ? Les jeunes filles accompagnent leur père, en visite chez madame McCook, à Kingscross.

Elspeth paraissait très déçue.

— Ils rentreront à seize heures. Pouvez-vous attendre jusque-là ?

Leana déposa sa tasse vide, puis interrogea Ian du regard.

— Veuillez nous excuser, mais nous sommes impatients de rejoindre monsieur McKie et Davina. Pourriez-vous nous indiquer le chemin de leur auberge ?

Elspeth soupira, se résignant, semblait-il, à leur départ précipité.

— Vous devrez emprunter notre cheval, car c'est à cinq milles au nord en montant une côte abrupte.

Un peu plus tard, Leana était assise sur le dos robuste de Grian. Leur valise était sanglée derrière elle tandis qu'Ian guidait le cheval à pied, en route vers Cladach. Les lettres de Davina avaient fidèlement décrit les montagnes majestueuses, mais c'étaient sa fille et son mari que Leana désirait voir par-dessus tout.

— Qu'en pensez-vous ? demanda Ian en se retournant pour regarder Leana. Notre cousine semblait dissimuler quelque chose.

— En effet, acquiesça Leana. Pourtant, si Somerled avait renoncé à sa demande en mariage, Elspeth n'aurait pas suggéré de rencontrer les MacDonald.

— Voilà un élément rassurant.

Pendant deux jours, elle avait imaginé le visage de Davina épanoui par l'amour : ses joues tavelées, son sourire lutin, ses yeux brillants. *Ma chère fille. J'espère que tu es heureuse.* Leana aurait sa réponse bientôt.

Un garçon débraillé montant un poney pie marqua le pas à leur approche, et son visage montrait de la perplexité.

— C'est pas l'cheval du révérend Stewart ?

— En effet, dit Ian, en souriant au garçon. Emprunté avec la permission de madame Stewart.

— C'est que…

Il leva une lettre, pliée et scellée.

— J'dois lui livrer un message.

— Il n'est pas à la maison en ce moment, mais il est attendu sous peu, lui dit Ian, puis il tira la monture en avant tandis que le garçon continuait son chemin, toujours aussi soucieux.

Ian regarda par-dessus son épaule.

— J'espère que le ministre n'aura pas besoin de son cheval, fit-il observer.

La baie de Brodick se présenta à la vue, et la mer était aussi grise que les nuages. Pourtant, le rivage accusait une courbe agréable à l'œil et la montagne qui dominait la scène était impressionnante. Le Goatfell, c'est par ce nom que Davina l'avait désignée dans l'une de ses lettres. *Un mont géant.* Les directives d'Elspeth étaient très précises, et ils n'eurent qu'à longer la grande baie jusqu'à un petit village et son auberge au toit en ardoise.

Quand une grosse femme au visage sévère leur répondit, Leana essaya de ne pas regarder par-dessus son épaule.

— Bonjour à vous, madame. Je crois que mon mari et ma fille logent ici.

— Oui, dit la femme, qui la toisa du regard. Et vos fils.

Confuse, Leana fit un geste vers Ian.

— Voilà mon fils, en effet.

— J'veux dire, les garçons qui dorment ici. Des jumeaux. Z'êtes pas leur mère aussi?

— Je...

La voix de Leana faiblit.

— En effet, je suis leur mère.

William. Alexandre. Mais que faisaient-ils à Arran? Et où était Davina?

— J'm'appelle madame McAllister, dit la femme, les invitant du geste à entrer. Vot' homme et les garçons sont partis au château. Vot' fille est dans sa chambre, au pied de l'escalier.

Leana contourna l'aubergiste, le regard fixé sur la porte de Davina.

— Ici, dites-vous?

Elle frappa deux fois, attendit un court moment, puis ouvrit la porte.

— Ma chérie? C'est ta mère. Et Ian.

Debout sur le seuil derrière elle, Ian lui effleura le coude.

— Mère, laissez-moi continuer jusqu'au château pour savoir ce qu'il advient de père. Et des jumeaux.

Leana était déchirée, car elle aurait voulu être à deux endroits en même temps.

— Davina voudra sans doute te voir, dit-elle.

— Et vous bien davantage, j'en suis sûr. Je ne serai pas parti longtemps.

Il la poussa délicatement à l'intérieur, puis ferma la porte sans bruit derrière elle.

Leana cligna des yeux, les laissant s'ajuster à la lumière tamisée de la chambre où sa fille dormait. Des images se précisèrent : l'ameublement sommaire, une bougie presque consumée, un rideau maintes fois reprisé, le violon de Davina sur la coiffeuse. Marchant sur la pointe des pieds sur le rude plancher de pin, Leana se plaça la main à plat sur le cœur, comme pour calmer ses battements précipités.

Oh, ma douce enfant. Elle s'agenouilla à côté du lit, hésitant à réveiller sa fille, pourtant désireuse de voir son visage, caché dans les replis de son oreiller. Elle passa la main sur les cheveux de Davina, effleurant à peine les mèches défaites, puis fit glisser un doigt sur sa joue. Comme sa peau lui semblait gercée ! Avait-elle pleuré ? Quand elle s'aperçut que son oreiller était mouillé, Leana s'assit sur ses talons, confuse. *Qu'est-il arrivé ? Est-ce pour cela que tes frères sont ici ?*

Les yeux de sa fille s'ouvrirent lentement, leur regard vague jusqu'à ce qu'il trouve le sien. *Mère.* Elle vit le mot sur ses lèvres, formé, mais non prononcé.

— Oui, jeune fille.

Leana sourit, des pleurs s'accumulant dans ses yeux.

Davina tendit les bras, accueillant l'étreinte de sa mère.

— Ma précieuse Davina, murmura Leana, pressant leurs joues ensemble, la tenant aussi serrée qu'elle le pouvait. Comme tu es chaude ! Je m'en veux tant de te réveiller…

Davina s'agrippait aussi à elle.

Enfin, Leana libéra sa fille, qui retrouva son lit, puis s'assit à côté d'elle et lui prit les mains, soulagée de sentir ses doigts délicats entre les siens, comme avant.

— Ian et moi sommes venus ensemble, commença-t-elle, certaine que cette nouvelle la réjouirait. Il est parti retrouver ton père au château Brodick. Et les jumeaux.

La lueur s'éteignit dans les yeux de Davina, comme si un coup de vent avait soufflé dans la chambre. Elle posa un regard morne sur ses chaussures, abandonnées à côté du lit ; Leana sentit ses mains devenir froides dans les siennes.

Priant pour arriver à comprendre, Leana changea de sujet.

— Davina, j'ai… tant de questions. Pourquoi ne loges-tu pas chez les Stewart, au presbytère ? Pourquoi les jumeaux sont-ils à Arran ? Mais il n'est que juste que tu saches pourquoi *nous* sommes venus jusqu'ici.

Leana sortit deux lettres de son réticule et les porta affectueusement sur son cœur.

— Je les ai lues plusieurs fois pendant notre voyage. Maintenant, c'est ton tour, car je sais que ces mots signifieront plus pour toi que pour tout autre.

Elle lui remit d'abord la lettre de sir Harry, étonnée de voir les mains de Davina trembler en la dépliant. N'en devinait-elle pas le contenu ? Ne savait-elle pas que ses mots étaient heureux ?

Dès qu'elle commença à lire, des larmes fraîches roulèrent sur les joues de la jeune fille. Davina les essuya, mais elles ne voulurent pas cesser. Elle tenait la lettre à une certaine distance, comme si elle avait voulu éviter de la mouiller, et toujours elle pleurait. Quand Leana essaya de reprendre la lettre, craignant qu'elle lui fît plus de mal que de bien, Davina se détourna en agrippant la feuille.

Pourtant, Davina devait déjà savoir que sir Harry avait sanctionné ce mariage.

Quand Davina finit de lire, elle plia la lettre avec le plus grand soin et passa ses doigts sur le sceau brisé avant de la glisser sous son oreiller. Elle regarda la deuxième lettre avec un intérêt manifeste, que Leana partageait maintenant.

— Peut-être devrais-je garder celle-ci pour plus tard. Quand tu seras plus forte.

Davina la lui prit des mains, puis la tint sur son cœur, les yeux fermés, ses lèvres formant un seul mot. *Somerled.*

— Oui, elle est de Somerled. Es-tu certaine que…

Mais sa fille l'avait déjà ouverte. Avait-elle lu une seule phrase ou tout son contenu, Leana n'aurait su le dire. Davina enfouit son visage dans la lettre avec une expression d'angoisse si complète que le cœur de Leana se brisa.

— Davina ! Je t'en prie, ne peux-tu pas me dire ce qui est arrivé ?

Désespérée, Leana chercha le cahier à dessin de Davina dans la chambre, bien qu'elle détestât l'idée de l'abandonner, ne serait-ce qu'un moment, quand elle avait si désespérément besoin de sa présence.

Puis, elle entendit des voix dans le vestibule, dont chacune lui était chère.

Jamie. Il lui dirait tout ce qu'elle avait besoin de savoir.

Leana enveloppa Davina de son corps comme une couverture, la réconfortant, la protégeant, tandis que les quatre hommes entraient dans la pièce, la remplissant par leur présence.

Jamie fut à côté d'elle en premier et lui baisa le front.

— Je suis heureux que tu sois venue, dit-il doucement. Ta fille a besoin de toi.

Leana hocha la tête, trop bouleversée pour parler.

Les jumeaux la regardaient aussi, le visage ravagé par la douleur.

— Mère... commença Sandy, mais il ne put poursuivre.

— Nous avons besoin de vous aussi, dit Will, et elle fut désemparée par un tel aveu.

Pendant que sa famille se groupait autour d'elle, Leana serrait sa fille contre sa poitrine, prodiguant à Davina la moindre parcelle de force qu'elle possédait. Quand Ian posa la main sur son épaule, pour lui offrir un soutien silencieux, Leana y pressa sa joue et son regard croisa celui de son père.

Jamie. Elle l'implora des yeux, espérant qu'il lui explique enfin tout ce qu'elle ignorait.

Il se leva, l'attirant lentement avec lui.

— Ian peut consoler sa sœur un moment, dit-il, l'attirant vers la porte. Nous devons parler, madame McKie. En privé.

Dès qu'elle vit Davina blottie dans les bras de son frère, Leana suivit Jamie dans le corridor. Sa chambre était en tout point semblable à celle de Davina, bien qu'un peu plus sombre. Comme il n'y avait qu'une chaise, ils restèrent près de la fenêtre afin de pouvoir être face à face.

— Ian m'a parlé des lettres de sir Harry et de Somerled, commença-t-il, et sa voix était basse, comme s'il craignait que quelqu'un eût appuyé son oreille sur la porte.

— Hélas, j'ai laissé Davina les lire, confessa Leana. Comme tu peux le voir, elles l'ont profondément bouleversée. Est-ce à dire qu'elle et Somerled ne se marieront pas, en fin de compte ?

Le regard de Jamie se fixa dans le sien.

— Il y a eu un accident sur le Goatfell, ce matin. Les jumeaux l'escaladaient avec les MacDonald. Quand ils eurent atteint le sommet, les deux hommes des Highlands… ont fait une chute.

Leana se sentit comme si elle était en mer de nouveau, le sol sous ses pieds oscillant, l'horizon vacillant.

— Ont-ils été blessés ?

— Non, dit Jamie en déglutissant. Ils ont été tués.

Elle ferma les yeux, comme pour bloquer la douleur, non pas la sienne, mais celle de Davina. *Cela ne peut être. Ne doit pas être.*

Jamie lui saisit les coudes pour la soutenir.

— Maintenant, tu sais pourquoi il est bon que tu sois venue.

— Oui, je comprends.

Leana ouvrit les yeux, se rappelant les mots de Somerled. *Mon âme se consume pour votre fille.*

— L'aimait-il vraiment ? demanda-t-elle.

— Je crois que oui.

— Oh, Jamie…

Elle s'effondra sur lui, heureuse qu'il l'enveloppe dans ses bras.

— Je ne peux imaginer sa douleur.

Après une longue pause, il dit :

— Sa souffrance est encore plus profonde.

Jamie chercha son regard une autre fois.

— Bien que Somerled ait fait une chose honorable en demandant sa main, il l'avait... déshonorée dès le début.

— Tu veux dire, quand il avait joué en duo avec elle ?

— Non, Leana.

Elle détourna le regard, effrayée par ce qu'elle vit dans ses yeux. Mais il prononça quand même les mots.

— Je veux dire qu'il l'avait violée.

Leana secoua la tête, comme si elle avait voulu déloger l'image sinistre d'un homme prenant une femme contre son gré. Davina. Leur fille innocente.

— Non, insista-t-elle. La lettre de Somerled était trop amoureuse. Ses mots trop tendres. Ce n'est pas vrai, dit-elle fermement, pendant que les larmes s'accumulaient dans ses yeux.

— Leana, écoute-moi...

Elle essaya de s'écarter de lui. Elle avait besoin de respirer, de courir, de crier. *Pas... notre... fille !* Ses mots surgissaient par saccades.

— Il ne peut... il ne peut avoir fait cela. Pas à Davina.

— Je crains qu'il l'ait fait. La veille du solstice d'été...

Leana porta la main à la bouche de Jamie, arrêtant ses mots. Mais elle ne put effacer le souvenir d'un soir de juin, où elle était seule à Glentrool. D'une lettre écrite à la hâte par sa fille. D'une requête... pour une prière.

— C'est ma faute.

Elle voulut se libérer des bras de Jamie.

— Davina avait besoin de sa mère, ce soir-là..., et je... n'étais pas là.

Jamie lui tenait toujours un coude.

— Aucun d'entre nous n'était là, Leana. C'est ma faute, pas la tienne.

— Non ! cria-t-elle, refusant d'écouter. J'aurais dû être ici. Pour l'aider..., pour...

— Leana, cesse de te torturer.

Elle le regarda à travers une brume de larmes.

— Comment ne pas le faire ?

Pardonne-moi, Davina. S'il te plaît, pardonne-moi.

— Ne vois-tu pas ? Elle avait besoin de moi, ici. Elle avait besoin de sa mère.

— Et elle a encore besoin de toi.

Jamie la libéra doucement, puis essuya les larmes de son visage.

— Va la voir, Leana. Il n'est jamais trop tard.

Chapitre 69

Dès que j'vois les yeux d'ma mère,
Mes larmes tombent comme la pluie.
— Robert Burns

Davina entendit les pas de sa mère dans le corridor. Elle l'entendit ouvrir la porte et renvoyer les garçons auprès de leur père à la cuisine, où un bol de brouet d'orge les attendait pour le déjeuner. Elle l'entendit ensuite la refermer et marcher sur la pointe des pieds dans la pièce, où régnait un silence aussi tangible que la bruine qui avait suivi l'averse de la journée.

S'il vous plaît, mère. Elle retint son souffle, étouffa sa douleur. *Secourez-moi.*

— Ma fille chérie.

Leana rapprocha silencieusement une chaise à côté de son lit et lui passa une main dans les cheveux.

— Je t'aime tant.

Davina avait pleuré plus de larmes ce jour-là que tous ceux qui l'avaient précédé. Mais sa source n'était pas tarie. Avec un soupir, elle les laissa couler, glisser lentement sur ses joues et tomber sur ses draps. Elle toucha son cœur et celui de sa mère. *Je t'aime aussi.*

Leana prit la main de Davina et la serra en s'approchant un peu plus du lit.

— Ton père m'a confié certaines choses... Je ne savais pas.

Pauvre mère. Davina referma les doigts un peu plus fortement. Il y avait tant de choses qu'elle ne lui avait pas dites. Ne pouvait lui dire. Pas dans une lettre.

— Quand je suis arrivée, je n'avais pas compris..., je n'étais pas au courant de l'accident. Je suis si désolée, Davina.

Elle lui déposa un baiser sur les doigts.

— Si désolée.

En glissant son autre main sous l'oreiller, Davina sentit les deux lettres qui étaient cachées là. Trop douloureuses à lire maintenant, mais, dans les mois à venir, elles seraient un baume sur ses blessures.

— Ton père m'a aussi parlé du solstice d'été.

Leana se mit à caresser les cheveux de sa fille, parlant si doucement que Davina devait tendre l'oreille pour saisir.

— Comme cela dut être terrible pour toi. D'être ici toute seule. De devoir supporter cela. Sans personne pour te consoler.

Elle trembla sous les caresses de sa mère, bouleversée par sa compassion.

Leana se rapprocha, la voix brisée.

— Je suis ici, maintenant, chérie. Viens, laisse-moi te prendre dans mes bras.

Davina leva les siens tandis que sa mère l'accueillait sur ses genoux. Elle ne pouvait plus s'y nicher comme avant, mais cela n'avait pas d'importance. Sa mère sentait la lavande et la pluie, comme les jardins de Glentrool. Comme la maison. Davina enveloppa le cou de sa mère avec ses bras, puis déposa sa joue contre sa poitrine et pleura.

Dans la paix silencieuse, les seuls mots nécessaires étaient ceux dont elle gardait le souvenir d'une époque si lointaine. *Venez à moi… et je vous soulagerai.*

Elle ne pouvait estimer l'heure. Était-ce encore mercredi ? Tant de choses étaient arrivées, toutes si douloureuses. Son corps aussi l'était, et elle craignait d'en connaître la cause. Mais cela ne pouvait attendre. Davina s'assit, cherchant le regard de sa mère, puis fit un geste vers le pot de chambre, sous le lit.

— Bien sûr, murmura Leana, l'aidant à se lever.

Elle traversa la pièce pour regarder par la fenêtre et offrir à sa fille un moment d'intimité.

Comme elle l'avait soupçonné, ses règles commençaient.

La culpabilité s'abattit sur Davina. N'avait-elle pas prié pour cela, le jour du solstice ? *S'il vous plaît, mon Dieu. Pas un enfant. Pas son enfant.* Mais c'était deux semaines auparavant, et, aujourd'hui, elle s'accrochait à ce seul espoir, comme un fil tiré à se rompre entre la vie et la mort. *Laissez-moi porter son enfant et racheter son nom.* Et, oui, alléger sa culpabilité, ne serait-ce qu'un peu.

Mais non. Aucun enfant n'était logé en son sein.

Davina aurait eu de la difficulté à cacher l'évidence à sa mère.

— Oh, jeune fille.

Leana sécha ses larmes, avant de disposer discrètement du pot de chambre.

— Que tu sois déçue ou soulagée, je ne le jugerai pas. Pas après tout ce que tu as vécu.

Sa mère lui embrassa la joue, puis l'attira à elle.

— Les enfants sont un don de Dieu en toutes circonstances. Et si celui-là n'était pas destiné à naître, cela aussi est entre les mains de Dieu.

Elles soupirèrent ensemble.

Deux coups furent frappés à la porte. Ian vint les rejoindre dans la chambre, portant une tasse de thé.

— J'ai pensé que tu l'apprécierais.

Davina accepta, mais fut gênée quand la tasse frémit dans ses mains.

Leana la plaça sur la table pour elle, puis prit son réticule.

— Peut-être que cela t'apportera un peu de réconfort.

Elle tira une serviette rebondie et l'ouvrit pour en révéler le contenu. Des sablés du presbytère.

Davina s'assit sur sa chaise un peu trop vivement, heurtant la table et renversant presque le thé par terre. Avait-elle déjà connu une telle souffrance du cœur ? Pourtant, les gens qu'elle aimait le plus au monde étaient là, lui offrant ce qu'ils pouvaient pour la soutenir. Une tasse de thé odorante. Des sablés de madame McCurdy. Elle prit les deux, surprise d'être capable d'avaler, tandis que sa mère et Ian échangeaient des renseignements importants.

Si le révérend Stewart parvenait à se procurer un cheval, sa visite était attendue bientôt. La famille voudrait se rassembler pour prier et se retirer tôt, afin que ses membres puissent refaire leurs forces pour la journée difficile qui les attendait. Le lendemain midi, ils devaient rencontrer le juge, un gentilhomme du nom de Lewis Hunter.

À cette pensée, Davina s'affaissa sur sa chaise et remit sa tasse vide à sa mère. Demain, elle aurait son cahier à dessin à portée de main. Pour répondre aux questions et en poser elle-même. Pour s'assurer que la vérité fût connue et la mémoire de Somerled honorée.

— Les hommes ont dîné.

Leana inclina la tête en direction de la cuisine.

— Aimerais-tu quelque chose à manger? Un potage d'orge? Du *bannock*[12] avec du fromage?

Davina fit un geste de refus à la mention de la nourriture. Elle mit ses mains l'une contre l'autre, plus appuya sa joue dessus.

— Un choix judicieux, Davina.

Leana secoua les couvertures, puis refit le lit.

— C'est le meilleur remède contre le chagrin. « Lui comble son bien-aimé qui dort. »

Elle retourna l'oreiller de Davina, faisant attention de ne pas déranger les lettres qui se trouvaient là.

— Ian, dit-elle, il est temps que nous accordions à ta sœur une heure de repos.

— Oui, répondit-il en se penchant sur le lit. Et si tu dors encore à l'heure de la prière, je la ferai en ton nom.

Il lui déposa un baiser sur le front.

— Dors bien, ma sœur.

---

12. N.d.T. : Pain plat et rond sans levain.

Davina les regarda partir, ses paupières s'abaissant doucement lorsque le loquet de la porte retomba en place.

Un silence béni. Mais pas pour longtemps.

Dans les replis de son cœur, un archet imaginaire faisait vibrer les cordes d'un violoncelle. Elle répondit immédiatement, pressant son violon invisible sur son épaule pour se joindre à sa lamentation. Entendant chaque note qu'il jouait. Sentant chacune de ses respirations. Regrettant chaque jour qu'elle aurait à vivre sans lui.

Chapitre 70

Oh, on a dit avec raison qu'il n'y a pas de pire douleur
que la douleur qui ne peut parler !
— Henry Wadsworth Longfellow

Davina baissa la tête. Elle était abattue de se retrouver assise encore une fois dans cette pièce, tout en haut de l'escalier tournant de la plus ancienne partie du château de Brodick. Là même où Somerled avait offert tout ce qu'il possédait en échange de sa main. *Quoi que vous disiez, je paierai.*

Il ne pouvait imaginer ce que son amour lui coûterait. *Tout.*

— Mademoiselle McKie ?

La voix de Lewis Hunter la contraignit à lever les yeux. Il connaissait son handicap et ne la pressa pas de répondre verbalement.

— Pardonnez-moi de vous avoir demandé de vous joindre à nous, dit-il. Vous avez mon entière compassion. Hélas, il est nécessaire que toute la famille McKie soit présente lors de cette enquête.

Elle acquiesça d'un léger signe de tête, puis regarda les jumeaux de l'autre côté de la table. Ils occupaient les mêmes chaises que lundi et portaient les mêmes vêtements, tout comme son père. Ian était à côté d'elle, là où s'était trouvé Somerled, et sa mère à sa droite. Monsieur Hunter n'avait pas encore gagné le fauteuil auparavant occupé par sir Harry au bout de la table, mais c'était bien celui-là qu'il s'était attribué.

— Vous devez savoir que Lady MacDonald a été informée de leur mort pendant la nuit. Quand notre messager reviendra, nous respecterons ses vœux concernant la disposition des dépouilles des membres de sa famille.

Le cœur de Davina se brisa à la pensée de cette femme, qu'elle n'avait jamais rencontrée, répondant à la porte au cœur de la nuit, pour recevoir la pire nouvelle de son existence. Son cher mari. Son fils unique.

— Et maintenant, si vous voulez bien noter ceci, Peter.

Monsieur Hunter fit un geste en direction de son secrétaire, qui occupait un petit bureau dans un coin.

— À midi vingt, déclara-t-il, ce jeudi 7 juillet, s'ouvre l'enquête officielle sur la mort de sir Harry MacDonald et de Somerled MacDonald.

L'intendant énuméra les personnes présentes, épelant avec soin chaque nom pour le procès-verbal.

— Je dirigerai mes questions principalement à William et Alexandre, déclara-t-il, mais je m'adresserai aussi à leur père et à mademoiselle McKie pour vérifier certains faits. Madame McKie, vous et votre fils plus âgé êtes bienvenus afin d'offrir un soutien moral à votre famille, mais rien de plus.

— Alors, je suis libre de prier, répondit Leana.

— Naturellement. Les lois des hommes ne sont rien de plus qu'une tentative maladroite de faire régner l'ordre divin. «Que votre volonté soit faite». En tant que juge de paix, c'est ma prière constante, madame McKie.

— Et la mienne, murmura-t-elle. «Sur nous soit ton amour, mon Dieu.»

Monsieur Hunter s'éclaircit la voix.

— Nous débuterons par les résultats de notre examen médical des défunts, les corps ayant été retrouvés après quelques difficultés hier soir.

Davina fixa ses mains, craignant d'être malade. *Les défunts. Les corps.* Plus sir Harry ni Somerled. *On est semé dans l'ignominie, on ressuscite dans la gloire.* Elle s'accrocherait à cette promesse et se souviendrait d'eux, tels qu'ils étaient. Des hommes forts dotés d'un cœur vaillant.

Après avoir consulté ses documents, monsieur Hunter trouva ce qu'il cherchait.

— Le chirurgien du duc a procédé à l'examen des corps. Son rapport indique qu'il n'a trouvé aucun indice de félonie.

La pièce aux murs de grès rouge sembla se distendre et se contracter, comme si elle participait au soupir de soulagement poussé par ses occupants. Curieusement, Will et Sandy ne manifestèrent aucune réaction à cette annonce, bien que, naturellement, ils fussent les mieux placés pour savoir qu'aucun geste déloyal n'avait été commis. Si assoiffés de vengeance que fussent les jumeaux, ils n'étaient pas des assassins. Pas les frères qui étaient fous d'elle depuis leur enfance.

— De plus, poursuivit monsieur Hunter, nous avons déterminé qu'aucune arme, contondante ou tranchante, n'avait été employée. Aucune blessure par balle n'a été observée. Leurs meurtrissures ne suggèrent rien d'autre qu'une lutte terrible et opiniâtre avec la montagne.

Il fit une pause, comme s'il considérait l'opportunité d'en dire plus. La feuille devant lui fournissait manifestement d'autres détails.

Davina plaida du regard. *Pas davantage. Je vous en prie.*

Le juge ne leva pas les yeux, mais honora néanmoins son souhait, pour aller au point suivant.

— Comme les deux MacDonald étaient plus matures et physiquement plus imposants que les McKie, il semble improbable que William et Alexandre aient pu les maîtriser par la force. Nous n'avons pas non plus trouvé d'indices d'une échauffourée survenue au sommet. Pas de vêtements déchirés, ni de branches brisées, ni de traces de sang.

Davina n'avait pas encore entièrement accepté que Somerled eût quitté sa vie pour toujours. Elle n'avait pas commencé à penser à lui comme étant vraiment mort. Mais ce qui lui était impossible, c'était de l'imaginer en train de mourir.

Hurlant de douleur. Blessé, saignant. Luttant pour sa vie et perdant le combat. *Non. Non.* Une larme glissa sur sa joue. *J'espère que cela a été rapide. Ô Père, j'espère que vous étiez avec lui.*

Sous la table, un mouchoir brodé était déposé sur ses genoux.

— J'ai relu attentivement vos réponses aux nombreuses questions que je vous ai posées hier, messieurs, et j'en suis satisfait. Pour nos archives, William, veuillez raconter le déroulement exact des événements ayant mené à leur mort.

Will redressa les épaules, comme s'il se préparait à la bataille.

— Nous étions debout sur le sommet couvert de nuages du Goatfell, lorsque sir Harry MacDonald est tombé dans le précipice du versant ouest, à plusieurs pieds hors de notre portée. Son fils, Somerled, s'est élancé sur la pente dans une vaillante tentative de secourir son père. Malheureusement, sir Harry a glissé plus bas et nous l'avons perdu de vue. Comme il était parvenu à s'agripper à la botte de Somerled, la sécurité de ce dernier était aussi gravement compromise. Mon frère et moi nous sommes approchés de Somerled et avons tenté par tous les moyens de lui porter assistance. De le secourir.

— Vous teniez à lui sauver la vie.

— À tout prix, monsieur. Pour le bien de notre sœur. Et le sien.

— Voilà qui est presque mot pour mot fidèle à votre déclaration d'hier, murmura Hunter. Ou bien vous l'avez répété, ou bien vous dites la vérité.

— Vous pouvez en être assuré, monsieur, dit Will d'une voix égale. Je n'ai pas construit ce témoignage.

— En fait, nous avons retrouvé un lambeau de votre manteau de laine, coincé dans le granit, à l'endroit où vous dites que votre tentative de sauvetage a eu lieu. C'était très bas. Vous avez couru de grands risques, William.

— C'est une chose difficile, monsieur, que de voir un homme mourir.

— Je n'en doute pas.

Davina n'avait pas pensé à la scène macabre qui hantait la mémoire de Will et de Sandy. Entendre les cris angoissés d'hommes désespérés. Voir leurs derniers moments. *Mes chers frères.* Elle prierait pour qu'ils retrouvent la sérénité.

— Il y a un dernier point qui me préoccupe, dit monsieur Hunter en s'adossant à son fauteuil. L'accord de mariage rédigé lundi dans ce bureau même stipule que, dans l'éventualité de la mort de sir Harry et de son héritier, presque toute la fortune des MacDonald doit échoir à mademoiselle McKie.

L'expression du visage de Davina exprima son désarroi, car, pour la première fois, les termes de leur entente lui revenaient à l'esprit. Ainsi que la remarque désinvolte de Somerled. *Après tout, il ne nous en coûte rien. À moins de mourir.*

Monsieur Hunter braqua son regard inquisiteur sur ses frères.

— Même en l'absence de preuves matérielles, un tel accord, fraîchement paraphé, offre un mobile convaincant pour un meurtre.

Davina le regarda avec horreur. *Non !* Ses frères l'aimaient. Ils n'auraient jamais pu… C'était impossible.

— Mais c'est notre sœur qui est bénéficiaire, lui rappela Will d'une voix calme. Mon frère et moi n'avions aucune raison de tuer ces hommes.

— À moins que mademoiselle McKie ait promis de partager le fruit du crime avec vous.

Le regard de Will se durcit.

— Ma sœur est incapable d'un plan aussi odieux.

— Je n'ai pas dit que c'était son idée.

N'écoutant qu'à moitié, Davina écrivait furieusement sur la page de son cahier à dessin. *Je ne veux ni n'ai besoin de la fortune des MacDonald. Que Lady MacDonald en conserve la totalité.* Satisfaite, elle présenta son cahier au juge, certaine que cette déclaration sans équivoque mettrait un terme à la discussion. Sans récompense pour le crime, le mobile s'évanouissait.

Monsieur Hunter lut les mots, puis regarda par-dessus ses lunettes.

— Je crains que ce ne soit pas si simple que cela, mademoiselle McKie. Les souhaits de sir Harry et de son fils ont été clairement exprimés : vous êtes la seule bénéficiaire de leurs biens. Vos droits ont été irrévocablement établis par le défunt.

Davina se tourna vers son père. Bien qu'il n'eût pas été officiellement assigné à cet interrogatoire, peut-être se porterait-il quand même à sa défense. *Je vous en prie, père. Dites quelque chose.*

Il ne la déçut pas.

— La loi autorise sûrement ma fille à accepter, puis à remettre les mêmes propriétés à Lady MacDonald.

Monsieur Hunter plissa les lèvres.

— Une telle générosité vous honore, j'en conviens. Mais si, par ce moyen, votre intention était de résoudre le problème du mobile évident que pouvaient avoir William et Alexandre de commettre un meurtre, j'ai peur que vous ne m'ayez pas persuadé.

Davina saisit la main d'Ian, cherchant désespérément un autre moyen de convaincre monsieur Hunter de l'innocence de ses frères.

L'intendant regarda de l'autre côté de la table en posant ses mains croisées sur ses notes.

— Maintenant, j'ai une question pour vous, monsieur McKie, concernant ce singulier contrat de mariage. Il est peu habituel de désigner sa femme comme unique bénéficiaire, afin qu'elle pourvoie aux besoins de sa descendance, plutôt que de transférer la fortune directement à l'héritier. Mais faire pleuvoir cette richesse sur une jeune femme avec laquelle un gentilhomme vient tout juste de se fiancer — il écarta les mains — est sans précédent. À la lumière de cela, je suis curieux de savoir si sir Harry a fait cette offre de sa propre initiative. Ou est-ce à la suggestion d'un tiers qu'il a suivi une telle voie ?

Davina connaissait la réponse. *Les jumeaux.* Elle les avait vus se consulter, ce jour-là, son père secouant la tête pendant que Will agitait un doigt. Elle se rappelait Will disant à son père, à la table où se tenaient les discussions, « Nous étions d'accord là-dessus ». C'était Will qui avait présenté l'idée. Pas son père.

Est-ce cela que Jamie dirait ? Conduisant ses fils à la potence en quelques mots, si vrais fussent-ils ?

Son père n'hésita qu'un moment.

— C'était mon idée.

— Oh ?

Les sourcils noirs de monsieur Hunter s'arquèrent.

— Alors, si je puis le demander, pourquoi étiez-vous si anxieux de voir la sécurité matérielle de votre fille assurée, avant même le jour de son mariage ? Vous êtes un homme riche, monsieur McKie. Entreteniez-vous quelque inquiétude que nous ignorons ?

Davina reprit son cahier discrètement. Et prépara son cœur.

Si son père avouait que Somerled l'avait violée, monsieur Hunter disposerait d'un mobile de meurtre encore plus probant. À la cupidité viendrait se joindre la vengeance.

Elle écrivit les mots elle-même. Et épargna le dilemme à son père.

Je n'étais déjà plus une jeune fille. Nous avons envisagé la possibilité d'un enfant.

Sa mère ouvrit de grands yeux quand elle lut les mots par-dessus son épaule, mais Davina plaça résolument le cahier entre les mains de monsieur Hunter. Elle ne se préoccupait pas de ce que l'homme penserait d'elle. Si ces mots — écrits dans la vérité — sauvaient la vie des jumeaux, son orgueil aurait été justement sacrifié.

Monsieur Hunter ne s'attarda pas longtemps sur sa confession.

— Je vois. Fort bien.

Il repoussa le cahier avec une légère expression de dégoût au visage.

— Voilà qui explique cette hâte. Si l'accord a été fait à la suggestion de votre père, et qu'il se trouvait au presbytère au moment de l'accident, il ne peut sûrement pas être impliqué dans celui-ci. De plus, il n'avait rien à gagner de la mort de ces deux hommes honorables. En ce qui concerne votre propre gain, mademoiselle McKie, je laisse cela à votre conscience.

Je n'ai rien gagné. J'ai tout perdu.

Davina ferma son cahier, heureuse qu'il n'en ait pas parcouru les pages. Elle, aussi, avait mis la vérité par écrit.

Un coup frappé à la porte les fit tous sursauter.

Monsieur Hunter invita le visiteur à entrer, un homme de la campagne d'une trentaine d'années. Ses vêtements étaient froissés, son menton avait besoin d'un coup de rasoir et ses yeux étaient rougis par le manque de sommeil.

— Je r'viens d'Argyll, dit-il, et j'ai pensé qu'vous voudriez entendre la nouvelle tout d'suite.

Quand l'intendant hocha la tête pour l'inciter à continuer, l'homme raconta sa triste histoire en se balançant sur ses pieds.

— J'ai trouvé m'dame MacDonald à la maison, continua-t-il. Y était quatre heures du matin et l'soleil était déjà haut, mais j'pense que j'ai tiré la pauv' femme du sommeil.

Il baissa la tête.

— Elle a pleuré un bon moment, et j'peux la comprendre. Elle a demandé qu'les cercueils soient portés à sa maison d'Argyll. Elle veut qu'un joueur de cornemuse les accompagne du château Brodick jusqu'à sa porte. Si j'peux donner mon opinion, ça m'semble une demande raisonnable, conclut-il en haussant les épaules.

— Nous nous chargerons de tout, Fergus.

Monsieur Hunter se leva et mit fin à son enquête.

— Mesdames et messieurs, je dois m'occuper de tous ces détails au nom de Lady MacDonald. Mademoiselle McKie, avez-vous le désir de voir votre fiancé avant…

Non. Davina pressa sa main sur sa bouche en imaginant son corps brisé, puis secoua la tête.

— Dans ce cas, vous et votre famille êtes libres de rentrer à l'auberge. Vous n'avez pas la liberté, toutefois, de quitter Arran. Je prendrai une décision définitive quant au caractère accidentel de ces morts après avoir revu le dossier dans son ensemble.

Jamie se leva aussi.

— Pourrais-je vous demander quand cela aura lieu, monsieur ?

Les yeux gris de monsieur Hunter ne trahirent rien de son verdict.

— Vous prendrez connaissance de ma décision demain dans la matinée.

Chapitre 71

Ne pourrait-il pas murmurer avec raison,
concernant son propre cas,
Qu'il est l'unique artisan de sa disgrâce ?
— William Cowper

— Cousin, ne voulez-vous pas vous asseoir et prendre un petit déjeuner ?

Jamie ne refusait pas la compagnie de Benjamin Stewart ni le thé de madame McAllister ; il n'arrivait tout simplement pas à rester assis très longtemps sans se lever pour faire les cent pas. Le juge de paix avait promis une réponse dans la matinée. *Nous y sommes, monsieur.* Combien de temps l'homme les ferait-il encore attendre ? Lewis Hunter prenait peut-être un cruel plaisir à voir souffrir un suspect. Ou peut-être n'avait-il aucune idée de la torture qu'il infligeait.

Quel que soit le verdict officiel, Jamie n'avait jamais douté un seul instant de la culpabilité des jumeaux.

Sa femme et sa fille avaient toutes deux refusé de considérer cette possibilité. Ian était un garçon pieux, comme sa mère, et lent à trouver la faute chez autrui. Mais Jamie savait que les jumeaux avaient été taillés par Dieu dans la même étoffe noire dont il s'était servi pour lui. Le vol et la duperie étaient tissés dans son passé ; les mêmes fibres couraient dans l'âme de ses fils brutaux.

Pardonnez-leur, Père, comme vous m'avez pardonné.

Mais jusqu'à ce que les jumeaux cherchent le pardon de Dieu, jusqu'à ce qu'ils se repentent et soient divinement transformés, Jamie ne pouvait que se regarder dans la glace et prendre le fardeau de leur culpabilité sur ses propres épaules.

— Bonjour, dit Leana doucement, en les rejoignant à table.

Les ombres sous ses yeux faisaient mentir la bonne humeur de ses salutations ; elle n'avait pas bien dormi. Personne ne l'avait fait, à en juger par le regard absent d'Ian, les cernes autour des yeux de Davina et les épaules de Benjamin, plus voûtées que d'habitude.

Les jumeaux tardaient à apparaître. Selon Ian, ils étaient toujours au lit. Dormant à poings fermés, sans doute, et fiers d'avoir vengé leur sœur. Jamie grinçait des dents à leurs mensonges, pourtant il avait lui-même travesti la vérité pour les couvrir. *C'était mon idée.* Il méritait ses fils.

Tandis que Jamie restait assis dans un silence inquiet, les autres parlaient doucement autour de la table. Faisant remarquer que le temps était nuageux et chaud. Commentant le porridge, servi avec de la crème fraîche. Des mots sûrs et rassurants en une matinée incertaine.

Au-dessus de Cladach, le bourdon d'une cornemuse solitaire flottait en descendant du château de Brodick. La cuillère de Davina s'immobilisa dans son porridge, et la tristesse dans ses yeux était intolérable.

Jamie lui offrit sa main, et elle la prit. Mais son attention restait fixée sur la fenêtre de la cuisine et l'invisible cortège funéraire, qui avançait lentement dans leur direction.

La veille, Davina avait essayé de les convaincre de la laisser accompagner les cercueils sur la route du littoral. Elle avait tenté de négocier par écrit avec ses parents. *Jusqu'à la baie de Sannox ? Ou peut-être seulement jusqu'à Corrie ?*

Leana avait finalement persuadé Davina qu'il valait mieux qu'elle porte le deuil en privé.

« La présence d'un McKie dans le cortège funéraire pourrait exacerber la douleur de Lady MacDonald, si elle l'apprenait » avait été le raisonnement rempli de prévenance de sa femme. En vérité, le nom de McKie avait été frappé d'anathème à Arran. Les gens les évitaient dans la rue, détournaient le regard quand ils les croisaient, murmuraient des chapelets d'injures à leur passage. *Bandits. Assassins. Impies.* Quelle que fût la conclusion à laquelle arriverait monsieur Hunter, la population d'Arran avait déjà jugé la famille coupable de meurtre, de fornication, de duperie, ainsi que d'un cortège d'autres péchés mineurs.

À mesure que les minutes passaient, la procession se rapprochait. La musique, de circonstance, était triste et interprétée avec émotion. Quand le *piper* atteignit Cladach, Davina repoussa sa chaise, implorant ses parents du regard tout en pointant du doigt la porte, puis ses yeux. *Pourrais-je aller à la porte d'entrée ? Pour le voir passer seulement ?*

Jamie ne pouvait refuser cette faveur à sa fille en deuil.

— Très bien, mais ne franchis pas le seuil de la porte.

Leana se posta avec Davina à la porte d'entrée et lui enlaça la taille, pendant que les notes de la cornemuse flottaient dans le vestibule. Jamie observa de la cuisine, jusqu'à ce qu'il ne pût plus résister davantage. Il vint rejoindre sa femme et sa fille, bientôt suivi par Ian et Benjamin.

De sobres cercueils de pin recouverts d'un drap noir se balançaient sur les épaules de six hommes au service du duc. Une autre demi-douzaine de porteurs marchaient en arrière, prêts à prendre la relève de leurs prédécesseurs pendant la longue ascension jusqu'à la baie de Lochranza. La coutume, en effet, interdisait l'usage d'un véhicule roulant pour porter les cercueils. Le musicien, vêtu d'un kilt de tartan mat, fermait le cortège, marchant d'un pas régulier et solennel tout en jouant une lamentation funèbre.

Silencieusement, comme toujours, Davina retourna discrètement dans sa chambre. Elle en ressortit un moment après avec son violon et le plaqua contre son cœur, en regardant son fiancé entreprendre son dernier voyage vers la maison.

Le cortège prit la route du littoral au nord et disparut de la vue un peu au-delà du quai, tandis que les notes de la cornemuse s'attardaient dans l'air humide. Le regard porté au loin, Jamie ne vit pas Lewis Hunter jusqu'à ce qu'il soit presque arrivé devant la porte.

— Un triste spectacle, dit l'intendant, regardant Davina en particulier. Puis-je entrer?

Le petit groupe réuni près de la porte se dispersa. Jamie dirigea Hunter vers sa chambre — un lieu de réunion incongru, mais le seul à leur disposition —, puis envoya Ian chercher les jumeaux. Il les fit entrer dans la pièce exiguë, sa patience durement mise à l'épreuve par l'attente du verdict.

Quand les jumeaux arrivèrent, après s'être habillés à la hâte et arborant une barbe de deux jours, Jamie pria afin que monsieur Hunter fût indulgent. Peut-être avait-il aussi des fils?

— Je ne vous ferai pas languir ce matin, commença l'intendant. Vous avez sans doute souffert de l'attente assez longtemps. Après un examen minutieux des faits dans cette affaire, j'en suis arrivé à la conclusion que les morts de sir Harry MacDonald et de Somerled MacDonald étaient accidentelles.

Des vagues de soulagement et de culpabilité déferlèrent en même temps sur Jamie. Deux hommes étaient morts, pourtant ses fils vivraient. Ce n'était pas la justice de Dieu; ce n'était que l'aveuglement de l'homme. Et son propre refus de les incriminer.

Personne ne partageait son dilemme, semblait-il; dans la pièce, tous les visages étaient souriants. Leana embrassa le front de Sandy tandis que Davina se nichait dans les bras de Will, dont la main libre se tendit vers Hunter. En dépit de son allure négligée, Will fit au moins l'effort de parler honorablement.

— Nous avons une dette envers vous, monsieur.

Le juge retira ses lunettes, qu'il frotta avec la manche de sa chemise.

— En vérité, ce n'est pas le premier incident lors duquel des visiteurs estivaux périssent en raison du mauvais temps. C'est un risque que tout homme accepte quand il se lance à l'assaut de la montagne.

Benjamin hocha gravement la tête avec toute sa dignité de ministre.

— La main de Dieu s'est appesantie sur eux.

Les mots de la Bible firent sursauter Jamie. Est-ce que son cousin croyait que les MacDonald méritaient de mourir aussi brutalement ? Il était difficile de voir la main du Tout-Puissant, quand celles de Will et de Sandy avaient été bien plus présentes.

— Vous et votre famille êtes libres de voguer vers le continent, dit Hunter. Je vous encourage à profiter des vents propices de la matinée.

Jamie entendit le sens à peine caché des mots : *Partez sans tarder. Votre famille n'est plus la bienvenue, ici.* Il suivrait l'avis de l'intendant, même s'il en sentait le venin.

Hunter prit congé immédiatement, comme pour faciliter leur prompt départ.

— Je suis sûr que le révérend Stewart peut procéder aux arrangements, dit-il en s'en allant. Le bateau malle appareille du quai de Brodick, à quelques pas de l'auberge. Je vous souhaite à tous d'arriver sains et saufs.

Il porta un doigt à son chapeau et disparut.

Benjamin le suivit à l'extérieur et se dirigea vers le quai, tandis que les McKie entamaient une heure fébrile à s'habiller et à faire leurs valises. Leana supervisait avec calme les efforts de la famille pendant que Jamie réglait leur compte avec l'aubergiste. La note était gribouillée sur une demi-feuille de papier, que madame McAllister lui tendit avec une moue méprisante. Elle parvint toutefois à ne rien dire, ce qui était à son honneur. Jamie imagina qu'elle tenait à son argent davantage qu'au plaisir de chasser ses invités avec quelques traits cruels.

— À vot' service, m'sieur, dit-elle en laissant tomber les pièces dans la poche profonde de son tablier.

Jamie venait tout juste de remettre la bourse allégée dans sa veste, quand Benjamin revint de la baie avec de mauvaises nouvelles.

— Nous avons un problème avec le capitaine du navire.

Pendant que les deux hommes se tenaient dans le vestibule, les portes s'ouvrant et se fermant autour d'eux, Benjamin expliqua :

— Nous sommes vendredi, un jour que les marins considèrent malchanceux. Alors, d'inclure deux femmes parmi les passagers et deux jeunes hommes au caractère moral douteux par surcroît…

Le ministre soupira, hochant la tête.

— J'ai peur que la traversée jusqu'au continent ne soit très onéreuse pour vous.

Jamie pâlit à la somme mentionnée, mais il ne pouvait refuser.

— Pardonnez-moi, lui dit son cousin en acceptant les pièces. J'ai fait ce que j'ai pu pour marchander avec lui. Heureusement, le temps semble favorable. Et vous serez les seuls passagers à bord de l'*Isabella*.

Le teint de Benjamin s'empourpra quand il l'en informa, sans doute parce que personne d'autre ne voulait voguer avec eux.

— Puis-je transporter vos malles au quai ? demanda-t-il. Vous embarquerez à onze heures trente.

Jamie jeta un coup d'œil à sa montre de poche.

— Nous n'avons pas beaucoup de temps. Si vous le voulez bien, apportez le sac de Leana et le mien. Prenez aussi l'argent pour payer notre voyage.

Il hésita, car il savait qu'il ne pouvait renvoyer l'homme sans un mot d'excuse.

— Hélas, dit Jamie, ce qui avait commencé comme un séjour enchanteur se termine sur une note désastreuse.

— C'est bien regrettable, dit Benjamin, et il était sincère. Je m'excuse encore de ne pas avoir assez veillé sur Davina. Dans une paroisse aussi petite...

— N'en dites pas plus, car la faute n'est pas la vôtre ; c'est la mienne.

Jamie lui prit les mains avec affection.

— Veuillez transmettre mes sincères remerciements et mes profonds regrets à Elspeth, Catherine et Abigail, qui nous ont si bien reçus.

L'ombre d'un sourire se dessina sur les lèvres minces du ministre.

— Ce fut notre privilège, Jamie.

Un moment après, le ministre se dirigeait vers la baie avec deux autres sacs en main.

Jamie observait toujours par la fenêtre quand Leana vint à lui et glissa une main au creux de son coude. Tout en jetant un regard furtif en haut de l'escalier, elle lui murmura à l'oreille :

— As-tu parlé aux jumeaux, ce matin ? Ils craignent ton jugement par-dessus tout, Jamie. C'est pourquoi ils t'ont évité, se terrant dans leur chambre.

Sa mâchoire se serra. Avaient-ils voulu tourner sa propre femme contre lui ? Il suivit son regard vers l'étage.

— Je vais leur parler maintenant. Que Davina et Ian apportent leur bagage à la porte. Nous devons partir pour le quai dans quelques minutes.

Jamie enjamba les marches deux à la fois, essayant de contenir sa colère. Il entra dans leur chambre sans s'annoncer — n'était-il pas leur père ? — et trouva Will et Sandy déjà habillés, leur grosse valise bouclée et déposée sur le lit.

Sandy fit un pas vers lui.

— Est-ce que mère vous a dit de venir nous parler ?

Il n'aurait pu choisir plus mal ses mots.

Jamie rétorqua sèchement.

— N'abaissez plus votre mère en lui faisant jouer le rôle de messager pour vous.

Il ferma la porte avec fracas derrière lui, n'ayant cure d'alimenter madame McAllister en nouveaux ragots, puisqu'ils étaient sur le point de partir.

— Si vous voulez me parler, venez à moi directement. Vous n'écrirez plus à votre mère ; c'est à moi que vous le ferez. Si vous avez besoin d'argent, je suis votre seule ressource.

Will essaya d'intervenir.

— Père, nous voulions simplement vous dire à quel point nous vous sommes reconnaissants de ce que vous avez fait, hier matin.

— Tu veux dire quand je vous ai sauvés de la potence ?

Les deux fils rougirent jusqu'aux oreilles.

Jamie fit un pas en avant et baissa la voix, qui n'était plus qu'un sourd mugissement.

— Les gens qui vivent sur cette île considèrent que nous sommes une famille honnie. Par votre faute. Ils se bouchent le nez et murmurent des paroles acerbes. À cause de vous.

La voix de Sandy n'était plus qu'un filet.

— Mais, père, le verdict…

— Ne vous illusionnez pas, la décision de monsieur Hunter ne change rien aux faits. Vous êtes frères en cruauté, conduits par la colère et animés par la vengeance.

Will se redressa.

— Mais, père, Somerled a traité notre sœur comme une…

Jamie le gifla durement.

— Votre sœur ? Votre sœur n'a plus aucun avenir. Encore une fois par votre faute.

Maintenant, ils étaient silencieux. Et presque désolés, à en juger par leur posture.

Jamie esquissa l'avenir de ses fils en termes vagues, martelant chaque mot.

— Nous irons au quai. Nous voguerons vers le continent. Vous retournerez en diligence à Édimbourg, où vous reprendrez vos études.

— Mais, père...

— Ne venez pas à Lammas. Ni à la Saint-Michel. Vous ne serez pas bienvenus dans notre paroisse. Ni à Glentrool.

Les yeux de Sandy s'inondèrent.

— Ne rentrerons-nous plus jamais à la maison ?

Jamie n'avait pas de réponse à cela et il n'en offrit pas.

— Nous appareillons tout de suite pour Ayr.

Chapitre 72

Ce n'est pas dans la tempête ni dans la lutte
Que nous nous sentons écrasés et prêts à mourir,
Mais échoués dans le silence de la plage,
Quand tout est perdu, excepté la vie.
— George Gordon, Lord Byron

Leana faillit éclater en sanglots en foulant le quai de pierre d'Ayr. À bord de l'*Isabella* depuis midi, les McKie avaient été ballottés par la mer agitée et détrempés par une pluie de plusieurs heures. Puis, quand le vent était tombé, ils étaient restés immobilisés dans le petit navire de marchandises pendant la majeure partie de la soirée.

— Y est minuit, dit le capitaine Dunlop d'une voix bourrue.

Il cligna des yeux en regardant la pleine lune qui brillait au-dessus de leur tête.

— Vous trouverez l'King's Arms su' la grand-rue. J'sais pas s'y auront d'la place pour vous.

Jamie lança son dernier sac de voyage sur le quai, puis débarqua, souhaitant bonne nuit au capitaine d'une voix rendue rauque par l'air marin. Il était épuisé ; ils l'étaient tous.

Leana voulait être libérée de ses chaussures, délacer son corsage, s'étendre sur un matelas et dormir jusqu'à l'aube. Sa robe, encore trempée par la pluie et encroûtée de sel, lui irritait le cou pendant qu'ils marchaient vers le centre de la ville. Les hommes plus jeunes portaient ses affaires tandis que Davina serrait contre elle son violon, enveloppé dans son étui de feutre.

Ses deux mains étant libres, Leana en passa une au coude de son mari et prit celui de Davina de l'autre.

— Prions pour que l'auberge ait assez de lits pour nous tous. Bien que je croie qu'un tapis de laine suffirait à nos garçons épuisés.

— Ouais, lancèrent-ils, avançant d'un pas traînant non loin derrière.

Will avait à peine desserré les lèvres pendant la longue traversée et Sandy s'était refermé comme une huître. Leur silence peinait Leana, car elle en connaissait la cause : elle avait entendu la tirade de Jamie à l'auberge de Cladach. Le plancher de pin avait étouffé ses mots, mais non sa colère, la laissant tremblante pour les jumeaux. Lewis Hunter avait déclaré les garçons innocents. Son mari ne pouvait-il pas faire de même ? Avant que leurs fils montent en voiture le lendemain matin pour prendre la direction du nord-est, elle ferait ce qu'elle pourrait pour les réconcilier. Elle prierait pour que les mots d'adieu de Jamie fussent moins implacables.

À cette heure tardive, la grand-rue était déserte. La brise était tombée et le silence régnait, à l'exception des cris occasionnels des mouettes volant au-dessus du port. Quand le soleil se lèverait, dans quelques heures, les pêcheurs et les commerçants se rendraient au travail, et Ayr reviendrait à la vie. Pour l'instant, le sommeil était la seule chose à laquelle tous songeaient.

Le propriétaire du King's Arms les accueillit avec des yeux ensommeillés et de mauvaises nouvelles.

— Je n'ai plus de chambre, leur dit-il. Mais il y a un salon derrière cette porte avec des canapés et d'autres meubles. Aucun de nos hôtes n'est sur le point de s'y rendre à cette heure. Je peux demander à une servante de vous apporter des couvertures.

— C'est très bien, dit Jamie en sortant sa bourse. Deux de mes fils partiront par la voiture de poste de Glasgow, demain matin.

— Oui, monsieur. Je ferai les arrangements pour vous. Elle part à dix heures.

Les McKie se réveillèrent bien avant dix heures. La lumière du soleil commença à filtrer par les volets dès quatre heures. Les conversations des commerçants s'affairant autour de leurs éventaires, en vue du marché du samedi, s'ensuivirent peu après. Quand les clients commencèrent à se présenter dans le salon pour leur café matinal, Leana réveilla sa famille et aida les uns et les autres à ajuster leurs vêtements froissés.

— Nous avons de la compagnie, murmura-t-elle. Un nouveau jour se lève.

Le petit déjeuner consista en galettes d'avoine, accompagnées de fraises fraîches et de thé. Davina mangeait distraitement ses fraises avec sa cuillère tandis que Jamie buvait son thé à grosses gorgées. De son côté, Ian parcourait un exemplaire de la semaine précédente du *Glasgow Journal*, abandonné par un client sur son fauteuil.

Sandy fut le premier à finir son petit déjeuner.

— Quand nous arriverons à Glasgow, nous prendrons la diligence qui nous emportera à l'est vers Édimbourg.

Il regarda son père à la dérobée.

— Lundi, nous assisterons au cours du professeur Gregory et nous n'aurons qu'une semaine de retard à rattraper.

— Si vous étiez restés à Édimbourg, dit Jamie d'un ton égal, vous n'auriez pas manqué un seul jour. Et les MacDonald seraient toujours vivants.

— Jamie !

Leana le regarda, atterrée.

Leur fille faillit s'évanouir.

— Il a raison, mère.

Will frotta les miettes de son gilet.

— Père a cru qu'il était nécessaire que nous nous liions davantage avec les MacDonald...

— Allons! l'interrompit Jamie. Cette escalade avec eux était votre idée, pas la mienne.

Leana soupira. Ses prières pour une réconciliation n'avaient pas été entendues.

— Cette discussion est sans issue, dit Ian, la douce voix de la raison dans la famille. L'intendant du duc a rendu sa décision et n'a incriminé personne pour cet accident. La peine de Davina devrait être notre première préoccupation.

— Bien dit, acquiesça Leana, mais je ne renverrai pas mes fils cadets dans la lointaine Édimbourg sans leur montrer que nous nous préoccupons aussi d'eux.

Elle regarda Will et Sandy tour à tour, voulant leur offrir son soutien, mais elle fut troublée par ce qu'elle vit. Des yeux noirs, remplis de méfiance. Des mâchoires serrées par les confrontations passées et la crainte de nouveaux affrontements. Les commissures des lèvres tournées vers le bas, l'expression de leur visage maussade et rancunière.

Un fils insensé est le fardeau d'une mère. Comme le poids de cette vérité l'accablait.

Elle avait donné naissance à ses fils jumeaux, mais ne les reconnaissait pas. Elle les avait élevés, mais ils n'avaient jamais mûri. Était-ce le mauvais caractère de son propre père qui revenait la hanter à travers eux? Avaient-ils hérité de certains traits d'Evan McKie, l'ombrageux jumeau de Jamie? Ou avait-elle failli dans son rôle de mère vis-à-vis de ses fils?

Leana se pressa les mains sur les genoux et serra les lèvres, pour empêcher un cri de jaillir de sa bouche. *Je vous en prie, mon Dieu, faites que ce ne soit pas le cas!* Elle les avait aimés, les avait couverts de ses soins. Et pourtant, ils n'étaient pas aimants, comme Davina, ni prévenants, comme Ian. Bien qu'elle fût tentée de le faire, Leana ne blâmerait pas Jamie, comme les jumeaux le faisaient, ou elle pécherait de la même manière qu'eux. *Honore ton père.* Quand elle serait seule avec son mari, elle s'informerait sur l'état de sa relation avec ses fils impétueux.

Jamie se leva, regarda sa montre.

— La voiture de poste n'attend pas ses passagers. Il est l'heure, garçons.

Les jumeaux marchèrent vers la porte de l'auberge comme s'ils étaient heureux de partir et de tourner le dos à leur famille. Quand ils eurent atteint l'écurie animée où la diligence en partance pour Glasgow embarquait ses passagers, Sandy lança sa grosse valise au conducteur, afin qu'il la sangle pour le voyage. Les garçons saluèrent les autres passagers, tenant à peine compte des membres de leur famille, qui restaient dans la rue derrière eux.

Davina semblait abattue. Son visage reflétait les préoccupations de Leana. *Qu'adviendra-t-il d'eux ?*

Quand Will se tourna finalement pour prendre la main de sa sœur, ses yeux étaient secs. Mais pas ceux de Davina.

— Nous ne t'oublierons jamais, jeune fille.

La bouche de Davina tremblait, mais Leana put néanmoins lire les mots qu'elle formait. *Revenez à la maison.*

Mais Will secoua la tête.

— Père nous a demandé de rester à Édimbourg.

Sa voix s'adoucit un peu.

— N'aie pas peur, ma jolie petite fée. Nous te reverrons un jour.

Davina se libéra des bras de Will, puis se jeta contre la poitrine de son père, pressant sur lui ses petits poings, comme pour le punir.

Rester à Édimbourg ? Leana ne pouvait savoir ce que cela signifiait vraiment. Un mois ? Une année ? Pour toujours ? *Oh, Jamie. J'ai confiance en ton jugement, mais je prie pour que la sagesse guide tes décisions.*

Tenant toujours leur fille dans ses bras, Jamie s'adressa aux garçons par-dessus ses boucles rousses.

— Je crois que vous avez tout ce qu'il vous faut pour le trimestre à venir.

Puisque Will s'abstint de répondre, son père continua d'une voix neutre et sans émotion.

— Un bon voyage à tous les deux.

Les adieux d'Ian furent brefs. Il n'y eut pas d'effusions, mais leur échange ne contenait aucune animosité, et Leana en fut heureuse.

Finalement, son tour vint de dire adieu aux jumeaux. Elle l'avait fait en mai, certaine de les revoir quelques mois après. Maintenant, elle ne nourrissait plus de telles espérances.

La rue était animée et bondée, mais elle n'avait d'yeux que pour leur visage.

— Mes chers fils…

Sa voix faiblit tandis qu'elle prenait leur rude menton dans ses mains tremblantes.

— Je vous aimerai toujours.

Pendant un bref instant, leur regard sombre s'alluma et elle reconnut les garçons qu'elle chérissait depuis leur premier souffle.

— Rappelez-vous que la sévérité de votre père n'a d'autre but que votre bien. « Et quel est le fils que ne corrige son père ? »

— Oui, mère.

La voix de Will était basse et rude.

— Nous ne l'oublierons pas.

— Je vous… écrirai.

Les mots venaient difficilement, maintenant. Elle sentait ses fils qui s'éloignaient d'elle.

— Et je prierai pour vous deux. Toujours.

— M'dame, y doivent embarquer maintenant, prévint le conducteur, les rênes en main, son attelage trépignant. On a du beau temps et une longue journée d'vant nous. Faites-nous pas attendre, jeunes hommes.

Leana regarda ses garçons grimper au sommet de la voiture de poste, les yeux déjà tournés vers la route devant eux.

— Bon voyage! lança-t-elle, essuyant de nouvelles larmes. Que la clémence et la vérité soient avec vous…

Le reste de sa bénédiction resta coincée dans sa gorge.

Les chevaux s'ébranlèrent dans une secousse bruyante avant que les jumeaux aient pu lui répondre. S'agrippant à la rampe de fer à côté d'eux, Will et Sandy ne pouvaient que hocher la tête vers Leana, tandis qu'elle restait postée derrière la voiture en mouvement, leur faisant un dernier signe de la main.

Chapitre 73

Le chagrin monte en croupe et galope avec lui.
— Nicolas Boileau-Despréaux

Jamie changea de position sur sa selle, dont le cuir neuf était inconfortable ; sa nouvelle monture l'était encore davantage. Les gens du comté d'Ayr achetaient habituellement leurs coursiers aux foires des jours de terme ; convaincre monsieur Watson de se séparer de deux chevaux de son écurie de louage avait mis à mal sa bourse et sa patience. À la fin, Jamie avait sacrifié trop d'argent pour une bien piètre acquisition.

— Père, si vous montiez Magnus, demain ? proposa Ian, qui trottait à côté de lui sur son hongre noir. Cette jument est peut-être docile, mais son trot est inégal.

Jamie maugréa son approbation.

— Elle conviendrait mieux comme cheval de labour, en effet.

Le ciel de la soirée était de la couleur des yeux de sa fille, lavés par les larmes : d'un bleu aqueux sombre. Elle suivait à quelque distance derrière eux, sur un cheval gris pommelé d'une conformation douteuse. Grâce à sa souplesse, Davina dirigeait sa monture non familière avec aisance, pourtant sa posture trahissait sa tristesse. Avait-elle déjà été aussi abattue ?

Derrière elle, Leana chevauchait Biddy, sa jument louvette. Son chapeau à large bord était posé un peu de guingois sur sa tête, après une longue journée de randonnée. Elle avait à peine parlé après avoir dit adieu aux jumeaux, mais l'expression troublée de son visage était éloquente. Quelle mesure de trahison filiale était-elle capable d'entendre ? Davantage, peut-être, que ce que Jamie était prêt à lui révéler.

— Où passerons-nous la nuit ? interrogea Ian à voix haute. Nous n'avons pas encore vu beaucoup de maisons de ferme dans ces collines. Le temps est assez doux, mais une valise fait un misérable oreiller et le sol un lit bien dur.

Jamie fouilla la campagne du regard, marquée par des collines abruptes et des ruisseaux bordés de mousse. Ils n'avaient parcouru que quatorze milles, et, déjà, le crépuscule était sur eux. Michael Kelly n'était pas chez lui quand ils avaient frappé à la porte de son cottage une heure auparavant, ne leur laissant d'autre choix que de poursuivre.

— Ian, demanda Jamie, te souviens-tu d'être passé par Drumyork dans ton voyage au nord ?

Quand son fils hocha la tête, son père expliqua.

— C'est un petit village, pressé sur les flancs de Drumyork Hill. Espérons que nous pourrons y dormir.

La route vers le sud plongea et bifurqua une demi-douzaine de fois avant que le panneau annonçant Drumyork apparaisse au bout d'une piste semée d'ornières. Accueilli par les meuglements des vaches dans la grange, Jamie dirigea sa famille vers la maison de glaise. Sur place, il salua en se découvrant un paysan, qui essayait de tirer le meilleur parti de la lumière déclinante de la veille du sabbat.

— Jamie ?

Leana lui effleura le bras avant qu'il puisse descendre de cheval. Sa voix était réduite à un filet par l'épuisement.

— Est-ce que Davina pourrait avoir un lit à elle ? Elle n'a pas dormi, hier.

— Et toi non plus, lui rappela-t-il gentiment. Je verrai ce qu'on peut faire.

Un homme de son âge répondit rapidement aux coups frappés à la porte. Il était plus grand que Jamie et si sec qu'on eût dit qu'il n'avait jamais goûté à la riche crème que ses vaches donnaient.

— Bonsoir, m'sieur, dit-il en baissant le menton en guise de salut. J'm'appelle Ebenezer Morton.

Jamie se présenta sur le même ton affable.

— Est-ce que ma famille pourrait trouver refuge ici pour la nuit ?

— Oh, mais bien sûr.

Le fermier ouvrit la porte encore davantage.

— Not' salon est l'vôtre, m'sieur McKie. J'vais d'mander à ma femme d'préparer l'dîner pour vous.

— Nous sommes vos obligés, dit Jamie en faisant un geste aux autres pour qu'ils viennent le rejoindre, avant de suivre son hôte.

Le plancher était fait de pin rugueux, les murs peints étaient nus et de maigres chandelles à mèche de jonc faisaient office de bougies. Comme dans la majorité des maisons écossaises, chaque pièce disposait de son lit, et ce salon en avait deux, ce qui était plus qu'ils espéraient. La mère et la fille dormiraient à poings fermés, pendant que le père et son fils s'étendraient par terre, sur les plaids moelleux qui étaient pour l'instant empilés dans un coin.

— Que Dieu vous bénisse pour votre hospitalité, monsieur Morton.

Il haussa ses épaules étroites.

— « Pratiquez l'hospitalité, récita-t-il, car c'est grâce à elle que quelques-uns, à leur insu, hébergent des anges. »

Davina se laissa choir si lourdement sur le matelas de bruyère que Jamie craignît qu'elle ne puisse se relever pour un bol de bouillon. En effet, quand la femme du fermier sortit de la cuisine pour accueillir ses visiteurs imprévus, la tête de Davina reposait sur l'oreiller et ses paupières se fermaient doucement. Mais jamais elle ne se séparait de son violon.

— Vot' pauv' fille.

Madame Morton poussa un soupir de compassion.

— J'ai jamais vu une jeune fille aussi harassée d'fatigue d'toute ma vie.

— Nous sommes tous exténués, admit Leana, et nous vous sommes extrêmement reconnaissants pour ce dîner chaud et les lits secs.

La vieille femme hocha sa tête grise.

— Vos couverts vous attendent su' la table, m'dame.

Une heure après, rassasiés et les Écritures ayant été lues à voix haute, les McKie rejoignirent Davina endormie dans le salon. Leana était assise précairement sur le bord du lit d'emprunt de sa fille et lui caressait doucement la joue.

— Le sommeil est plus nécessaire que la nourriture, dit-elle doucement. Le soleil se lèvera bientôt, et une autre longue journée de chevauchée nous attend.

— Vingt milles, précisa Jamie.

Il se tint un peu à l'écart pour laisser leur hôtesse rassembler les plaids de laine et préparer le lit improvisé d'Ian près du foyer. Puis, elle vint disposer d'autres couvertures sur le plancher, près de celui de sa femme.

— Nous serons en haut si v'z'avez besoin d'quelque chose, dit madame Morton avant de les laisser entre eux.

Les bougies à mèche de jonc furent éteintes et des souhaits de bonne nuit échangés. Bien qu'épuisé, Jamie prit la main de sa femme et la pressa contre son cœur, priant pour avoir la force de dire ce qui devait l'être.

— Leana, murmura-t-il quand il fut sûr que leur progéniture était profondément endormie.

Elle leva lentement la main pour l'inviter.

— Viens, dit-elle.

Il grimpa dans le lit exigu qui n'était pas construit pour accueillir deux adultes. Côte à côte et toujours habillés, les deux époux étaient étroitement serrés l'un contre l'autre. Il l'embrassa et fut reconnaissant de l'accueil qu'elle fit à son baiser. Puis, il l'enveloppa dans ses bras afin qu'elle ne fût pas tentée de fuir quand il lui dirait la vérité.

— Nous devons parler de Will et Sandy, commença-t-il, et ses mots étaient à peine plus qu'un murmure.

— Oui, nous le devons, dit-elle doucement. Qu'est-ce qui t'a tant mis en colère à Arran ?

Il ferma les yeux, faisant à appel à toute sa résolution, puis posa ses lèvres sur la courbe de son oreille.

— Je ne suis pas sûr que ce qui est survenu sur le Goatfell soit vraiment… un accident.

Quand elle laissa échapper un hoquet de surprise, il la serra un peu plus fort.

— Je suis désolé, Leana.

— Mais ce ne peut être vrai !

Ses doigts agrippèrent l'étoffe lâche de la chemise de Jamie.

— Monsieur Hunter a affirmé que les jumeaux étaient innocents.

— Il a dit que les morts étaient accidentelles. Mais nos fils sont loin d'être innocents.

— Ont-ils… avoué ?

La tension dans sa voix était palpable.

Jamie savait qu'il ne pouvait le lui cacher plus longtemps.

— Je leur ai demandé s'ils voulaient leur mort. Will a admis que c'était ce qu'ils voulaient. Dès qu'ils ont posé le pied sur l'île d'Arran, ils…

— Non !

Elle cacha son visage dans le cou de son mari et mouilla sa peau de ses larmes.

Il la tint ainsi un long moment. Il lui était difficile d'avaler, plus encore de respirer. Il était inimaginable que de tels voyous aient pu être mis au monde par une femme aussi douce.

— S'il te plaît…

Elle se serra encore plus fort contre lui.

— S'il te plaît, dis-moi... que nos fils... ne sont pas des meurtriers.

— Ils ont affirmé avec force que les hommes étaient tombés sans avoir été poussés, dit Jamie, qui pouvait au moins lui offrir cette consolation. Tu as entendu leur témoignage : ils ont essayé de les sauver à leurs risques et périls.

Elle leva la tête.

— Les crois-tu, Jamie ?

Dieu, venez à mon aide. Il ne pouvait mentir à sa femme. Pas plus qu'il ne pouvait lui briser le cœur.

— Je ne suis pas sûr de ce que je dois croire.

Le soupir de Leana était chargé du chagrin d'une mère.

— Peu importe ce qu'ils ont fait, Jamie, ce sont toujours nos fils.

— Oui, dit-il simplement.

Sa clémence l'humiliait, non le stupéfiait. Une autre mère avait-elle autant aimé ses enfants que Leana McKie ?

Elle resta silencieuse un moment, puis demanda finalement :

— Combien de temps les jumeaux devront-ils rester à Édimbourg ?

— Jusqu'à Yule[13], répondit Jamie.

Au moins jusque-là, avait-il décidé.

— Assez de temps pour se repentir de leurs péchés, pendant que ma colère se passe.

— Et le temps pour Davina de pleurer sa perte, dit Leana, qui se tourna pour regarder leur fille endormie de l'autre côté de la pièce. Elle ne doit jamais connaître tes soupçons, Jamie.

— Entendu, acquiesça-t-il, car ce n'est rien d'autre que cela. Pas des certitudes.

Si Davina devait penser, ne serait-ce qu'un moment, que ses frères étaient en partie à blâmer pour la mort de Somerled, sa douleur atteindrait un tel paroxysme qu'elle pourrait ne

---

13. N.d.T. : Noël.

jamais s'en remettre. Il n'y avait rien à gagner à le lui dire ; la jeune fille avait assez souffert.

Il baisa le front de Leana, puis ses lèvres une autre fois.

— Je crains que ton lit ne soit trop étroit pour nous deux, et tu as besoin de te reposer.

À contrecœur, il se dégagea d'elle, puis retourna à ses couvertures sur le plancher.

— Dors bien, mon amour.

Après un silence prolongé, Leana étendit le bras et lui toucha la joue.

— Je suis heureuse que tu sois mon mari.

— Et c'est ma joie de t'avoir pour femme.

De cela, il n'avait aucun doute.

Chapitre 74

Et le silence, comme un cataplasme, arrive
Pour guérir les coups du bruit.
— Oliver Wendell Holmes

Davina fit courir le bout de ses doigts sur le manche de son violon, depuis les chevilles en bois de rose jusqu'au mince chevalet d'érable, et vers le haut de nouveau. Aucune musique n'en sortait, seulement le doux frottement de sa peau contre les cordes.

Une heure auparavant, elle avait placé son violon sous son menton, se demandant quelle mélodie elle pourrait jouer. Elle était maintenant de retour à la maison, assise près de la fenêtre de sa chambre. Mais aucune note ne chantait dans son cœur. Aucun air ne demandait à être entendu. Le dernier morceau qu'elle avait interprété l'avait été avec Somerled, un air tendre en *sol*.

Répétez vos airs de Gow, mademoiselle McKie.

La musique de Somerled était silencieuse, maintenant. Et la sienne aussi, semblait-il.

Davina porta le dos de sa main à sa joue, interceptant une larme avant qu'elle atteigne son violon. Sa provision était illimitée ; la source impossible à tarir. Quand les quatre McKie étaient arrivés à Glentrool, la veille du sabbat, tous épuisés après avoir traversé les montagnes du comté d'Ayr, Davina avait frotté les senteurs d'Arran de sa peau et rampé dans son lit, trop fatiguée pour penser. Et elle n'avait cessé de mouiller son oreiller depuis.

Elle ne pouvait pas toujours nommer la cause de ses larmes : c'était du chagrin un moment, de la culpabilité le suivant, et le sentiment tenace d'une perte dont elle craignait ne jamais devoir se relever. N'eût été de Somerled, elle serait toujours une jeune fille. N'eût été d'elle, Somerled serait encore vivant.

Une nouvelle coulée de larmes menaçait de déborder sur ses joues, lorsque la voix de sa mère flotta à travers la porte ouverte.

— J'ai toujours aimé cette chambre, dit sa mère.

Davina s'essuya les yeux, puis se tourna pour voir Leana parcourir du regard les murs de la tourelle, qui formaient un cercle parfait.

— Toi et tes frères avez appris à marcher ici. Ian a fait ses premiers pas à l'endroit même où tu es assise.

Elle traversa la pièce pour se placer derrière la chaise de Davina, et elle commença à caresser ses longues tresses. D'une voix basse, elle ajouta :

— Peut-être est-ce ici que tu réapprendras à marcher.

Davina hocha la tête pour satisfaire sa mère, bien que l'idée de tout recommencer à zéro lui semblât écrasante. Elle avait planifié une nouvelle vie à Argyll. Maintenant, cela n'était plus qu'un souvenir.

Leana lui plaça une main sur l'épaule et reprit le violon silencieux déposé sur ses genoux.

— Tous les jours ne doivent pas nécessairement être consacrés à la musique.

Elle plaça l'instrument sur le buffet, où elle prit le cahier de Davina.

— Le dessin conviendrait-il mieux à ton humeur ?

Sa mère ne faisait qu'énoncer une possibilité, perçut Davina, et ne lui imposait rien.

— Ou préférerais-tu que nous échangions un peu ?

Oui. Elle n'avait pas eu de moment privé avec sa mère depuis qu'ils étaient montés à bord de l'*Isabella*, le vendredi précédent. Davina accepta le cahier, puis se souvint qu'il n'en restait que quelques pages vierges.

Sa mère prit une chaise près de sa table de toilette et vint s'asseoir près d'elle.

— Je demanderai à ton père de t'en procurer un autre, lors de sa prochaine visite chez le relieur de Dumfries.

Plus tôt ce matin-là, Davina avait noué un large ruban autour de la première partie du cahier, liant ensemble les pages utilisées pour les séparer des quelques-unes encore intactes. Nouvellement affûté, son crayon au charbon était trop court pour tracer un dessin, mais adéquat pour des mots.

Maintenant, il ne lui restait plus qu'à les écrire. Encore.

Qu'adviendra-t-il de moi, maintenant que je suis déshonorée ?

Après avoir lu la question, Leana soupira.

— Ma précieuse enfant. Comme j'aimerais posséder une herbe dans mon officine qui restaurerait ton innocence.

Elle passa un bras autour des épaules de Davina, puis mit de côté le cahier pour l'attirer plus près d'elle. Elle appuya la tête de sa fille sur son épaule.

— Ce que je peux t'offrir, dit Leana, ce sont des mots. Pas les miens, mais les mots de notre Père, qui aime encore plus que moi.

Sous sa joue, Davina sentait les battements du cœur de sa mère et la chaleur de son corps, un réconfort comparable à nul autre. Est-ce que le Tout-Puissant pouvait vraiment aimer plus que cela ?

Pendant un très long moment, elles respirèrent simplement ensemble, la mère et la fille. Les bruits du hall d'entrée et des bâtiments attenants étaient étouffés. Glentrool semblait retenir son souffle.

Quand Leana parla, sa voix était aussi douce qu'une berceuse.

— Ô Dieu, daigne la guérir. Je t'en prie. Qu'advienne ta tendresse.

La gorge de Davina se serra. S'il n'y avait aucun autre moyen de guérir, elle pleurerait jusqu'à ce qu'elle n'ait plus de larmes. Des pleurs s'accumulèrent dans ses yeux, puis coulèrent sur ses joues et sur la poitrine de sa mère.

Leana parla à nouveau, plus doucement encore.

— Oui, d'un amour éternel je t'ai aimé. J'ai vu tes larmes. Je vais guérir tes plaies.

Davina pinça ses lèvres ensemble. *Me voyez-vous, Seigneur ? Pouvez-vous me guérir, me guérir vraiment ?* Elle attendit une réponse. Elle n'eut pas à attendre longtemps.

— Aie confiance, ma fille, murmura Leana. Ta foi t'a sauvée.

Sauvée. Elle s'accrocha à la promesse contenue dans ce mot. Être intacte et non brisée, épanouie et non flétrie, être complète et non diminuée. *Je te rends grâce de tout mon cœur.* Oui, c'est ce qu'elle ferait.

Encore une fois, Davina et sa mère restèrent assises, écoutant le silence. Quand Davina tenta de saisir le mouchoir qu'elle avait laissé sur ses genoux, et qu'elle le trouva imbibé de pleurs et inutile, sa mère se leva et en prit un autre dans sa malle. Puis, elle revint le placer dans la main de Davina.

— Comme j'ai bien fait d'en broder plusieurs. Une jeune fille n'en a jamais assez.

Davina remarqua la manche de sa robe de damas qui dépassait d'un amas de vêtements. Il n'y aurait pas de meilleur moment que celui-là. Elle se leva sur ses jambes flageolantes et tira sur la robe pour la dégager. Elle revint s'asseoir en tenant l'étoffe souillée sur sa poitrine, honteuse.

— Ah, ta belle robe ivoire, dit Leana, mais Davina ne perçut aucun reproche dans la voix de sa mère, seulement de la tristesse. Tu l'as portée la veille du solstice, c'est ça ?

Davina hocha la tête lentement de haut en bas, dépliant le vêtement froissé pour que sa mère puisse l'examiner.

Maintenant assise près d'elle, Leana fit courir ses doigts sur les broderies. Elle étudia les endroits abîmés, examina les taches incrustées et tourna le tissu en tous sens, jusqu'à ce qu'elle en ait inspecté chaque couture.

— Elle n'est pas irrécupérable.

Davina regarda la robe abîmée. Était-ce possible ?

— Le lin est une fibre robuste, expliqua sa mère. Il peut être lavé encore et encore, et supporter le fer le plus chaud de la buanderie.

Leana lui toucha la joue.

— J'ai une fille qui est comme le lin de la meilleure qualité. Résistante, dont la foi a été mise à l'épreuve comme dans une fournaise. Pourtant, elle non plus n'est pas détruite. En vérité, elle est plus blanche que neige.

Davina ferma les yeux et laissa la vérité la pénétrer. Son vêtement pourrait être remis à neuf. Et, par la miséricorde divine, elle aussi.

Quand elle rouvrit les yeux, elle vit sa mère pieuse la pliant délicatement, comme si elle venait juste d'être lavée et sur le point d'être replacée dans un tiroir.

L'album de Davina était ouvert à ses pieds et elle avait enfin eu la réponse à sa question. Mais elle en avait une autre. Bien que son corps et son âme pussent être guéris et restaurés, son cœur pleurait encore son prince doré. Elle n'avait connu l'homme que deux semaines, pourtant sa perte était presque intolérable. Est-ce que sa mère comprendrait ? Avec une certaine hésitation, Davina prit son cahier et écrivit une seconde question. *Quand tante Rose est morte, avez-vous souffert longtemps ?*

— Oh, ma chérie, je porte encore son deuil.

La compassion brillait dans ses yeux bleu-gris.

— C'est un long chemin, la guérison, dit-elle. J'étais écrasée au début et je ne croyais pas vraiment que ma sœur était partie. Dès que je levais les yeux, je m'attendais à la voir en haut de l'escalier.

Davina détourna le regard. *Oui.* N'avait-elle pas imaginé Somerled debout sur le quai, pendant qu'ils voguaient loin des rives d'Arran ?

— Le jour viendra, Davina, où le chagrin et le deuil s'envoleront. D'ici là, permets à ton cœur de guérir. Et laisse ceux qui t'aiment panser tes blessures du mieux qu'ils le peuvent.

Leana se leva, tenant la robe dans ses bras.

— Viendras-tu déjeuner dans la salle à manger ? demanda-t-elle. Ou préfères-tu que l'on t'apporte un plateau dans ta chambre ?

Davina tapota le cahier sur ses genoux. *Ici.*

— Un plateau, alors.

Leana fit une pause à la porte.

— La solitude peut être un bon remède, et le silence meilleur encore, dit-elle.

La voix de sa mère était infusée d'amour, plus lénifiante que toute herbe.

— Je suis ici, si tu as besoin de moi, jeune fille. Et nous serons heureux de te voir parmi nous à table dès que tu te sentiras prête.

Chapitre 75

Ô journée d'été si magnifique et si blanche,
Si pleine de contentements, si pleine de douleurs !
— Henry Wadsworth Longfellow

Davina ne s'aventura que le vendredi en bas de l'escalier. Et seulement parce qu'Ian le lui avait demandé.

— Tu te joindras à nous pour déjeuner en compagnie de Margaret... de mademoiselle McMillan ?

L'expression d'Ian était si engageante que Davina n'avait pu refuser.

Oui, cher frère. Je me joindrai à vous.

À neuf heures, Davina mit une robe bleue fraîchement repassée, puis erra à travers la maison, se demandant que faire. Une promenade à l'extérieur ? Malheureusement, l'herbe était toujours détrempée par la pluie de la veille et elle mouillerait son ourlet de coton. Un livre ? Davina avait de la difficulté à lire ; son esprit vagabondait facilement, empruntant des sentiers qui l'abattaient.

Dans la matinée, son frère l'avait découverte en train d'étudier l'atlas de son grand-père dans la bibliothèque. Davina avait abruptement refermé le *Geographiae Scotiae*, de peur qu'Ian remarque la page particulière qu'elle examinait. La carte n'était pas récente, pourtant tous les détails importants y étaient : deux baies en forme de croissant, une île contenue dans une île, un château imposant, et une montagne marquée par le destin.

Si Ian reconnut le profil d'Arran, il n'en souffla mot.

— Mademoiselle McMillan sera là bientôt, lui rappela-t-il en traversant la pièce. Mais si tu permets, j'aimerais te parler avant son arrivée.

Davina savait ce qu'il allait dire.

Pendant qu'ils s'assoyaient près de la fenêtre où leur père et leur mère prenaient souvent le thé, Davina prépara son cœur. *Aidez-moi à ne pas être égoïste. Faites-moi partager sa joie.*

Ian s'inclina vers l'avant dans son fauteuil, appuya les coudes sur ses genoux et prit les mains de Davina dans les siennes.

— Davina, je l'annoncerai officiellement à la fin de notre repas, mais je voulais te le dire d'abord, afin que tu ne sois pas surprise. Mademoiselle McMillan et moi allons nous marier.

Aidez-moi, mon Dieu. Je vous en prie, aidez-moi à être heureux pour lui. Elle serra ses mains et essaya de sourire.

Il sembla soulagé.

— Tu en es heureuse, alors?

Je le suis. Davina libéra l'une de ses mains et toucha son cœur, puis le sien. *Je t'aime, Ian.*

— Je t'aime aussi, jeune fille.

Il ravala un sanglot, et ses yeux se remplirent d'eau.

— Mais je ne peux concevoir combien... cela doit être difficile pour toi.

Davina leva la paume de sa main pour arrêter le flot de ses paroles. *Je vais bien,* dit-elle en formant les mots avec ses lèvres. *Je suis heureuse pour toi.* Puis, elle voulut se frapper dans les mains pour manifester de la joie. Mais elle en fut incapable. Ses mains refusèrent de lui obéir. *Non.* Elle ne pouvait applaudir. Elle ne pouvait que ravaler ses larmes.

— Oh, jeune fille.

Il prit sa petite main dans la sienne.

— Pardonne-moi. Nous aurions dû attendre. À l'automne, peut-être.

Davina secoua la tête. *Pas à cause de moi.*

— Nous espérons nous marier à la Saint-Michel. Mais peut-être que Yule...

Non. Elle se libéra le temps de saisir son cahier pour écrire fébrilement sur l'une des dernières pages encore vierges.

S'il te plaît, n'attends pas. Marie-toi à la Saint-Michel.

Et pardonne-moi de pleurer encore.

Lisant par-dessus son épaule, Ian déposa un baiser dans ses cheveux.

— Ne t'excuse jamais de tes larmes, jeune fille. Elles sont précieuses à Dieu, il les conserve toutes.

Pour en remplir les océans, j'imagine. Davina soupira.

Deux petits coups frappés à la porte, puis Eliza fut dans la pièce.

— M'sieur McKie, vot' invitée est ici.

Essuyant ses larmes avec un mouchoir, Davina suivit Ian jusqu'au hall d'entrée, où sa mère attendait en compagnie de leur jolie voisine à la chevelure blonde et aux yeux bruns.

La jeune fille avait bien du mal à contenir son impatience, quand Leana annonça enfin :

— Margaret, je crois que voici le gentilhomme que vous cherchez.

— C'est bien lui, dit-elle, et son visage devint presque aussi rose que sa robe.

Elle fit une révérence et murmura son nom.

— Monsieur McKie.

Celui d'Ian n'était pas moins coloré quand il répondit en s'inclinant :

— Mademoiselle McMillan.

Son père attendait à la table de la salle à manger.

— La prière avant le repas, dit-il simplement, les invitant au recueillement. Les domestiques firent une courte pause, puis reprirent leur travail, remplissant les verres de vin de bordeaux.

Davina ne s'était pas assise à la table familiale depuis leur retour à la maison, et sa chaise lui sembla à la fois familière et étrangère. L'absence des jumeaux se faisait lourdement sentir. Et à leur place habituelle, à côté d'Ian, se trouvait assise une

jeune femme épanouie, dont la présence illuminait davantage que toutes les bougies dans leur support d'argent.

Du saumon fumé et une variété de légumes cuits remplissaient leur assiette de porcelaine, mais personne ne prêtait trop attention à la nourriture ni à Davina, et elle en était
heureuse. Sentir tous les regards fixés sur elle devenait
éprouvant, à la longue. Margaret et Ian ne se quittaient pas
des yeux ; son père et sa mère regardaient le couple, sans
doute conscients de ce qui se préparait.

Dès que leurs assiettes furent débarrassées, Ian saisit la
main de Margaret, au-dessus de la table, à la vue de tous.

— Père, je suis heureux d'annoncer que j'ai demandé à
mademoiselle McMillan, de Glenhead, d'être mon épouse.

Ian abaissa le regard vers le visage radieux de la jeune
fille.

— Et qu'elle a accepté.

— Elle a accepté ?

Son père feignit la surprise.

— Voilà une merveilleuse nouvelle.

— Félicitations, dit Leana en souriant aux fiancés, tout en
prenant la main de sa fille sous la table.

Merci, mère. Davina était la seule qui avait des larmes aux
yeux.

Margaret, de son côté, rayonnait de joie.

— Devrait-on faire lire nos bans au prochain sabbat ?

Ses parents échangèrent des regards, faciles à lire. *Non.
Pas ce dimanche.* Son père parla pour les deux.

— Mademoiselle McMillan, je suis sûr qu'Ian vous a
mise au courant des difficultés que nous avons éprouvées
pendant notre séjour à l'île d'Arran.

Davina détourna le regard lorsque le sourire de Margaret
s'évanouit.

— En partie, monsieur.

— Puisqu'il s'agira de notre première visite à l'église
depuis notre retour, il serait sans doute prudent d'attendre,

avant d'annoncer vos plans de mariage. Un mois ou deux, peut-être.

La déception était facile à voir dans le langage corporel de Margaret.

— En septembre, continua-t-il, la nouvelle de votre union future sera reçue avec joie par nos voisins de la paroisse. Mais d'ici là...

Il regarda en direction de Leana pour obtenir son appui, et elle hocha la tête.

— Je comprends, monsieur McKie.

La voix de Margaret était fluette, aiguë.

— En vérité, lors du dernier sabbat précédant votre arrivée...

Elle baissa le regard comme si elle était gênée pour eux.

— Les gens ne parlaient de rien d'autre, reprit-elle. Mais personne ne pouvait avancer de faits concrets.

Jamie grimaça.

— Ils n'en ont jamais.

Pendant une semaine, Davina n'avait que très peu pensé à l'existence au-delà des murs de Glentrool. Mais la vie, hélas, continuait avec ou sans elle, et les nouvelles se propageaient, qu'elle l'ait désiré ou non. Deux hommes des Highlands faisant une chute mortelle dans les montagnes d'Arran, voilà qui n'aurait pas dû faire sourciller qui que ce soit à Galloway. Mais les rumeurs de fiançailles précipitées et d'une enquête judiciaire, à laquelle les McKie étaient mêlés, avaient volé au-dessus des eaux, pour atterrir sur le continent plus vite que les vents dominants. Sa mère et Ian n'en avaient-ils pas affronté la première bourrasque, deux semaines auparavant?

Son père se leva, pour remercier Dieu pour le repas une autre fois.

— Peu importe la réception qui nous attend à l'église, nous sommes appelés au culte au prochain sabbat.

Il regarda affectueusement Margaret.

— Il sera bon d'avoir des amis avec nous. Car je crois que nous aurons besoin de chacun d'eux.

Chapitre 76

Tout comme l'or jaune est mis à l'épreuve dans le feu,
Ainsi l'ami fidèle se montre dans l'adversité.
— Ovide

Davina s'avança dans l'allée de l'église, le cœur battant très fort. *Dieu est pour moi, plus de crainte, que me fait l'homme, à moi.* Mais ce que l'homme pouvait faire était bien pire que ce que Davina avait imaginé.

Elle avait senti que tous retenaient leur souffle, quand les McKie étaient entrés à l'intérieur de l'église à dix heures, passant de la matinée radieuse du sabbat à la lumière tamisée de la maison du culte. Les têtes s'étaient tournées dans leur direction. Puis, les murmures avaient commencé. Un bas sifflement au début, dont le volume s'était accru peu à peu, jusqu'à ce qu'elle entendît distinctement les mots en passant entre les rangs.

Traînée. Catin. Putain.

Elle grimaça en entendant les épithètes cruelles, murmurées par des voisins qu'elle avait connus toute sa vie. Les McWhae, les Heron, les Paterson. Ils avaient dansé au son de ses airs de violon le 1ᵉʳ mai et l'avaient reçue dans leur maison à Yule. Elle avait tenu leurs bébés dans ses bras, écouté leurs histoires et pleuré avec eux quand ils avaient enterré des êtres chers. Maintenant, ils levaient le menton vers elle et refusaient de la regarder dans les yeux.

S'il vous plaît, regardez-moi. Elle ne pouvait les implorer avec des mots. Seulement avec ses yeux. *Je suis encore Davina.*

Sa mère marchait derrière elle, si près que le bout de ses pieds frottait l'ourlet de sa robe. Leana murmurait aussi.

— « Dieu est le rempart de ma vie, devant qui tremblerais-je ? »

Davina inclina la tête, cachant son désarroi.

Quand ils atteignirent le banc des McKie, sa mère et son père s'assirent de chaque côté d'elle, le dos droit, le regard franc. Ils savaient la vérité au sujet de leur fille ; le Tout-Puissant aussi.

Le psaume de rassemblement commença, signalant le début du culte. Autour d'elle, des paroissiens chantaient les mots du sixième psaume une ligne à la fois, l'assemblée reprenant chaque phrase dans un unisson discordant après le maître de chapelle. Davina connaissait les versets pour les avoir mémorisés il y avait de cela longtemps. Elle les avait aussi vécus au cours des deux dernières semaines à Glentrool.

Chaque nuit, je baigne ma couche de mes larmes. Et son oreiller, ses mouchoirs et ses robes. Elle s'était habituée à ce visage triste qui la regardait dans le miroir : ses yeux cerclés de rouge et la peau boursouflée autour.

Mon œil est rongé de pleurs. Tout ce qu'elle voyait lui rappelait Somerled : son violon suspendu au mur de la bibliothèque, intouché depuis son retour ; son cahier à dessin, regorgeant de souvenirs que même un large ruban ne pouvait cacher ; la démarche élégante d'Ian, si semblable à celle de son bel homme des Highlands.

Quand elle pensait à Somerled dans son cercueil de pin, enterré dans le rude sol d'Argyll, une vague de froid déferlait sur elle. Il avait déjà été un rêve, et maintenant il n'était rien de plus. Elle ferma les yeux tandis que sa famille chantait et imagina la voix de Somerled se mêlant à la leur. Un ténor dont la voix douce traçait son chemin dans l'air jusqu'à son cœur.

Car Dieu entend la voix de mes sanglots.

Davina serra les paupières. *M'entends-tu, ô mon Dieu ? Au cœur de la nuit, quand personne d'autre ne le fait ?*

Durant le long sermon, les paroissiens gardèrent leurs commentaires pour eux. Mais dans la cour de l'église, les McKie furent traités comme des étrangers. Des êtres étranges.

Venus d'ailleurs. On parlait d'eux, mais on évitait de leur adresser la parole.

Une famille restait à leurs côtés : les McMillan.

— J'ai honte de ma propre paroisse, marmonna John, qui jetait un regard menaçant à quiconque osait le dévisager. Ils présument le pire et ne prennent pas la peine de s'informer civilement.

Sa femme, Sally, fronçait les sourcils à ceux qui les regardaient méchamment.

— Pourquoi le ministre ne prêche-t-il pas contre les commérages ? Car c'est le péché que son troupeau commet le plus souvent.

Le révérend Moodie n'était pas aveugle au problème. Il alla vers la famille dès que le service fut fini, les assurant qu'il ferait tout pour étouffer les rumeurs en disant à tous la vérité.

— Malheureusement, les rumeurs préfèrent les mensonges juteux aux faits sans apprêt, dit John, quand le ministre fut hors de portée de voix.

La famille s'était réunie non loin de la porte faisant face à l'est, au milieu des plus vieilles tombes du cimetière. Recouvertes de mousse et s'effritant, les pierres tombales s'élevaient comme des gardes endormis, dont les épaules autrefois robustes s'affaissaient avec l'âge. Margaret et Ian flanquaient Davina, déviant l'assaut des regards des paroissiens. Même Janet Buchanan, de Palgowan, l'évitait, se tenant à une distance sécuritaire avec son père.

Davina toucha la main de Margaret pour la remercier silencieusement de son amitié.

Les yeux bruns de la jeune fille s'embuèrent.

— Ce qu'ils font est mal. Je suis fière d'être à tes côtés, Davina.

En regardant en direction du vieil if, Davina aperçut un visage familier qui rayonnait de compassion. *Graham Webster.* Une âme noble qu'elle pouvait compter sans hésiter au nombre de leurs amis. Il ne portait ni armure de chevalier ni grande épée, mais il marcha courageusement vers eux, ne laissant planer aucun doute sur son allégeance.

Monsieur Webster s'inclina poliment devant son père.

— Monsieur McKie.

La voix de l'homme était chaude et son regard bienveillant.

— J'ai été peiné d'apprendre les épreuves de votre famille sur l'île d'Arran.

Le veuf s'empressa de saluer sa mère avec la même cordialité respectueuse, et ensuite Ian.

Quand il se tourna vers Davina, monsieur Webster ne fit pas que s'incliner ; il la regarda dans les yeux, montrant qu'il n'avait pas peur d'affronter le chagrin qu'il allait y trouver.

— Mademoiselle McKie.

Des larmes fraîches s'accumulèrent, puis débordèrent. Tristement, Davina baissa les yeux, laissant les gouttes tomber au sol, puis tenta de s'essuyer les joues avec sa manche. Quand elle leva les yeux, Graham Webster était encore là. L'attendant. Pour lui offrir un mouchoir.

— Je suis désolé que le comportement peu charitable de nos voisins ait exacerbé votre souffrance.

Il décocha un regard froid à madame Paterson, qui s'était approchée plus près qu'il eût convenu, l'oreille dressée.

— Les mots d'une personne médisante sont comme des flèches, murmura-t-il.

Quand la femme s'éloigna en soupirant bruyamment, il tourna de nouveau son attention vers Davina.

— Je suis honoré de porter ce fardeau avec votre famille. S'il y a quelque chose que je puisse faire...

La cloche annonçant le deuxième service sonna au-dessus de leur tête. Quand il fit un pas en arrière pour leur permettre d'avancer, elle pressa ses mains ensemble, les tenant près de son cœur, espérant qu'il comprît le sens de son geste. *Merci.*

— Merci, mademoiselle McKie, dit-il en s'inclinant. J'espère que nous aurons l'occasion de nous parler de nouveau.

Chapitre 77

La perfection dans l'art est de dissimuler l'art.
— Quintilien

Graham trempa son pinceau en poil de martre dans la soucoupe de peinture en porcelaine, puis le secoua pour enlever l'excès d'eau. Dans sa hâte, il avait négligé de mélanger les couleurs aussi uniformément qu'il l'eût souhaité. Il était plus facile d'employer les petits blocs durs de pigment et de gomme que de moudre ses propres couleurs à partir de pigments naturels. Mais la combinaison devait être parfaite ; trop d'eau, et le papier ondulait ; pas assez, et la peinture serait difficile à appliquer uniformément.

Voilà. La consistance était idéale. Il tint le pinceau d'une main ferme en se penchant au-dessus de la planche à dessin, pour appliquer une mince ligne de couleur près du centre.

La peinture adhéra au papier.

Une cloche tinta à l'extérieur de la porte de son bureau.

— Vot' déjeuner est chaud, m'sieur.

Il grommela sous cape, puis s'éloigna de son travail.

— Merci, madame Threshie.

Graham fit tournoyer son pinceau dans un petit plat rempli d'eau, puis assécha les poils de martre avec un chiffon. Encore une fois, le temps avait fui à son insu. Il avait eu l'intention de garder un œil sur l'horloge du manteau de la cheminée, mais le paysage qu'il peignait l'avait absorbé en entier. Une heure s'était écoulée sans qu'il s'en aperçût.

Graham jeta un coup d'œil en marchant vers la porte. *Non, deux heures.*

En étirant la main pour saisir le bouton de la porte, il se souvint de ses doigts tachés de pigments secs et du tablier bariolé de couleurs protégeant ses vêtements. S'il avait l'intention de garder son violon d'Ingres secret aux yeux curieux de sa domestique, des mesures préventives s'imposaient. Il fit une visite rapide à la table de toilette et plia son tablier avant de l'enfouir dans le tiroir d'une commode.

Il n'était pas honteux de ses efforts d'artiste amateur, parce que ses peintures n'étaient pas destinées au public; elles étaient pour Susan. Il avait peint la première le lendemain de ses funérailles, diluant le pigment avec des larmes. Son cheminement dans le deuil était jalonné par ses aquarelles. Chacune était plus petite que la précédente, mais plus détaillée; plus discrète, mais plus colorée. En apprenant à peindre, il avait aussi appris à vivre sans la femme qu'il aimait. La peinture lui apportait la joie de la création, le deuil de la perte, et il trouvait du réconfort dans l'un et l'autre. Les deux étaient des présents des mêmes mains aimantes. *L'affliction fit place à l'allégresse et le deuil aux festivités.*

Il avait interdit à madame Threshie d'entrer dans son bureau sans y avoir été invitée, et, pendant deux ans, elle avait respecté son souhait. Si elle avait osé un coup d'œil indiscret, Graham l'aurait su rapidement : la femme ne savait garder une opinion pour elle-même. «Mais r'gardez donc vot' tableau, m'sieur Webster!» aurait-elle dit. «Y travaillez-vous d'puis longtemps? Z'avez un réel talent pour ça, m'sieur. Y ressemble beaucoup au château Garlie.» Sa gouvernante prolixe faisait partie des meubles, à Penningham Hall, mais ce n'était pas la personne à qui il fallait confier des secrets.

Elle l'attendait dans la salle à manger, ses vêtements noirs convenant à une matrone, ses cheveux roux rappelant ceux d'une certaine violoniste, quoique s'affadissant avec l'âge.

— J'ai un plat appétissant pour vot' déjeuner d'mercredi, annonça-t-elle au moment où il prenait place au bout de la table. Un curry d'lapin, comme vous l'aimez. Avec des champignons, du céleri et des oignons.

— Mais sans noix de coco fraîche, la taquina-t-il, sachant qu'elle se hérisserait.

On lui avait déjà servi un succulent curry avec de la noix de coco lors d'une visite à Londres, et il ne permettait pas à madame Threshie de l'oublier.

— Oh! Mais où trouverais-je d'la noix d'coco en Écosse? dit-elle en balayant l'air de la main, avant de revenir peu après avec son déjeuner tout chaud.

— Je suis persuadé que ce lapin ne saurait que faire de cette denrée tropicale, lui dit-il en hochant la tête en direction du plat aromatique. Mes compliments pour cet excellent repas. Bien qu'il y en ait assez pour deux personnes.

— J'vous d'mande pardon, monsieur Webster.

Son teint déjà rougeaud devint plus foncé.

— J'l'ai pas fait exprès.

Après une douzaine d'années passées à faire la cuisine à Penningham Hall, madame Threshie oubliait parfois de réduire ses recettes de moitié; la portion additionnelle était un rappel poignant de sa défunte femme.

— Madame Webster aurait beaucoup apprécié votre curry, dit-il d'un ton léger, pour la mettre à l'aise. J'ai suffisamment faim pour manger une seconde portion. Vous pouvez être sûre qu'elle ne sera pas perdue.

— Z'êtes le plus doux des hommes, dit-elle avec une petite révérence, avant de disparaître dans sa cuisine.

Maintenant dans la soixantaine, madame Threshie était d'une loyauté indéfectible envers son maître; elle repoussait sans faire de quartier toute personne qui tentait de s'en prendre à lui. Si c'était *lui* qui avait fait l'objet de commérages dans la paroisse au cours des deux dernières semaines, madame Threshie aurait été à ses côtés dans la cour de l'église, et elle aurait repoussé les méchantes langues à grands coups de balai. Si mademoiselle McKie devait continuer de souffrir de la cruauté de ses voisins, Graham lui passerait sûrement sa gouvernante, balai neuf inclus.

Pendant qu'il savourait son curry à la fourchette, il se rappela la première apparition de Davina au sabbat, après son retour d'Arran. Les bonnes gens de Monnigaff ne s'étaient même pas donné la peine de s'informer, afin de savoir si les rumeurs avaient quelque fondement. S'ils l'avaient demandée à son père ou interrogé le révérend Moodie, comme lui l'avait fait, ils auraient appris l'horrible vérité : l'innocente mademoiselle McKie avait été violée par Somerled MacDonald, puis contrainte de se marier, pour apprendre ensuite que son fiancé avait plongé dans la mort. Une tragédie, dans toute l'acception du mot. Était-ce pour cela qu'ils la dédaignaient ? L'accablaient de qualificatifs injustes ?

Il piqua sa fourchette dans le lapin bouilli, s'échauffant au souvenir des larmes coulant sur ses joues semées de taches de son. La pauvre jeune fille ! Il avait dû croiser les mains dans le dos pour résister à l'impulsion de lui prendre le bras et de lui offrir sa personne comme rempart devant ces gens sans cœur. Ou de les secouer par le cou, jusqu'à ce qu'ils s'excusent.

Le dimanche précédent, leur fureur s'était quelque peu apaisée. Pourtant, il s'était attardé dans le cimetière, au cas où la famille aurait eu besoin de son soutien. Quoique polie, Davina ne lui avait pas accordé une attention particulière. Apparemment, les McKie n'avaient jamais informé leur fille de sa demande de lui faire la cour. Un bienfait, tout bien considéré, car Davina aurait pu se sentir mal à l'aise en sa présence, et vice versa. Maintenant, il pouvait se lier d'amitié avec la famille. Offrir des encouragements. Continuer de faire des affaires avec son père.

Oh oui, et profiter de chaque prétexte pour être près de Davina. N'est-ce pas ta véritable intention ?

Il avala un verre d'eau, honteux de ses pensées. Parce qu'il ne portait pas le deuil de Somerled MacDonald. Et qu'il n'arrivait pas à déloger Davina McKie de son esprit. Elle n'aurait pas d'intérêt pour le mariage, pas avant un long moment. Et il se pouvait qu'elle n'en eût aucun pour lui.

Passant sa frustration sur son curry de lapin, Graham engouffra la seconde portion, puis sonna madame Threshie pour qu'elle lui serve le dessert.

— Z'êtes tout rouge, m'sieur. Le curry était-y trop épicé à vot' goût?

— Il était délicieux, la rassura-t-il, puis il la laissa remplir son verre d'eau, pendant que son visage refroidissait.

— J'ai d'la crème brûlée avec des zestes d'orange pour vot' dessert.

Elle sourit en l'annonçant, sachant que cela lui plairait.

— Prendrez-vous vot' café maint'nant, m'sieur?

Il hocha la tête vers le devant de la maison.

— Je le prendrai dans mon bureau plus tard.

Madame Threshie fit une pause, ses sourcils clairsemés maintenant arqués.

— J'serai heureuse d'aller vous l'servir là-bas.

— Et vous laisser découvrir le désordre dans lequel j'ai plongé cette pièce cette semaine? la taquina-t-il. Sûrement pas. Quand elle sera prête à être époussetée, j'ouvrirai la porte, je vous le promets.

Elle fit mine d'être déçue, bien qu'il sût que ce n'était qu'un jeu.

— À vot' service, m'sieur Webster.

Un quart d'heure après, il apportait sa tasse de café fumant dans son bureau, en réfléchissant à un moyen d'améliorer la toile qu'il peignait. Un personnage donnerait vie au paysage.

Remettant son tablier — qui seyait mal à ses larges épaules —, il mouilla son pinceau et tordit les poils en une pointe effilée. Il plongea un petit pain de pigment brun foncé dans l'eau, puis frotta la couleur dans une assiette de porcelaine propre, jusqu'à ce qu'il fût satisfait de la consistance.

Touchant à peine à la peinture du bout de son pinceau, il le leva ensuite au-dessus de la toile épinglée à sa planche à dessin. Il retint son souffle au moment où la couleur toucha le papier. De petites touches. Des détails infimes.

Voilà. Davina était dans son œuvre, maintenant, à défaut de faire partie de sa vie.

Quand viendrait Lammas, quand les bergers de la paroisse se rassembleraient pour les festivités annuelles, il aurait une raison valide de visiter Glentrool : faire les arrangements pour l'acquisition d'une centaine de moutons et voir la jolie violoniste qu'il avait croquée en aquarelle.

Chapitre 78

J'ai porté la musique dans mon cœur longtemps
Après qu'on eut cessé de l'entendre.
— William Wordsworth

— Ce n'sra pas Lammas, sans vot' violon, mam'zelle McKie.
Avec la patience du berger et l'entêtement d'un écossais à la tignasse rousse, Rab Murray avait suivi Davina comme son ombre pendant tout le mois de juillet, plaidant auprès d'elle afin qu'elle reconsidère sa décision de ne pas jouer le jour de Lammas. À la fin, Rab avait fini par accepter son choix : ses souvenirs étaient trop frais et trop douloureux. Elle n'avait pas encore décroché le violon de son grand-père suspendu au mur de la bibliothèque, attendant que la musique revienne en elle. Peut-être alors trouverait-elle le courage de jouer de nouveau.

Le 1ᵉʳ août se leva clair et lumineux, un beau temps pour un jour de festivités, en dépit de ses appréhensions. Dans l'après-midi, les bergers des fermes environnantes commenceraient à arriver, et les jeunes filles de la campagne aussi.

Se promettant de célébrer du mieux qu'elle en serait capable, Davina avait choisi une robe de dentelle de Bruxelles blanche ; le brun et le bordeaux attendraient que l'automne s'installe sur les collines. Avec un large ceinturon bleu attaché autour de la taille et une natte de cheveux s'enroulant au sommet de sa tête, elle était vêtue pour accueillir leurs visiteurs.

— Mais n'est-ce pas la jolie jeune fille d'la maison ? s'exclama Eliza en traversant le salon, où l'ameublement astiqué et un tapis bien balayé attendaient les invités. Les bergers s'ennuieront d'vot violon, mais y s'ront heureux d'voir vot' joli visage.

Elle agita son chiffon à épousseter vers la porte en faisant un sourire gai.

— Si vous cherchez vot' mère, dit-elle, elle est dans l'jardin en c'moment.

Mais Davina ne trouva pas sa mère faisant des entailles dans ses rangs d'herbes médicinales ou arrachant des fleurs fanées dans son jardin ornemental. Elle tomba plutôt sur les domestiques en train de disposer les tables pour recevoir la nourriture et Robert qui sarclait les mauvaises herbes entre les radis et les pois.

Dès qu'il l'aperçut, le jardinier longiligne se leva et la salua en portant deux doigts à son bonnet.

— M'dame McKie est d'l'aut' côté d'la maison, mam'zelle. Elle taille le buisson d'roses de vot' tante.

Davina le remercia d'un hochement de tête. Elle se dirigea ensuite vers la rose de l'apothicaire, un arbuste rampant dont sa mère s'occupait dans la chaleur de l'été avec un soin jaloux. Quand elle tourna le coin nord-est de la maison, elle repéra Leana agenouillée, les mains pleines de roses fanées et les yeux remplis de larmes.

Se sentant comme une intruse, Davina attendit que sa mère la remarquât, puis marcha vers elle, levant sa robe blanche au-dessus de l'herbe fraîchement coupée.

— Comme tu es jolie.

Leana s'épongea les yeux avec le coin de son tablier, puis se leva, déposant les roses dans ses poches.

— Pour le pot-pourri, expliqua-t-elle, bien que Davina sût qu'elle conservait les pétales pour des raisons sentimentales aussi.

Davina resta auprès de sa mère dans un silence recueilli, admirant le rosier. Les rouges-gorges avaient recommencé à chanter, un signe certain que l'été touchait à sa fin. Réchauffée pendant toute la matinée au soleil du mois d'août, sa rose de l'apothicaire embaumait l'air.

— Ma sœur aurait eu trente-cinq ans aujourd'hui.

Leana attira Davina plus près d'elle et nicha la tête de sa fille sous son menton.

— Nous ne commandons pas aux saisons, chérie, et nous maîtrisons moins notre vie que nous l'imaginons. Pourtant, le Seigneur règne. «Lui qui guérit les cœurs brisés et qui bande leurs blessures».

Sa mère lui baisa les cheveux, puis la libéra lentement.

— C'est ce qu'il a fait pour moi, Davina, et je suis sûre qu'il en sera de même pour toi.

Oui. Elle mouillait toujours son oreiller de pleurs, la nuit. Elle avait encore peu d'appétit. Mais l'aiguillon de la douleur s'émoussait un peu. Elle pouvait sourire de temps en temps, sans qu'une vague de culpabilité s'abatte aussitôt sur elle.

Entendant des voix sur la colline, sa mère se tourna, l'entraînant avec elle.

— Voici nos garçons qui arrivent.

Les deux femmes se protégèrent les yeux de la main pour voir les bergers descendre à travers l'étendue pourpre de bruyère, les bras chargés de branches séchées pour le bûcher de Lammas.

— Les autres ne seront pas loin derrière, dit Leana. M'aideras-tu à m'occuper de la nourriture ?

Davina était heureuse d'avoir les mains affairées, car cela occupait son esprit aussi. Le personnel de la cuisine d'Aubert avait déjà apporté les plats dehors ; la tâche de sa mère, la plus agréable, consistait à les disposer avec goût sur la table.

Travaillant ensemble, elles eurent tôt fait d'étaler le garde-manger de Glentrool au grand jour. Les premières pommes et poires de la saison attendaient d'être cueillies à même les paniers d'osier. À côté, les scones et les galettes attiraient le regard dans leurs assiettes de poterie, entourés de crème, de beurre et de fromages. Du jambon fumé et des œufs bouillis étaient empilés en plusieurs endroits de la table, et des pichets en verre remplis du cidre et du vin de cassis d'Eliza reflétaient la lumière à ses deux extrémités.

Davina se rendit soudain compte qu'elle avait retrouvé l'appétit.

Son père vint les rejoindre, jetant un regard appréciatif sur le festin.

— Les violonistes sont ici, dit-il, d'une voix exempte de tout reproche.

Il se tourna pour faire signe à deux jeunes hommes d'approcher.

— Ils arrivent de Newton Stewart, expliqua-t-il. Le révérend dit qu'ils savent jouer un quadrille écossais enlevant.

Et il se pencha pour murmurer :

— Rassure-toi, ils n'arrivent pas à la cheville de ma fille.

Davina hocha la tête vers chaque garçon à tour de rôle quand ils lui furent présentés. *Tam Connell. Joseph Dunn.* Tous les deux dans la vingtaine, des jeunes hommes élancés au regard clair. Apprentis d'un menuisier de la paroisse de Penningham, ils avaient appris à jouer en écoutant un vieux violoniste de Newton Stewart, dont Davina ne reconnut pas le nom.

Tam se balançait sur ses pieds, paraissant mal à l'aise.

— Mam'zelle McKie, on a entendu dire qu'z'êtes la meilleure violoniste du sud-ouest de l'Écosse.

— Oui, et qu'vous avez joué pour Son Honneur, ajouta Joseph, visiblement ébahi. J'espère qu'vous n'nous jugerez pas trop sévèrement, mam'zelle.

Il jeta un regard de biais à Tam.

— Nous n'jouons ensemble qu'depuis douze mois à peine.

Jamie balaya leurs inquiétudes de la main.

— Ce n'est qu'une fête de Lammas, les garçons. Ma fille sera heureuse d'avoir cette journée libre, je vous assure.

Pendant que les garçons accordaient leur instrument, les émotions de Davina oscillaient comme un pendule d'horloge : soulagée de ne pas jouer, déçue d'être privée du plaisir de s'exécuter. Les garçons étaient arrivés tôt, car il n'y avait pas beaucoup d'invités présents. Aucun, en vérité, à l'exception des bergers de Glentrool.

Puis, Ian arriva avec Margaret McMillan à son bras, suivis des parents souriants de la fiancée, pas très loin derrière.

— John!

Jamie les appela, tout en les invitant de la main à approcher.

— Tu te souviens de Lammas, quand nous étions jeunes?

— Oh, si je m'en souviens, lança-t-il en riant, montrant toutes ses dents. Il y avait foule. Et puis un joueur de cornemuse marchait autour du feu de joie, à la tombée de la nuit.

Un joueur de cornemuse. L'estomac de Davina se noua. Elle pouvait tolérer le son du violon, mais pas celui de la cornemuse. Pas si rapidement.

Sa mère, comme toujours, lut dans ses pensées.

— Nous n'avons pas de *piper*, ma chérie. Et si tu décidais de jouer aujourd'hui, je suis sûre que ces garçons de Newton Stewart s'assoiraient poliment à tes pieds.

À un signe de la tête, ils entamèrent un air pour les bergers qui étaient dispersés dans le jardin, et tous les visages présents s'illuminèrent d'un sourire. Pendant ce temps, les McMillan se servaient aux tables. Si quelque voisin s'était approché de Glentrool à pied à ce moment-là, il n'aurait pas manqué d'entendre la musique et se serait empressé de se joindre à la fête.

Chaque minute qui passait sans un nouveau visage à qui souhaiter la bienvenue, Davina devenait plus inquiète. Quand son père sortit sa montre de poche, elle consulta l'heure aussi. *Déjà seize heures?* Il était impossible qu'autant de personnes aient été retardées. Le ciel était dégagé, la route principale du village était sèche, et les sentiers autour du loch Trool n'avaient pas vu de pluie depuis une semaine.

Des plateaux de nourriture complets demeuraient intouchés. Une douzaine de bergers se tenaient debout çà et là, se grattant le cou et labourant le sol avec leurs pieds, désireux de danser, bien sûr, mais pas ensemble. Où étaient les jeunes filles ? Les laitières et les blanchisseuses ? Les filles de fermiers et les servantes ? Pas un bourgeois ni un noble en vue non plus. Pas de Carmont, de Galbraith ou de McLellan.

Les deux violonistes firent de vaillants efforts, jouant avec entrain et gaieté, multipliant *strathspeys* et quadrilles, mais le jardin de Glentrool demeurait presque désert.

Davina s'effondra sur le banc le plus proche et ne cacha pas ses larmes. *À cause de moi. Ils ne viennent pas à cause de moi.*

Sa mère fut immédiatement auprès d'elle.

— Ne te blâme pas pour cela, Davina, ne serait-ce qu'une seule minute. Nos voisins ont décidé de fêter Lammas ailleurs, il semble. C'est ainsi.

Leana la tira sur ses pieds.

— Nous aurons notre propre célébration, les McMillan et les McKie. En commençant par une danse.

Non, mère. Davina regarda le groupe de bergers délaissés. *Pas de danse. Pas de cette façon.*

Patiemment, Leana tenta de convaincre sa fille.

— Nous avons un groupe de bons garçons qui seraient honorés de danser avec toi. Ils ne sont pas de la noblesse, assurément, mais ils ont de belles manières et sont tous bons danseurs. Qu'en dis-tu, Davina ? Tenterons-nous de tirer le meilleur parti possible d'une situation malheureuse, puisque le temps est beau et que tu es si jolie ?

Une voix masculine attira son attention.

— Ai-je compris que mademoiselle McKie cherchait un cavalier ?

Davina se tourna et vit Graham Webster qui marchait vers elle. Son visage était encore coloré par sa randonnée à cheval, tandis que ses cheveux auburn, retenus par une queue, s'étaient en partie détachés, et quelques mèches venaient effleurer son menton barbu. Elle se rendit vaguement compte que monsieur Webster était aussi grand que Somerled, mais c'était bien tout ce qu'ils avaient en commun.

Il jeta un coup d'œil circulaire au jardin, puis la regarda en souriant.

— Je vois que j'ai la bonne fortune d'être l'un des premiers arrivés. J'espérais vous entendre jouer du violon cet après-midi, mademoiselle McKie. Mais puisque vous avez fait appel à deux violonistes de ma paroisse, je dois me montrer heureux.

— Vous arrivez juste au bon moment, monsieur Webster.

Leana invita du geste Jamie et les autres à venir les rejoindre.

— Nous étions sur le point de former les lignes.

Les pieds de Davina — comme ses mains, d'ailleurs — ne se laissaient pas facilement entraîner par la musique, ce jour-là. Mais monsieur Webster aurait besoin d'une partenaire, s'il voulait se joindre aux autres. Elle fit une petite révérence pour signifier son consentement, évitant son regard.

— Pardonnez-moi, madame McKie. Mais je ne suis pas certain que votre fille ait le goût de danser à présent.

Sa réponse surprit Davina, comme s'il avait vu au-delà des apparences.

— Elle préférerait peut-être demeurer assise et prendre un verre de cidre, suggéra-t-il.

Elle leva les yeux et vit la chaleur de son regard. *Il comprend.* Son deuil était une affaire privée, mais elle n'était pas encore prête à danser en public. Son appétit, toutefois, lui revenait peu à peu. Elle prit volontiers son bras et le laissa la guider jusqu'aux tables, où des victuailles assez abondantes pour nourrir une paroisse entière attendaient d'être goûtées. En bonne hôtesse, elle leur prépara une assiette à chacun. Incertaine des mets que son invité préférait, elle mit un peu de tout dans la sienne, lui offrant un échantillon des meilleures spécialités d'Aubert.

Monsieur Webster leva un sourcil vers elle.

— Est-ce que le divertissement de cet après-midi consistera à me regarder engouffrer tout ceci? demanda-t-il avec bonne humeur.

Quand elle hocha la tête, il sut se montrer à la hauteur de la situation. Entre deux bouchées, il conversa aimablement, parlant du temps agréable, de la beauté de la bruyère en fleurs et de ses plans concernant les agneaux de son père.

— J'attends Rab Murray avec les moutons à Penningham Hall dans le courant de la semaine prochaine.

Était-il venu pour affaires, alors? Et non, comme il l'avait dit, pour entendre sa musique? Davina essaya de ne pas trop s'en préoccuper. Elle considérait monsieur Webster comme un gentilhomme digne de confiance, qui n'avait pas la réputation de dire une chose et d'en penser une autre. Il retomba dans le silence en regardant les trois autres couples danser en ligne.

Soudain, la porte arrière de Glentrool s'ouvrit et un essaim de servantes apparut, pour se rendre directement auprès des bergers. Eliza avait, semblait-il, décidé que son personnel serait plus utile dans le jardin que dans la maison. Une exclamation retentit quand les bergers les virent arriver. Les jeunes filles furent lancées dans le quadrille avant d'avoir pu reprendre leur souffle, et les violonistes de Newton Stewart se joignirent pratiquement aux danseurs sur les dalles, tant ils jouaient avec exubérance.

— Lammas à Glentrool est maintenant bien commencé, dit monsieur Webster, aussi amusé qu'elle par le spectacle.

Les bergers avaient peu d'inhibitions, et lançaient leurs talons en l'air en dansant, comme Michael Kelly autour de son métier à tisser. Les servantes, toujours en uniforme, prenaient garde de ne pas se faire écraser les pieds et riaient des pitreries de leurs cavaliers. Après quelques quadrilles, Davina se surprit à sourire et à taper du pied. Comment aurait-elle pu ne pas le faire, quand *La tempête de Stuart* était si énergiquement interprétée?

Monsieur Webster lui apporta un autre verre de cidre.

— Même assise, mademoiselle McKie, vous dansez avec la musique.

Elle leva les yeux et vit ses yeux noisette fixés sur elle. Elle sentit ses joues s'échauffer, mais elle n'aurait pas su dire pourquoi. Il était simplement un ami de la famille — et un allié, récemment —, et il n'y avait rien de déplacé dans son regard.

— Dites-moi, ô Reine de mai, quand aurai-je le plaisir d'entendre le violon de votre grand-père de nouveau ?

Il s'assit, plaça le cidre devant elle, puis effleura légèrement sa main gantée.

— Je dois avouer qu'il y a quelque temps déjà que je voudrais faire partie de votre public.

Rougissant, Davina se leva instantanément. *S'il vous plaît..., ne faites pas ça.*

Graham se leva aussi.

— Mademoiselle McKie ?

Je ne peux... Je ne suis plus... Elle essaya de faire une révérence, puis s'enfuit vers la porte.

Chapitre 79

Et toutes les portes sont fermées sauf une,
Et c'est celle du Pardon.
— William Cowper

— V'z'avez un visiteur à vot' porte. M'sieur McKie, de Glentrool.

Graham fronça les sourcils, les livres de comptes et les reçus sur son bureau oubliés. Jamie McKie venait conduire les nouveaux agneaux? *Non.* Madame Threshie devait avoir mal compris. C'était Rab Murray qui était attendu. Pas son employeur. *Pas le père de Davina.*

Et pourquoi n'entendait-on pas les bêlements des moutons?

Graham ferma la porte de son bureau derrière lui, puis traversa le vestibule et entra dans le salon à sa gauche, un endroit aussi lumineux et féminin que sa retraite pouvait être sombre et masculine. Le contraste avait toujours intrigué Susan.

Debout devant la cheminée de marbre l'attendait le laird de Glentrool.

— Monsieur McKie. C'est bien vous.

Jamie sourit et lui rendit son salut.

— J'ai chevauché devant. Rab arrivera bientôt avec deux autres pâtres et votre troupeau de moutons, dit-il en marchant vers la fenêtre orientée à l'ouest, illuminée par le soleil de l'après-midi. Le jour est bien choisi, Graham. Assez sec, mais pas trop chaud pour une journée du mois d'août. Vos moutons n'auront pas été trop éprouvés par le déplacement.

Il regarda par la fenêtre.

— Est-ce votre pâturage? demanda-t-il à son hôte.

Graham crut percevoir un léger doute dans les mots de son invité.

— Le fourrage est très riche et les murets viennent tout juste d'être construits. Mon nouveau berger inspecte leur solidité. Vous le verrez dehors, tout à l'heure.

— Oui, fit Jamie en fronçant les sourcils. Et bien irrigué, j'imagine ?

— Parfaitement, monsieur.

Graham se souvint que l'homme était un éleveur de moutons expérimenté ; il veillait en tout au bien-être des bêtes.

Jamie se détourna enfin de la fenêtre et hocha la tête.

— Toutes mes félicitations, Graham. Allons-nous assister à l'arrivée de votre centaine de moutons ?

Soulagé par ce commentaire approbateur, Graham guida Jamie à travers la maison, et sortit intentionnellement par la porte du côté est.

— La plupart des propriétés comparables ont un jardin à l'arrière. Penningham Hall possède plutôt une rivière.

La rivière Cree coulait paisiblement derrière sa maison, plus lente et plus large ici qu'en amont ou en aval.

— Ça me ferait plaisir de vous inviter à la pêche à l'éperlan en mars prochain. Madame Threshie pense qu'ils ont un arrière-goût de jonc.

Jamie éclata de rire.

— Votre gouvernante possède un palais délicat.

Évitant les fougères en marchant, il ajouta :

— Vous avez un beau boisé, mais tâchez d'éviter que votre troupeau s'y rende. Les moutons ont une aversion pour l'eau et les terrains boueux.

Au son des bêlements qui approchaient, la poitrine de Graham se gonfla d'orgueil. *Mon troupeau.* Il entraîna son visiteur à l'avant de la maison en la contournant, et vit les moutons à quelque distance au nord, guidés par les bergers le long de la route.

— Les moutons choisissent le rythme qui leur convient, le prévint Jamie, mais ils aiment rester ensemble. Vous remarquerez qu'ils préfèrent les terrains plus élevés, la lumière à la pénombre et qu'ils iront toujours là où il y a de la nourriture.

— Puisque vous en parlez, monsieur, j'espère que vous accepterez mon invitation à dîner.

Jamie sourit, en allongeant le pas.

— Tant que vous ne me servez pas d'éperlan.

Graham rattrapa son voisin, marchant au-devant du troupeau, qui avançait comme une masse laineuse vers le pâturage muré. Rab le dirigeait avec facilité, se tenant derrière avec sa longue houlette. Deux jeunes bergers et une paire de colleys blanc et noir maintenaient les bêtes dans le rang pendant qu'ils leur faisaient traverser la barrière. Les moutons entraient dans leur nouveau foyer.

— Est-ce votre premier troupeau? demanda Jamie.

Graham regarda droit devant lui, essayant de cacher son embarras.

— En effet, monsieur.

— Les hommes que j'admire le plus sont des bergers, dit Jamie simplement, puis il referma la barrière après le passage du dernier animal. Si Rab et moi pouvons vous être utiles, vous connaissez le chemin de Glentrool. Venez quand bon vous semble, Graham.

Les bêtes se groupèrent dans les coins, comme si elles avaient peur du pâturage.

— Elles ne resteront pas ainsi? demanda Graham un peu inquiet.

— Non, pas quand elles auront compris que les abreuvoirs sont au centre, lui assura Jamie. Donnez-leur du temps. Les moutons détestent le changement. Presque autant que les gens.

Graham tira avantage de l'occasion ainsi offerte.

— Monsieur McKie, puisqu'il est question de changement…

Il inclina la tête en direction de la maison, et les deux se mirent à marcher.

— Ai-je raison de supposer que vous n'avez pas informé votre fille de notre conversation du mois de juin ?

Jamie prit son temps avant de répondre.

— Je… je ne l'ai pas fait.

Comme il l'imaginait, Davina ne savait rien de son intérêt pour elle. Pas surprenant qu'elle ait sursauté, quand il lui avait effleuré la main, le jour de Lammas.

— Y avait-il une raison particulière de ne pas lui en parler, monsieur McKie ? Je sais que le jeune âge de votre fille vous préoccupait.

Jamie avait une réponse toute préparée.

— Au début, j'ai pensé qu'il était préférable d'attendre qu'elle soit rentrée d'Arran, afin que sa mère et moi puissions la conseiller.

Si l'idée qu'il avait tenu Davina dans l'ignorance irrita Graham, rien n'en parut. Il n'était pas père lui-même ; il ignorait comment un homme informait sa fille de pareilles choses. Peut-être valait-il mieux le faire face à face.

Jamie continua.

— À la lumière de ce qui est survenu, nous ne voulions pas lui ajouter un fardeau additionnel.

— Un *fardeau* ? dit Graham en s'arrêtant brusquement. Est-ce ainsi que vous percevez mon intérêt pour votre fille ?

— En aucune manière, s'empressa de répondre Jamie. Mais d'apprendre à Davina qu'elle aurait pu être courtisée par un gentilhomme aussi distingué que vous…

Jamie soupira en hochant la tête.

— Vous voyez sûrement que cela aurait rendu les choses plus pénibles pour elle.

Maintenant, il comprenait.

— Vous voulez dire, par comparaison entre la cour d'un gentilhomme et sa propre expérience d'avoir été violée et mariée de force.

Jamie regarda vers les pâturages en plissant les yeux.

— Ce n'est pas tout à fait ce qui s'est produit, Graham. Malheureusement, vous avez raison sur le premier point. Le jeune homme des Highlands l'a lui-même confessé. Mais ma fille n'a pas été contrainte d'envisager le mariage. Pressée par les circonstances, peut-être, mais pas par Somerled MacDonald. Il n'a pas insisté pour qu'un mariage ait lieu. Il l'a plutôt séduite jusqu'à ce qu'il gagne son cœur.

Graham fit courir sa main dans sa barbe pour cacher son incompréhension. *Séduite ? Gagner son cœur ?* Ce n'était pas l'histoire que le révérend Moodie lui avait racontée. Mais qui pouvait être mieux placé que son père pour la connaître ?

— Vous êtes certain que ce débauché éprouvait une véritable affection pour elle ? Et que c'était réciproque ?

Le regard de Jamie McKie était franc et sa voix assurée.

— J'aime ma femme depuis vingt ans, je sais de quoi je parle. Somerled MacDonald aimait ma fille, pendant le peu de temps qui lui fut accordé. Et je crois qu'elle l'aimait aussi.

Graham recommença à marcher vers sa maison. Pour s'assurer que son corps lui répondait toujours, que son cœur battait encore, même s'il était assommé, comme si la vie s'était retirée de lui. Il avait chéri une femme innocente de loin. Puis, une victime en deuil de près. Mais c'était une différente Davina McKie.

Il croyait qu'elle pleurait la perte de sa vertu.

Maintenant, il savait qu'elle était aussi en deuil de son amour.

— Je vois que vous avez de la difficulté à admettre tout cela, soupira Jamie. En toute franchise, je vous comprends, Graham. Bien qu'elle demeure notre douce petite fille, elle n'est plus l'enfant qui a vogué vers Arran à la fin du mois de mai.

— Non, elle n'est plus la même, acquiesça Graham. Car si elle l'aimait vraiment, son cœur est encore avec lui.

— Je crains que vous ayez raison.

Il soupira bruyamment.

— Je le sais, monsieur, répondit-il.

N'avait-il pas pleuré Susan pendant deux longues années ? C'était le premier été qu'il voyait à nouveau le soleil briller à travers les branches au-dessus de la Cree. Qu'il entendait les enfants rire au village, le jour du marché. Et qu'il choisissait la couleur jaune sur sa palette plus fréquemment que le noir.

Ils atteignirent la porte d'entrée, mais Graham s'attarda un peu à l'extérieur, voulant terminer leur conversation loin de l'oreille vigilante de madame Threshie.

Jamie parla, et sa voix était basse.

— Je dois être honnête avec vous, Graham. Bien qu'à l'origine, j'aie été surpris par votre proposition, je vous aurais accueilli en tant que beau-fils.

— Vous m'*auriez* ? demanda-t-il. Aurais-je décru dans votre estime ?

— Pas du tout.

Jamie le regarda posément.

— Mais je peux difficilement vous tenir garant d'une offre qui a été faite quand... Eh bien, la situation était très différente. La plupart des gentilshommes de votre état...

Graham leva la main.

— Mon cœur n'a pas changé, monsieur McKie. Et ma demande en mariage tient toujours.

Jamie le regarda, incrédule.

— Pouvez-vous être sérieux ?

— On ne peut plus. Davina est une jeune femme extraordinaire, car elle a pardonné sans réserve et aimé si profondément. Je serais honoré que votre fille devienne ma femme un jour.

Jamie secoua la tête, comme s'il essayait de comprendre.

— Devrais-je le lui dire, alors ?

— Non, car elle pourrait croire que j'agis par pitié ou suis contraint par une obligation antérieure. Elle pourrait se sentir diminuée.

Jamie offrit sa main.

— Votre délicatesse d'âme et votre clémence sont exemplaires.

— L'exemple a été donné par le Tout-Puissant, qui est bien plus grand que moi, monsieur. Il y a des siècles de cela.

Ils se serrèrent la main, leur entente conclue.

— Comprenez que ce n'est pas un mariage de convenance que je cherche, ajouta-t-il. Je me propose de gagner loyalement son cœur. Car je ne veux pas que mademoiselle devienne mon épouse pour toute autre raison que par amour.

— En êtes-vous certain? demanda Jamie. Considérant ce qu'a vécu ma fille, un tel changement dans son cœur pourrait prendre du temps.

— Qu'il en soit ainsi.

Graham ouvrit la porte d'entrée.

— J'ai appris à attendre.

Chapitre 80

Maintenant, tu apprendras qu'il y a un amour rêvé,
Une pureté de désirs, une noblesse de sentiments
Qu'il vaut la peine d'atteindre.
— Jean Ingelow

— Tu sais ce que dit Robert?

Davina leva les yeux du calendrier placé sur le bureau de son père et vit sa mère qui lui souriait de l'embrasure de la porte.

— Un 1er septembre ensoleillé annonce un mois radieux.

Davina tourna son regard vers la fenêtre de la bibliothèque donnant sur le loch. Le temps était beau, en effet, un ciel sans nuages avec un soleil lumineux.

Sa mère était maintenant à côté d'elle, baissant les yeux vers le calendrier, où un seul mot était écrit sur le nombre vingt-neuf : *Mariage.*

— J'espère que le jardinier a raison. Si nous avons une belle journée à la Saint-Michel, cela sera une réponse aux prières de Margaret.

Elle rit doucement.

— Et aux miennes. Parce que s'il pleut, comme il le fait souvent à la fin de septembre, nous devrons rouler les carpettes, si nous ne voulons pas devoir les frotter pendant des semaines.

Les mariages étaient habituellement célébrés dans la maison de la mariée. Consciente des dimensions modestes de Glenhead, Leana avait discrètement offert aux McMillan le salon de Glentrool. Sally McMillan avait pratiquement bondi de sa chaise pour se jeter au cou de Leana.

— Que Dieu vous bénisse! Car je dois vous le dire, notre petite maison n'aurait jamais pu accueillir nos deux familles.

— Je crois que nous aurons besoin de chaque pouce d'espace disponible, admit sa mère, maintenant que la paroisse a
compris que nous sommes la même famille qu'auparavant.

Elle toucha la joue de Davina.

— Et que tu mérites leur compassion, non leur
jugement.

Davina hocha la tête, heureuse du changement survenu.
Quand elle se rendait au marché ou à l'église, des regards
sympathiques avaient commencé à remplacer les œillades
suspicieuses. À l'occasion du dernier sabbat, Janet Buchanan
lui avait enfin parlé afin de s'excuser.

— Nous ne comprenions pas, Davina, ce qui était réelle-
ment arrivé. Oh, pauvre jeune fille ! Une chose si terrible.

La malheureuse affaire de sa convention de mariage avait
finalement été réglée. Après qu'une avalanche de documents
eut transité entre Galloway et Argyll, portant tous la signature de Davina, la fortune de Lady MacDonald lui avait été
restituée.

Davina chérissait la brève note qu'elle avait reçue, la
semaine précédente.

À mademoiselle Davina McKie,
Samedi 20 août 1808

Chère mademoiselle McKie,

*Vous avez ma profonde compassion et je comprends votre
perte, car je la partage. Ma seule consolation, à travers ce
tragique épisode, fut de constater que mon fils avait choisi
d'épouser une jeune fille aussi honorable que vous l'êtes.*

*Votre grâce et votre générosité, que vous avez démon-
trées en renonçant à vos droits sur ma fortune, ne seront
jamais oubliées. Puissiez-vous trouver du réconfort à la*

pensée que votre bienveillance honore la mémoire de mon fils bien-aimé et votre sincère affection pour lui.

Votre obligée à jamais,

Lady MacDonald de la maison Brenfield

La lettre précieuse vivait entre les pages de son nouveau cahier à dessin, d'où elle la retirait souvent pour la lire. *Choisi d'épouser.* Avec le mariage d'Ian à l'horizon, cela réconfortait Davina de savoir que quelqu'un avait déjà voulu l'épouser. Qu'elle aurait pu être celle dont la noce était célébrée, pas seulement une jeune femme invitée pour servir de témoin.

Quand Margaret le lui avait demandé, Davina pouvait difficilement refuser, pas quand la jeune fiancée lui avait démontré autant de loyauté. Elle se présenterait avec joie aux côtés de Margaret et prierait pour que ses larmes parussent heureuses.

— Viens, ma chérie.

Sa mère la tira par le bras.

— J'ai une nouvelle robe que j'aimerais que tu essaies. Je crois que la robe bleue que Margaret portera et cette jaune-ci se complètent très bien.

Un moment après, debout dans sa chambre, Davina revêtit la nouvelle robe de soie, s'abandonnant à la douceur de la sensation sur sa peau. La couleur était riche, comme du beurre fraîchement baratté, avec de la dentelle écrue à l'encolure.

Au moment où Leana nouait le ceinturon autour de sa taille, son regard croisa celui de Davina dans le miroir.

— J'avoue que j'avais apporté cette robe avec moi à Arran, mais que je n'avais jamais eu le cœur de te la montrer jusqu'à maintenant.

Chère mère. Toujours aussi délicate.

Quand Leana leva les mules assorties, Davina applaudit de joie. Comme cela lui ressemblait de penser à tout.

— Comme tu n'étais pas ici, j'ai dû faire les mesures à l'estime.

Elle pinça le tissu un peu lâche à la taille.

— Je devrai en enlever un peu ici, j'en ai peur. À moins que tu consentes à manger un peu plus.

Davina avait perdu du poids, depuis son retour à la maison, une demi-pierre[14], à en juger par ses vêtements, qui flottaient légèrement sur elle. Ce n'était pas une amélioration. En se regardant dans le miroir sur pied, elle se rendit compte que son corps déjà menu semblait encore plus juvénile. Presque celui d'un garçon.

Oui, promit-elle à sa mère en hochant la tête avec enthousiasme. Elle mangerait davantage.

Le mardi suivant, Davina s'éveilla au doux arôme de scones à la mélasse. Aubert les avait faits spécialement pour elle, sachant qu'elle ne pourrait résister aux pâtisseries sorties du four. Lorsqu'elle fut assise à table, Davina étendit une riche couche de beurre sur la surface friable, puis plongea les dents dans le scone chaud et fut, pendant un bref moment, comme au paradis.

Ian sourit de l'autre côté de la table.

— Je n'avais pas vu ce visage ravi depuis longtemps, ma sœur. Nous devrions te nourrir avec des pâtisseries plus souvent.

Davina baissa la tête, puis avala rapidement une autre bouchée.

— Père, avez-vous fait les arrangements pour que les bans soient lus au prochain sabbat ?

---

14. N.d.T. : Environ deux à trois kilos.

— Oui, répondit-il en déposant sa tasse dans sa soucoupe avec un petit tintement. Le droit en espèces a été dûment acquitté. Margaret et toi devrez attendre sur le parvis de l'église pendant que le secrétaire du conseil lira vos noms à voix haute, avant le début du service.

On croyait en effet que cela pouvait porter malheur à un couple d'entendre la lecture de ses propres bans. Même en ce nouveau siècle, les vieilles coutumes demeuraient. Trois dimanches d'affilée, leurs bans seraient lus, et le mariage suivrait à la Saint-Michel, le 29 septembre. Un jeudi était de bon augure, avait pensé Davina ; vendredi aurait peut-être été préférable, mais le samedi était à proscrire absolument. Selon l'*Almanach du gentilhomme*, la lune serait croissante la nuit de leur mariage, et brillerait de tout son éclat lors de l'anniversaire d'Ian, la semaine d'après.

Est-ce que ses frères reviendraient à la maison pour le mariage ? Père leur en voudrait de s'absenter de leurs cours, mais les laisserait-il même assister à la cérémonie ?

Plus tôt, quand Davina avait posé la question à Ian par écrit, il avait promis de le demander à leur père. Elle le regardait fixement, maintenant, tout en décochant de petits regards vers les chaises vides pour lui rafraîchir la mémoire. En bon frère qu'il était, il comprit ce qu'on attendait de lui.

— Père, je me demande si nous devrions inclure les jumeaux dans nos plans de mariage. Ils ne rateraient qu'une semaine de cours et…

— Non, répondit sèchement Jamie. Ce jour t'appartient ainsi qu'à Margaret. Je ne veux pas que la présence de tes frères trouble cette maison ou relance les rumeurs dans la paroisse.

Davina vit la poitrine de sa mère se soulever et s'abaisser dans un soupir aussi muet que le sien. Son père devait l'avoir remarqué aussi, car il repoussa son assiette du petit déjeuner.

— Je suis désolé de te causer du chagrin, Leana. Ainsi qu'à tes enfants.

Sa remarque, quoique brève, était empreinte de sincérité.

— Ce n'est un secret pour personne, à cette table, que les jumeaux et moi ne nous sommes pas séparés en bons termes en juillet. Puisque personne n'y gagnerait à connaître le détail de nos conversations à Arran, je vous dirai simplement que ma colère était justifiée. Mon insistance pour qu'ils demeurent à Édimbourg pendant un certain temps est dictée par la prudence.

— « Qui jette le voile sur une offense cultive l'amitié », dit Leana doucement.

Les traits de son père ne s'adoucirent pas, mais ses yeux s'embuèrent légèrement.

— Oui, tout juste.

Quelle que fût la transgression commise par ses frères, Davina savait qu'elle n'en était pas la cible. Et elle leur pardonnerait, de toute façon. Ne leur avait-elle pas écrit chaque semaine depuis son retour à la maison ? Ils n'avaient pas répondu à ses lettres, mais c'était facile à comprendre : ils devaient craindre que leur père intercepte leur courrier, ranimant sa colère envers les pauvres garçons.

— Vos frères reviendront à Yule, promit Leana.

Rien d'autre ne fut dit concernant les jumeaux.

Son petit déjeuner terminé, Davina enfouit son album sous son bras et se dirigea vers le loch. Des nuages hauts et vaporeux couvraient la majeure partie du ciel, et son chapeau à larges bords ne lui était pas nécessaire. Elle avait porté une tresse ordinaire, ce matin-là ; la famille n'attendait pas de visite, et elle avait si hâte de déguster les scones d'Aubert qu'elle avait tout juste laissé le temps à Sarah de lui attacher les cheveux. Sa robe était très simple aussi — bleu uni —, quoique Sarah eût déclaré que l'étoffe allait très bien avec ses yeux.

Bien installée sur l'un des larges bancs de pierre au bout du quai, Davina ouvrit son cahier avec plaisir. Lors de son dernier voyage à Dumfries, son père lui avait trouvé un album plus grand que le précédent. Ouvert sur ses genoux, les bords retombaient des deux côtés de ses cuisses. Le papier était de meilleure qualité aussi, plus approprié pour le dessin. Davina prit son crayon de charbon affûté et trouva une page vierge. Elle avait l'impression d'être de retour au mois de septembre de l'année précédente, assise dans la bibliothèque, prête à recevoir une nouvelle leçon de son tuteur, monsieur McFadgen.

Elle fit courir son crayon par petits coups sur la page, faisant le croquis des plantes qui bordaient le loch. Sa mère saurait leur nom : Davina ne reconnaissait que leur forme et leurs couleurs. Étaient-elles rigides ou souples ? Était-ce là des feuilles ou des fleurs vertes ? Quelques noms, parce qu'ils étaient musicaux, s'étaient gravés plus facilement dans sa mémoire — l'épilobe, la lysimaque, la stellaire, le cresson —, quoique Davina n'arrivât jamais à associer un nom à une plante. Elle se contentait de les dessiner.

— Que dessinez-vous, mademoiselle McKie ?

Elle fit comme si elle n'avait pas entendu monsieur Webster, demeurant penchée sur sa page, gardant son crayon actif et ses joues rouges cachées dans ses cheveux.

— Vous ne pouvez me tromper, mademoiselle, car je sais que vous entendez très bien.

Davina sourit, en dépit de son embarras. Il ne lui rappela pas sa fuite, lors de sa dernière visite, le jour de Lammas, mais le souvenir demeurait vivace dans son esprit. Ils s'étaient vus à l'église une demi-douzaine de fois depuis ; le malaise entre eux commençait peu à peu à s'estomper.

Elle griffonna quelques mots dans la marge pendant qu'il s'assoyait près d'elle, puis revint à son dessin.

— Et bonjour à vous, murmura-t-il, répondant à sa courte note. Je vois que vous m'avez caché quelque chose.

Sa main s'immobilisa quand elle leva les yeux pour le regarder.

— Vous êtes une artiste bien plus accomplie que je le croyais, dit-il en lui souriant. Mais voilà, vous ne m'aviez pas montré votre travail.

La bonté qu'elle voyait dans les yeux de Graham était une chose nouvelle pour elle. Ils n'exprimaient aucune pitié — elle ne pouvait tolérer cela —, pas plus qu'il ne la faisait se sentir comme une enfant. Son regard était chaleureux, mais pas brûlant. Profondément intéressé, mais pas inquisiteur.

Il se préoccupe de moi.

Seulement cela. *Il se préoccupe de moi.* Cette idée émergea facilement en elle, comme si elle l'avait su depuis très longtemps.

— Puisqu'il s'agit d'un nouveau cahier, dit-il, regardant maintenant par-dessus son épaule, peut-être m'accorderez-vous le privilège d'en feuilleter un qui a davantage servi.

Elle baissa la tête, évitant de se compromettre. *Un autre bien plus vieux, peut-être.*

— Je ne suis pas venu pour les moutons, aujourd'hui, lui dit-il, jetant un coup d'œil sur la colline.

Lors de ses deux dernières visites, Davina avait dû dissimuler son sourire. Oh, ces questions qu'il posait à son père ! Est-ce que les moutons voient bien derrière eux ? Apparemment, il en avait fait sursauter quelques-uns. Aurait-il besoin d'un chien de berger ? Oui, assurément. Les moutons reconnaîtraient-ils sa voix, distincte de celle de ses bergers ? Ils le feraient. Son père était très patient avec monsieur Webster, même si elle ne parvenait pas à comprendre son intérêt subit pour ces animaux.

Même si elle les aimait aussi, les agneaux en particulier.

— Je suis venu offrir une invitation à la famille McKie. Un déjeuner à Penningham Hall, expliqua-t-il. Le 14 septembre, si cette date convient à tous. C'est deux semaines avant le mariage de votre frère. Peut-être qu'une sortie vous ferait le plus grand bien à tous les quatre.

Prévenant. Si quelqu'un lui demandait de décrire Graham Webster, c'est le premier mot qui lui viendrait à l'esprit.

Elle écrivit sa réponse sur la page. *Je suis sûre que ma famille sera enchantée.*

— Et qu'en est-il de vous, mademoiselle McKie ? En serez-vous heureuse ?

Il la taquinait, maintenant, ce qui ne lui déplaisait pas le moins du monde. Un homme qui n'avait pas le sens de l'humour ne valait pas la peine d'une conversation.

Elle écrivit une réponse rapide. *Ainsi invitée, j'en serai ravie.*

— Je ne peux vous procurer le genre de divertissement que vous seule pouvez offrir, mademoiselle McKie, mais je vous promets une soirée mémorable.

Impulsivement, Davina fit aussi une promesse. *Et j'apporterai une surprise.*

Chapitre 81

Une grâce dans son âme avait régné
Ce que rien d'autre ne peut apporter.
— Richard Monckton Milnes, Lord Houghton

Graham fit semblant de ne pas remarquer Davina, qui entrait par la porte de devant, tenant quelque chose dans son dos. Était-ce un nouveau cahier à dessin ? Un pain offert par Aubert ? Des fleurs cueillies dans le jardin de sa mère ?

Il devrait attendre pour l'apprendre. N'était-il pas très patient de nature ?

Davina ne mit pas à l'épreuve sa patience trop longtemps, révélant un étui de feutre.

— J'vais prendre vot' violon, offrit madame Threshie. Davina refusa poliment, tenant l'instrument contre elle, comme s'il s'était agi d'un bébé dans les bras de sa mère orgueilleuse.

Cette image le troubla, car, dès que Davina avait franchi le seuil de sa maison, Graham savait qu'elle appartenait à cet endroit. Qu'elle était destinée à y vivre, à y élever une famille. La maison lui convenait. Même un artiste amateur pouvait voir que ses couleurs chaudes s'harmonisaient avec son teint, et que les chambres plus petites étaient idéales pour sa menue stature.

— Monsieur Webster ?

Leana McKie le regardait.

— Vous vous sentez bien ?

— Tout à fait.

Il sourit, faisant un pas en arrière en les invitant du geste.

— Soyez les bienvenus à Penningham Hall.

Tandis qu'ils prenaient place dans son salon, madame McKie déclara le tissu des coussins de couleur pêche et l'ameublement ivoire et or «charmants». Jamie et Ian n'avaient pas l'air à leur place, comme des cerfs sortant des landes. Davina, par contre, vêtue d'une nuance plus légère du même rose doré, semblait faire partie du décor original.

Il dirigea son attention vers le violon, ne serait-ce que pour s'empêcher de regarder trop fixement son joli visage.

— Je suis honoré de votre surprise, mademoiselle McKie, et j'admire votre courage.

Graham se doutait bien de l'effort que cela lui coûterait de lever son violon. Ce n'était pas très différent de celui qu'il avait dû faire pour prendre son pinceau et décider que la vie devait être vécue, qu'elle devait continuer, peu importe la douleur.

Quand leurs regards se croisèrent, il espéra qu'elle puisse lire ses pensées sur son visage. *Cette soirée sera la plus difficile, jeune fille.* Même si son jeu devait être hésitant, il l'applaudirait avec ferveur. *Ce sera plus facile avec le temps, je vous le promets.*

Madame Threshie se tenait dans le salon, souriant comme un chat roué à qui l'on confie une petite souris. Graham n'avait pas dit un mot au sujet de ses sentiments pour Davina ; la femme avait tout deviné dès qu'elle avait ouvert la porte aux McKie.

— L'déjeuner est servi, m'sieur.

Pendant que la gouvernante battait en retraite, afin de les laisser entrer dans le passage, Graham dit à mi-voix :

— Passez rapidement à table, mes amis. Nous avons des huîtres au menu, et il faut absolument les manger…

— *Ben* chaudes, termina madame Threshie, en approuvant d'un mouvement de la tête, les guidant jusqu'à la salle à manger.

Graham venait tout juste de finir la prière du repas quand elle sonna une cloche, provoquant l'arrivée de deux domestiques, qui portaient des assiettes de soupe fumante.

— Faites attention, les avertit madame Threshie, car la soupe est…

— *Ben* chaude, compléta Graham en levant sa cuillère, mais pas avant qu'elle l'ait vu sourire.

En présence d'invités à instruire, madame Threshie était dans son élément.

— Le s'cret pour préparer d'bonnes huîtres s'résume à deux mots : des huîtres et du sel.

Elle servit le mouton, puis confessa qu'elle avait acheté la viande chez le boucher.

— Mon pauv' maître ne pouvait s'résoudre à s'séparer de l'un d'ses p'tits moutons.

— Allons, Graham, le gronda légèrement Jamie, vous ferez féconder les brebis le mois prochain et vous aurez bientôt plus de moutons que de terres pour les contenir. Votre cheptel ne souffrira pas, si vous en abattez un maintenant pour votre table.

— Je m'en souviendrai, dit-il en souriant.

Quand les servantes apportèrent le lagopède d'Écosse grillé, Graham ne put résister à l'envie de se vanter de ses prouesses de chasseur sur son propre domaine.

— Excellent, madame Threshie, lui dit Jamie. La viande est cuite juste à point.

Un mot et Jamie McKie avait gagné le cœur de la femme. Lors de ses visites prochaines, le laird de Glentrool recevrait sûrement les portions les plus généreuses de la cuisine.

Graham sourit à ses invités, heureux de leur présence à sa table. Pendant l'été, Jamie et Leana étaient devenus de bons amis. Ian était un jeune homme brillant, digne de son héritage. Et Davina apportait joie et lumière à sa maison. Ses traits animés et ses mains expressives procuraient à la jeune fille une voix propre. Il attendait avec impatience que le dessert fût enfin servi, afin de voir la joie sur son visage d'abord, et d'entendre sa musique ensuite.

Avec moult cérémonies de la part de la gouvernante, un grand compotier de cristal fut apporté dans la salle à manger et placé sur le buffet, afin que tous puissent l'admirer : des biscuits de Naples trempés dans le vin et enrobés de la plus riche mixture imaginable. Du beurre, des œufs, des amandes, du pain de sucre : Graham en avait l'eau à la bouche.

— Du beurre de fée, annonça madame Threshie, radieuse, en maniant sa cuillère à dessert.

La réaction de Davina fut celle que Graham espérait. Ses yeux bleus s'agrandirent, ses douces lèvres s'entrouvrirent et ses taches de rousseur rosirent.

— Notre petite fée est impressionnée, lui dit Ian, et l'on pouvait lire la gratitude dans ses yeux.

— J'en suis ravi, murmura Graham.

Il ne pouvait penser à une meilleure façon de passer ses jours que d'aimer cette femme et sa famille.

Quand l'onctueux pudding fut consommé et les assiettes desservies, le groupe se déplaça dans le salon. Davina les y devança, sans doute afin d'accorder son instrument. Ou peut-être pour réfléchir un moment et calmer ses nerfs. Pour une violoniste accomplie, elle paraissait bien nerveuse.

Pourtant, Graham était aussi agité qu'elle. Il récita intérieurement un psaume pour les apaiser tous les deux. *Dieu est en elle ; elle ne peut chanceler.*

Le crépuscule tombait sur Galloway bien avant dix-neuf heures, maintenant. Davina était debout devant les fenêtres obscures, qui l'encadraient comme l'aurait fait une scène. *Non, comme dans un tableau.* Graham croisa les mains, couvrant une minuscule tache de peinture à l'eau bleue qui lui avait échappé plus tôt.

— Dès que tu seras prête, dit Leana, en souriant à sa fille, les yeux brillants d'amour maternel.

Davina leva son archet, et sa main trembla légèrement jusqu'à ce que les crins de cheval tendus touchent aux cordes. Ses épaules se détendirent. Un léger sourire apparut. Et la musique, douce comme le beurre de fée, se répandit dans la pièce.

Graham n'avait jamais imaginé qu'une telle voix puisse être la sienne. Chantant pour lui. Lui parlant. Ce n'étaient pas des notes ; c'étaient des mots, et il entendait chacun d'eux.

Mon Dieu, que dois-je faire pour mériter cette femme ?

Il connaissait la réponse — attendre —, mais il ne savait pas combien de temps. Il avait trente ans, maintenant. Aurait-il un an de plus, quand elle serait prête ? Deux ans ? Pourrait-il le supporter, s'il attendait et qu'elle en choisissait un autre ?

J'attendrai, Davina. Et je prierai pour que mon attente ne soit pas vaine.

Il était honteux de ses larmes, jusqu'à ce qu'il vît tous les membres de sa famille assécher les leurs.

Chaque air, comme le premier, était joué amoureusement, révérencieusement. Pas de gigue ni de quadrille entraînants, mais des mélodies pastorales, des airs tendres et de lentes complaintes. Graham ne pouvait nommer les titres ni les compositeurs. Il n'était certain ni du rythme, ni de la clé. Il savait seulement que Davina McKie avait reçu un don. Et qu'il lui donnerait un aperçu du sien, si modeste fût-il.

Ce n'est qu'après qu'elle eut salué son auditoire que le charme qu'elle avait tissé fut rompu. Par les applaudissements. Tous se levèrent. Leana l'embrassa, puis Ian, et enfin son père, qui la serra si fort que Graham craignit qu'il la brisât. Ce n'était que de l'envie ; il rêvait du jour où il ferait de même.

Pendant que sa famille l'entourait et l'inondait d'éloges, Graham offrit son bras et une invitation.

— Mademoiselle McKie, auriez-vous l'amabilité de m'accompagner dans mon bureau ?

Le front de Jamie se rembrunit.

— Webster ?

— Une invitation honnête, je vous assure, monsieur. Je laisserai la porte ouverte. Madame Threshie viendra avec nous et sera notre chaperon.

Une décision improvisée de sa part, mais pertinente dans les circonstances.

— Une servante vous apportera du café et des noix, reprit-il. Nous n'en avons que pour un moment.

Davina tenait toujours son violon quand elle lui prit le bras. Elle semblait consentante d'aller avec lui, pensa Graham, quoique son regard ne trahît rien. De la curiosité ? De l'intérêt ? De l'amusement ? Il escorta Davina dans son étude, puis l'y laissa le temps de faire les arrangements nécessaires avec madame Threshie.

— Du café pour vos invités, bien sûr. Mais être présente avec vous dans vot' bureau ? Rester là, tout simplement ?

— Je n'ai pas eu besoin d'un chaperon depuis plus d'une décennie, mais le moment est opportun, je crois.

Il retourna dans son bureau avec madame Threshie sur les talons. Quand ils entrèrent dans la pièce, elle resta près de la porte, et son visage était rouge.

— J'ai pas b'soin d'entendre vot' conversation privée avec mam'zelle McKie, dit-elle.

— Vous n'avez pas besoin d'écouter, murmura-t-il en se penchant vers elle. Seulement d'observer à distance. Pour que vous soyez témoin que je me comporte comme un gentilhomme.

La vieille dame lui tapota le bras.

— Vous pourriez pas vous conduire autrement, m'sieur.

La laissant à son poste, Graham marcha à travers la pièce douillette avec ses panneaux sombres et ses bibliothèques, son grand bureau et ses fenêtres closes. Davina s'était assise sur la chaise près de son bureau. Son violon était sur ses genoux et ses doigts en pinçaient distraitement les cordes.

— Merci d'avoir patienté, mademoiselle McKie.

Il avait failli employer son prénom. Mais, autant il pouvait aimer le son de « Davina », autant il savait qu'une telle familiarité aurait été déplacée.

Par où commencer ? Il ouvrit le dernier tiroir de son bureau, le plus grand, et commença par sortir ses fournitures : ses couleurs et ses pinceaux, ses papiers et ses éponges. En dessous, dans une boîte peu profonde, se trouvaient les peintures elles-mêmes, à l'abri des regards indiscrets.

Davina manifesta rapidement de l'intérêt, examinant chaque article avec attention, avant de le reposer pour en prendre un autre. Il devait encore lui montrer ses toiles et il se sentit soudain ridicule d'avoir proposé cette exposition improvisée. Mais Davina avait joué pour lui. Lui avait fait confiance. Lui avait révélé son âme à travers sa musique. Ne pouvait-il pas lui présenter ses peintures ? Lui faire confiance à son tour ? Lui ouvrir son cœur afin qu'elle puisse y entrer ?

Graham plaça la boîte encore fermée contenant ses toiles sur son bureau, ses mains appuyées sur le couvercle.

— Un certain mois d'avril, Susan et moi avons visité Londres et remarqué une exposition d'aquarelles dans Lower Brook Street. Des centaines de tableaux étaient en montre, tous des œuvres de maîtres. N'ayant jamais vu que des huiles, des portraits, surtout, je n'avais jamais imaginé une chose pareille. Des natures mortes, des couleurs éclatantes, des tons mats, et tout cela n'avait été créé avec rien de plus que de l'eau et des cubes de pigment. Je suis revenu à la maison avec ceci…

Il écarta les mains.

— Et avec le grand rêve, continua-t-il, d'apprendre à peindre. Mais alors, ma femme est tombée malade…

Les mots cessèrent. Prisonniers dans sa gorge. Logés dans son cœur.

Quand Davina lui toucha la main, ils s'échappèrent.

— Elle était si… malade, mademoiselle McKie.

Il hésita, ne voulant plus continuer.

Je sais, disait le regard de Davina. *J'écoute.*

— Pourtant, je ne pouvais l'aider…

Il fit une pause, car le souvenir était trop douloureux.

— Je ne pouvais… la sauver.

Un voile de larmes. *Somerled.* Oui, elle comprenait.

— Quand Susan est morte, mon cœur est mort avec elle. Le jour de ses funérailles, je suis rentré dans la maison vide, ne sachant que faire des heures qui s'éternisaient. Et alors, j'ai commencé à peindre.

Il ouvrit lentement la boîte de bois, embarrassé de voir ses propres mains trembler. Une par une, il déposa ses toiles devant elle, en commençant par la première qu'il avait peinte. Un flanc de montagne, sombre et désolé. Une aubépine, ployée par l'âge. Un jardin d'hiver, réduit à quelques branches dénudées.

Graham ne se souvenait pas d'en avoir fait autant. Mais quand il essaya de passer rapidement de l'une à l'autre, Davina les prit une à la fois de ses mains, son regard parcourant l'épais papier aux bords ourlés. Plus elle regardait en silence, plus il était mal à l'aise. Il était déjà assez difficile de les lui montrer, mais ne pas savoir ce qu'elle en pensait, craindre qu'elle se moquât de son talent limité, l'étaient encore davantage.

Non. Il n'avait pas peint ces toiles pour impressionner qui que ce soit. Il peignait pour trouver le chemin qui le ferait rentrer en lui-même. D'après l'expression de son regard, Davina comprenait. Elle faisait courir son doigt le long des larges bordures, loin des couleurs, tout en regardant les fleurs des champs, peintes un jour plus heureux. Les oies, esquissées par un matin venteux. La Cree, ondulant au-delà de la porte.

Finalement, il lui montra l'aquarelle qu'elle reconnaîtrait :
le loch Trool, avec Davina à l'avant-plan, debout sur le quai.
Une figure menue devant l'austère vallon. Une demi-
douzaine de touches de peinture brune. Une impression de
Davina, rien de plus. Mais elle savait qui était représentée et
pourquoi elle était là.

Davina leva la tête et regarda droit dans son cœur. Ses
yeux disaient les seuls mots qu'il avait besoin d'entendre.
Oui. Attendez.

Oui, il le ferait.

— Que Dieu vous bénisse, mademoiselle McKie.

— Oh, m'sieur Webster !

Dans le coin opposé de son bureau, madame Threshie
s'enfouit le visage dans son tablier et fondit en larmes.

Chapitre 82

La persévérance est la qualité suprême,
Et la patience toute la passion des grands cœurs.
— James Russell Lowell

Monsieur Webster apparaissait souvent à Glentrool à l'improviste. Mais cette fois-là, il lui avait annoncé sa visite.

— Je viendrai jeudi après-midi, avait-il promis, mais sans révéler davantage ses intentions. Si le temps est clément, nous irons canoter sur le loch. Oh, n'oubliez pas votre cahier à dessin, mademoiselle McKie.

Le jeudi était arrivé. Le temps était idéal : un ciel dégagé, un chaud soleil d'automne, une douce brise soufflant sur le loch. Elle l'attendit sur le quai, son album à la main. Pas le neuf, rempli de pages blanches, mais le précédent, plein de souvenirs. Graham avait une âme honnête et méritait de connaître la vérité ; elle ne lui cacherait rien.

Davina le vit approcher du quai et leva la main pour le saluer dès qu'elle crut qu'il pourrait la voir. Il cria son nom, mais ne lança pas son cheval au galop. Graham Webster faisait les choses sans précipitation. Jamais trop vite, jamais en retard.

— Je suis honoré de vous trouver en train de m'attendre.

Il mit pied à terre avec l'aisance d'un gentilhomme qui a une longue habitude des chevaux, puis il tendit les rênes à un palefrenier qui attendait.

— Devrais-je saluer vos parents avant de nous embarquer dans la yole ? demanda-t-il.

Elle secoua la tête et regarda vers l'est en direction de Glenhead.

— Ils rendent visite aux futurs beaux-parents d'Ian, c'est bien cela ?

Il secoua la poussière de son manteau et délogea d'une petite tape celle qui était accumulée sur le bord de son chapeau.

— Plus qu'une semaine avant le mariage, dit-il. Je ne peux imaginer tous les soucis que votre mère doit avoir, maintenant.

Soucis ? Le mot fit sourire Davina. Elle marcha lentement sur le quai, essayant d'imiter le pas égal de sa mère, qui s'inquiétait souvent, mais le montrait rarement.

— Alors, elle me ressemble sur ce point.

Davina s'arrêta. Graham ressemblait *beaucoup* à sa mère. Pieux. Généreux. D'une patience infinie. Un être qu'il était impossible de ne pas aimer.

Il avait déjà rapproché le bateau du quai.

— Vous sentirez-vous mal à l'aise sans chaperon ?

Elle crut qu'il plaisantait, jusqu'à ce qu'elle vît son visage. Voilà qu'il voulait maintenant protéger sa réputation ! Davina fit un geste en direction de la propriété entourant la maison, où Robert et quelques bergers étaient occupés à leur besogne, puis elle étendit le bras pour inclure la vallée à découvert.

— Je vois ce que vous voulez dire.

Réprimant un sourire, il embarqua dans la yole.

— Il y a peu d'intimité au milieu du loch. Mais on y est aussi rarement interrompu.

Il lui offrit la main pour l'aider à monter.

— Je suis impatient de passer quelques moments en tête-à-tête avec vous, mademoiselle McKie.

Après avoir plus ou moins adroitement gagné leur place dans la petite embarcation oscillante — lui au centre, Davina plus près de l'avant —, Graham commença à ramer à un rythme régulier, et le quai fut rapidement derrière eux. Elle laissa basculer sa tête vers l'arrière tandis qu'ils glissaient sur l'eau, se délectant de la sensation du soleil réchauffant son visage et du vent caressant ses cheveux. D'après le calendrier, l'été s'envolait. Peut-être allaient-ils le retenir captif un peu plus longtemps.

Quand ils atteignirent le centre du loch, Graham tira les rames et les déposa dans le bateau, en prenant bien garde de ne pas mouiller sa robe.

— Devrions-nous nous asseoir tous les deux au milieu ?

Il se pencha en avant, cherchant son équilibre.

— Il y a de la place près de moi, dit-il. Je pense qu'il sera ainsi plus facile de feuilleter ce cahier intrigant que vous avez apporté.

Davina lui remit l'album d'abord, auquel un bout de crayon était encore attaché. Elle se déplaça avec des mouvements lents et prudents, et vint s'asseoir à côté de lui. Elle reprit son cahier et regretta un bref moment sa décision d'avoir apporté celui-là, et non le neuf.

Non. Un gentilhomme qui peignait des aquarelles exquises dans la solitude de son bureau comprenait que l'on pouvait être attristé, sans être accablé ; démoralisé, mais non détruit. Le contenu de ces pages n'effraierait pas un tel homme.

Il tendit les mains.

— Puis-je ?

Davina y plaça son album, telle une offrande.

Les premières pages étaient celles du début du printemps : des croquis de nids d'oiseaux, de chatons et de prunelliers en fleur.

— Vous avez l'œil juste pour capturer les paysages et une main adroite, dit Graham, et il regarda les dessins plus attentivement. Colorés délicatement à l'aquarelle, ils mériteraient d'être encadrés, mademoiselle McKie. Me permettrez-vous de vous l'enseigner ?

Elle sentit une palpitation étrange en elle quand elle écrivit dans la marge. *Je l'apprécierais beaucoup.*

Il continua à étudier chaque croquis. Plus tard au printemps, ses dessins portaient sur le jardin de sa mère. Puis, sur l'aubépine nouvellement en fleur. Et vint le 1er mai. Elle retint son souffle quand il tourna la page qui révéla Somerled.

— Un beau garçon.

Il regarda attentivement l'esquisse.

— Mais je ne puis dire que je le reconnaisse.

Graham la regarda, le front barré d'une ride.

— Est-il venu à Glentrool le 1er mai ?

D'une certaine manière. Elle n'aurait pas voulu gâcher le dessin, alors elle se pencha vers lui pour écrire au verso. *Demain, demain, belle achillée.* Saurait-il ce que cela voulait dire ?

— « Allons, viens me dire avant demain, récita-t-il, qui sera l'amour de ma vie. »

Graham posa le doigt sur la page, sous son écriture.

— Avez-vous rêvé de cet homme ?

Elle hocha la tête, puis toucha son annulaire sans alliance. Davina vit que Graham avait compris le reste. *Oui, c'était lui.*

Quel que fût son embarras, il n'y avait plus de retour en arrière, maintenant. Elle lui montra ses dessins d'Arran, sachant très bien où les pages illustrant des pierres dressées et des ponts de bois menaient. Quand vint la liste des questions directes qu'elle avait adressées à Somerled, Davina les couvrit de sa main, et regarda Graham dans les yeux. *En êtes-vous sûr ?*

— Je veux savoir tout ce qu'il y a à connaître à votre sujet.

Elle leva les mains, puis se cacha le visage. *S'il vous plaît, faites que je n'aie pas honte.*

Graham étudia les questions longuement sans prononcer un mot. Puis, il arriva à la page que Sandy avait trouvée et la lut à voix haute. Graham ferma l'album et le lui rendit, le regard voilé de larmes.

— Je suis désolé que monsieur MacDonald vous ait blessée. De toutes les façons par lesquelles il vous a fait du mal. Pourtant, il est clair que vous lui avez pardonné. Une telle grâce, mademoiselle. Une telle grâce imméritée...

Ses yeux cherchèrent les siens plus longtemps qu'ils ne s'étaient attardés sur la page.

— En ce qui concerne la question de ce qu'il adviendra de vous...

Davina sentit la yole s'enfoncer sous elle. Du moins, ce fut l'impression qu'elle eut.

— Une semaine avant le solstice d'été, j'ai demandé à votre père la permission de vous courtiser.

Stupéfaite, elle ne put que le regarder bouche bée.

— Vos parents ont choisi de ne pas vous en informer pendant que vous étiez à Arran, préférant vous le dire en personne.

La voix de Graham était égale, bien qu'il lui parût que leur décision l'avait blessé.

— Quand vous êtes revenue à la maison, poursuivit-il, après tout ce que vous aviez souffert, ils ont estimé souhaitable de ne pas parler de mon intérêt pour vous.

Davina se frotta le front, essayant de comprendre. Ses parents voulaient-ils lui épargner un nouveau chagrin, certains que Graham aurait changé d'avis ? Elle trouva une page qui n'était pas entièrement utilisée et écrivit dans la marge. *Quelles sont vos intentions, maintenant, monsieur ?*

— Elles sont honorables, la rassura-t-il. Je ne veux pas, toutefois, être votre prétendant.

Il attendit qu'elle levât les yeux vers lui.

— Je veux être votre mari.

Son cœur bondit et s'affaissa en même temps. *Mon Dieu... Oh, Graham..., c'est trop tôt.*

Il parla doucement, mais résolument.

— De tels jeux de séduction sont pour les enfants qui ne savent pas ce qu'ils veulent. Je suis absolument sûr de ce que je veux.

Mais je ne suis pas sûre... Je ne suis pas prête... Davina plaida avec ses yeux, trop désemparée pour écrire ce qu'elle ressentait.

Graham savait. Et il répondit à sa question avant qu'elle ait pu la rédiger.

— Je suis prêt à attendre, mademoiselle McKie. Aussi longtemps qu'il le faudra.

Vous m'attendriez ?

Oui, il le ferait. Davina le vit dans ses yeux, dans la ligne de sa bouche. Quoique son corps eût été meurtri et sa vie entachée d'un scandale, cette âme bonne, intelligente — un gentilhomme fortuné qui aurait pu épouser toute jeune fille de son choix à Galloway —, ce veuf séduisant l'avait choisie pour devenir son épouse. Et il lui accorderait le temps de guérir.

Vous m'attendriez ? Elle écrivit les mots suivants avec difficulté. *Combien de temps ?*

Graham prit sa main libre dans la sienne. Il ne la saisit pas, la laissant simplement reposer dans sa paume.

— J'attendrai que votre cœur soit guéri.

Oui. Ce jour viendra. Un sentiment de paix se déposa sur les épaules de Davina, lorsqu'elle écrivit soigneusement : *Et quand mon cœur sera guéri, il sera vôtre.*

— Comme le mien vous est acquis, mademoiselle McKie, dit Graham en lui baisant la main. À jamais.

Notes de l'auteure

Les rayons de lumière allaient décroissant,
Mais il y avait de l'animation dans toute la baie de Brodick.
— Sir Walter Scott

J'ai vogué dans la baie de Brodick par un après-midi venteux d'automne, ballottée par de forts vents et une pluie glaciale, sur ses eaux vertes agitées et couronnées de moutons. Le bateau de la Caledonian MacBrayne ne fit aucune autre traversée ce jour-là ni le suivant, tant le temps était exécrable, davantage un temps de début mars que de fin septembre. Arran était perdue dans un nuage d'embruns, comme mes photographies prises du bateau accosté l'attestent. Mais après avoir descendu la rampe et pris au nord la route à deux voies qui encercle l'île, j'ai trouvé la jolie Arran de Davina au milieu de collines tapissées de bruyère, cachée sous la brume.

Mon premier arrêt fut à la bibliothèque publique d'Arran ; mon deuxième, dans une librairie locale. Des fouilles sur Internet sont utiles, mais rien ne se compare à un livre que l'on tient entre ses mains, en particulier lorsqu'il est très vieux : l'odeur de cuir de la reliure, la rude texture du papier et l'idée que tant d'autres l'ont aussi manipulé.

Plusieurs livres de l'époque de Davina sont mentionnés dans le roman. Elle apporte le *Lai du dernier ménestrel* (1805) de Sir Walter Scott dans sa valise. Si Jamie n'était pas entré trempé jusqu'aux os dans cette librairie d'Édimbourg, il aurait pu chercher le roman *Marmion* de Scott pour elle, publié quelque temps avant sa visite, comme le fut celui d'Elizabeth Hamilton, *The Cottagers of Glenburnie*. Mon exemplaire est une troisième édition, aussi de 1808, imprimé par Manners and Miller. Le commentaire de l'auteure dans la préface exprime parfaitement mon affection pour l'Écosse :

« Une chaude affection pour le pays de nos ancêtres produit naturellement un intérêt toujours vivant pour tout ce qui concerne son bonheur ». Oui, c'est ainsi, jeune fille.

Comme Jamie, j'ai tenu entre mes mains (mais je n'avais pas les moyens de l'acheter) le *View of the Mineralogy, Agriculture, Manufactures and Fisheries of the Island of Arran*, du révérend James Headrick, publié en 1807 à Édimbourg. Meilleur marché et très utiles pour moi furent les ouvrages *The Antiquities of Arran* (1861), de John McArthur, *Arran : Its Topography, Natural History, and Antiquities* (1875), de Landsboroughs, et *The Book of Arran*, *Volume 2* (1914), de W. M. MacKenzie. Deux livres modernes qui offrent une merveilleuse introduction à Arran sont *An Arran Anthology* (1997), de Hamish Whyte et *Arran* (2002), qui renferme les joyaux photographiques d'Allan Wright et de Tony Bonning. Tous deux sont parfaits pour les voyageurs en pantoufles.

Bien plus que les livres, la musique est au cœur de *La grâce à tes yeux*. Le texte de James Hunter *The Fiddle Music of Scotland* (1988) était rarement hors de ma portée, et je gardais un vieux violon et un archet près de moi, afin de pouvoir les porter sur mon cœur dès que Davina se préparait à jouer. Je possède aussi un nombre un peu embarrassant de CD de musique écossaise. La série de Jean Redpath, *The Songs of Robert Burns, Volumes 1-7*, est sans rival. Neuf chansons de Robert Burns sont mentionnées à un moment ou un autre du roman. Dans le cottage de Michael Kelly, ses voisins chantent *To the Weaver's Gin Ye Go*; à bord de la *Clarinda*, les voisins s'époumonent à chanter *Rattlin, Roarin Willie*; Cate et Abbie chantent sous la pluie *There's News, Lasses, News*; à la maison Kilmichael, Davina joue *Highland Laddie*; au château Brodick, Somerled roucoule *Farewell, Thou Stream* et *Highland Lassie, O*, et interprète *I Love my Love in Secret*. Il chante aussi *Lady Mary Ann* pour distraire son père souffrant du mal de mer, et, le soir de sa rencontre avec Davina, la vieille chanson gaillarde que Somerled fredonne pour son amusement personnel est, de façon appropriée, *Wantonness for Evermair*[15].

En ce qui concerne la musique de violon, *Fire and Grace* d'Alasdair Fraser, enregistré avec la violoncelliste Natalie Haas, m'a inspirée quand j'ai écrit la scène avec Davina au violon et Somerled au violoncelle. Il n'est pas étonnant que notre héroïne ait choisi de préférence les compositions de Niel Gow (1727-1807), le violoniste le plus aimé d'Écosse. Même Robert Burns chante ses louanges :

Aucune baguette magique d'sorcier, j'suppose,
N'a jamais possédé la touche magique de Gow.

L'œuvre de Pete Clark, *Even Now*, est une collection, entièrement consacrée à Gow, d'airs joués sur son violon même à Blair Castle. L'enregistrement se termine par *Niel Gow's Lament for the Death of His Second Wife*, au violon et — ah, les hasards providentiels — au violoncelle. Le quatrième fils de Gow, Nathaniel, a composé *The Fairy Dance* pour la Chasse de Fife, en 1802. Jouée à deux reprises par Davina, la gigue animée reste populaire chez les violonistes aujourd'hui sous le nom de *Largo's Fairy Dance*.

La grâce à tes yeux inclut davantage de personnages historiques que mes romans précédents, simplement parce que l'histoire d'Arran et celle des ducs de Hamilton sont inséparables, couvrant une période de trois cents ans. La bonne duchesse Anne est connue pour les nombreuses améliorations apportées à Arran au milieu du XVIIe siècle : des écoles furent fondées, des églises construites et une petite ville établie près du port construit dans la baie de Lamlash. Ma description d'Archibald, le neuvième duc de Hamilton, est basée sur un portrait d'époque. En ce qui concerne John Fullarton, les archives familiales parlent du capitaine du *Wickham*

---

15. N.d.T. : « Dévergondage à tout jamais » (traduction libre).

comme d'un « séduisant officier naval », et il est présenté ainsi dans ces pages.

La maison Kilmichael fut construite au cours de l'été 1681 par Alexander Fullarton et Grizel Boyd, sa femme, enterrés dans l'ancien cimetière de Kilbride. Récemment, la maison a été restaurée de façon exquise et agrandie par le propriétaire, Geoffrey Botterill, pour devenir l'hôtel Kilmichael House. J'ai séjourné dans les écuries situées derrière la maison — oui, ces écuries-*là* —, considérablement modernisées depuis leur construction en 1716. Mes remerciements les plus sincères à Geoffrey, qui m'a offert son aide inestimable sur l'histoire de Kilmichael et des Fullarton.

Un soir, alors que j'étais assise dans le salon du deuxième étage de Kilmichael, j'ai fait la connaissance de Brian et Tracy Thompson, de Devon, en Angleterre. Ils avaient bravé le Goatfell ce jour-là et ils ont gracieusement partagé leur expérience avec moi. Ma fille, Lilly, a astucieusement suggéré l'accident suspect sur ce mont dans le roman. Imaginez mon horreur quand j'ai découvert qu'un meurtre avait eu lieu sur le Goatfell en 1889, avec des détails d'une troublante similarité. L'ouvrage d'Allan Paterson Milne, *Arran : An Island's Story*, décrit la mort d'Edwin Rose aux mains de John Laurie. Rose avait été vu vivant pour la dernière fois debout avec Laurie au sommet du Goatfell. « Mais la brume enveloppait la cime de la montagne, de telle sorte qu'ils ne voyaient pas où ils allaient », dit le rapport du procureur. « Les deux hommes ont escaladé la montagne ensemble, et un seul en est revenu. » De quoi donner des frissons dans le dos.

Le révérend Benjamin Stewart est un personnage fictif, mais trois générations de Stewart ont joué le rôle de ministre sous le patronage des ducs de Hamilton pendant plus d'un siècle. James Stewart est arrivé à Kilbride en 1723 ; son fils, Gershom, est monté au pupitre trente ans après ; puis le fils de Gershom, John, a servi Kilbride jusqu'en 1825. Imaginez une famille guidant une paroisse pendant plus d'un siècle.

Mes efforts de recherche sur Arran ont été facilités par plusieurs femmes exceptionnelles. Diana McMurray m'a accueillie au château Brodick et m'a dirigée vers Eileen McAllister, la guide en chef du château, qui a patiemment répondu à mes nombreuses questions sur son état en 1808. Depuis 1844, en effet, le dixième duc de Hamilton a grandement étendu et transformé le vénérable édifice pour en faire une splendide résidence habitable toute l'année.

Madame McAllister m'a sagement aiguillée vers l'Arran Heritage Museum. Grace Small, une bénévole très au fait de la section généalogique, et Jean Glen, son efficace assistante, m'ont fait enfiler des gants blancs avant de me présenter une pile de livres rares, me laissant les consulter à loisir. Pour leur enthousiasme, les innombrables photocopies et leur aide par courriel, je désire leur exprimer ici toute ma reconnaissance. Et, à Ayr, Elaine Docherty, de la Carnegie Library, fut spécialement serviable dans la section de l'histoire locale.

Ici encore, le libraire et antiquaire Benny Gillies m'a servi de réviseur et de cartographe local ; vous trouverez ses cartes tracées à la main au début de ce roman. Benny est un passionné d'ornithologie et il s'est aventuré sur les montagnes d'Arran à plusieurs occasions. Ses contributions inspirées sur ces sujets, et bien d'autres, m'ont aidée à rendre *La grâce à tes yeux* aussi vraisemblable que possible. Si vous aimez les livres et les cartes sur l'Écosse, ne manquez pas de visiter sa boutique en ligne à www.bennygillies.co.uk.

Benny est l'une des nombreuses personnes qui ont contribué au manuscrit bien avant qu'il soit tapé. Mes remerciements les plus sincères à mon équipe de rédaction : Sara Fortenberry, Dudley Delffs, Carol Bartley, Danelle McCafferty et Paul Hawley. Je suis aussi profondément reconnaissante envers mes réviseurs, Laura Baker, Leesa Gagel, Nancy Norris, et mon cher mari, Bill, qui se sont appliqués à débusquer les erreurs typographiques. Notre fils, Matt, nous a fait profiter de ses talents d'astronome amateur pour tracer les constellations du ciel du solstice d'été. Verna McClellan s'est assurée que notre tisserand de Crosshill employait son métier correctement. Barbara Wiedenbeck, de Sonsie Farm, a contrôlé les passages où il est question d'élevage de moutons, et Ginia Hairston m'a fait partager son amour de la race chevaline.

Comme vous avez pu le présumer, *La grâce à tes yeux* est basé sur l'histoire de Dina dans la Genèse (chapitre 34), un chapitre difficile de la Bible et de l'histoire. Plusieurs questions pourraient avoir surgi à votre esprit, lors de la lecture de l'histoire de Davina, en particulier si vous connaissez le récit biblique. Pourquoi, par exemple, Davina est-elle muette? Quand j'ai fait mes recherches bibliques avant d'écrire le roman — un processus laborieux impliquant quatorze traductions et quarante commentaires —, je me suis rendu compte qu'aucune parole prononcée par Dina n'avait jamais été rapportée dans la Genèse. Par ailleurs, les événements ne sont jamais vus ou rapportés selon son point de vue. Le silence littéral de Davina, par l'effet d'un traumatisme du larynx, fait écho au silence figuratif de son double biblique.

Un second élément de doute pour le lecteur — et sûrement pour moi comme écrivain — est le changement plutôt abrupt de Somerled, d'abord débauché sans frein, et, tout de suite après, amoureux transi. Les Écritures indiquent que c'est précisément ce qui est arrivé. «Sichem, le fil de Hamor le Hivvite, prince du pays, la vit et, l'ayant enlevée, il coucha avec elle et lui fit violence.» (Genèse 34 :2) La sombre succession des verbes hébreux dépeint tragiquement la scène. Pourtant, le verset suivant se lit ainsi : «Mais son cœur s'attacha à Dina, fille de Jacob, il eut de l'amour pour la jeune fille et il parla à son cœur.» (verset 3) Ce n'est pas un scénario typique, assurément. De plus, Sichem «était le plus considéré de toute la famille.» (verset 19) D'où nous trouvons la source du caractère changeant de Somerled qui, à la fois, « intrigue et répugne » mon éditeur, et avec raison.

Finalement, notez que le parallèle biblique s'arrête au chapitre 71. Les lignes finales du chapitre sont destinées à se rapprocher des commentaires caustiques de Siméon et de Lévi — « Vous m'avez mis en mauvaise posture en me rendant odieux aux habitants du pays » (verset 30) —, ce à quoi les fils répondent, comme Will le fit, « Devait-on traiter notre sœur comme une prostituée ? » (verset 31) Dans la version biblique, l'histoire de Dina est laissée en suspens ; nous ne savons pas ce qu'il advient d'elle, quand elle est enlevée de la maison de Sichem par ses frères vengeurs. Parce que le sort de Dina est incertain, *La grâce à tes yeux* se conclut sur une note d'espoir, plutôt que d'offrir la fin heureuse conventionnelle. Je ne pouvais pas, en toute honnêteté, mettre en scène un mariage quand la Bible ne le fait pas. Mais je pouvais certainement donner à Davina de l'espoir pour le futur et une foi assurée en Dieu.

Si vous désirez explorer davantage l'histoire biblique de Davina, venez visiter mon site Web à l'adresse : www.LizCurtisHiggs.com. Vous y trouverez un guide gratuit de la Bible examinant le chapitre 34 de la Genèse, ainsi que des notes historiques additionnelles, des commentaires de lecteurs, une liste d'ouvrages de référence sur l'Écosse, des liens vers mes sites web écossais favoris, une discographie de musique celtique, quelques recettes écossaises tentantes, et l'album de Davina illustrant des scènes d'Arran.

Je suis toujours très honorée de lire des commentaires de mes lecteurs. Si vous désirez recevoir ma lettre circulaire gratuite, *The Graceful Heart*[*], imprimée et postée une fois l'an, ou un signet autographié pour l'un ou l'autre de mes romans, veuillez m'écrire à l'adresse suivante :

---

[*] En anglais seulement.

Liz Curtis Higgs
P.O. Box 43577
Louisville, KY 40253-0577
Ou visitez mon site Web au :
www.LizCurtisHiggs.com

Si vous n'avez pas lu ma trilogie écossaise, qui présente Leana, Rose et Jamie, j'espère que vous envisagerez de revenir en Galloway avec *Une épine dans le cœur, Belle est la rose* et *L'honneur d'un prince*. Et si vous avez déjà lu la série et que vous vous demandez pourquoi *La grâce à tes yeux* met en vedette une paire de jumeaux nommés William et Alexandre — les mêmes noms employés pour une autre paire de jumeaux dans *L'honneur d'un prince* —, vous trouverez la réponse dans ce roman, cachée dans le chapitre 8. (N'aimez-vous pas les chasses au trésor?)

Entre-temps, je travaille avec enthousiasme à une nouvelle série historique écossaise pour vous. Ne manquez pas la sortie prochaine de *Ici brûle ma chandelle*. D'ici là, chères lectrices, chers lecteurs, vous êtes ma bénédiction!

La grâce à tes yeux

GUIDE DE LECTURE

C'est un bon livre, celui que l'on ouvre avec espoir
Et que l'on referme avec profit.
— Amos Bronson Alcott

1. L'incapacité de Davina à parler n'entrave pas sa capacité à communiquer. Comment décririez-vous sa « voix », sa personnalité ? De quelle manière sa mutité donne-t-elle à l'histoire sa forme ? Considérez les événements cruciaux de *La grâce à tes yeux*. Si Davina avait été capable de parler, comment cela aurait-il pu changer les choses ? Quelle est votre réponse aux explications des notes de l'auteure qui précèdent, concernant le silence de Davina ?

2. Est-ce que l'attitude surprotectrice de Will et Sandy à l'égard de Davina est justifiée ? Sont-ils à blâmer pour ce qui est arrivé une décennie auparavant, ou n'était-ce qu'un simple accident ? Dans les premiers chapitres, avez-vous perçu les jumeaux comme étant bien intentionnés, mais immatures, ou simplement cruels ? À mesure que le roman progresse, est-ce que votre opinion sur les jumeaux et leurs motivations change ?

3. Jamie McKie a beaucoup de difficulté à pardonner à ses fils. Est-ce que son raisonnement est valide ? Si vous deviez affronter une situation semblable — si l'on vous demandait de pardonner une personne qui a causé un tort grave à un être aimé —, comment réagiriez-vous ? Y a-t-il des moments dans l'histoire où le comportement de Jamie vous indispose ? D'autres où il gagne votre

sympathie? Comment percevez-vous Jamie en tant qu'époux? Et en tant que père?

4. Contrairement à son mari, Leana est patiente et encline à la clémence. Comment admirez-vous Leana en tant qu'épouse? Et en tant que mère? Comment vous identifiez-vous à sa réticence à laisser ses grands enfants voler de leurs propres ailes? Quand Leana démontre-t-elle sa plus grande faiblesse, dans *La grâce à tes yeux*? Et quand ses qualités dominantes se révèlent-elles?

5. Leana dit à sa fille : «Ai-je déjà vu une fée? Seulement quand je te regarde, jeune fille.» Selon Eve Blantyre Simpson, dans *Folk Lore in Lowland Scotland* (1908), on a demandé à un Écossais érudit s'il croyait aux fées. «L'homme des Highlands aurait répondu gravement, comme si on avait mis en doute sa foi, «Bien sûr que j'y crois.»» Comment réconciliez-vous le fait que des personnes profondément croyantes admettent aussi l'existence des fées, des *kelpies*, des *brownies* et consorts? Les légendes de ce roman vous apparaissent-elles fascinantes ou comme une simple distraction? Comment de telles allusions au «petit peuple» servent-elles l'histoire et la caractérisation de Davina en particulier?

6. Les épigraphes qui précèdent chaque chapitre ont pour but de préparer le lecteur à ce qui va suivre. Comment les mots de Samuel Coleridge au début du chapitre 22 décrivent-ils ce qui arrive ensuite avec les jumeaux? Choisissez une épigraphe que vous aimez particulièrement. Comment a-t-elle captivé votre imagination et comment s'accorde-t-elle avec le chapitre qu'elle introduit?

7. Somerled MacDonald montre son côté débauché dès l'instant où nous faisons connaissance avec lui, dans le chapitre 28. Décrivez votre impression initiale de Somerled. Comment votre jugement sur son caractère évolue-t-il, à mesure que l'histoire avance? A-t-il jamais conquis votre cœur, comme il a séduit celui de Davina? Si oui, ou si non, expliquez pourquoi.

8. Est-ce que la tragédie du solstice d'été était inévitable? Davina se blâme elle-même autant que Somerled. A-t-elle raison de le faire? La considérez-vous naïve, séductrice, étourdie ou la triste victime d'un crime? Sir Harry dit : « Dans un dilemme comme celui-ci, la société punit la femme plus sévèrement que l'homme. » C'était vrai en 1808. Est-ce encore le cas, aujourd'hui? Quelles émotions ces scènes éprouvantes suscitent-elles en vous?

9. Il est difficile d'assister à la suite des événements. Quelles circonstances rendent les premières heures particulièrement difficiles, pour Davina? Si vous aviez été sa mère ou son ami, comment l'auriez-vous conseillée ou consolée? Si vous aviez été Davina, connaissant les contraintes dans sa situation, qu'auriez-vous fait, le lendemain matin?

10. La grâce — souvent définie comme une « faveur imméritée » — n'est pas seulement une partie du titre, mais le thème de *La grâce à tes yeux*. Que pensez-vous de la décision graduelle de Davina de l'accorder à Somerled? Est-ce que sa clémence est louable ou consternante? Contrastez l'attitude butée de Jamie envers le pardon avec celle généreuse de Davina. Est-ce qu'une personne doit se montrer digne du pardon, avant de le recevoir? Comment

l'acceptation du don d'une clémence imméritée change-t-elle les êtres?

11. Le chapitre 65 dévoile l'aspect le plus sordide de la nature de Will. Est-ce que ses ultimes efforts le rachètent à vos yeux? Si oui ou si non, pourquoi? Que pensez-vous de Sandy dans les derniers et poignants instants? En dépit des sombres présages, espériez-vous une issue plus heureuse, sur le Goatfell? Qu'avez-vous ressenti, quand Somerled a échappé à la prise de Will?

12. Jamie est furieux contre lui-même et contre ses fils, serrant les poings et hurlant: «Que vais-je faire de vous?» Qui est vraiment à blâmer, pour l'incident du Goatfell? Quand la famille rencontre monsieur Hunter, Jamie ment pour les protéger. Comme parent, feriez-vous de même dans une situation comparable? Quand Will et Sandy rentreront à Glentrool, à Noël, que pensez-vous qu'il adviendra d'eux?

13. Quoique Davina laisse Arran derrière elle, elle ne peut échapper aux jugements des autres. Avez-vous déjà, comme elle, été injustement accusé? Comment vous êtes-vous alors senti? Qu'avez-vous fait? De quelles manières les médisances ont-elles le pouvoir de nous blesser et de nous isoler? En plus de chercher l'appui d'amis loyaux, comment quelqu'un peut-il s'élever au-dessus de fausses accusations?

14. Graham Webster possède plusieurs qualités remarquables, pourtant Davina n'est pas initialement attirée par lui. Pourquoi en est-il ainsi? Comment sa personnalité se compare-t-elle à celle de Somerled? Quelles qualités de Graham plaident en sa faveur? Pouvez-vous l'imaginer

rendant Davina heureuse? Combien de temps faudra-t-il pour que le cœur de Davina guérisse complètement?

15. Ce guide de lecture débute par une citation d'Amos Bronson Alcott, un professeur et philosophe américain du XIXe siècle. Seuls les lecteurs peuvent décider si un livre est bon ou non. Quelles attentes aviez-vous en commençant à lire *La grâce à tes yeux*? Qu'est-ce qui vous a surpris, vous a déconcerté, vous a plu? Quels étaient vos espoirs pour Davina, à la fin de l'histoire? Finalement, qu'avez-vous retiré de la lecture de ce roman?

▌Collection
▌ncontournables

TOME 1

TOME 2

TOME 3

A·D·A
ÉDITIONS

www.ada-inc.com
info@ada-inc.com

 www.facebook.com/EditionsAdA

 www.twitter.com/EditionsAdA